本书由兰州大学"双一流"建设资金人文社科类图书出版经费资助

杂剧在元代的
传播研究

张硕勋 王晓红 常嘉容◎著

中国社会科学出版社

图书在版编目(CIP)数据

杂剧在元代的传播研究/张硕勋,王晓红,常嘉容著. —北京：中国社会科学出版社，2023.5
ISBN 978-7-5227-1588-9

Ⅰ.①杂⋯　Ⅱ.①张⋯②王⋯③常⋯　Ⅲ.①元曲—文化传播—研究—中国—元代　Ⅳ.①I207.37

中国国家版本馆CIP数据核字(2023)第048013号

出 版 人	赵剑英
责任编辑	郭晓鸿
特约编辑	杜若佳
责任校对	师敏革
责任印制	戴　宽

出　　版	中国社会科学出版社
社　　址	北京鼓楼西大街甲158号
邮　　编	100720
网　　址	http://www.csspw.cn
发 行 部	010-84083685
门 市 部	010-84029450
经　　销	新华书店及其他书店
印　　刷	北京明恒达印务有限公司
装　　订	廊坊市广阳区广增装订厂
版　　次	2023年5月第1版
印　　次	2023年5月第1次印刷
开　　本	710×1000　1/16
印　　张	25
插　　页	2
字　　数	387千字
定　　价	128.00元

凡购买中国社会科学出版社图书，如有质量问题请与本社营销中心联系调换
电话：010-84083683
版权所有　侵权必究

目 录

绪 论 ……………………………………………………（1）
    一　研究背景 ………………………………………………（1）
    二　研究意义 ………………………………………………（3）
    三　文献综述 ………………………………………………（4）
    四　戏曲、戏剧与杂剧辨析 ………………………………（28）
    五　研究方法 ………………………………………………（35）
    六　研究难点与创新 ………………………………………（35）

第一章　杂剧的形成与发展 ……………………………（37）
  第一节　邈远的历史:元杂剧的源流追溯 ………………（37）
    一　巫觋歌舞 ………………………………………………（38）
    二　百戏倡优 ………………………………………………（47）
    三　歌舞戏与滑稽戏 ………………………………………（57）
    四　宋杂剧与金院本 ………………………………………（66）
    五　从南戏到元杂剧 ………………………………………（75）
  第二节　鼎盛的背后
        ——元杂剧繁兴的原因 ……………………（78）
    一　元杂剧兴盛的内部原因 ………………………………（79）
    二　元杂剧兴盛的外部原因 ………………………………（85）

第二章　杂剧在元代的生产 ……………………………（124）
  第一节　元代杂剧创作的历史条件与时代背景 …………（124）
    一　元代审美观念的递变对元杂剧创作的影响 …………（125）

二　元代宗教文化繁盛，迷信盛行，元杂剧创作
　　　　空间空前扩大 …………………………………………（128）
　　三　玩世观念的风行对元杂剧创作的影响 ……………（131）
第二节　元杂剧对过往历史余晖的承接与再造 ………………（133）
　　一　元杂剧创作中对早期历史的重构与再造 …………（134）
　　二　元杂剧创作中对唐代传奇的改造 …………………（139）
　　三　元杂剧创作中对两宋故事的增饰 …………………（142）
第三节　沉沦失意与才华宣泄：元代文人儒士的杂剧生产 …（144）
　　一　顾影自怜：才人与元杂剧的勃兴 …………………（145）
　　二　相濡以沫：书会聚合对元杂剧创作的推动 ………（150）
第四节　愁苦的挣扎：低官下吏的杂剧编排与理想赋予 ……（152）
　　一　低微乐官——广博的杂剧传播者 …………………（152）
　　二　微贱儒吏——深刻的杂剧生产者 …………………（154）
第五节　自卑的超越：优伶戏班的加工与再造 ………………（157）
　　一　元代优伶的角色与地位 ……………………………（158）
　　二　独立枝头：女伶歌伎的杂剧创作 …………………（159）
　　三　走街串巷：家庭戏班对杂剧的再加工 ……………（162）
第六节　元杂剧的创作体制与作家心态 ………………………（165）
　　一　元杂剧的创作体制 …………………………………（166）
　　二　元杂剧作家的创作思想及态度 ……………………（168）

第三章　杂剧在元代的媒介功能 ……………………………（171）
第一节　元杂剧艺术审美的营造与扩散功能 …………………（171）
　　一　元杂剧的媒介协调、宣导与培育功能 ……………（171）
　　二　杂剧的艺术美学规范功能 …………………………（175）
　　三　元杂剧的审美观念沟通与形塑功能 ………………（182）
　　四　元杂剧的替代性满足与心理宣泄功能 ……………（183）
第二节　元杂剧的文化传播功能 ………………………………（187）
　　一　元杂剧对历史文化的演绎、传播与重构 …………（187）
　　二　时代精神的反映与反思功能 ………………………（188）
　　三　对市民意识的呈现与熏染功能 ……………………（192）
　　四　对理学思想的批判与改造功能 ……………………（198）

目 录

  第三节 元杂剧的舆论塑造与引导功能 ………………… （201）
   一 元杂剧对民间舆论形成的影响 ………………… （202）
   二 以剧为媒，实现舆论控制 ……………………… （212）
  第四节 元杂剧敦励薄俗与药人寿世的教化功能 ……… （214）
   一 封建统治的需求与强化 ………………………… （215）
   二 元杂剧教化功能的失范与衰微 ………………… （219）

第四章 杂剧在元代的传播路径 ……………………………… （221）
  第一节 元杂剧传播对宋金戏曲传播路径的承接 ……… （223）
   一 宋杂剧的多元传播与路径开拓 ………………… （224）
   二 宋辽金之间的戏剧交流与传播 ………………… （229）
   三 南戏的营销传播与西散北顾 …………………… （231）
   四 蒙古文化对戏曲传播的推动 …………………… （232）
  第二节 口耳相传
      ——生生不息的杂叙话谈 ……………………… （233）
   一 元代口头传播的复兴 …………………………… （233）
   二 口头传播对元杂剧的影响 ……………………… （236）
   三 元杂剧的口头传播 ……………………………… （238）
  第三节 选编刊刻传抄
      ——元杂剧艺术的承袭与传播 ………………… （243）
   一 文本传播的延续 ………………………………… （244）
   二 文本传播的影响 ………………………………… （248）
  第四节 勾栏戏台
      ——市井乡野的娱乐生活 ……………………… （251）
   一 舞台传播的发展 ………………………………… （251）
   二 元代戏曲舞台的类型 …………………………… （253）
   三 偏倚时间的杂剧传播媒介 ……………………… （259）
   四 元杂剧舞台传播的特点 ………………………… （264）

第五章 杂剧在元代的传播内容 ……………………………… （269）
  第一节 杂剧在元代的传播内容概况 …………………… （269）

一　金院本题材的先行开拓对元杂剧题材的影响 ………… (269)
　　二　元杂剧传播内容的题材分类 ………………………… (271)
　　三　元杂剧传播的作品及内容选择 ……………………… (272)
第二节　元杂剧的人物形象塑造与呈现 ……………………… (275)
　　一　元杂剧对权豪势要形象的塑造 ……………………… (277)
　　二　元杂剧对能官干吏形象的塑造 ……………………… (279)
　　三　元杂剧对富豪和市民形象的塑造 …………………… (281)
　　四　元杂剧对农民与奴隶形象的塑造 …………………… (283)
　　五　元杂剧对奴婢娼妓形象的塑造 ……………………… (285)
　　六　元杂剧对士子文人形象的塑造 ……………………… (287)
第三节　才子佳人剧：对爱情讴歌形成了婚姻新风尚 ……… (297)
　　一　《西厢记》主要内容及人物塑造 …………………… (298)
　　二　元代才子佳人剧的思想观念及传播效果 …………… (300)
第四节　历史剧：艺术再加工形成了民众的历史新诠释 …… (305)
　　一　《梧桐雨》主要内容及人物塑造 …………………… (305)
　　二　元代历史剧的思想倾向及文化影响 ………………… (308)
第五节　公案剧：对于社会清明和盛世和平的向往 ………… (311)
　　一　《窦娥冤》主要内容及人物塑造 …………………… (312)
　　二　元代公案剧思想倾向及对法制观念的影响 ………… (314)
第六节　"神仙道化剧""度脱剧"对于逍遥避世的向往 …… (320)
　　一　《黄粱梦》主要内容及人物塑造 …………………… (320)
　　二　道化剧传播的思想倾向及价值观念 ………………… (322)

第六章　杂剧在元代的接受与欣赏 ……………………………… (326)
第一节　仪凤伶官乐
　　　　——宫廷贵族的视觉盛宴 ……………………………… (327)
　　一　宫廷演剧的接受情况 ………………………………… (328)
　　二　宫廷演剧的接受特点 ………………………………… (330)
第二节　歌舞盛倡优
　　　　——市井百姓的生活之娱 ……………………………… (333)
　　一　城市演剧的接受情况 ………………………………… (334)

目 录

　　二　城市演剧的接受特点 …………………………………………（337）
第三节　老稚相呼景
　　　　——乡野村夫的赛会庆典 ……………………………………（341）
　　一　乡间演剧的接受情况 …………………………………………（341）
　　二　乡间演剧的接受特点 …………………………………………（343）

第七章　杂剧在元代的传播效果 ……………………………………（347）
第一节　诗文史料中的生动描述 ………………………………………（347）
　　一　广泛的受众基础 ………………………………………………（347）
　　二　普遍的文艺消费 ………………………………………………（349）
　　三　受众与编演者的互动 …………………………………………（350）
第二节　历史文物中元杂剧的艺术再现 ………………………………（352）
　　一　元杂剧对民众的日常生活渗透——雕刻壁画 ………………（352）
　　二　元杂剧对元代民间传统的形塑——庙宇戏台 ………………（357）
　　三　元杂剧在民众生活器物上的反映——图案纹饰 ……………（360）
第三节　元杂剧鉴赏品论中的深度再现 ………………………………（362）
　　一　燕南芝庵与《唱论》 …………………………………………（363）
　　二　夏庭芝与《青楼集》 …………………………………………（364）
　　三　周德清与《中原音韵》 ………………………………………（365）
　　四　钟嗣成与《录鬼簿》 …………………………………………（367）
第四节　元杂剧传播的历史性影响 ……………………………………（368）
　　一　元杂剧对元代社会群体进行了全方位画像 …………………（369）
　　二　元杂剧文化全方位反映了元代社会现实和
　　　　各民族的精神状态 ……………………………………………（371）
　　三　元杂剧实现了我国传统文化传播方式由书写到
　　　　口头的历史性嬗变 ……………………………………………（374）

结　语 ……………………………………………………………………（380）
参考文献 ………………………………………………………………（384）
后　记 ……………………………………………………………………（389）

绪　　论

一　研究背景

王国维先生认为："凡一代有一代之文学：楚之骚，汉之赋，六代之骈语，唐之诗，宋之词，元之曲，皆所谓一代之文学，而后世莫能继焉者。"① 可见，杂剧在元代的勃兴书写了中国古代文学史上辉煌的一页。

在元杂剧兴起之前，虽有歌舞谣谚和巫觋传奇等带有劝世祭天和娱人酬愿的传播样态，但我国文学传播的主要方式仍然集中于书籍的借阅和传抄这一单一模式。相比后来逐渐出现的经由市场渠道进行商业传播的戏剧和报刊影视媒介，书籍的借阅和传抄不仅是一种范围相对狭小的人际传播，其对当时社会生活的影响也仅仅局限于文人墨客唱和酬问、抒怀发志的小圈子中。楚骚汉赋，唐诗宋词，每个时代，虽有主导的文学样态，但文学的小范围生产与普遍性接受之间存在的巨大落差不可能得到弥合。特别是对于文学的接受者来说，或借阅抄录，"每假借于藏书之家，手自笔录，计日以还。天大寒，砚冰坚，手指不可屈伸，弗之怠。录毕，走送之，不敢稍逾约。"② 遍觅不得，"余少时得元之诗文数篇，读而善之，锐欲见其全集，遍觅不可得。既知有板梓于黄州，托其州人觅之，又不得。"③ 或资用不赡，"时方沍寒，京师佣书甚贵，需铨京邸，资用不赡，乃手抄写。每清霜呵冻，

---

① （清）王国维：《宋元戏曲史》，上海古籍出版社 1998 年版，第 1 页。
② （明）宋濂：《宋学士文集》（卷二）《送东阳马生序》，商务印书馆 1985 年版，第 143 页。
③ 转引自方品光《明代福建著名钞书家——谢肇淛》，《福建省图书馆学会通讯》1981 年第 3 期。

十指如糙，必二十日始竣。"① 借阅和传抄的文学传承与互动虽然强化了经典著作和文学秘籍的流传，但文学只有"回到广大人民中间去"并"流传到民间之后"，它的这些传播缺陷才能得到弥补，也才能实现"雅文化"与"俗文化"的真正合流以及对时代命题的观照与回应。

在中国文化传播史上，初步实现"雅文化"与"俗文化"合流的无疑首推戏曲。源于先秦歌舞和滑稽表演，在唐宋之际融合了民间技艺、表演、歌舞、说唱，使元杂剧处于雅、俗文学交汇的交叉点上而成为中国戏曲文化乃至中国文学发展的一个高峰。虽然这一高峰的形成是中国文化及其传播方式世代"层累地造"（康诺普·瑟尔沃尔）的结果，但"一个社会系统的成员彼此在进行传播的时候，在接受了创新的个人要去影响那些还没有接受创新的个人的社会系统中，就发生了个人之间的传染作用"②。正是历代社会系统成员通过表演、歌舞、说唱等多种方式彼此传播形成了社会成员的"传染作用"，从汉乐府、唐传奇到宋杂剧、金院本和诸宫调，不断累积、世代熏染，终于，元杂剧以一种新的文学传播形态出现在文学艺术舞台上。

当然，一种艺术形式能够在某一时期繁荣兴盛、广泛传播，不仅说明它自身具备一定的优势，同时也说明它回应了时代的需要。"除非是人民要求变革，否则变革就不会顺利地或卓有成效地进行。通常是信息流的增长播下了变革的种子，也是信息开阔了人们的眼界，从而孕育了全国性的气候。"③ 元杂剧是元代特定文化陶冶下的内在精神产物，元代文化造就了元杂剧的内容、形式、演出和批评，元杂剧的兴盛又反作用于元代文化，影响着元文化的发展方向。戏剧演出是一种经由公共渠道的娱乐传播④，演员是书籍实现"娱乐传播"的主要媒介。这种娱乐传播，在一定程度上拓展了书坊这种书籍传播的狭隘

---

① 转引自方品光《明代福建著名钞书家——谢肇淛》，《福建省图书馆学会通讯》1981年第3期。

② ［美］黛安娜·克兰：《无形学院——知识在科学共同体的扩散》，刘珺珺、顾昕译，华夏出版社1988年版，第23页。

③ ［美］韦尔伯·施拉姆：《大众传播媒介与社会发展》，金燕宁译，华夏出版社1990年版，第43—44页。

④ 郭英德：《元明的文学传播与文学接受》，《求是学刊》1999年第2期。

绪 论

空间,"生大夫居家无乐事,搜买儿童,教习讴歌"[①],已是"俗所通用"之举,流风所及,甚至连"屠沽儿"也竞蓄戏班,戏场勾栏,神庙广场,豪家厅堂,富户名园,江湖船舫,青楼妓院,等等,均可以成为戏剧演出场所。同时,元杂剧较之前代戏剧在乐曲样式更为自由、雄肆,在音乐上更具艺术美感,在语言上更为生动活泼,从而使元杂剧在一定程度上打破了原有的戏剧传播界限,迎合了广大平民观众的通俗审美趣味,既拓展了受众群体,又增强了传播效果。从外在条件来看,元杂剧的兴起与时代的进步是相辅相成的,政治的变迁、经济的发展、社会的现实、文化的交融无一不影响着元杂剧的传播。与此同时,正是由于元杂剧从一个地域流转到另一个地域,从一个时代过渡到另一个时代,才使不同背景下人们的思想得以交流,文化得以传承。

"舞低杨柳楼心月,歌尽桃花扇底风。"中国古代戏剧在其传播模式上所具有的独到之处,尤其是在元代之后,逐渐出现了信息生产者专业化、信息内容世俗化、传播渠道多元化等倾向。遗憾的是,传播作为其存在方式的最好证明和实现价值的主要手段却往往被研究者们忽略。

二 研究意义

(一) 理论意义

本书在充分利用传播学相关知识的基础上,结合文献阅读法、个案分析法等研究方法,试图对杂剧在元代的传播进行探索与分析。从现有的资料来看,对元代杂剧的研究多是集中在文学层面,少数对杂剧传播的研究也是以文学角度作为切入口,尽管它们对分析元代杂剧的语言特色、文化内涵、艺术审美等方面具有一定的价值,但是对其传播模式和传播特点的梳理还略显不足。因此,本书摆脱了传统的文学框架,按照拉斯韦尔的"5W模式"及相关的传播学理论对元代杂

---

① (明)陈龙正:《几亭全集》卷二十二,《政书》,云书阁刻本(复印本)1868年版,第1162页。

剧进行探索与分析，试图在一定程度上为后续的相关研究提供参考和理论借鉴。

同时，跨学科的视角作为一种发展趋势必然会渗透到今后的研究当中。而笔者对杂剧在元代的传播研究，将综合运用传播学、文学、历史、地理、社会人文等方面的知识和理论。从而使跨学科研究为元代杂剧增添新的视角和内涵。

（二）现实意义

杂剧演出实际上是生活的缩影，在杂剧演出中，我们可以较为直观与全面地看到一个时代的生活面貌，可以窥探到一个民族的文化根基。中国戏曲作为世界上最古老的三大剧种之一，能够依然活跃在当下的舞台上，其艺术魅力和传播优势是古希腊悲喜剧和印度梵剧难以比肩的。

因此研究杂剧在元代的传播，不仅能透视中国传统戏剧在鼎盛时期是如何传播和扩散的，同时也能够为当下的戏剧文化传承及跨文化交流提供一定的借鉴。

三 文献综述

元杂剧作为中国历史上占据重要地位的艺术创作形式之一，不仅能够媲美唐诗宋词的文学成就，同时也代表着中国古代戏曲逐渐走向成熟；它既是中国文化的瑰宝，也是元代社会的"活化石"。正因如此，元杂剧自20世纪以后就成了学者们研究的热点问题。

（一）国内关于元杂剧的研究

元杂剧又称北杂剧，是元代用北曲演唱的传统戏曲形式，它形成于宋末，繁盛于元大德年间。廖奔、刘彦君在《中国戏曲发展史》一书中认为，北方的杂剧在金朝百余年间的发展，受到了北方诸种演唱艺术，特别是诸宫调的直接影响，逐渐摆脱了大曲的音乐体制，朝向结构谨严的多宫调体系迈进，最终形成了北曲杂剧[①]。

[①] 廖奔、刘彦君：《中国戏曲发展史》第一卷，山西教育出版社2000年版，第3页。

绪 论

20世纪以前，关于元杂剧的研究主要分为三个方面：一是对作品的收集整理，如元代臧懋循的《元曲选》；二是对作家生平、作品的解释，如元代钟嗣成的《录鬼簿》；三是对某方面艺术经验的介绍，如元代燕南芝庵的《唱论》。

在元杂剧发展演变的过程中，周密、胡祗遹、燕南芝庵、周德清、钟嗣成、杨维桢、陶宗仪、夏庭芝、贾仲明等一批元杂剧的曲论家以专著、咏剧诗、序跋笔记、杂论评点、辑古访逸等形式对元杂剧本身做了一些分期、分类研究。如钟嗣成的《录鬼簿》以"前辈"和"方今"的历史进程为序，把收录的元剧作家分"前辈已死"、"方今已亡"和"方今才人相知者"三个时间段，在编排分卷上按元杂剧作家生平时间，分为"前辈已死名公有乐府传世者""前辈已死名公才人有所编传奇行于世者""方今已亡名公才人余相知者""已死才人不相知者""方今才人相知者""方今才人闻名不相知者"几类。罗宗信和周德清则以杂剧的盛衰为标准，将元杂剧分为前后两期：繁荣期"我圣朝兴自北方，五十余年……鼓舞歌颂，治世之音。""其盛，则自搢绅及闾阎歌咏者众""其备，则自关、郑、白、马一新制作，韵共守自然之音，字能通天下之语……曰忠曰孝，有补于世""其难，则有六字三韵，'忽听一声猛惊'是也"；衰落期"国初混一，北方诸俊新声一作，古未有之，实治世之音也。后之不得其传"。清人姚燮著有《今乐考证》，对我国戏曲剧目进行了关联分析，该著作以排比资料为主，没有形成完善体系，但他对于剧目的钩稽却为后人提供了当时最完备的目录。

但这些论著大多都是随笔札记，尽管它们为后世的研究提供了一定的借鉴和参考，其以"盛、备、难"为依据的分期有益于对杂剧繁荣、衰微的认识，也在一定程度上反映了元杂剧在元代及其之后社会生活中的价值和地位。但这些研究未能上升到理论层面，缺乏系统性与科学性。

20世纪以后，对于元杂剧的研究才逐渐进入了实质性的现代阶段，其研究主要分为以下几个方面。

1. 关注元杂剧本身，致力于剧本的整理校订和对作家的考辨

元代以后，随着戏曲表演和创作的兴盛，戏曲剧本的抄写和刊刻

给后人留下了大量的剧本集，有总集、选集、别集；有选高雅古本，有选时贤名品，有选流行戏出，有选官腔雅曲，有选新声时调，有选俗乐杂音……不一而足。如陈旸的《乐书》共二百卷，包括历代，总述前闻，备悉源流，兼陈正变，举凡雅俗、胡部、音器、歌舞、优伶、杂戏无不备载。南宋王灼的《碧鸡漫志》讨论了上古至汉、魏、晋、唐歌曲的衍变。这些作品为后世曲律著作提供了借鉴。

近现代以来，在我国传统学术视野影响下，我国戏剧研究的第一代学者始终将研究的目光集中于元曲的作家生平、作品考订、题材本事的考述等方面。除王国维《宋元戏曲史》、吴梅《元剧研究 ABC》（1929）之外，代表性的研究如：《元曲概论》（贺昌群，1930）、《元剧连套述例》（蔡莹，1933）、《元词靓律》（王玉章，1936）、《述也是园旧藏古今杂剧》（孙楷第，1940）、《孤本元明杂剧提要》（王季烈，1941）、《元曲家考略》（孙楷第，1953）、《古本戏曲丛刊》（郑振铎，1954）、《元人杂剧钩沉》（赵景深，1956）、《现存元人杂剧书录》（徐调孚，1957）、《元代杂剧全目》（傅惜华，1957）、《元曲选外编》（隋树森，1959）和《元剧斠疑》（严敦易，1960），等等。特别是 1935 年，赵景深先生在大量整理研究元杂剧剧本史料的基础上编写成的《元人杂剧辑逸》，其中收录元杂剧 41 本，后经补正、增删，1955 年改为《元杂剧钩沉》，收录剧本 45 种。同期，郑振铎先生主持编纂了《古本戏剧丛刊》，其中收录了现存的所有元杂剧作品。1962 年，台湾学者郑骞在元代刊本《古今杂剧三十种》的基础上进行整理修订，形成了《校订元刊杂剧三十种》；到了 20 世纪 80 年代，徐沁君又在此基础上校注了《新校元刊杂剧三十种》。1990 年，以王季思为代表的一批学者合力编写了《全元戏曲》，它不像以前的著作，只收录元杂剧，而是将选编内容分为了北杂剧和南戏两部分，填补了以往元曲整理的空白，纠正了不少讹误。

就这一方面的研究来看，它的历时长、难度大，由于许多资料的缺失，很难再还原元杂剧的本来面貌。但我们可以说，这些成果为深入研究元杂剧提供了翔实的资料和相对可靠的依据。但问题在于，这一类研究仅仅将视线聚焦于元杂剧本身，难以观照其社会意义、历史意义和文化意义，属于浅显的、文学层面的研究。从整个研究发展脉络来看，这类研究成果往往只能作为其他研究的基础和支撑。

2. 对元杂剧作品及对我国古代戏曲理论作品的整理与研究

对元曲作品的解读，最早始于元代。但是，当时更注重文献和音律的研究，对作品的评价相对比较简朴、笼统。如钟嗣成的《录鬼簿》、贯云石的《阳春白雪·序》、周德清的《中原音韵·定格》等研究都是对具体作品音律得失的品评。到明、清两代，研究领域逐渐深入曲律音韵、曲目文献、作家作品和戏曲艺术等方面，提出"论创作流派，已有本色、文采之分；论人物塑造，已有化工、画工之别；论艺术效果，已有场上、案头之辨"[①]。与此同时，对一些重要作品，如《西厢记》《琵琶记》《拜月亭记》等的优劣成败进行探讨。但是研究成果的系统性、理论性远不够，对作家、作品的研究更多的是感悟式、点评式的研究，比较主观、随意。

中国古代戏曲理论著作斑驳绚烂、庞杂纷呈，散见于各种杂论、序跋、评点、辑古、访逸、日记、小品等文体中。戏曲批评家们多是根据其自身的修养、爱好和兴趣，从歌唱方法、历史渊源、表演优劣等不同角度对戏曲的本质特征进行了评述。这方面除了王骥德的《曲律》和李渔《闲情偶寄·词曲部、演习部》将戏曲作为一门整体综合艺术来研究外，最早出现的戏曲理论著作是元代燕南芝庵的《唱论》。关于戏曲唱法的著作，有魏良辅的《南词引正》，沈宠绥的《度曲须知》，徐大椿的《乐府传声》和王德晖、徐沅澄的《顾误录》等；关于戏曲创作填词发声的著作，如元代周德清的《中原音韵》，明代何良俊的《曲律》和李开先的《词谑》，清代黄图珌的《看山阁集闲笔·文学部·词曲》，刘熙载的《艺概·词曲概》和毛先舒的《南曲入声客问》等；关于对戏曲源流的追寻、戏曲典章制度的考证、对历代戏曲作家作品的评论、对戏曲故事本事来源的探讨和对戏曲遗闻逸事的采录的作品也较多，如：明代徐渭的《南词叙录》、王世贞的《曲藻》、胡应麟的《曲话》、徐复祚的《曲论》、沈德符的《顾曲杂言》、凌濛初的《谭曲杂札》、张琦的《衡曲麈谭》，清代黄周星的《制曲枝语》、李调元的《雨村曲话》《剧话》、焦循的《剧说》《花部

---

① 王季思：《元杂剧论集·序》，百花文艺出版社1985年版，第2页。

农谭》、梁廷枏的《曲话》、姚燮的《今乐考证》、平步青的《小栖霞说稗》、杨恩寿的《词余丛话》《续词余丛话》等；关于剧目著录的著作如宋代周密的《武林旧事》、元代陶宗仪的《南村辍耕录》、元代钟嗣成的《录鬼簿》、明代贾仲明的《录鬼簿续编》、朱权的《太和正音谱》、明代徐渭的《南词叙录》、无名氏的《古人传奇总目》《传奇汇考标目》《传奇汇考》《笠阁批评旧戏目》、黄文旸的《曲海目》、焦循的《曲考》、叶堂的《纳书楹曲谱》、黄丕烈的《古今杂剧目录》、支丰宜的《曲目新编》、王国维《曲录》等；关于戏剧作品和戏剧作家的评说著作如明代吕天成的《曲品》、祁彪佳的《远山堂曲品》《远山堂剧品》、清代高奕的《新传奇品》等；另外还有许多散见于各种文集里的论述戏曲的单篇文字，这些文字以论文、小品、书札、杂记等形式探讨剧作家的创作动机和戏曲观念，代表性的篇章如汤显祖的《宜黄县戏神清源师庙记》，李贽的《杂说》，洪昇的《长生殿》自序、例言，孔尚任的《桃花扇》小引、凡例、批语，李贽评点《琵琶记》，徐渭评点《昆仑奴》，汤显祖评点《董西厢》，金圣叹评点《西厢记》等；关于对艺人和戏剧表演艺术品评的文章，如元人夏庭芝的《青楼集》、明人潘之恒的《亘史》和《鸾啸小品》、清人安乐山樵的《燕兰小谱》、铁桥山人的《消寒新咏》、小铁笛道人的《日下看花记》、留春阁小史的《听春新咏》、华胥大夫的《金台残泪记》、蕊珠旧史的《梦华琐簿》等；关于戏剧欣赏的代表性文献如元人胡祗遹的《黄氏诗卷序》，而清代无名氏的《梨园原》是中国戏曲表演史上仅有的一部完整著作；关于我国戏曲活动记载的代表性文献如明人祁彪佳的《观剧日记》、张岱的《陶庵梦忆》和清代李斗的《扬州画舫录·虹桥北录下》等；关于概论戏曲性质和发展历史的代表性文献如王骥德的《曲律》、李渔的《闲情偶寄·词曲部、演习部》和姚燮的《今乐考证》；关于戏剧演员生平、表演特色及社会影响的文献如，元代钟嗣成《录鬼簿》为戏曲作家一百五十二人撰写小传、述其本末，收录作品名目四百余种，《录鬼簿》是首部著录戏曲剧目的著作。元人夏庭芝的《青楼集》记叙了女伎一百一十余人并作简略的评点，《青楼集》首开后世文人品评艺人风气之先河。明人李开先的《词谑》除摘录了一些滑稽谐谑的曲文和记叙了几则歌唱演剧逸事外，主要对比戏曲套

绪 论

数和词尾并做出评语,开了文人评论前人作品之先。明人王世贞的《弇州山人四部稿·艺苑卮言·附录一》摘引前人曲话之外,主要评论元明戏曲作家和作品、载录作者逸事。明人胡应麟的《少室山房笔丛·庄岳委谈》考证戏剧的性质、剧曲源流、戏曲作家作品等。明人潘之恒的《亘史·艳部、文部》和《鸾啸小品》论及表演技巧、情感体验、艺人素质、演唱效果等多方面问题。明人王骥德的《曲律》是中国戏曲理论史上首部系统评析著作,内容涵盖了从宫调音律、填词格律、编剧技巧到科诨部色的配置等各个方面,第一次把戏曲创作作为一个完整的艺术综合过程来看待。明人徐复祚的《三家村老委谈》重点关注了戏曲作家作品评论和曲话。明人沈德符的《万历野获编》载录有关遗闻逸事、曲调演变、品评作品和填词优劣等。明人凌濛初的《谭曲杂札》分析了作家作品、曲词风格、填词技法、宾白结构等。明人张琦的《衡曲麈谭》以"填词训""作家偶评""曲谱辨""情痴寱言"谈论他对戏剧的心得。明人祁彪佳《远山堂曲品》把不入品的民间坊本杂腔剧本归入"杂调",收录残存传奇剧目达四百六十六种,评析明人杂剧二百四十二种,是此类文艺评论形式在戏曲领域里的代表。清代李渔《闲情偶寄·词曲部、演习部》论述戏曲创作和演习,从总体上探索戏曲的艺术规律和法则,建立了体系完善的戏曲理论架构,从理论上探讨了戏曲导演和演员训练问题,开掘了戏曲理论的全新领域,成为对几百年来戏曲理论和实践的精辟总结,从而使之成为真正具有系统性的科学理论。清人梁廷枏的《曲话》引录古今剧目、论述曲律声韵、评论戏曲作品,别具眼光。清人姚燮的《今乐考证》对戏曲的缘起、杂剧院本传奇名称的演变、戏曲角色的变化、戏班的历史、戏曲的声腔流派、道具乐器行头、舞蹈以及一些专用术语等,都作了细致的考察,著录宋杂剧、金院本、元杂剧、明清传奇杂剧名目,辑录各家谈曲的有关著述,该著作集前代戏曲历史考证之大成,为戏曲发展勾勒出了一个大致的面貌。

3. 从宏观的历史维度对元杂剧的发展进行剖析

对元杂剧进行系统研究并予以恰当评价的,当首推王国维。王国维的《曲录》《戏曲考源》《唐宋大曲考》《古剧脚色考》《宋元戏曲史》等著作成为研究中国戏曲的经典文献。其中,《戏曲考源》,从汉乐府、角抵戏、唐歌舞小戏、大曲和宋元杂剧、转踏等方面研究了我国戏曲的渊源与流变，提出："戏曲者，谓以歌舞演故事也。"王国维认为我国戏曲始源于唐、变化于宋、发达于金元的结论也得到学界的广泛认同。《宋元戏曲史》是中国第一部系统研究戏曲发展史的专著，该书"观其会通，窥其奥窔"，对宋元戏剧的形成过程、发展演变、剧目考订、文章结构、美学价值、艺术成就等方方面面进行了系统的探究与说明；并认为元杂剧较前代的进步主要是代言体的形成和乐曲的进步。同时，在《宋元戏曲史》中，王国维提出，"戏剧"与"戏曲"是两个概念，"戏剧"是一个表演艺术概念，是指戏剧演出；"戏曲"则是一个文学概念，是指文学性与音乐性相结合的曲本或剧本。该书出版后，"国人始多珍视元曲，承认元曲是'元代最佳文学'，可以与唐诗、宋词鼎立。"①"王国维的《宋元戏曲史》和鲁迅的《中国小说史略》，毫无疑问是中国文艺史研究上的双璧。不仅是拓荒的工作，前无古人，而且是权威的成就，一直领导着百万的后学。"② 王国维对中国古代戏曲的研究开启了20世纪中国戏曲研究的风气，在很大程度上为我国近现代的元杂剧研究奠定了坚实的基础。同时，王国维对元杂剧过于偏爱，认为明代以后无戏曲，由此也可以看出，王国维的研究更多注意到戏曲的文学成就而忽视其民俗文化及其传播的作用。

20世纪初至1949年，脉望馆钞校本《古今杂剧》的发现，既扩大了戏曲研究领域，也为解决戏曲史上的一些重要问题提供了依据。这一时期，除王国维、吴梅的研究成就外，还出现了许多对中国古代戏剧理论的分析，如：周贻白先生的《中国戏剧史略》、徐慕云的《中国戏剧史》（1938）、董每戡《中国戏剧简史》（1949）、冯沅君的《古剧说汇》、孙楷第的《傀儡戏考源》、苏明仁的《白仁甫年谱》、贺昌群的《元曲概论》、胡适的《再谈关汉卿的年代》、郑振铎的《元代公案戏产生的原因及其特质》和《论元人所写商人、士子、妓女间的三角恋爱剧》、许地山的《梵剧体例及其在汉剧上的点点滴滴》、朱东

---

① 蒋星煜：《元曲鉴赏辞典》，上海辞书出版社1990年版，第1页。
② 徐雪辉：《元杂剧文化研究》，博士学位论文，曲阜师范大学，2009年。

润的《元杂剧及其时代》、石兆原的《元杂剧里的八仙故事与元杂剧体例》、钱南扬的《宋金元戏剧搬演考》、任讷的《散曲概论》和《曲谐》、王易的《词曲史》、梁乙真的《元明散曲小史》等。

日本学者青木正儿在王国维的影响下,于1930年完成了《中国近世戏剧史》,详细叙述了"南戏北剧"的由来,并通过比较,分析了它们之间的差异和发展,对元杂剧的历史变迁、艺术特色、剧场角色等进行了补充性研究,其在王国维研究的基础上完成了对中国戏曲史的完整描述。这一时期的戏剧研究,成果很多,但整体"虽有时超过明清学者的范围",但"尚不能完全摆脱纯艺术论和形式主义的羁绊,树立新的体系"①。

50年代至改革开放前,学者们运用马克思主义的理论和方法研究元代戏曲与散曲,取得了新的成就。考订方面如:孙楷第的《也是园古今杂剧考》和《元曲家考略》、严敦易的《元剧斟疑》、谭正璧的《元曲六大家略传》等很有分量的著作。史学方面如周贻白先生的《中国戏剧史》(1953)、《中国戏剧史讲座》(1958)、《中国戏剧史长编》(1979)、《中国戏曲发展史纲要》(1979),孟瑶的《中国戏曲史》(1965)和阿英的《元人杂剧史》(1953)等,这些作品系统梳理了包括中国戏剧的胚胎、中国戏剧的形成、宋元南戏、元代杂剧、明代传奇、明清时期戏剧的演进等内容,评介了许多重要的作家和作品,收集的材料丰富详尽,为元杂剧的研究做出了贡献。研究方法更新方面如:《剧本》月刊1954年4—10期连载了阿英《元人杂剧史》,《光明日报》1955年11月6日发表了严敦易《论元杂剧》等文章,都是运用新方法来指导研究的新尝试。

1958年,全国"至少有一百种不同的戏剧形式、一千五百个职业剧团,都在同时上演着关汉卿的剧本"(郭沫若,在关汉卿戏剧创作七百周年纪念大会上的开幕词)。对关汉卿及其作品的研究成为戏剧研究的热点之一,《关汉卿研究》(一、二辑)、《关汉卿研究论文集》先后编辑出版,发表了一系列高水平的学术文章,研究内容主要聚焦关汉卿的生平事迹的考证和作品思想内容及社会意义的评析方面。代

---

① 陈中凡:《元曲研究的成就及其存在的问题》,《文学评论》1960年第6期。

表作品如：郑振铎的《关汉卿——我国十三世纪的伟大戏曲家》《人民的戏剧家关汉卿》、田汉的《伟大的元代戏剧战士关汉卿》、王季思的《关汉卿战斗的一生》、周贻白的《关汉卿论》、赵万里《关汉卿史料新得》、蔡美彪《关于关汉卿的生平》《关汉卿生平续记》、戴不凡的《关汉卿笔下妇女性格的特征》《关汉卿生年新探——从高文秀是东平府学生员说起》、程毅中的《谈关汉卿的〈鲁斋郎〉杂剧》、冯沅君的《怎样看待〈窦娥冤〉及其改编本》、陈毓罴的《关于〈窦娥冤〉的评价问题》、金宁芬的《〈窦娥冤〉评价中的几个问题》、李健吾的《关汉卿创造的理想性格》、马少波的《读〈五侯宴〉》等。关汉卿研究热带来了元杂剧研究热。形成了1949年以后元杂剧研究的一个高潮。这些作品高度评价了关汉卿及其作品的现实主义精神，评析了"关剧"的思想意义和社会价值。

另外，《西厢记》也是元曲研究的热点，代表性的著作有王季思的《从莺莺传到西厢记》、霍松林《西厢记简说》、周天《西厢记分析》等。这一方面的研究，特别值得一提的有：王季思的《西厢记叙说》和林涵表的《论西厢记及其改编》两篇文章，《西厢记叙说》论述西厢故事的源流及演化，分析了不同时期崔张题材作品的思想内容和艺术特色；《论西厢记及其改编》探讨了剧本的主题思想和问题，较为全面地揭示了《西厢记》的思想意义和艺术价值。60年代初，关于《西厢记》的作者问题，学界展开了一场大论争。

60年代前后，学界围绕马致远作品的评价问题及《汉宫秋》的主题思想展开讨论，代表作品如：宋荫谷的《论杂剧〈梧桐雨〉》、徐凌云的《现存〈董秀英东墙记〉非白朴原作》、赵景深的《〈墙头马上〉的演变》，这些研究对白朴作品进行了研究、辨伪。

这一时期，一批戏剧研究者还开展了元剧文献的搜集、整理以及剧目考订等工作。如：赵景深修订的《元人杂剧钩沉》、郑振铎主持的《古本戏曲丛刊》（1957）第四集编成付梓、徐调孚和傅惜华的《现存元人杂剧书录》和《元代杂剧全目》（1957）、隋树森编校的《元曲选外编》、郑骞的《白仁甫交游生卒考》、《元明钞刻本元人杂剧九种提要》和《元杂剧异本比较》等。这些工作为后来的研究奠定了坚实的基础。特别是，曾永义的《中国古典戏剧论集》（1975）和《说戏曲》

(1976),系统梳理了杂剧发展演变的脉络,辨析了元杂剧与南戏传奇的关系,探讨了元杂剧所蕴含的社会现实,条分缕析,多有见地;罗锦堂的《现存元人杂剧本事考》《现存元人杂剧的题材》,对元人杂剧的本事进行了细致全面的考证。

这一时期的戏剧研究论述了元杂剧产生的历史条件、元剧中反映的社会状况等问题,注重对元杂剧人民性的阐发。但也存在简单化、教条化问题和主观穿凿、庸俗化解读,生搬硬套、简单划线来评价作家、作品,对戏剧作品采取了比较简单的批判态度,公案戏更是被全面否定,偏离了科学研究的道路。

改革开放以来,立足于戏曲史,元曲研究迅速发展,出现了全新的格局,其著述数量众多,不胜枚举。面对新局面,学者对元杂剧的再研究从对公案戏的再认识重新起步,代表性成果如:李西成的《略论元杂剧中的公案剧》、李汉秋的《元代公案戏论略》、王万庄的《漫谈元杂剧中的包公戏》、吴毓华《试论元杂剧清官戏的思想意义》及付平和黄竹三的《论元杂剧的清官形象》、李春祥的《元代包公戏新探》、邱俊鹏的《略谈元杂剧中的包公戏——兼谈清官的一些问题》、吕薇芬的《"今日个从公勘问"——元杂剧〈陈州粜米〉的包公形象》、李晖和吕福田的《略论中国古代戏剧中的鬼魂形象》等,这些研究对元杂剧公案戏进行了的再思考与再评价。

以此为发端,元杂剧研究领域展开学术反思和检讨,重点是对马致远"神仙道化剧"的再认识、元杂剧兴衰原因及大团圆结局诸问题的探讨方面。代表性成果如:梁归智的《关于元曲的评价问题》(《光明日报》1985年3月9日)、隗芾的《试谈元代社会与杂剧繁荣的关系》(《光明日报》1985年3月26日)、王季思的《元曲的时代精神和我们的时代感受》,(《光明日报》1985年4月9日)、任崇岳的《关于元杂剧繁荣原因的几个问题》(《历史教学》1982年第1期)、李春祥的《试论元剧的繁荣》(《河南师大学报》1982年第5期)、金逸人的《试论元杂剧兴盛的原因》(《天津师大学报》1983年第3期)等。这些研究以历史的眼光和实事求是的态度,从政治、经济、文化、社会等多角度探讨了元杂剧的兴衰,摆脱了长期以来把元杂剧的繁荣归结为元代统治者的高压政策、激烈的阶级矛盾及民族矛盾的片面归因。

1985 年、1986 年全国第一届古代戏曲学术讨论会在郑州召开，成立了中国古代戏曲学会。以此为开端，学者研究注重对戏曲现象的潜在规律和内在共性的深入探讨，在研究领域的横向拓展和研究对象认识的纵向深入方面都取得了可观的成绩。代表成果如：台湾学者唐文标的《中国古代戏剧史》①、廖奔和刘彦君的《中国戏曲发展史》②、李修生的《元杂剧史》③、张庚和郭汉城的《中国戏曲通史》④、余秋雨的《中国戏剧史》⑤ 等。其中值得一提的还有日本学者田仲一成的《中国戏剧史》⑥，与其他研究不同的是，这本著作着重从祭祀的角度探讨了中国戏曲的起源。虽然其中的部分论点受到了一些学者的质疑，但是从学术层面上来说，它依然具有很高的成就。

另外，这一时期，学者也从总体上探寻元杂剧的特征。代表性成果如：苏国荣的《元杂剧中的"赛卢医"》、康保成的《元杂剧呼妻为"嫂"与兄弟共妻古俗》、吴国钦的《关汉卿杂剧中的民俗文化遗存》、翁敏华的《杂剧〈百花亭〉与宋元市商民俗》、颜天佑的《元杂剧的平民意识》、郑培凯的《元曲中的社会史资料》、门岿的《谈兄弟民族对元曲发展的贡献》、李春祥的《略论元剧作家笔下的中州社会生活》、幺书仪的《从元代的吏员出职制度看元人杂剧中"吏"的形象》、陈建华的《〈东堂老〉与古典文学中的商人形象》、刘知渐的《关汉卿清官戏中的法律问题》、李春祥的《元代包公戏与中国法文化》、谭达先的《关汉卿杂剧与民间文化之关系初探》、孙秀荣《红娘现象与民族文化心理》、夏写时的《论关汉卿的生存年代与生存心态》、许金榜的《从元曲看元代文人的心态》、刘彦君的《元杂剧作家心理现实中的二难情结》、赵山林的《论元杂剧的分类研究》等。这些作品从不同侧面探讨了戏曲与民俗的关系、元杂剧与历史观照、元

---

① 唐文标：《中国古代戏剧史》，中国戏剧出版社 1985 年版。
② 廖奔、刘彦君：《中国戏曲发展史》，山西教育出版社 2006 年版。
③ 李修生：《元杂剧史》，凤凰出版社 2002 年版。
④ 张庚、郭汉城：《中国戏曲通史》，中国戏剧出版社 2006 年版。
⑤ 余秋雨：《中国戏剧史》，长江文艺出版社 2013 年版。
⑥ [日] 田仲一成：《中国戏剧史》，布和、吴真译，北京大学出版社 2011 年版。

绪 论

杂剧蕴含的文化意象、作家心态对杂剧创作影响以及元杂剧平民化倾向，在理论与内容上对元杂剧的演出形式、结构体制、曲论研究等问题的探究也形成了一定突破。同时，学者对新发现的戏曲文物的考证研究也取得了突破性进展。山西师院戏曲文物研究所的《元初戏剧演出的重要史证——山西新绛元墓戏雕考述》、李歆的《从山西洪洞明应王殿壁画浅析元杂剧的演出形式》、窦楷的《元杂剧演出的实例——运城西里庄元墓戏剧壁画〈风雪奇〉考释》等文通过对文物的考察来研究元杂剧的舞台演出。

在曲论研究方面，李春祥的《〈录鬼簿〉中的燕赵杂剧作家群》和《钟嗣成〈录鬼簿〉对戏曲史的贡献》、齐森华的《〈录鬼簿〉散论》、吕薇芬的《〈录鬼簿〉的历史地位——兼论元人戏剧观》、季国平的《〈录鬼簿〉编纂体例发微》、程华平的《〈青楼集〉的戏曲文化价值钩沉》、刘知渐的《胡祇遹诗文中的元初戏曲史料》等都是很具分量的研究成果。

总之，这一时期，学者们突破传统观念和研究模式，分析元曲的艺术性，探讨宗教与戏剧的关系，考证戏剧文物，论证哲学思潮对元曲发展的影响，开展戏剧文化的研究，等等，成果丰硕。这类文献不仅很好地向读者揭示了中国古代戏剧的起源和发展，还往往把元杂剧置于宏观的历史背景之下，对其剧场、音乐、演员等多方面的因素进行考证与研究。可以看出，它们已经不再将研究范围囿于文学的层面内，避免了研究的单向性和平面化，大大丰富了我们对元杂剧的认识。

4. 结合多学科的知识背景，对元杂剧的产生、发展、影响及文化意涵等各个方面进行评述

在中国封建社会后期文化艺术领域占据着重要地位的元杂剧，并非源远流长的传统文化顺向发展的产物，而是在高度发展且日趋凝固的伦理文化猝然崩毁以至解体的失衡状态下超常规的逆向生成物[①]。

从现有研究成果来看，不乏立足于多学科的角度，对元杂剧所反映的社会形态、文化样式、历史背景等问题进行分析的学者。如：郭

---

① 张大新：《元杂剧兴盛的思想文化背景》，《河南大学学报》2002年第11期。

英德的《元杂剧与元代社会》（1996）一书就是从元杂剧入手，分析了它所反映的元代社会关系特征、社会等级结构、民族关系等问题。而苏力的《作为社会控制的文学与法律——从元杂剧切入》（《北大法律评论》2005年第1期）则侧重以元杂剧作为素材，重点考察中国传统戏剧在中国古代社会中的意识形态功用。除此之外，还有张大新的《元杂剧兴盛的思想文化背景》（《河南大学学报》2002年第11期），杜桂萍的《论元杂剧与勾栏文化》（《学习与探索》2002年第6期），罗斯宁的《元杂剧的鬼魂戏和元代的祭祀习俗》（《中山大学学报》2003年第5期）、《元杂剧的爱情剧和元代的节日择偶习俗》（《东南大学学报》2006年第10期），张连举《元杂剧中的丧葬文化》（《宁夏社会科学》2006年第6期），等等。

由于元杂剧产生于政治动荡、战乱纷争、不同文化相互碰撞融合的时代，在它身上体现着极为丰富的内涵，有着深刻的文化价值。加之元代统治者轻文重武，本身为后世所留下的可供研究的资料就少之又少。因此，这方面的文献为我们研究元杂剧、研究元代社会都提供了全新的、多样化的视角，也为元杂剧赋予了新的生命力。

5. 具体分析元杂剧的某一特征或要素，如舞台表现、角色演员、服装道具、唱白伴奏等

元杂剧的形成是中国历史上各种表演艺术发展的结果，同时也是时代的产物。无论是探寻其结构、表演、内容、角色，还是编写、演出、传播、影响，元杂剧都是相对完善和成熟的。

随着元杂剧创作和演出的繁荣，元杂剧的社会地位亦有所提高，这不能不引起论者的批评兴趣，他们以专著、咏剧诗、序跋笔记、杂论评点、辑古访逸等不同的形式，表达着自己对元杂剧的认识和评价。如夏庭芝在《青楼集志》中认为："唐时有传奇，皆文人所编，犹野史也，但资谐笑耳。宋之戏文，乃有唱念、有评。金则院本、杂剧合而为一，至我朝乃分院本、杂剧而二。"陶宗仪在《南村辍耕录》认为："宋有戏曲、唱诨、词说，金有院本、杂剧、诸宫调。院本、杂剧，其实一也。国朝院本、杂剧始厘而二之。""稗官废而传奇作，传奇作而戏曲继。金季国初，乐府犹宋词之流，传奇犹宋戏曲之变，世传谓之杂剧。"邓子晋在《太平乐府》序言中提到："乐府本乎诗也。

绪 论

三百篇之变,至于五音,有乐府,有五音,有歌、有曲,为诗之别焉。"史论风气开始之后,各家从不同的视角,考察杂剧之源,也有从音韵、声律的变迁等考察元杂剧之流变。如虞集认为,北乐府是"声音之学"的传嗣,扭转了魏晋以来的"雅乐之不作、声音之学不传也久"[①]的局面。蕴含着评论家为杂剧寻求文学地位及变俗为雅的良苦用心。

从对现有文献梳理来看,其中有很大一部分是通过元杂剧中的某一特征或要素展开研究的。例如从剧本编写的角度来看,有孙吉民、杨秋红的《试论元杂剧宾白的叙事体特征》(《廊坊师范学院学报》2002年第6期),张英的《论元杂剧叙事的抒情化特征》(《艺术百家》2006年第7期),杜瑶瑶的《元杂剧主题研究综论》(《前沿》2016年第12期)等。从舞台表现的角度来看,有陈建森的《元杂剧舞台表演与观众之间的审美关系》(《华南师范大学学报》2000年第9期),岗晴夫、张杰的《元杂剧舞台空间的构成》(《剧艺百家》1986年第8期)等。从演员和观众的角度来看,有赵山林的《中国戏曲观众学》(1990)、徐大军《元杂剧主唱人的选择、变换原则》(《文艺研究》2006年第8期),许强的《"旦"在元杂剧中的三层存在》(《戏剧文学》2014年第8期),许瑞雪《浅析元杂剧女性角色构建与时代影响》[《文学教育》(上)2016年第12期]等。

这类研究往往只关注元杂剧的某一方面,就某个方面进行深层次的研究与挖掘,尽管在研究广度上略显不足,但是它们在研究深度上展现出了一定的优势。

6. 对在题材选择、艺术手法等方面具有代表性的剧本进行个案分析

在元杂剧中有诸多流传甚广、特色鲜明、具有极高艺术价值的作品,这些作品不仅是戏剧舞台上的经典,也是学者们研究的重点。

如朱伟明在论文《〈西厢记〉与明清戏曲观念的嬗变》一文中关注的是《西厢记》的艺术特色和价值观念对后世的影响,通过整理朱权、金圣叹、李渔等对《西厢记》的评价,作者认为在诸多的艺术特色中,最先引起明人兴趣的是它华美的文辞,其次是人物形象的塑造,

---

[①] (元)虞集:《中原音韵·序》,中华书局1978年版,第1页。

进而是情节结构的设计①。再比如，靳瑞芳、杨朴在《伦理与金钱的悲剧冲突——〈窦娥冤〉主题的重新解读》一文中具体描述了社会文化当中的一种普遍性冲突，即金钱利益对人性的扭曲和逼迫，以及以窦娥为代表的社会小人物站在伦理道德线上的反抗。并据此对《窦娥冤》当中的悲剧主题进行了重新的解读②。

这类研究还包括杨健《封建礼教的民间礼赞——〈窦娥冤〉思想主题辨析》（《中央戏剧学院学报》2008 年第 9 期）、翁敏华《论关汉卿剧作笑谑性语言品格——以〈救风尘〉为主要考察对象》（《上海师范大学学报》2011 年第 11 期）、王云《正义与义在〈赵氏孤儿〉中的隐性冲突》（《戏剧艺术》2016 年第 2 期）等。它们通过选取具有代表性的作品，进行个案分析，对某方面的问题进行深入探索，其研究较之其他更为生动形象，也更有说服力，便于读者的理解和接受。但是问题在于，仅通过个别的作品，很难对元杂剧整体的特点有所把握，有些研究结论不免以偏概全、有失偏颇。

7. 以综述的形式，对元杂剧进行系统的分析

对任何领域的研究来说，都需要综述概论式的研究，它不仅针对该领域的研究有提纲挈领的作用，同时也能让初次涉及该领域的人对研究背景、研究现状和发展趋势有一个全面的了解。

在对元杂剧的研究综述中，就有顾肇仓的《元代杂剧》（1962），它在背景、剧本、角色、排场、演出、宫调、作家、作品等方面对元杂剧做了系统的概述。与之相似的，还有冯天瑜的《中国元典文化元曲十六讲》（2006）、田同旭的《元杂剧通论》（2007）和徐扶明的《元杂剧艺术》（2014）等。

这类文献的特点是对元杂剧的研究较为全面，且各成体系，有助于我们系统地了解元杂剧所包含的各种元素和特点。而它们的问题在于，对每个方面的研究都不够深入。

---

① 朱伟明：《〈西厢记〉与明清戏曲观念的嬗变》，《戏剧艺术》2002 年第 1 期。
② 靳瑞芳、杨朴：《伦理与金钱的悲剧冲突——〈窦娥冤〉主题的重新解读》，《戏剧文学》2016 年第 7 期。

绪 论

（二）关于元杂剧传播的研究

目前，从传播角度对元杂剧进行解读的研究还少之又少。在中国知网上以"主题"为检索项，以"元杂剧"和"传播"为关键词进行搜索，共检索到文献166篇，其中期刊91篇，博硕士学位论文70篇，会议2篇，报纸2篇，年鉴1篇。其中大部分研究主要集中于2005年以后，一方面是随着时代的发展和研究的深入，越来越注重学科间的交叉与互补；另一方面是因为大量剧本的校对与修订为深层研究提供了条件和基础。

通过对现有文献的梳理和归纳，可以看出，从传播角度对元杂剧进行的研究主要可以分为以下几个方面。

1. 从跨文化交流的角度，对元杂剧的文化传播，及其所体现的文化交融进行解读

元杂剧作为中国历史上不朽的艺术成就之一，一方面，它不仅在不同民族文化的交融传播方面起到了极为重要的作用；另一方面，中国戏曲作为"世界三大古老戏剧文化"之一，至今仍活跃在世界戏剧舞台之上，它与西方文化的碰撞也较为久远。因此，从跨文化交流的角度对元杂剧的传播研究也在日渐增多和深入。

如杜丽萍在《论元杂剧传播中的异质文化交融》一文中详细分析了汉族戏曲作家在创作过程对女真、蒙古文化的吸收[1]。李安光在《英语世界的元杂剧研究》一文中，对英语世界中的元杂剧研究情况进行了梳理，并将其与国内的研究成果进行了对比，他认为英语世界的元杂剧研究在研究视野上涉及多领域的学科知识，能够为我们今后的研究所借鉴[2]。而郝青云在《元杂剧与明传奇改写本的跨文化比较研究》一文中通过具体分析明传奇在创作过程中对元杂剧的改写情况，探讨了元杂剧所包含的多元文化风貌，以及明以后文学创作向传统汉文化的回归[3]。

---

[1] 杜丽萍：《论元杂剧传播中的异质文化交融》，《文艺评论》2013年第2期。
[2] 李安光：《英语世界的元杂剧研究》，《戏剧》（中央戏剧学院学报）2015年第5期。
[3] 郝青云：《元杂剧与明传奇改写本的跨文化比较研究》，《中央民族大学学报》2009年第3期。

关于这方面的研究,在博硕士学位论文中也有体现。如成娟的《外传元杂剧与西方文化的碰撞与融合》(硕士学位论文,南京师范大学,2005 年)、柴照亮《试论宋元杂剧对日本能乐的影响》(硕士学位论文,延边大学,2012 年)、刘虹的《元杂剧跨文化传播策略初探》(硕士学位论文,山西大学,2013 年)等。它们尽管在跨文化传播的角度对元杂剧的研究做出了一定的贡献,但是,其研究往往呈现出碎片化的特点,既没有借助相关理论,也没有形成研究体系,难以为今后的研究提供借鉴。

2. 通过个案分析,阐述元杂剧在某方面的传播特点

元杂剧的兴起,使中国的叙事性文学第一次占据了文坛的主导地位。而这些叙事作品不仅是个人的创造性成果,是作家天赋才华的体现,同时也在一定程度上反映着社会现实,受到社会的制约与影响。因此,有不少学者力图通过个案分析,探寻元杂剧的传播特点。

这类研究主要分为两种,其一是对元杂剧作品的分析。如王欣在《论〈汉宫秋〉的选本传播特征》中通过分析《汉宫秋》在选本当中的入选形式和频率,对《汉宫秋》的传播和流动轨迹做出了历时性把握,进而分析了其流传与演出的真实形态[1]。而冯淑英在其《〈窦娥冤〉传播探微》一文中,通过原型考辨、剧本创新、文本传播、舞台传播、受众移情等方面对《窦娥冤》的传播情况进行了梳理,向读者展示了其经久不衰的艺术魅力[2]。

其二是对相关史料文献的分析。如孙书磊在《元杂剧体制在元明的传播与演进——以〈改定元贤传奇〉为研究中心》一文中就是将不同时期的杂剧选本,包括其中的题目诗句、角色体例等与《改定元贤传奇》进行对比,从而得到《改定元贤传奇》是元杂剧的传播中介,推动了元杂剧体制发展的结论。[3] 而蓝凡在《简论夏庭芝的戏曲论著〈青楼集〉》一文中详细介绍了夏庭芝的戏剧审美理论,包括其"厚人伦,美风化"的戏剧审美功利观,对歌唱"寻腔依调"、表演"步线

---

[1] 王欣:《论〈汉宫秋〉的选本传播特征》,《咸宁学院学报》2010 年第 11 期。
[2] 冯淑英:《〈窦娥冤〉传播探微》,《牡丹江教育学院学报》2007 年第 1 期。
[3] 孙书磊:《元杂剧体制在元明的传播与演进——以〈改定元贤传奇〉为研究中心》,《戏曲艺术》2011 年第 3 期。

行针"的审美要求①。

通过整理可以看出,这类研究往往也是对某一方面的问题给予深刻的解读和阐释,但却很少立足于宏观的角度,对元杂剧的传播特点有一整体把握,从而探索出元杂剧传播的模式或是产生的效果。

3. 探寻元杂剧在后世的传播

随着元朝统治的衰落,元杂剧似乎也在时代的洪流中黯然失色。可它并没有销声匿迹,而是作为中国艺术中的一种重要表现形式,在不断涌现的传播新技术下,焕发着新的生机与活力。

因此,探寻元杂剧在后世的传播也是学者关注的重要命题之一。李双芹在《元杂剧在明代的传播与接受》一文中指出元杂剧在明代产生了一定的传播与流变,包括元杂剧剧本的收藏、元杂剧演出、元杂剧批评、元杂剧改编等。通过对于以上四个方面的考察,作者认为元杂剧在明代之初的传播还较为广泛,其刊刻、收藏、改编也曾出现过高潮。② 另外,陈旭霞在《元杂剧在世界的传播与影响》一文中详细阐述了17、18世纪后,元杂剧在世界范围内的影响,其中包括元杂剧在朝鲜、法国、美国等的传播情况③。而李晓彬则通过其博士学位论文《关汉卿剧作的当代舞台传播》,重点探究了元杂剧在当代的传播与影响,其中包括传播热点、形式、历史沿革,文学传播与舞台传播的关系,舞台传播与地方戏的发展等④。

从这类研究来看,它们在一定程度上打破了时间的界限,将元代最高的艺术成就放置于新的社会背景之下,一方面展现了元杂剧在传播过程中所形成的新的模式;另一方面也展现出了元杂剧极高的传播价值和艺术价值。

4. 分析制度、文化等与元杂剧传播的关系

如果说,文人墨客、倡优伶人最终都难免成为戏剧发展长河中的沙尘,陷落于河底,那么,元杂剧所携有的文化内涵则如河中流水,源远流长。因此,学者们常常将分析制度、文化等与元杂剧传播的关

---

① 蓝凡:《简论夏庭芝的戏曲论著〈青楼集〉》,《上海师范大学学报》1992年第1期。
② 李双芹:《元杂剧在明代的传播与接受》,《长江学术》2006年第4期。
③ 陈旭霞:《元杂剧在世界的传播与影响》,《大舞台》2008年第6期。
④ 李晓彬:《关汉卿剧作的当代舞台传播》,博士学位论文,武汉大学,2010年。

系作为不变的命题。

张立环的《从元杂剧看元代儒家文化的传播——以关汉卿单本寡妇戏为例》通过具体分析元杂剧中寡妇可否再嫁的问题，并对相关信息进行解读，从而得出结论：蒙元社会草原文化对中原儒家文化带来了不小的冲击[①]。

蒋山在《宋元艺人的商品意识与戏曲的传播》一文中提出，伴随着经济的发展，宋元时期的戏曲表演展现出了浓厚的商业色彩。一方面，演员们开始将自身的演艺活动作为商品进行出售；另一方面，为了获得更多的利益，他们往往具有强烈的竞争意识[②]。

毕丽君则在《元杂剧中的道德传播》一文中着重对元代前期重要作家郑廷玉的作品进行了分析，并认为他是一种道德传播，即始终对统治阶级的丑恶和社会堕落保持着清醒的认识，对贫富悬殊和人民的苦难有深切的体验，并运用讽刺的手法，对社会现实生活的黑暗和人类本身的丑恶进行着鞭挞和抨击[③]。

这类文献的特点在于，它们的研究内容更为丰富，研究对象更为多元，研究方式更为新颖，向我们展示了元杂剧所蕴藏的文化内涵。但是，这类研究实际在探寻元杂剧与文化传播的关系，对元杂剧本身的传播涉猎甚少，对后续关于元杂剧传播方面的研究也没有太大的裨益。

5. 元杂剧中的民俗文化传播研究

民俗具有集体性、传承性和扩布性、稳定性与变异性、类型性、规范性和服务性等基本特征[④]。元杂剧中的民俗描写了元代政治制度、经济生活、地域环境、文化价值观念，具有浓厚的文化底蕴与文化个性。近些年来，学者从民俗文化角度，开展了较为深入的跨学科研究。典型成果如：张连举在《元杂剧中的民俗文化研究论要》一文中详细探析了元杂剧中的饮食风俗、服饰风俗文化、居住风俗文化、行旅交

---

① 张立环：《从元杂剧看元代儒家文化的传播——以关汉卿单本寡妇戏为例》，《河北学刊》2008年第4期。
② 蒋山：《宋元艺人的商品意识与戏曲的传播》，《牡丹江教育学院学报》2007年第2期。
③ 毕丽君：《元杂剧中的道德传播》，《内蒙古电大学刊》2010年第6期。
④ 钟敬文：《民俗学概论》，上海文艺出版社1998年版，第142页。

通风俗、市商风俗文化、丧葬风俗文化、体育游艺风俗文化、信仰与宗教迷信风俗文化、岁时节日风俗文化和婚俗文化等①。

综上所述，从元代起就已经出现了对元杂剧的研究，经过了漫长的发展过程，目前研究成果也较为深入和全面，但多数是将元杂剧视为一种文学作品，忽略了其综合性艺术的本质。

而关于元杂剧传播领域的研究主要分为四个方面，尽管研究内容相对丰富，但是都没有形成体系，尤其对传播学理论的应用还相对较少。其中，对大众媒介技术与当代元杂剧传播之间的关系研究还少有学者涉及。

（三）国外关于元杂剧的研究

1. 英美学者对元杂剧的推介与研究

19世纪，英美对元曲的研究，多为一般性评论，主要见之于一些文学史、戏剧史、戏剧概论之类著作中。艾约瑟1857年已经注意到"中国传奇曲本""人皆以为无足轻重，理学名儒，且屏而不谈"。与梁启超同出康有为门下的欧榘甲在旅居美日期间撰写的《观戏记》也是一篇值得重视的文献，此文以中西参合的眼光叙述了中国戏曲演变的大体脉络：以"《诗》三百五篇，皆被之管弦"，故认为"十五'国风'之诗，皆十五国所演之班本也""班本者古乐府之遗也；乐府者古诗之遗也。"②梁启超主持的《清议报全编》一书先后收录了此文，其传播广远。

20世纪以来，英美学界对元曲研究逐渐深入系统，其中代表性的专著如美国学者阿灵顿（L. C. Arlington）的专著《古今中国戏曲概论》（1930）、《中国名剧集》（1937）；詹姆斯·克伦普（J. I. Crump）的《元杂剧的组成成分》（1958）深受英美戏曲研究界的重视，他的《院本：元杂剧吵吵闹闹的前身》《元杂剧的程式和技巧》《上都乐府·华夏散曲》等论著都是高水平的作品；斯蒂芬·韦斯特（S. H. West）的

---

① 张连举：《元杂剧中的民俗文化研究论要》，《宝鸡文理学院学报》2006年第3期。
② 无涯生：《观戏记》，原刊美国旧金山《文兴报》，录自《清议报全编》，卷二十五附录一《群报撷华上》，日本横滨：新民社1903年版。

《十二至十五世纪中国戏剧注评》也是西方学者关于中国戏曲研究的经典之作。

美国近年出版元曲研究成果如：时钟雯的《窦娥冤：研究与翻译》和《中国戏剧的黄金时代：元杂剧》（1975）；乔治·海登（G. A. Hayden）的《元朝的包公戏》和《元明杂剧中之包公案：中国中世纪戏剧中的罪与罚》（1978）；罗锦堂的《现存元人杂剧本事考》和《锦堂论曲》；杰罗姆·西顿的《关汉卿及其著作评论》；谢臣武的《窦娥冤主题的演进》；杰罗姆·卡瓦诺《元代剧作家白朴的作品》；斯蒂芬·韦斯特的《中国戏剧：1100—1450》（1982）；林理彰的《贯云石》（1980）；柯润璞（J. I. Crump）的《元上都歌诗》（1983）；博士学位论文有吴黄舒琛（Shu-shen Huang Wu）的《元代散曲诗人张可久》（1973）、王琳达（Linda Greenhouse Wang）的《马致远散曲及杂剧诗研究》（1992）；学术论文则有刘君若（Chun-jo Liu）的《马致远的小令中的对偶结构》（1969）、柯润璞的《雪日近上都：冯子振及其诗》（1990）等。另外，马礼逊编写的《华英字典》，该辞书介绍了元杂剧九种戏剧角色和"十二科"。英国近年出版的元曲研究著作有威廉·多尔拜的《关汉卿及其作品面面观》《八出中国戏剧》《中国戏剧史》等。

华裔学者对元杂剧的评价在英语世界中的影响突出的如：朱家健的《中国戏剧》（1900），熊式一的英文全译本《西厢记》（1935）、《王宝钏》（1935），甚负盛名；李亚伟的译著《中国与法国古典戏剧：伏尔泰〈中国孤儿〉与纪君祥〈赵氏孤儿〉》（1937）对18世纪法国戏剧所受中国戏剧的影响作了详尽的论述、陈伊亢的《中国戏剧》（1948）、刘君若的《中国十三世纪杂剧研究》（1952）、刘若愚的《伊丽莎白女王时代戏剧与中国元朝诗体戏剧程式的简明比较》（1955）、杨富森的《元杂剧中的吕洞宾》（1956）、陈世骧的《中国文学史》（1961）、陈绶颐的《中国文学史概论》（1961）、李治华的译本《汉宫秋》（1962）、柳无忌的《中国戏剧史》（第二卷·元代）（1975）等。

2. 法国学者对元杂剧的推介与研究

元杂剧被最先介绍到法国的是纪君祥的《赵氏孤儿》，来华法国传教士马若瑟神父（J. Premare）1731年将《赵氏孤儿》译成法语版本，1735年发表于《中国通志》上。伏尔泰在马若瑟节译的《赵氏孤儿》基础上，创作了《中国孤儿》，1755 年在巴黎公演，轰动了当时法国剧坛，元杂剧引起了一些作家和批评家的关注。对中国元曲艺术开始进行扎实研究的是 19 世纪的法国汉学家们。如斯塔尼斯拉斯·朱利安（Stanislas Julien）翻译出法语版的《灰阑记》（1832）、《赵氏孤儿》（1834）、《西厢记》（1872）。朱利安对元曲有较透彻的研究，他认为："元代的每个剧本都由层次分明的两部分组成，道白为散文体或不规则的韵文体，颇似我国歌剧中的小咏叹调。剧中最扣人心弦的段落均以风格高雅的诗体写就，欧人不易理解。这些诗段往往占全剧的一半甚至四分之三的篇幅，马若瑟却未将这些诗歌全文译出，实属憾事。"元杂剧中的诗段形象化的比喻或某种曲折隐晦的譬喻，"需凭丰富的想象力方能领悟"，而"某些借喻又与习惯用语、迷信行为、民间故事和习俗有关，或是源自寓言、神话、中国人特有的文化观"，需要精深的研究和专门的学问才能把握。汉学家安托万·巴赞（P. L. Bazin）出版译著《中国戏剧选》（1838），内容包括《㑇梅香》、《合汗衫》、《货郎旦》和《窦娥冤》，发表了法文译作《琵琶记》（1841），在《中国戏剧选》长篇导言中，他首次向法国人介绍了中国戏剧的历史、演变和特点，给西方人提供了一个中国古代戏剧发展的大轮廓，也为其后的元杂剧研究奠定基础。值得一提的还有 19 世纪以来华裔学者对中国古典戏曲西传的贡献，如，陈季同的专著《中国戏剧》（1886）、徐仲年的《中国诗文选》（1933）、陈宝吉的《西厢记》（1934）等对《西厢记》《汉宫秋》《窦娥冤》《牡丹亭》等剧作的渊源、演变及其对明代戏剧的影响等有较全面的论述。

20 世纪，法国汉学界继续翻译介绍中国传统的戏剧作品，如：路易·拉卢瓦翻译元杂剧《黄粱梦》、李治华翻译《忍字记》《破家子弟》等。与此同时，法国汉学家们开始致力于中国戏剧的表现程式和艺术奥秘的探究，逐渐走出封闭的经院研究，深入元杂剧的综合表演和中国戏剧特质的探讨上，如路易·拉卢瓦从文化角度探讨了中国戏剧的起源和特点。

3. 德国学者对元杂剧的推介与研究

德国学者对元杂剧的翻译始于 18 世纪中期。1748—1756 年刊行的《中华帝国全志》德译本（迪哈尔德编译）收录了《赵氏孤儿》德语译文。早期的元曲研究主要集中于中国戏剧史领域，代表性成果如：汉学家克莱因（J. L. Klein）1866年出版的《戏剧史》，该书对《汉宫秋》《灰阑记》进行了摘译并附评论；汉学家鲁道夫·冯·戈特查尔（R. von Gottschall）1887年出版的《中国戏剧》，该书收录了《汉宫秋》《窦娥冤》；汉学家汉斯·鲁德尔斯贝格（H. Rudelsberger）1922年出版了《中国喜剧》和《中国古典爱情喜剧家》，其中《中国喜剧》收录《吕洞宾》；汉学家格鲁贝（W. Grube）1909年出版的专著《中国文学史》附有《西厢记》及中国戏曲发展史评介；汉学家福尔克（A. Forke）翻译了《汉宫秋》《梧桐雨》等十出元代戏剧全文，该译著1978年由汉学家马丁·吉姆（M. Gimm）校订出版并被列入"中国学丛书之六"，是德国当代学界对元代戏剧的研究新成果。

4. 俄国与苏联学者对元杂剧的推介与研究

俄国译介中国元代戏曲始于19世纪初叶，先后刊发了如：《学者之女雪恨记》（《雅典娜神庙》1829年第11期），介绍《窦娥冤》剧情和《王月英元夜留鞋记》故事梗概；《樊素，或善骗的使女》（即《㑳梅香》）；1847年由法文转译的俄译本《琵琶记》，瓦西里耶夫的《中国文学史纲要》（1880）中对《西厢记》进行了评价，指出《西厢记》"语言精丽""如果撇开语言不谈，仅就情节和剧情的发展，再加上台词和曲词，即使在全欧洲恐怕也找不出多少这样优美的剧本"。

十月革命后，苏联学者对元曲的研究进展较大，代表成果如：王希礼的《关汉卿——伟大的中国剧作家》（1956）收录《窦娥冤》《救风尘》的译文并附录费德林、艾德林、索罗金等汉学家的元杂剧研究论文。对元杂剧的评论，最典型的是索罗金的《十三、十四世纪中国古典戏曲：起源、结构、形象、情节》（1979），该书从元曲体裁的起源、元杂剧的结构、元杂剧的人物形象以及元杂剧作者的世界观等方面系统地分析了元代戏剧作品，是"最有分量的论元曲的著作"（谢列布里亚科夫），"这本书的主要价值，不仅在于资料丰富，而且有独到的见解，处理资料和分析问题的方法新颖"（李福清）。此外，盖达的《中国传统戏剧——戏曲》（1971）也对元杂剧进行了概要性的介绍。

5. 韩国学者对元杂剧的推介与研究

韩国关注中国戏剧的有梁建植、金光洲、闵永奎、车柱环和金学主

绪 论

等学者。车柱环著有《钟嵘诗品校释》(1968)、《唐乐研究》(1976)和《中国词文学论考》(1982)等；金学主著有《汤显祖研究》(1963)、《中国古代的歌舞戏——为了建立新的中国戏剧史》(1994)、《韩中两国的歌舞与杂戏》(1994)等，这些研究都在扎实的文献考证基础上，以"歌舞戏"贯穿整个中国戏剧史，其研究涉及元杂剧的优秀作品，研究比较深入。

6. 日本学者对元杂剧的推介与研究

日本的元曲研究较早，17世纪初，《西厢记》等便已入藏日本御文库。江户前期的著名学者新井白石注意到元曲与日本的能乐在舞蹈、歌唱、舞台结构、角色分配等方面的类似点，他在回答有关元曲的问题时，已提出元曲孕育能乐的看法，在日本最早的戏剧论文《俳优考》中进一步推测在镰仓之末、室町御代制之初，日本和中国在往来的过程中元杂剧传入日本并影响日本，使日本俳优从效仿唐朝散乐转而模仿元剧，发展起能乐表演艺术来；幸田露伴在其专著《元曲梗概》中介绍了元曲的内容与艺术成就；森槐南的《元人百种曲解题》（《汉学》1—8）唤起日本学者对元曲研究的注意；狩野直喜发表了《〈水浒传〉与中国的戏剧》《〈曲录〉与〈戏曲考源〉》《读曲琐言》等文章，开日本元杂剧研究之新风，"为我国元曲研究的鼻祖"（青木正儿），受其影响，久保天随、铃木虎雄、西村天囚、金井保三、宫原民平、岗岛献吉郎、田中从吾轩等对元曲研究表现出浓厚的兴趣，并从不同角度展开对中国戏曲的研究，"或对曲学底研究吐卓学，或竟先鞭于名曲底绍介与翻译，呈万马骈镳而驰骋的盛况"（青木正儿）。他们的共同努力，使日本元曲研究进入发轫期。其后，青木正儿在元曲研究中承前启后，成就卓著，他先后发表了《〈货郎旦〉故事中的女子》《元代杂剧创始者关汉卿》《元曲潇湘雨》《刘知远诸宫调考》等高水平论文。他的《元人杂剧概说》(1937)，翻译的《元曲选》以及《中国戏曲史》，对学者多有启示。另外，吉川幸次郎《元杂剧研究》(1960)、《元杂剧的作者》、《元杂剧的听众》、《元曲金钱记》、《元杂剧的构成》、《元杂剧的文章》、《元杂剧的用语》、《元杂剧的资料》等专著论文均是这一时期日本学者元杂剧研究经典之作；而高桥文治的《围绕元刊本〈薛仁贵衣锦还乡〉》则是在前人研究的基础上对该剧的艺术构思与处理进行深刻剖析;还有从与日本文学比较研究的视角开展元杂剧研究,如七理重惠的《谣曲与元曲》、井上泰山的《有关元杂剧的传来与受容的札记》和川上忠雄的《中国戏剧的历史研究》(1985)均是日本元杂剧研究的上乘之作。

四 戏曲、戏剧与杂剧辨析

从现有资料来看,"戏曲"一词最早见于刘埙《水云村稿》卷四《词人吴用章传》云:"至咸淳(1265—1274),永嘉戏曲出。"① 洛地对戏曲的解释是"戏中之曲";周华斌以为宋代的戏曲有"游戏之曲"和"扮戏之曲"双重含义,以"以曲为戏"解释"戏曲"。② 孙崇涛、徐宏图对《青楼集》中所用"戏曲"注解为"当指南曲戏文"③。

《南村辍耕录》卷二十五所谓"宋戏曲与唐传奇,宋唱诨、词说,金院本、杂剧、诸宫调并称,可见也是一种文类。"④ 该书在卷二十七中把戏曲与稗官、传奇并称,云:"乐府犹宋词之流,传奇犹宋戏曲之变,世传谓之杂剧。"⑤ 在此,作者明确指出乐府与宋词、传奇与戏曲、世传与杂剧之间的源流关系。

明代,在刊印曲选中对散曲和戏曲已有辨识。周之标《吴歈萃雅》分别说明时曲和戏曲云:"时曲者,无是事,有是情,而词人曲摩之者也;戏曲者,有是情,且有是事,而词人曲肖之者也。"⑥ 可以看出,早在明代,散曲与剧曲已有较为明确的区别:散曲侧重纯粹抒情,而剧曲侧重抒情叙事结合。凌濛初在《南音三籁》卷首所附《谭曲杂札》中云:"戏曲搭架,亦是要事,不妥则全传可憎矣。"⑦ 明确

---

① 洛地:《戏剧三类——戏弄、戏文、戏曲》,《南大戏剧论丛》2014年第2期。
② 周华斌:《中国戏剧史新论》,人民出版社2003年版,第84—88页。
③ (元)夏庭芝著,孙崇涛、徐宏图笺注:《青楼集笺注》,中国戏剧出版社1990年版,第183页。
④ (元)陶宗仪:《南村辍耕录》,辽宁教育出版社1998年版,第366页。
⑤ (元)陶宗仪:《南村辍耕录》,辽宁教育出版社1998年版,第405页。
⑥ (明)周之标编著:《吴歈萃雅》《善本戏曲丛刊》第二辑,学生书局1984年版,第9—10页。
⑦ 中国戏曲研究院:《中国古典戏曲论著集成》第四册,中国戏剧出版社1982年版,第258页。

绪　论

"戏曲"指剧曲，要有紧密而完整的叙事结构。叶长海说："古人言'戏曲'者，多以指与'散曲'相对，而专指戏曲本子中的曲子。由于'曲'是作家创作的文学作品，所以'戏曲'是指曲本的创作，而不是指台上的演出。如果宽泛一点，以'戏曲'借指有曲子的戏剧本子，犹如今所说的戏曲剧本，倒也相去不远。"① "戏曲"概念在近世词语含义也在不断明晰，如乾隆四十五年十一月乙酉，军机大臣传下谕旨给两淮盐政伊龄阿和苏州织造全德云："前令各省将违碍字句之书籍，实力查缴，解京销毁，现据各督抚等陆续解到者甚多。因思演戏曲本内，亦未必无违碍之处，如明季国初之事、有关涉本朝字句，自当一体饬查。至南宋与金朝关涉词曲、外间剧本，往往有扮演过当，以至失实者；流传久远，无识之徒，或致转以剧本为真，殊有关系，亦当一体饬查。此等剧本，大约聚于苏、扬等处，著传谕伊龄阿、全德留心查察，有应删改及抽彻者，务为斟酌妥办。并将查出原本暨删改抽彻之篇，一并粘签解京呈览。但须不动声色，不可稍涉张皇。""乃本日据图明阿奏查办剧本一摺，办理又未免过当。剧本内如《草地》《败金》等出，不过描写南宋之恢复，及金朝退败情形。竟至扮演过当，称谓不论，想当日必无此情理。是以谕令该盐政等，留心查察，将似此者一体删改抽掣。至其余曲本内，无关紧要字句，原不必一律查办。今图明阿竟于两淮设局，将各种流传曲本尽行删改进呈，未免稍涉张皇。且此等剧本，但须抄写呈览，何必又如此装演致滋糜费……将此遇便传谕知之。钦此。"② 从这两例可以看出，清代曲本和剧本两个词已经逐渐混用。

清朝的记录里还有"演剧"一词。如"五城寺观僧尼开场演剧"③"嘉庆四年（1799）五月内奉上谕……朕阅郑源璹供词内称，署中有能唱戏之人，喜庆燕客，与外间戏班一同演唱等语。民间扮演戏剧，原以藉谋生计。地方官偶遇年节，雇觅外间戏班演唱，原所不禁；若

---

① 叶长海：《曲学与戏剧学》，学林出版社1999年版，第35页。
② 大清高宗纯皇帝圣训（卷二百六十四《厚风俗》四），王利器：《元明清三代禁毁小说戏曲史料》，上海古籍出版社1981年版。
③ 清道光五年明亮等纂辑：《中枢政考》（卷十三《禁令》）大清仁宗睿皇帝实录（卷一百六十九），王利器：《元明清三代禁毁小说戏曲史料》，上海古籍出版社1981年版。

· 29 ·

署内自养戏班，则习俗攸关，奢靡妄费。"①"嘉庆十一年（1806）丙寅十月甲午，谕内阁：前日据御史和顺奏称，风闻旗人中竟有演唱戏文，值戏园演剧之日，戏班中邀同登台装演，请旨饬禁一摺：所奏持论甚正。八旗子弟，不务正业，偷闲游荡，屡经严旨训谕。若果搀入戏班，登台演剧，实属甘为下贱。"②从以上文献可以看出，清代"演剧"为"扮演戏剧""演唱戏文"。

追索载籍中的"戏剧"一词，会发现其使用尚在"戏曲"之前。唐代杜牧的《西江怀古》中，已有"魏帝缝囊真戏剧"③；《旧唐书》中两处出现"戏剧"（游戏、玩笑）。学界公认，"到了唐中期，'戏剧'一词便可用来指称戏剧艺术"④。戏曲、戏剧和演剧的概念流变，反映的是经过元杂剧和宋元南戏，到明代出现了明显阶层分化，上层文士以曲唱为主，民间仍以扮演故事为主。而明清曲家文学作品多用"戏曲"，民间普遍盛行的演出，则称为"演剧"。

王国维在《戏曲考源》中提出"戏曲者，谓以歌舞演故事也。"⑤在《宋元戏曲史》中，王国维认为"戏剧"与"戏曲"显然是两个不同的概念。"戏剧"是一个表演艺术概念，是指戏剧演出；"戏曲"则是一个文学概念，是指文学性与音乐性相结合的曲本或剧本。王国维在《宋元戏曲史》里提出："既述宋代之滑稽戏及小说杂戏，后世戏剧之渊源，略可于此窥之。然后代之必合言语、动作、歌唱，以演一故事，而后戏剧之意义始全。故真戏剧必与真戏曲相表里。然则戏曲之为物，果如何发达乎？此不可不先研究宋代之乐曲也。""宋代之戏剧，实综合种种之杂戏，而其戏曲实亦合种种之乐曲。""真正之戏剧，起于宋代，无不可也。然宋金演剧之结构，虽略如上，而其本则无一存。故当日已有代言体之戏曲否，已不可知。而论真正之戏曲，

---

① 清道光五年明亮等纂辑：《中枢政考》（卷十三《禁令》），大清仁宗睿皇帝实录（卷一百六十九），王利器：《元明清三代禁毁小说戏曲史料》，上海古籍出版社1981年版。
② 清道光五年明亮等纂辑：《中枢政考》（卷十三《禁令》），大清仁宗睿皇帝实录（卷一百六十九），王利器：《元明清三代禁毁小说戏曲史料》，上海古籍出版社1981年版。
③ 商务印书馆：《辞源》（第二册）"戏剧"条，商务印书馆1980年版，第1195页。
④ 王廷信：《"二十六史"中的"戏剧"概念略考》，《中华戏曲》2003年第1期。
⑤ （清）王国维：《戏曲考源》，载《王国维戏曲论文集》，中国戏剧出版社1957年版，第1页。

绪 论

不能不从元杂剧始也。"① 王国维的论证认为"戏曲"为"剧本中之曲子"和"有曲子的剧本","戏剧"指舞台演出。

梁启超在《小说丛话》中明确提出"曲本"已打破"诗"与"曲"的界隔,"彼西人之诗不一体,吾侪译其名词,则皆曰'诗'而已。若吾中国之骚、之乐府、之词、之曲,皆诗属也,而寻常不名曰'诗',于是乎诗之技乃有所限。吾以为若取最狭义,则惟'三百篇'可谓之'诗';若取其最广义,则凡词曲之类,皆应谓之'诗'"。"曲本之诗""所以优胜于他体之诗者""故吾尝以为中国韵文,其后乎今日者,进化之运,未知何如;其前乎今日者,则吾必以曲本为巨擘矣。"②

在我国古代,"戏曲"与"戏剧"两词交错使用,"只有到王国维时才开始大量用这个词(戏曲)而使之流行开来"。③ 这一时期"戏曲"一词的流行,报刊在其间无疑发挥了重要作用。如陈去病主编的中国第一份专门的戏剧报刊《二十世纪大舞台》发刊词中即用"以所著诗文或新编之戏曲、歌谣等类见示"④。刘师培在《原戏》一文中称:"戏曲者,导源于古代乐舞者也。"⑤ 王国维在《戏曲考源》中进一步凝练为"戏曲者,谓以歌舞演故事也。"⑥ 此说后为学界所普遍接受。谢无量主编的《中国大文学史》全采其说:"戏曲者,所以歌舞演故事。古乐府中如《焦仲卿妻诗》《木兰辞》《长恨歌》等,虽咏故事,而不被之歌舞;《柘枝》《菩萨蛮》之咏,虽合歌舞,而不演故事,皆未可谓之戏曲。"⑦ 黄人《普通百科新大辞典》一书认为:"今传奇稿本入文学,而按律演唱,则为戏曲。"⑧ 到了1917年《辞源》出版时,词条中已无"戏剧"一词。但在当时的诸多学术论说中沿用"戏剧"一词者依然很多,如《晨报副刊·剧刊》发表的42篇文章均使用"戏剧"一词,如闻一多的《戏剧的歧途》、邓以蛰的《戏剧与

---

① (清)王国维:《宋元戏曲史》,商务印书馆1929年版,第359页。
② (清)梁启超:《小说丛话》,《新小说》1904年1月7日。
③ 叶长海:《戏曲考》,《戏剧艺术》1991年第4期。
④ (清)亚卢:《二十世纪大舞台》(发刊词),《二十世纪大舞台》1904年第2期。
⑤ (清)刘师培:《原戏》,《警钟日报》1904年12月25日。
⑥ (清)王国维:《戏曲考源》,《王国维戏曲论文集》,中国戏剧出版社1957年版,第48页。
⑦ 谢无量:《中国大文学史》(第四编),中华书局1918年版,第79页。
⑧ 黄摩西编撰:《普通百科新大辞典》(酉集),国学扶轮社1911年版,第61页。

道德的进化》及《戏剧与雕刻》、杨振声的《中国语言与中国戏剧》、梁实秋的《戏剧艺术辨正》、杨声初的《上海的戏剧》、余上沅的《论戏剧批评》及《戏剧参考书目》、熊佛西的《我对于今后戏剧界的希望》、顾颉刚的《九十年前的北京戏剧》、恒诗峰的《明清以来戏剧的变迁说略》等,无一不使用"戏剧"一词。由是可见"戏剧""戏曲"词语的使用依然没有共识性的规范。且这一时期对"戏剧"的定义也十分驳杂,如欧阳予倩认为:"戏剧者,必综合文学、美术、音乐、及人身之语言动作,组织而成。"① 熊佛西则认为:"戏剧是一个动作最丰富的,情感最浓厚的一段表现人生的故事。""戏剧必须合乎'可读可演'两个最要紧的条件。""戏剧的功用是与人们正当的娱乐,高尚的娱乐。"② 孙俍工主编的《文艺辞典》列有"戏剧"条:"戏剧(Drama),戏曲同义。通常是说为在舞台所演而做成的散文或诗底形式的作品。但从全体说来,却是综合了许多的艺术——诗、音乐、绘画、舞蹈、建筑等——的复合艺术。"③ 舒新城主编的《中华百科辞典》同时列出了"戏曲"与"戏剧"两个词条:"[戏曲]以歌舞演故事者称戏曲。古乐府中如《焦仲卿妻诗》《木兰辞》《长恨歌》等,仅咏故事;《柘枝》《菩萨蛮》之咏,仅合歌舞;皆未可谓之戏曲。惟汉之角抵,于鱼龙百戏外,兼搬演古人物,且自歌舞;然所演者为仙怪之事,不得云故事。演故事者,始于唐之大面、拨头、踏摇娘等戏,至宋戏曲之体始大备,后因金元人音乐上之嗜好而日益发达,考其变迁之迹皆在有宋一代。《南村辍耕录》:唐有传奇,宋有戏曲弹词小说,金有院本、杂剧,其实一也。""[戏剧]于舞台上用动作表演故事,引起观众同情之艺术也。为艺术中之最复杂者:综合建筑、雕刻、绘画、跳舞与音乐而成。托始于古代之歌舞及俳优,至宋元始有完备之曲本。声调则分昆曲、汉调(亦称皮黄,即西皮二黄)、秦腔(亦称梆子腔)。在西洋则由希腊之合唱(参阅抒情诗条)蜕变而来。大别为歌舞与科白二种,前者或全为歌曲,或兼杂说白;后者有悲剧喜剧之分,无歌舞、音乐,其表演一如

---

① 欧阳予倩:《予之戏剧改良观》,《新青年》1918年第4期。
② 熊佛西:《论剧》,载《国剧运动》,新月书店1927年版,第43—45页。
③ 孙俍工主编:《文艺辞典》,民智书局1928年版,第915页。

绪 论

社会之习惯，近年我国之新剧仿此。电影亦托始于戏剧，同为社会教育之一端。"① 由这些对"戏曲"与"戏剧"定义来看，没有跳出王国维在《戏曲考源》中对"戏曲""戏剧"界定的大体框架。

至于杂剧，元代陶宗仪《南村辍耕录》载："唐有传奇，宋有戏曲，金有院本、杂剧，其实一也。"[又]"稗官废而传奇作，传奇作而戏曲继。金季国初，乐府犹宋词之流，传奇犹宋戏曲之变。世传谓之杂剧。"② 杂剧之特点在内容与题材的"杂"，《朱氏诗卷序》曰："五方之风俗，诸路之音声；往古之事迹，历代之典型；下吏污浊，官长公清；谈百货则行商坐贾，勤四体则女织男耕；居家则父子慈孝，立朝则君臣圣明；离筵绮席，别院闲庭，鼓春风之瑟，弄明月之筝；寒素则荆钗裙布，富艳则金屋银屏。"③ 胡祗遹在《赠宋氏序》中指出："既谓之杂，上则朝廷君臣政治之得失，下则闾里市井父子兄弟夫妇朋友之厚薄，以至医药、卜筮、释道、商贾之人情物理，殊方异域风俗语言之不同，无一物不得其情，不穷其态。"④ 燕南芝庵《唱论》云："凡歌曲所唱题目，有曲情、铁骑、故事、采莲、击壤、叩角、结席、添寿；有宫词、禾词、花词、汤词、酒词、灯词；有江景、雪景、夏景、冬景、秋景、春景；有凯歌、棹歌、渔歌、挽歌、楚歌、杵歌。凡歌之所：桃花扇、竹叶樽、柳枝词、桃叶怨、尧民鼓腹、壮士击节、牛僮马仆、闾阎女子、天涯游客、洞里仙人、闺中怨女、江边商妇，场上少年，阛阓优伶、华屋兰堂、衣冠文会、小楼狭阁、月馆风亭、雨窗雪屋、柳外花前。"⑤ 夏庭芝在《青楼集志》中指出杂剧："有驾头、闺怨、鸨儿、花旦、披秉、破衫儿、绿林、公吏、神仙道化、家长里短之类。"⑥

宋代，"杂剧"之名渐渐为人们所熟知。根据《梦粱录》《东京

---

① 舒新城主编：《中华百科辞典》，中华书局1930年版，第1098页。
② 商务印书馆：《辞源》（卯集），商务印书馆1928年版，第70—71页。
③ 河南官书局刊《三怡堂丛书》本《紫山大全集》（卷十一）中的胡祗遹《赠宋氏序》。
④ （元）胡祗遹：《赠宋氏序》，载俞为民、孙蓉蓉主编《历代曲话汇编》（唐宋元卷），黄山书社2006年版。
⑤ 燕南芝庵：《唱论》，载中国戏曲研究院编《中国古典戏曲论著集成》，中国戏剧出版社1959年版。
⑥ 夏庭芝：《青楼集志》，载中国戏曲研究院编《中国古典戏曲论著集成》，中国戏剧出版社1959年版。

梦华录》诸书的记载，当时的表演艺术有滑稽杂剧、傀儡杂剧、哑杂剧、目连救母杂剧、温州杂剧、相扑杂剧等①。可见这一时期"杂剧"涵盖的内容还很庞杂，除了真正的杂剧表演外，还包括各种戏曲杂技。

通过《三朝北盟会编》②等史料记载可以知道，金朝也有杂剧。而金朝的杂剧主要指的是"院本"，即倡伎、优伶所表演的舞台艺术。它早期与宋杂剧相近，后来有了一定的发展。

从杂剧的发展轨迹来看，尽管宋金两代都有所谓的杂剧，但是离真正的戏剧还很远。正如王国维在《宋元戏曲史》中所言："唐代仅有歌舞剧及滑稽剧，至宋金二代而始有纯粹演故事之剧，故虽谓真正之戏剧起于宋代，无不可也。然宋金演剧之结构，虽略如上，而其本则无一存，故当日已有代言体之戏曲否，已不可知。而论真正之戏曲，不能不从元杂剧始也。"③

可见，元杂剧是在前代歌舞剧、滑稽剧和讲唱文艺④的基础上发展起来的纯粹戏剧，较之前代有更高的艺术及历史价值。这一时期，仍然沿用了"杂剧"等各个称号，并明确了其含义和范围，即专指北曲杂剧，而不包括杂耍等其他种类的技艺。

顾肇仓在其《元代杂剧》中指出，"杂剧"一词大约始用于唐代末年，最初是各个种类戏和杂戏的总称⑤。基于此，本书对"杂剧"的探讨更加倾向于后者。一方面，元代杂剧较之前代的歌舞剧和滑稽剧更具有传播价值和研究价值；另一方面，本书是以元代作为时间节点和研究背景的。因此，无论是什么形式的"杂剧"，在这一特殊时期的浸染下，都带上了元代杂剧所具有的特征和内涵。

---

① 徐扶明：《元代杂剧艺术》，上海文艺出版社1981年版，第4页。
② 《三朝北盟会编》是宋代史学名著，全书二百五十卷，采编年体例。"三朝"指的是宋徽宗赵佶、宋钦宗赵桓、宋高宗赵构三朝。该书汇集了三朝有关宋金和战的多方面史料，并按年月日标出事目，加以编排，故称为"北盟会编"。
③ （清）王国维：《宋元戏曲史》，上海古籍出版社1998年版，第32页。
④ 讲演文艺主要包括诸宫调和散曲。诸宫调在宋、金时代民间非常流行，它将唱词和说白融合到一起，并配以音乐，来唱说一个较长的完整故事；散曲通指小令和散套两个部分，是配合当时北方流行的音乐曲调撰写的合乐歌词。
⑤ 顾肇仓：《元代杂剧》，作家出版社1962年版，第1页。

绪 论

从"戏曲"概念梳理来看，中国戏曲历史悠久，对戏曲的阐释评说很多，但由于我国传统文化在较长的一段时间内以倡优隶卒为卑贱者流，而以习梨园行者为可耻之事，所以对我国古代戏曲发展没有一个系统条理的记载，"纵有文人学士欲治剧史，终恐被人讥为雕虫小技，不登大雅，遂均望望然去之，不肯冒然问津。"① 时代遇异，潮流趋新，今日之将戏曲作为中国传统戏剧艺术体系的泛称，乃是"本世纪内数度变化"的结果②。

五 研究方法

(一) 文献分析法

本书通过查阅有关元杂剧、中国戏剧史、元史等相关文献资料，并进行详细的解读和归类整理，寻找出元代杂剧之所以能发展至鼎盛之势的原因和传播模式，力图由表及里、去伪存真，对杂剧在元代的传播概况做一个相对完整全面、真实可靠的把握。

(二) 个案分析法

为了更加全面深入、准确有效地进行研究，本书意图通过对《西厢记》《汉宫秋》《窦娥冤》《黄粱梦》等相关作品进行具体分析，从而探寻元代杂剧所包含的具体内容和文化观念，进而分析其得以广泛传播的优势所在。

六 研究难点与创新

本书的难点主要有以下三点。

其一，杂剧并不完全产生于元代，而是在漫长的岁月里由巫觋歌舞到古优笑谑，再到金院本、诸宫调逐步发展起来的。因此，要想寻根溯源，解释其在元代得以兴盛的原因，就必须查阅不同领域的大量文献。而想要从浩如烟海的文献中发掘杂剧在元代的传播规律，也是十分不易的。

---

① 徐慕云：《中国戏剧史》，上海古籍出版社2001年版，第1页。
② 王国维撰，叶长海导读：《宋元戏曲史》，上海古籍出版社1998年版，第15页。

其二，元代杂剧在漫长的发展演变过程中不仅与当时的政治经济、社会状况、思想观念等相契合，同时还与中华民族的传统文化和审美心理相适应，这就需要借用丰富的知识和多学科的理论阐释其传播过程。

其三，杂剧作为中国历史上各种表演艺术发展的结果，一方面所涉及的内容过于庞杂；另一方面关于其演出及场合鲜有文献记载。因此，想要做到全面细致地解读几乎是不可能的，笔者只能竭尽全力，为读者展现出杂剧在元代传播的全景图，以求对其有个大致的把握和了解。

本书的创新之处在于将杂剧视为一门综合性艺术，摆脱了传统的文学框架，借助传播学理论对其进行阐释及分析，在一定程度上弥补了研究的空白。

第一章　杂剧的形成与发展

战鼓隆隆,铁蹄铮铮。元代,始终站在历史的风口浪尖。是它实现了中国横跨欧亚大陆的壮举,也是它成就了不朽的杂剧艺术。遗憾的是,元代作为杂剧的"花期",短促而壮美。在此之前,虽已经过了漫长的萌发和生长,但在此之后,又很快地走向了衰败①。

幽兰香风远,蕙草流芳根。即便是这样,杂剧艺术兴衰流变之后,仍然不屈不挠地向后人展示出辉煌的戏曲文化图卷和顽强的生命力量。

第一节　邈远的历史:元杂剧的源流追溯

毫无例外,任何一种伟大的艺术成就都要经历漫长而艰辛的孕育期,才能跻身人类文学艺术的发展序列,并为之增添辉煌的一笔。

而杂剧艺术,就如同历史长河中的一叶扁舟,它在重重艰难中起步,又在点滴坎坷中跋涉。它越过了千山万水,终于迎来了所有的秀丽与壮美。无奈,它似乎早已精疲力竭,只能与我们隔岸相望。可分明有一些东西我们还能够看见,那是它身下尚未褪去的,远古的光辉和生命的底色。

学界关于中国戏剧的起源与形成分歧较大,较为一致的意见是中国戏剧起源于上古,但在具体形成时间上,目前,有形成于先秦、汉、

---

① 借用了法国艺术理论家丹纳的观点,他曾在《艺术哲学》的第五篇第四章中提出了各门艺术在发展过程中都会出现的阶段:"那是艺术开花的时节;在此之前,艺术只有萌芽;在此以后,艺术凋谢了。"

北齐唐和宋元诸说。"先秦说"以古优如"优孟衣冠"和《诗经》《楚辞》相关描述为据;"汉代说"认为早在汉代就有了中国最早的戏曲——《东海黄公》为证;"北齐至唐代说"则认为在北齐至唐期间出现的第一出略具规模的歌舞剧《踏谣娘》证之;而宋元一说的理论依据是有无剧本作为戏曲形成与否的主要评判标准①。几种说法争论激烈,莫衷一是,但大家普遍认可,上古的巫觋歌舞是我国戏曲的源头。

一 巫觋歌舞

戏剧与宗教有一种古老而恒久的文化因缘,"人类戏剧源起于人类文明的初级阶段,即来自原始人类的艺术性创造,尽管这种创造最初可能并不具备艺术的自觉,而是出于宗教信仰的目的。"② 由于戏剧艺术不仅仅是一种以单纯的文字表达和阅读为全部内容的艺术活动,其艺术性的表现是以剧场和观众的存在为前提的。较于其他文学样式,戏剧在起源阶段就与民俗宗教产生了一种天然的联系,他们都向往彼岸,但在存在与发展中又体现出强烈的此岸性和仪式性。"中西戏剧起源大致上是相同的,均受宗教祭祀仪典的影响,由幼稚到繁复,由迷信到娱乐","古代宗教祭祀产生之时,亦即是戏剧萌芽之时。"③ 弗兰希斯·爱德华在指出:"任何研究戏曲史的著作必先涉及仪式,因为这种或那种仪式形成了所有流行剧场性娱乐的基础,和戏剧艺术本身赖以生长的根源。"④ 扮演既是戏剧与宗教祭祀仪式产生内在联系的主要方式,同时也是戏剧最终从宗教祭祀仪式分离,走向艺术独立的突破口。

一般认为,戏剧源于模仿,当原始人类部族处于初级阶段,还不能够创造文字、音乐和诗歌的时候,他们已经开始创作建立在模仿基础上的原始哑剧和仪式舞蹈了。同时模仿的动机从属于原始先民对未

---

① 叶长海:《中国传统戏剧的艺术特征》,《戏剧艺术》1998年第4期。
② 廖奔、刘彦君:《中国戏曲发展史》第一卷,山西教育出版社2003年版,第6页。
③ [美]约翰·J. 迪尼、刘介民主编:《现代中西比较文学研究》,四川人民出版社1988年版,第814页。
④ [匈]费兰昔斯·爱德华:《仪式与戏剧》,转引自吴光耀《戏剧的起源和形成》,《戏剧艺术》1985年第3期。

第一章 杂剧的形成与发展

知世界的恐惧,加上当时的巫术观念使原始人类相信模仿活动能够导致其自身命运的改变,也就带来了人类试图通过巫术仪式对现实的模仿行为,这种模仿直接作用于原始先民对现实生活的认知,而这种认识和实践又进一步导致了原始戏剧形态的诞生。学界普遍认为,戏剧源于宗教祭祀仪式。这一点,学者多有论述,我国较早记录两者关联的是苏轼,他在《东坡志林》卷二"祭祀"条里指出:"'八蜡',三代之戏礼也。岁终聚戏,此人情之所不免也;因附以礼义,亦月不徒戏而已矣。祭必有尸。……'猫、虎之尸',谁当为之?'置鹿与女'谁当为之?非倡优而谁?"王国维先生在《宋元戏曲考》中指出:"盖群巫之中必有象神之衣服形貌动作者,而视为神之所凭依。……是则灵之为职,或偃蹇以象神,或婆娑以乐神,盖后世戏剧之萌芽已有存焉者矣。……后世戏剧,当自巫、优二者出"[1] 日本学者田仲一成通过对春祈秋报的社祭礼仪分析,得出了中国戏曲起源于社祭的结论。牛津大学龙彼德教授在《中国戏剧源于宗教仪典考》一文中认为"中国戏剧源于宗教仪典"[2];康保成进一步认为:"从宗教仪式到戏剧形式,是中国戏剧史的一条潜流。"[3] 另外,通过对大量戏曲文物深入的实证研究,国内的许多戏曲文物研究者也得出了同样的结论:"中国戏剧起源于宗教祭祀"[4] "赛社献艺是中国戏曲生成与生存的基本方式。"[5] 祭中有戏,戏中有祭,在与宗教祭祀仪式的纠缠、胶着之中,戏剧艺术走向了成熟和独立。

虽然研究者对我国戏曲的形成存有诸多争议,也大体认可巫觋歌舞是我国戏曲的源头,清代纳兰性德《渌水亭杂识》提出戏曲源于乐舞:"梁时大云之乐,作一老翁演述西域神仙变化之事,优伶实始于此。"刘师培也认可此说:"颂列于诗,犹戏曲列于诗词中也。歌以传

---

[1] (清)王国维:《宋元戏曲考》,载《王国维戏曲论文集》,中国戏剧出版社1984年版,第5—6页。

[2] [英]龙彼德:《中国戏剧源于宗教仪典考》,王秋桂译,台湾中外文学月刊社1979年版,第175—176页。

[3] 康保成:《傩戏艺术源流》,广东高等教育出版社1999年版,第9页。

[4] 寒声:《起源于宗教祭祀中的中国戏剧》,载《中国傩》,湖南师范大学出版社1994年版,第2页。

[5] 车文明:《20世纪戏曲文物的发现与曲学研究》,文化艺术出版社2001年版,第102页。

声。舞以象容,故歌诗以节舞,以歌传声,后以舞象容。"但巫觋歌舞的出现毫无疑问也经历了相当漫长的酝酿阶段。原始先民在社会生活、生产劳动、娱乐满足中,从对动物动作的简单模仿到对圣贤人物的顶礼膜拜,歌舞元素被一点一滴地累积起来。"帝尧立,乃命质为乐。质乃效山林溪谷之音以歌,乃以麋革置缶而鼓之,乃拊石击石,以象上帝玉磬之音,以致舞百兽。"(《吕氏春秋·古乐篇》)《河图玉版》载:"古越俗祭防风神,奏防风古乐。截竹长三尺,吹之如嗥,三人披发而舞。"《尚书·虞书·舜典》说:"帝曰:夔,命汝典乐……夔曰:於,予击石拊石,百兽率舞。"《尚书·虞书·益稷》也说:"夔曰:戛击鸣球,搏拊琴瑟,以咏。祖考来格,虞宾在位,群后德让。下管鼗鼓,合止柷敔,笙镛以间,鸟兽跄跄。《箫韶》九成,凤凰来仪。夔曰:於!予击石拊石,百兽率舞,庶尹允谐。"①《吕氏春秋》则说:"帝喾乃命人抃或鼓鼙,击钟磬……因令凤鸟天翟舞之。"虽语不同,但意相同,描绘的都是人们装扮成各种猛兽,跟随节拍舞蹈的场景。文字学家对金文"戏"字的解读也证明了中国戏曲与原始歌舞的联系,许慎《说文解字》释"戏"字为:"三军之偏也。一曰:兵也,从戈䖒声。""戏"是军兵执戈格斗的征象,是拟兽、持戈、伴有鼓声节奏的仪式性舞蹈。"剧"字的旧写"从虍从豕",《说文解字》释"豦"字为:"虍豕之斗,斗相与,不解也。""剧"为老虎与野猪相斗的征象②。这些解释同样也说明了中国戏剧与古希腊戏剧在发源上的巨大差异,古希腊戏剧是在酒神祭祀活动中直接形成、成熟的,由此,它从诞生就"自带光环"且享有崇高地位,而中国戏剧是在世俗娱乐基础上形成、成熟的,它起于日常生活兴于田陌民间。

许慎在《说文解字》中对"巫"的解释是:"巫,祝也。女能事无形以舞降神者也。"《书·伊训》疏:"巫以歌舞事神,故歌舞为巫觋之风俗也。"而"觋"则是:"觋,能斋肃事神明也。在男曰觋,在女曰巫。"③《汉书·地理志》言:"陈太姬妇人尊贵,好祭

---

① 廖奔、刘彦君:《中国戏曲发展史》第一卷,山西教育出版社2003年版,第13页。
② 董每戡:《说剧》,人民文学出版社1983年版,第16—17页。
③ (汉)许慎撰,(清)段玉裁注:《说文解字注》,上海古籍出版社1981年版,第377页。

第一章 杂剧的形成与发展

祀，用史巫，故其俗巫鬼。"《陈诗》曰："坎其击鼓，宛邱之下，无冬无夏，治其鹭羽。"又曰："东门之枌，宛邱之栩，子仲之子，婆娑其下。"郑氏《诗谱》亦云："是古代之巫，实以歌舞为职，以乐神人者也。"也就是说，巫觋是向诸神祝祷、"以歌舞为职，以乐神人"的人，他们不仅能够侍奉无形奥秘的事物，还能够用魅力歌舞使神灵依附于自己体内。在这个过程中，他们不再代表自己，而是成为所谓的附体的"神灵"，就像是戏剧演员在舞台上扮演别的角色一样。事实上，他们充当的是原始社会时期人与"神"之间的媒介，不仅将人与自然紧密地连接在了一起，还承载着人们对生活的美好愿望，包办了人和神的沟通使命，巫祝的作用和地位也大大提高。

王国维在《宋元戏剧史》中认为"歌舞之兴，其始于古之巫乎？巫之兴也，盖在上古之世。《楚语》：'古者民神不杂，民之精爽不携贰者，而又能齐肃衷正……如此，则明神降之。在男曰觋，在女曰巫……及少皞之衰，九黎乱德，民神杂糅，不可方物。夫人作享，家为巫史。'然则巫觋之兴，在少皞之前，盖此事与文化俱古矣。巫之事神，必用歌舞"[①]。这些携带着野性的体态语言，是对人类原始信仰最好的诠释。对他们来说，一切来源于自然界的力量神秘而强大，既无法对抗，又难以挣脱。于是，"巫之事神，必用歌舞"，我们的原始先民们只能试图用一种较为和缓的方式来抚平内心深处的恐惧，那就是以自然事物作为对象的图腾崇拜。余秋雨先生认为"原始歌舞与当时人们以狩猎为主的生活有着密切的联系，有的甚至相互缠绕，难分难解。但总的说来，歌舞毕竟不同于劳动生活的实际过程，它已对实际生活作了最粗陋的概括，因而具备了象征性和拟态性"[②]。这种模仿既没有审美需求，也没有实用动机，它们只是一种原始人试图抗争命运并寻求解脱方向的、简单的精神实践行动。

"图腾崇拜的集中体现是祭祀仪式。在祭祀仪式中出现的歌舞，渐渐被组合成了固定的格式。这便使戏剧美的因素在原始歌舞中由象

---

① （清）王国维：《宋元戏曲史》，上海古籍出版社1998年版，第1页。
② 余秋雨：《中国戏剧史》，上海教育出版社2006年版，第3页。

征、拟态和仪式进一步滋长。"① 亚里士多德也认为："人从孩提的时候起就有模仿的本能。人和禽兽的分别之一，就在于人最善于模仿，他们最初的知识就是从模仿得来的。"② 戏曲同样起源于拟态和象征性表演，经常性和有目的地扮饰活动，当为原始戏剧的雏形。或风雨，或虎豹，每个原始部落在确定了自己的图腾之后，接踵而来的便是祭祀仪式的兴起。

图1—1　云南沧源新石器至青铜时代岩画巫仪拟兽图③

奴隶制社会的产生，使多神化的原始崇拜逐渐演变成了一神崇拜。《尚书·商书》曾言："恒舞于宫，酣歌于室，时谓巫风。"④ 待周公制礼，祭祀仪式逐渐被完善。祭祀仪式的兴起，一方面让祭祀歌舞逐渐固定了下来，形成了拟态化的戏剧美；另一方面，由于仪式的需要，逐渐形成了专门的组织者和主持者——巫觋。"盖群巫之中必有象神之衣服形貌动作者，而视为神之冯依，故谓之曰灵……盖后世戏曲之

---

① 余秋雨：《中国戏剧史》，上海教育出版社2006年版，第4—5页。
② ［古希腊］亚里士多德：《诗学》，罗念生译，人民文学出版社1962年版，第11页。
③ 转引自廖奔、刘彦君《中国戏曲发展史》第一卷，山西教育出版社2003年版，第9页。
④ （清）王国维：《宋元戏曲史》，上海古籍出版社1998年版，第2页。

第一章 杂剧的形成与发展

萌芽,已有存焉者矣。"① 巫觋们的装神弄鬼,标志着戏剧美的进一步升格。比较稳定和明确的装扮者和装扮对象,是巫觋活动戏剧的萌芽所在。

"天命玄鸟,降而生商",尽管时间的洪流早已将巫觋活动隐匿进历史的尘埃中,但他们仍会不时地"穿上时代的华衣,演奏古老的乐章"。目前,我们仍然能够从许多出土的文物中窥其一角:那是身着长袍的巫觋,博袖曳地,头戴高冠,迎风起舞(如图1-2所示)。正是因为这些衣着上的变化,才让原始的祭祀活动中出现了明确而稳定的装扮者,有了更为深刻的美学价值。

图1-2 河南信阳战国彩绘锦瑟巫师
(1957年出土于信阳市长台关1号楚墓)②

原始歌舞部分反映了原始祭祀的情景,如《河图玉版》载:"古越俗祭防风神,奏防风古乐。截竹长三尺,吹之如嗥,三人披发而舞。"这个记载显示,古代戏剧的萌芽伴随着巫觋、俳优、角抵的出现破土而生。祭祀既促使歌舞发展,也催生了戏剧因素的萌芽。春秋

---

① (清)王国维:《宋元戏曲史》,上海古籍出版社1998年版,第3页。
② 刘彦君:《图说中国戏曲史》,浙江教育出版社2001年版,第7页。

战国以降，南方诸国，巫风尤盛。"昔楚国南郢之邑，沅湘之间，其俗信鬼而好祠，其祠必作歌乐鼓舞，以乐诸神。屈原放逐，窜伏其域，怀忧苦毒，愁思沸郁；出见俗人祭祀之礼，歌舞之乐，其词鄙陋，因为作《九歌》之曲。"（王逸《楚辞章句》）这时，巫术祭祀，已经体现了人间化的审美关系、审美化的生活和"泛戏剧化"的生活，戏剧性因素才能慢慢地凝结为娱乐性的表演形态，构成戏剧雏形。王国维认为，"周礼既废，巫风大兴；楚越之间，其风尤盛"。"商人好鬼，故伊尹独有巫风之戒。及周公制礼，礼秩百神，而定其祀典。官有常职，礼有常数，乐有常节，古之巫风稍杀。然其余习，犹有存者：方相氏之驱疫也，大蜡之索万物也，皆是物也。故子贡观于蜡，而曰一国之人皆若狂，孔子告以张而不弛，文武不能。后人以八蜡为三代之戏礼，非过言也①。"在这种巫觋之风盛行、举国皆若狂的岁月里，"浴兰沐芳，华衣若英……缓节安歌，竽瑟浩倡……是则灵之为职，或偃蹇以象神，或婆娑以乐神，盖后世戏剧之萌芽，已有存焉者矣"②。戏剧的萌芽就是从这里开始的，那些从事祭祀活动的巫觋们常常从衣着、形貌、动作来模仿神灵，而人们也将此视为神灵的依凭③。的确，无论是炽烈的歌唱，还是粗犷的舞蹈，都为戏剧表演打下了深厚的基础。《列女传》云："夏桀既弃礼义，求倡优侏儒狎徒，为奇伟之戏。"王国维先生对此断言："巫觋之兴，虽在上皇之世，然俳优则远在其后。"但若要究其根本，戏剧最必不可少的还是化身表演。

那么，祭祀活动中的化身表演究竟是什么样子？或许我们可以从屈原的《九歌》中找到一些信息。作为楚国民间祭祀自然神的巫仪乐歌，《九歌》不仅描述了祭神过程中载歌载舞的盛况，同时还有扮演神灵时的唱词。如《云中君》一篇中写道："蹇将憺兮寿宫，与日月兮齐光。龙驾兮帝服，聊翱游兮周章。"④ 这是神话中云神屏翳在歌唱："我将在寿宫中享受安乐的时光，凭借日月散发出夺目的光芒。

---

① （清）王国维：《宋元戏曲史》，上海古籍出版社1998年版，第2页。
② （清）王国维：《宋元戏曲史》，上海古籍出版社1998年版，第3页。
③ 王国维在其著作《宋元戏曲史》中谈道："盖群巫之中必有象神之衣服形貌动作者，而视为神之冯依，故谓之曰灵，或谓之灵保。"
④ 林家骊译注：《楚辞》，中华书局2009年版，第38页。

第一章 杂剧的形成与发展

姑且乘坐插着五帝旌旗的龙车遨游人间，愿不负祭祀祈祷了解人间的疾苦。"

商汤灭夏作《大濩》，武王克商作《大武》，周朝定鼎，制定六代乐以应对祭祀需要，"乃奏黄钟，歌大吕，舞《云门》，以祀天神；乃奏大簇，歌应钟，舞《咸池》，以祭地祇；乃奏姑洗，歌南吕，舞《大韶》，以祀四望；乃奏蕤宾，歌函钟，舞《大夏》，以祭山川；乃奏夷则，歌小吕，舞《大濩》，以享先妣；乃奏无射，歌夹钟，舞《大舞》，以享先祖"（《周礼·春官·大司乐》），诸如此类的人神共歌，即需要巫觋的本色出演。先妣、先祖亦位列仙班而同受祭享，也需要歌舞献供和巫觋通传，以表达人对他们的敬仰和期盼。在这一过程中，原始图腾观念退化而以人为神明意识的抬头，原始拟兽表演逐渐过渡到拟神扮饰，人化的拟神戏剧因素就从巫的拟态仪式中产生出来。最终，它们会串联成一个整体，构成祭祀活动中庄严盛大的仪式，蕴含着戏剧萌芽。

到了礼乐兴盛、人人躬行的周代，虽然周室提倡"皇天无亲，惟德是辅"（《左传·僖公五年》引《周书》），"尊礼尚施，事鬼敬神而远之"（《礼记·表记》），巫的部分职能转由师、古、祝、史、医等担任。应该说，中国文化中的礼制规范曾经约束了诗史的产生，它同样也约束了宗教仪式向戏剧的发展。但直到周晚期，驱傩仿生，"索室逐疫"依然兴盛，蜡祭表演还可以"一国之人皆若狂""羌声色兮娱人，观者憺兮忘归"，这种狂欢性的群体娱乐不可能是简单拟神表演能够实现的，至少说明，这时候的蜡祭已经具有了很多戏剧表演的因素，我国古代戏曲的拟态性进一步加强。

从史料来看，驱傩始自有关黄帝的传说。《路史·后纪五》注引《黄帝内传》曰："黄帝始傩。"清人马骕《绎史》卷五引《庄子》逸文也说："黔首多疾，黄帝氏立巫咸，使之沐浴斋戒，以通九窍；鸣鼓振铎，以动其心；劳神趋步，以发阴阳之气；饮酒茹葱，以通五脏；击鼓呼噪，逐疫出魅。"敦煌卷子伯3552号："驱傩之法，自昔轩辕。"从周代史料记录看出，原始先民时期的驱傩仪式已经有具象的扮饰和表演成分。如《周礼·夏官司马》载："方相氏掌蒙熊皮，黄金四目，玄衣朱裳，执戈扬盾，帅百吏而时傩，以索室殴疫。"即方相氏扮作熊的样子，挥舞兵器，做出驱逐瘟疫和魑魅魍魉的样子。这种表演有固定形象、程式化动作和戏剧情境，初步具备了戏剧框架，相较于"置缶而鼓""拊石击石"更体现出装扮表演特点，更加接近戏剧形态。同时，蜡祭和傩祭等群体参与的仪式性活动，为后来巫觋拟神（人）扮饰和优人表演提供了借鉴和发展思路。

把民间俗乐施之于朝廷宴飨礼仪始自周朝，称之为散乐。散乐与歌舞戏表演逐渐吸收了原始戏剧的营养成分，他们表演的诉求也从为宗教服务转变为满足权贵的娱乐需求服务。这时的歌舞扮演便不再囿于祭祀巫仪，而是发展成为宴飨朝会的必要仪式。《周礼·春官·宗伯》说："旄人掌教舞散乐。"郑玄注曰："散乐，野人为乐之善者，若今黄门倡矣，自有舞。"散乐由"野人"为之，出自民间，说明优戏也源出民间。由于宴飨朝会中的表演娱乐性更强，因而带来了更多的拟态和装扮因素。在我国最早的诗歌总集《诗经》中就收录了当时的祭祀歌词和宫廷乐歌，前者即颂，后者即雅，两者在内容和表演上各具特色。如其中的《周颂·噫嘻》就是籍田礼①中吟唱的祭祀歌词："噫嘻成王，既昭假尔。率时农夫，播厥百谷。骏发尔私，终三十里。亦服尔耕，十千维耦。"其开篇讲述的是周王在仪式上向百姓宣告自己已获得上帝先祖的准许，在此举行籍田之礼；后半部分则是周王训诫田官农夫勤勉耕作的话，既没有情节，也无须表演。

宫廷乐歌不同，它具有较强的叙事性，和相对明显的表演色彩。如《大雅·生民》描绘的就是关于周人先祖后稷的传说："厥初生民，时维姜嫄……履帝武敏歆，攸介攸止，载震载夙。载生载育，时维后稷……上帝不宁，不康禋祀，居然生子。诞寘之隘巷，牛羊腓字之。诞寘之平林，会伐平林。诞寘之寒冰，鸟覆翼之。鸟乃去矣，后稷呱矣。实覃实訏，厥声载路……蓺之荏菽，荏菽旆旆。禾役穟穟，麻麦幪幪，瓜瓞唪唪。诞后稷之穑，有相之道。茀厥丰草，种之黄茂。实方实苞，实种实褎。实发实秀，实坚实好。实颖实栗，即有邰家室……后稷肇祀，庶无罪悔，以迄于今。"

---

① "籍田礼"是一种象征性的仪式，即每逢立春时节，天子通过亲自躬耕土地，表达对农业生产的高度重视，是一种迎春活动。

第一章 杂剧的形成与发展

姜嫄因踩了天人的足迹而诞下后稷，然而他刚出生后不久就被母亲抛弃在街巷，后来在牛羊、樵夫等的救济下才得以成长。很快，他就掌握了种植技术，并教授人们务农，最终成为农耕的始祖、周人的祖先。不难看出，在曲折的传奇故事中，如果没有足够的拟态化表演就会使乐歌本身变得索然无味。原始歌舞和巫术礼仪往往是互相融合的，古人们便在载歌载舞的拟态表演中走到了戏剧的大门之前。

春秋时期，哲学思辨风起，神鬼信仰退缩，"子不语怪力乱神"（《论语·述而》），宴飨祭祀演出被挤压，戏剧之美无法得到充分的发展。到礼崩乐坏、群雄争霸的战国，散乐进一步吸收民间乐舞，《管子·轻重甲》说："昔者桀之时，女乐三万人，晨噪于端门，乐闻于三衢。"初级戏剧作为宴飨之乐在战国时期转变为王室贵族的酒席宴筵上"靡靡之音"的俗乐——郑卫之乐。另外，《左传·襄公二十八年》载："陈氏、鲍氏之圉人为优。庆氏之马善惊，士皆释甲束马而饮酒，且观优，至于鱼里。"这一记录反映出：战国时期民间有习常的优戏表演、因各类表演交织进行而具有很大的艺术吸引力。这些表演也证实了这一时期的戏曲走出了单纯的娱神而体现出人格化与俗化特色，装鬼扮神的表演逐渐靠近民众的现世人生，巫觋由为宫廷贵族表演的娱神走向娱人，他们成为上情下达、下情上传的中介，戏剧的魅力已经从中展露了，戏剧开始蹒跚地走向新阶段。

二 百戏倡优

中国戏剧与祭祀仪式的分离是在奴隶制出现以后，奴隶主为了满足自身的需要，开始让具备歌舞才能的女巫进行娱乐性质的表演，让先天发育不足的侏儒成为调笑的对象。前者便是所谓的"女乐"，而后者则是所谓的优人，两者结合在一起，就产生了专供奴隶主享乐的表演者——倡优。优戏的表演由优人担任，优人是奴隶氏族社会里分化出来以娱乐贵族为专门职业，处于贫贱等级的人物。先秦时期对优人有许多不同的称呼，如倡、俳、伶、侏儒、弄人等。许慎《说文解字》解释优的含义为："倡也。"而解释"倡"时则说："乐也。"优和倡都与音乐联系在一起，也就是说，他们是以表演为职业的。所以《史记·滑稽列传》说："优孟，故楚之乐人也。"许慎又解释"俳"

为:"戏也。"解释伶则说:"弄也。"弄的含义则是"玩也"。侏儒是矮人,常被用来充作优人而从事逗乐,如秦国著名优人就是矮人,《史记·滑稽列传》说:"优旃者,秦倡侏儒也。"所以侏儒一词常与优并用,倡优在乐器的伴奏下,以歌舞表演或戏弄调笑娱人中逐渐产生了初级的戏剧形态。

到了春秋战国时期,如《国语》所言:"侏儒戚施,实御在侧,近顽童也。"说齐襄公"优笑在前,贤材在后",《韩非子·难三》说齐桓公"近优而远士",《贾子新书》卷六说卫懿公"喜鹤""贵优而轻大臣"①,可见,蓄优已经成为各国国君的普遍爱好②。虽然倡优脱胎于巫觋,但是对戏剧发展来说却是一个极大的进步,因为巫觋是以祭神为主要目的的活动,而倡优则完全是为了娱人。

通过史料可知,倡优的表演以歌舞笑谑为主,有时候为了更好地取悦观赏者还会进行简单的自我丑化和滑稽表演,其社会地位远不及巫觋,表演的戏剧化程度也并不强。但值得注意的是,他们是在严苛的社会环境中,为数不多的可以讽谏统治者的人。汉代刘向《列女传·孽嬖传·夏桀末喜》曰:"桀既弃礼义,淫于妇人,求美女积之于后宫,收倡优侏儒狎徒能为奇伟戏者,聚之于旁,造烂漫之乐。"《史记》就曾记载:"优孟,故楚之乐人也。长八尺,多辩,常以谈笑讽谏。楚庄王之时,有所爱马,衣以文绣,置之华屋之下,席以露床,啖以枣脯。马病肥死,使群臣丧之,欲以棺椁大夫礼葬之。左右争之,以为不可。王下令曰:'有敢以马谏者,罪致死。'优孟闻之,入殿门,仰天大哭。王惊而问其故。优孟曰:'马者王之所爱也,以楚国堂堂之大,何求不得,而以大夫礼葬之,薄,请以人君礼葬之。'王曰:'寡人之过一至此乎!'"③楚庄王因为死了一匹喜爱的良驹而十分悲伤,便想要群臣为它守丧,同时用大夫的礼仪和规格来埋葬它。周围的人听说后都认为此事不可行,于是争相劝谏。楚庄王听后十分震怒,下令说如果有人再敢劝谏就立刻处死。优孟得知此事后,便来到殿前哭

---

① 尚学峰、夏德靠译注:《国语》,中华书局2017年版,第12页。
② 刘彦君:《图说中国戏曲史》,浙江教育出版社2001年版,第12页。
③ (汉)司马迁:《史记·滑稽列传》,中华书局2008年版,第974页。

第一章 杂剧的形成与发展

着说要以君王的待遇来安葬宝马："用上等的木料做棺椁，派几千名士兵挖坟墓，让齐赵两国的使节在前头陪祭，韩魏两国的使节在后面保护……"楚庄王听后，才发现自己的行为有失分寸，顿时羞愧不已。

"优旃之讽漆城，优孟之谏葬马，并谲辞饰说，抑止昏暴。是以子长编史，列传滑稽，以其辞虽倾回，意归义正也"（《文心雕龙·谐隐第十五》），虽然倡优通过幽默机智的表演达到了讽刺劝谏的目的，但是他们并未跳出自我的身份，进行角色扮演。豢养这些俳优的贵族并不允许俳优四处泛滥，据《礼记·魏文侯》篇载："今夫新乐：进俯退俯，奸声以滥，溺而不止；及优侏儒，獶杂子女，不知父子。乐终，不可以语，不可以道古"（《礼记·魏文侯》篇），显然，倡优只是宫廷贵族豢养的专职艺人，他们的表演不是以娱众为目的。所以，倡优的产生距离真正的戏剧演员，还有很长的路要走。

战国时期，还产生了角抵这种勇力格斗的竞技技艺。角抵，亦作觳抵、角觚和角氐。它是种角斗技术，也是带有武术性质的角力竞技表演。它起源于祭祀，出现于战国，流行于秦汉，武帝时大盛。"角抵"一词首次出现于《史记·李斯列传》，"（秦）二世在甘泉，方作角抵优俳之观"。而应劭《风俗通义》则认为："战国之时，稍增讲武之礼，以为戏乐，用相夸示，而秦更名角抵。角者，角材也；抵者，相抵触也。"东汉文颖注曰："案：秦名此乐为角抵，两两相当角力，角伎艺射御，故曰角抵也。"而梁代任昉《述异记》则认为："秦汉间说蚩尤氏耳有鬓如剑戟，头有角，与轩辕斗，以角抵人，人不能向。今冀州有乐名蚩尤戏，其民三三两两，头戴牛角而相抵，汉造角抵戏，盖其遗制也。"一般戏剧史家皆沿用汉武帝元封三年作为角抵戏的起源。《史记》对角抵戏的缘起有明确记载："是时上方巡狩海上，乃悉从外国客。大觳抵，出奇戏诸怪物，及加其眩者之工；而觳抵奇戏岁增变甚盛，益兴，自此始。""巴俞戏，鱼龙蔓延之属也，汉后更名平乐观"（《汉书·武帝纪》）。无论哪种解释，都认为在文献出现"角抵"一词之前，角抵之戏应该已经存在了较长时间，世人认为"角抵"是我国真正戏剧之祖。

"角抵"即为较力比赛。其中除了"力"和"武"的展现，也不乏"扮演""表演"因素和两两相斗的"矛盾冲突"，亦即戏剧萌芽。角抵和倡优大体类同，虽然史料也有"纳蛮夷之乐于太庙"（《礼记·

· 49 ·

明堂位》)的记录,虽然周边民族的乐舞或"慕义归化"或"朝贡天子"进入中原,但他们的扮演只是一种边缘、闲暇、非主流的东西。春秋战国又是一个"礼崩乐坏"、无视传统的时期,在巨大的社会变革洪流中,以娱乐为功能的表演节目开始流行,同时,神仙方术也开始盛行,这些都成为当时百戏产生的重要源头。据葛洪《抱朴子·登涉》篇引《遁甲中经》所云,齐宣王置酒作乐、观赏遁术,是将方士的把戏作为娱乐表演来欣赏的。

先秦时期,农业经济不发达,人口居住分散,娱乐活动仅限于小规模、纯单人技艺性质的俗乐、角抵、假面和俳优,但多智善辩、能言滑稽、假面装扮为"代言性"和"故事性"的戏剧孕育奠定了丰厚的土壤。

直至秦汉,中国戏剧的发展才迎来了新的机遇。公元前221年,秦统一六国,原本分散于各个氏族、部落中的艺术形式和美学元素都汇集在了一起,形成了空前热闹的景象。刘向《说苑》卷二十说秦始皇时造"关中离宫三百所,关外四百所,皆有钟磬、帷帐、妇人、优倡……妇女倡优,数巨万人,钟鼓之乐,流漫无穷"这时,戏剧走出古老的巫觋祭祀仪式,呈现在我们眼前的是形式丰富、内容多彩的表演艺术——百戏。汉代立国,战乱止息,太平渐久,俗乐大兴,经过漫长的俗乐孕育,"百戏"在汉代迅速兴盛。汉武帝元鼎五年(前112年)宫廷里开始设立乐府机构,东汉时又设立"黄门鼓吹署",掌管宴俗之乐。专门管理机构的建立和顺承使原来零散的倡优伎乐优人走向规范和聚集,也在很大程度上提升了戏曲表演的精度和广度,进一步刺激了俗乐的繁兴,《东海黄公》《公莫舞》等歌舞小戏在这种历史条件下得以不断发展。

百戏是汉代重要的表演艺术,它以杂技魔术为主,游戏竞技、歌舞装扮为辅,体现了汉代雄浑厚重、兼容并蓄的时代精神。比起洒脱浪漫的汉赋,这种动态的技艺表演能够吸纳更多的观众,取得更为广泛的社会影响。如北寨汉墓所出土的百戏画像石,就向我们展示了包括跳丸剑、七盘舞、戏龙戏凤等在内的宏大演出场面[①](如图1-3所示)。

---

① 1956年出版的《沂南古画像石墓发掘报告》中记载了北寨汉墓所出土的百戏画像石,其中跳丸剑是指连续抛接若干把剑,并依次接住的杂技表演;七盘舞是将七个盘子或鼓平放于地上,舞者通过肢体表演触摸盘鼓,发出有节奏的声响,是一种舞蹈与杂技的结合。

第一章 杂剧的形成与发展

图1-3 山东沂南北寨村东汉墓百戏画像石[①]

汉代，俗乐大兴，"坎坎鼓我，蹲蹲舞我"（《后汉书·礼乐志》），倡优之人多来自河北、河南，"中山地薄人众，犹有沙丘纣淫地余民，民俗慓急，仰机利而食。丈夫相聚游戏，悲歌慷慨，起则相随椎剽，休则掘冢作巧奸冶，多美物，为倡优。女子则鼓鸣瑟，跕屣，游媚贵富，入后宫，遍诸侯。"（《史记·货殖列传》）由于人数诸多，汉朝设专门机构来管理百戏。汉代桓谭在《新论·离事》就有："昔余在孝成帝时为乐府令，凡所典领倡优伎乐，盖有千人之多也。"这种俗乐表演，包括一切能供人愉悦的音乐、舞蹈、杂技、武术、幻术、滑稽表演，如吞刀、吐火、扛鼎、寻橦、冲狭、燕跃、跳丸、走索、挥剑、陵高、履索、胸突铦锋、易貌分形、驰骋百马、戏车高橦、鱼龙曼衍等，统统称为"百戏"。

百戏是伴随着秦汉崭新封建经济和文化高涨而兴盛的新兴表演艺术，是混合了体育竞技、杂技魔术、杂耍游戏、歌舞装扮诸种表演，即"俳优歌舞杂奏"（杜佑《通典》卷一四六），成为中国表演史上的一代创举。张衡在《西京赋》里描述过《总会仙倡》的演出场面："华岳峨峨，冈峦参差；神木灵草，朱实离离。总会仙倡，戏豹舞罴；白虎鼓瑟，苍龙吹篪。女娥坐而长歌，声清畅而委蛇；洪涯立而指麾，被毛羽之襳襹。度曲未终，云起雪飞，初若飘飘，后遂霏霏。复陆重阁，转石成雷。礔砺激而增响，磅磕像乎天威。"百戏为中国戏曲的诞生提供了环境和条件，使戏曲和其他姊妹艺术如歌唱、舞蹈、杂技、武术相结合，并相互借鉴汲取，形成独具特色的表现方法。在一定程度上，汉代的百戏可以称为中国戏曲的摇篮。

在汉代百戏流行期间，发端于战国时期的"角抵戏"非常繁盛。

---

① 廖奔、刘彦君：《中国戏曲发展史》第一卷，山西教育出版社2000年版，第50页。

根据汉墓帛画中的记载（如图1-4所示），角抵演出一共三人，其中两位要以特定的装束和动作相互抗衡，由另一位充当裁判，为其决定胜负。任昉认为："秦汉间说蚩尤氏耳鬓如剑戟，头有角，与轩辕斗，以角抵人，人不能向。今冀州有乐名'蚩尤戏'，其民两两三三，头戴牛角而相抵。汉造'角抵戏'，盖其遗制也。"（《述异记》）

图1-4 山东临沂金雀山9号西汉墓帛画角抵图①

从中我们不难发现，汉代的角抵戏不仅具有鲜明的格斗竞技色彩，同时还具有矛盾对立的演出结构。因此，比较起其他形式的舞台表演，角抵戏更注重演出的体裁和内容，能够在拟态化表演中更好地展现故事中的戏剧化冲突。这一点，从当时较为完整的作品《东海黄公》中便可得到证实："东海人氏黄公，年轻时练过法术，能够抵御和制伏蛇、虎。他经常佩带赤金刀，用红绸束发，作起法来，能兴云雾，本领很大。到了老年，气力衰疲，加上饮酒过度，法术失灵。"（《西京杂记》）后来东海出现了一头白虎，黄姓老人又去对付它，却不料被它给弄死了。

---

① 转引自廖奔、赵建新《山东临沂金雀山9号西汉墓帛画角抵场面》，《戏曲艺术》2016年第8期。

第一章 杂剧的形成与发展

图1-5 汉画角抵像①

图1-6 百戏陶俑②

尽管情节相对简单，只有一个演员扮演黄公，一个演员扮演白虎，但是这里却出现了以武打对抗为形式的装扮表演。他们不再需要裁判来决定胜负，而是已经有了固定的情节发展方向，代言体之意明朗，后人以为《东海黄公》是中国戏剧的原型。同时，《东海黄公》的演出在中国戏剧史上具有里程碑的意义，戏曲扮演有了一种被设定的自由，这是中国戏剧在发展演变过程中的又一重要进步。由此，董每戡先生说："'角抵'不过是'百戏'中的一类，是原始社会的人民渔猎生活时期的产物，从那时候的人跟兽斗、人跟人斗行为的延长发展而

---

① 图片转引自《文物》1973年第6期，《南阳汉画像汇存》第119图。
② 图片转引自余秋雨《中国戏剧史》，上海教育出版社2006年版，第30页。

成，又由于古代人民不断地发挥了智慧，把这种技艺逐步加以艺术化，便成为后来秦、汉时期人们所称呼的'角抵戏'。"① 另外，《西京杂记》详细地记录了《东海黄公》故事："余所知有鞠道龙，善为幻术，向余说古时事：有东海人黄公，少时为术，能制蛇御虎，佩赤金刀，以绛缯束发。立兴云雾，坐成山河，及衰老，气力羸惫，饮酒过度，不能复行其术。秦末有白虎见于东海，黄公乃以赤刀往厌之，术既不行，遂为虎所杀。三辅人俗用以为戏，汉帝亦取以为角抵之戏焉。"可见，"角抵戏"应该是当时流传甚广的一种化装的村社歌舞戏。

在汉代，官方设乐府以采歌谣，这一时期汉赋文辞骈俪、韵律飞扬。《汉书·礼乐志》云："至武帝定郊祀之礼……乃立乐府，采诗夜诵。"所谓采诗，就是采集民歌。"自孝武立乐府而采歌谣，于是有赵、代之讴，秦、楚之风，皆感于哀乐，缘事而发，亦可以观风俗，知厚薄云。"（《汉书·艺文志》）由于官方力量的推动和组织化示范与采集，文人诗歌得以谱曲制作以歌舞演唱，民间小调得以汇集流传。如：作为汉乐府建立的初始，《史记·卷八》高祖本纪第八完整地记载了高祖衣锦还乡的场面："置酒沛宫，悉召故人父老子弟纵酒，发沛中儿得百二十人，教之歌。酒酣，高祖击筑，自为歌诗曰：'大风起兮云飞扬，威加海内兮归故乡，安得猛士兮守四方！'高祖乃起舞，慷慨伤怀，泣数行下……乃去。沛中空县之邑西献，高祖复留止，张饮三日……及孝惠五年，思高祖之悲乐沛，以沛宫为高祖原庙。高祖所教歌儿百二十人，皆令为吹乐，后有缺，辄补之。"这些叙事性强、感情充沛、以语言行动、环境渲染刻画人物性格的民间歌赋和乐府唱和，为后代戏曲的产生提供了生动素材，对中国古代戏曲的形成和曲调的发展发挥了极为重要的推动作用。于是，传统的宗教性祭祀礼乐制度开始动摇，世俗精神开始扩展，民间艺术逐步兴盛，戏剧艺术创作迎来了第一次大发展的机遇期。据《列子·说符》篇载："宋有兰子者，以技干宋元。宋元召而使见。其技以双枝，长倍其身，属其胫，并趋并驰，弄七剑迭而跃之，五剑常在空中。元君大惊，立赐金帛。

---

① 转引自孙世文《汉代角抵戏初探——对汉画像石中的角抵戏的考察》，《东北师大学报》1984年第4期。

第一章　杂剧的形成与发展

又有兰子能燕戏者，闻之，复以干元君。元君大怒曰：'昔有异技干寡人者，技无庸，适值寡人有欢心，故赐金帛。彼必闻此而进，复望吾赏。'拘而拟戮之，经月乃放。"这段记载说明发轫于民间的技艺经过市井培育而进入上层社会娱乐生活，百戏、散乐、总会仙倡、角抵戏、鱼龙曼衍，"乌获扛鼎，都卢寻橦。冲狭燕濯胸突铦锋""总会仙倡，戏豹舞罴，白虎鼓瑟，苍龙吹篪。女娥坐而长歌，声清畅而委蛇，洪涯立而指麾，被毛羽之襳襹。度曲未终，云起雪飞，初若飘飘，后遂霏霏；复陆重阁，转石成雷，礔砺激而增响，磅礚像乎天威。"（张衡《西京赋》）百戏兴盛，声色之娱，世俗趣味，戏剧艺术场域得到了空前的拓展。

《东海黄公》故事和百戏竞逐只是中国古代戏剧的原始胚胎。角抵戏持续时间较长，在汉唐时期还在不断发展。《文献通考》上说，在南北朝后魏道武帝天兴六年冬天，还"造五兵、角抵"。《隋书·帝记第三》上说："大业六年（公元六一〇年）正月丁丑，角抵大戏于端门街，天下奇技异艺毕集，终月而罢。帝数微服往观之。"可为证，唐代称角抵为"手搏"或"武戏"、"相扑"。

这一时期，宫廷宴乐百戏演出只是当时时代风气的集中代表和突出反映。对此史料记录较多，如元封三年（前108年）百戏会演，"三年春，作角抵戏，三百里内皆观"（《汉书·武帝纪》）；武帝宴"四夷之客"，"大角抵，出奇戏诸怪物，多聚观者，行赏赐，酒池肉林，令外国客遍观名各仓库府藏之积，欲以见汉广大，倾骇之"（《汉书·张骞传》）；"（六年）夏，京师民观角抵于上林平乐馆"（《汉书·武帝纪》）；桓宽《盐铁论·崇礼》曰："今乃以玩好不用之器，奇虫不畜之兽，角抵诸戏，炫耀之物陈夸之，殆与周公之待远方殊……目睹威仪干戚之容，耳听清歌雅颂之声，心充至德，欣然以归，此四夷所以慕义内附，非重译狄（鞮）来观猛兽熊罴也。"

到了三国鼎立的年代，虽然兵荒马乱，却未影响到艺术的发展。相反，权力的更迭，推动了统治者控制舆论的需求。对此，史志记录甚多，如《魏志·乐志》就有："六年冬，诏太乐、总章、鼓吹增修杂伎，造五兵、角抵、麒麟、凤皇、仙人、长蛇、白象、白虎及诸畏兽、鱼龙、辟邪、鹿马仙车、高绠百尺、长桥、缘橦、跳丸、五案以备百戏。大飨设之于殿庭，如汉、晋之旧也。太宗初又增修之，撰合大曲，更为钟鼓之节。世祖破赫连昌，获古雅乐；及平凉州、得其伶人器服，并择而存之。后通西域，又以悦般国鼓舞，设于乐署。"由此记录，我们可以了解到，即使在三国烽烟四起的年代，依然有"备百戏"。"大飨殿庭"，百戏十分盛行。"（魏废帝曹芳）使小优郭淮、袁信于广望观下作辽东妖妇，嬉亵过度，道路行人掩目。"（裴松注《三国志·魏书》）表明三国时已有男饰女装之优人，后世男伶扮演旦角，或作俑斯时。"昔有人父为虎所伤，遂上山寻其父尸，山有八折，故曲有八叠。戏者被发素衣，面作啼，盖遭丧之状也"（段安节《乐府杂录》）①。另外，表演北齐兰陵王高长恭故事的歌舞剧——"代面"是萌芽时期中国古代戏剧拥有悲剧因素和武戏成分的开始。崔令钦《教坊记》较为详细地记载了"代面"（大面）的场景："大面，出北齐。兰陵王长恭，性胆勇而貌若妇人，自嫌不足以威敌，乃刻木为假面，临阵著之。因为此戏，亦入歌曲。"② 由此，三国时期，百戏杂陈，景象壮观，以男扮女的扮演和"拨头"（由西域传入内地的一种乐舞节目）"大面"广为流行，我国古代戏剧的胚胎继续发育。

汉之后，百戏进一步发展。"后魏道武帝天兴六年冬，诏大乐总章鼓吹，增修杂戏……明元帝初，又增修之。撰合大曲，更为钟鼓之节。后周武帝保定初，诏罢元会殿庭百戏。宣帝即位，郑译奏征齐散乐，并会京师为之，盖秦角抵之流也。而广召杂伎，增修百戏，鱼龙曼衍之伎，常陈于殿前，累日继夜，不知休息。"（马端临《文献通考》）到了隋代，"万方皆集会，百戏尽来前，临衢车不绝，夹道阁相连……欢笑无穷已，歌咏还相续，羌笛陇头吟，胡舞龟兹曲。假面饰金银，盛服摇珠玉。宵深戏未阑，竞为人所难"（薛道衡《和许给事善心戏场转韵诗》）。但在中国古代戏曲发展长河中，《东海黄公》《踏摇娘》《兰陵王》以及各色参军戏，都还不是成熟的戏剧形态。戏剧的黄金时代，还处于准备阶段。③

---

① （清）王国维：《宋元戏曲史》，百花文艺出版社2002年版，第8页。
② （清）王国维：《宋元戏曲史》，百花文艺出版社2002年版，第8页。
③ 余秋雨：《中国戏剧史》，上海教育出版社2006年版，第52页。

第一章　杂剧的形成与发展

三　歌舞戏与滑稽戏

经历了政权变换如"传舍"、命运漂泊如"转蓬"的六朝①，百戏在多元文化的碰撞中发展成了具有故事情节、歌舞伴奏的戏剧雏形——歌舞戏。

在南北朝时期，百戏进一步融合发展。《隋书·音乐志》之载齐后主周宣帝事："宣帝广召杂伎，增修百戏。鱼龙曼衍之伎，常陈殿前。累日继夜，不知休息。好令城市少年有容貌者，妇人服而歌舞，相随引入后庭，与宫人观听。戏乐过度，游幸无节焉。"其中，"鱼龙曼衍之伎"为角抵杂戏，迄秦及隋，余风犹盛，可以概见。而"令城市少年有容貌者，妇人服而歌舞"，或为梨园旦角和歌舞合演的发端。对此，王国维在《宋元戏曲史》也有认可："古之俳优，但以歌舞及戏谑为事。自汉以后则间演故事，而合歌舞以演一事者，实始于北齐。"与此同时，南北朝宫廷崇尚优戏的风气向乡村蔓延，民间百戏繁盛。《隋书·乐志》记述了北朝阡陌间里扮演百戏的场景："始齐武平中，有鱼龙烂漫、俳优侏儒、山车、巨象、拔井、种瓜、杀马、剥驴等。奇怪异端，百有余物，名为百戏。"

在南北朝"歌舞戏""参军戏"的点缀过渡之后，中国戏曲发展的脚步踏进了隋朝的门槛。隋朝虽然国祚短促，但"万国衣冠拜冕旒"，隋代多元文化的交融荟萃对我国古代戏曲的发展，特别是唐代传奇剧的兴盛发挥了十分关键的作用。

隋朝时，杂技百戏艺术品种繁多，开皇之治，歌舞大盛，《隋书》载："开皇中，其器大盛于闾闬。时有曹妙达、王长通、李士衡、郭金乐、安进贵等，皆妙绝管弦，新声奇变，朝改暮易，持其音技，估衒公王之间。举时争相慕尚。"而隋炀帝更是设立庞大剧场，"总追四方散乐，大击东部"，盛演百戏；搜罗乐工子弟、成立乐曲机关——太常寺，新曲、旧曲和外来曲调彼此交集。《隋书·音乐志》记载"大业二年，突厥染干来朝，炀帝欲夸之，总追四方散

---

① "传舍"原为战国时贵族供门下食客食宿的地方，后泛指古时供行人休息住宿的处所。"转蓬"即随风飘转的蓬草。

乐大集东都。……每岁正月，万国来朝，留至十五日，于端门外，建国门内，绵亘八里，列为戏场。百官起棚夹路，从昏达旦，以纵观之，至晦而罢。伎人皆衣锦绣绘彩，其歌舞者多为妇人服，鸣环珮，饰以花毦者，殆三万人。……自海内凡有奇伎，无不总萃。崇侈器玩，盛饰衣服，皆用珠翠金银，锦罽绨绣。其营费钜亿万。……金石匏革之声，闻数十里外。弹弦撅管以上，7万八千人。大列炬火，光烛天地，百戏之盛，振古无比。自是每年以为常焉。"①"故有柳彧上书劝谏说："鸣鼓聒天，燎炬照地，人戴兽面，男为女服，倡优杂技，诡状异形，以秽嫚为欢娱，用鄙亵为笑乐。"（《隋书·柳彧传》）"每至正月十五日。作角抵之戏。递相夸竞。至于糜费财力。……爰及外州。每以正望月，充街塞陌，聚戏朋游。鸣鼓聒天，燎炬照地。倡优杂技，诡状异形。……内外共睹，曾不相避。高棚跨路，广幕陵云，袨服靓妆，车马喧阗。肴醑肆陈，丝竹繁会，竭赀破产，竞此一时。……浸以成俗，实损于民。请颁行天下，并即禁断。""起棚夹路""从昏达旦""鸣鼓聒天""燎炬照地""车马喧阗""广幕陵云""肴醑肆陈""丝竹繁会"，隋薛道衡咏戏场诗有"夹道阁相连""万方皆集会，百戏尽来前""佳丽俨成行，相携入戏场""假面饰金银，盛服摇珠玉，宵深戏未阑，竟为人所难"，这些描述生动再现了当时百戏歌舞扮演的盛大场面。风气新开，为后世剧场的正式形成以及戏剧发展起到了极为重要的推动作用。也可以推断，化装或用面具扮演小故事的百戏，此时估计已经流行了。

《隋书·音乐志》还记载："炀帝矜奢，颇玩淫曲，御史大夫裴蕴，揣知帝情，奏括周、齐、梁、陈乐工子弟及人间善声调者凡三百余人，并付太乐。倡优獶杂，咸来萃止。"②隋炀帝还令乐正白明达造新声，先后创编了《万岁乐》《藏钩乐》《七夕相逢乐》《舞席同心髻》《玉女行觞》《神仙留客》《掷砖续命》《斗鸡子》《斗百草》《泛龙舟》《还旧宫》《长乐花》及《十二时》等曲，"炀帝大制艳篇，辞

---

① 周贻白：《中国戏剧史长编》，上海书店出版社2004年版，第30页。
② 周贻白：《中国戏剧史长编》，上海书店出版社2004年版，第30页。

第一章 杂剧的形成与发展

极淫绮。掩抑摧藏，哀音断绝。帝悦之无已。"①（《隋书·音乐志》）这一时期，九部乐，除燕乐、清商本地音乐和西凉、扶南、高丽、龟兹、安国、疏勒、康国等边地乐曲相互竞演、彼此渲染。"百戏之盛，振古无比"，隋代"百戏"演出规模已经大大超过了汉代的角抵表演，技艺也更加高超。百戏这种民间艺术经隋朝宫廷的广泛吸纳荟萃，逐渐贵族化，太常寺还从民间广泛地招收学生，传授技艺，并称之为"博士弟子"。这一切促进了中国古代戏曲的形成。

隋后期，雄豪四起，烽烟不绝，民生疾苦，社会动荡，隋代这种颇具魅力的艺术形式在坎坷崎岖中跋涉，渐渐走向了地远天高、雄浑深沉的盛唐。在这思绪飞扬、灵感迸发的时代里，戏剧艺术正朝着成熟的方向恣意生长。

唐继隋而有天下，唐初音乐歌舞多循隋制。而隋则因齐、周旧轨，所以唐初的歌舞戏多杂羌胡夷戎之乐舞。唐之歌舞戏，有"大面""拨头""踏摇娘""窟儡子"等戏。《唐书》述"拨头"云："拨头，出西域胡人。为猛兽所噬，其子求兽杀之，为此舞以像之也。"《唐书》云："汉有《盘舞》，今隶散乐部中。又有《幡舞》《扇舞》，并亡。自周隋已来，管弦杂曲将数百曲，多用西凉乐。鼓舞曲多用龟兹乐。其曲度皆时俗所知也。""散乐杂戏多幻术。幻术皆出西域，天竺尤甚。"可见这一时期的戏曲南北荟萃，东西杂糅，西部和北部民族的音乐歌舞又在其间发挥了重要作用。

在初级戏剧的生长过程中，宫廷豪门发挥着举足轻重的作用。唐朝的宫廷乐部机构是在隋朝的基础上演变而来的。在前朝隋炀帝的经营下，宫廷艺人的数量开始急剧增加，这使唐代的宫廷宴乐机构有了很大的扩展。作为宫廷礼乐仪式的主管部门，太常寺主要负责主持国家的祭祀、庆典等重要仪式。尽管它还监管着日常的宴乐演出，但是却难以满足皇帝的娱乐需求。于是，唐高宗时期出现了管理歌舞百戏的教坊机构。到了唐玄宗时期，教坊又被进一步改造，扩充了其娱乐功能。除此之外，唐玄宗还在太常寺外设置了专供皇帝娱乐的乐舞俳优机构。不同于前代，唐朝统治者对歌舞表演的喜爱，使宫廷乐部机

---

① 周贻白：《中国戏剧史长编》，上海书店出版社2004年版，第30页。

构得到了逐步完善,为戏剧的生存和发展提供了温床①。

中国古代戏剧的发展,与两位帝王的大力倡导密不可分,即大举引进西域杂技百戏的汉武帝刘彻和追四方散乐、造新声,玩淫曲,大制艳篇的隋炀帝杨广。其后玄宗好声律、梨园子弟,传为千秋佳话。唐代李隆基好歌舞戏剧,采取各种措施在满足个人喜好的同时也促进了戏曲的繁荣,最基本的措施就是对于宫廷乐部机构的建设与充实。这一时期,散乐进一步发展并且经宫廷乐师雕琢而更加专业化。"吴王好剑客,百姓多疮瘢。""城中好高髻,四方高一尺;城中好广眉,四方且半额;城中好大袖,四方全匹帛。"正因为有了皇帝官吏的喜爱、支持与城市宫廷的示范和推动、相对完备的组织机构以及盛唐整个社会比较宽松自由的思想氛围、多元的思想交流、多元文化共生等因素的共同作用,唐宫廷之外,州、县等地方政府以及军旅之中都设置乐部机构,于大飨、大酺时都演出歌舞优戏。"弄参军""弄假妇人""弄婆罗门""弄假官""弄孔子""弄三教""弄神鬼""弄痴大","优人以文宣王为戏"(《宋史·孔道辅传》)。优戏发展到了一个新的水平,演出经常,记载众多,例如南唐刘崇远《金华子杂编》卷下:"淮南,巨镇之最,人物富庶,凡百制作率精巧,乐部俳优,尤有机捷者。"曾经风生水起的百戏逐步退出了历史的舞台,转变为更具戏剧美的歌舞戏与滑稽戏,《礼记·魏文侯》篇就有"今夫新乐:进俯退俯,奸声以滥,溺而不止;及优侏儒,獶杂子女,不知父子。乐终,不可以语,不可以道古。"《樊哙排君难》《苏莫遮》《秦王破阵乐》等,都具备了初步的情节结构和载歌载舞的特征,戏剧这种长期游离于正统文学的艺术也有了发展的新空间。

在这样的时代背景下,唐代出现了两类引人注目的戏剧现象:一是优戏产生了众多的剧目,二是倡优女乐歌舞里发展起面目一新的歌舞戏。"唐戏不仅以歌舞为主,而兼由音乐、歌唱、舞蹈、说白、表演五种伎艺,自由发展,共同演出一故事,实为真正之戏剧。"(任二

---

① 唐玄宗自幼精通音律,热爱歌舞表演,他认为供人娱乐的歌舞小戏要比祭祀庆典当中的表演更富有艺术性,于是他便下令单独设立了管理和教授俗乐的教坊——梨园,并逐步完善了宫廷乐部机构。

第一章 杂剧的形成与发展

北《唐戏弄》）唐代歌舞戏不少兼有故事者，以歌舞来表演代言，或有歌唱，无科白，内容极单调。与前代不同的是，唐代开始在大都市设立了"戏场"。如《南部新书》卷戊："长安戏场，多集于慈恩，小者在青龙，其次荐福、永寿。尼讲盛于保唐，名德聚于安国，士大夫之家入道，尽在咸宜。"唐李沉《独异志》卷上记有："至元和犹在长安戏场中，日集数千人观之。"唐李绰《尚书故室》载："京国顷，岁街陌中，有聚观戏场者。"除了设立戏场，唐代还出现戏曲俗讲等市民娱乐活动，如赵璘在《因话录》中记载："有文淑僧者，公为聚众谭说，假托经论所言，无非淫秽鄙亵之事。不逞之徒，转相鼓扇扶树。愚夫冶妇，乐闻其说，听者填咽，寺舍瞻礼崇奉，呼为'和尚'。教坊效其声调，以为歌曲。"宋代《碧鸡漫志》也有："唐长庆初有俗讲僧文淑善吟经，兼念四声观世音菩萨，其音谐畅，咸动时人，乐工黄米饭依其念菩萨四声，乃撰成曲也。"王国维认为这种俗讲："当是文人之笔……，语颇质俚，殆皆当时歌唱脚本也。"这种俗讲活动规模不大，但为后世戏曲推广和受众培养奠定了群众基础。另外，唐代的传奇小说瑰丽多彩，情节离奇，故事曲折，成为戏曲素材的重要来源之一。元稹的《会真记》、陈鸿的《长恨歌传》、蒋防的《霍小玉传》、白行简的《李娃传》、李公佐的《南柯太守传》、沈既济的《枕中记》、陈玄祐的《离魂记》、袁郊的《红线传》、许尧佐的《柳氏传》等在后世均被改编成名剧。

　　唐代，西域和印度传来的胡乐、民间的俗乐和传统的雅乐对戏剧的影响非常重大。白居易的《西凉伎》一诗已说出端倪。"假面胡人假狮子"，这是假面装扮，"刻木为头丝作尾"，配有木偶式装备，"鼓舞跳梁前致词"，恐怕有歌有舞有唱，甚至有对白了。唐代歌舞戏随着唐代音乐的特殊发展而发展，任半塘先生甚至认为："至唐，歌舞戏实已成熟，已具备真正戏剧之条件。"[①] 杜佑《通典》亦言："歌舞戏有《大面》《拨头》《踏摇娘》《窟儡子》等戏。"[②] 均说明在唐代，魏晋南北朝以来的拨头、大面、踏谣娘、参军戏继续流行，而且有所

---

① （清）任半塘：《唐戏弄》，上海古籍出版社1984年版，第233页。
② （唐）杜佑：《通典》，中华书局1984年版，第746页。

发展，参军戏有了参军、苍鹘这两个固定角色。

这一时期，较为著名的小戏当属《踏摇娘》。崔令钦《教坊记》载："北齐有人，姓苏，䶌鼻。实不仕，而自号郎中。嗜饮酗酒，每醉辄殴其妻。妻衔悲，诉于邻里。时人弄之，丈夫著妇人衣，徐步入场行歌，每一叠，旁人齐声和之云：'踏谣，和来！踏谣娘苦，和来！'……及其夫至，则作殴斗之状，以为笑乐。"① 它讲述的是在北齐时，有一位烂鼻貌丑的男子，没有做过官，却自称为"郎中"，每次喝醉以后都会殴打他的妻子。他的妻子貌美善歌，就把生活的不幸唱给邻里，以获得他人的同情。演出时，扮演苏妻的演员不仅要具备技巧性很高的舞蹈步伐，还要通过体态及面部表情展现出心中的忧郁。而扮演丈夫的演员则需要通过表演展现出其醉相丑态，类似于今天的丑角。司马迁在《史记·滑稽列传》中也记述了优孟模仿楚相孙叔敖的故事。

《踏摇娘》由汉代《公莫舞》歌舞小戏发展而来，将女乐歌舞与优人戏弄结合在一起，奠定了后世戏曲的主调。而其主唱、帮和互动、旦丑同列、歌舞装扮都达到了一个新层次，成为唐代歌舞戏的突出代表。从现在的戏剧观念来看，《踏摇娘》的内容单一，甚至有些乏味，但是在艺术成就较高的唐代，却受到了普遍关注。诗人常非月就曾对其演出场面进行过描写："举手整花钿，翻身舞锦筵。马围行处匝，人压看场圆。歌要齐声和，情教细语传。不知心大小，容得许多怜！"（常非月《咏谈容娘》）造成这种现象的主要原因是，在以《踏摇娘》为代表的歌舞戏出现之前，舞台演出缺乏一种寓言式的教化功能。明末清初的戏剧理论家李渔在其著作《闲情偶寄》中提到："传奇无实，大半皆寓言耳。"而在《踏摇娘》中我们可以看到，作为善的化身，苏妻虽然饱受折磨，却貌美善歌；作为恶的化身，丈夫不仅面貌丑陋，还一事无成。这种极具反差的对比，不仅营造出了引人入胜的戏剧效果，还体现了唐代百姓对于家庭伦理问题的思考；此外，它能够给观众带来一种情绪和心理上的满足。在西方古典美学中，"喜剧美"和"悲剧美"都被列入了首要的范畴，而在"喜剧美"中，人物大多被

---

① （清）王国维：《宋元戏曲史》，百花文艺出版社 2002 年版，第 20 页。

第一章 杂剧的形成与发展

塑造成低于观众的形象,他们身上所特有的滑稽、荒诞、愚昧的色彩能够很快让观众产生自我优越感的确认①。在《踏摇娘》里,苏某正是这样一个喜剧角色,因此它能够在盛唐时期得到人们广泛的认可和喜爱。对后世来说,歌舞小戏的兴起具有重要的历史意义。在它的影响下,不仅产生了宋杂剧、金院本等优秀的艺术成果,同时还形成了中国戏剧风格化、寓言化的审美特征。可以说,歌舞小戏正是中国戏剧走向成熟的基石。

瑞气祥云初盛,诗情画意正浓。在社会安定、经济蓬勃、文化繁荣的唐代,除了盛极一时的歌舞小戏,以参军戏为代表的滑稽表演也颇为流行,连小孩子都会学演。李义山《骄儿诗》云:"忽复学参军,按声唤苍鹘"可为证明。

首先,就参军戏来说,它并非产生于唐朝,而是出自后赵参军周延故事。"石勒参军周延,为馆陶令,盗官绢数百匹下狱。以入议,宥之。后每大会,使与俳儿着介帻,黄绢单衣。优问:'汝何官?在我俳中?'曰:'我本为馆陶令。'斗数单衣,……曰:'正坐取是,汝入辈中。'以为笑。"② 这个故事记录了后赵明帝时期,曾有一名担任参军职务的官员贪污,他就令人假扮参军,并由其他人在一旁调笑戏弄,参军戏便由此而来。后来,"弄参军"并不限于石耽、周延故事,凡是戏侮对方者,均可以归于此类。于慎行《谷城山房笔麈》认为:"优人为优,以一人幞头衣绿,谓之参军。"赵璘《因话录》提出:"肃宗宴于宫中,女优弄假官戏,其绿衣秉简者,谓之'参军桩'"。而王国维谓"凡一切假官,皆谓之参军。""此种滑稽戏,始于开元,盛于晚唐。以此与歌舞剧相比较,则一以歌舞为主,一以言语为主;一则演故事,一则讽时事;一为应节之舞蹈,一为随意之动作;一可永久演之,一则除一时一地外,不容施于他处:此其相异者也。而此二者之关纽,实在参军一戏。"参军戏的发展贯穿了唐、五代,影响一直到宋而不衰。

早期的参军戏由两位男性优人来完成,一名被称为"苍鹘",是

---

① 余秋雨:《观众心理学》,长江文艺出版社2013年版,第9页。
② 周贻白:《中国戏剧史长编》,上海书店出版社2004年版,第40页。

表演中的戏弄者；另一名被称为"参军"，常常缠幞头、穿绿衣，充当被戏者。唐代以后，人们的欣赏水平逐步提高，参军戏也随之发生了改变。它在继承滑稽讽谏的传统上，完善了表演形式，创新了情节内容。唐人"弄参军"凝聚了中国戏剧传统的两个本质特征：一是用来打诨取笑、滑稽谐戏。《史记·滑稽列传》说："武帝时，有所幸倡郭舍人者。发言陈辞，虽不合大道，然令人主和说。"高彦休的《唐阙史》载："咸道中，优人李可及者，滑稽谐戏，独出辈流，虽不能托讽匡正，然智巧敏捷，亦不可多得"；二是用来托讽匡正、箴讽时政，《夷坚志》云："俳优侏儒，固技之下且贱者也，然亦能因戏语而箴讽时政，有合于古矇诵工谏之义，世目为杂剧者是已。"这类戏剧，典型的有《贱田园》《刘辟责买》。《唐书·李实传》记录了当时的场景："二十年春夏旱，关中大歉，实为政猛暴，方务聚敛进奉，以固恩顾。百姓所诉，一不介意。因入对。德宗问人疾苦。实奏曰：'今年虽旱，谷田甚好。'由于租税皆不免，人穷无告，乃征屋瓦木，卖麦苗，以供赋敛。优人成辅端因戏作语，为秦民艰苦之状云：'秦地城池二百年，何期如此贱田园，一顷麦苗五硕米，三间堂屋三千钱。'凡如此语，有数十篇。实闻之怒，言辅端诽谤国政，德宗遽令决杀。当时言者曰：'瞽诵箴诵，取以诙谐，以托讽谏，优伶旧事也。设谤木，采刍荛，本欲达下情，存讽议，辅端不可加罪。'德宗亦深悔，京师无不切齿以怒实。"

"此日杨花初似雪，女儿弦管弄参军。"[①] 诗人薛能向我们展示的正是晚唐时期，参军戏的演出场景。由此可见，当时参军戏已不再是简单的双人对话及调笑，而是融入了伴有"弦管"的歌舞戏。与之前的滑稽表演相比较，它具有更为丰富的艺术内涵，观众也可以获得更多层次的美感体验。

另外，范摅在其《云溪友议》中记载了这样一件事：俳优周季崇的妻子刘采春善于舞弄参军戏，虽然她在篇韵的掌握上不如薛涛，却远比薛涛长得漂亮，因而受到诗人元稹的喜爱。不仅如此，采春的表

---

① （唐）薛能《吴姬》："楼台重叠满天云，殷殷鸣鼍世上闻。此日杨花初似雪，女儿弦管弄参军。"

第一章 杂剧的形成与发展

演还吸引了闺妇行人，使她们感动得掩面而泣。① 这说明，唐代的参军戏可以由女性扮演，而且她们的表演不再以滑稽调笑为主，而是以表演歌舞取胜。就这一点来说，它不仅是对以往表演形式的突破与创新，还为宋代戏文和元杂剧的发展开创先河。

唐代参军戏的优势还在于，它不仅以官吏作为表现对象，抓住了大众普遍关心的话题；同时还在发展过程中，将歌舞伴奏等元素吸收进来，更具表演性和娱乐性，迎合了大众的欣赏趣味；此外，朝廷也较为流行，宋代孔平仲《续世说》卷六曰："唐庄宗或自傅粉墨，与优人共戏于庭，以悦刘夫人，优名谓之'李天下'。尝因为优，自呼曰：'李天下！李天下！'优人敬新磨遽前，批其颊。帝失色，群优亦骇愕。新磨徐曰：'李天下者，只此一人，岂有两人耶？'帝悦，厚赐之。"在朝廷引领和民间跟随的情况下，参军戏在唐代大放异彩，并对戏剧样式的演变发展产生重大影响。

唐代"安史之乱"之后，"梨园弟子""乐府歌章"亡坠民间，市民文艺迅速生成。史料对这一段历史记载非常翔实，如：段安节《乐府杂录·原序》云："泊从离乱，礼寺隳颓，簨簴既移，警鼓莫辨。梁园弟子，半已奔亡；乐府歌章，咸皆丧坠。""开元中梨园有骆供奉、贺怀智、雷海青，其乐器或以石为槽，鹍鸡筋作弦，用铁拨弹之；安史之乱，流落至外。有举子曰白秀才，子弟寓止京师，偶值宫娃弟子出在民间，白既纳一妓为跨驴之乐，因夜风清月朗，是丽人忽唱新声，白惊，遂不复唱。逾年，因游灵武，李灵曜尚书广场设筵，白预座末。张妓乐，至有唱《何满子》者，四座倾听，俱称绝妙。白曰：'某有伎人，声调殊异于此。'便召至，短髻薄装，态度闲雅，发问曰：'适唱何曲？'曰：'何满子'，遂品调举袂，发声清亮激昂，诸乐不能逐。部中有一面琵琶，声韵高下，然揭庵郎指无差，遂问曰：'莫是宫中胡二姊否？'胡复问曰：'莫是梨园骆供奉否？'二人相对，泛澜唏嘘不已。"（晁载之《续谈助·卷一·琵琶录》）对这一现象，

---

① 出自范摅《云溪友议》中的"艳阳词"："方拟驰使往蜀取涛，乃有俳优周季南、季崇及妻刘采春，自淮甸而来。善弄陆参军，歌声彻云，篇韵虽不及涛，容华莫之比也。元公似忘薛涛，而赠采春诗……采春一唱是曲，闺妇行人莫不涟泣。"

张庚、郭汉城在《中国戏曲通史》中给予了充分说明："在安史之乱以前，唐代的文艺是贵族文艺占绝对统治地位，但这以后，市民文艺却逐渐抬起头来；这时的艺人已不是一味凭着投靠宫廷贵族谋生，而开始直接向普通观众卖艺了""这样，在宫廷贵族中培养出来的艺术就和市民商人见了面。这一面影响了市民、商人的趣味，但更重要的一面是原来比较粗糙的市民艺术从中吸收了许多养料，并按照市民自己的趣味把它加以改造，就形成了较精致的市民艺术。"① 中唐宫廷文化下移和市民文化兴起，社会气氛由开拓尚武转向追求享乐，以寺庙为基地的大型游艺场所便应运而生，为有广大观众基础的戏剧发展奠定了重要基础，戏曲打破宫廷贵族的垄断，与民众结合，走上了商业化发展的道路。

唐代优戏的戏剧化程度可以从下引资料里归纳出来。唐·无名氏《玉泉子真录》说崔铉在淮南时，"尝俾乐工集其家僮，教以诸戏"，教成后，崔铉和妻子李氏一起观看。"僮以李氏妒忌，即以数僮衣妇人衣，曰妻曰妾，列于旁侧。一僮则执简束带，旋辟唯诺其间。张乐命酒，不能无属意者，李氏未之悟也。久之，戏愈甚，悉类李氏平时所尝为。李氏虽少悟，以其戏偶合，私谓不敢而然，且观之。僮志在发悟，愈益戏之。李果怒，骂之曰：'奴敢无礼！吾何尝至此'。"这个戏表现的已经是家庭里的日常生活了。唐代戏剧已经接近了成熟，尽管它的形态还不够完善，不能容纳完整的人生故事而常常切取片段，用成熟戏曲的标准来衡量，它的音乐结构尚未发展到程式化的阶段，表演的行当化也刚刚开始，但它却为中华戏曲的正式形成铺垫了决定性的一步。唐代优戏和歌舞戏的表演形式被宋、金杂剧大量吸收，促进了成熟戏曲出现。

四 宋杂剧与金院本

在开拓尚武的唐代风采下，戏剧艺术恰若一壶飘香的美酒，三分啸成剑气，七分酿成月光，豪爽归豪爽，却不免太过风雅。当安、史二人将矛头对准长安时，它们不得不留下萧索的背影，等待着全新的

---

① 张庚、郭汉城：《中国戏曲通史》，中国戏剧出版社1980年版，第391页。

第一章 杂剧的形成与发展

艺术形式来续写往日的辉煌。

正如谭志湘所说，一个时代有一个时代的艺术①。走向宋金，耳边响起的是市井的喧嚣。随着土地赋税制度的变化、城市经济的繁荣，土地流转和贸易往来日趋频繁，累世流传的自然经济和封建隶属关系也开始松动。这时候，内敛享乐成了最具特点的时代风尚，在一定程度上，它为戏剧艺术的自由发展提供了开阔的社会空间。

唐之后，五代歌舞戏与优戏并行发展，"要之：唐五代戏剧，或以歌舞为主，而失其自由；或演一事，而不能被以歌舞。其视南宋、金、元之戏剧，尚未可同日而语也。"②宋代王灼《碧鸡漫志》卷五引《文酒清话》对歌舞戏《麦秀两歧》有详细记载："唐封舜臣，性轻佻。德宗时使湖南，道经金州。守张乐燕之，执盃索《麦秀两歧》曲，乐工不能。封谓乐工曰：'汝山民亦合闻大朝音律。'守为杖乐工。复行酒，封又索此曲，乐工前乞侍郎举一遍，封为唱彻，众已尽记，于是终席动此曲。封既行，守密写曲谱，言封燕席事，邮筒中送与潭州牧。封至潭，牧亦张乐燕之，倡优作褴褛数妇人，抱男女筐筥，歌《麦秀两歧》之曲，叙其拾麦勤苦之由。封面如死灰。归过金州，不复言矣。"其后南唐优戏发展水平已接近于宋杂剧的演出形式，宋人马令《南唐书》卷二十二载："熙载性懒不拘礼法，常与（舒）雅易服燕戏，獉杂侍婢，入末念酸，以为笑乐。"五代是民族大融合的时期，各民族文化交流进一步发展，龟兹乐、羌乐在戏曲中的应用更加广泛，这些夷戎胡乐的引入极大地丰富了戏曲的内涵。

宋代，市民文艺活动兴起，"百戏"种类繁多且持续流行，如北宋时期汴梁搬演杂剧《目连救母》，从七月初七直到十五盛况始终不衰。瓦肆中有影戏、杂剧、说经、演史、金院本、傀儡戏等，戏目多达一百余种，戏剧于宋代为始盛。"杂剧"这个词始见于晚唐时期。史载：唐文宗大和三年十二月，"南蛮军陷成都"。西川节度使李德裕为上奏朝廷："……蛮共掠九千人，成都郭下成都、华阳两县只有八千人，其中一人是子女锦锦，杂剧丈夫两人，医眼大秦僧一人，余并

---

① 谭志湘：《元代艺术与元代戏曲》，台北："国家"出版社2008年版，第11页。
② 赵山林：《中国戏曲传播接受史》，上海人民出版社2008年版，第37页。

是寻常百姓，并非工巧。"① 这里的"杂剧丈夫"，即扮演杂剧的演员。可见"搬演杂剧"这件事应该以前早就有了。尽管凭借有限的资料，我们很难得知杂剧出现的确切时间，但能够确定的是，杂剧在宋代已经成为一种不可忽视的社会存在，所以有云："散乐，传学教坊十三部，唯以杂剧为正色。"②

然而，为什么偏偏是宋代才有杂剧的全方位兴起？

第一，宋初实行"优容士大夫"国策，闲置于家的士大夫大肆私蓄优伶，家乐数量急剧膨胀，整个社会弥漫着追逐歌舞享乐的浓厚风气。"两府两制家中各有歌舞，官职稍如意，往往增置不已。"③《宋稗类钞》卷二记载了宋祁喜好歌舞杂剧，蓄有家伎。"宋子京好客，尝于广厦中外设重幕，内列宝炬，百味备具。歌舞俳优相继，观者忘疲，但觉更漏差长，席罢已二宿矣，名曰'不晓天'。大宋居政府，上元在书院读《周易》，闻小宋点华灯，拥歌妓醉欢。翌日谕所亲令诮让云：'相公寄语学士，闻昨夜烧灯夜宴，穷极奢侈。不知记得某年上元，同在某州学内吃韭煮饭时否？'学士笑曰：'却须寄语相公，不知某年同处吃韭煮饭是为甚底？'"《鸡肋编》（卷上）也记录了咸阳士大夫行乐的情况："咸阳自上元至四月十八日，游赏几无虚辰。使宅后圃，名西园，春时纵人行乐。初开园日，酒坊两户各求优人之善者，较艺于府会。以骰子置于合子中撼之，视数多者得先，谓之'撼雷'。自旦至暮，唯杂戏一色。坐于阅武场，环庭皆府官宅看棚。棚外始作高凳，庶民男左女右，立于其上如山。每诨，一笑须筵中哄堂，众庶皆噱者，始以青红小旗，各插于垫上为记。至晚，较旗多者为胜。若上下不同笑者，不以为数也。"

第二，宋代兵连祸结，始于中唐的宫廷文化下移现象进一步加剧，形成了宋代戏剧遍地开花、自由发展的局面，戏剧走向市场的步伐加快。特别是金人攻破汴京，大量索要宫廷和京城中的歌舞、百戏、技艺、杂剧艺人及医人、工匠等。这些艺人有的押往燕京，有的流落民

---

① 见《全唐文》卷七〇三，《论故循州司马杜元颖第二状》。
② （南宋）耐得翁：《都城纪胜·瓦舍众伎》，浙江人民出版社1983年版，第86页。
③ （南宋）朱弁：《曲洧旧闻》卷一，江苏广陵古籍刻印社1984年版，第19页。

第一章 杂剧的形成与发展

间。教坊杂剧诸色演员大多流落民间演唱,不是依赖官府衣食,而是依靠卖艺自谋生计,民间戏剧扮演日益繁盛。这些倡优的加入,推动了南北戏曲的发展,也促进了辽金"院本"的繁荣。

明徐光《暖姝由笔》云:"有白、有唱者,名杂剧。用弦索者,名套数。扮演戏文,跳而不唱者,名院本。"《南村辍耕录》云:"金有杂剧、院本、诸宫调,院本、杂剧,其实一也。国朝院本、杂剧,始厘而二之。""是辽之杂戏,是汉之鱼龙曼衍,仍为角抵百戏之支流,而非宋产生之官本杂戏也。故谓宋杂剧流传于辽,无宁谓宋杂剧与金院本同趋一流之为愈。"[①] 据孟元老《东京梦华录》记载:"坊巷院落,纵横万数,莫知纪极。处处拥门,各有茶坊酒店,勾肆饮食"[②],居民夜市"直至三更尽,才五更又复开张。如耍闹处,通宵不绝"。南宋政府顺其自然,不设教坊,需要时,"呼市人使之"即可。如《宋史·乐志》云:"孝宗隆兴二年(1164),天申节,将用乐上寿;上曰:'一岁之间,只两宫诞日外,余无所用,不知作何名色?'大臣皆言:'临时点集,不必置教坊'。上曰:'善。'乾道后,北使每岁两至,亦用乐,但呼市人使之,不置教坊。"唐文标认为:"中国古剧的主要起源来自民间。古剧所以晚起,所以羼杂无数民间杂艺,它的通俗内容和大众的语调外形,它的平庸思想、人情世故的主题,它之所以跟世界上希腊悲剧和印度梵剧大异的地方,完全由于它自民间来,以满足平民阶层的娱乐休闲为第一要点。因此,它的成熟期也非要等待中国农业社会演化的结果:宋代呈现出一个具体而微的'大众市民社会'不可了。"[③] 由此,"坊巷院落,纵横万数,莫知纪极。处处拥门,各有茶坊酒店,勾肆饮食",居民夜市"直至三更尽,才五更又复开张。如耍闹处,通宵不绝"。戏曲步入民间市井而快速发展。

第三,得益于宫廷宴乐机构的完备。在它的指引下,专业演员应运而生,这是杂剧所完成的第一个质的飞跃。与前代不同,一方面,宋代教坊通过重新整编,使优伶分工逐步精细,杂剧艺人名正言顺地

---

① 赵山林:《中国戏曲传播接受史》,上海人民出版社2008年版,第42页。
② (宋)孟元老:《东京梦华录》,古典文学出版社1956年版,第21页。
③ 唐文标:《中国古代戏剧史》,中国戏剧出版社1985年版,第239页。

从民间踏入了宫廷①；另一方面，教坊还针对杂剧艺人设立了专门的考核制度，进而促使杂剧从艺者的表演水平不断提高②。

第四，得益于商业的发展和表演场所的固定化。由于商业经济的兴盛，带来了都市的繁华，许多休闲娱乐场所也随之出现，用于商业交易的瓦肆中，出现了供艺人演出的"勾栏"，也孕育出了宋金杂剧和院本。"瓦肆"又叫"瓦舍"或"瓦子"，里面设有大小勾栏。勾栏，指用花纹图案互相勾连起来的栏杆，里面有戏台、戏房、神楼、便棚（看席），相当于后世的戏棚或剧场，各种民间技艺，如俗讲、诸宫调、鼓子词、唱赚、傀儡、皮影……都可以在里面演出。据《武林旧事》（卷十）记载，当时已有官本杂剧段数二百八十本。陶宗仪《南村辍耕录》（卷二十五）载院本名目六百九十种。一大批供市民游艺的场所应运而生，宋人将其命名为"瓦舍"，取易聚易散之意③。《梦粱录》卷十九"瓦舍"条载，临安瓦舍因"殿岩杨和王因军士多西北人，是以城内外创立瓦舍，招集妓乐，以为军卒暇日娱戏之地。"④而创建。瓦舍是在唐代寺庙戏场的基础上形成的，因此具有相对较好的演出条件。当时，汴梁四城遍布瓦舍勾栏，仅东角楼街就有大小勾栏50余座，如莲花棚、牡丹棚、里瓦子、夜叉棚、象棚等，其中最大的可容纳数千人。如《东京梦华录》"六月六日崔府君生日二十四日神保观神生日"条载，汴京万胜门外一里许的神保观"于殿前露台上设乐棚，教坊钧容直作乐，更互杂剧舞旋"⑤。其实，戏剧演出活动早在唐代就相当普遍，宋王溥《唐会要》载，开元三年"十月六日，敕'散乐巡村，特宜禁绝'……"说明我国最早的戏剧因素出现在农村地区，北宋末年城市瓦舍勾栏表演活动正是在农村地区演出活动的基础上产生和繁荣的。实际上，现有的戏剧文物资料已经清楚地表明：

---

① 宋代陈旸在《乐书》中记载："圣朝戏乐：鼓吹部杂剧员四十二，云韶部杂剧员二十四，钧容部杂剧员四十，亦一时之制也。"

② 《宋史·卷一百四十二》中记载："使、副岁阅杂剧，把色人分三等，遇三殿应奉人阙，即以次补。"

③ 宋代孟元老在《东京梦华录》中对于"瓦舍"的解释是："瓦舍者谓其来时瓦合，去时瓦解之义。易聚易散也。"

④ （宋）吴自牧：《梦粱录》，中国商业出版社1982年版，第166页。

⑤ （宋）孟元老撰，邓之诚注：《东京梦华录注》，中国商业出版社1982年版，第206页。

第一章 杂剧的形成与发展

早在城市瓦舍勾栏表演活动出现之前，广大农村地区就已经出现了明显的戏剧因素。例如，在早于徽宗时代城市瓦舍勾栏表演活动一百年前的宋真宗景德年间，山西省万荣县县城西南二十余里的孤山脚下冈峦起伏、沟壑纵横的农村地区，就出现了"舞亭"建筑。除了占地面积充足，允许设立诸多的勾栏外①，观众的身份和来去的时间也都免去了限制，这是戏剧发展到宋代的又一大飞跃。孟元老《东京梦华录》"中元节"云："构肆乐人，自过七夕，便搬《目连救母》杂剧，直至十五日止，观者倍增。"宋杂剧在北方金国直接发展为一种供"行院"演出的院本。瓦舍，在历史上第一次把伎艺和观众作了大规模的、稳定性的聚集。民间演出场所的形成，催生了商业化的表演群体，也催生了一批创作剧本、话本、脚本的职业作者——"书会先生""京师老郎"，他们与演员一起推动戏剧文学逐渐走向职业化和专门化。

"书会先生""京师老郎"有较娴熟的文字表达能力和较丰富的历史知识、能够把许多历史故事编成脚本，使戏班子的剧目既新且多。戏剧不再是囿于宫廷的艺术上品，而是飞入百姓家的日常趣味。与此同时，缘起于唐、五代时期在北方民间自由延展、蓬勃流行的"曲子"、包括敦煌曲子词和大食曲子对北杂剧的发展都起到重要影响。如明人洪楩编《清平山堂话本》所收宋人话本《柳耆卿诗酒玩江楼记》记录当时非常流行的民间曲子："[浪里来]柳解元使了计策，周月仙中了机扣，我交那打鱼人准备了钓鳌钩。你是惺惺人算来出不得文人手，姐姐免劳惭皱。我将那点钢锹，掘倒了玩江楼。"另外，宋代文人也有模仿民间情趣与格调据曲填词的爱好。宋人王灼《碧鸡漫志》卷二对此有明确记载："长短句中作滑稽无赖语，起于至和。嘉祐之前，犹未盛也。熙丰、元祐间，兖州张山人以诙谐独步京师，时出一两解。泽州孔三传者，首创诸官调古传，士大夫皆诵之。元祐间王齐臾彦龄，政和间曹组元宠，皆能文，每出长短句，脍炙人口。彦龄以滑稽语噪河朔。组潦倒无成，作[红窗迥]及杂曲数百解，闻者绝倒，滑稽无赖之魁也……，同时有张兖臣者，组之流，亦供奉禁中，

---

① "勾栏"是指设立在瓦舍当中的戏剧演出场所，相当于现在的戏院、剧院。

号'曲子张观察'。其后组述者益众，嫚戏污贱，古所未有。"同时，这一时期民族交融加快，北方民族音乐曲调也掺入南北戏曲合唱与模仿中，宋人江万里《宣政杂录》曰："宣和初收复燕山以归朝，金民来居京师。其俗有'臻蓬蓬歌'，每扣鼓和臻蓬蓬之音为节而舞，人无不喜闻其声而效之者。"宋人曾敏行《独醒杂志》曰："先君尝言，宣和间客京师时，街巷鄙人多歌蕃曲……其言至俚，一时士大夫亦皆歌之。"汴京人也依据蕃曲曲调唱出［异国朝］［四国朝］［六国朝］［蛮牌序］［蓬蓬花］的曲牌。

另外，宋代小说、傀儡戏（偃师戏）、影戏也开始发达。"世间怪事皆能说，天下鸿儒有不如。耸动九重三寸舌，贯串千古五车书。"（明代·李日华《紫桃轩又缀》）"戏剧之取材，大率采自小说。小说之发达，于戏剧实有表里相辅之益。宋人小说之传于今者，有《五代平话》《宣和遗事》《京本通俗小说》等。"① 说明宋代小说为戏曲创作提供了源源不断的素材。而汉代十分流行的傀儡戏继续发展，杜佑《通典》云："窟儡子亦曰傀磊子，作偶人以戏，善歌舞，本丧家乐也。汉末始用之于嘉会，北齐高纬尤所好，间市盛行焉。"《潜夫论》亦有记叙："或作竹簧，削锐其头，有伤害象，便以蜡蜜，……或作泥车，瓦狗马骑倡俳诸戏。""不须看尽鱼龙戏，终遣君王怒偃师②"（李商隐）"万般尽被鬼神戏，看取人间傀儡棚。烦恼自无安脚处，从他鼓笛弄浮生"（北宋·黄鲁直《题前定录赠李伯牖 有其一》）。对于傀儡戏的整个演述过程，耐得翁在《都城纪胜》有完整的呈现："弄悬丝傀儡，起于陈平六奇解围。杖头傀儡，水傀儡，肉傀儡以小儿后生辈为之。凡傀儡敷衍烟粉灵怪故事，铁骑公案之类。其话本或如杂戏，或如崖词，大抵多虚少实，如巨灵神、朱姬大仙之类。"这种以鬼事喻人事的故事性套戏，有完整讽世劝道的傀儡戏，显示我国戏曲在此时已初步具备"全能剧"的形状了。

关于"影戏"的始源，晋代干宝的《搜神记》云："故老相承，言影戏之原，出于汉武帝，李夫人之亡，齐人小翁言能致其魂，上念

---

① 徐慕云：《中国戏剧史》，上海古籍出版社2001年版，第47页。
② 偃师，即偃师戏，古代傀儡戏的一种。

第一章 杂剧的形成与发展

天人无已,乃使致之。少翁夜为方帷,张灯烛,帝坐他帐,自帐中望见之,仿佛夫人像也,故今有影戏。"可知影戏当仿自唐代。到了宋时,"采三国事,加缘饰作影人",影戏已有整套故事。《事物纪原》关于影戏云:"仁宗时,市人能谈三国事者,或采其说,加缘饰作影人。始为魏蜀吴三分战事之像,至今传焉。"《梦粱录》卷二十曰:"有弄影戏者,汴京初以素纸雕簇,自后人巧工精,以羊皮雕形,用以彩色,妆饰不致损坏。……其话本与讲史书者颇同,大抵真假相半,公忠者雕以正貌,奸邪者刻以丑形,盖亦寓褒贬于其间耳。"《东京梦华录》正月十六景物云:"诸门皆有宫中乐棚……多设小影戏棚子,以防本坊游人小儿相失以引聚之。"说明宋代影戏极为普遍,节目繁多,故事完整,"三尺生绡作戏台,全凭十指逞诙谐,有时明月灯窗下,一笑还从掌握来。"(《牛影戏》)影戏和各种傀儡戏,已变为当日的"大众娱乐"了。小说、傀儡戏和影戏作为扮演整套故事的戏曲的早期探索,对宋杂剧的发展产生了巨大的影响。

基于以上缘由,加之,经过唐导其源,宋扬其波,宋代,长短句大盛,《度曲须知》所谓:"曲肇自三百篇耳,风雅变为五言七言,诗体化为南词北剧。"[①] 这种新体乐府,被之管弦,侑觞助欢。长短句的流行,进一步助推宋杂剧走向繁兴。"宋之杂剧,其关目结构,后人虽无从周悉,而上由朝廷,下至瓦舍,无不遍好杂剧。"[②] 当宋代百姓于深冬时节选择在瓦舍消遣时,杂剧艺术就彻底挣脱了统治者的享乐需求,转而向市民阶层的审美情趣靠拢。[③] 从杂剧的表现形式来看,演员们不仅通过日复一日的练习提升了自身的演出水平,还积极借鉴其他表演艺术的硕果。如同时存在于勾栏中的"讲唱",就是通过重复某种曲调来叙述完整故事的艺术形式。尽管它的曲调相对单一,但是却具备一定的完整性和一致性。宋杂剧的演员注意到了这一点,很快就将它的音乐形式吸纳进了戏剧表演。后来,讲唱艺人孔三传所创造的诸宫调也为杂剧的发展提供了借鉴。与一般讲唱所不同的是,诸

[①] 赵山林:《中国戏曲传播接受史》,上海人民出版社2008年版,第40页。
[②] 赵山林:《中国戏曲传播接受史》,上海人民出版社2008年版,第43页。
[③] 《西湖老人繁胜录》对于百姓去瓦市的情况进行描写:"深冬冷月无社火看,却于瓦市消遣。"

宫调能够根据故事情节的发展需要将不同的曲调引入表演。这样一来，它就打破了以往"一曲到底"的惯例，在复杂叙事方面显现出了强大的优势，从而产生了像《西厢记》这样既有故事长度又具审美力度的优秀作品，并最终为杂剧艺术所吸收。

从杂剧的创作内容来看，它更加贴近寻常百姓的真实生活，如南宋笔记《都城纪胜》中就记录了一类通过模仿乡下人进城而供人取乐的杂剧体裁①。可以肯定的是，表演内容的平民化，让中国古代戏剧从大雅走向了大俗，即让更多的观众从戏剧美中获得了共鸣和满足。当然，宋杂剧的进步还远不于此，在针砭时弊方面，它的手笔更加辛辣大胆。如宋人张知甫在《可书》中记载，由于宋朝软弱无力，曾有一杂剧演员在表演中说："若要胜金人，须是我中国一件件相敌乃可，且如——金国有粘罕，我国有韩今保；金国有柳叶枪，我国有凤凰弓；金国有凿子箭，我国有锁子甲；金国有敲棒，我国有天灵盖"②，借以讽谏当朝者。需要说明的是，在宋以前，无论是宫廷的宴乐演出，还是民间的娱乐表演，都不需要有太多的剧目。但是瓦舍勾栏的出现，演出场地的固定，让演员无法再通过少量的剧目长期吸引观众，于是大量的专业剧作者便出现在了人们的视野中，被称为"书会先生"。他们对文字的驾轻就熟，使演出剧目一下子丰富了起来。但更为重要的是，专业创作群体的出现意味着中国古代的戏剧文学终于登上了历史的舞台。

从杂剧的演员构成来看，唐王朝的衰败与离乱迫使不少宫廷艺人开始流入民间，作为高水平、高素养的代表，他们为民间杂剧的发展注入了新的活力。随后，宋代繁盛的商业经济又催生出了一大批民间艺人。他们常常以家庭为单位，东来西往、走街串巷，形成了我们今天所说的戏班。戏班来去自如，随处可安的演出特点，不仅推动了杂剧艺术在城市乡野中的广泛传播，还加速了不同地区的文化交流与融合。

从杂剧的演出结构来看，主要分为三个部分，分别是"艳段"、

---

① （南宋）耐得翁《都城纪胜·瓦舍众伎》中写道："杂扮或曰杂旺，又名纽元子，又名技和，乃杂剧之散段。在京师时，村人罕得入城，遂撰此端，多是借装为山东河北村人，以资笑。"

② 余秋雨：《中国戏剧史》，上海教育出版社2006年版，第66页。

第一章 杂剧的形成与发展

"正杂剧"以及"杂扮"。所谓"艳段"就是指在正式演出之前的开场节目,一般是歌舞或杂耍。而"正杂剧"则是演出的主体,即通过歌舞或滑稽表演的形式演绎一个相对完整的故事。最后的"杂扮"则是演出最后的玩笑段子,具有随意性,类似于上文提到的模仿乡下人进城。可以看出,宋杂剧的演出结构具有明显的时代特征,无论是"艳段"还是"杂扮",它们都是杂剧在向市民化转变过程中,不得不适应市场竞争的产物。

除了上述诸多变化外,宋杂剧在角色分配、音乐运用、表演方式等方面都有不同程度的创新和改变。不得不说,它为中国戏剧在后世的发展积累了丰富的经验和有益的借鉴。

在金朝入燕后,宋廷的艺术很快便跟随政权一起南渡,留下的是一座繁华不复的汴梁城。所幸的是,在动荡不安的岁月里,总还有一些不愿随波逐流、远走他乡的艺人,他们在聚居的行院里继续着杂剧的创作与表演[1],并给予了它新的名字,称为院本。尽管当下关于院本的资料少之又少,但是就某些可掌握的内容来说,它比早先的宋杂剧又有了更大的进步。如通过其演出名目的多寡可以推断,院本比宋杂剧更加具有连贯性和故事性[2],有些演唱中甚至还出现了代言体。另外,根据山西稷山所出土的金代杂剧雕砖可以看出,在院本演出中,所有的伴奏都被安排在了杂剧演员的身后,这也就是说,从金院本开始,中国戏剧开始从歌舞表演相互混杂的形式向以歌唱为主的演出形式过渡。

五 从南戏到元杂剧

山重水复疑无路,柳暗花明又一村。宋杂剧和金院本虽然具备了基本的戏剧形态,但只保留下来一些名目,还未发现完整的剧本。当

---

[1] "行院"原指娼妓的聚居之所,行院之人既要承应官府,又要以色事人,但其"主业"却是以艺娱人。

[2] 青木正儿在《中国近世戏曲史》中说:"院本中,自其名目推之,含有内容方面近似纯戏剧者颇多,此点似较杂剧为进步。例如:演《王子端卷帘记》《女状元春桃记》《杜甫游春》《张生煮海》《赤壁鏖兵》《庄周梦》《唐三藏》《晋宣成道记》《苏武和番》等故事者,似较官本杂剧为多。"

宋杂剧在政权的交替中蜿蜒前行时，南方小戏正以一种强大的生命力破土而出，它标志着中国戏剧正式走向成熟。

南戏是东南沿海一带土生土长的民间戏剧，又叫"戏文"。一般认为它首先产生于温州一带，因此又叫"温州杂剧"或"永嘉杂剧"。关于南戏的产生，难以寻找出确切的踪迹，只能凭借有限的史料梳理出一条大致的线索。明代戏曲家徐渭在《南词叙录》中称："南戏始于宋光宗朝，永嘉人所作《赵贞女》、《王魁》二种实首之……或云宣和间已滥觞，其盛行则自南渡，号曰'永嘉杂剧'，又曰'鹘伶声嗽'。"徐渭认为南戏萌芽于北宋末年，盛行于南宋，至元代广泛流传开来，并和新兴的元杂剧竞秀。较他稍早一些的祝允明在《猥谈》中说，南戏出现于南渡之际。而元末明初的学者叶子奇则认为，作品《王魁》的出现就标志着南戏的开端①。但我们从《南戏叙录》能够看出南戏最初在民间活动的情形和特点。

它较杂剧而言"语多鄙下"，曲调源于"里巷歌谣"，因而"士夫罕有留意者"②。

显然，南戏比起宋杂剧来说具有更为浓厚的市民气息。它从村坊乡间走来，在社火等民间活动中得到呈现，继而在温州等地广泛流传。究其原因，主要有五点：一是作为宋代对外贸易的重要口岸，温州的工商业较为发达，既有大量的观众群，又有交流频繁的各种艺术形式；二是商人重利，使南戏很快便发展成了新的盈利手段，为了追求低成本、高质量，南戏开辟了新的戏剧表现形式，即借用虚拟的手法表现人物活动的时间和空间；三是自由开放的环境加速了南戏的传播与交流，让南戏在发展过程中逐渐形成了风格迥异的唱腔；四是相对于政治文化中心来说，温州的士大夫阶层和文人群体较少，下里巴人的南戏自然要比阳春白雪的杂剧更富感染力；五是当时江南有撰写剧本的"永嘉书会""古杭书会""九山书会""敬先书会"等民间创作团体，

---

① （元）叶子奇在《草木子》中写道："俳优戏文，始于《王魁》，永嘉人作之……其后元朝尚盛行。及当乱，北院本特盛，南戏遂绝。"

② （明）徐渭在《南词叙录》中这样描述南戏："其曲，则宋人词而益以里巷歌谣，不叶宫调，故士夫罕有留意者。元初，北方杂剧流入南徼，一时靡然向风，宋词遂绝，而南戏亦衰。顺帝朝，忽又亲南而疏北，作者猥兴，语多鄙下，不若北之有名人题咏也。"

第一章 杂剧的形成与发展

集中了富有演出经验的老艺人和落魄失意的文人,加之元中叶以后,一些著名的杂剧作家也纷纷加入南戏创作队伍,如马致远、萧德祥、汪元亨等,他们的共同创作,为南戏提供了大量剧本,如《荆钗记》《刘知远》《白兔记》《拜月亭记》《杀狗记》《琵琶记》等。

尽管南戏让原本繁荣的宋杂剧黯然失色,具有不可小觑的力量,但是在更具冲击的元杂剧面前,它不得不放慢脚步,偏安一隅,静待花期。直到忽必烈在大都建立新的政权,才迫使我们将目光重新投向北方,这意味着中国戏剧史上一种里程碑式的艺术形态即将形成。

宋室南渡以后,杂剧在北方进一步发展,并于金章宗时期逐渐成熟[①]。从大量出土的文物和现存资料中可以看到这样一条线索:由北曲杂剧演变而来的元杂剧,是将各种表演艺术完美糅合的产物。在表演内容方面,它继承了金院本的特点,即充分吸纳不同民族艺术、文化中的养分,转而向讲述故事靠拢;在音乐方面,它借鉴了北曲当中多曲联套的长篇音乐形式,并逐渐组成音乐上固定的四宫调套数结构;在演出形式方面,它在诸宫调的基础上进一步拓展,放弃了从第三者的角度展开叙事的传统,而是依靠多人扮演,从第一人称的角度表现戏剧冲突。从这些转变来看,杂剧艺术发展至元代,才走进了属于自己的黄金时代。

总之,梳理我国古代戏曲史可以看到,元杂剧之前,我国戏曲的成长经历了两个不同的阶段:宗教戏剧阶段和世俗戏剧阶段。这两个阶段既有明显不同,同时又是紧密联系、难以截然分割的。作为我国表演艺术最基本的表现手段,歌舞艺术早在原始社会就已出现,经过漫长的萌芽期和酝酿时期,南戏与北杂剧的出现,才标志着我国戏曲艺术的正式成熟。元代杂剧集前代表演艺术之大成,在宋金杂剧的基础上,成为我国较完善的戏曲形式,是舞台戏剧形态时期的第一座高峰,具有承上启下的明显特点。王国维说:"论真正之戏曲,不能不从元杂剧始也。"[②]

---

① 金章宗即完颜璟,金朝第六位皇帝,于1190—1208年在位。
② (清)王国维:《宋元戏曲史》,商务印书馆1929年版,第359页。

第二节　鼎盛的背后
——元杂剧繁兴的原因

在我国古代文学史上，一代有一代之主体文学，而元曲，以其特有的艺术光彩，成为元代文学的主体。如元末明初叶子奇《草木子》云："传世之盛，汉以文，晋以字，唐以诗，宋以理学；元之可传，独北乐府耳。"张羽在嘉靖三十六年为《董西厢》作序时，"北曲人行于世，犹唐之有诗，宋之有词，各擅一时之圣，其势使然也。"首次将元杂剧纳入了一代文学的行列，并使用"北曲"这一包括了剧曲在内的名称。① 杂剧在激越豪放的元朝迎来了真正的曙光。虽然它还弥留着南宋以来的清疏之气，但它已熏染上了草原的野性。在独特的历史环境下，它是中国戏剧生命的延续，也是前人艺术结晶的升华。

"杂剧这种戏剧样式的最初出现大致是在金末到元初，也就是十三世纪初叶到中叶这个时期内，期间它经历了从不完备到完备的发展阶段。"② 然而，元杂剧的兴起到鼎盛却是在极短的时间内实现的。早在明代，王骥德就提出了自己的看法："此穷由天地开辟以来，不知越几百千万年，俟夷狄立中华，于是诸词人一时林立。始称作者之圣，鸣呼异哉！"（《曲律》）据王国维考证，元杂剧的繁荣主要是在"自元太宗取中原以后（按：1234年金亡），至至元一统之初（按：至元十六年，即1279年宋亡，元一统）"③。当代学者的看法也与此大体相同。例如，邓绍基主编的《元代文学史》认为："杂剧体制的完备、成熟并开始兴盛起来是在蒙古王朝改称元王朝以后。"④ 廖奔、刘彦君认为："在元成宗即位后的元贞、大德时期（1295—1307），北杂剧创作和演出都达到了其历史上的极盛。"⑤ 正是在这样短暂的时期里，元

---

① （明）张羽：《古本董解元西厢记·序》影印本，上海古籍出版社1984年版，第1页。
② 邓绍基主编：《元代文学史》，人民文学出版社1991年版，第27页。
③ （清）王国维《王国维戏曲论文集》，中国戏剧出版社1984年版，第64页。
④ 邓绍基主编：《元代文学史》，人民文学出版社1991年版，第27页。
⑤ 廖奔、刘彦君：《中国戏剧发展史》第二卷，山西教育出版社2000年版，第39页。

第一章 杂剧的形成与发展

杂剧造就了"一代"艺术的辉煌和不朽,青木正儿把这种现象形象地称为元杂剧的"勃兴"。那么,元杂剧是如何兴起的,又是什么原因促成了元杂剧的勃兴呢?

元代北曲杂剧是在宋、金杂剧和院本的基础上,融合北方流行的音乐、舞蹈、说唱等艺术的营养,逐渐形成的一种独特的戏剧形式。"汉义,唐诗,宋词,元曲,各绝一时。"(盛明《杂剧·序》)元曲是一代文学艺术的代表,它包括剧曲和散曲,又以剧曲——杂剧为主。杂剧作为一种文学样式,它是源于生活而高于生活的,鼎盛的背后离不开时代的给养与滋润。政治的变迁、经济的发展、文化的融合、思想的交流、审美意趣的提升、民族的融会……凡此种种,无一不使它渐趋完美,瓜熟蒂落,走向定型。

元杂剧兴盛的原因,学界从不同的角度进行了概括,大致包括:从政治角度分别论述了统治者的爱好、科举的废止、以曲取士政策等对元曲繁盛的促进作用;从经济角度分析城市经济的繁荣与元杂剧兴盛关系;从社会原因分析元代特殊的社会状况、元代知识分子的地位、元代市民娱乐的需要、元代民族文化的融合等因素带来了元杂剧的繁荣;从文学发展本身探究元杂剧是综合了前代各种文学艺术的成就而发展成熟起来的。

本书认为,元代杂剧的爆发式繁荣,既是杂剧内部基础因素上对前代戏曲艺术的融合,也有元代社会的政治、经济、思想文化等各种因素交互作用的合力,是内外因素共同作用的结果。

一 元杂剧兴盛的内部原因

1. 元杂剧的繁荣是在继承和发展前代戏曲艺术积淀和成果的基础上产生的,是文学发展规律的必然产物

泰纳在《艺术哲学》中指出:"自然界有它的气候,气候的变化规定这种那种植物的出现,我们研究自然界的气候,以便了解某种植物的出现……同样,我们应当研究精神上的气候,以便了解某种艺术的出现。""由此我们定下一条规则:要了解一件艺术品,一个艺术家,一群艺术家,必须正确地设想他们所处的时代精神和风俗概况,

这是艺术品最后的解释，也是决定一切的基本原因。"① 从中国古代戏曲发展的历史可知，元杂剧的繁荣不是一蹴而就到达顶峰的，它是在继承和发展了先秦的巫觋乐舞、俳优角色表演技艺、汉以来的百戏散乐、汉至唐宋以来的歌舞戏、参军戏、说唱、歌曲、傀儡戏、影戏以及两晋到以后的志怪小说、传奇话本等艺术成果的基础上成熟起来的。这些简单零散的戏曲传统艺术，汇流成海，为复杂、严整并有深刻现实意义的杂剧艺术做了扎实的铺垫和孕育。冯梦龙在谈到词曲取代诗兴起的原因时指出："文之善达性情者，无如诗。三百篇之可以兴人者，唯其发于中情，自然而然故也。自唐人用以取士，而诗入于套；六朝用以见才，而诗入于艰；宋人用以讲学，而诗入于腐。而从来性情之郁，不得不变而之词曲。"② 当诗"入于套""入于艰""入于腐"后，词代诗而起；同样，当词入于僵、不能"达性情"时，曲便代之而兴起。正如刘勰在《文心雕龙·时序》篇中所说："歌谣文理，与世推移，风动于上，而波震于下。""文变染乎世情，兴废系乎时序"，因此，汉赋、唐诗、宋词、元曲和明清小说在不同时代的崛起与兴盛，正是不同的时代精神与风貌的有力展示，反过来说，这些文学样式及其代表作品的种子，是在其时代与社会的土壤中浸润、涵育，生根发芽，长成参天大树的。同时，宋金以来的杂剧和院本中的人物戏剧角色扮演、音乐歌舞演唱及戏剧性故事情节等戏曲基本要素直接为元杂剧所吸收，从而将元杂剧推向了光辉的顶点。

2. 元杂剧繁荣的活力来自对其他文化的先进因子和创作灵感的包容吸纳

任何时代的文学都与当时社会的政治、经济、文化等诸要素紧密关联着。美国人类文化学家鲁思·本尼迪认为："一种文化就如一个人，是一种或多或少一贯的思想和行动的模式。各种文化都形成了各自的特征性目的，它们并不必然为其他类型的社会所共有，各个民族的人民都遵照这些文化目的，一步步强化自己的经验，并根据这些文

---

① 转引自李泽华《从爱情与神仙道化描写看元杂剧的文化特质》，《湖北第二师范学院学报》2009 年第 5 期。
② 杨晓东：《冯梦龙研究资料汇编》，广陵书社 2007 年版，第 72 页。

化内驱力的紧迫程度,各种异质的行为也相应地愈来愈取得融贯统一的形态。"① 辽、金、蒙古族先后入主中原,少数民族的乐曲大量传到中原,从行腔歌词到作奏乐器,都给中原人以清新的感觉。作曲家着意将北来之乐与中原的民间小调融汇在一起,创造出了一种新声新词的新诗体——元散曲。作为元代音乐自身发展的需要,元散曲这种新声以它极强的活力给中原音乐带来了新的生气,从而真正形成了以歌舞演故事的剧曲——杂剧。元代杂剧文化流行,给华夏沉闷的古老文明带来了新的活力。恩格斯曾说:"凡德意志人给罗马世界注入的一切有生命力的和带来生命的东西,都是野蛮时代的东西。的确,只有野蛮人才能使一个垂死的文明在挣扎的世界年轻起来。"② 在蒙古族统治的元代,中原汉民的那些被排斥、抑制或可能被认为是异端的思想、行为便决堤而出,出现了新的思想观念与价值标准。同时,这种新观念和新标准与中华民族在漫长的历史发展中形成的思想观念、价值取向、思维方式、道德情操、宗教信仰、文学艺术等思想行动相碰撞,产生了巨大的"化合"作用,正如黄宗羲所说:"古今之变,至秦而一尽,至元又一尽"(《明夷待访录·原法》),这种"化合"的结果形成中国文学变迁长河中元代文学特有的气质和禀赋。这种气质和禀赋同时又以开放包容的胸怀不断吸纳其他文化的先进因子和创作灵感,也正是这种特殊的文化气质,使元杂剧成为中国文学史上大放异彩的剧坛奇葩,造就了中国戏曲的辉煌时代。元杂剧是元朝政治社会经济发展在文艺上的反映,也是中国戏曲发展到一个历史性高度的体现。

3. 社稷陵替初期文人和社会情绪宣泄是元杂剧走向繁荣的推动力量之一

宋亡元兴,社稷陵替,南宋遗民、文人墨客无法抒发亡国之恨,只有借助散曲杂剧以代之。《类聚名贤乐府群玉》收录许多兴亡之叹,如《湖山堂》"[折桂令]小窗开水月交光,诗酒坛台,莺燕排场,歌

---

① 转引自李泽华《从爱情与神仙道化描写看元杂剧的文化特质》,《湖北第二师范学院学报》2009年第5期。
② 《马克思恩格斯选集》第四卷,人民出版社1972年版,第153页。

扇唤风,梨云飘雪,粉黛生香。红袖台已更旧邦,白头民犹说新堂,花妒幽芳,人换宫妆,惟有湖山,不管兴亡!"《燕子》"[山坡羊]来时春社,去时秋社,年年来去搬寒热。语喃喃,忙劫劫,春风堂上寻王谢,苍陌乌衣夕照斜。兴,多见些;亡,都尽说。"这些剧曲引导着当时中原地区民众情感的整体性宣泄。

4. 艺伎对元代戏剧活动的繁荣发挥了至关重要的作用

另外,如前文所述,北宋初期,汴京宫廷的杂剧演出已经制度化,设置教坊,集四方歌舞伎乐技艺之精华数百人,宋人陈旸的《乐书》卷一八六《乐图论·俗部·杂乐·剧戏》条载:"圣人戏乐:鼓吹部杂剧员四十二,云韶部杂剧员二十四,钧容部杂剧员四十。亦一时之制也。"北宋宫廷教坊杂剧、军乐杂剧演出机构的完备和专职杂剧演员队伍的出现为元杂剧的发展和提高储备了重要的艺术资源。金人攻破汴京,大量索要宫廷和京城中的歌舞、百戏、技艺、杂剧艺人及医人、工匠等,这些倡优的加入,推动了南北戏曲的发展,也促进了辽金"院本"的繁荣。而元入主中原之前,优待倡优,并多次掳掠边地杂剧艺人,如《元史·木华黎传》载:"广宁刘琰、懿州田和尚降,木华黎曰:'此叛寇存之无以惩后,除工匠优伶外,悉屠之。'"这些被掳掠到元大都的戏曲倡优成为培养元朝王公贵族与市民黔首的戏曲风尚的先导,也为元入主中原后杂剧的推广与流行奠定了人才基础。原来分散各地的倡优艺伎被集中在大都及边地城市,宋金时期宴乐、民间俗乐等音乐形式被元杂剧充分吸收,宋金社会的民间曲艺形式和演唱艺术、杂剧院本的戏剧因素被元杂剧继承并拓展。

艺伎对元代戏剧活动的繁荣发挥了至关重要的作用,元杂剧的传播与繁荣也与艺伎优伶更贴近民俗生活的演唱活动密不可分。胡适也认为"词曲是起于歌妓舞女,元曲也是起于歌妓舞女的。"[①] 正是在文人与艺伎频繁的接触下,他们彼此促进,将杂剧的创作与表演有机结合起来。艺伎优伶沟通着文人创作和民间小曲,联结着元杂剧生产者和消费者,使元杂剧由案头文学成为表演艺术。夏庭芝的《青楼集》,全书共记录艺人达一百一十多人,典型如朱帘秀:"以一女子,众艺

---

① 胡适:《白话文学史》,岳麓书社1986年版,第19页。

兼并；危冠而道，圆颅而僧，褒衣而儒，武弁而兵；短袂则骏奔走，鱼笏则贵公卿；卜言祸福，医决死生；为母则慈贤，为妇则孝贞；媒妁则雍容巧辩，闺门则旖旎娉婷，九夷八蛮百神万灵……往古之事迹，历史之典型。"元代艺伎优伶这些令人叹为观止的百变形态，左右逢源、出神入化的杂剧表演效果，与文人的深化接触、互相交流、感触磨合的催化作用将元杂剧推向艺术的高峰。

5. 都城与边地城市大型勾栏瓦肆的建立为元杂剧推广、传播和繁盛提供了商业支撑和广阔空间

元代，勾栏杂剧因备受市民阶层的喜爱而获得了极大的发展。实际上，早在宋代这种民间艺术就以汴京为中心向周围地区辐射传播，从汴京到洛阳一线的两京地带成为宋杂剧活动的主要区域。另外，随着中原与北方边地民众交易日渐频繁，勾栏杂剧和北方金院本交会在处于商道枢纽的河东平阳地区。"风成于上而俗成于下"，戏曲很快成为北方民族主要的日常娱乐活动之一。匈牙利著名艺术史家阿诺德·豪泽尔在《艺术社会学》一书中总结过这样一条规律："艺术风格随着时间的推移，会不断地传播开来和扩大自己的影响范围，同时也越来越独立于它们的发源地的地理和气候条件。文化结构在后期不如早期那么深地扎根于发源的土壤之中，而是逐渐地趋向自律、形式化和固定化，这是文化发展的一条基本规律。"[1] 元杂剧文化的发展，也经历了大致如此的发展过程。从它最早在北方民间形成，到向京师集中。其间，社会上层的赏识、知识文人的推广和城市商业化步伐的加剧，边疆城市也产生了民间游艺的大型勾栏瓦肆，以其市井游乐的商业性质和审美趣味的世俗化、大众化特点，成为各种技艺商业演出的荟萃之地。勾栏瓦肆在边地的兴起，为元杂剧的成长提供了重要的栖身之所。广泛而深刻的世俗文化氛围和都市戏曲文化消费的商业场域，为诸多表演艺术同存并茂、相互吸收融合和对元杂剧的创造滋养提供了艺术支撑。可以说，元杂剧荟萃了元代艺伎优伶，艺伎优伶成就了勾栏瓦肆，勾栏瓦肆让艺伎优伶有了施展才华的广阔天地，使元杂剧具有了"使人快者掀

---

[1] 转引自季国平《论元杂剧的传播及其意义》，《河北学刊》1989年第2期。

髯，愤者扼腕，悲者掩泣，羡者色飞"①的感动人心的戏曲传播效应。

6. 演员竞争意识、观众意识与商业意识的确立推动元杂剧表演艺术和创作水平的大幅度提升，助力元杂剧走向繁盛

元代都市经济的发展，勾栏瓦肆数量远超前代，艺伎优伶数量也规模性增长，还有"路歧"的流动作场，使观众观赏戏曲的选择性更多、质量要求更高，由此也带来了元杂剧商业化演出的激烈竞争。这种竞争早在南宋末期就已出现，到元代则更为突出。如宋代庄绰《鸡肋篇》卷上载："成都自上元至四月十八日，游赏几无虚辰。使宅后圃名西园，春时纵人行乐。初开园日，酒坊两户各求优人之善者，较艺于府会。……自旦至暮，唯杂戏一色。坐于阅武场，环庭皆府官宅看棚。棚外始作高凳，庶民男女左右，立于其上如山。"②《蓝采和》杂剧第二折："〔梁州〕咱咱咱，但去处夺利争名，若逢对棚，怎生来妆点的排场盛？倚仗着粉鼻凹五七并，依着这书会社恩官求些好本令。"元代两个戏班对台唱戏，即"对棚"，招徕观众，竞争十分激烈了。与此同时，为了赢得竞争，"纸榜""招子""擂鼓筛锣""副末开场""自报家门"等多元形式也被广泛运用到戏场竞争中来。如元杜仁杰《庄家不识勾栏》散曲："正打街头过，见吊个花碌碌纸榜"；石君宝《诸宫调风月紫云亭》杂剧第四折："您那秀才凭学艺，他却也男儿当自强，他如今难当，目写在招子上。""纸榜""招子"就是演戏的广告，上写主要演员的姓名以及演出的节目。因为在瓦舍里有若干勾栏同时演出，观众选择看什么节目、在哪座勾栏看，得看"招子"了。再如：《张协状元》开场："〔满庭芳〕厮罗响，贤门雅静，仔细说教听……（末白）后行角色，力齐鼓儿。"《庄家不识勾栏》："见几个妇女向台上儿上座，又不是迎神赛社，不住的擂鼓筛锣。"因为瓦舍的游客流动性大，勾栏开演，擂鼓筛锣，告知开场，游客"每闻勾栏鼓鸣，则入"③。擂鼓筛锣既能营造演出氛围，又可以通过音响效果比较气势、招徕观众、预告开场。又如：《遭盆吊没兴小孙屠》

---

① （元）臧晋叔：《元曲选·序》，中华书局1958年版，第2页。
② （宋）庄绰：《鸡肋篇》（卷上），中华书局1983年版，第20—21页。
③ （元）陶宗仪著，文灏点校：《南村辍耕录》（卷二十四），文化艺术出版社1998年版，第330页。

第一章 杂剧的形成与发展

开场第一首［满庭芳］即由副末出场介绍演剧大意："白发相催，青春不再，劝君莫羡精神。赏心乐事，乘兴莫因循。浮世落花流水，镇长是会少离频。须知道，转头吉梦，谁是百年人？雍容弦诵罢，试追搜古传，往事闲凭。想像梨园格范，编撰出乐府新声。喧哗静，伫看欢笑，和气蔼阳春。"第二首［满庭芳］介绍剧情梗概："昔日孙家，双名必达，花朝行乐春风。琼梅李氏，卖酒亭上幸相逢。从此聘为夫妇，兄弟谋苦不相从。因往外，琼梅水性，再续旧情浓。暗去梅香首级，潜奔它处，夫主牢笼。陷兄弟必贵，盆吊死郊中。幸得天教再活，逢嫂妇说破狂踪。三见鬼，一齐擒住，迢断在开封。"副末在宋元戏文中省称"末"，是戏班中的优长。戏文开场或每一部戏文开场，必定由末首先登场，向观众介绍该演剧大意和剧情梗概，叫"副末开场"或"副末开台"。明人一般称之为"开场"或"家门"，通常是念两首词，一般第一首词介绍演剧大意，第二首词叙述剧情。通过"副末开场""自报家门"，让观众较快掌握剧情梗概，弄清角色身份，进入欣赏氛围，让观众看得明白，赏得清晰，以此博得口碑。

由于是商业性演出，观众还可直接向戏班"点戏"，这既是对戏班演出实力的考验，也是展示或赢得名声的手段。如：《蓝采和》里有关点戏的描写："（蓝唱）［油葫芦］甚杂剧请恩官望着心爱的选。……我做一段于祐之金水题红怨，张忠泽玉女琵琶怨。（钟云）你做几段脱剥杂剧。（正末云）我试数几段脱剥杂剧。（唱）做一段老令公刀对刀，小尉迟鞭对鞭，或是三王定政临虎殿。（钟云）不要，别做一段。（正末唱）都不如诗酒丽春园。［天下乐］或是做雪拥蓝关马不前。"体现了元杂剧演出时"宁可乐待于宾，不可宾待于乐"的"观众意识"和竞争理念。

二 元杂剧兴盛的外部原因

除了上文提到的内部因素作用，元杂剧的兴盛还有深刻的政治、经济、社会和时代等多元力量的助推，这些力量与元杂剧发展的内部力量相互交错，一起推动元杂剧走向顶峰。这正如吉川幸次郎强调的那样，这是在一个时代的大背景下，剧作家、演员和观众，包括汉族和其他民族的支持者，他们之间的相互作用使得元杂剧一下子繁荣起来①。

1. 社会动荡带来民众的大迁徙、文化的大碰撞与大融合为元杂剧的流布创造了广阔的空间。

公元1115年,女真族以摧枯拉朽之势征战中原,逼迫宋廷退居南方;1234年,蒙古国联合南宋灭金,统一了北方。1279年,崖山海战失败,南宋彻底灭亡。前后百余年的动荡不安,使原本安定清平的社会变得千疮百孔。于是,对元杂剧的发展就有一种"政衰文兴"的观点,即在政治黑暗、民族征战的社会背景下,人民的生活往往更为疾苦。这时候,文学艺术就成了抒发哀怨之情的最佳方式。但是也有人认为,社会的黑暗并不是元代前后所特有的东西,而且从元杂剧的内容来看,对社会矛盾现实性的反映只占其中一部分,更多的是对历史性的普遍反映和认知②。

因此,单纯从政治变迁与人民生活的关系来解读艺术的发展是不够准确的;但我们也必须承认,连续的社会动荡和频繁的政权更迭确实与杂剧的繁兴有着千丝万缕的联系。这主要可以从以下两个方面理解。

首先,是战争所带来的人口迁徙。宋元之际频发的战争导致社会始终处于动荡不安的局面,在这种情况下,戏剧艺术家们从流离走向了聚合,又从聚合走向了各地。不得不说,他们对杂剧艺术的传播和繁兴功不可没。

金元间人杨弘道曾记录下了一则见闻,说自己在金都沦陷出逃时,在济阳地区遇见了一位同样出逃的伶人,这位伶人还对他说,好的演员即便离开了原来的地方也仍然能够演出,不会失去谋生的机会③。可见,当时演员甚至戏班的流动都十分频繁。据赵山林考察,元代杂剧戏班的流向主要有四条线路,分别是以山东、河南为主的黄河中下

---

① [日]吉川幸次郎:《元杂剧研究》,郑清茂译,(台北)艺文印书馆1976年版,第74页。
② 周华斌:《中国戏剧史新论》,北京广播学院出版社2003年版,第293页。
③ 杨弘道是金末元初著名的文学家,今山东淄博人。他在其散文《优伶语录》里写道:"行次济水之阳,有同途者亦欲逾大河之南,不负不荷,若有余赘,言语轻杂,容止狎玩。怪而问之,曰:'我优伶也。'且曰:'技同相习,道同相得。相习则相亲焉,相得则相恤焉。某处某人优伶也,某地某人亦优伶也,我奚以资粮为?'"

第一章 杂剧的形成与发展

游一带；以平阳为中心的汾河一带；以扬州、苏州等为活动中心的大运河一带；以及以湖南、湖北部分地区为中心的长江中游一带①。元人钟嗣成在《录鬼簿》中的记载也证实了这一点。他指出，元代杂剧作家主要分布在黄河以北中书省所统辖的三个区域，即山西、河北、山东，后来又延伸至黄河以南地区，其中大都、真定、东平、平阳的作家群体较为集中。

勿庸置疑，无论是演员还是作家，他们都在颠沛流离中不知不觉地将杂剧艺术推向了高潮。然而，从另一个层面来看，政权的频繁更迭，使少数民族不断入驻中原，在他们中间也出现了不少优秀的杂剧作家，如蒙古族的杨景贤就是其中的翘楚。他一生编著的作品很多，如《天台梦》《刘行首》《海棠亭》《两团圆》《西游记》等。尽管其中大部分已经失传，但我们不能否认，他的确是一名杰出的杂剧作家，对杂剧艺术的发展做出了突出的贡献。

其次，是战争所造成的民族问题。在辽、金、宋的连年征战中，中原大地早已变得羸弱不堪，蒙古族正是在这样的基础上，依靠着强大的军事力量，挥别往日的峥嵘岁月，开辟了一个全新的时代。这不仅是一个空前辽阔的时代，也是一个多民族交往的时代，更是一个促使游牧民族与农耕民族走向融合的时代。在分分合合、起起落落里，民族矛盾与民族融合始终并行不悖地生长，从而成就了元杂剧独有的特色。

总体来看，民族间的对抗与冲突贯穿整个元代，元杂剧也就在这样一个动荡的时代达到兴盛。从成吉思汗建国到元朝灭亡，民族矛盾的激烈程度时起时落，并出现了三次高潮，其中两次都出现于消灭异族政权的过程中。元初道士李志常有诗云："十年兵火万民愁，千百中无一二留。"元杂剧的创始在金末元初的时代，元杨维桢《宫词》说："开国遗音乐府传，白翎飞上十三弦，大金优谏关卿在，'伊尹扶汤'进剧编。"（《铁崖先生古乐府·卷之十四》）1234年攻破金朝后，蒙古族又展开了对宋战争，从窝阔台到忽必烈，在进击中原的同时，蒙古征服者还对文弱的宋人进行了惨无人道的杀戮和蹂躏，元代著名诗人虞集曾这样描述："蜀人受祸惨甚，死伤殆尽，千百不存一二。"

---

① 赵山林：《中国戏曲传播接受史》，上海人民出版社2008年版，第140—141页。

《静修先生文集》卷七亦有诗:"闻昔飞狐口,奇兵入捣虚。人才九州外,天道百年余。草木皆成骑,衣冠尽化鱼。遗民心胆破,讳说战争初。"自金贞祐二年(1214)宣宗南渡至天兴三年(1234)金亡之时,二十年中,彼时河北一路,因为蒙古人的掳掠残杀,以及女真人和汉人的相互仇杀。刘因《武强尉孙君墓铭》说:"戊申夏六月丁巳,武强尉孙君以疾卒。临卒,疏其子继贤等曰:'吾以世泽,生有四幸,若等可勿忘。金崇庆末年(1212),河朔大乱,凡二十余年,数千里间,人民杀戮几尽,其存者以户口计,千百不一余,而吾与存焉,一幸也。其存焉者,又多转徙南北,寒饥路隅,甚至髡钳黥灼于臧获之间者,皆是也,而吾未尝去坟墓,且获尉乡县焉,二幸也。当其扰攘时,侵凌逼夺,无复纪序,而吾四妹一弟,俾皆以礼婚嫁,今皆成家,若与世不相与者,三幸也。平居非强宗,世乱受凌暴,自其分尔,而吾乃为乡人所推,遂得挺身树栅,保千余家,凡族党姻戚,皆赖以安全,四幸也。'""昔全源氏之南迁也,河朔土崩,天理荡然,人纪为之大扰,谁复维持之者!"(《静修先生文集·卷十七,卷一》)《元史》卷二〇二《邱处机传》载:元太祖时,"国兵践蹂中原,河南北尤甚,民罹俘戮,无所逃命。处机还燕,使其徒持牒招求于战伐之余,由是为人奴者得复为良,与滨死而得更生者,毋虑二三万人,中州人至今称道之。"《元史》卷一百六十三《张雄飞传》记:"国兵屠许,惟工匠得免。"卷百五十五《史天泽传》也说:"世祖时在藩邸,极知汉地不治,河南尤甚。"其他如"杀人之夫而夺其妻"(《元史·卷百四十六·杨惟中传》);"荆州旧万余户,兵兴以来,不满数百,凋坏日甚"(《元史·卷百五十七·刘秉忠传》);"偏私族类,疏外汉人,其机密谋谟,虽汉相不得预"(见《归潜志》卷十二);"时河南初破,被俘虏者不可胜计,及闻大军北还,逃去者十八九。有诏停留逃民及资给饮食者,皆死无问,城郭保社,一家犯禁,余并连坐。由是百姓惶骇,虽父子弟兄,一经俘虏,不敢正视。逃民无所得食,踣死道路者,踵相接也"(《遗山先生文集》卷六);"山无洞穴水无船,单骑驱人动数千,直使今年留得在,更教何处度明年。""太平婚嫁不离乡,楚楚儿郎小小娘,三百年来涵养出,却将沙漠换牛羊!""道傍僵卧满累囚,过去辎车似水流,红粉哭随回鹘沙马,为谁一步一回头!""白

第一章 杂剧的形成与发展

骨纵横似乱麻,几年桑梓变龙蛇,只知河朔生灵尽,破屋疏烟却数家!(《遗山先生文集》卷十二)",这都是元亡金时候掳掠的记载。同一时期,史料也有汉人铲除女真的记录:"贞祐二年,受代有期,而中夏被兵,盗贼充斥,互为支党,众至数十万,攻下郡邑,官军不能制。渠帅岸然以名号自居,雠拨地之酷,睚眦种人,期必杀而后已。若营垒,若散居,若侨寓托宿,群不逞哄起而攻之,寻踪捕影,不遗余力,不三二日,屠戮净尽,无复噍类。至于发掘坟墓,荡弃骸骨,在所悉然。"(《遗山先生文集》卷二十八)在这样的一个兵荒马乱的时代,产生了元杂剧。

待蒙古入统中原以后,始终是把中原人看作被征服民族。宋子贞《中书令耶律公神道碑》(《国朝文类》卷五十七)载,"自太祖西征之后,仓廪府库,无斗粟尺帛,而中使别迭等佥言,虽得汉人,亦无所用,不若尽去之,使草木畅茂以为牧地。公即前曰:'夫以天下之广,四海之富,何求而不得,但不为耳,何名无用哉!'因奏地税、商税、酒醋、盐铁山泽之利用,岁可得银五十万两、绢八万匹、粟四十万石。上曰:'诚如卿言,则国用有余矣,卿试为之。'"正是耶律楚材的劝谏,河北汉人得以在酷政下苟延残喘。

如果抛开政治上的利害不谈,这对于一个民族情感倾向上的影响可想而知,而其中愤懑忧怨的情绪势必会反映在杂剧作品里。在元人杂剧里,我们所看到的,是被征服民族的血泪。有些是由痛苦而感到麻木,由麻木而产生颓废,由颓废而追求享乐。元杂剧在一定程度上是民众无可希冀之中期盼解放的方法。对汉人来说,这仅仅是个开始。因为在封建社会里,民族关系归根结底是社会等级关系的表现形式[①]。所以当蒙古人取得政权后,他们就很快地流向了社会的最底层。为了方便治理,元朝统治者实行了等级管理制度,即将人口分成了四类:蒙古人、色目人、汉人和南人;他们不仅具有完全不同的社会地位,同时在政治、经济、文化教育等方面,也都具有天壤之别的待遇。比如,中央政府的重要官吏都要由蒙古人来担任,蒙古人不足则用色目人。元杂剧真实地反映了那个时代的社会历史,但"并不是直接地、

---

① 郭英德:《元杂剧与元代社会》,北京师范大学出版社1996年版,第128页。

单纯地再现时代个别发生的现象,而是曲折地、概括地反映了当时普遍存在的真实"[①]。

尽管民族之痛早已在汉人、女真人心中根深蒂固,然而异族间的多元文化却在日益频繁的交往中渐趋融合。作为元代最具代表性的艺术形式,杂剧本身就是不同民族共同创造的财富。从作家群体来看,不少少数民族的文人也都参与了杂剧创作,如《录鬼簿》中记载的元杂剧前期作家石君宝就是女真人,他所创作的《秋胡戏妻》等一直流传至今。从表现形式来看,元杂剧在发展过程中吸收了不少少数民族歌舞,如杨景贤的《西游记》第六回《村姑演说》就借用了回族歌舞。从语言表达来看,少数民族在中原地区的更迭与兴亡,使原有的汉语系统被打破,不同的腔调和口语逐渐走进了日常生活,也走进了元杂剧。如《老君堂》中的唱句:"拔都儿来报大王呼唤"就是借用了蒙语"拔都儿",意为英雄、勇士。而这些少数民族语言的运用一方面丰富了杂剧表演的词汇,使其更为通俗化、大众化,另一方面语言表现力的增强,也进一步扩大了杂剧的观众群体。从剧作内容来看,元杂剧还涵盖了一系列以表现少数民族文化生活为题材的作品,如《拜月亭》《丽春堂》《魔合罗》等。其中较为特殊的是《调风月》,它讲述的是一位女真族家庭中的婢女对合法婚姻和良善生活热烈追求的故事。不难看出,虽然该剧是以女真族为依托,但是反映的却是所有百姓想要挣脱束缚,取得人身自由的愿望。这恰恰体现了不同民族在同一时代下的共同追求,同时也是对社会现实的真实反映。

2. 商贸繁盛与城市发展为元杂剧的繁兴创造了坚实的物质基础和优越的经济环境

任何走向辉煌的艺术形式,都不会是无本之木,它必然离不开其特有的社会背景。作为随着城市娱乐的需要而发展起来的通俗艺术,元杂剧更是如此。戏曲是综合艺术,它的发展需要有一定的物质基础。元代经济发展不平衡所带来的局部繁荣是导致元杂剧兴盛的又一个重要原因。由于连年战争的摧残,大量因战争而流离、因贫寒而弃家、因失地而转徙的黎民百姓涌向城镇,元初贵族阶层将大批工匠聚集到

[①] 彭吉象:《艺术学概论》,北京大学出版社2006年版。

第一章 杂剧的形成与发展

都市和城镇，都市城镇人口迅速发展，大都"每日商旅及外侨往来者，难以数计，故均应接不暇。"（《马可·波罗游记》），真定、平阳等地也很繁华。这些繁华的城镇为元杂剧的兴盛提供了大批演员、观众和活动场所，成为元杂剧生产传播的基地和中心。

元代初期，纷争的战火渐行渐远，政治社会的稳定让废弛已久的商业经济得以恢复，其中比较明显的是农业、手工业和对外贸易。尽管作为来自草原上的游牧民族，元代统治者原本没有耕种的习惯，但世祖忽必烈毕竟是一代有才华、有远见的帝王，他认为农耕与蚕桑是君王为政的根本，在即位之初就诏令天下："国以民为本，民以衣食为本，衣食以农桑为本。"① 一方面他将《农桑辑要》颁发给百姓，使他们崇尚农本；另一方面，他设立劝农司和司农司，掌管农桑水利。通过这两条路径，元代的农业很快得到了恢复。

从手工业来看，元朝统治者基于他们的享乐需求、军事需求和贸易需求，对于工匠十分重视。在战争过程中，他们虽然对异族的降者多采取杀戮政策，但是对工匠却网开一面。在战争结束后，他们又建立起各类作坊，将工匠集中在一起，促进手工业的发展。因此，直到现在，我们还能够从釉里红缠枝莲大红碗等文物中感受到当时高超精湛的工艺水准。

纵然蒙古族来自相对荒凉的北方，其文化发展程度相对落后，但是他们依靠强大的军事实力所获取的广阔土地是史无前例的。从日本海到地中海，从西伯利亚到波斯湾，元王朝当之无愧地成为横跨欧亚大陆的超级大国。不难想见，水陆交通的便利、政治军事的强大，必然会推动商品贸易的发展。经贸兴盛的景象就连意大利的马可波罗都十分感慨："外国巨价异物及百物之输入此城者，世界诸城无能与比……，仅丝一项，每日入城者计有千车。"② 而且这些舶来品并不仅仅用作朝觐之物，还要满足整个市民阶级的需要。当时商品贸易的繁荣之势自然不言而喻，这也就为杂剧艺术的繁兴创造了物质条件。

早在宋代，汴京、临安已是百万以上人口的大都市，而武昌、建

---

① 李修生主编：《二十四史全译·元史》，汉语大辞典出版社2004年版，第1852页。
② ［意］马可波罗：《马可波罗行纪》，冯承钧译，中华书局2004年版。

康、扬州、成都、长沙人口均在十数万以上。元代，手工业空前发展，规模更大，辽阔的疆域，多样的生产生活方式，丰富的产品，众多的人口，旺盛的消费需求，使元代的商业贸易活动十分繁荣。商品贸易的繁荣首先为杂剧演出带来了庞大的受众群体。在那些人口更为聚集、商业更为发达的城市，如北京和杭州等，其市民阶层往往人数众多，且更为复杂。在这个阶级里，既有富商豪贾，又有百工布衣，他们缺乏贵族文人对艺术的崇高追求，又比乡野村夫见多识广、生活富裕，也就具有更为强烈的娱乐需求。城市经济的发展、商业经济的兴盛带来了元朝人物质生活的富足，改变了他们的生活方式，使人们在基本生活得到满足后开始追求物质和精神上的享受，从而促使城市商业性文化娱乐活动的空前繁荣。而他们需要一种这样的艺术形式，既能反映自身的思想与生活，又足够通俗易懂、妙趣横生。

另外，城市经济的高度繁荣使一些城市迅速成为人们大规模活动的中心。在城市中，除了日益增多的商人及市民，一些从事个体生产的农民也逐渐被吸引到这里，观众的娱乐需求以及经济支持，使演戏逐渐成为艺人谋生的手段，又在一定程度上完成了艺人职业化、戏曲商业化的转变。"中国戏剧是一种'民间娱乐'，是一种'大众文化'，因此，戏剧一定要在中国式的'消费性的经济社会'，成熟而且人口聚居，才可能出现的……中国到了宋、元才具备了这个条件：只有到了公元十世纪后，消费性的大都市出现了，大众文化如小说、戏剧，才能发展完成。"[①] 元代，市民阶层的成长壮大，为文化娱乐市场的发展提供了肥沃的土壤。市民社会在元代的壮大和成员构成的变化，为市民文化的成长提供了条件，使娱乐市场具备了迅速发展的条件。商业经济的繁荣以及城市的不断完善化则为戏曲观众的规模性膨胀提供了充分的土壤和经济环境；上层观众文化娱乐的高消费，中层观众稳定的消费需求，人数众多的下层观众的不时之需，构成城市娱乐市场庞大的消费需求。官方与民间、城市与乡村长期分流的表演艺术终于迎来了交流汇合的契机；元代经济繁荣特别是城市经济的繁荣为元杂剧的发展提供了物质基础和群众基础，促进了杂剧演出的商业化发展。

---

① 唐文标：《中国古代戏剧史》，中国戏剧出版社1985年版，第65页。

第一章 杂剧的形成与发展

于是，元杂剧开始在这种大的社会环境下自然而然地向着大多数受众靠拢，在厚实的群众基础上，它逐步迈向了新的高峰。

此外，纵观各类戏剧的形成与沿革，均起源于原始歌舞，其演出场所也从丛林广场转变为街头巷尾。汉代以来的宫廷俳优、科白以及唐、宋以来的宫廷歌舞，五代、北宋以来的说唱和小说等戏剧构成要素，在宋元时代的都市娱乐场所里经过复合成为一种新的艺术形式。中国戏剧最早的固定演出场所出现于宋代，称之为"勾栏"，它是戏剧演出走向民间的重要媒介。但在政权更替、朝代兴亡的影响下，它在数百年的时间里逐渐黯淡。直到元代，瓦舍不但集中于汴京、临安，而且遍布于有一定人口数量的州县市镇。瓦舍规模很大，其中划分为若干小的区块——勾栏，各种艺人都在自己的勾栏中作场演出，瓦舍成为集合多种伎艺于其中的商业性演出场所，是商品贸易空前繁荣的直接体现。城市的富庶使每日往来的商旅百姓络绎不绝，据马可·波罗记载："卖笑妇女，不居城内，皆居附郭。因附郭之中外国人甚众，所以此辈娼妓为数亦伙，计有二万有余……"[①] 围绕这样的大众娱乐需求，勾栏理所当然地出现在大众的视野，参与演出的人数也呈现出明显的增长。很多色艺俱佳的杂剧艺人，她们又为戏曲表演准备了庞大的演出队伍和强大阵容。这些活跃在勾栏舞台上的歌妓艺人对杂剧的发展具有突出的作用，因为只有他们能将文人创作者与百姓生活联系在一起，形成更具感染力的作品。瓦舍集合多种表演伎艺，经过商业经济在文化艺术领域中的渗透，形成了一个相对稳定并有启发特点的文化圈。对杂剧艺术来说，这无疑是最完美不过的演出基础。

与唐宋时期相比较，元明时期娱乐场所多样化发展更明显。在唐宋时期，城镇的娱乐场所主要在戏场勾栏，乡村的娱乐场所重点是神庙广场。而到了元代，举凡豪家厅堂、富户名园、江湖船舫、青楼妓院，都可以成为说唱小词、诸宫调和杂剧演出的场所。《武林旧事》卷二载："都城自旧岁冬孟驾回，则已有乘肩小女，鼓吹舞绾者数十队，以供贵邸豪家幕次之玩。"江南一带"士大夫居家无乐事，搜买儿童，教习讴歌"已是"俗所通用"之举。（陈龙正《几亭全集·卷

[①] [意] 马可·波罗：《马可·波罗行纪》，冯承钧译，上海书店出版社2001年版，第238页。

二十二·政书》）流风所及，甚至连"屠沽儿"也竞蓄戏班（徐树丕《识小录·卷二》）。

此外，城市经济的繁荣对作家群体的壮大产生了一定的影响。余秋雨先生认为，"北杂剧的巨大成功，关键原因在于由动荡、险恶的历史条件造成的艺术家的大聚合。其中，一批有高度文化艺术素养的文人投入剧作家的队伍，与剧团合作，更为重要。"[①] 王国维曾对目前已知的62位杂剧作家的籍贯进行过统计（如表1-1所示），其中19名是大都人，14名是杭州人，7名是平阳人。而这些地方恰恰是交通、商业都相对发达的大城市。究其原因，是因为在元代以前，商税在整个国家税收中无足轻重；而到了元以后，它却成了国家最主要的收入，《元史》有记载："商贾之有税，本以抑末，而国用亦资焉。"[②] 因此，元朝统治者出于对社稷存亡的担心，不再贬低轻贱商人，而是将其凌驾于士农之上，力图提高其社会声誉和政治地位。

诚然，一方面由于对商人的重视，促使越来越多的人想要加入经商的行列，进一步推动了商业的发展。但与之相反，那些汉族的儒士文人，甚至是小有名气的优伶艺人，自此以后则不仅沉溺于国破家亡、饱受歧视的伤感之情里，还多了一份对仕途、对地位追求的无力与无望。另一方面，元世祖虽然希望以华制夷，增强文治，但是却强调"务施实德，不尚虚文"，即不提倡诗词歌赋一类的文雅艺术。这就对旧时的知识分子提出了新的要求，要么改行从商或是学工，要么努力适应社会的审美需要，寄情戏场，发挥才能。值得庆幸的是，凭借庞大的受众群体和良好的艺术环境，他们中的大部分都选择投身杂剧创作，为生活寻一条出路，而他们的创作则为杂剧艺术的繁兴奠定了基础。

杂剧的这种发展，随着人口交往流动的加快也开始向广大农村扩展。近年出土的戏剧文物揭示出金元时期山西、河南、陕西广大偏远农村杂剧繁荣的盛况。在民间，四郊农村、良时佳节，"空巷看竞渡，

---

① 余秋雨：《中国戏剧史》，上海教育出版社2006年版，第95页。
② 李修生：《二十四史全译·元史》，汉语大辞典出版社2004年版，第1887页。

第一章 杂剧的形成与发展

倒社观戏场。"迎神祭赛，朝山进香，"酒坊饮客朝成市，佛庙村伶夜作场""先生醉后骑黄犊，北陌东阡看戏场"。"路歧人"（民间艺人）"冲州撞府"野台戏不时搬演，"太平处处是优场，社日儿童喜欲狂"。《青楼集》载："小春宴，姓张氏。自武昌来浙西……勾栏作场，常写其名目，贴于四周遭梁上，任看官选择需索。"杂剧《蓝采和》也有："做一段有憎爱、劝贤孝新院本，觅几文济饥寒得温暖养家钱。俺这里不比别州县，学几分薄艺胜似万顷良田。"《梦粱录》也说："村落百戏之人，拖儿带女、就街坊桥巷呈百戏伎艺，求觅铺席宅舍、钱酒之资。"《武林旧事》亦所谓："或有路歧不入勾栏，只在耍闲闹宽阔之处做场，谓之打野呵，此又艺之次者。"

表1-1　　　　　　　　元代杂剧作家籍贯[①]

大都	中书省（所属）	河南江北等处行中书省所属	江浙等处行中书省所属
关汉卿	李好古（保定）　陈无妄（东平）	赵天锡　汴梁	金仁杰　杭州
王实甫	彭伯威　同　王廷秀　益都		范康　同
庚王赐	白朴　真定　武汉臣　济南	陆显之　汴梁	沈和　同
马致远	李文蔚　同　岳伯川　同	钟嗣成　汴梁	鲍天佑　同
王仲文	尚仲贤　同　康进之　棣州	姚守中　洛阳	陈以仁　同
杨显之	戴善甫　同　吴昌龄　西京　李寿卿　太原	孟汉卿　亳州	范居中　同
纪君祥	侯正卿　同　刘唐卿　同	张鸣善　扬州	施惠　同
费君祥	史九敬先　同　乔吉甫　西京	孙子羽　同	黄天泽　同
费唐臣	江泽民　同　石君宝　平阳		沈拱　同
张国宝	郑延玉　彭德　于伯渊　同		周文质　同
石子章	赵公辅　同		萧德祥　同
李宽甫	赵文殷　同　狄君厚　同		陈登善　同
梁进之	陈宁甫　大名　孔文卿　同		王晔　同
孙仲章	李进取　同　争郑光祖　同		王仲元　同
赵明道	宫天挺　同　李行甫　同		杨梓　嘉兴

---

① （清）王国维：《宋元戏曲史》，上海古籍出版社1998年版，第76页。

续表

大都	中书省（所属）	河南江北等处行中书省所属	江浙等处行中书省所属
李子中	高文秀　东平		
李时中	张时起　同		
曾瑞	顾仲清　同		
	张寿卿　同		
王伯成　涿州	赵良弼　同		

这些民间杂剧艺人，冲州撞府、撂地作场，或从都市而农庄，或从村落而都市，往来之间促进了整个戏剧在全国的交流与发展。吴人王稚登所撰《吴社编》（《说郛》一百十八）详细记录了乡村戏演之盛状："里社之设，所以祈年谷、祓灾浸、洽党间、乐太平而已，吴风淫靡，喜诡尚怪，轻人道而重鬼神，舍医药而崇巫觋，毁宗庙而建淫祠，黜祖祸而尊野厉，鸣呼！弊也久矣。每春夏之交，……朱门缨笏之士、白首耄耋之老、莽镈蓑笠之夫、建牙黑虎之客、红颜窈窕之媛，无不惊心夺志，移声动色，金钱玉帛川委云输，……杂剧则《虎牢关》、《曲江池》、《楚霸王》、《单刀会》、《游赤壁》、《刘知远》、《水晶宫》、《劝农丞》、《采桑娘》、《三顾草庐》、《八仙庆寿》。"杂剧在民间的快速发展繁荣，"诸民间子弟，不务生业，辄于城市坊镇演唱词话，教习杂戏，聚众淫谑，并禁治之"① "又在都唱'琵琶词''货郎儿'等，聚集人众，充塞街市，男女相混，不唯引惹斗讼，又恐别生事端，蒙都堂议得，拟令禁断，送部行下合属，依上禁行"（《元典章》），"官禁"杂剧演出在一定程度上也反映了元杂剧在民间的流行程度。元刘祁《归潜志》说："古人诗词发其心所欲言，使人诵之有泣下者，今人之诗，……虽得人口称而动人心者绝少，不若俗谣俚曲之具真性情而反能荡人血气也。"中国戏剧是一种"民间娱乐"，是一种"大众文化"，戏剧接近民间，代民众抒发喜怒哀乐、代民众立言讽谏，消遣娱乐，转移情绪，戏剧繁盛于都市勾栏，而戏曲发展的根基在民间。

---

① 《元史·刑法志》"禁令"条。

第一章 杂剧的形成与发展

总之,元代农业与手工业的发展带动了商业贸易的发达,而商业贸易的发展又带动了城市经济的繁荣兴旺,繁荣的城市经济除了为杂剧提供了物质基础、经济基础及"剧场"基础外,也为其提供了演员基础,同时也为杂剧的繁盛奠定了坚实的经济基础。优越的经济基础和文化条件,使城市成为戏曲生长发育的最好温床,在这样的"温床"里,元杂剧迅速崛起,达到其历史发展的鼎盛期。

3. 元代的统治带来的思想解放和礼教松弛,使元杂剧具有一个宽松的创作环境

元杂剧是戏曲艺术自身发展、演变的结果,又与当时的政治、经济、人文诸因素息息相关。杂剧兴盛于元代尤其是至元、大德年间,这一阶段政治稳定,社会清平,礼教松弛,思想解放,这一方面使杂剧在一个宽松自由的文化环境里勃兴;另一方面又使元统治前期的黑暗野蛮、激烈复杂的民族矛盾和民族压迫政策下积累的社会矛盾冲突通过元杂剧这种形式得以反映和释放,王国维直接把元杂剧称为元"时代之情状"。

在元代之前我国漫长的文化发展史上,以帝王为中心、以人伦日用为目标的"史官文化"占据历史叙事的主体,讲求"动则左史书之,言则右史书之"(《礼记·玉藻》)的叙述规矩,形成"事莫明于有效,论莫定于有证"(王充《论衡·薄葬》)的全民族文化心理结构和正统理念,由此,我国最早的完整叙事作品不是诗人创作的史诗,而是史官创作的历史散文。正统礼乐讲究庄严肃穆、教化人心,认为:"礼乐不可斯须去身,致乐以治心,则易、直、子、谅之心油然而生矣。易、直、子、谅之心,生则乐,乐则安,安则久,久则天,天则神,天则不言而信,神则不怒而威,致乐以治心者也。致礼以治躬则庄敬,庄敬则严威,心中斯须不和不乐,而鄙诈之心入之矣,外貌斯须不庄不敬,而易慢之心入之矣。故乐也者,动于内者也;礼也者,动于外者也。乐极和,礼极顺。内和而外顺,则民瞻其颜色而弗与争也,望其容貌而民不生易慢焉。故德辉动于内,而民莫不承听;理发诸外,而民莫不承顺。故曰:致礼乐之道,举而错之天下,无难矣。"(《礼记·祭义》)

与"史官文化"与正统礼乐不同,那些民间情感宣泄的"道听途

说"、供笑献勤、诙谐调笑、娱人人娱的"行家生活""戾家把戏"① 与礼不合,甚至因其既不是官方意志的体现,又不合于"修身齐家治国平天下"的圣人之道,常被统治者以行政手段"禁绝",社会的正统思想不认可戏剧和小说的独立价值。《四库全书·子·小说家类》说:"小说家言……诬谩失真、妖妄荧听者固为不少,然寓劝戒,广见闻,资考证者亦错出其中……王者欲知闾巷风俗,故立稗官使称说之。"正是由于这种社会文化心理的长期影响,我国古代戏曲"发育"非常缓慢,也从侧面说明了思想文化解放是戏剧发展的重要条件。

元蒙铁蹄踏破中原王朝"天朝上国"的迷梦,同时也击穿了儒家偏狭的正统观念,多民族杂居融合带来各种文化思想的碰撞与交流,新的文化思想、新的思维体系逐渐产生,整个社会的思想文化处于一种游牧文明与农业文明、北方文化与南方文化、雅文化与俗文化等多重交融的状态。戏剧有了新的生存的土壤,戏剧演出才从民间底层跃升为社会各阶层接受和喜好的艺术活动,杂剧才从沉重的精神负荷中解放出来,呈一时之繁荣。另外,元代是我国历史上第一个少数民族——蒙古族统治者建立的统一政权,也是我国封建社会里最具独特性的朝代。元代随着国家的统一,昔日各民族、各地区之间隔绝封闭状态被彻底打破,经济、政治、思想、文化交流空前频繁,生活领域、知识视野大幅度拓展,对事物的审视也必然取得一个更为全面和全新的视角,这就使人们的认识思辨能力有了一个较大的突破和升华。同时由于元帝国的空前强盛以及实行对外开放的政策,与欧、亚、非一百四十多个国家和地区建立了贸易关系和文化往来,所有这些都使中国的思想文化在与外域思想文化的冲击、碰撞、交汇、融合中,得到了丰富发展,获得了新的活力。元代所具有的独特性,正是体现于这种"开放性"中,这种"开放"则为杂剧的发展提供了一个少有的民主、宽松的人文环境。②

---

① 元代赵孟頫《论曲》:"良家子弟所扮杂剧,谓之行家生活;倡优所扮,谓之戾家把戏。盖以杂剧出于鸿儒硕士、骚人墨客所作,皆良家也。"

② 娜丽斯:《简论元杂剧兴盛的原因》,《北方文学》2010年第8期。

第一章 杂剧的形成与发展

著名文艺理论家丹纳曾提出过这样一个观点：一部艺术作品的产生和接受始终无法脱离风俗习惯和时代精神。对应到杂剧身上，就是指其包容的创作思想、丰富的艺术样态以及多元的文化内涵。作为"一剧之本"，剧本创作对于艺术的发展具有至关重要的作用。元蒙南下进入中原后，由于多种原因驱动文人直接参与杂剧创作，进而把这种新型艺术创作推向一个新的阶段，使元代成为中国历史上戏剧发展的一个黄金时期。根据元人钟嗣成、贾仲明的统计，元代杂剧作家的总数有二百余人，对于一个历史不过百余年的王朝来说，这样的队伍的确蔚为壮观。但是仔细分析就会发现，其中那些贵族官吏所创作的作品，流传下来的极少，甚至很多连名目都无从知晓，而那些社会地位低下的书生艺人所创作的作品倒是得以流传。不得不承认，这一切恰巧符合元代市民的口味。按照鲁迅的说法，中国历史上的封建时代只有两种，一种是暂时坐稳了奴隶的时代，另一种是想做奴隶而不得的时代，而元代就是这第二种[①]。因此，无论作品是怨愤、凄楚、讽刺、还是幽默，其创作思想始终代表的是社会大众的心理需要和审美意识。元杂剧的创作者和表演者在文化上没有汉民族那么深厚的传统的思维定式，封建礼法观念比较淡漠，整个社会更容易包容不同的思想文化、价值观念、风俗习惯。元代多元文化并存的局面使文人走出了社会的束缚和历史的窠臼，逐渐具备跨越历史的眼界和情怀，其作品深入反映人民现实生活、表达内心不满、涉及尖锐的社会矛盾，接近民众生活又高于民众生活，能在不同阶层、不同时代引起共鸣。这也是元杂剧繁荣的又一个重要原因。

解决了"一剧之本"的问题，就必然要说说元代杂剧所包含的丰富的艺术样态。毕竟，它与唐诗宋词不同，是集歌舞、念白、表演为一体的综合性艺术。如果总览杂剧的发展脉络，就不禁会发出感叹：元代实在是一个太过幸运的时代，因为它所积蓄的全部力量都将在这里喷薄而出。

从纵向上来看，自早期的巫觋祭祀，到宋杂剧、金院本的产生，

---

① 出自鲁迅的《灯下漫笔》，全文是通过银票贬值时期折现银的小故事，阐述了人们在危难之中容易降格以求的观点，并且将中国历史分为文中所提到的两类。

历史的传承与革新，给杂剧艺术的发展铺就了道路，如戏剧内容的故事化表达、矛盾对立的演出机构，以及专业演出场所的形成，等等。从横向上来看，民族间的纷争与交融，为杂剧带来了新的艺术生机，这包括少数民族音乐曲调的介入，少数民族传统乐器的传入，以及少数民族审美观念的融入，等等。所有的要素汇合在一起，便成就了元代的杂剧艺术，因为是集大成者，自然能够得到广泛的流传和认可。

的确，对杂剧的发展来说，创作思想的转变显得过于个性化，艺术样态的丰富又不免流于表面。所以，离开了声色情节的直观感受，其核心要素究竟是什么？那应该是能够激起受众复杂情感，从而让其产生共鸣的文化内涵。

元代初期，统治者对于封建伦理道德并不那么看重。一方面，也许是因为他们来自无垠的北方，有着最为质朴的风俗，也许是因为对汉族的传统不以为意。可无论怎样，这为作家的创作提供了相对宽松的条件，推动了不同文化的广泛流通。另一方面，元朝统治者明白，单凭草原文化是无法立足于中原大地的，因此对于文化从不试图同化，而是力求共享。如在文字方面，元世祖受到了汉语的启发，命丞相八思巴在模仿藏文字母的基础上，创制了"蒙古新字"，并引导汉人学习蒙古语法和字词，最终形成了独具特色的元代白话。如上文提到的"拔都儿来报大王呼唤"正是汲取了蒙古语的特点。爱好歌舞音乐的蒙古统治者进入中原，同时也把他们的歌曲、乐器以及其他少数民族的歌舞乐器等带到了中原，从而为汉民族音乐注入了新鲜的血液，也为戏曲提供了更多的曲调来源；而蒙古族天性中豪爽率真的民族性格使他们难以对这种纯粹的讲究含蓄、以教化为目的的高雅的文艺感兴趣，他们的汉文化修养程度不高，也难以欣赏中原文化中高雅的诗词，以歌、舞、表演相结合的这一新型的杂剧艺术应运而生并被欣然接受是那个时代的一种必然。于是元代教坊乐部规模空前庞大，在一些大中城市，集中了大批的优秀艺人和杂剧创作者，他们词、曲、歌、舞样样熟谙，元代统治者对于戏曲的爱好以及文人与艺人们的积极参与是元杂剧走向繁兴的重要因素。

第一章 杂剧的形成与发展

4. 元代民间"赛社献艺"祭祀活动所具有的强烈的世俗精神造就了元杂剧生成与生存的基本方式

"在中国,如同在世界任何地方,宗教仪式在任何时候,包括现代,都可能发展成为戏剧。决定戏剧发展的各种因素,不必求诸遥远的过去;它们在今天仍还活跃着。故重要的问题是戏剧'如何'兴起,而非'何时'兴起。"① 前文在探讨中国古代戏曲发展历程时提到,戏剧起源于宗教祭祀仪式。宗教仪式与戏剧既有本质区别,同时又有十分复杂的联系。谢克纳在阐释宗教与戏剧关系时认为,"戏剧表演和宗教祭祀仪式中的表演是处于同一个连续体上的两端,是不能够截然分开的,要在两者之间划出一个固定、静止而清晰的界限是做不到的。在戏剧表演和宗教祭祀表演二者之间,即同一连续体的不同点上,存在着不同的演出类型和形式,它们都兼具仪式和戏剧的性质,只不过程度有所偏重而已"②。谢克纳认为戏剧起源于宗教祭祀,在根本上是由宗教祭祀所具有的宗教特性决定的:如果宗教祭祀活动的宗教特性侧重于宗教神圣性,其目的在于沟通圣、俗两界,这种活动就应该被视为纯粹的宗教仪式。在这种祭祀仪式里,戏剧是不可能出现的;如果宗教祭祀活动的宗教特性具有强烈的世俗性,祭祀的目的指向了现实社会,这种追求转向了对于人间之美、世俗之乐的肯定,那么,在这样的祭祀活动中,戏剧艺术就将挣脱宗教的束缚,成为一种独立的艺术。"一种表演究竟是归属于仪式,还是归属于戏剧,有赖于它的背景和功能。"③ 谢克纳从宗教祭祀活动的功能入手,以宗教祭祀活动的宗教特性作为区别宗教仪式与戏剧的基本原则的观点,给我们探究元杂剧兴盛问题带来了极大的启迪。民间宗教祭祀是中国古代戏剧艺术生成的基本方式,"赛社献艺"是中国戏剧孕育、发展并走向独立的摇篮。

神话和原始宗教是人类童年期的精神花朵,神话的想象力、叙事

---

① [英]龙彼德:《中国戏剧源于宗教仪式考》,王秋桂等译,(台湾)《中外文学》第7卷第12期。
② 容世诚:《戏剧人类学初探:仪式、剧场与社群》,广西师范大学出版社2003年版,第70页。
③ [美]理查德·谢克纳:《环境戏剧》,曹路生译,中国戏剧出版社2001年版。

性和原始宗教的形象性、仪式性与象征性给予戏剧的滋养是直接的，所以学者普遍认为，古希腊戏剧脱胎于全民性的宗教祭典，而中国民众历史意识的过早觉醒造成了神话体系的过早"崩溃"，敬鬼事神活动关注的中心是现世人间，而非宗教虔诚。我国古代戏曲与宗教的关系十分密切，但二者不存在导源与衍生的"血缘关系"。尽管有"故士达作为五弦瑟，以来阴气，以定群生""民气郁阏而滞著，筋骨瑟缩不达，故作为舞以宣导之"（《吕氏春秋·古乐》）等巫觋活动记载，但也有更多的对音乐舞戏的探讨，如"凡音之起，由人心生也。人心之动，物使之然也。感于物而动，故形于声，声相应，故生变，变成方，谓之音；比音而乐之，及干戚羽旄，谓之乐也。乐者，音之所由生也，其本在人心之感于物也。"（《礼记,乐记》）"诗者，志之所之也，在心为志，发言为诗。情动于中而形于言，言之不足故嗟叹之，嗟叹之不足，故永歌之，永歌之不足，不知手之舞之，足之蹈之也。"（《毛诗序》）后汉何休的《春秋公羊传·宣公十五年解诂》说："男女有所怨恨，相从而歌。饥者歌其食，劳者歌其事。"可见，我国古人也不认为包括乐舞在内的艺术是由巫觋创造的，而是感物而生，起源于人类的生产实践活动。毫无疑问，中国古代戏曲从"优孟衣冠"开始，长期是"'饱暖思淫欲'的产物，它为娱情赏心而设，以满足人的世俗欲望为目的。尽管它曾托庇于神庙，但它不是献给神灵的'祭礼'，而是消愁解闷、药人寿世，流淌着世俗精神的世俗艺术"[①]。文明时代宗教祭仪与表演艺术的难分难解，只能说明宗教利用表演艺术争取信徒，扩大影响，导致了宗教祭仪的泛戏剧化，而不是泛戏剧化的宗教祭仪衍生了戏曲。

由此可见，虽然朱熹在注《论语·乡党》"乡人傩"时说："傩虽古礼，而近于戏"，但在元代以前，我国戏剧艺术却始终没有能够从宗教祭祀活动中走出来，成为一种独立、成熟的艺术形式。异常繁荣的宋杂剧也始终停留在以滑稽调笑为主、充斥着百戏伎艺的短剧形式上，未能再向前迈出最后的也是最为关键的一步，产生出形式规范、

[①] 郑传寅：《传统文化与古典戏曲》，湖北教育出版社1990年版，第320页。

第一章 杂剧的形成与发展

具有叙事特性的戏剧艺术样式来。①

只有到了元代，一方面，元朝统治者采取的是开放包容的宗教政策，无论是基督教、伊斯兰教还是佛教都在这一时期得到了不同程度的发展，其中最为兴盛的，当属中国的本土宗教——道教。它建立于中国古代鬼神崇拜的观念之上，有着以我为主、以人为主的世俗眼光和功利性；同时，它将诸多传统的民间神、民俗神都纳入自身的神道体系，拉近了与社会底层人民的距离，从而在重商的元代得到了迅速的发展。元代宽容的宗教文化环境对民间宗教的发展显得异常珍贵，正如有学者所论："元代在中国思想文化长空中掠过的那道闪电、震开的那道裂缝，所产生的异端与新质思想文化对中国文明有着永远的意义。"②另一方面，金、元贵族的野蛮入侵，严酷的民族压迫政策，在汉民族的心理上引起了极度的恐慌，"国家承大乱之后，天纲绝，地轴折，人理灭；所谓更造夫妇，肇有父子者，信有之矣！"③ "我生大不幸，适焉逢此逆境"④ 这种社稷陵替在一定程度上激发了人们对祖先荣光的追忆，各地的民间迎神赛社活动蓬勃兴起，如耀州（陕西）三原后土庙于金泰和五年（1205）建有乐台，"每当季春中休前二日，张乐祀神，远近之人不期而会，居街坊者，倾市而来，处田里者舍农而至。肩摩踵接，塞于庙下。不知是抱神麻而专奉香火，是纵己欲而徒为佚游，何致民如此之繁伙哉"⑤；"一愚民以财雄一方，率数村之民九十人迎西齐王以赛秋社，仪卫之物颇僭制度"⑥；潞州长子（今山西长子）汤王庙于天德三年在"庭中建献殿五间，高广深邃足以容乐舞之众"，庙中"祭祀祈赛殆无虚日，神降巫觋指期获应，以是人益敬信"，外县来此"请信马者鼓乐迎接，香火表诚"⑦，络绎不绝；山东邹县鬼山西麓伏羲庙金天德三年（1151）《伏羲庙碑》"每行

---

① 廖奔：《宋元戏剧文物与民俗》，文化艺术出版社1989年版，第78页。
② 刘祯：《勾栏人生》，河南人民出版社2000年版，第223页。
③ （元）苏天爵编：《元文类》（卷五七），吉林出版集团有限责任公司2005年版，第708页。
④ （南宋）郑思肖：《郑思肖集》，上海古籍出版社1991年版，第157页。
⑤ 王希哲：《耀州三原县荆山神泉谷后土庙记》，载《金石萃编》，卷一百五十八。
⑥ （金）赵秉文：《史少中碑》，载《闲闲老人滏水文集》（卷十二），《四部丛刊》初集本。
⑦ 长子县志办公室编：《潞州长子县重修圣王庙记》，载《长子县志》（卷七），山西人民出版社2011年版，第367页。

下往往有'赛'字，盖为赛社而作也"（毕沅《山左金石志》卷十九）；河南叶县之百姓是这样事神的："崇祠宇，严像设，封羊豕，具仪卫，巫觋倡优，杂陈而前。拜跪甚劳，迎送甚勤，求神之所以望于人者，无有也"①；"敬诚设供演戏，车马骈集，香篆霭其氤氲，杯盘竞其交错，途歌俚咏，伛偻相携，往来而不绝者，至日致祭于此也"②；元末至正十三年（1353），吕思诚的平定《蒲台山灵赡王庙碑》对优伶献戏进行了细致入微的描写："四月四日献享庙上。前期一日迎神，六村之众具仪仗，引导幢蟠宝盖、旌旗金鼓与散乐社火，层见叠出，名曰'起神'。明日牲牢酒醴香纸，既丰且腆，则吹箫击鼓，优伶奏技。而各社各有社火，或骑或步，或为仙佛，或为鬼神，鱼龙虎豹，喧呼歌叫，如蜡祭之狂。日晡复起，名曰'下神'。神至之处，日夕供祀惟谨，岁以为常……"③ 阳城县北崦山白龙庙存有金泰和二年（1202）碑刻《复建显圣王灵应碑》中有："四时修香火……静嘉相先而祭者百余村。骈肩接式，盈山遍野，绮绣交错，歌颂喧哗，蜂纷蚁乱，逾月不衰……"山西洪洞县广胜寺镇明应王庙元延祐六年（1319）《重修明应王殿之碑》："每岁三月中旬八日，居民以令节为期……远而城镇，近而村落，贵者以轮蹄，下者以杖履，挈妻子与老羸而至者，可胜既哉！争以酒肴香纸，聊答神惠，而两渠资助乐艺，牲币献礼，相与娱乐数日，极其厌饫。而后顾瞻恋恋，犹忘归也。"在这些民间迎神赛社活动中，"观众、演出者在戏剧的观看和表演中具有清醒的自我意识，表演场所充满了世俗乐趣，演员是在戏剧中进行着具有独立个性的创造，观众则以独立的批评而自豪。观众、表演者和表演场所，就是宗教仪式向戏剧艺术进行转化的三种具体途径"④。宗教祭祀、赛社献艺、人员的往来等往往共同构成了一种公共生活空间和表演空间。

---

① （元）元好问：《叶县中岳庙记》，载《遗山集》（卷三十二），吉林出版集团有限责任公司2005年版，第395页。
② 山西师范大学戏剧文物研究所编：《宋金元戏剧文物图论》，山西人民出版社1987年版，附录二"戏剧文物资料"十三。
③ 冯俊杰编：《山西戏曲碑刻辑考》，中华书局2002年版，第127页。
④ ［英］菲奥纳·鲍伊：《宗教人类学导论》，金泽、何其敏译，中国人民大学出版社2004年版，第183页。

第一章 杂剧的形成与发展

另外，从元代杂剧所涉及的题材来看，神仙道化剧占有较大的比重，《录鬼簿》中所记载的四百本剧目中，神仙道化剧占据了总数的十分之一。如《泰华山陈抟高卧》《开坛阐教黄粱梦》《马丹阳三度任风子》等。毫无疑问，道教文化的兴盛对于杂剧的创作也带来了深远的影响。

5. 元杂剧在前期的戏剧孕育中，宋金杂剧文艺的积淀和艺术形制的成熟，特别是金院本文艺的积淀为元杂剧的创作奠定了文艺基础

文学艺术的产生、发展、衰落既与社会时代密切相关，又具有自身传承与演进规律。我国的戏剧，从上古傩舞、先秦宫廷歌舞、汉代百戏、魏晋民间文艺、唐代参军戏、宋金杂剧、金院本、元杂剧到明清传奇小说，经历了一个由幼稚走向成熟、由简单走向复杂的发展历程。宋、金两代亦有杂剧，但还不是纯粹的戏剧。元代建立以后，戏剧内在的发展规律与当时的社会经济、思想文化等各方面外在生态共同作用，促使元杂剧在前代歌舞剧、滑稽剧和讲唱文艺的基础上走向成熟，发展成为真正、纯粹的戏剧。

宋代，"民间娱乐""大众文化"随着人口聚集和都市"消费性经济社会"的发展而快速发展，各派思想如佛、道、儒诸家，已趋融合，渐成一统之局。与此同时，北宋汴京民俗文化繁荣，勾栏杂剧流行，城市商业化步伐加剧，宋仁宗末期汴京勾栏杂剧兴起并通过水陆商道向周围地区辐射传播，两京地带、中州一线成为宋杂剧活动的主要区域。葛兆光认为宋代"出现了一个相当迅速而广泛的文明推进过程，从都市扩展到乡村，从中心地域辐射到周边地区，从上层士人传播到下层民众……这种文明的扩张，重新建构了宋以后中国生活伦理的同一性"[1]。瓦肆勾栏的兴起，不仅为宋杂剧的成长提供了重要的栖身之所、广泛而深刻的世俗文化氛围和社会基础，而且使宋杂剧发生了又一个质的变化，即"它导致杂剧迈出宫廷，走向市井民间，杂剧艺人脱离皇室贵族的豢养而与市民观众建立起一种新型的商业性经济依存关系"[2]。

---

[1] 葛兆光：《中国思想史》第二卷，复旦大学出版社2000年版，第358页。
[2] 廖奔、刘彦君：《中国戏曲发展史》，山西教育出版社2000年版，第202页。

宋代杂剧在唐及五代乐、歌、舞、演、白五种形式的优戏、歌舞类及滑稽类的简单戏剧基础上，广泛吸收了瓦肆勾栏中说唱、歌舞、杂技、调笑、滑稽戏、傀儡戏、皮影、诸宫调等各种伎艺的表演艺术的养分，集大成地综合为一类专门化的表演形式。"从歌舞杂技和优人谑谈调笑的状态超越出来……它标志着初级戏剧开始脱离原始庞杂混融的表演形态，而朝向单纯的戏剧形式迈进。"[①] 宋代杂剧开始作为一种独立的表演艺术形式，与诸多表演艺术同存并茂、相互吸收，融合，创造和滋养了北宋杂剧融音乐、歌舞、说唱等为一体的综合艺术样式，为中国戏曲高度综合的成熟形态的形成跨出了根本性的一步，开始向普及面更广、综合性更强的艺术形式发展。同时，宋杂剧形成了明确的角色职能分工，出现了由"段"式组成的杂剧演出风格，从而奠基了中国戏剧角色行当划分和戏剧表演艺术结构的独有形态和特征。与此相辅相成的是，宋代"胡夷里巷之曲"的词开始登上了文学的殿堂，推动了市井文学的不断发展。

宋后，辽金元作为我国俗文学发展的重要时期，也是我国戏剧由幼稚走向成熟的重要时期，这一时期孕育在金王朝土壤里的金院本异军突起，鲜活而又娇艳地向世人展现了金代社会的文化瑰宝。金院本同宋杂剧、元杂剧是辽金元时期一脉传承的中国戏剧样式，他们代表的是这一时期中国戏剧的发展形态，在中国戏剧史上留下了自己光辉的印记。

有关"院本"的理解，朱权《太和正音谱》中最早记载了"院本"二字，朱权认为"院本，行院之本也。"即"行院者，大概就是倡伎所居，其所演之本即谓之院本。"[②] 陶宗仪在《南村辍耕录》记载："院本、杂剧，其实一也。国朝院本杂剧，始厘而二之。"[③] 此外，《金史·百官志》记载，教坊设提点、使、使副，"掌殿庭音乐，总判院事"。《青楼集志》中夏庭芝详细地记载了辽金元时期的戏剧演变情况："唐时有传奇，皆文人所编，犹野史也；但资谐笑耳。宋之戏文，

---

① 廖奔、刘彦君：《中国戏曲发展史》，山西教育出版社2000年版，第193页。
② （明）朱权：《太和正音谱》，《学海》，民国，第80页。
③ （元）陶宗仪：《南村辍耕录》（卷二十五），中华书局2004年版，第293页。

乃有唱念、有诨。金则院本、杂剧合而为一。至我朝乃分院本、杂剧而为二。"① 金院本在演出体制上各有不同，有以演唱为主的名目，有以表演滑稽娱乐为主的名目，拴搐艳段、诸杂砌、诸杂院爨院本是兼演唱和表演结合在一起的院本，是一门逐步走向成熟的戏剧形态，尤其是故事性较强的院本已经接近早期的元代杂剧，是早期杂剧的雏形。院本演出形式的多样化和个性化是院本戏剧走向成熟的重要标志。"宋金之所谓杂剧院本者，其中有滑稽戏，有正杂剧，有艳段，有杂班，又有种种技艺游戏。"②

从剧目题材的继承上看，金院本有选自神话故事类的，如"蟠桃会""瑶池会""八仙会""变二郎爨""孟姜女"等，与元杂剧中剧目如"宴瑶池王母蟠桃会""争玉板八仙过沧海""二郎神锁齐天大圣""孟姜女千里送寒衣"等都属于同一题材，具有明显的传承延伸特点；有选自爱情故事类的，如"芙蓉亭""张生煮海""兰昌宫"与元杂剧中"韩彩云丝竹芙蓉亭""张生煮海""薛昭误入兰昌宫"等剧目都是对同一故事的戏剧演绎；有选自历史故事类的，如"范蠡""列女降黄龙""散楚霸王""苏武和番""刺董卓""赤壁鏖战""十样锦""武则天""牵龙舟""杜甫游春""陈桥兵变"等剧目，与元杂剧"姑苏台范蠡进西施""灭吴王范蠡归湖""烈女青陵台""楚霸王火烧寄信""持汉节苏武还朝""银台门吕布刺董卓""破曹瞒诸葛祭风""十样锦诸葛论功""武则天肉碎王皇后""隋炀帝牵龙舟""曲江池杜甫游春""赵太祖龙虎风云会"等剧目对历史人物与活动的舞台诠释也有明显的沿袭色彩。另外，选自市井生活类故事的剧目，如"打球会""货郎孤"等在金院本与元杂剧中都有体现。

金院本作为金代社会的一朵灿烂的奇葩，不仅对金代社会产生了重要的影响，而且对后来的北曲杂剧即元杂剧也产生了巨大的影响。无论是侧重说白和滑稽因素的，还是侧重故事综合性表演较强的，金院本都是最接近生活的杂剧形式，表演故事已经趋向完整和独立，中

---

① 中国戏曲研究院编：《中国古典戏曲论著集成》第二册，中国戏剧出版社 1959 年版，第 337 页。

② （清）王国维：《宋元戏曲史》，中国古籍出版社 2006 年版，第 98 页。

国戏剧的形态也在辽金元时期基本定型。经过宋杂剧和金院本的正式过渡，元代初期杂剧在戏剧剧坛迅速崛起并走向繁荣。所以说，元杂剧的繁盛与宋金时期杂剧、院本的发展直接相关。元杂剧作为中国戏剧发展的巅峰，是中国戏剧由幼稚走向成熟的重要标志，是在金院本戏剧基础上的继续发展和升华。

6. 元代勾栏瓦舍的勃兴，不仅为元杂剧的成长提供了物质支撑和传播空间，也为元杂剧的发展与繁荣创造了文化依托和社会化氛围

关于"瓦舍"，我国古代学者解释比较多样。耐得翁认为："瓦者，野合易散之意也。"[①] 吴自牧解释为："瓦舍者，谓其'来时瓦合、去时瓦解'之义，易聚易散也。不知起于何时。"[②] 周贻白先生认为瓦舍"实则所指为旷场或原有瓦舍而被夷为平地，故名瓦子，也就是瓦砾场的意思"。[③] "瓦舍"到北宋仁宗后专指演出、文化娱乐场所。"瓦舍"在元代继续发展并盛极一时，遍布全国大小城镇。从各种文献中的描述来看，它是一种集商业、服务及娱乐设施于一体的城市综合设施，其功能近似于现代的娱乐城之类，而"勾栏"则是其中的演出建筑。"楼下用枋木垒成露台一所，彩结栏槛。……教坊钧容直，露台弟子，更互杂剧……万姓皆在露台下观看。"[④] 露台演棚兴起后，宋元商业剧场一直沿用这一名称。元代勾栏演出长足发展，盛况空前。杜仁杰的散曲《庄家不识勾栏》中说："风调雨顺民安乐，都不似俺庄家快活。桑蚕五谷十分收，官司无甚差科。当村许下还心愿，来到城中买些纸火。"写农民闲暇无事，进城娱乐，入得勾栏看戏，被逗得"大笑呵呵""枉被这驴颓笑杀我"。《汉钟离度脱蓝采和》中也有："（钟云）你做场作戏，也则是谎人钱哩。（末唱）你道我谎人钱，胡将这传奇扮。（云）则许多官员上户财主，看勾栏散闷。"在这种以戏台为中心的开放观演空间中，"散闷""逗乐"的互动感染极大地增强了杂剧等勾栏文化的娱乐性。元初的胡祇遹在《赠宋氏序》中说："百物之中，莫灵莫贵于人，然莫愁苦于人。鸡

[①] （宋）孟元老：《东京梦华录》（上），上海古典文学出版社1956年版，第95页。
[②] （宋）孟元老：《东京梦华录》（上），上海古典文学出版社1956年版，第298页。
[③] 周贻白：《中国戏曲发展史纲要》，上海古籍出版社1979年版，第72页。
[④] （宋）孟元老：《东京梦华录》（上），上海古典文学出版社1956年版，第109页。

第一章 杂剧的形成与发展

鸣而兴，夜分而寐，十二时中，纷纷扰扰。役筋骸，劳志虑，口体之外，仰事俯畜，吉凶庆吊乎乡党间里，输税应役于官府边成。十室而九不足，眉颦心结，郁抑而不得舒，七情之发，不中节而乖戾者，又十常八九。得一二时安身于枕席，而梦寐惊惶，亦不少安朝夕。昼夜起居，寤寐一心，百骸常不得其和平。所以无疾而呻吟，未半百而衰。于斯时也，不有解尘网，消世虑，熙熙皞皞，畅然怡然，少导欢适者，一去其苦，则亦难乎其为人矣。此圣人所以作乐以宣其抑郁，乐工伶人之亦可爱也。""解尘网、消世虑""畅然怡然、少导欢适"的勾栏瓦肆"白昼通夜，终日居此，不觉抵暮"（《东京梦华录》）。元代高安道《嗓淡行院》记载："待去歌楼作乐，散闷消愁。倦游柳陌烟花，且向棚阑玩俳优。赏一会妙舞清歌，瞅一会皓齿明眸，趁一会闲茶浪酒。"夏庭芝《青楼集》记载的相关元代勾栏瓦舍："内而京师，外而郡邑，皆有所谓勾栏者。"可见，元代的"棚阑"（即勾栏）已遍及全国，成为供人们不避寒暑、常年娱乐的民间大型综合性游乐场。

勾栏汇聚了艺伎歌女演唱、书会先生编写脚本、勾栏艺人杂剧表演的商业文化、娱乐文化、贸易等融合性文化，给发展中的元杂剧注入了新的能量，勾栏也使得个人活动的领域逐渐缩小，社会化的协作活动渐趋加大，以勾栏为中心，以娱乐为诉求的文化娱乐活动初步具备社会化文化产业的特征。同时，勾栏瓦舍的兴旺，达官贵胄、富家子弟、贩夫小卒、歌妓舞女、文人墨客、店员伙计、游民闲人等凝聚成一个相对完整的观众群体，构成了杂剧表演的巨大需求，使勾栏成为元杂剧发展与繁荣的物质文化依托。葛逻禄乃贤《河朔访古记》卷上载："真定路之南……左右挟一瓦市，优肆娼门，酒炉茶灶，豪商大贾并集于此。"元代王结《善俗要义》曰："颇闻人家子弟，多有不遵先业，游荡好闲，或蹴鞠击球，或射弹粘雀，或频游歌酒之肆，或常登优戏之楼，放纵日深，家产尽废。"《汉钟离度脱蓝采和》剧中即有："则许官员上户财主看勾栏散闷，我世不曾见个先生看勾栏。"而被官府遣散的官妓流落民间勾栏，既找到了便利的栖身之所，又充实了民间乐舞表演队伍。特别是随着城市商业经济的发展带来的瓦舍勾栏的兴起和酒楼歌馆的发达，使市井勾栏歌妓大大增多，最优秀的和最出名的歌妓不在宫廷而在民间，与杂剧创作者彼此促进，心灵共振，"以一女子，众艺兼并；危冠而道，圆颅而僧，褒衣而儒，武弁而兵；短袂则骏奔走，鱼笏则贵公卿；卜言祸福，医决死生；为母则慈贤，为妇则孝贞；媒妁则雍容巧辩，闺门则旖旎娉婷，九夷八蛮百神万灵……往古之事迹，历史之典型。"① 使元杂剧具有了"使人快者掀髯，愤者扼腕，悲者掩泣，羡者色飞"② 的感动人心的美感效应，将元杂剧推向艺术的高峰。

7. 元初统治黑暗、科举废弛，文人沉抑下僚，志不获展，他们为了生计走入勾栏瓦舍，接近下层、投身新兴戏剧事业，推动元杂剧走向了兴盛

关于元杂剧的繁荣，历代学者也从元代文人的地位变化展开解读。如有学者认为元初废除科举取士制度，文人社会地位低下是元杂剧发达的动力，如王国维在《宋元戏剧史》中提出："盖自唐宋以来，士之竞于科目者，已非一朝一夕之事，一旦废之，彼其才力无所用，而一于词曲发之。……此种人士，一旦失所业，固不能为学术上之事。而高文典册，又非其所素习也。适杂剧之新体出。遂多从事于此；而又有一二天才出于其间，充其才力。而元剧之作，遂为千古独绝之文字。"③ 在《宋元戏曲史》中，他明确认为元代废除科举制是元杂剧繁荣的根本原因，"余则谓元初之废科目，却为杂剧发达之因。"也有学者认为元代以词曲取士、知识分子待遇优渥促使元杂剧走向繁荣，如明代沈德符在《顾曲杂言》中提到：元代以曲"定士子优劣，每出一题，任人填曲……以故宋画、元曲，千古无匹。"翦伯赞也明确提出，"把元代戏剧的发展归结于停止科举""不符合历史事实"。他说道："根据历史记载，在蒙古王朝统治时期，并没有废除科举制度，只是在这个王朝的初期停止了一个时期，到元仁宗皇庆二年就下诏恢复了。""即使在停止科举期间，知识分子也不是完全没有出路""只要有人'举荐'或愿

---

① （元）胡祗遹：《赠朱氏诗卷序》，转引自黄卉《元代戏曲史稿》，天津古籍出版社1995年版，第457页。
② （元）臧晋叔：《元曲选·序》，中华书局1958年版，第2页。
③ （清）王国维：《王国维戏曲论文集》，中国戏剧出版社1984年版，第67页。

第一章 杂剧的形成与发展

意接受蒙古王朝的'延揽',还是可以取得一官半职""进身的阶梯是没有抽掉的。"① 任崇岳、薄音湖、李修生等学者均同意,元初知识分子待遇优渥,才给元杂剧的蓬勃发展创造了良好的条件。还有种观点认为元代政治腐败,文人群体分化,大部分文人沉抑下僚,不平之鸣则促使了杂剧艺术的繁盛,如胡侍在《真珠船》一书中认为:元代文人"沉抑下僚,志不获展……盖所谓不得其平而鸣者也。"李开先在《张小山小令序》一文中提出:"元词所由盛,元治所由衰也。"本研究认为,这些元初文人仕进多歧、地位低下、志不获展,选择勾栏,傍花随柳,借戏曲抒发不平之气是元杂剧繁盛的原因之一。

相比前代,元初文人仕进无门,地位沉沦,被置于娼妓之后。元初"我大元制典,人有十等;一官二吏,先之者,贵之也;贵之者,谓有益于国也。七匠八娼九儒十丐,后之者,贱之也,贱之者,谓无益于国也。嗟呼,卑哉!介乎娼之下丐之上者,今之儒也。"② 元代统治者是"以弓马之利取天下",蒙古人重视武备、精骑善射,但轻视文化教育和科举制度。"蒙古用人,以国族勋旧贵游子弟为先。"(明人陈邦瞻《元史纪事本末》);"台省要官皆北人为之,汉人、南人万中无一二;其得为者不过州县卑秩,盖亦仅有而绝无者也。"(明人叶子奇《草木子·卷三上·克谨篇》);"当时台省元臣、郡邑正官及雄要之职,中州人多不得为之,每沉抑下僚,志不得伸。"(明人胡侍《真珠船·卷四》)正因为如此,王国维才认为:"元初名臣中有作小令套数者,唯杂剧之作者,大抵布衣,否则为省掾令史之属。……至蒙古灭金,而科目之废,垂八十年,为自有科目来未有之事。故文章之士,非刀笔吏无以进身;则杂剧家之多为掾史,固自不足怪也。"(王国维《宋元戏曲史》)"元代考试已停,科举不开,文人学士们才学无所展施,遂捉住了当代流行的杂剧而一试其身手。他们既不能求得蒙古民族的居上位者的赏识,遂不得不转而至民众之中求知己。"③

---

① 翦伯赞:《读郑振铎〈关汉卿戏曲集·序言〉》,载《翦伯赞历史论文选集》,人民出版社1980年版,第56页。
② (元)谢枋得:《叠山集》,商务印书馆1934年版,第563页。
③ 郑振铎:《插图本中国文学史》,人民文学出版社1957年版,第638页。

由此，元代文人"仕进有多歧，锉衡无定制。"① "侥幸之门多，而方正之路塞，官冗于上，吏肆于下"②。汉人和南人成为高级官吏的少之又少，即便有也只能做一般的下级官吏③，恰如《元史》所记载的那样："其长则蒙古人为之，而汉人南人二焉。"④ 俗话说，学而优则仕，通过苦读考取功名，一直是古代知识分子的人生追求。然而到了元代，汉族知识分子很难再通过仕途实现自己的理想抱负，于是便不可避免地走向了分化，其中一部分就成为杂剧创作者，甚至与民间艺人相结合，形成了书会组织。

关乎历代文人出将入相、踌躇满志、生死歌哭与进退穷达的科举制度在元代初期的骤然废置，由此，儒人进身之阶的丧失，生活无着，忧闷无极，"儒人颠倒不如人。"⑤ 一大批如周德清一样"出类拔萃通济之才"的文人理想远邈，身无长技，穷困潦倒，为柴米油盐而喏嚅："倚篷窗无语嗟呀，七件儿全无，做什么人家？柴似灵芝，油如甘露，米若丹砂。酱瓮儿恰才梦撒，盐瓶儿又告消乏。茶也无多，醋也无多。七件事尚且艰难，怎生教我折柳攀花。"⑥处于"面又酸，仓陈米，木碗缺唇破笊篱。又无盐，只有齑，甘心守分，胜如珍羞味。穿草履，系麻条，披片蓑衣挂个瓢。半如渔，半如樵，蓬头垢面，一任旁人笑。……一顿饥，一顿饱，毡毯羊皮破纳袄。半头砖，一把草，横眠侧卧，惹得旁人笑。"⑦他们茹耻饮恨，含悲忍辱："想着那颜子箪瓢陋巷中，孟子便穷通是儒道宗，养浩然只恁般气冲冲。想着那车书一统山河共，却怎生衣冠不许儒人共，聪明的久困在闲，愚蠢的爵禄封。自俺那寒

---

① （明）宋濂：《元史》，中华书局1976年版，第2016、2026页。
② （明）宋濂：《元史》，中华书局1976年版，第2120页。
③ 赵继颜：《关于元朝社会中的矛盾问题——兼评曹汉奇："元朝的社会矛盾问题"》，《史学月刊》1960年第1期。
④ 李修生：《二十四史全译·元史》，汉语大辞典出版社2004年版，第1669页。
⑤ （元）石君宝：《鲁大夫秋胡戏妻》，赵义山选注：《元曲选》，上海古籍出版社2008年版，第216页。
⑥ （元）周德清：《蟾宫曲》，转引自隋树森编《全元散曲》下册，中华书局1991年版，第1342页。
⑦ （元）云龛子：《迎仙客》，转引自隋树森编《全元散曲》下册，中华书局1991年版，第1888页。

窗风雪十年冻,不知俺受贫的却也甚日荣。"① "则这断简残编孔圣书,则常是养蠹鱼。我去这六经中枉下了死功夫。冻杀我也论语篇孟子解毛诗注,饿杀我也尚书云周易传春秋疏。比及道河出图洛出书,怎禁那水牛背上乔男女,端的可便定害杀这个汉相如。"② "世事谙博看,人情冷暖谁经惯。风帽与尘寰,遍朱门白眼相看。腹内闲,五车经典,七步文章,到处难兴贩。半纸虚名薄官,飘零吴越,梦觉邯郸。碧天凤翼未曾附,苍海龙鳞几时攀。因此穷途,进退无门,似羝羊触藩。"③ 元杂剧作家群体普遍贫困化,作家被放逐于社会的最底层,原来期望通过"整整的二十年窗下学穷经"(《冻苏秦衣锦还乡》)达到"则待辅皇朝万姓安"(《醉思乡王粲登楼》)的人生理想屈服于生活的压力。

从来没有哪个朝代的作家,像元杂剧作家那样大量地将农民、奴婢、妓女、贫民等作为主人公拥入文学殿堂。他们无奈地接受命运的安排,栖身于农舍、田间,与农民一道耕作垂钓,卢挚"雨过分畦种瓜,旱时引水浇麻。共几个田舍翁,说几句庄家话,瓦盆边浊酒生涯。"④ 胡用和"消闲几个知心侣,负薪樵子,执钓渔夫。"⑤ 薛昂夫"听张瞥古唱会词,看村哥打会讹。挺王留诌牙闲嗑,李大公信口开河。赵牛表躧会撬,史牛斤嘲会歌,强沙三舞一会曲破。俺这里虽无那玉液金波,瓦盆中浊酒连糟饮,桌儿上生瓜带梗割,直吃得乐乐酡酡。"⑥ 乔吉"柳穿鱼旋煮,柴换酒新沽。斗牛儿乘兴老渔樵,论闲言佅语。燥头颅束云担雪耽辛苦,坐蒲团攀风咏月穷活路。按葫芦谈天说地醉模糊。"⑦ 马致远"樵夫觉来山月低,钓叟来寻觅。你把柴斧

---

① (元)无名氏:《龙济山野猿听经》,载《元曲选外编》,中华书局1980年版,第949页。
② (元)马致远:《半夜雷轰荐福碑》,转引自赵义山选注《元曲选》,上海古籍出版社2008年版,第312页。
③ (元)董君瑞:《硬谒》,转引自隋树森编《全元散曲》下册,中华书局1991年版,第106页。
④ (元)卢挚:《闲居》,转引自隋树森编《全元散曲》上册,中华书局1991年版,第113页。
⑤ (元)胡用和:《隐居》,引自隋树森编《全元散曲》上册,中华书局1991年版,第1635页。
⑥ (元)薛昂夫:《高隐》,引自隋树森编《全元散曲》上册,中华书局1991年版,第719页。
⑦ (元)乔吉:《渔樵闲话》,引自隋树森编《全元散曲》上册,中华书局1991年版,第574页。

抛，我把渔船弃，寻取个稳便处闲坐地。"① ……他们拼命地寻求解脱，在仕进无路、登闻无梯时转向倾斜的人生，放下理想，隐逸山林，诵经打坐，求仙学道，学陶潜采菊东篱，王维幽篁独坐，调剂心理，麻醉精神，回避尘世间的是非人我，寄托失落在功名富贵中的灵魂。"山间林下，有草舍篷窗幽雅，苍松翠竹堪图画，近烟村三四家。飘飘好梦随落花，纷纷世味如嚼蜡，一任他苍头皓发，莫徒劳心猿意马。自种瓜，自采茶，炉内炼丹砂。看一卷道德经，讲一会渔樵话。闭上槿树篱，醉卧在葫芦架，尽清闲自在煞。"② "意马收，心猿锁，跳出红尘恶风波。离了利名场，钻入安乐窝，闲快活。"③ "野旷沙岸静，天高秋月明。"④ "十载驱驰逃窜，虎狼丛里经魔难。居处不能安，空区区历遍尘寰，远游世间。波波漉漉，穰穰劳劳，一向无程限。划地不着边岸，镜中空照，冠上虚弹。"⑤ 以"问天公许我闲身"（元·无名氏《归隐》）聊以自慰，在长安路远感喟"冠世才，安邦策，无用空怀土中埋"（元·曾瑞《述怀》），虽然不甘，但乔吉、关汉卿、马致远、张雨、钱霖、黄公望等人一个挨一个地向着这条路上走来。

除了这一批隐逸山林的少数文人外，元代大量的文人转移时代的馈赠，混迹于长街、陋巷，淹没于青楼、行院，"躬践排场，面敷粉墨，以为我家生活，偶倡优而不辞"（明·臧懋循《元曲选·序》）；"髻挽乌云，蝉鬓堆鸦，粉腻酥胸，脸衬红霞。袅娜腰肢更喜恰，堪讲堪夸。比月里嫦娥，媚媚孜孜，那更撑达。"⑥ 乔吉夸一位歌妓："宜歌宜舞宜妆，道是风流，果不寻常。粉后堆春，金盘捧露，翠袖

---

① （元）马致远：《野兴》，引自隋树森编《全元散曲》上册，中华书局1991年版，第243页。
② （元）乔吉：《南吕·玉交枝》，引自隋树森编《全元散曲》上册，中华书局1991年版，第576页。
③ （元）关汉卿：《闲适》，引自隋树森编《全元散曲》上册，中华书局1991年版，第577页。
④ （东晋）谢灵运：《初去郡》，引自《昭明文选》第二十六卷，中华书局1977年影印本，第317页。
⑤ （元）董君瑞：《硬谒》，引自隋树森编《全元散曲》下册，中华书局1991年版，第1106页。
⑥ （元）关汉卿：《新水令》，引自隋树森编《全元散曲》上册，中华书局1991年版，第180页。

第一章 杂剧的形成与发展

笼香,此际相逢蕊娘。"① 文人与倡伎都在为生计哀告奔走,都处于绣衣粉面下的屈辱和压抑状态,大家原来都处于"那一个不把我欺,不把我凌"(元·无名氏《冻苏秦衣锦还乡》)的辛酸境地,都在惨淡的世道面前,"对人前乔做作娇模样,背地里泪千行"② 因而彼此灵魂惺惺相惜,蕴藉心理认同,"彩扇歌,青楼饮,自是知音惜知音。"③ "知音幸遇,不由人重上欠排场。花朝月夜,酒肆茶坊,相见十分相敬重。厮看承无半点厮提防。"④ "旧酒投,新醅泼,老瓦盆边笑呵呵。共山僧野叟闲吟和。他出一对鸡,我出一个鹅。"⑤ 无可奈何花落去,这群文人出入于歌楼妓馆、混迹于"酒红灯绿",活跃于勾栏书会,元杂剧作家们也像"忍把浮名,都换了浅斟低唱"的柳永一样,"偶倡优而不辞"。"笑将红袖遮银烛,不放才郎夜看书"⑥,白朴在红巾翠袖里讨生活,"天公放我平生假,剪裁冰雪,追陪风月,管领莺花"⑦;马致远在理想破灭后以风月莺花自嘲;更不要说那个"蒸不烂、煮不熟、捶不匾、炒不爆、响珰珰一粒铜豌豆"自诩的关汉卿,"我是个普天下郎君领袖,盖世界浪子班头。愿朱颜不改常依旧,花中消遣,酒内忘忧,……则除是阎王亲自唤,神鬼自来勾,三魂归地府,七魄丧冥幽,天哪,那其间才不向烟花路儿上走"⑧,他们突然被抛入旷野,在无所依凭的情况下,以出世或放荡的面目寻找心理的支撑。

"既功名不入凌烟阁,放疏狂落落陀陀"⑨,他们是痛苦的理想主

---

① (元)乔吉:《毗陵张师明席上赠歌妓周氏宜者》,引自隋树森编《全元散曲》上册,中华书局1991年版,第606页。
② (元)真氏:《解三酲》,引自隋树森编《全元散曲》下册,中华书局1991年版,第1144页。
③ (元)马致远:《海神庙》,引自隋树森编《全元散曲》上册,中华书局1991年版,第236页。
④ (元)彭寿之:《仙吕·八声甘州》,引自隋树森编《全元散曲》上册,中华书局1991年版,第88页。
⑤ (元)关汉卿:《闲适》,引自隋树森编《全元散曲》上册,中华书局1991年版,第157页。
⑥ (元)白朴:《阳春曲》,引自隋树森编《全元散曲》上册,中华书局1991年版,第195页。
⑦ (元)马致远:《悟迷》,引自隋树森编《全元散曲》上册,中华书局1991年版,第259页。
⑧ (元)关汉卿:《南吕·一枝花·不伏老》,引自隋树森编《全元散曲》上册,中华书局1991年版,第171、173页。
⑨ (元)曾瑞:《自序》,引自隋树森编《全元散曲》上册,中华书局1991年版,第505页。

义者，三份戏谑，七分不甘。他们寄身民间勾栏，以杂剧来彰显他们魂牵梦绕的社会使命感，抒发郁结愤懑的不平之气。于是我们看到，"元代的激愤之音通过杂剧而啸聚，杂剧于是成为时代沉重奏响的黄钟大吕"[①]。这种时代环境使元代文人与底层人民之间保持着一种天然的物质上与精神上的联系，这种关系构成了他们人生命运的重要内容。这些"嘲风弄月，留连光景。庸俗易之，用世者嗤之"的辽金遗民[②]，这些"门第卑微，职位不振"的"不死之鬼"（钟嗣成《录鬼簿·自序》）与民众和戏曲艺人密切联系，组织书会，将兴趣和精力投到杂剧创作中来，自觉走上杂剧创作道路的情况，使元杂剧作品文化层次迅速提高。

从宏观的层面上来看，自宋朝灭亡后，整个民族都笼罩在抑郁的情绪里，那些自尊清高的文人更是如此。性格刚烈的选择"断其右指，杂屠沽中"；性格温软的，则用笔墨倾吐苦闷，以求获得内外的平衡。从微观的层面来看，元代统治者重商轻文的思想以及断断续续实行又废除的科举制，对于文人的影响是巨大的。在壮志难酬的七十余年里，有大批文人不得不走向市井，混迹于官妓与倡优之间，以杂剧创作谋求生存之道和发展空间。而残酷的现实也破除了读书人同市井倡优乐伎，引车卖浆者的情感隔膜，选择了勾栏瓦舍，走进了这个容纳三教九流的圈子，与歌妓为伍，与市井平民为伍。他们共同面对多难的人生，品味下层社会的悲欢忧乐，在与底层百姓交往的日子里，他们真正见识到了是非善恶、黑暗不公，所以才有了对于社会的谴责和批判，才有了"我是个经笼罩、受索网苍翎毛老野鸡蹅踏的阵马儿熟。经了些窝弓冷箭镴枪头，不曾落人后。恰不道'人到中年万事休'，我怎肯虚度了春秋"[③]这样的传世佳作，创造出了反映社会面广阔而生活气息浓厚的元杂剧，促成了中国戏曲的黄金时代。

---

① 廖奔、刘彦君：《中国戏曲发展史》第一卷，山西教育出版社2000年版，第167页。
② （元）夏庭芝：《青楼集·序》，引自中国戏曲研究院编《中国古典戏曲论著集成》（二），中国戏剧出版社1959年版，第89页。
③ 即关汉卿的自述心志的套曲作品《一枝花·不伏老》，其中最有名的是最后一部分："我是个蒸不烂、煮不熟、捶不匾、炒不爆、响珰珰一粒铜豌豆……"作品既展现了其狂放高傲的个性，又表现了其不愿与黑暗现实妥协的决心。

第一章 杂剧的形成与发展

8. 元初各民族的大流动、大融合带来的思想文化的大激荡以及各种极富地域特色的民俗文化的相互吸纳，成为元杂剧繁盛的思想与文化依托

美国文化人类学家克罗伯和科拉克洪在《文化：一个概念定义的考评》中认为："文化的基本要素是传统（通过历史的衍生和由选择得到的）思想观念和价值观，其中尤以价值观最为重要。"[①] 元杂剧是一门综合艺术，它反映的不仅是某个文人的情趣与心态，也不仅仅是其他某一类人的思想，它是历史的产物和文化的结晶，是人类经验的一部分。

首先，元前期各民族的大交融促进了多种文化的同台演出，塑造了文化融汇的开放交流局面，这种开放文化影响着元杂剧的创作；元杂剧又在一定程度上形塑着元代文化的构建。在元杂剧繁兴之前，"北音之音调舒放雄雅，南音则凄惋优柔，均出于风土之自然，不可强而齐也。"（李开先《乔龙溪词序》）；魏良辅《曲律》也说："腔有数样，纷纭不类，各方风气所限。""北曲与南曲大相悬绝。……五方言，语不一，有中州调、冀州调，有磨调、弦索调，乃东坡所仿，偏于楚腔。"张琦《衡曲麈谭》说："气合感物而成声，声逐方而生变，音之所以分南北也。"辽金元三代，既是冲突不断、政权频繁兴替的动荡期，也是民族交流、文化融汇的黄金期。"大江以北，渐染胡语，时时采入，而沈约四声遂缺其一。"（王世贞《曲藻》）在频繁的交流中，契丹、女真、蒙古等民族质朴的民风和开放的心态都被带入了元杂剧的创作。如女真族对待爱情具有积极争取的浪漫精神，其青年男女常在途中对歌求偶。于是在它的影响下，便产生了一系列歌颂爱情的元杂剧，包括《拜月亭》《调风月》等。再比如，女真、蒙古等北方少数民族都具有抢婚习俗，它也在元杂剧的发展中成为独具特色的舞台桥段，包括《望江亭》《鲁斋郎》等。同时，元杂剧吸收了宋金时期宴乐、民间俗乐等音乐形式，继承了宋金民间曲艺复杂的结构形式和演唱艺术，以及宋金杂剧院本的戏剧因素，形成了一种以音乐为中心的戏剧形式。"元代又是一个活力抒发的时代，蒙古铁骑以草原

---

① A. C. 克罗伯、K. 科拉克洪：《文化：一个概念定义的考评》，载《大英百科全书》。

游牧民族勇猛的性格席卷南下，给汉唐以来渐趋衰老的帝国文化输入进取的因子。于是，整个社会的思想文化处于一种游牧文明与农业文明、北方文化与南方文化、雅文化与俗文化等多重交融的状态。"① 经历了五代十国的混乱和辽金元的文化冲击，中原地区"承五季礼废乐坏大乱之后，先王之泽竭，士弊于俗学，学人溺于末习，忘君臣之分，废父子之亲，失夫妇之道，绝兄弟之好"。② 在此背景下，以宋儒理学为代表的传统儒家思想对民众的束缚出现了间歇性的松动。到了元初，对女性参与社交活动、表演歌舞优戏相对比较宽容，勾栏文化的繁荣和女伶唱曲和作曲的流播对元杂剧的传播具有重要意义，"民间的小曲经过女伶的演唱传播到文人阶层，她们构成了元杂剧生产者和消费者之间的衔接环节，由于女伶艺人的艺术表演，元杂剧才能由案头文学成为表演艺术。"③ 凡此种种，无一不在向我们说明：杂剧在元代精神和风俗习惯的浸染下，终于成为一种能够代表一个时代的艺术创作。对于创作者来说，他们所有的创作思想都是在多元文化交融中的主动借鉴与吸纳，而所有的情感和审美又是在多元文化碰撞下的被动体验与选择。

其次，元代都市文化的兴起，也促进了元杂剧的表达空间。在元代以前，农业文明对都市文化有较强的抵触心理，社会文化上反对居城，主张留乡。"今察洛阳，浮末者甚于农夫，虚伪游手者甚于浮末……天下百郡千县，市邑万数，类皆如此"（汉·王符《潜夫论》）；"人聚于乡而治，聚于城而乱。聚于乡则土地辟，田野治，欲民之无恒心，不可得也。聚于城则徭役繁，狱讼多，欲民之有恒心。亦不可得也"（明·顾炎武《日知录》）。但到南北朝时期，门阀因世乱而残败，人口增加和聚居稠密，"世业之制破，则职业无复制限，人得尽其才性，以各赴其所长，此实古今之一大变，今之远胜于古者也。"唐代，长期以来施行的坊制被破坏，民间可以随意朝大街开门营商，都市城邑商铺林立。五代及宋，虽国弱地狭，但市镇兴起，出现了上百万人口

---

① 冯天瑜、杨华：《中国文化发展轨迹》，上海人民出版社 2000 年版，第 262 页。
② 柏晶晶、王风：《〈政和五礼新仪〉探析》，《重庆交通大学学报》2013 年第 7 期。
③ 丁慧：《从〈青楼集〉看元代女伶对杂剧传播的影响》，《歌海》2008 年第 5 期。

第一章 杂剧的形成与发展

大都会，都市规模刺激了享乐文化的成长。尤其是都市成长所发展出来的都市文明非常繁华，孟元老的《东京梦华录》是中国第一本记载都市景物的史料，书中描述当时汴京的都市文化："太平日久，人物繁阜。吊髻之童，但习鼓舞，须白之老，不识干戈，时节相次，各有观赏。灯宵月夕，雪际花时，乞巧登高，教池游苑。举目则青楼画阁，绣户珠帘。雕车竞驻于天衢，宝马争驰于御路。金翠耀目，罗绮飘香；新声巧笑于柳陌花衢，按管调弦于茶坊酒肆。八荒事凑，万国咸通。集四海之珍奇，皆归市易，会寰区之异味，悉在庖厨。花光满路，何限春游。箫鼓喧空，几家夜宴。伎巧则惊人耳目，侈奢则长人精神。""高阳正店，夜市尤盛，土市北去，乃马行街也，为烟浩闹。""夜市北州桥，又盛百倍，车马阗拥，不可驻足，都人谓之裹头。""桑家瓦子，近北则中瓦，次则里瓦……瓦中多有货物，卖卦、喝故衣、探博、饮食、剃剪、纸画令曲之类。终日居此。不觉抵暮。"宋代繁盛的商业贸易，长期和平稳定的政治社会，都市城邑，人口密集，经济丰裕，物产丛集，营造了民间文学及艺术蓬勃的自然环境。

再次，都市文化的繁兴又进一步催生了"大众文化"的成长、蔓延和扩散，为最能代表市民文化需要的杂剧表演艺术提供了社会支撑。

辽金元以来，都市文化的兴起，原来由宫廷罗致供奉皇帝贵族休闲赏玩的"优倡杂进，酒酣作技"（《唐语林》）"深居游宴，以娱声色"（陈鸿《长恨歌》）的宫廷文化逐渐走出高墙，融入市井。名庵巨寺里"吞刀吐火，腾骧一面，彩幢上索，诡谲不常，奇伎异服，冠于都市，像停之处，观者如堵。……景乐寺，至于大斋，常设女乐，歌声绕梁，舞袖徐转，丝管嘹亮，谐妙入神……召诸音乐逞伎寺内，舞抃殿廷，飞空幻惑，世所未睹"（《洛阳伽蓝记》）；官家院落"优杂子女，荡目淫心，充庭广奏，则以鱼龙靡漫为瑰玮，会同飨觐，则以吴趋楚舞为妖妍，纤罗雾縠侈其衣，疏金镂玉砥其器。在上班赐宠臣，群下风而靡，王侯将相，歌伎填室，鸿高富贾，舞女成群，竞相夸大，互有争夺"（裴子野《宋略乐志叙》）。可以看到，在元代以前，贵族豪富、士大夫阶层已经存在外眷官妓，内蓄家妓，宴间花前，置酒寻欢。而到了元明时期，娱乐需要几乎成为社会上各色人等的生活必需品，成为大众文化的重要构成因素，男女同观，智愚杂处，老少毕至，万人空巷。其中,节日是平时生活的轴心,"年复一年的生活文化之网,就是以此为轴心编织出来的。"① 节日"观戏场"是节日民俗中的重要内容。

戏曲杂剧在民间的扩散主要有几种方式:一是节令聚戏。如《东京梦华录·正月》载:"正月一日年节。开封府放关扑三日,……马行、潘楼街、州东宋门外、州西梁门外踊路、州北封丘门外及州南一带,皆结彩棚,……间列舞场歌馆,车马交驰。向晚,贵家妇女纵赏关赌,入场观看。……至寒食、冬至三日亦如此。"《东京梦华录·元宵》目下载:"正月十五日元宵。大内前自岁前冬至后,开封府绞缚山棚,立木正对宣德楼,游人已集御街两廊下。奇术异能,歌舞百戏,鳞鳞相切,乐声嘈杂十余里。……自灯山至宣德门楼横大街,约百丈余,用棘刺围绕,谓之'棘盆'。……内设乐棚,差衙前乐人作乐杂戏,并左右军百戏。"《东京梦华录·中元节》目下载:"构肆乐人,自过七夕,便般《目连救母》杂剧,直至十五日止,观者增倍。"二是喜庆聚戏。大凡育子、做寿、成年、婚嫁、新居落成等喜庆宴集,多借演戏铺排场面,酬宾宴客,以示庆贺。如《读书堂彩衣全集》卷四十四在谈到浙江一带乡民喜庆演戏时说:"习俗相沿,奢华竞尚,民家宴会,辄用戏剧。"石成金《家训钞·靳河台庭训》说:"父母上寿,婚嫁大礼,可唤现成优伶。"三是神会聚戏。迎神赛社为乡民祭祀土神之仪,社日演戏是乡村普遍流行的习俗。如宋陈元靓《岁时广记·社日》载:"立春后五戊为春社,立秋后五戊为秋社。"四是农闲聚戏。春播许愿祈福,秋收还愿酬神,岁终至岁首农闲时节聚众演戏,体现了游艺民俗和生产民俗、信仰民俗交相融汇。农闲聚戏是我国广大农村地区代代相传的古老传统。"常秋收之后,优人互凑诸乡保作淫戏,号'乞冬'。"② 约定俗成的民间节日是连接戏曲消费和生产、传播戏曲文化的重要媒介,戏曲依托节日,节日伴随着戏曲,民间节日是戏曲文化得以广泛、长期传播的重要媒介,节日民俗环境又反过来制约戏曲文化形态的生成。

---

① [日]关敬吾:《民俗学》,王汝澜译,中国民间文艺出版社1986年版,第3页。
② 唐文标:《中国古代戏剧史》,中国戏剧出版社1985年版,第164页。

第一章 杂剧的形成与发展

若无平地,难显高山。由于元杂剧的民间性,为了适应普通民众的口味和观赏水平,元杂剧作品中有很多民间口语和"猥鄙俚亵"的道白,《曲调》中即有:"古曲自《琵琶》、《香囊》、《连环》而外,如《荆钗》《白兔》《破窑》《金印》《跃鲤》《牧羊》《杀狗劝夫》等记,其鄙俚浅近,若出一手,岂其时兵革孔棘,人士流离。皆村儒野老涂歌巷咏之作耶?"元杂剧流行也正在俗鄙,它记叙俗世,描绘鄙野,"句句是本色语"。正是元代丰富多彩的艺术与文化,才让作家笔下的杂剧难掩其本色,从而描绘了一个完整真实的世界。

9. 元代印刷刊刻与交通运输的发达,推动了元代戏剧的传播与交流

科技的发展总是能为艺术作品提供新的传播手段,帮助艺术家们更好地表达自己的审美与情感。而有元一代注重推行汉法,鼓励农业、商业以及手工业的发展,使科学技术方面取得了不少丰硕的成果。这恰恰就为杂剧的生长提供了更为肥沃的土壤。

第一,元代的印刷业十分发达。从政治制度的角度来看,太宗时期的耶律楚材曾号召蒙古统治阶层及贵族群体学习汉文化;世祖时期又敕选儒生编修国史,译写经书;于是,为之服务的版刻、印刷业也得到了蓬勃的发展[①]。至元十年,元朝统治者设立了专门化、精细化的版刻机构——兴文署,掌管雕印文书。同时还明确规定了印造制度,即所有的书籍刊刻都要得到中书省牒下有司或诸路批准,甚至还倡导各路儒学发展自身的版刻印刷事业,如太平路儒学、中兴路儒学等,都类似于今天的高等院校出版社,一时间使印刷行业蔚然成风。

从经济发展的角度来看,元代民间的私刊书坊也十分发达。据日本学者长泽规矩也在《元朝私刻本表》中的记载,元代的私宅坊肆一共有118家,其中比较著名的有平阳府张存惠晦明轩、建安叶日增广勤书堂等,刻印图籍多达230余部。其印刻质量相当精良,一直为后世所推崇。元代印刷业还广泛采用了套版印刷和铜版印刷技术。尽管多色套印起源于宋代,但是当时主要是用于纸币的印制,到了元代,书籍中才出现了朱墨套印。

综上所述,政策上的支持、经济上的供给,都极大地推动了印刷

---

① 余志鸿:《中国传播思想史》(下),上海交通大学出版社2005年版,第201页。

技术的发展，其突出的标志就是产生了我国历史上最早的木活字以及转轮排字法。

本尼迪克特·安德森曾在《想象的共同体：民族主义的起源与散布》一书中提出，印刷术和印刷语言的出现直接扩展了人们时间上和空间维度上的体验。不言而喻，印刷业的发展不仅推动了杂剧的传播，还在一定程度上引起了读者群体的相互认同。就现存的杂剧刊本来看，上面不是标注着"大都新编"，就是标注着"古杭新刊"。可见，在以大都、杭州为代表的大城市中，刊行印刷的图书种类已经非常丰富，不仅包含经史子集类等正统图书，还包括大量的通俗文艺作品——元杂剧。只可惜，我们今天能够看到的只有30种。然而不可否认的是，这有限的资料却是元代杂剧文化最为真实的声音，那些清澈的情感和昏黄的背影，无一不在向我们展示那一段热闹丰盈的历史。

第二，元代的交通业十分发达。周邦彦《汴都赋》亦颇多描写货物荟萃、交通发达之情形："于是自淮而南，邦国之所仰，百姓之所输，金谷财帛，岁时常调，舳舻相衔，千里不绝，越舲吴艚，官艘贾舶，闽讴楚语，风帆雨楫，联翩方载，钲鼓镗鞳，人安以舒，国赋应节。"为了治理水患、发展农业，同时加强水利交通，元朝统治者重新修通了京杭大运河。与隋唐大运河所不同的是，它为了缩短从政治中心大都到杭州的距离，将航线由弯改直，不再经过以前的中心洛阳，而是将以前不曾经过的山东省纳入其中。

上文已经提到，大都、杭州、平阳是元代作家主要的活动区域。与元代大运河对比来看，除平阳外，其他皆在运河的流域范围内。不仅如此，明人徐渭在《南词叙录》中记载："元初，北方杂剧流入南徼，一时靡然向风，宋词遂绝，而南戏亦衰。"[1] 也就是说，随着元朝统一，杂剧的演出范围有了一个大的扩张。学者廖奔、刘彦君认为，这种由南至北的扩张，最主要的途径就是京杭大运河[2]。除杭州以外，元代的扬州、南京、苏州等地都是杂剧荟萃的地方。

运河疏通后，使一部分原本居住在北方的杂剧作家和演员都迁往

---

[1] （明）徐渭：《南词叙录注释》，李复波、熊澄宇注释，中国戏剧出版社1989年版，第5页。
[2] 廖奔、刘彦君：《中国戏曲发展史》第二卷，山西教育出版社2000年版，第42页。

第一章 杂剧的形成与发展

了南方江浙一带,航道的通畅带动了南北方的贸易往来,尤其是给南方的财富向北运输提供了便利,进一步带动了南方的发展。在它的影响下,大都在经济上的强势地位逐渐被南方城市取代,平阳等地更是迅速地退出了历史舞台,从而造成了元朝后期的北剧南移。再向更远的清朝看,京剧的传播也是如此,而且清代的戏剧艺人还依靠运河对演出形式进行了创新,形成了水路班子。即利用航船为交通工具,顺流在南方的乡镇之间进行演出,进一步加速了京剧在南方的传播。当然这是后话。但由此可见:交通,尤其是水路交通的发达,推动了元代戏剧的传播与交流,奠定了北剧南迁的发展面貌。

不知经历了几多春秋雨雪,不知看惯了多少王朝更替,杂剧艺术终于在不断的磨砺中完成了蜕变。跟随其发展的足迹细细品味,才惊觉那应该是一曲壮丽的回响。从早期的巫觋歌舞,到秦汉的百戏艺术,到唐参军、歌舞戏,再到宋杂剧、金院本……杂剧艺术经历了一个极为缓慢艰辛,也极为明亮动人的发展过程。

综上所述,元杂剧的发展既离不开艺术本身的发展演变,也离不开当时社会条件、政治格局、经济状况、人文环境等因素的支撑和给养。首先,元代的统治黑暗残酷,使不同民族、不同阶级间的矛盾异常激烈,而这种混乱不安的社会现实恰恰为元杂剧创作提供了相当丰富的素材;其次,元代经济发展的不平衡,不仅导致局部地区经济繁荣,还催生了庞大的市民群体,这又为元杂剧发展提供了良好的物质基础和受众基础;最后,在元代特殊的民族政策和科举考试长期废止的影响下,许多儒士文人被迫走入勾栏瓦舍,与艺人百姓为伍,着力于戏剧创作。凭借着深入广大人民生活的真情实感与深谙戏剧艺术真谛的创作才华,他们为中国戏剧的发展增添了新鲜的血液,创作出了一大批优秀的戏剧作品,从而将中国戏剧带入真正的黄金时代。

第二章 杂剧在元代的生产

任何一个艺术作品都要经历传播和接受的过程，才能实现它的价值，形成独具特色的艺术文化。正如中国戏曲，之所以能够成为世界戏剧"园林"中的奇秀之"木"，很大程度上得益于元杂剧的传播与承继。

关于元杂剧剧目的总数，由于一部分作品是由元入明的时期创作的，所以很难有一个准确的数字。比较完整而又接近古本元杂剧剧目统计是由清人曹寅校辑的《楝亭藏书十二种》，可得剧目四百五十二种。明初朱权《太和正音谱》所录元杂剧标明为五百三十五种，由于受戏曲剧本"其间事关宫禁典礼，得之传闻者，不无谬误，若市井游观，岁时物货，民风俗尚，则见闻习熟，皆得其真。"（南宋·赵师侠）[①]今人庄一拂《古典戏曲存目汇考》（上海古籍出版社1982年版）收录有作者姓名可考的元人作品五百三十六种，又附元明无名氏作品四百一十九种。

元代以来，杂剧艺术已经不仅是单纯的文学表达或雅俗共赏的艺术形式，更是在商品贸易影响下形成的文化产品。它既表现出了一切文化产品所具有的特点和性质，同时也反映着元代社会的基本特征、呈现出这类产品的普遍生产过程和内容选择。

第一节　元代杂剧创作的历史条件与时代背景

马克思在《资本论》一书中提到：观念的东西"是移入人的头脑

[①] 赵山林：《中国戏曲传播接受史》，上海人民出版社2008年版，第6页。

第二章　杂剧在元代的生产

并在人的头脑中改造过的物质的东西"①。元杂剧的生产既是我国古代审美观念递变的产物，也是元代社会生活在元杂剧创作者头脑中的反映，作为元代社会意识形态的外化和作家思想感情的折射，元杂剧"塑造人物形象、构置形象关系、安排戏剧情节时所灌注的主观的道德评价、宗教观念和审美倾向，则形成元杂剧的善恶观、宗教观和审美观，它们归根到底也受到元代社会的制约"②。所以，研究元杂剧的传播，就必须研究元杂剧的生产，也必须把元杂剧放到元代那个特定的社会历史文化生态中加以考察。除了上一章提到的元杂剧繁兴的内外促进因素外，本节将重点探究元杂剧创作的时代背景。

一　元代审美观念的递变对元杂剧创作的影响

"欲知源流清浊之所处，则循其上下而省之；欲知芳臭气泽之所及，则旁行而观之。"（《毛诗正义·卷首》）元代之前的封建统治阶级及其正统文人以诗歌为"正宗"，以戏曲为"邪宗"。诗歌、散文都曾被用作跻身官场的敲门砖，唯独戏曲一直被视为有伤风化、君子不为的"末技"。所以，我国古代文艺创作长期秉持重人伦政治的儒家核心思想，认为文学作品是"经国之大业，不朽之盛事"（曹丕《典论·论文》），"文变染乎世情，兴废系乎时序"（刘勰《文心雕龙·时序》），文学在审美上需要反映政治变迁与时代风貌，要反映并影响社会大众，所以文学创作要做到"文与政通""吟咏情性"。"文章与政通，而风俗以文移。"（裴延翰《樊川文集序》）《毛诗序》也说"国史明乎得失之迹，伤人伦之废，哀刑政之苛，吟咏情性，以风其上，达于事变而怀其旧俗者也。故变风发乎情，止乎礼义。"由此考察中国文学史，从浪漫瑰丽的楚辞、磅礴绵延的汉赋、气象万千的唐诗、豪放婉约的宋词，到诙谐率真的元曲，每个时代的文学都反映了当时人民的精神风貌，体现了时代的变迁。所谓"世道有升降，风气有盛衰，而文采随之"（虞集《李仲渊诗稿序》）。但与此同时还存在一条贯穿其中的内在的逻辑，那就是文学创作"采故实于前代，观通变于当今"（《文

---

① 《马克思恩格斯全集》第 23 卷，人民出版社 1979 年版，第 24 页。
② 郭英德：《元杂剧与元代社会》，北京师范大学出版社 1996 年版，第 6 页。

心雕龙·议对》）"明乎得失之迹，伤人伦之废，哀刑政之苛，吟咏情性，以风其上，达于事变，而怀其旧俗者也。"（《毛诗·大序》）文艺创作、批评和鉴赏的最终目的是"审乐以知政""经夫妇，成孝敬，厚人伦，美教化，移风俗"，文学创作要考见得失，经纶时序，成风化人。

　　与之前朝代文人创作"学成文武艺，货与帝王家"不同，"入元以后，杂剧分为两途，即由宋、金杂剧承袭而来的院本，和在宋、金杂剧基础上，吸收北方曲调与说唱形式演变而成的北曲杂剧，二者并行。所以元人夏庭芝《青楼集志》说："金则院本、杂剧合而为一，至我朝乃分院本、杂剧而为二。"① 院本演出在有元一朝始终处于兴盛状态，院本与杂剧同台演出、并驾齐驱。只是"金季丧乱，士失所业，先辈诸公绝无仅有。后生晚学既无进望，又不知适从。或泥古溺偏，不善变化；或曲学小材，初非实用。故举世皆曰：'儒者执一而不通，迂阔而寡要。'于是士风大沮。"（王恽《秋涧集·故翰林学士紫山胡公祠堂记》卷四十）在这种社会大环境下，地位低下、生活窘困的元代文人选择沉入山野或勾栏，视野向下，关注人民大众的审美取向，以杂剧这种文艺形式表现生活，抒情写志，描绘人情世态，表达时代精神"偶倡优而不辞"，就是对儒家正统审美观念的反叛。为适应这种改变，元杂剧成为独立的艺术形式以后，仍以市民和农民之美为美。《通制条格》卷二七《杂令》有至元十一年（1274）大司农的呈文云："……顺天路束鹿县镇头店聚约佰人，搬唱词话。"《元史·刑法志·卷〇五》四云："诸民间子弟，不务生业，辄于城市坊镇，演唱词话，教习杂戏，聚众淫谑，并禁治之。"杂剧作家从一个全新的方位和角度来俯视社会人生。戏剧家汤显祖说："嗟夫！人之视蚁，细碎营营，去不知所为，行不知所往，意之皆为居食事耳。见其怒而酬斗，岂不哎然而笑曰：'何为者耶！'天上有人焉，其视下而笑也，亦若是而已矣。"② "是故治世之音安以乐，其政和；乱世之音怨以怒，其政乖；亡国之音哀以思，其民困。声音之道，与政通矣"（《礼记·

---

① 廖奔、刘彦君：《中国戏曲发展史》第一卷，山西教育出版社2000年版，第73页。
② （元）汤显祖著，徐朔方笺校：《汤显祖诗文集》，上海古籍出版社1982年版，第35页。

第二章 杂剧在元代的生产

乐记》),元代是中国历史上的"多事之秋",所谓"乱世之音怨以怒"。元朝统治者入主中原后,民族矛盾、阶级矛盾日益尖锐,科举制度废除,读书人失去进身之阶,与青楼戏民为伍,他们在思想上和艺术上都受到下层人民的感染,在题材上多写小人物的悲惨命运,如忠贞痴情的王娇娘,善良勇敢的窦娥,品行高洁的李香君等。这时的文艺作品通俗易懂、本色当行、悲歌慷慨,形象的丰富性和世俗性、表演的抒情性,情节结构的紧凑性,戏剧体制的朴质浑成等方面,均体现出元杂剧审美观的个性特征。如,元人高安道《庄家不识勾栏》散套[六煞]描写勾栏演出前的招徕看客曰:"见一个人手撑着椽做的门,高声的叫'请!请!'道迟来的满了无处停坐。说道:前截儿院本《调风月》,背后么末《敷演刘耍和》。"[1] 元杂剧的审美观是以人民群众的审美趣味为本体,融汇了传统的文学趣味和那个时代的文人情趣。

另外,基于杂剧的民间性和娱乐性,元初杂剧戏曲创作和欣赏都以"圆满"为诉求。李渔《闲情偶寄·词曲部》说:"全本收场,名为大收煞。此折之难,在无包括之痕,而有团圆之趣。如一部之内,要紧脚色共有五人,其先东南西北各自分开,到此必须会合。"王国维在概括古典戏曲结构模式时也认为:"始于悲者终于欢,始于离者终于合,始于困者终于亨。"[2] 元杂剧的团圆叙事——"一个光明的尾巴"是对这个时代观众的审美需要的一种文艺回应。

而到了元朝中期以后,政治稳定,社会繁荣,文化发展,科举恢复也有了登闻之途,文人社会地位改善及其所造成的文艺思潮的变化,杂剧离开北方文学土壤中心南移。由此我们看到,这一时期的杂剧的审美意象和整个社会的审美取向再次发生转变。正如揭傒斯所说的:"自科举废,而天下学士大夫之子弟,不为农则为工、为商;是科举复,而天下武臣氓隶之子弟,皆为士、为儒。非昔之人无闻知,而今之人独贤也,顾在上之人所以导之者何如耳。"(揭傒斯《送也速达儿赤序》)"吴下老伶燕中回,能以北腔歌[落梅]。"(元·仇远《金渊

---

[1] 隋树森编:《全元散曲》上册,中华书局1991年版,第30页。
[2] (清)王国维:《王国维文集》,北京燕山出版社1997年版,第213页。

集·卷二》）文人在审美趣味上由"盖久而至于至大、延祐之间，文运方盛，士大夫始稍稍切磨为辞章"（余阙《柳待制文集序》）到"至顺中，儒者以才华相夸尚，咏歌治平，以需进用"（苏天爵《宋正献文集后序》），咏歌治平，以需进用，蔚然成风。王骥德《曲律·杂论下》说："北剧之于南戏，故自不同。北词连篇，南词独限。北词如沙场走马，驰骋自由；南词如揖逊宾筵，折旋有度。连篇而芜蔓，独限而局蹐，均非高手。韩淮阴之多多益善，岳武穆之五百骑破兀术十万众，存乎其人而已。"元延祐年间，杂剧创作更多地追求雅正、藻丽清新的风格，文人情趣逐渐取代民间本色，文学趣味逐渐压倒舞台规律，失去民间审美而专注于文人情怀的元杂剧也开始衰落。

二　元代宗教文化繁盛，迷信盛行，元杂剧创作空间空前扩大

我国戏剧酝酿形成时期，也正是丝绸之路的繁荣时期。《隋书·音乐志》说："大抵散乐杂戏多幻术，皆出西域。"通过丝绸之路，安息"善眩人"（魔术师）的吞刀吐火、屠人截马，西域的"角抵奇戏"（《汉书·张骞传》），"拂林"（隋唐宋元人对东罗马帝国的称呼）的"弹胡琴，打偏鼓，拍手鼓舞"（宋代陈旸《乐书·胡部乐》），汉代以来印度梵剧东渐，等等，"胡音胡骑与胡装，五十年来竞纷泊"（元稹《和李校书新题乐府十二首·法曲》），中国戏剧就与西方文化的交流历史悠久，域外的宗教文化也逐渐被吸纳到我国百戏的创作之中。

元代以来，我国戏曲艺术生产与发展始终在两条路径上同时展开：一是建立在城市市民文化基础上，以娱乐和教化为主的城市戏剧艺术；一是以赛社献艺为基本生存方式的农村戏剧艺术。① 与此同时，宗教文化繁盛，迷信之风盛行，无论是哪一条路径，在元杂剧生产与扮演中，精致的义理思想和粗俗的迷信巫风融为一体，《元典章新集》之《刑部·刑禁·禁庙祝称总管太保》载："江淮迤南风俗，酷事淫祠，其庙祝师巫之徒，或呼太保，或呼总管，妄为尊大，称为生神，惶惑人众。"在"职位不振，沉抑下僚"的境遇中，宗教成了元代文人生命中最为重要的精神支柱。元杂剧许多作品的冲突是以佛教业报轮回

---

① 车文明：《20世纪戏曲文物的发现与曲学研究》，文化艺术出版社2001年版，第102页。

第二章 杂剧在元代的生产

思想为中心而展开的,神仙道化剧一方面对神仙世界进行了大量的描写,并生动、直接地呈现在了戏剧舞台上,宣扬道教的出世思想。如:"[折桂令]依然见桃源洞玉软香娇,队队美貌相迎,一个个笑脸擎着。今日也鱼水和谐,燕莺成对,琴瑟相调,玉炉中焚宝篆沉烟细袅,绛台上照红妆银蜡高烧,人立妖娆,乐奏箫韶,依旧有翠绕珠闱,再成就凤友鸾交。"① "[太平令]广成子长生诗句,东华仙看定婚书,引仙女仙童齐赴,献仙酒仙桃相助。愿普天下旷夫怨女,便休教间阻,至诚的一个个皆如所欲。"② "[喜人心]看松云掩霭,闻桂风潇洒,竹影藤花月色,紫府金坛放毫彩。醉舞狂歌,长笑高吟,疏散情怀,他壶内天无坏,咱静里神长泰。[风流体]临清流,临一带心快哉。玩明月,玩一轮情舒解。枕黄石,枕一块意豁开,卧白云,卧一片身自在。"③ "[拨不断]洞云迷,野猿啼,柴门半倚闻鹤唳。菊蕊丛丛绽竹篱,松花点点铺苔砌。端的个山中七日,世上千年,兴亡不管,生死无忧。"④ 另一方面这些度脱剧又表现出了一种强烈的现实性,表现出对世俗人生的肯定。"宗教是异常复杂的现象,它作为鸦片烟,蒙蔽麻痹人民于虚幻幸福之中,但广大人民在一定历史时期中如醉如狂的吸食它,又经常是对现实苦难的抗争与逃避。"⑤

明王骥德《曲律·论咏物》说:戏曲创作"不贵说体,只贵说用。佛家所谓不即不离,是相非相。只于牝牡骊黄之外约略写其风韵,令人仿佛中如灯镜传影,了然目中,却摸捉不得,方是妙手。"繁盛的宗教精神,对元代社会文化氛围和民众的心灵产生深刻的影响,从而为元代度脱剧、梦幻剧等宗教戏剧的创作奠定了广泛的社会心理基础,在"拒绝召唤"情节模式的设置中,高扬世俗生活价值,体现了宗教思想的人间性。

除度脱剧外,元杂剧也有很多梦幻戏,如《窦娥冤》中窦娥的鬼魂托梦给自己的父亲;《神奴儿》中神奴儿的鬼魂托梦给老院公,等

---

① (元)臧晋叔:《元曲选·误入桃源》,中华书局1958年版,第1367页。
② (元)臧晋叔:《元曲选·张生煮海》,中华书局1958年版,第1714页。
③ (元)臧晋叔:《元曲选·刘行首》,中华书局1958年版,第1332页。
④ (元)臧晋叔:《元曲选·黄粱梦》,中华书局1958年版,第779页。
⑤ 李泽厚:《美的历程》,中国社会科学出版社1984年版,第133页。

等，托梦既是满足圆满叙事的创作需要，也是对当时宗教文化或迷信文化盛行社会背景下的一种创作趋向。无论是夜半托梦、神庙祈梦还是"因情成梦"（汤显祖语），正因为戏剧作家和表演艺术家有这样的认识，他们所创作或扮演的剧中人往往把梦中的见闻看得比醒来时所见所闻还要真实，还要可信。《金圣叹批本西厢记·惊梦·小序》说："吾闻《周礼》：岁终掌梦之官献梦于王。夫梦可以掌，又可以献。"戏曲中的梦境有一些正是"掌梦"的神灵"献"给剧中人的，在一定程度上，也可以说，是杂剧创作者献给那个时代和观众的。

　　元杂剧剧目中大凡描写男女恋情的梦幻戏，大多都会设置一个男女主人公因情生梦的场景，"良辰美景奈何天"，侍女怂恿，慵懒入睡，于是"（生）〔山桃红〕则为你如花美眷，似水流年，是答儿闲寻遍，在幽闺自怜。小姐，和你那答儿讲话去。（旦作含笑不行）（生作牵衣介）（旦低问）哪边去？（生）转过这芍药栏前，紧靠着湖山石边。（旦低问）秀才，去怎的？（生低答）和你把领扣松，衣带宽，袖梢儿揾著牙儿苫也，则待你忍耐温存一晌眠。（旦作羞）（生前抱）（旦推介）（合）是哪处曾相见？相看俨然，早难道这好处相逢无言？（生强抱旦下）"（汤显祖《牡丹亭》）《西厢记》《汉宫秋》《梧桐雨》《扬州梦》《云窗梦》《梦中缘》等一大批剧作，从"因情成梦"的角度，都会有"若使张生多时心中无因，即是此时枕上无梦也"[①]。明代王圻《稗史汇编》说："今读罗《水浒传》，从空中放出许多罡煞，又从梦里收拾一场怪诞，其与王实甫《西厢记》始以蒲东邂会，终以草桥扬灵，是二梦语，殆同机局。总之，惟虚故活耳。"汤显祖在《宜黄县戏神清源师庙记》说："一勾栏之上，几色目之中，无不纡徐焕眩，顿挫徘徊。恍然如见千秋之人，发梦中之事。使天下之人无故而喜，无故而悲。或语或嘿，或鼓或疲，或端冕而听，或侧弁而咍，或窥观而笑，或市涌而排。乃至贵倨弛傲，贫啬争施。瞽者欲玩，聋者欲听，哑者欲叹，跛者欲起。无情者可使有情，无声者可使有声。寂可使喧，喧可使寂，饥可使饱，醉可使醒，行可以留，卧可以兴。鄙者欲艳，顽者欲灵。""发梦中之事"的戏曲直面人生、药人寿世，以

[①] （明）金圣叹：《金圣叹批本西厢记·惊梦》，上海古籍出版社1986年版，第174页。

第二章　杂剧在元代的生产

梦入戏是我国古代戏剧家为强化戏曲艺术的表现功能、反映社会生活而采用的一种艺术创作手段。

三　玩世观念的风行对元杂剧创作的影响

杂剧形成之前，我国古代都市百戏杂呈，勾栏繁华。元代随着城市生活进一步市民化，原来禁锢人们休闲娱乐的儒家思想束缚松弛，多民族文化交往密切，源于草原大漠的异域风情、歌舞与中原的游戏进一步交错，角抵竞技、谑浪游戏、打擂比赛成为市民闲暇生活的主要追求，于是像《高祖还乡》《乔教子》《斗鸡会》《刘耍和》《丽春园》《师婆旦》《大拜门》《乔断按》《钱神论》等演述民间风俗、讽刺滑稽行径的耍闹调笑的轻喜剧广受民众欢迎。"梁园棚内勾栏里"，浪子式的风流玩世风行，这是纯娱乐杂剧生存的富饶土壤。

同时，元代知识者被放逐于生活最底层，身世沉沦、功业幻灭，摆脱了名缰利锁的羁縻，不再循规蹈矩依礼而动，他们在茫然失措、怨天尤人中"嘲风弄月"，以"浪子"自命，穿行勾栏瓦舍，留恋"锦阵花营"，纵情花酒，狂放不羁，滑稽嘲谑，玩世不恭，凸显个性。元杂剧里有许多剧目着意刻画了一系列浪子形象，如：《百花亭》中的王焕，"世上聪明，今时独步。围棋递相，打马投壶，撇兰撅竹，写字吟诗，蹴鞠打诨，作画分茶，拈花摘叶，达律知音，软款温柔，玲珑剔透。怀揣十大曲，袖褪乐章集，衣带鹌鹑粪，靴染气球泥，九流三教事都通，八万四千门尽晓。端的个天下风流，无出其右"；《玉壶春》中的李玉壶，"做子弟的声传四海，名上青楼，比为官还有好处"。这些嘲风弄月、放浪不羁的"浪子"，要么"彩扇歌，青楼饮，自是知音惜知音。"（马致远《四块玉》），要么"知音幸遇，不由人重上欠排场。花朝月夜，酒肆茶坊，相见十分相敬重。厮看承无半点厮提防。"（彭寿之《仙吕·八声甘州》），或者如关汉卿那样"玩梁园月，饮东京酒，赏洛阳花，攀章台柳"，至死都要向"烟花路儿上走"，或者像白朴那样"峨冠博带太常卿，娇马轻衫馆阁情，拈花摘叶风诗性。得青楼薄幸名，洗襟怀剪雪裁冰"；像高文秀般"花营锦阵统干戈，谢馆秦楼列舞歌，诗坛酒社闲谈嗑"；如王实甫"风月营密匝匝列旌旗，莺花寨明飚飚排剑戟，翠红乡雄赳赳施谋智"、李寿卿："播阎浮四百州，姓名香赢得青楼"、刘唐卿："莺花对，罗绮丛，倚翠偎红。"这些元杂剧创作者不但个人沉沦于倡优之间，为"奴隶之役，供笑献勤"（朱权《太和正音谱》），以玩世的态度游戏人生，同时也在杂剧作品中以诸多浪子角色取悦观众，相关剧目如张国宾的《高祖还乡》、高文秀的《乔教子》、刘耍和的《丽春园》等。剧中这些浪子或诙谐调笑，或戏耍打闹，以不同的方式游戏着人生。王实甫《西厢记》第三本第一折中红娘赞美张生："［后庭花］我则道拂花笺打稿儿，原来他染霜毫不构思。先写下几句寒温序，后题着五言八句诗。不移时，把花笺锦字，叠做个同心方胜儿。忒聪明，忒敬思，忒风流，忒浪子。虽然是假意儿，小可的难到此"；郑光祖《倩女离魂》第一折中梅香对小姐倩女说："姐姐！那王秀才的一表人物，聪明浪子，论姐姐这个模样，正和王秀才是一对儿。"有文人及其作品的引领，嬉乐玩世蔚然成风。关汉卿自称"是个普天下郎君领袖，盖世界浪子班头"，《录鬼簿》里更充满了对浪子的颂歌。

但是这些蕴藉风流、滑稽挑达、随遇而安、乐天知命的勾栏生活及其创作的杂剧作品，并不能完全遮掩这些文人济世救民的理想与使命，也不能使他们彻底摆脱"仕"与"隐"的彷徨，于是，"杂剧中就非常惹眼地出现了一个全新的、完整的世俗社会的世界和一个同以往的知识分子的世界完全不同的儒生的精神世界——一个充满了痛苦和没落情绪的世界。"[①] 一方面，这些杂剧作家以闲适的心态进行创作，侧重杂剧的娱乐功能并在剧目扮演中塑造并传播着他们的"浪子"形象，如关汉卿"滑稽多智，蕴藉风流"；王和卿"滑稽挑达"；张国宾做"教坊捻管""饱食终日心无用"；陆显之是"滑稽性，敏捷情，再出世的精灵"；沈和甫"善谈谑，天性风流"；汤舜民"好滑稽"；杨景贤"好戏谑"；王晔"滑稽性格"，等等。另一方面，又以他们的剧目创作及其扮演对当时社会进行全面而深刻的揭露与观照。如《酷寒厅》中小酒店主人张保为奴作婢时及脱离奴籍后的表现、《生金阁》里庄农出身却"幼学经史"的书呆子郭成、《朱砂担》中王文用、《金凤钗》中的赵鹗为金钱的昼夜筹谋。人间俗世冷暖、攀高

---

① 幺书仪：《元人杂剧与元代社会》，北京大学出版社1997年版，第182页。

结贵、钩心斗角及下层百姓对富贵荣华的企慕，对情感生活的渴求，对清平政治的向往，对超现实世界的期待等在杂剧创作中被呈现得淋漓尽致。他们在与倡伎惺惺相惜中维持自尊，他们在仕进无门中谴责当权者卖官鬻爵、讽刺当政者凡庸无能，斥骂用人者愚贤颠倒……他们在嬉笑怒骂中将温情给予下层民众和风尘女子，将谴责和怨恨指向达官显贵。应该说，这些杂剧作家在"浪子"的外衣下改变了传统知识分子俯视众生的角度，用全新的眼光来观察社会，表现出一种由切身的体验产生的、对社会现实问题的洞察和抗争。

这"两个世界""两种身份"的交错，"行家生活"和"戾家把戏"同在，"鸿儒硕士骚人墨客所作"和"娼夫之词"（《吴兴赵子昂论曲》）齐鸣，元杂剧作家在"士"与"民"的流动中，"以雅近俗""以俗化雅"，在创作时更加关注雅俗共赏和人间烟火，神圣的文学殿堂拆去了一面围墙，吵吵嚷嚷的平民百姓被招揽了进来，促成了两个不同层次文化的渗透与交织。

总之，元杂剧是元代特定文化陶冶下的内在精神产物，是元代文化背景下人们思想、审美情趣的反映，元代文化造就了元杂剧的内容、形式、演出和批评，元代文化尤其思想文化是元杂剧繁盛的依托；元杂剧的兴盛又反作用于元代文化，影响着元代文化的发展方向。

第二节　元杂剧对过往历史余晖的承接与再造

从生产资料的角度来看，元代杂剧的创作主要是借鉴了过往的史实故事以及民间的杂叙话谈。对受众来说，这些生动曲折的故事既能满足他们窥探历史的欲望，又能与社会现实结合，表达出他们的心声。从传播者的角度来看，作为信息传播过程中的第一个环节，它不仅决定着传播活动的存在和发展，同时还决定着信息内容的数量与质量。就杂剧而言，其传播者主要分为两类，其一是专注于剧目改编与创作的专业作家群体，其中既包括壮志难酬的儒士文人，也包括沉抑愁苦的低官下吏。其二是或混迹于勾栏瓦舍，或行走于城市乡野的专业演员群体，这其中既包括女伶歌妓，也包括家庭戏班。他们不仅给观众带来了丰富的视觉享受，还对作家所作的剧目进行了再创造。

但无论是哪一类，作为剧目信息的生产者和制造者，他们在完成自己任务的同时，也不自觉地成为剧目的传播者。在政治制度、经济条件以及个人情感的影响下，杂剧在元代的生产和传播也带上了固有的时代色彩。

随着杂剧艺术的影响逐步扩大，有元一代出现了越来越多的作家与作品。他们利用不同的表达形式，从不同的维度向我们展示着一个时代的社会风貌。可即便是再伟大的作家，他们的艺术想象力也是有限的。于是，和过往的所有艺术家一样，他们从历代的创作中汲取着养分，给即将黯淡的经典作品赋予了新的生命力。无论是遥不可及的历史杂叙，还是盛极一时的唐代传奇，或是可惊可叹的两宋故事，都成了杂剧创作中炙手可热的话题与素材；那些耳熟能详的历史被重新涂抹上了浓墨重彩，那些荒诞陆离却饱含情感的剧目也带给了元代观众无穷的乐趣。

一　元杂剧创作中对早期历史的重构与再造

戏曲对历史的依赖与迷恋由来已久，戏曲中历史剧数量巨大，内容广泛。金元以来历史剧的创作，明代洪九畴《三社记题辞》说："金元以旋，多称引往事，托寓昔人，借他人酒杯，浇我垒块，自可随意上下，任笔挥洒，以故剧曲勘诸史传，往往不合。"在我国古代剧作家的创作理念中，历史剧关联的"历史"只是创作的由头和素材，史剧不同于史册，史籍贵在"求实"，而史剧贵在"务虚"；史籍贵在"实录"，而史剧贵在"演绎"；史籍贵在"知古"，而史剧贵在"娱今"。历史剧主要在表现演绎历史而非真正的历史还原。王国维《宋元戏曲史》把戏曲定义为"以歌舞演故事"，这里的"故事"不是"过去的实事"，而是情节性的"故人之事"。古人以"古门道"或"鬼门道"称呼戏台通向后台的上下场门，皆出于戏曲"所扮者皆是已往昔人"（明·朱权《太和正音谱》）的缘故。

在历史剧创作中，历史人物与事件只是"形"，剧作家的现实感受和思想感情才是"神"，借历史事件或历史人物，随意上下，任笔挥洒，称引往事，"浇我垒块"。杂剧作家热衷于以经过长期流传的传

第二章 杂剧在元代的生产

说故事为描写对象，按照戏曲扮演要求，渲染铺陈，契合时代，艺术再造，即使是"其人其事观者烂熟于胸中，欺之不得，周之不能"的历史人物和事件，也可以详略从权，取舍随心。一方面，历史剧非"信史"；另一方面，这些虽然经过剧作家的艺术加工和演员的舞台再造的历史剧，并非凭空捏造，有"本事"可考，易取信于观众。如《西厢记》《窦娥冤》《琵琶记》《拜月亭记》《白兔记》《牡丹亭记》《邯郸记》《长生殿》《孟姜女》《梁山伯与祝英台》等，其"本事"都经历了一个漫长的流传过程。王骥德《曲律·杂论下》中对此有过精当论述："古人往矣，吾取古事，丽今声，华衮其贤者，粉墨其慝者，奏之场上，令观者藉为劝惩兴起，甚或扼腕裂眦，涕泗交下而不为已，此方为有关世教文字。若徒取漫言，既已造化在手，而又未必其新奇可喜，亦何贵漫言为耶？此非腐谈，要是确论。"

对杂剧作家来说，回味历史似乎有着非比寻常的意义。纵观元代的杂剧作品对历史的表达，一是假托古人，以虚构方式表现出对历史的依恋。最典型的是高则诚的《琵琶记》，此剧源自南戏《赵贞女蔡二郎》。据《南词叙录》载，《赵贞女蔡二郎》写的是蔡二郎"弃亲背妇，为暴雷震死"。大体剧情是："正走之间泪满腮，想起古人蔡伯喈。他上京中去赶考，赶考一去不回来。一双爷娘都饿死，五娘子抱土筑坟台。坟台堆起三尺土，从空降下一面琵琶来。身背着琵琶描容相，一心上京找夫回。到了京中不相认，哭坏了贤妻女裙钗。贤惠的五娘遭马踹，到后来，五雷轰顶是那蔡伯喈。"[①] 高则诚在创作《琵琶记》时将蔡二郎变成了蔡伯喈，将"暴雷震死"的结局改为"全忠全孝"的大团圆。但史书记载的蔡伯喈是个大孝子，"伯喈之母卧病期间，伯喈和衣而眠，侍奉汤药，不离左右。母亲病故，结庐墓旁，守孝多时，饮誉乡里"，且刚直不阿，冒犯权奸，几次遭贬，一生坎坷，并非两剧中搬演的那个抛亲弃妇、攀龙附凤，养尊处优，雷击身死的小人。但《琵琶记》又有"蔡邕，字伯喈，陈留郡人氏"这一与史籍记录完全吻合的说明，假托或有意附会色彩十分明显。所以，诗人陆游在看完此剧后对蔡邕死后被诬发出深深的感叹："斜阳古柳赵家庄，

[①] 皮黄戏《小上坟》中肖素珍的唱词。

负鼓盲翁正作场。身后是非谁管得,满村听唱蔡中郎。"(陆游《小舟游近村舍舟步归》)又如明代顾觉宇《织锦记》取材于三国曹植《灵芝篇》和东晋干宝《搜神记》,写西汉人董永与仙女的故事,董永事本为不经之说,但为了向历史靠拢,《织锦记》中虚构了仙女为董仲舒之母这一情节,把子虚乌有的故事附会到历史人物头上。

二是用张冠李戴、移花接木等方式来敷衍古人古事,这就造成了"近史而悠缪"①的特色。譬如,《彩楼记》《寒窑记》中的吕蒙正出身贫寒,与妻子寄身寒窑,衣食无靠,境况窘迫,赶斋扑空,备受冷眼。于是感叹:"上堂已了各西东,惭愧阇黎饭后钟。"待中举发迹,在原题诗的墙壁上续题"二十年来尘扑面,而今始得碧纱笼"。而正史《宋史》记载,"吕蒙正字圣功,河南人。祖梦奇,户部侍郎。父龟图,起居郎。……初,龟图多内宠,与妻刘氏不睦,并蒙正出之,颇沦踬窘乏,刘誓不复嫁。及蒙正登仕,迎二亲,同堂异室,奉养备至。"由此可见,吕蒙正出身贵族家庭,其母刘氏与其他妻妾有隙,母子被逐出,栖居寺庙,颇受僧人看重,"赶斋扑空"当是后来写家的虚撰故事。翻检史料可得,《唐诗纪事》有"赶斋扑空"的记述,只不过主人公是唐代的王播而非宋代的吕蒙正。张冠李戴,移花接木,想来或许是吕蒙正三登相位,封为许国公,授太子太师衔,官声比唐中期宰相王播要好得多的缘故吧。此外,《三笑奇缘》中的"唐伯虎点秋香",《打严嵩》中的"邹应龙打严嵩",《骂王朗》中的"诸葛亮骂死王朗",《诸葛亮吊孝》中的"诸葛亮气死周瑜",《长坂坡》中的"糜夫人托阿斗",《古城会》中的"关云长斩蔡阳",《搜孤救孤》中的"程婴以子换赵孤",《打金砖》中的"刘秀滥杀有功之臣",《十五贯》中的"周忱草苟人命"几乎都是托古而妄、近史而缪的"历史"故事。②这些历史剧大多是在历史的旗帜下展开的情节想象与史料再造,类似于古典历史小说"或托古人,或记古事。托人者似子而浅薄,记事者近史而悠缪"(鲁迅《中国小说史略》),其创作

---

① 鲁迅《中国小说史略》第一篇:"右所录十五家……大抵或托古人,或记古事,托人者似子而浅薄,记事者近史而悠缪者也。"

② 鲁迅《中国小说史略》第一篇:"右所录十五家……大抵或托古人,或记古事,托人者似子而浅薄,记事者近史而悠缪者也。"

第二章　杂剧在元代的生产

既有戏曲演绎与想象的内在要求，也有虚实相间、迎合观众心理期待的传播诉求。

三是据史籍中的记载或是野史闲话所改编的，其中比较著名的是纪君祥的《赵氏孤儿》。实际上，在中国古代文学史中，对"赵氏孤儿"的叙说和改编屡见不鲜。就目前资料来看，最早的记载应该出现在《左传》当中，但当时记叙的重点主要是赵氏内斗及被灭的过程，而不是赵氏遗孤。因此，纪君祥的创作更多地借鉴了《史记》中的记录。在《史记·赵世家》中，司马迁忽略了庄姬与赵婴通奸的情节，并将重心完全倾向了赵氏遗孤，整个故事是围绕着杀孤、救孤、复仇这条主线展开的。与《左传》相比，显然更具有传奇色彩。在此基础上，纪君祥结合时代背景和个人情感对其中的情节发展、人物形象进行了重新解读，成功地将其塑造成了戏剧舞台上不可或缺的经典剧目。

从故事情节来看，纪君祥首先对故事发生的时间进行了调整。《史记·赵世家》这样描写："晋景公之三年，大夫屠岸贾欲诛赵氏……"而纪君祥却将其换成了"灵公之时"。根据《晋灵公不君》中的记载[①]，晋灵公喜好声色、宠信奸臣、荒淫重赋，不仅听信谗言妄害忠良，还致使人民陷于水深火热当中。如此绞尽脑汁、大费周章，笔者无非是想表达自己对于元朝统治者的不满。其次，他还对故事结局进行了改编。《史记·赵世家》的结局是晋景公因病找人占卜，占卜之人略施手段使功臣之后不得善终，后来韩厥借此进言复立了孤儿，并与诸将一起除掉了屠岸贾；而在纪君祥的笔下，赵氏孤儿的故事起于灵公，直到悼公才完成复仇。原因是悼公对兵权过重的屠岸贾产生了忌惮之心，于是让魏绛暗暗帮助赵氏孤儿，将屠岸贾满门抄斩。尽管两者的结局都是以维护江山社稷为目的而铲除了屠岸贾，但是《赵氏孤儿》却暗藏着更深层的民族意识。虽然纪君祥确切的生卒年月现在已不可考证，但是可以大概得知他生活于元世祖至元年间，似乎还具有宋朝遗民的味道。他始终清楚，宋朝统治者一直认为自己是春秋赵氏的后裔，因而多次加封保护赵氏血脉的程婴和公孙杵臼。所以他对

---

① 《晋灵公不君》出自《左传》，是一篇应用春秋笔法写成的文章，记叙了晋灵公荒淫无道的统治故事。

故事结局进行了改编,一方面是为了表达对逝去王朝的追思,另一方面也是对异族统治的讽刺;其中悼公对于屠岸贾的忌惮打压,更是与宋太祖的"杯酒释兵权"不谋而合。

从人物形象来看,屠岸贾作为头号反面人物,《史记》却没有对其具体行为展开描述;而《赵氏孤儿》里面的屠岸贾却为了杀害赵盾,暗中训练神獒撕咬模拟赵盾的草人,其凶残恶毒可见一斑。另外在《史记》里,程婴是赵朔的友人,后来在韩厥的帮助下才让赵氏报得冤仇;而《赵氏孤儿》中的程婴却是受到赵氏恩惠的"草泽医生",他在赵氏遇难后,不惜以自己儿子的性命换取赵氏的遗孤。再看公孙杵臼,他原是赵朔的门客;在纪君祥笔下又成了不满官场黑暗而罢官的当朝宰辅。最后是韩厥,他在《史记》里是赵朔的朋友,不仅向赵朔告密让他逃走,还帮助赵氏孤儿报仇雪耻;而在《赵氏孤儿》中,他是屠岸贾的手下,但却深明大义,放走了程婴和遗孤后,拔剑自刎。不得不说,这一系列的改编让人物形象更为典型和饱满,也让作品带上了浓厚的悲剧色彩,进一步增强了其舞台表现能力和戏剧演出的观赏性。但是,他毕竟是一个受传统道德文化洗礼的文人,所以在《赵氏孤儿》中,我们看到的不是黑格尔式的胜利,也不是一种善有善报、恶有恶报单纯的道德结局①,而是通过一批像程婴、公孙杵臼这样的义士前赴后继的牺牲使正义得到伸张。

另,马致远《汉宫秋》写王昭君出塞和亲事。据《汉书·元帝纪》、《汉书·匈奴传》和《后汉书·南匈奴传》等史书载,西汉竟宁元年,汉元帝以宫人王昭君(嫱)赐匈奴呼韩邪单于为阏氏。昭君入匈奴,生二子。呼韩邪死,成帝令其从匈奴习俗,复为后单于阏氏。饱读诗书的地方官马致远不可能不了解这些载于史籍的史料。然而,他为了"浇我垒块"的"传神"需要,以民间流传的昭君故事为蓝本。这类"勘诸史传,往往不合"的历史剧,不但是允许存在的,而且被视为不易与俗人论道的艺术佳境。由此,王骥德《曲律·杂论

---

① 熊元义在其论文《黑格尔的悲剧观与中国戏曲悲剧的大团圆》中对黑格尔的悲剧观进行了阐释:黑格尔认为历史是对立、矛盾和矛盾解决的过程中前进和发展的。而悲剧人物的牺牲是罪有应得的,悲剧的结局也是为了这种永恒的胜利;因此,它作为一种精神上的安慰,更像是单纯的善有善报、恶有恶报的道德结局。

第二章 杂剧在元代的生产

上》说:"元人作剧,曲中用事,每不拘时代先后。"

除了《赵氏孤儿》《汉宫秋》,《单刀会》讲述的是三国时期关羽凭借智慧和勇气独自前往鲁肃所设的筵会,最终安全返回的故事。《汉宫秋》讲述的是汉元帝为了缓和与匈奴之间的矛盾,无奈让自己的爱妃王昭君出塞和亲的故事。《梧桐雨》讲述的是在政治斗争中,李隆基与杨贵妃悲凉的爱情故事。当然,在钟嗣成的《录鬼簿》中我们还能够找到《汉高祖泽中斩白蛇》《秦始皇坑儒焚典》等根据秦朝历史故事改编的作品。

这些作品在传播过程中,不仅能让观众迅速地进入情境,接受作者所要传达的信息,还能通过一系列历史故事感知其背后的时代内涵和创作情感,与作者产生契合。

二 元杂剧创作中对唐代传奇的改造

作家在翻新经典的过程中,往往能够找到创作的灵感与热情,而盛极一时的唐传奇恰好为它提供了丰富的素材。

其中具有代表性的是马致远的《黄粱梦》[①],它取材于唐代沈济的传奇小说《枕中记》。故事讲述的是赴京赶考的吕洞宾受到钟离权的度化,在店家煮黄粱饭的时候进入了梦乡,在梦里他经历了人生的起伏变幻,最终醒悟成仙。与《枕中记》不同的是,它用家喻户晓的八仙之一吕洞宾取代了壮志难酬的卢生,用一个并不完美的高翠娥的形象取代了卢生的妻子崔氏,还用钟离权取代了道人吕翁。更重要的是,它还将原本的喜剧结局改成了悲剧。而这一系列的转变都是因为作为生产者和传播者的作家心态已经发生改变。

首先,从剧目的主角来看,卢生和吕洞宾虽然都是赶考的举子,但前者是一个单纯的文学形象,而后者则是以道教中影响深远的八仙之一为依托。这实际上反映出了两个侧面,一是由于元代的社会构成较为复杂,统治者需要借助宗教力量控制百姓,因而导致具有强烈功利性和世俗性的道教文化非常兴盛;二是在商品经济的影响下,杂剧演出已经成为部分群体谋生盈利的手段,因此需要借助广为流传的八

---

① 实际上,《黄粱梦》是马致远、李时中、花李郎三人合著的,各作一折。

仙形象来引起观众的兴趣。

其次,从不同的妻子形象来看,卢生的妻子崔氏是高门大户的小姐出身,她容貌美丽、温柔娴淑,在卢生遭受陷害时不离不弃,还救了他。可以说,这样的贤妻形象充分地满足了士子文人的想象,也完全吻合封建社会对于女性的要求与期待。但《黄粱梦》不同,吕洞宾的妻子高翠娥是一个具有独立人格的女性,一方面她对孩子的爱无私而伟大;另一方面她又对丈夫不贞,在吕洞宾出征之际,与魏舍发生了不正当关系。显然,社会发展至元代,"三从四德"对女性的束缚逐渐淡化,女性意识正在觉醒,她们不再甘心充当男性的附属品,而是想要获得相同的地位与权力。但这并不是说元代封建传统观念开始松动,毕竟当时的社会基础和统治思想都没有发生质的变化。只能说在元朝的统治下,一些新的民俗与观念对汉族女性产生了潜移默化的影响。而高翠娥这一形象的塑造,也正是为了引起更多女性观众的共鸣。

再次,从度化者的形象来看,原本的吕翁只是一个普普通通的道士,它既是诸多道教文化传播者的缩影,也代表着整个道教文化。而从一个名不见经传的道士过渡到众人皆知的钟离权,并不是全凭马致远的文人想象。实际上早在两宋时期,人们就将吕翁与传说中的吕洞宾联系在了一起,除了因为他们二人的姓氏相同,还因为他们都是道教的文化传播者,且具有神异的特征。后来,随着全真教派的兴起,一个新的故事体系便从"黄粱梦"的题材中分化而出。为了更好地宣扬教义,他们以"黄粱梦"的故事为依托,构造了开宗祖师在钟离权、吕洞宾的度化下得道成仙的史迹。因此,从《枕中记》到《黄粱梦》的转变并不是一蹴而就的,它体现了道教文化的传播与发展,也体现了作者以及受众对于民间传奇故事的认同。

最后,从剧本的设定看,《枕中记》是喜剧,而《黄粱梦》则是悲剧。《枕中记》中的卢生虽然两度被贬,但最终都在皇帝了解冤情后得以昭雪,甚至仍被委以重任。直到在他年老病重的时候,皇帝还多次派人探望,其后代也享尽了荣华富贵。而吕洞宾在梦中的遭遇则是薄情残酷的,尽管他在成为高太尉的女婿后很快获得了财富地位,但因他终难逃脱金钱的诱惑,不仅落得个发配边疆的结局,其妻子高

第二章 杂剧在元代的生产

氏也转而投向了奸夫的怀抱。两者的差异在于，《枕中记》中的梦境是在向我们传达"适"的思想，故事中的卢生无论是在梦醒前还是在梦醒后，都没有从根本上改变自己对于仕途的追求，只是意识到官场不仅仅是充满诱惑的名利场，还是一个充满危险的斗争场，因而必须要克制自己无尽的欲望，才能获得平稳安适的生活。而马致远笔下的梦境旨在向我们展示满腹入世理想难以实现的辛酸，官场的黑暗、社会的不公使人不免用无私无欲的道义来弥补内心的空虚。这不仅反映出作者在自身体验的基础上所形成的心态差异，同时也反映出唐、元两代迥然不同的社会风貌。诸多研究表明，《枕中记》作为唐传奇的巅峰之作，标志着整个中唐时期士人心态的转变，在经历了安史之乱后，曾经繁荣开放的社会景象早已不再，文人们无处安放的政治豪情难免给自身带来沉重的失落感。因此，出世的宗教文化才成了他们排解愁绪的良药。而马致远的《黄粱梦》虽然也产生于文人志不获展的时代，但同时，它还反映出了元代的民族问题和阶层问题。

又如王实甫的《西厢记》脱胎于元稹编撰的唐传奇《莺莺传》。《莺莺传》也称《会真记》，主要写张生与崔莺莺相爱及张生始乱终弃的故事。因为开篇即有"唐贞元中，有张生者，性温茂，美风容，内秉坚孤，非礼不可入。或朋从游宴，扰杂其间，他人皆汹汹拳拳，若将不及；张生容顺而已，终不能乱"对张生的介绍，在张生抛弃崔莺莺时便有了一个合乎时代礼制的托词："大凡天之所命尤物也，不妖其身，必妖于人。使崔氏子遇合富贵，乘宠娇，不为云，不为雨，为蛟为螭，吾不知其所变化矣。昔殷之辛，周之幽，据百万之国，其势甚厚。然而一女子败之，溃其众，屠其身，至今为天下僇笑。予之德不足以胜妖孽，是用忍情。"将抛弃初恋之人的理由说得冠冕堂皇，可惜"后岁余，崔已委身于人，张亦有所娶。适经所居，乃因其夫言于崔，求以外兄见。"既然是"不妖其身，必妖于人"的天命"尤物"，又复求见，不管托词如何周正，张生的伪君子形象在读者心中是抹不去的。倒是崔莺莺敢爱敢恨，爱时"赠环明运合，留结表心同"，恨时"弃置今何道，当时且自亲。还将旧时意，怜取眼前人"。但是到王实甫的《崔莺莺待月西厢记》时，情节变成了书生张生（君瑞）与崔莺莺在侍女红娘的帮助下，冲破孙飞虎、崔母、郑恒等的重重阻挠，终成眷属的故事。大概也是王实甫不满当时官场的龌龊，愤而辞官，决心以写戏抒发心中之郁闷，于是借助杂剧《西厢记》，歌颂以两情相悦为基础的结合，抨击以门第、财产和权势为条件的择偶标准和封建礼教，写张生"梦魂儿不离了蒲东路"，而崔莺莺也是一个"但得一个并头莲，煞强如状元及第"的注重情感、淡泊功名的痴情女子，全剧以"天下有情人都成了眷属"的大团圆结尾。该剧创作中对前人作品的改造，"理之必无，情之必有"，鲜明地体现了元代伦常废弛、自由张扬的时代特色。王骥德《曲律·杂论下》说："词之异于诗也，曲之异于词也，道迥不侔也。诗人而以诗为曲也，文人而以词为曲也，误矣，必不可言曲也。"可见元杂剧创作一定程度上摆脱了诗词"哀而不伤，怨而不怒"的讲究，"讥时""刺世"而不"叹时""劝世"，可哀可伤，敢怨敢怒，狂歌当哭，不吐不快。

当然，回顾流传至今的经典杂剧作品，与一般的历史故事不同，唐代传奇小说作为一种独特的文学形式，本身就具有鲜明的人物形象和曲折的故事情节。因此，在此基础上形成的杂剧剧本自然能够达到文学性、戏剧性的高度统一，为观众呈现出极具美感的戏剧表演，达到良好的传播效果。

三 元杂剧创作中对两宋故事的增饰

抓住观众喜闻乐见的故事内容和表达形式，是杂剧作家敏锐度的直观体现。对元人来说，繁兴于两宋的说唱艺术对社会流行趋势的引领具有非常重要的意义。因为在两宋繁荣的经济环境下，普通百姓的娱乐生活相当丰富，以往单一乏味的演出内容已经无法满足受众观赏的需要，所以作为经验丰富的说唱艺人，就创造出了大量迎合普通百姓口味的作品。另外，两宋羸弱的政治局面，让整个民族都饱受异族的欺凌，而表演艺术家们也只能以精湛的作品作为媒介，褒贬时事，抒发情感，博得共鸣。

从现存的杂剧作品来看，诸如《望江亭》《救风尘》等作品都难以找到其故事来源；而《谢天香》中的柳永，《哭存孝》中的李存孝，虽然都确有其人，但是史料却未曾记载，他们很可能都是来自当时的民间演义。

第二章 杂剧在元代的生产

但在这类作品中，真正具有代表性的是王实甫的《西厢记》。北宋年间，秦观、毛滂都曾根据元稹的《莺莺传》改编过这一爱情故事①。而赵德麟则据此创作了鼓子词《商调·蝶恋花》，它与元稹《莺莺传》最大的不同就在于它展示了对崔莺莺命运的同情。到了南宋，又产生了宋杂剧《莺莺六幺》、金院本《红娘子》等相关作品，至此，莺莺与张生的故事被广泛流传，就连老弱妇孺都能对此说出一二。但直到今天还为大家所熟知的，当数金章宗时期董解元所创作的说唱作品《西厢记诸宫调》，它从根本上改变了元稹作品中的思想倾向，将一个一心追求名利，对一见钟情的恋人始乱终弃的故事改编成了一对青年男女为争取自由婚姻，勇敢地与封建礼教作斗争，并终成眷属的故事。

正如丹纳所言，不论什么时代，理想的作品必然是现实生活的缩影②。《西厢记诸宫调》的广泛传播恰好说明在经济发达的宋代，人们对封建礼教倡导的是非观、婚恋观产生了怀疑。更进一步地说，是以董解元为代表的说唱艺人在绘声绘色的表演中引导着新的价值观念和评判体系，而且他们创作与思维的影响绝不仅仅限于两宋，甚至基本决定了元、明、清三代的表演艺术样貌。因为在此后的六百余年里，统治者为了巩固自身的统治，加强中央集权，实施了文化高压政策。尤其是清代，自顺治开始，就大兴文字狱，严厉地打击异己分子，一直持续了一百四十余年的时间。这就导致民间表演艺术家对当朝政权、社会现实始终讳莫如深，失去了故事的改造能力和创造能力。

当然，任何一种艺术创作的传承和发展都不是一件容易的事情，能够历久弥新的作品一定具有它独特的魅力，正如王实甫在"董西厢"的基础上所创作的《西厢记》。因为它不仅迎合了受众乐于接受的表演形式，将说唱艺术转化为戏剧文学；同时，它还在形象塑造、结构编排、语言运用、思想挖掘等方面下足了功夫，使之经历千百年的考验后，仍然是一部精彩恢宏的艺术佳作。

---

① 元稹在《莺莺传》中说张生曾写过一篇三十韵的《会真诗》来记他和莺莺初次幽会的情况，但是文中却没有记录此诗，只是记录元稹的《续会真诗》三十韵。实际上，二者原为一物，是元稹在故弄玄虚。

② [法] 丹纳：《艺术哲学》，傅雷译，广西师范大学出版社1998年版，第311页。

综上所述，一种文化若想长久地保鲜，就必须不断地注入新鲜的血液，否则就会被不同社会环境下的受众遗弃。为了达到这个目的，元代的创造者与传播者总结出了一套行之有效的方法，就是对已经广为流传的经典作品进行改编。对前人经典作品改编并不是底层文人和专业作家的专利，观众、演员等其他业余创作团体也乐此不疲，毕竟这种创作方式易于掌握，又妙趣横生。当然，我们也认可，能够在浩如烟海的作品里脱颖而出，并且流传千古的，还是那些文学素养较高的作家所创作出来的作品，因为一部作品的广泛传播不仅要以经典的故事原型为基础，还需要依靠作者高超的水平进行再加工和艺术的升华。

第三节　沉沦失意与才华宣泄：元代文人儒士的杂剧生产

过往的传奇故事都仿佛是夕阳洒下的余晖，虽然能够为杂剧的创作提供丰富的生产资料，但是它毕竟只能带来有限的光芒，我们必须将眼光投射在杂剧的专业生产者身上。因为在漫漫历史长河中，越是动荡的时代往往更容易产生出精妙的思想和伟大的作品。正如明人李开先所说："中州人每沉抑下僚，志不获展，宜其歌曲多不平之鸣。"[①]的确，对传播者来说，其传播的内容与方式都部分地由个人特征所决定。从元杂剧的形成到衰落，两百多年时间里涌现了一大批杂剧作家。元代钟嗣成《录鬼簿》将元杂剧作家划分为"前辈已死名公才人""方今已亡名公才人""方今才人"三类。王国维在《宋元戏曲史》一书提出："至有元一代之杂剧，可分为三期：一、蒙古时期：此自太宗取中原以后，至至元一统之初。《录鬼簿》卷上所录之作者五十七人，大都在此期中……其人皆北方人也。二、一统时代：则自至元以后至至顺后至元间，《录鬼簿》所谓'已亡名公才人，与余相知或不相知者'是也。其人则南方为多，否则北人而侨寓南方者也。三、至

---

① 周华斌：《中国戏剧史新论》，北京广播学院出版社2003年版，第292页。

第二章 杂剧在元代的生产

正时代：《录鬼簿》所谓'方今才人'是也。"① 其中，第一个时期杂剧作家多来自河北和山西，以大都、真定为活动中心，作家人数最多，作品数量最大，是元杂剧发展的黄金期。"才人"与书会在元杂剧的创作与发展中发挥了极其重要的作用。

一 顾影自怜：才人与元杂剧的勃兴

自汉代以来，"才人"为宫中女官、妃嫔的称号，汉、晋、宋、唐，直至明朝都有沿用。五代以来，随着书会的发展，"才人"的意涵有所拓展，开始将那些书会中有才能，有才华的人称为"才人"。如：南齐王融有"三楚多秀士，江上复才人"（《杂体报范通直诗》）的诗句。宋元间，书会中编戏的人被称为"才人"。如陶宗仪《南村辍耕录》中记载顺时秀答参政阿鲁温问话时说："参政，宰臣也，学士，才人也，燮理阴阳，致君泽民，则学士不及参政；嘲风咏月，惜玉怜香，则参政不如学士。"《宦门子弟错立身》题署"古杭才人新编"；元无名氏杂剧《蓝采和》中也有"俺路歧每怎敢自专，这的是才人书会划新编"的唱词。② 元初科举废弛八十年，"国朝儒者自戊戌选试后，所在不务存恤，往往混为编氓"，"或习刀笔以为吏胥，或执仆役以事官僚，或作技巧贩鬻以为工匠商贾"（《元史·选举志》）。"士农工商"四民之首的"士"（文人）经历了社会地位和经济状况的剧变，养家糊口、维持生计成为他们不得不面对的现实问题。陶宗仪《南村辍耕录》载："宋士之在羁旅者，寒饿狼狈，冠衣褴褛。"③ 因为当时的文人秀士因仕进无望才转行去撰写杂剧或话本以谋生，所以"才人"称呼在当时并无褒扬之意，也不为世人所羡慕。

元代是一个在思想、行为规范等方面比较"开放"的时代，都市经济发达，市民文化繁盛，统治阶层普遍追求耳目声色之乐，中国古代戏曲进入发展的鼎盛期，出现了一大批有一定文化修养并以编写戏

---

① 俞为民：《瑰丽璀璨的元曲》，辽海出版社 1998 年版，第 19—20 页。
② 幺书仪：《元人杂剧与元代社会》，北京大学出版社 1997 年版，第 109 页。
③ 幺书仪：《元人杂剧与元代社会》，北京大学出版社 1997 年版，第 112 页。

曲、小说、散曲为业的书会才人，他们加入杂剧创作又反过来促成了戏曲的繁荣与提高。

当然，作为元杂剧的创作主体，儒士文人正面临着与以往截然不同的艺术生产环境。在严民族、重吏员、求货利、倡贪婪的混乱政治格局中他们彻底陷落在了社会的最底层。以现实的眼光来看，这绝不仅仅是对其个人理想的摧毁，也是对中原文明的深度践踏。一方面，蒙古统治者实行的是一种等级森严的统治政策，蒙古人纵身一跃，成了社会中的优等民族，而汉人和南人则被迫置身于最卑微的位置。另一方面，士农工商的传统观念在元代受到了挑战，蒙古贵族为了进一步巩固统治，将人们按不同的职业性质划分成了十个等级。其中，儒士文人位居第九，地位不仅不如娼妓工匠，而且距离乞丐也仅有一步之遥。

除此之外，断断续续举行的科举考试也让原本失落窘迫的文人生活变得更为雪上加霜。《元史》中记载了当时考试的规程和方式：蒙古人和色目人的考试分为两场，第一场从四书里面出题，并以朱熹的章句集注为依据，只要义理精确，阐述简明，文辞典雅就可以中选；第二场以时务命题，考策论，限五百字以上。而汉人、南人的考试则分为三场，第一场也是从四书里面出题，以朱熹的章句集注为依据，不同的是还要用自己的意思表达出来，限三百字以上。第二场考古赋、诏、诰、章、表各一道，其中古赋、诏、诰要用古体，而章、表则要用四六体，参用古体。第三场同样是考策论，但是要在经、史、时务的范围内出题，且不提倡浮华藻饰，追求平实叙述，限一千字以上①。显然，不同民族的不同科考规则反映出来的是统治者相对狭隘的用人观念。尽管从客观层面上来讲，蒙古人和色目人的汉语水平和儒学修养较低。对汉人来说，统治者需要利用更为严格的手段才能选拔出经世致用的人才。但从主观层面上来讲，蒙古统治者自然更加偏袒，也更加信任本民族的人才，所以作为汉族儒士，更容易将这理解为统治者在民族方面的歧视。加之宋代以来的社会纷乱和民族颓败，汉族儒

---

① 李修生主编：《二十四史全译·元史》，汉语大辞典出版社 2004 年版；幺书仪：《元人杂剧与元代社会》，北京大学出版社 1997 年版，第 1578—1579 页。

第二章 杂剧在元代的生产

士文人对于统治者和社会的痛恨更是溢于言表。

凡此种种都说明，元代的大多数汉族文人始终处于"儒人颠倒不如人"的窘境当中，他们既无法凭借才华取得优越的社会地位，又不能凭借后天的努力获得物质财富。为了谋求生路，他们不得不选择"习刀笔以为胥吏""执仆役以事官僚""作技巧贩鬻以为工匠商贾"①……但是这些书会才人所撰写的杂剧"出于鸿儒硕士，骚人墨客所作"，与"奴隶之役，供笑殷勤"的"娼夫之词"（《元曲选·吴兴赵子昂论曲》）不同。"才人"因"以其有用之才，而一寓之乎声歌之末，以舒其怫郁感慨之怀，盖所谓不得其平而鸣者也"（《真珠船》）而"不屑仕进"（《青楼集序》），但又困于"士失其业，志则郁矣"（《青楼集序》）、"门第卑微，职位不振"（《录鬼簿序》）、"沉郁下僚，志不获展"（《真珠船》）这一现实，所以他们"高才博艺，俱有可录"（《录鬼簿序》）、"乃嘲风弄月，留连光景"（《青楼集序》）。从准士大夫阶层，"沉沦"到市井下层，从"白衣卿相"转为"穷酸书生"，但他们与"引车卖浆者流"又有明显区隔，他们是受过正统教育的文人学士，只不过迫于现实压力，从事俗文学创作以取悦包括市井细民在内的受众群体。斯文儒士与穷酸书生在他们身上得到双重体现，因此，他们不甘、苦闷、愤懑，他们徘徊于勾栏瓦舍、流连于烟花巷柳，以杂剧创作疏解"块垒"。

正是多数元杂剧作家的双重社会身份，使他们的杂剧创作"既关注着下层社会的悲欢，又不会忘情于身为儒生的好恶，他们的杂剧中，既有对下层社会的新观念、新品格的颂扬，也有对属于士大夫阶层社会理想的念念不忘"②，如既"博学能文""不屑仕进"，又"混迹勾栏""面傅粉墨"的关汉卿；既身为"嘉议大夫、太常卿、仪院太卿"，又有"得青楼，薄幸名"（《录鬼簿》）口碑的白朴。反映在他们创作的杂剧作品上呈现出两种交织的表达：在抗争和乐观的基调下表现下层百姓的朴素生活和情感愿望，同时呈现失意文人"文翰晦盲"的忧郁痛苦和"志不获展"人生喟叹；在表达对豪门势要、贪官

---

① 李修生主编：《二十四史全译·元史》，汉语大辞典出版社2004年版，第1577页。
② 幺书仪：《元人杂剧与元代社会》，北京大学出版社1997年版，第114页。

污吏的愤怒的同时,也充满着"可惜有才不见用,青天白日将何为?"(《白云子集·卖剑行赠韦汉臣》)、"五言诗作上天梯,望皇家的这富贵,金殿上脱白衣"的登第期待;在刻画"隐世生活"、追求"自由婚姻""反抗不公"等新观念和道德标准的同时,强调着"贞""孝""天人感应"等儒家立场。

　　正是这种困境,让他们在儒家传统文化浸润的基础上,接受下层社会现实生活的触动,有力推动了雅、俗文学的合流;正是这种沉沦,让他们把目光投向了广阔的市民社会,关心和同情原本不属于他们的那个世界,将创作的视野开拓到对细民情感与市井生活的表达上;正是这鱼龙混杂、喧哗热闹的勾栏瓦肆,却成为他们施展才华、倾吐思绪的人生舞台。因此,在他们的作品里,我们随处可见底层文人的抱负与需求:"笑将红袖遮银烛,不放才郎夜读书"[①] 的柔肠;"我玩的是梁园月,饮的是东京酒,赏的是洛阳花,攀的是章台柳"[②] 的不羁。两者看上去好像都是放浪形骸之外的浪漫与洒脱,实际上却是人生失意后的强颜欢笑。这种酣畅淋漓的宣泄方式与其说是为求得个人的内外平衡,不如说是给予所有的儒士文人的一个心灵出口。在共同情感体验的作用下,"你在演,我在看"的传统传播模式被打破了,传受双方的情感互动和信息交流让元杂剧这一文化产品在更高的层面上得以发展。

　　抛除个人的生活境遇和情感体验不谈,儒士文人作为曾经身处于社会上层的佼佼者,要想投身杂剧创作,加入社会中"下九流"的行列,就一定会产生或多或少的心理障碍。可一旦他们投入其中,就会对杂剧产生一种难以割舍的感情。因为他们与前代文人不同,连年的战争与纷乱让他们对"兴,百姓苦;亡,百姓苦"有了更深的体会。在民族政策、科考制度和社会现实的多重影响下,他们与被统治阶级有了更为亲密的关系,也对他们的创作心态、呈现角度、艺术风格产

[①] 出自白朴的散曲《阳春曲·题情》,历来读书人渴望的都是"红袖添香夜读书",而在这首曲中恰恰相反,年轻貌美的妻子婉约娇俏,想要遮住烛光,让丈夫暂且放下功名利禄,享受美好的春宵。

[②] 出自关汉卿的散曲《一枝花·不伏老》,作者在渲染其风流生活的同时表达对社会的不满和控诉。

第二章　杂剧在元代的生产

生了实质性的影响。元代的儒士文人不再高高在上、俯视众生，少了"补察时政"、拯物济世的入世目标与"穷年忧黎元，叹息肠内热"（杜甫《赴奉先县咏怀五百字》）的悲悯精神，而将创作的眼光与激情投入具有切身体验的市井百姓悲欢离合与生存际遇等广阔空间上来。他们少了一份文人的清高与酸腐，多了一份对民族衰败的伤痛、对文明倒退的忧愁、对社会生活的慨叹以及对底层百姓的关怀。

首先，元代的儒士文人继承了早在东汉时期就形成的咏史传统，但并不是对史实的真实反映。以《汉宫秋》为例，马致远在创作的时候将原本势均力敌的汉王朝和匈奴政权，改写成了匈奴强势、汉族羸弱；原本一名普通的宫女，却成了作者笔下君王的宠妃；原本自愿的和亲，变成了被迫出塞，就连再普通不过的画师毛延寿，也成了献图卖国的小人……这一系列变化说明，元代的文人作家选取耳熟能详的历史故事，不单单是为了迎合观众的审美需求，还试图通过这些经典故事表达对于民族衰败的痛心。

其次，这些具有丰富积淀的文人，还创作了一系列历史剧目表达对英雄人物的追忆和赞美，包括《单刀会》《哭存孝》《西蜀梦》《渑池会》等具有很大影响力的作品。但就其中的情节来看，大部分都是英雄人物不幸遇害的悲剧。《哭存孝》写的是唐节度使李克用酒醉时误听谗言，车裂了义子李存孝，酒醒后悔，与李存孝妻邓夫人一起哭祭的故事。而《西蜀梦》写的是关羽、张飞死后，鬼魂向刘备托梦，要求大哥为他们复仇的故事。这种悲壮的英雄情怀虽然是带有文人缱绻的书生意气，但同时也是对统治者的深深憎恶，以及对中原文明倒退的苦痛表达。

再次，以关汉卿为代表的剧作家们常常以公案剧暴露社会的阴暗面，表达对清明政治的向往。从人物的语言塑造来看，无论是窦娥死前撕心裂肺的控诉："地也，你不分好歹何为地？天也，你错勘贤愚枉做天！"还是《蝴蝶梦》中戈飚打死人后的无赖嘴脸："只当房檐上揭片瓦相似，随你那里告来。"都体现着文人以笔代矛的肝胆和气魄。

最后，元代儒士文人对于底层百姓的关怀完整地体现在了人物形象的塑造当中。以《西厢记》为代表，它之所以能在戏剧史上占有一席之地，不仅仅是因为它对于恋爱自由的认同与诠释，还在于它通过红娘这一角色将戏剧作品中的崇高形象推向了底层民众。作为崔莺莺的侍女，红娘不仅为崔张传书寄情，还在老夫人力图拆散这对才子佳人的时候挺身而出，与封建家长制度作抗争。在她身上，我们能够看到以往戏剧作品中不曾出现的底层智者和勇者的形象。

应该说，元代的儒士文人之所以能够创作出大量反映广阔社会生活的杂剧作品，不仅仅是个人体验的结果，实际上更多的是历史的赋予。

二　相濡以沫：书会聚合对元杂剧创作的推动

单丝不成线，独木不成林。当勾栏瓦舍将大批戏剧演员和观众聚集在一起时，那些顾影自怜的杂剧作家们也逐渐走向了融合。自宋代起，瓦舍演出就十分兴盛，单就南宋临安城中的瓦舍来看，就有勾栏十几个，其中大的可以容纳观众数千人；来看戏的观众队伍更是十分庞杂，既有官僚幕客、文人庶士，也有游侠商贾、布衣百姓；而他们对于杂剧演出的喜爱程度，可以通过孟元老的描述略知一二："不以风雨寒暑，诸棚看人，日日如是。"① 因此，无论是频繁的演出，还是激增的观众，都要求戏班必须在最短的时间内推陈出新，从而获取更大的利润。当然，这是普通的杂剧演员所难以完成的，他们需要有越来越多具有蓬勃创造力的专业作家加入其中。底层文人了解到这一点后，便欣然从未卜的官场走向了精彩的剧场，并形成了自己的杂剧创作群体——书会。

"书会"指宋、元年间戏曲作家的同业团体，早期与乡校、家塾、舍馆同列。对此史籍也多有记载，如：灌圃耐得翁的《都城纪胜·三教外地》中记："都城内外，自有文武两学，宗学、京学、县学之外，其余乡校、家塾、舍馆、书会，每一里巷须一二所，弦诵之声，往往相闻。遇大比之岁，间有登第补中舍选者。"宋代戏文《张协状元》题为"九山书会编"也证实了宋朝确有戏曲作家书会。

到了元代，书会的发展逐渐呈现出成熟稳定的态势，"书会"更

---

① （宋）孟元老：《东京梦华录全译》，姜汉椿译注，贵州人民出版社2008年版，第82页。

第二章 杂剧在元代的生产

多地倾向于为勾栏瓦肆演出而撰写文学脚本的行会组织,"书会才人"一词最早见于钟嗣成《录鬼簿》①。据徐朔方先生考证,名公是指"文人士大夫","才人"是指书会才人。书会最早是说话人的行会,书会才人可以是演员,也可以编写为主,不一定上场演出②。书会的发展,使许多居住在大城市里的剧作家,尤其是生活状况稍显窘迫的底层文人和官吏,由于人生追求无法实现,心中郁闷无处消解,他们更愿意把自身的情感和壮志寄托于手中的笔墨,从而让杂剧创作熠熠生辉。

首先,凭借自身丰富的知识素养和娴熟的表达技巧,他们往往能让作品更容易获得观众的认可。如《录鬼簿续编》的贾仲明就曾形容关汉卿是"姓名香四大神州。驱梨园领袖,总编修帅首,捻杂剧班头",而马致远则是"四方海内皆谈羡。战文场曲状元,姓名香贯满梨园"③,等等,充分说明了这些作品背后的杂剧作家在演员及观众心目中的地位。

其次,作为专业的杂剧创作群体,他们与戏班演员的往来十分密切。如互赠词曲的关汉卿与珠帘秀、相见恨晚的白朴与天然秀以及交往密切的杨显之与顺时秀等。一方面,在彼此事业的发展上他们需要相互借力。对于任何一位演员来说,要想成功就必须塑造出广受好评的角色,而角色的塑造又离不开一个好的剧本。相反,对于久在幕后的作家来说,要想在创作的过程中了解受众的喜好和品味也必须依赖在舞台上演出的演员,因为只有他们能够与观众进行直接的交流和互动,从而获得来自受众的反馈信息。另一方面,在情感表达上,他们更容易达到契合。恰如宋代诗人黄庭坚所说:"百啭无人能解,因风飞过蔷薇",作家凝于笔尖的复杂情绪不是人人都能理解的,但是优秀的演员却能够心领神会,否则就难以把这些人物背后所蕴藏的东西搬上舞台。因此,挥之不去的孤独感与苍凉感也让杂剧作家们愿意主动与恣意洒脱、嬉笑怒骂的杂剧艺人保持着一种较

---

① 《录鬼簿》将元杂剧作者分为三类:一是"前辈名公乐章传于世者",二是"前辈才人有所编传奇者传于世者",三是"方今才人相知者"。钟嗣成:《录鬼簿》,中国戏曲研究院编《中国古典戏曲论著集成》(第二集),中国戏剧出版社1959年版,第104页。

② 徐朔方:《徐朔方说戏曲》,上海古籍出版社2000年版,第47页。

③ 赵山林:《中国戏曲传播接受史》,上海人民出版社2008年版,第4页。

为亲密的关系。

不难看出，书会作家提供好的剧本给杂剧演员，杂剧演员反馈受众信息给书会作家，这样持续不断的活动和交往绝不仅仅是事业上的相互成全，也是情感上的相互慰藉，甚至还极大地推动了杂剧艺术的发展。正如俄国戏剧理论家斯坦尼斯拉夫斯基所说："戏剧艺术，在任何时代都是集体的艺术；而且它只有在诗人——剧作家的天才与演员们的天才能够结合起来，共同发挥作用的场合下，才能产生。"① 当然还是他们，让中国的戏剧文学具备了一定的独立性，从而逐步走向了职业化和专门化。

第四节 愁苦的挣扎：低官下吏的杂剧编排与理想赋予

尽管儒士文人是杂剧创作的主体，可是要深究作家群体的身份构成，就不得不承认一个事实：他们当中还有很大一部分是身份低微的乐官，以及仕途渺茫的儒吏。

一 低微乐官——广博的杂剧传播者

首先，中国乐官制度的衰退之势从中唐五代以后就呈现出来了。元以后，虽然承袭了前朝的旧制，但是仍有一定的独特性。其中比较突出的变化是曾经掌管礼乐的最高行政机关太常寺日渐式微，使一大批宫廷乐官失去了往日的荣耀与地位。另外，与其他朝代相比，元代的乐官职高而位卑。

据《宋书·百官志》记载，太常官制起源于周朝的春官宗伯，后来为秦人所继承，改为奉常，掌管中央礼乐。到了汉景帝时期，奉常被更名为太常，一直延绵发展至宋，其职能也不断扩大。元代以后，礼乐机构由礼部和太常分掌，且无论是机构的规模还是乐官的地位，礼部都远在太常之上。从《元史·百官志》可以看出，太常礼仪院

---

① [苏联] 斯坦尼斯拉夫斯基：《演员和导演的艺术》，转引自赵山林《中国戏曲传播接受史》，上海人民出版社2008年版，第4页。

第二章 杂剧在元代的生产

（中统元年设立太常寺）官秩正二品，其职能主要是"掌大礼乐、祭享宗庙社稷、封赠谥号等事"①。而礼部主要负责掌管"天下礼乐、祭祀、朝会、宴飨、贡举之政令"②；就官职而言，礼部设"尚书三员，正三品；侍郎二员，正四品；郎中二员，从五品；员外郎二员，从六品"③，它下辖玉宸院和教坊司两个乐官机构，其中玉宸院的乐官职阶一度上升至从二品，这在历代乐官机构中绝无仅有。

除此之外，元统治者在礼部所辖的教坊司中设有两署一库，分别是兴和署、祥和署和广乐库，负责杂耍把戏、杂剧伎乐等一众演员的管理④。虽然自唐代起就沿设不辍的教坊并不负责政治军事等大事，但是元代的教坊官吏却有不低的官阶。与高官阶不相称的则是乐官们较低的社会认可度。根据杨瑀在《山居新话》中的记载可以看出，教坊司的官员不能位列朝班。也就是说，他们与其他政府机构的官员并不平等，没有获得与官阶相应的地位。更为遗憾的是，元代法制对于教坊的官员和艺人限制极为苛刻。《大元圣政国朝典章》规定，无论是乐人还是乐官都只能相互通婚，如果其他的人娶了乐者就会被定罪判离。可以想见，官场的冷眼事小，命运的枷锁事大，元代的乐官不可避免地陷入了一种愁苦的挣扎。一方面，他们无法放下功名利禄，真正与普通的布衣百姓站在一起；而另一方面，他们对于制度的无奈与失望，又让他们不得不与底层的艺人为伍，以民间的艺术聊以慰藉。

对封建社会中的统治者来说，杂剧一直是难登大雅之堂的旁门左道，这一点从《红楼梦》中宝黛二人偷读西厢就可以看得出来。元朝统治者就曾对其演出和观赏作出严格的限制，《元史·刑法志》记载，民间禁止"教习杂戏"；《元典章》规定，扮演宗教神佛类杂剧是犯法的；就连《元史·艺文志》和《四库提要》也都不收元曲。

---

① 李修生主编：《二十四史全译·元史》，汉语大辞典出版社 2004 年版，第 1747 页。
② 李修生主编：《二十四史全译·元史》，汉语大辞典出版社 2004 年版，第 1684 页。
③ 李修生主编：《二十四史全译·元史》，汉语大辞典出版社 2004 年版，第 1684 页。
④ 据《元史》记载："掌妓女杂扮队戏一百五十人，祥和署掌杂把戏男妇一百五十人"；而叶子奇在笔记小说集《草木子》中也说："散乐则立教坊司，掌天下伎乐。有驾前承应杂戏、飞竿、走索、踢弄、藏椒等伎。"

但是这却挡不住一门伟大艺术的繁兴,因为无论是创作者还是传播者,都难以控制对它的亲昵之情。从创作情况来看,杂剧作家赵敬夫就曾身为"教坊官",张国宾是"教坊勾管",而红字李二和花李郎则是教坊刘耍和的女婿……他们虽然无法在身份地位上有所超越,却在杂剧史上留下了难以抹去的作品。从演出情况来看,元代的教坊可以随时从民间召集演技高超的艺人,如著名的女艺人顺时秀就是通过这种方式进入教坊的,甚至还受到了元文宗的赏识。

一个是在金銮绮殿中凝结成的清雅之花,一个是在街陌小巷中衍生出的浓烈之果,原本陌生平行的两种表演艺术,在进退两难的乐官艺人身上自然而然地碰撞在了一起。在人与人的相互交流中,新的剧本诞生了,新的演出诞生了,元代的乐官不负众望,将杂剧艺术的传播与发展推向了一个新的高度。

二 微贱儒吏——深刻的杂剧生产者

根据《录鬼簿》中的记载及其他书目的补录来看,已知的元代杂剧作家一共九十一人,而其中大部分都是仕途渺茫的儒吏[①]。在元代以吏治国的政治背景下,原本风光无限的读书人失去了通过科考入仕为官的机会,这不仅仅让他们的经济生活变得拮据不已,还让他们的身份地位与心理期望不断失衡。因为在刚刚消失的宋朝,人们普遍将"万般皆下品,惟有读书高"视为真谛,读书人的身份甚至高过了官吏。可到了元朝,蒙古族依靠勇猛无畏在马背上取得了天下,只会"纸上谈兵"的文人一下变得不再重要。因此,为了在社会当中重新获取文化身份的认同感,很多文人都自觉加入了"吏"的行列。《录鬼簿》上展示的诸多的杂剧作家,很多人虽做过县丞、县尹、府判、路吏等职位,但仍是政治上身处"卑微"、经济上陷于"不振"的下层官吏。如郑光祖"以儒补杭州路吏",周文质"家世儒业,俯就路吏",钟嗣成自诩"既通儒,又通吏"。又如马致远一度热衷仕进,但直到三十多岁才做到了一个不重要的地方官。他们或混迹于勾栏、瓦

---

① 这九十一人分别是《录鬼簿》(曹栋亭刊本)中记载的八十五人;姚桐寿《乐郊私语》中的杨梓,《录鬼簿续篇》中的钟嗣成、罗贯中、汪元亨、郏经还有陈伯。

第二章 杂剧在元代的生产

舍、城乡闹市，编写剧本，批判现实，或参与"躬践排场""面傅粉墨"的演出。

但是他们与一般的刀笔吏不同，一般的刀笔吏往往是"幼年废学，辄就吏门，礼义之教，懵然未知，贿赂之情，循习已著，日就月将，熏染成性"①，而他们既有极高的学问和才华，又有治国的理想和抱负，甚至还有文人本身的清高和儒气；所以才会有钟嗣成所说的"门第卑微，职位不振""累试于有司，命不克遇，从吏则有司不能辟，亦不屑就"②。情况稍好一点的，像梁进之和李时中，也无非从替巡院判升至和州知州，或是从中书省掾升至工部主事，"名香天下，声振闺阁"（《录鬼簿》）的郑光祖也仅仅得到一个"路吏"的差使。正是因为他们与官场气息的格格不入，他们又不想在轻视词章之学的元代郁郁终生，于是，"遂传其本末，吊以乐章……使水寒乎冰，青胜于蓝，则亦幸矣。名之曰录鬼簿。嗟乎！余亦鬼也，使已死未死之鬼，作不死之鬼得以传远，余有何幸焉！"③这些微贱儒吏沉浸于"诗酒优游"，依恋于"酒杯金潋滟，诗篇墨淋浪"（《天籁集·风流子》），以提高戏剧艺术和艺术家的社会地位诉求，通过元杂剧与搬演，"不达时皆笑屈原非，但知音尽说陶潜是"，将作品的文人意识、平民气息与戏剧美学相互糅合，升华成杂剧美学的平民主义倾向。

他们与地位低下的乐官类似，既想要弃儒为吏，谋求仕途，又愤慨于吏的卑微。在创作中既凸显着传统的烙印，同时又"掺杂了许多市井的积习，反映出下层市民对精神贵族的文人生活方式的倾慕，对他们凭借自己的风流蕴藉赢得的左拥右抱的际遇的妒羡，以及按照市民阶层的价值观念、思维逻辑所做出的解释和评价"④。因此，他们便将这种无法自由自在表达的愁闷寄托于作品当中。如马致远在《荐福碑》中写道："这壁拦住贤路，那壁又挡住仕途。如今这越聪明越受聪明苦，越痴呆越享了痴呆福，越糊突越有了糊突富。"宫天挺又在

---

① 郭英德：《元杂剧与元代社会》，北京师范大学出版社1996年版，第291页。
② （元）钟嗣成：《录鬼簿》，古典文学出版社1957年版，第3页。
③ （元）钟嗣成：《录鬼簿》，古典文学出版社1957年版，第2页。
④ 陶慕宁：《青楼文学与中国文化》，东方出版社1993年版，第103页。

《范张鸡黍》中说:"有钱的张打油提在不次选用料,没钞的董仲舒也打入杂行常选房,调你两遭儿早镜中白发三千丈。"

而所有的这些都只能算是个人情感的表达,作为封建社会中国家机器的重要组成部分,他们长期身处基层,既熟悉政务,也深谙民情。在他们眼里,那些文化程度较低,却得志于官场的刀笔吏就像是社会中的蛀虫。因为这些人虽然掌握着一定的权势,但却因身份低贱,无法取得可观的俸禄。于是在长期的欲求不满中,他们学会了玩弄权术,既能对上司俯首帖耳,又常对百姓欺压凌辱,甚至还会对豪绅曲意逢迎,最终形成了一股腐蚀政治、涂炭民生的丑恶力量。当杂剧作家们意识到这一点,就将此真实地反映在了作品里。

当然,身为儒吏的杂剧作家虽然都对元代政治颇为不满,却在表达手法上不尽相同。其中比较直白的手法是塑造徇私枉法的恶吏形象,如孟汉卿在《魔合罗》中讲述了李文道毒害哥哥,反诬嫂子谋杀亲夫,逼嫂为妻,事情闹到了官府,嫂子竟被昏庸的知县判了死罪,最后在秉公持正的官员张鼎手中得以昭雪的故事。在剧中,他对贪官污吏这样讽刺:"我做官人单爱钞,不问原被都只要,若是上司来刷卷,厅上打的鸡儿叫。"而岳伯川在《铁拐李》中刻画的恶吏形象是"一管笔扭曲直,一片心瞒天地"。

另一种则是在作品中将对政治现实的无奈转化成对清官政治的理想。如在《魔合罗》和《勘头巾》中同时出现的张鼎,他是一个刚正不阿,敢于与恶势力斗争的清官。他甘冒"势剑金牌"的风险,也要解救含冤的百姓。曲词中唱:"我从来甘剥削与民无私,谁敢道另巍巍节外生枝",又唱:"且休说受苞苴是穷民血,便那请俸禄也是瘦民脂。咱则合分解民冤枉,怎下的将平人去刀下死!"这些不仅是演员在台上的唱白,还是作家的内心独白,但这还不足以反映元代百姓心中的理想。在元人的心目中,真正的清官应该是像包公这样的形象,他不仅能够铁面无私、秉公执法,还具有丰富的破案经验与智慧。更重要的是,他始终保持着对百姓的深切同情。因此,为了获取内心的满足,也为了能在更大的范围内引起共鸣,杂剧作家们创作出了大量包公形象,并将其带上了神化的色彩。其中比较具有代表性的剧目有《鲁斋郎》《蝴蝶梦》《灰阑记》等,可以说这些作品所关注的问题已经不再是个人的前途命运,而是对时代环境下政治制度的反思和对底层百姓生活的关怀。

毫无疑问,在元代特殊的政治环境下,"诗书而刀笔,衣冠而卑隶"① 的儒吏比比皆是,他们凝聚在一起,形成了一个庞大的社会群体,对元代社会的方方面面都产生着重要的影响。尤其从艺术创作的角度来看,他们赋予了杂剧特殊的社会功能,让它在传播过程中反映社会积弊,帮助上层统治者了解政治得失;同时还描绘出真实的人情世态,给具有相似情感的底层群众提供了谈资,拉近了他们彼此的距离。这与历史上任何一个时代的艺术作品相比,都具有不可复制的广阔性和深刻性。

第五节 自卑的超越:优伶戏班的加工与再造

杂剧毕竟与文学创作不同,它是一门综合艺术,旨在将剧本中的文学形象塑造成在舞台情境中具体行动的人物形象。因此,杂剧生产者不仅包括以儒士文人为代表的作家,还包括优伶戏班等在内的演员。尽管随着戏剧艺术的成熟与完善,创作与表演作为不同的工作任务逐渐被分离开来,朝着专业化的道路继续发展。但事实上,这两者始终都是相互依附、共生共存的,很难彻底地进行区分与割裂。在戏剧发展的初期,那些被称为"优"的表演者本来就身兼创作的任务;而到了成熟时期,演员往往又会在已有剧本的基础上,根据自身的理解和体验对其所扮演的人物形象进行诠释与表达,也就是说,他们承担了作家的部分创作。

因此,要讨论杂剧在元代的生产,无法忽略的问题之一就是对杂剧演员的分析。根据各类资料来看,元代的杂剧演员主要分为两类:一类是在青楼瓦舍甚至是宫廷教坊专门从事杂剧演出的个体演员,且这些人基本上都是女性,夏庭芝的《青楼集》对其进行了详细的说明和记载;另一类或是混迹于瓦舍,或是流动于乡野的家庭

---

① 郭英德:《元杂剧与元代社会》,北京师范大学出版社1996年版,第296页。

戏班，他们往往出身于杂剧世家，在当时政策的限制下，迫不得已走上了杂剧演出的道路，并互相结合传习，形成新的戏班。不容置疑的是，无论是第一类还是第二类，他们都为杂剧的生产和发展做出了自己的贡献。

一　元代优伶的角色与地位

"笑啼千载凭优孟，花自垂垂水自流。"[①] 从中国戏曲诞生起，很长一段时间里，统治阶级及正统文人以诗歌为"正宗"，以戏曲为"邪宗"。诗歌、散文都曾被用作跻身官场的敲门砖，而戏曲一直被视为有伤风化、君子不为的"末技"。在此氛围里，优人只是贵族调丝弄竹、供人笑乐的消遣工具，认为搬演优戏及豢养优伶是"逸豫可以亡身"的衰败之举。《五代史·伶官传论》所谓"君以此始，必以此终。庄宗好伶，而弑于门高，焚以乐器，可不信哉！可不戒哉！"论其弊而垂戒后人。

元时期，统治阶层对优伶做出了一系列制度规定，如《通制条格》有："倡优之家，及患废疾，若犯十恶、奸盗之人，不许应试。"《元史·顺帝本纪》载："禁倡优盛服，许男子裹青巾，妇女服紫衣，不许戴笠乘马。"规定优人服饰颜色式样带有明显的侮辱性，同时还规定优人之家只能行业内部互婚，"是承应乐人呵，一般骨头休成亲，乐人内匹聘者。""乐人每的女孩儿，别个百姓根底休聘与者。""乐人只教嫁乐人，咱每根底近行的人并官人每，其余的人每，若娶乐人做媳妇呵，要了罪过，听离了者。"（《元典章·户部·婚姻·乐人婚》）即便是曲作家也在潜意识里有优伶低人一等的认识，如朱权《太和正音谱》说："良家子弟所扮杂剧，谓之'行家生活'，娼优所扮者，谓之'戾家把戏'。""尝读《诗》至《简兮》之章，叹当时贤人君子隐于伶官。"《四库全书提要》讥笑《胡紫山大全集》为"以阐明道学之人，作媒狎倡优之语"也。

当然，丹纳说："……伟大的艺术和它的环境同时出现，决非偶

---

① 梁清标：《蕉林诗集》，转引自《四库全书存目丛书》第 204 册，齐鲁书社 1996 年版，第 239 页。

第二章 杂剧在元代的生产

然的巧合，而的确是环境的酝酿、发展、成熟、腐化、瓦解，通过人事的扰攘动荡，通过个人的独创与无法意料的表现，决定艺术的酝酿、发展、成熟、腐化、瓦解。"① 北宋仁宗朝以后，城市中的瓦舍勾栏演出兴起，其中有许多民间杂剧艺人获得了名声。元代因为纲纪废弛、文人"志不获展"、都市勾栏文化及商贸的繁兴等诸多因素的作用，又在一定程度上刺激了戏曲的需求，所以虽然朝廷有各种各样的限制，社会依然对优伶存在偏见，但相对较为宽松的社会氛围给了元杂剧创作的特殊土壤，优伶就在这样一种生态中创作剧目、勾栏搬演，为元代杂剧创作开辟了新的途径。正如孔尚任在《桃花扇·凡例》中说的那样："优人登场，自增七分。俗态恶谑，往往点金成铁，为文笔之累。"② 明代戏剧理论家王骥德在其《曲律》中也说："此窍由天地开辟以来，不知越几百千万年，俟夷狄主中华，于是诸词人一时林立，始称作者之圣，呜呼异哉！"③ 所以，元代也有"辽之伶宦，当时固多，然能因诙谐示谏，以消未形之乱，惟罗衣轻耳。孔子曰：'君子不以人废言。'是宜传。"（《辽史·伶官传》）

二 独立枝头：女伶歌伎的杂剧创作

词曲作家夏庭芝曾对元代的女伶歌伎进行了描写："我朝混一区宇，殆将百年，天下歌舞之妓，何啻亿万，而色艺表表在人耳目者，固不多也。"④ 可见，当时活跃在瓦舍青楼中的女伶数量蔚为壮观；而她们对于杂剧在元代的生产和传播产生了重要影响。夏庭芝也正是有感于此，才将这些"有见而知之者"和"有闻而知之者"记录了下来，形成了中国古代戏剧史上重要的表演论著《青楼集》，为我们今天对于元代妓女优伶的研究提供了宝贵的资料。

通过对《青楼集》中所提到的歌伎艺人进行统计，发现作者一共记叙了大都、金陵、山东、江浙等地110余人的事迹，其身份构成也

---

① ［法］丹纳：《艺术哲学》，傅雷译，广西师范大学出版社1998年版，第144页。
② 蔡毅：《中国古典戏曲序跋汇编》，齐鲁书社1989年版，第1606页。
③ （明）王骥德：《曲律》，湖南人民出版社1983年版，第188页。
④ （元）夏庭芝著，孙崇涛、徐宏图笺注：《青楼集笺注》，中国戏剧出版社1990年版，第44页。

十分复杂。大致来看，我们可以将她们的出身分为三类：第一类艺人大多出身于良家，却往往因为家道中落而迫不得已从事杂剧演出。如夏庭芝在书中记载的顾山山原本就是良家子女，因为父亲去世才沦落至失身，做起杂剧演员的。第二类艺人则是出身于杂剧世家，她们自小就受到家庭环境的浸染，既对杂剧有着难以名状的感情，同时又对杂剧表演有着与生俱来的优势和天赋。如在介绍张玉梅时就说道张氏是戏剧世家，其儿媳蛮婆儿和女儿都是杂剧表演艺术家；而后面介绍到的小玉梅，其女儿匾匾、孙女宝宝也都是杂剧演员。第三类艺人则本身就是乐伎，她们大多出身贫寒，既有卖艺不卖身的杂剧演员，也有混迹妓馆青楼的风尘女子，但却精于杂剧演出。如著名的女艺人顺时秀就是教坊中的杂剧演员，元代张光弼的《辇下曲》对其进行描述："教坊女乐顺时秀，岂独歌传天下名；意态由来看不足，揭帘半面已倾城。"[1]而梁园秀和曹娥秀都是当时的名妓，也是出色的杂剧演员。

但无论如何，杂剧演员在元代的地位都是相对低下的，尤其是女伶歌伎，所受的欺辱更是多于常人。而那些技艺高超的，稍有姿色的则会被权贵公子纳为侧室，甚至是强娶。据《青楼集》记载，其中喜春景就是张子友的妾室；李芝秀是金玉府张总官的妾室；而汪怜怜更是宁折不弯，为了摆脱那些富贵公卿的纠缠，不仅选择出家为尼，还甘心自毁容颜。也正是因为如此，她们才更愿意与在社会上具有一定地位的文人和艺术家相交往，一方面他们能就表演艺术进行探讨和交流；另一方面也能够依靠他们，以求庇护。

在《青楼集》所记载的一百余人里，这样的艺人不在少数。如其中的张怡云就是"名重京师"的人物，赵松雪、商正叔、高房山，都曾写《怡云图》相赠，而姚牧庵、阎静轩等也常在她家小酌[2]。而身负盛名的珠帘秀也与不少文人艺术家有所交往，除了众所周知的关汉卿，她还与胡紫山、王秋润、卢疏斋、冯海粟等剧作家、散曲家和诗人有着广泛的接触，且从卢疏斋等人赠予珠帘秀的词曲中，可以看出

---

[1] （元）夏庭芝著，孙崇涛、徐宏图笺注：《青楼集笺注》，中国戏剧出版社1990年版，第103页。

[2] 原文记载于《青楼集》当中，其中赵松雪是元代著名的画家、书法家；商正叔是元初著名的散曲作家；高房山是元代著名画家；姚牧庵是元代著名散曲家；阎静轩是元代文学家。

第二章 杂剧在元代的生产

他们对珠帘秀的才情与风姿称赞有加,且彼此交情不浅。不知不觉间,这些歌伎女伶确实在元杂剧的传播过程中起到了独特的作用。因为只有她们才能把杂剧表演与文人百姓勾连在一起,成为杂剧生产者和消费者之间必不可少的纽带。

值得注意的是,在这些女伶歌伎中有的是"腹有诗书气自华"的才女,除了表演外,她们对于杂剧的创作能力也不可小觑。在众多女艺人中,珠帘秀在表演艺术上所取得的成就是大多数人所望尘莫及的。除了她通过努力学习掌握了精妙的表演技巧外,她还具备较高的文学修养,就连文学家胡紫山在为她的诗卷作序时,也不免发出感叹:"吐林莺露兰之余韵,供终日之长鸣。"[1] 因此,她们除了推动了杂剧的传播,也促进了杂剧的生产。那些"两耳不闻窗外事,一心只读圣贤书"的专业文人作家通常很难把握普通百姓的审美,这时候女伶歌伎的作用就凸显了出来。她们通过再次创作,不仅保留了作品的完整性,还使其变得雅俗共赏,更容易获得受众的欢迎和认可。

除了对艺术作品再创造的能力外,外貌条件、气质修养、说白唱功等也是衡量一个杂剧演员出色与否的标准。以元代杂剧中的角色来说,主要分为末、旦、净(包括丑)、杂四类;其中"末"是剧中的男性角色,"旦"是剧中的女性角色,而由女伶扮演的旦角又被分为正旦、副旦、外旦、老旦、大旦、小旦、花旦等。但是由于杂剧的体裁广泛,所需的角色众多,在一部剧里常常需要扮演女主角的正旦同时扮演多个角色。如《绯衣梦》中的第三折,就是由正旦扮演茶三婆;《哭存孝》的第三折,是由正旦扮演番卒莽古歹[2]。性别、年龄、身份、性格等方面的巨大跨度,让这些女伶必须具备高超的技艺和表演功力。也就是说,她们绝不是杂剧演出中花瓶般的陪衬,而是对一个剧目的成功与否起着至关重要的作用。从《青楼集》中我们可以看出,能够在不同角色中自如切换,带给观众视觉享受的女伶并不在少数。其中珠帘秀对驾头、花旦、软末泥等角色能够信手拈来;顺时秀

---

[1] (元)夏庭芝著,孙崇涛、徐宏图笺注:《青楼集笺注》,中国戏剧出版社1990年版,第85页。

[2] 张本一:《论元杂剧演员的艺术修养》,《江西社会科学》2003年第2期。

虽然在扮闺怨时取得的成就最高,但是在驾头、诸旦本的扮演方面亦得其体;天然秀尽管是闺怨杂剧的第一人,但同时也能在花旦、驾头等角色的扮演上掌握其中的妙义①。

总而言之,从事杂剧演出的女伶歌伎不仅身兼众艺,而且作为生活在社会底层的艺术家,她们有着自己的价值观念与气节。也正是因为这样,她们才能在精神层面与名士文人取得共鸣,甚至相濡以沫,共同创作与生活。在艺术发展层面,女伶歌伎没有局限于个人的成长,她们通过培养人才进一步推动了杂剧表演的承袭和发展;如当时教坊女演员中的佼佼者顺时秀,就培养出了高足宜时秀和金文石等人。可以说,在相互的给养与成全中,女伶歌伎充分地发挥了自身的媒介作用,不仅将作家、演员和观众有机地联系到了一起,准确地掌握了百姓的心理情绪和民间的审美风尚;还对杂剧在纵向的传播与发展方面产生了一定的影响。

三 走街串巷:家庭戏班对杂剧的再加工

如果说女伶歌伎是作者与观众、演员与演员之间的传播媒介,那么家庭戏班就是让杂剧从城镇走向乡野、从北方走向南方的桥梁。

从戏班的发展轨迹来看,其编制在宋代就已见雏形。据《都城纪胜》记载:"杂剧中,末泥为长,每四人或五人为一场",《武林旧事》中也有记载:"刘景长一甲八人""潘浪贤一甲五人"等,其中"甲"就是指类似于戏班一类的演出组织。显然,这类戏班的形成,与宋代商品经济的发展和当时的乐籍管理制度有着密不可分的联系。但从更为深远的意义上来说,戏班的形成也让上场演出的人数被限定了下来,自然而然就影响到了后续剧本创作的结构与内容。

从戏班的人员构成来看,宋元时期的戏班都是具有血缘关系的家庭成员所组成的。如《云溪友议》中所记载的,伶人周季崇与其妻刘采春、其弟周季南就共同组成了杂剧戏班。元代陶宗仪在《南村辍耕录》中也有相似的记载,即一次勾栏突然倒塌,压死了许多人,唯独天生秀全家一个人都没死。也就是说,天生秀所在的戏班也是具有家庭戏

---

① 从《青楼集》中可以看出,驾头、花旦、末泥等都是作者对杂剧角色的划分。

第二章　杂剧在元代的生产

班性质的。这类戏班往往具有其他商业戏班所没有的优势，因为具有血缘关系，且彼此熟悉相互的脾性和特点，所以在演出的时候能够配合得更为默契，获得更好的演出效果。同时他们也不会因为获利不均等问题而产生矛盾，这对杂剧表演的延续和再创造都有着积极作用。

从戏班的演出人数来看，一般以十二个人以内为多，这些人不仅要扮演杂剧中的各类角色，还要操纵各种伴奏乐器。以山西洪洞县霍山明应王殿壁画为例，画中的忠都秀戏班一共十一个人，有四个是伴奏演员。但是这样的人数构成显然有点捉襟见肘，因为在四名伴奏演员中，两位都是带着髯须、画浓眉的演员，也就是说他们还同时扮演着剧中的角色（如图2-1所示）。可见，演出人数的短缺、戏班规模的有限，是家庭戏班的最大的弱点。这就要求演员必须具备良好的艺术素养，他们除了要能扮演各种角色、演奏各类乐器外，甚至还要能对剧目进行改编和再创作。

从戏班的演出形式来看，他们和久居勾栏瓦舍中的歌伶舞妓不同，既没有固定的演出场所，还受到剧目更新缓慢的限制，因而始终保持着一种具有很强流动性的生活和演出方式。刘彦君、廖奔的《中国戏曲发展史》搜集了部分元代杂剧戏班迁徙流动的资料，其中包括：平阳府的杂剧艺人张德好于1301年清明节前率领自己的戏班到万荣县进行祭神；而女艺人忠都秀的戏班则穿梭于平阳一带的各个庙会，进行巡回演出。这些例子不仅说明当时的杂剧戏班始与"路歧人"的基本生存状态相类似[1]，还说明他们的活动范围在逐步扩大，不再局限于各个城镇，还积极地走向了乡野庙会和祭祀。

"陌头侠少行歌呼，方演东晋谈西都。哇淫奇响荡众志，澜翻辨物矜群愚。狙公加之章甫饰，鸠盘谬以脂粉涂。荒唐夸父走弃杖，恍惚象罔行索珠。效牵酷肖渥洼马，献宝远致昆仑奴。"（刘克庄《观社行再和》）[2] 元代杂剧戏班在乡野田间的演出对于杂剧的传播和发展具有重要的意义。一方面，乡村的百姓和城市的观众不同，他们无法随

---

[1] 所谓"路歧"是指在乡野城镇中穿梭演出的艺人，无论是茶馆、酒楼还是街边空地都有他们演出的足迹，这种演出和生活方式是千百年来中国艺人最基本的生存状态。

[2] 赵山林：《中国戏曲观众学》，华东师范大学出版社1990年版，第31页。

图2-1 山西洪洞县霍山明应王殿壁画

时光顾瓦舍勾栏等娱乐场所欣赏杂剧表演，只能通过定期举办的祭祀和庙会活动感受杂剧艺术的魅力。不难想见，对每天面朝黄土背朝天的乡村百姓来说，杂剧演出既是放松娱乐的观赏性活动，又是了解外部信息、感受城市文化的重要渠道；另一方面，正是因为流动戏班在乡野间的频繁演出，使得搭建不同村落的庙宇戏台成为必要。如山西河津县北寺庄中的元代禹庙戏台的基石上就有记录：一个由演员吕怪眼、吕宣、刘秀春、刘元所组织的家庭戏班就曾在此进行演出，以庆祝戏台的落成。

从现存的元代戏台来看，它们与以往戏台最大的不同是在戏台的后部加砌了一堵墙，主要是为了形成一个后台空间，方便演员后场换装，也营

第二章　杂剧在元代的生产

造了更好的舞台效果；而前台的搭建则由四面展开变成了三面展开，为受众提供了更好的观赏角度。就这一点来说，这些流动的戏班在一定程度上加速了乡村庙宇戏台的普及，也推动了古代戏台建筑的发展。

除了将新鲜表演形式和演出内容带向了乡村，这些流动的家庭戏班还加速了不同区域间的杂剧交流与传播。根据刘彦君、廖奔在《中国戏曲发展史》中的归纳来看，元代的杂剧戏班主要流动范围可以划分为两类：一是在山东、河南一带活动，南戏《宦门子弟错立身》中记录了一个从山东东平流动到河南洛阳的戏班。二是以平阳为中心，在山西南部一带活动，上文举到的张德好戏班和忠都秀戏班都是这类的例子[①]。

从戏班的生存环境来看，它的形成本身就是一种迫于生计的体现。首先，严苛的乐籍管理制度让许多想摆脱社会底层身份的杂剧演员没有更好的出路，只能彼此结合继续靠演出谋生。其次，戏班的流动作场让大多数演员不得不随时背负演出行头和衣食用品等劳碌奔波。在戏文《错立身》中，出身于官宦人家的完颜寿马在加入戏班后所发出的感叹："路歧歧路两悠悠，不到天涯未肯休。"正是当时戏班演员在迁徙路上的真实反映。最后，由于演出人数、剧目等方方面面的限制，要想与其他的演出团体相互竞争，戏班的演员就必须苦练技能，维持相对较高的演出水平，才能获得受众的认可。既要为每天的生计担忧，又要在流动的过程中付出大量的体力劳动，还不能忽略专业的练习，这个过程和瓦舍勾栏里的演员相比，无疑是更辛苦的。

在层层的无奈和重重的压力下，家庭戏班逐步走向了成熟。他们在流动迁徙的过程中，不仅带给了元代杂剧前所未有的文化交流和技术革新，同时也使杂剧内容得以丰富，演出功能得以扩展。

第六节　元杂剧的创作体制与作家心态

戏曲是一门综合艺术，沈泰在《盛明杂剧初集》"序"中所说：

[①] 实际上刘彦君、廖奔在《中国戏曲发展史》中将元代杂剧艺人的流动范围划分成了四类，还包括江苏、浙江等东南省份和湖北、湖南一带。但是在后面二者的划分中作者主要举到的是艺人流动的例子，不能代表戏班流动的情况，所以本文不采用。

"曲者,歌之变,乐声;戏者,舞之变,乐容也""上古有歌舞而无戏曲",由此可以看到,在我国戏曲的发展长河中,"曲"与"戏"的有机融合是戏曲走向成熟的关键。《礼记·乐记》云:"诗,言其志也;歌,咏其声也;舞,动其容也",诗、乐、舞三位一体的特征在戏曲发展的早期阶段就已具备,无论是原始祭歌、图腾歌舞,还是乐府民歌、百戏,大体都是"感于哀乐,缘事而发"。郑樵云:"古之诗曰歌行,后之诗曰古、近二体。歌行主声,二体主文。诗为声也,不为文也……凡律其辞则谓之诗,声其诗则谓之歌。作诗未有不歌者也。"(《通志·乐略第一》)所以,我们研究元杂剧的生产,不能抛开"曲"的创作流变而只谈"戏"的生成发展。

一 元杂剧的创作体制

宋代,按管调弦的词风行,"新声巧笑于柳陌花衢,按管调弦于茶坊酒肆"① 词的创作更多体现娱乐的色彩,多是闲情逸致文人的即兴创作。"多游狎邪,善为歌辞。教坊乐工,每得新腔,必求永为辞,始行于世。于是声传一时"(叶梦得《避暑录话·卷下》),叶梦得对柳永的上述记述道出了宋词创作的基本要求——"词作必须合律"(张炎《词源·杂论》)。

元杂剧不同于唐、宋时期即兴的滑稽表演和结构松散的短剧,它从根本上扭转了宋杂剧以嬉戏娱乐为主的倾向,使戏曲走向真正的成熟。由于元杂剧的音乐体系直接继承了金代诸宫调等音乐形式并已出现例式化的结构,所以元杂剧创作基本遵从金代诸宫调规范,但这种遵从并不是简单的照搬。如王骥德《曲律·论曲源第一》云:"曲,乐之支也。……然单词只韵,歌只一阕,又不尽其变。而金章宗时,渐更为北词,如世所传董解元《西厢记》者,其声犹未纯也。入元益漫衍其制,栉调比声,北曲遂擅盛一代。"(王骥德《曲律·论曲派第一》)即歌词要配合音乐演唱的传统成为元杂剧剧曲的主要特征。

而元杂剧的剧本创作也是在宋杂剧与金院本的基础上发展起来的,李渔在《闲情偶寄》中明确指出,杂剧剧本创作在结构上要"立主

---

① (宋)孟元老:《东京梦华录》(外四种),上海古典文学出版社1956年版,第9页。

第二章 杂剧在元代的生产

脑""减头绪""密针线""脱窠臼";在语言运用上主张"贵显浅""求肖似""求尖新""重机趣""戒浮泛""忌填塞";在角色塑造上要求科诨"戒淫亵""忌恶趣""重关系""贵自然",同时提出元杂剧创作需要"戒讽刺""戒荒唐""审虚实"等注意事项。《中原音韵》"造语"有可用语、不可用语,"可做乐府语、经史语、天下通语,未造其语,先立其意;语、意俱高为上。短章辞既简,意欲尽;长篇要腰腹饱满,首尾相救。造语必俊,用字必熟,太文则迂,不文则俗;文而不文,俗而不俗,要耸观,又耸听,格调高,言律好,衬字无,平仄稳。"由此看来,杂剧的剧曲创作是在对前代音乐艺术继承的基础上,为适应杂剧表演艺术需要而进行的新拓展。

陶宗仪《南村辍耕录》认为:"金有杂剧、院本、诸宫调。院本、杂剧,其实一也,国朝院本、杂剧始厘而二之。"胡祗遹在《紫山集·赠宋氏序》说:"乐音与政通,而伎剧亦随时尚而变。近代教坊院本之外,再变而为杂剧。"金时院本、杂剧不分,院本即杂剧。元杂剧是在宋杂剧与金院本的基础上发展起来的,其艺术体制既继承了宋杂剧与金院本的一些艺术体制,同时又作了一些完善与创造,从剧本形式、角色体制到曲律都形成了自己独特的体制。比如,剧本的宾白和曲文功能,曲文长于抒情,而宾白主要用于叙事,如清代李渔《闲情偶寄》云:"词曲一道,只能传声,不能传情,欲观者悉其颠末,洞其幽微,单靠宾白一着。"同时宾白还担负着串联贯通、承上启下、插科打诨、发挥"肢体之于血脉"的作用,所以才有一些戏曲批评家认为宾白多是出自演员之手。如明代王骥德《曲律》云:"元人诸剧,为一曲皆佳,而白则猥鄙俚亵,不似文人口吻。盖由当时皆教坊乐工,先撰成间架说白,却命供奉词臣作曲,谓之填词。"明代臧晋叔《元曲选序》也谓:"其宾白,则演剧时伶人自为之,故多鄙俚蹈袭之语。""旧本说白,比作三分,优人登场,自增七分。俗态恶谑,往往点金成铁,为文笔之累。今说白详备,不容再添一字。"[①] 这种"鄙俚蹈袭之语"也从一个侧面说明元杂剧经历了一个由汴京以及中原一带的各种小唱、说唱曲调到民间套数传唱再到杂剧唱腔的发展过程,且一直

---

① 蔡毅:《中国古典戏曲序跋汇编》,齐鲁书社1989年版,第1606页。

没有脱离瓦舍勾栏这一演出环境，民间性、娱乐性是元杂剧创作的主要特色之一。

二　元杂剧作家的创作思想及态度

元杂剧作家虽然"沉郁下僚"、混迹勾栏，但从他们创作的作品来看，这些作家无论终身为仕，还是先隐后仕，抑或先仕后隐，无论贵贱穷达，无一不流露出或隐或显的功名观念，如在《玉镜台》《陈母教子》《破窑记》《荐福碑》《范张鸡黍》《王粲登楼》《冻苏秦》及现存的十三本隐居乐道剧、神仙道化剧作品中，作家都蕴怀着积极从政的潜在欲望。由此我们就看到一个撕裂的、徘徊的、纠结的创作心态。如马致远一方面发出"百岁光阴如梦蝶，重回首往事堪嗟"的迟暮之叹，另一方面流露出"煮酒烧红叶，人生有限杯，几个登高节"（马致远《秋思》）的期盼；王实甫虽"免饥寒桑麻愿足，毕婚嫁儿女心休"，也留恋"乐桑榆酬诗共酒""闹春光莺燕语啾啾""曲肱北牖，舒啸东皋，放眼西楼"，但也不时感喟"人事远，老怀幽。志难酬知几的王粲，梦无凭见景的庄周。"（王实甫《退隐》）；周文质眼前多是"天阔云闲，树渺禽幽。山远横眉，波平消雪，月缺沉钩"，但"对景愁倍增，追思旧行径"，回想起当年"释卷挑灯，攀今览古；妒日嫌风，埋云怨雨"，不免慨叹"人别层楼，我宿孤舟""好前程等闲差错""谁再睹沽酒当垆"，也幻想"秦楼何夕彩云回""金妆宝剑藏龙口，玉带红绒皇宣授。男儿得志秋，旌旗影里骤骅骝"。他们无一不渴望跻身庙堂、施展才略、济世安民，但志或不展、低官下吏、失意沦落；他们不容于世又不甘寂寞，向往山野、留恋竹林，又做不到像林逋那样隐居杭州，"梅妻鹤子"，或如刘伶那样"衔杯漱醪，奋髯箕踞，枕曲藉糟，无思无虑"，一半庙堂一半山，又爱功名又爱仙，这种功名利禄与闲适隐逸纠缠于一体，造成他们在杂剧创作中"借他人之酒杯，浇心中之块垒"，对现实政治的失望和恐惧使他们在作品创制中充满强烈的揭露和批判精神。

同时，这些杂剧作家外在的"职位不振"和内在的"高才博艺"（钟嗣成《录鬼簿序》）形成不可调和的矛盾，他们以留恋勾栏、混迹市井，不尚风节，不慕富贵，滑稽戏谑，玩世不恭，放浪人生的生活

第二章 杂剧在元代的生产

态度对抗惨淡的现实,"既功名不入凌云阁,放疏狂落落陀陀",他们用豪放旷达的形象来遮掩内心深处的苦闷与创伤。近人刘咸炘《右书元睢景臣〈高祖还乡〉曲后》对元杂剧作家的这种创作心态做了精准的勾画:"元世曲人,襟怀浅陋,所作绝少深意,非自放于山巅水涯,即自娱于妇人醇酒。盖身当衰乱,厌世畏祸,流于杨朱者也。"这些杂剧作家的政治态度和生活态度渗透到他们的创作上,使他们的创作既受到整个社会压抑和苦闷氛围的影响,又在勾勒情节、刻画角色上抒发个人的愤懑情绪。戏剧家李渔在《闲情偶寄》中说:"文字之最豪宕、最风雅、作之最健人脾胃者,莫过填词一种;若无此种,几于闷杀才人,困死豪杰。予生忧患之中,处落魄之境,自幼至长,自长至老,总无一刻舒眉。惟于制曲填词之顷,非但郁藉以舒,愠为之解。"除去一部分作家"以儒生士子隐业于装演,弗苟焉以食者也"(元·李世瞻),将杂剧创作作为谋生手段,还有一部分杂剧作家创作动机似"被以意兴之所至为之,以自娱娱人"(王国维《宋元戏曲史》),实则"四方士游于京师,则必囊笔褚饰,赋咏以侦候于王公之门"(袁桷《清容居士集·卷二三·送范德机序》),以杂剧奉献宫廷或显贵而谋求功名或希求荫庇,《录鬼簿》就有:"江淮之达者,岁时馈送不绝,遂得以徜徉卒岁。"向宫廷献剧之热可见一斑。当然也有"争艺以自进"者、"隐逸以自牧"者,他们"今或者徒以高谈性命为贤,华丽文词为能"(白珽《湛渊静语·卷二》),遂创作杂剧,自叹"半身未得文章力,空自胸藏锦绣,口吐珠矶"(钟嗣成《一枝花套·自序丑斋》),在那个"点坚称爵,鸥羲赏功,岩骇林爇,嘉遁无所"(郝经《青楼集序》)的时代,以"旷者"自许,寄身戏场,和娼妓细民一起承受时代重压,"展放征旗任谁走,庙算神机必应口,一管笔在手,敢搠孙吴兵斗。"在愤世嫉俗、落拓不羁、适性自为中,创作出揭露时弊、民众喜闻乐见的杂剧作品。

所以,元杂剧作家的政治态度、生活态度和创作态度决定了元杂剧的创作路径出现明显的分化,一条是艺术再现生活的创作,作品描写各色人物的离合际遇、喜怒哀乐,在舞台中熔铸生活感受和时代精神。另一条是曲折地揭露和批判现实、顽强表现自我的创作,作品热切关注文人士子、娼妓优伶或寻常百姓的遭际、前途和命运,"沧桑之叹""黍离之悲"。它"一声儿绕汉宫,一声儿寄渭城","一半儿为国忧民,一半儿愁花病酒","伤感似替昭君思汉主,哀怨似薤露哭田横"。借物喻人,将内心的苦闷、郁愤、彷徨、追求、失望、超脱等等复杂的意绪托诸戏曲故事和人物上,"彼但摹写其胸中之感想与时化之情状,而真挚之理与秀杰之气,时流露于其间"(王国维《宋元戏曲史》),以遒劲酣畅的笔触,描绘了世俗生活,展现悲欢离合,讴歌清官干吏,鞭挞权豪势要。两条主要创作路径的交错与互进,使元代杂剧创作结出了丰硕的果实。

综上所述,是作家们炉火纯青的创作功力,演员们慧心妙语的演出水准,共同铸就了元杂剧的不凡与辉煌。"作家作曲,伶人作白",真正的杂剧生产,并不是界限分明的。许多伶人戏班常常根据自己的理解体验、受众环境等因素对已有的剧本进行再造和改编,尤其是演出中的说白部分,因为是通过演员口头完成的,所以具有更多临场发挥的成分。而有些杂剧作家也兼任演员,如位居元曲四大家之首的关汉卿,就时常登台演出。在创作中表演,在表演中创作,杂剧作家与演员的密切配合,形成了元代杂剧独特的生产机制。

对元杂剧来说,剧目生产中的分工不明,主要是因为其故事框架大多来自已有的史实资料或是民间杂叙,这与其他的传统口头艺术异曲同工。可以看到,杂剧艺人并不要求表演内容具有独创性,只要求它们在保留前人智慧、文化的基础上,能够与社会现实相结合,在编创者和观赏者之间产生共鸣。从这个角度来说,杂剧艺术虽然在元代迎来了它的全盛时期,但却不仅仅是因为元人的创造,还是数代人智慧的结晶。

第三章 杂剧在元代的媒介功能

作为中国戏剧史上一道亮丽的风景线，元代杂剧不仅是多种表演艺术的集合，也是一个时代情感和文化的酝酿。伴随着蒙古铁骑的席卷南下，原本稳定的社会局面顿时陷入了混乱。一方面，长期以来人们所持有的传统观念受到了猛烈的冲击；另一方面，饱受封建伦理道德束缚的思想意识也获得了解放。在这种环境下，低微失落的创造者们将杂剧视为唯一的精神家园。而上至达官显贵，下至平民百姓的观赏者则将它视为可口的美味佳肴。从信息的输出到信息的接受，杂剧早已不再是单纯的表演艺术，它也承担着人们日常消遣放松的娱乐功能，另外，作为重要的文化产物和传播媒介，杂剧还在创造艺术样态和传递审美意趣的同时，在沟通社会信息、规范社会行为等方面发挥着巨大作用。

第一节 元杂剧艺术审美的营造与扩散功能

元代杂剧是在宋杂剧、金院本等诸多表演艺术的基础上发展而来的，从审美观念上来说，它与这些多元的民间文艺形式具有一脉相承的联系。但是能够作为一个时代的艺术特征，一定是去除糟粕，留取精华的结果。在传承和创新的过程中，元代杂剧形成了崭新、独特的艺术体制，无论是在音乐结构、演唱特色，还是剧本设置、角色体系，都体现着率真质朴、情感丰富、雅俗共赏的艺术审美。

一 元杂剧的媒介协调、宣导与培育功能

《荀子·乐论》中讲："夫乐者，乐也，人情之所不免也。"《礼记·

乐记》也有:"凡音者,生人心者也,情动于中,故形于声,声成文,谓之音。"戏曲作为一门综合艺术,既通过文字形式表达感情、叙述事件,又通过音乐来渲染氛围、体现情感,延伸和强化戏曲的内涵和效果。元杂剧作为一种付诸场上的舞台表演,音乐是沟通元杂剧叙事与抒情的通道与桥梁。在中国的古代戏剧中,音乐是表演的核心,所有的舞台动作、唱词、表演都会受到音乐的制约,它是古代戏剧必不可少的一种表情达意的手段。"朱弦玉琯,屡进清音;华翟文竿,少停逸缀。宜进诙偕之技,少资色笑之欢。上悦天颜,杂剧来欤。""弦匏迭奏,干羽毕陈。洽闻舜乐之和,稍进齐谐之技。金丝徐韵,杂剧来欤。""以雅以南,既毕陈于众技;载色载笑,期有悦于威颜。舞缀暂停,优词间作。金丝徐韵,杂剧来欤。""乐且有仪,乃古君之相悦;张而不弛,岂文武之常行。欲佐欢声,宜陈善谑。金丝徐韵,杂剧来欤。""舞缀暂停,歌钟少阕。必有应谐之妙,以资载笑之欢。上悦天颜,杂剧来欤。"[1] 这些对曲乐的看法都强调杂剧音乐的诙谐调笑性质和使人得到愉悦的审美功能。音乐是戏曲非常重要的组成部分,宋代张邦基说:"优词乐语,前辈以为文章余事,然鲜能得体。""得体"就必须"惟语时近俳乃妙""乐语中有俳谐之言一两联,则伶人于进趋诵咏之间,尤觉可观而警绝。"[2] 因此,通过戏剧中的音乐结构可以探究其独特的美学观念和艺术风格。

  元杂剧以曲牌联套的体式将多支风格色彩不同的曲调连缀在一起,表达不同的角色与情节,构成了音乐情绪的各种戏剧性变化。作为表演艺术的集大成者,与剧本结构的形成类似,一部分学者认为,元杂剧的演唱结构主要来源于诸宫调。因为流行于宋金时期的诸宫调就是由一人主唱的,偶然有两人对话或者和声的情况,其伴奏的乐器主要用的是锣和鼓板。另一部分学者则认为,元杂剧的演唱结构与唱赚艺术有着密不可分的联系。因为流行于宋代的赚词,负责说唱表演的演员还要负责自击鼓和拍板,类似于现在京韵大鼓的表演形式,而这种

---

[1] (宋)苏轼:《苏轼文集》(卷四十五),中华书局1986年版,第1309、1310、1304、1316、1317页。

[2] (宋)张邦基:《墨庄漫录》(卷七),中华书局2002年版,第203—204页。

第三章 杂剧在元代的媒介功能

情形与元杂剧音乐结构、演唱结构最为接近。从相关史料记载来看，元杂剧的音乐结构深受宋金时代的说唱文学唱赚及诸宫调的影响。其中，唱赚就是在前面加引子，后面附尾声，最早将同一宫调中的若干支曲子联成一套，来表演歌唱的艺术形式。但它的缺陷在于，从始至终只使用一个宫调、一个韵脚，使演出较为单调乏味；此外，唱赚属于叙事体，主要采用的是第三人称的表述形式，王国维认为这一类的表演"即有故事，要亦为歌舞戏之一种，未足以当戏曲之名也"①。也就是说，它们与真正的戏剧表演艺术还有很大的距离。

与唱赚相比，以变文、大曲、杂曲等艺术为基础，不断发展形成的诸宫调则有了很大的进步。之所以称之为"诸宫调"，是因为它与以往同一宫调、一韵到底的创作模式不同，而是将不同宫调中的诸多曲子联成短套，再通过说白进行辅助，将不同宫调中的诸多短套联成长篇。这样一来，演出时不仅可以随时换调，还可以随时转韵，演唱形式灵动多变。元人燕南芝庵在《唱论》中归纳总结了元杂剧音乐的十七种宫调，如：黄钟宫表达富贵缠绵的情感，大石调表达风流蕴藉的情感，商调表达凄怆怨慕的情感，仙吕宫表达清新绵邈的情感等②。王骥德认为："用宫调，须称事之悲欢苦乐，如游赏则用仙吕、双调等类，哀怨则用商调、越调等类，以调合情，容易感动得人。"③ 杂剧讲求"用曲合情"："凡声情既以宫分，而一宫又有悲欢、文武、缓急、闲闹各异其致。如燕饮、陈诉、道路、车马、酸凄、调笑，往往有专曲。"④ 同时，曲词的篇幅增长在一定程度上扩充了诸宫调的表演容量，使其在内容编排上超越了以往各种说唱艺术。更为重要的是，从它部分的唱词当中可以看出代言体的特征，即演员以第一人称的角度演绎故事情节，这种形象生动的表达方式也逐渐为后来的戏剧文学所采用。

---

① （清）王国维：《宋元戏曲史》，上海古籍出版社1998年版，第40页。
② （元）燕南芝庵：《唱论》，转引自中国戏曲研究院编《中国古典戏曲论著集成》（一），中国戏剧出版社1959年版，第160页。
③ （明）王骥德：《曲律》，转引自中国戏曲研究院编《中国古典戏曲论著集成》（四），中国戏剧出版社1959年版，第137页。
④ 周维培：《曲谱研究》，江苏古籍出版社1997年版，第171页。

可以看出，诸宫调是由歌舞小戏、说唱艺术到成熟戏剧演化过程中的过渡形式。元代杂剧正是在汲取了上述两者的艺术经验后，创造出了四大套的音乐体制，即四种宫调组合而成的曲牌联套。显然，它除了在音乐表现上更加灵活以外，也能够更为细腻地完成剧情和表演。除此之外，在四套曲子无法完成剧本内容的时候，编创者们还常常在不同套曲之间或是整个曲目的首尾加入一两支其他的曲目作为过渡，它们所用的宫调通常与后面套曲的宫调保持一致，且基本上都是由主演的正末或是正旦进行演唱的。这无疑是一种相对完整、严谨的音乐结构，与其他的说唱艺术，甚至是南戏相比，它的审美更符合文人的创作需求，当然也是更加成熟的。

同时，音乐可以"博采风俗，协比声律，以补短移化，助流政教。天子躬于明堂临观，而万民咸荡涤邪秽，斟酌饱满，以饰厥性。故云雅颂之音理而民正，嘄噭之声兴而士奋，郑卫之曲动而心淫。及其调和谐合，鸟兽尽感，而况怀五常，含好恶"（《史记》），"圣人作为鞉、鼓、椌、楬、埙、篪，此六者，德音之音也。然后钟、磬、竽、瑟以和之，干、戚、旄、狄以舞之。……钟声铿，铿以立号，号以立横，横以立武，君子听钟声则思武臣。石声磬，磬以立辨，辨以致死，君子听磬声则思死封疆之臣。丝声哀，哀以立廉，廉以立志，君子听琴瑟之声则思志义之臣。竹声滥，滥以立会，会以聚众，君子听竽笙箫管之声则思畜聚之臣。鼓鼙之声谨，谨以立动，动以进众，君子听鼓鼙之声则思将帅之臣。君子之听音，非听其铿枪而已也，彼亦有所合之也"（《礼记·乐记》）。元杂剧也对古代音乐"补短移化，助流政教""以致鬼神祇，以和邦国，以谐万民，以安宾客，以说远人，以作动物"（《史记》）等诸多功能进一步集成与延伸，希望通过戏曲的"击鸣鼓，弹琴瑟，吹笙竽，而扬干戚"（《墨子》）"和正以广，弦匏笙簧，合守拊鼓，始奏以文"（《史记》），体现"治定功成，礼乐乃兴"的盛世清明、万邦来朝、万民和安。"乐者，心之动也；声者，乐之象也；文采节奏，声之饰也""凡音之起，由人心生也""乐者为同，礼者为异；同则相亲，异则相敬"（《礼记·乐记》），乐至则无怨，礼至则不争，杂剧在持续表演或流动作场中，以宫调联唱配合表演和天下、发民怨、平血气、导民情、达民心、咏民声、动民容、移

· 174 ·

第三章 杂剧在元代的媒介功能

风俗，流而不息，合同而化，立义尊德，"喜者闻之气勇，愁者闻之肠绝"（《乐府杂录》），从而发挥戏曲音乐促进雅俗文化合流互动、配合名教治国养民、开展通俗教育的工具性功能。

总之，元杂剧在音乐结构上的创新标志着戏剧音乐的规范化，同时严谨而富于变化的形式也体现出了其朴质浑成的审美特征。恰如徐大椿在《乐府传声·元曲家门》中所评价的那样："歌法至此而大备，亦至此而尽显。能审其节，随口歌之，无不合格调，可播管弦者，今人特不知深思耳。"[1]

二 杂剧的艺术美学规范功能

元杂剧的审美特征表现在它的剧本结构上，根据徐扶明的研究，早期的元代剧本是没有"折"这个概念的，因为当时戏剧的形式是"连场戏"，即以演员的上下场作为区分，一场连一场，直至剧终。而"折"这一概念最早出现在元刊本《古今杂剧》，以及钟嗣成的《录鬼簿》中。也就是说，"折"的概念最晚在元末出现，大致相当于现代戏剧中的"幕"。

如果据此对元代杂剧进行划分，可以发现大部分剧本的结构都是四折一楔子，也有个别出现五折、六折，甚至两楔的剧本，如《赵氏孤儿》《金水题红怨》等。多数学者认为，这种体制特点是沿袭了宋金杂剧的传统，因为早在《都城纪胜》《梦粱录》《南村辍耕录》等书中就有记载，宋代的杂剧演出主要分为二到三段，分别是艳段、正杂剧和杂扮，其结构与元代杂剧的"四折一楔"如出一辙。当然也有一些学者持相反的观点，如徐扶明就认为宋杂剧中的杂扮实际上是百戏当中独立的一种，能够单独进行演出，这与元代杂剧的剧本结构几乎没有任何关联。而所谓的"四折一楔"很可能与演出的时间有关系，因为要表演一部完整的剧目大约需要三到四个小时，对观众来说，既能满足其娱乐的需要，也不至于太过劳累，因而这样的剧本结构就成了元代杂剧作家创作的惯例。

---

[1] （清）徐大椿：《乐府传声·元曲家门》，转引自中国戏曲研究院编《中国古典戏曲论著集成》，中国戏剧出版社1959年版，第207页。

同时，抒情写意是中国古代文学的突出特征之一，它以强大的生命力给各种文学样式以或深或浅的内在濡染。所以，从《楚辞》到明清小说，长久以来，中国传统文学及其评论一直存在"情者文之经""缀文者情动而辞发"[①]"情动于中而形于言""诗缘情而绮靡""摇荡性情，形诸舞咏""根情，苗言，华声，实义"[②] 等创作艺术追求和文艺评论标准。中国戏曲作为一种说唱艺术形式，从唐传奇开始就注重完整叙事、人物塑造和情感抒发。唐传奇的叙事讲究有头有尾、委婉曲折，注重将鬼怪神异的描述转换到对现实人生的关注上，并以歌舞音声渲染一事，显示出征服人心、净化灵魂的艺术力量。"历史上的歌舞戏，优戏和一些伎艺表演，以服从表演故事情节为中心而趋向融合，向唱、做、念、打综合艺术迈出了可喜的一步，这是我国戏曲的重大发展。"[③] 宋杂剧进一步强化了故事性因素，灌圃耐得翁《都城纪胜》即有杂剧"大抵全以故事世务为滑稽"。吴自牧《梦粱录》提到的"通名两段"正杂剧，"大抵全以故事，务在滑稽唱念，应对通遍。"元杂剧发扬了中国传统文学融清晰的叙事、浪漫的想象、诗意的笔法和强烈的主观情感于一体的艺术特征，使元杂剧作品中激荡着充沛的情感，从而深深地打动了观众，感染了观众，产生了强大的生命力。

从元杂剧的抒情来看，元杂剧受到中国文学抒情传统的浸淫，同时又体现落拓文人的不平之气，所以在剧本创作与戏曲演绎中非常注重情感的抒发与宣泄，且务求极情极态。臧懋循关于元杂剧的核心结论是："盖元剧之作者，其人均非有名位学问也；其剧作也，非有藏之名山，传之其人之意也。彼以意兴之所至为之，以自娱娱人。关目之拙劣，所不问也；思想之卑陋，所不讳也；人物之矛盾，所不顾也。彼但摹写其胸中之感想与时代之情状，而真挚之理与秀杰之气，时流露于其间。故谓元曲为中国最自然之文学，无不可也！""元剧最佳之

[①] （南朝）刘勰著，周振甫注：《文心雕龙注释》，人民文学出版社1981年版，第346、518页。

[②] 郭绍虞：《中国历代文论选》（一卷本），上海古籍出版社1979年版，第30、67、106、139页。

[③] 李春祥：《元杂剧史稿》，河南大学出版社1989年版，第13页。

第三章 杂剧在元代的媒介功能

处,……亦一言以蔽之,曰:有意境而已矣。何以谓之有意境?曰:写情则沁人心脾,写景则在人耳目,述事则如其口出是也。"① 抒情性是元杂剧最明晰显著的特征,"此在高手,持一'情'字,摸索洗发,方挹之不尽,写之不穷,淋漓渺漫,自有余力。"② 但元杂剧的这种抒情不是悬置的"九天之音",而是一种基于现实生活、反映时代现状和民生的"人间气象",像李渔评述的那样:"如其离、合、悲、欢,皆为人情所必至,能使人哭,能使人笑,能使人怒发冲冠,能使人惊魂欲绝,即使鼓板不动,场上寂然,而观者叫绝之声,反能震天动地。"③

比如,《崔莺莺待月西厢记》写长亭送别:

[大石调][玉翼蝉]蟾宫客,赴帝阙,相送临郊野。恰俺与莺莺,鸳帏暂相守,被功名使人离缺。好缘业!空悒怏,频嗟叹,不忍轻离别。早是恁凄凄凉凉,受烦恼,那堪值暮秋时节!雨儿乍歇,向晚风如漂冽,那闻得衰柳蝉鸣凄切!未知今日别后,何时重见也。衫袖上盈盈,揾泪不绝。幽恨眉峰暗结,好难割舍,纵有千种风情,何处说?

[尾]莫道男儿心如铁,君不见满川红叶,尽是离人眼中血!

又如,《破幽梦孤雁汉宫秋》写朝堂问计和离别:

[斗虾蟆]当日个谁展英雄手,能枭项羽头,把江山属俺炎刘?全亏韩元帅九里山前战斗,十大功劳成就。恁也丹墀里头,枉被金章紫绶;恁也朱门里头,都宠着歌衫舞袖。恐怕边关透漏,央及家人奔骤。似箭穿着雁口,没个人敢咳嗽。吾当僝僽,他也、他也红妆年幼无人搭救。昭君共你每有甚么杀父母冤仇?休、休,少不的满朝中都做了毛延寿!我呵,空掌着文武三千队,中原四

---

① (明)臧懋循:《元曲选》第一册,中华书局1958年版,第98—99页。
② (明)王骥德:《曲律》,转引自中国戏曲研究院编《中国古典戏曲论著集成》(四),中国戏剧出版社1959年版,第159页。
③ (清)李渔:《闲情偶寄》,转引自中国戏曲研究院编《中国古典戏曲论著集成》(七),中国戏剧出版社1959年版,第76页。

百州，只待要割鸿沟。陡恁的千军易得，一将难求！

〔二煞〕虽然似昭君般成败都皆有，谁似这做天子的官差不自由！情知他怎收那膘满的骅骝。往常时翠轿香兜，兀自倦朱帘揭绣，上下处要成就。谁承望月自空明水自流，恨思悠悠。

【梅花酒】呀！俺向着这迥野悲凉：草已添黄，兔早迎霜；犬褪得毛苍，人搠起缨枪；马负着行装，车运着糇粮，打猎起围场。他、他、他伤心辞汉主，我、我、我携手上河梁。他部从入穷荒，我銮舆返咸阳。返咸阳，过宫墙；过宫墙，绕回廊；绕回廊，近椒房；近椒房，月昏黄；月昏黄，夜生凉；夜生凉，泣寒螀；泣寒螀，绿纱窗；绿纱窗，不思量。

〔幺篇〕伤感似替昭君思汉主，哀怨似作薤露哭田横，凄怆似和半夜楚歌声，悲切似唱三叠阳关令。

〔满庭芳〕又不是心中爱听，大古似林风瑟瑟，岩溜泠泠。我只见山长水远天如镜，又生怕误了你途程。见被你冷落了潇湘暮景，更打动我边塞离情，还说甚雁过留声。那堪更瑶阶夜永，嫌杀月儿明。

再如，《唐明皇秋夜梧桐雨》：

〔普天乐〕恨无穷，愁无限。争奈仓卒之际，避不得蓦岭登山。銮驾迁，成都盼。更那堪浐水西飞雁，一声声送上雕鞍。伤心故园，西风渭水，落日长安。

〔殿前欢〕他是朵娇滴滴海棠花，怎做得闹荒荒亡国祸根芽？再不将曲弯弯远山眉儿画，乱松松白鬓堆鸦。怎下的磕磴马蹄儿脸上踏，则将细袅袅咽喉掐，早把条长挽挽素白练安排下。他那里一身受死，我痛煞煞独力难加。

〔鸳鸯煞〕黄埃散漫悲风飒，碧云黯淡斜阳下。一程程水绿山青，一步步剑岭巴峡。唱道感叹情多，恓惶泪洒，早得升遐，休休却是今生罢。这个不得已的官家，哭上逍遥玉骢马。

〔三煞〕润蒙蒙杨柳雨，凄凄院宇侵帘幕。细丝丝梅子雨，装点江干满楼阁。杏花雨红湿阑干，梨花雨玉容寂寞。荷花雨翠

· 178 ·

第三章 杂剧在元代的媒介功能

盖翩翩,豆花雨绿叶潇条。都不似你惊魂破梦,助恨添愁,彻夜连宵。莫不是水仙弄娇,蘸杨柳洒风飘?

元杂剧以抒情见长,剧作家将质朴平淡的故事原型提炼熔铸、增饰充实,深入挖掘剧中人物精神世界的丰富内蕴,通过外部故事冲突去展现人物内心情感意绪的变化,以浓烈的情韵、丰厚的意象、强烈的感染力与震撼力,引发人们深沉的情感共鸣,将情感因素深化、细腻化,使情节更为曲折,叙事更为婉转。"能痴者而后能情,能情者而后能写其情"。①马致远《破幽梦孤雁汉宫秋》和白仁甫《唐明皇秋夜梧桐雨》,"一悲而豪,一悲而艳;一如秋空唳鹤,一如春月啼鹃。使读者一愤一痛,淫淫乎不知泪之何从,固是填词家巨手也"。②《汉宫秋》把昭君出塞和番、听天由命、逆来顺受、生儿育女、老死塞外、柔弱凄婉的形象塑造成不屈从命运的安排,以决绝的死亡进行不屈的抗争的女性,将人物置诸善恶冲突的情感网络中,酣畅淋漓渲染出忠贞、理义理想人格与道德指向,使剧作产生了强烈的悲剧美和浓郁的诗意,带给人们巨大的情感震撼,产生了持久的艺术魅力。

从叙事角度来看,元杂剧的角色往往承担着演绎剧情和表达作者思想的双重人物。剧作家撰写的剧本既为剧中人立心立言,又自述心志、寓情于事、表达爱憎。"忽为之男女焉,忽为之苦乐焉,忽为之君主仆妾、金夫端士焉","率吾意之所到而言之,言之尽吾意而止矣"(孟称舜《古今名剧合选序》)。元杂剧不以情节取胜,而以写人状物,通过大量的唱段和剧情细节展现人物内心世界和人生际遇。又因元杂剧的接受对象为市民大众,所以在剧本结构中,往往按时间顺序,把故事的前因后果、曲折过渡一一叙来,清晰呈现,明白晓畅,"体贴人情,委曲必尽;描写物态,仿佛如生;问答之际,了不见扭造"③,具有鲜明的叙事性。

---

① (明)潘之恒:《鸾啸小品》,转引自程炳达、王卫民《中国历代曲论释评》,民族出版社2000年版,第208页。
② (明)孟称舜:《新镌古今名剧·酹江集》(卷五),上海古籍出版社1995年版,第5页。
③ (明)王世贞:《曲藻》,转引自中国戏曲研究院编《中国古典戏曲论著集成》(四),中国戏剧出版社1959年版,第33页。

在元杂剧诸多叙事方式中，为了让观众对剧情和剧中人物有一个大体的认知，元杂剧剧本往往采取上场诗这种情节预示手法，在剧情展开之前让演员与观众产生情感共振。如：《铁拐李》岳孔目妻子的上场诗："待当家时不当家，及至当家乱如麻。早晨起来七件事，柴米油盐酱醋茶。"通过上场诗并辅以科白、脸谱和服饰，以短小精悍的语言，在有限的舞台时空中凸显人物性格、明确人物身份、勾连人物与剧情关系；又如马致远《汉宫秋》杂剧中毛延寿的上场诗："为人雕心雁爪，做事欺大压小。全凭谄佞奸贪，一生受用不了"，白朴的《墙头马上》杂剧第一折开场时裴尚书的上场诗："满腹诗书七步才，绮罗衫袖拂尘埃。今生坐享荣华福，不是读书哪里来。"这些诗句将毛延寿的贪婪奸诈、裴尚书仕进后的志得意满刻画得淋漓尽致、明白晓畅。

当然，也有一些格式化的、普遍采用的陈词套语，这些陈词套语在普遍采用后就形成了一种相对固定的身份或角色符号，观众通过这些格式化的上场诗就会判断出大体剧情和人物性格。如春风得意的官吏上场诗基本是："龙楼凤阁九重城，新筑沙堤宰相行。我贵我荣君莫羡，十年前是一书生。"《王粲登楼》中的蔡邕、《金凤钗》中的殿头官、《醉写赤壁赋》中的秦少游、《射柳捶丸》中的文彦博、《荐福碑》中的范仲淹、《破窑记》中的寇准、《冻苏秦》中的张仪、《小尉迟》中的房玄龄、《玉镜台》中的王府尹等角色上场时通常都用这样的诗句；而《遇上皇》中的府尹、《魔合罗》中的令史、《神奴儿》中的县官、《勘头巾》中的大尹等这些昏官庸吏上场诗基本是："官人清似水，外郎白如面。水面打一和，糊涂做一片。"贪官污吏上场即说："我做官人胜别人，告状来得要金银；若是上司当刷卷，在家推病不出门。"如《窦娥冤》中草菅人命的桃杌太守；豪横衙内的类型化上场诗："花花太岁为第一，浪子丧门世无对。闻着名儿脑也疼，则我是有权有势 X（姓）衙内。"家底殷实的员外富绅，如《看钱奴》中贾员外家门馆先生陈德甫、《绯衣梦》中富人王半州、《桃花女》中买卖人石留住等，上场张口就是："耕牛无宿草，仓鼠有余粮。万事分已定，浮生空自忙。"贩夫走卒的类型化上场诗基本都采用："买卖归来汗未消，上床犹自想来朝。为甚当家头先白，晓夜思量计万条。"

第三章 杂剧在元代的媒介功能

乡野郎中如《窦娥冤》中的赛卢医则为"行医有斟酌,下药依本草;死的医不活,活的医死了。"而"读尽缥缃万卷书,可怜贫杀马相如;汉庭一日承恩召,不说当垆说子虚"[1] 是汲汲功名的读书人上场的基本标配。观众通过上场诗的交代,基本上知道发生了什么、正在发生什么、将要发生什么。就如倪鸿宝《孟子若桃花剧序》中所说:"惟元之词剧,如孪生子,眉目鼻耳,色色相肖。……而八股场开,寸毫傀舞,宫音串孔,商律谱盂。"[2] 元杂剧以冲突的发生、发展和解决作为剧作故事框架,以表现人物悲欢离合、命运升降浮沉的变化,"以我慧发他灵,以人言代鬼语"(钱钟书),于叙事架构之上展现抒情的精神,与观众形成情感共鸣。

总之,元杂剧的剧本结构是叙事文学框架和抒情文学内涵的有机结合,既体现抒情写意的文化指向,又突出世俗艺术的美学规范。但无论如何,固定的剧本结构能够很好地表现故事中的起承转合,音乐与剧情需要达到高度的契合,无论是场景的布设还是道具服装的替换都不会影响到演出的连贯性。当然,严格固定的剧本结构也不允许剧作家们为作品设置相对复杂或是雷同的故事情节,这与当时简率自然、紧凑求实的审美趣味相吻合。也就是说,元代杂剧作家所追求的是能够在鲜明的故事主线上达到紧凑集中、言简意赅的艺术效果。

虽然"四折一楔"的体例相对刻板,但是杂剧作家在场面的铺排上却从不循规蹈矩。举例来看,关汉卿《金钱池》的第一折仅有一个场景,即杜家妓院;《望江亭》的第一折有两个场景,即清安观内和清安观外;而到了《窦娥冤》的第一折就出现了三个场景,即赛卢医药铺、从药铺到庄上的荒僻之地还有蔡婆婆家。这种场景的转移和不固定性恰恰说明元代的杂剧剧本结构是为戏剧演出的需要所服务的。也正是因为有了这样的转移和变化,元代杂剧才显得摇曳多姿、引人入胜。臧懋循评价说:"随所妆演,无不摹拟曲尽,宛若身当其处,而几忘其事之乌有。能使人快者掀髯,愤者扼腕,悲者掩泣,羡者色飞。"[3]

---

[1] 以上上场诗均出自徐沁君校点《新校元刊杂剧》,中华书局1980年版,第473—531页。
[2] 钱钟书:《谈艺录》,中华书局1986年版,第306页。
[3] 郭英德:《元杂剧与元代社会》,北京师范大学出版社1996年版,第276页。

可见，作为著名的戏剧理论家，臧懋循给予了其极高的评价。而事实也证明，这些充分体现元人审美意趣的剧本结构，乃至整个极具艺术张力的作品，直到今天还堪称戏剧舞台演出中的范本。

三 元杂剧的审美观念沟通与形塑功能

元杂剧的审美特征还表现在它的演唱结构上。通过分析可知，元代杂剧的演唱结构主要由"唱""云"，以及"科"或"介"三部分组成。"唱"就是我们今天所说的唱词，"云"是宾白，"科""介"指表情动作。在三者的相互配合下，无论是刻画人物，还是表现剧情几乎都能游刃有余地完成。

从演唱的角度来看，元代杂剧具有严格的规定。一般说来，杂剧的四个套曲只能由一种角色来主唱，被称为"一人主唱"。实际上，这种角色只能是正旦或是正末，也就是剧本中的男女主角。其中正旦唱的称为"旦本"，如《窦娥冤》就是由扮演窦娥的正旦主唱的旦本；正末唱的称为"末本"，如《汉宫秋》就是由扮演汉元帝的正末主唱的末本。

尽管我们很难断定元杂剧的演唱结构究竟受哪一种说唱艺术的影响，但是我们可以确定的是，借鉴代替不了创造。元杂剧之所以采取"一人主唱"形式主要是因为在冗长纷繁的情节里关键人物具有提纲挈领的作用，由他们演唱套曲，不仅能够充分抒发情感，表现人物性格，还能达到连贯完整的艺术效果。

从宾白的角度来看，它对于套曲演唱的衔接，和故事情节的交代都有重要的作用，但就其形成与创作的情况历来说法不一。明代臧懋循认为，宾白是伶人在演出的过程当中自己加进去的，所以有许多粗鄙的俗语，也就是先有曲后有白。清代李渔与之观点类似，认为每一折中的宾白只有寥寥几句，即便是去掉也不影响整个剧本的完整性，因此很有可能是在曲完成后才添加进去的。而明代王骥德则与他们的观点不同，他认为剧本中的曲词都很好，宾白却粗俗鄙陋，很有可能是教坊乐工先撰成间架说白，再由专门的词臣作曲。除此之外，还有一些学者认为杂剧中的曲跟白是相辅相成、不可分割的，之所以出现先有曲还是先有白的争论，实际上是对于宾白艺术水平的不屑。但这

第三章 杂剧在元代的媒介功能

恰恰说明，元杂剧具有很强的包容性，作为民间艺术的表率，它认同这种下里巴人式的情感表达，并完美地将其与文雅曼妙的曲词结合在了一起。王国维说元杂剧是自然本色的"活文学"，或许除题材丰富、风格多样、内容广泛等特点之外，始终与底层民众的审美观念相契合，才是它蓬勃至今，仍不褪色的真正原因。

从动作表情的角度来看，它是杂剧艺术核心的重要组成部分，被称为"科""介"。所谓"科"，徐渭在《南词叙录》中这样解释："相见、作揖、进拜、舞蹈、坐跪之类，身之所行，皆谓之科。"[①] 实际上，元代杂剧中的"科"大致涵盖五个方面，其一是"做手儿"，也就是身段，通过不一样的动作，表达不一样的感情；其二是武功，即表现武打争斗场面的刀枪功夫；其三是剧中穿插的歌舞，如《梧桐雨》中胡旋舞的表现；其四是通过动作语言制造一些演出效果，如《汉宫秋》中的"雁叫科"主要就是通过演员歌唱来表现"雁过蓼花汀"的景象；其五是指次要人物在演出过程中的检场，因为当时没有专职的检场，为了保持戏剧的完整性，演员常常要依靠表演动作来更换舞台的布景。尽管当时的"科"几乎包含了场上演员所有的表情和动作，但是主要还是指做手儿和武功；于是后人就在此基础上，把杂剧演唱结构中的"唱""云""科"细化为了"唱""念""做""打"四个方面。可见，元代杂剧已经借助了大量的表演动作，用艺术的手法反映真实的生活。同时，它所具备的演唱结构和表演体系也与今天的戏剧演出基本无异了。

四 元杂剧的替代性满足与心理宣泄功能

胡祗遹在他的《黄氏诗卷序》中对演员的艺术修养提出九项要求，这就是著名的"九美"说："女乐之百伎，惟唱说焉。一、姿质浓粹，光彩动人；二、举止闲稚，无尘俗态；三、心思聪慧，洞达事物之情状；四、语言辨利，字句真明；五、歌喉清和圆转，累累然如贯珠；六、分付顾盼，使人解悟；七、一唱一说，轻重疾徐中节合度，

[①] （明）徐渭原著：《南词叙录注释》，李复波、熊澄宇注释，中国戏剧出版社1989年版，第89页。

虽记诵娴熟，非如老僧之诵经；八、发明古人喜怒哀乐、忧悲愉佚、言行功业，使观听者如在目前，谛听忘倦，惟恐不得闻；九、温故知新，关健词藻，时出新奇，使人不能测度为之限量。九美既具，当独步同流。""九美"说的核心是强调元杂剧最大的功能就在于"宣"与"导"，通过舞台上的角色表演来调节观众的心理，满足他们寻求宣泄的心理需要，用胡祗遹的理解就是"百物之中，莫灵莫贵于人，然莫愁苦于人。鸡鸣而兴，夜分而寐，十二时中，纷纷扰扰。役筋骸，劳志虑，口体之外，仰事俯畜。吉凶庆吊乎乡党闾里，输税应役于官府边戍。十室而九不足，眉颦心竭，郁悒而不得舒；七情之发，不中节而乖戾者，又十常八九。得一二时安身于枕席，而梦寐惊惶，亦不稍安。朝夕昼夜，起居寤寐，一心百骸，常不得其和平。所以无疾而呻吟，未半百而衰。于斯时也，不有解尘网，消世虑，熙熙皞皞，畅然怡然，少导欢适者，一去其苦，则亦难乎其为人矣！此圣人所以作乐以宣其抑郁，乐工伶人之亦可爱也"（胡祗遹《紫山大全集·卷八》）。

元杂剧与参军戏一样，对所扮演的角色实行分行制。基本上是按照戏曲人物的性别、年龄、社会地位等分成若干行当，并给予不同行当以不同舞台设计、脸谱或服饰等固定符号象征。"象征是某种隐秘的，但却是人所共知之物的外部特征。象征的意义在于：试图用类推法阐明仍隐藏于人所不知的领域，以及正在形成的领域之中的现象。"[①] 象征以此代彼、以简驭繁、以显喻隐的记号来实现对实在对象、过程和现象的借代。观众在观剧过程中，依据之前累积的戏曲尝试可以自主地解读这些象征符号，并与特定事项建立关联。比较明显的象征如色彩与造型，在元杂剧脸谱中，重道贵义的忠臣义士脸谱多用红表，如三国戏中的关羽、姜维，《伐子都》中的颖考叔，《千里送京娘》中的赵匡胤，《杨家将》中的孟良等；而勇武耿介柱国重臣脸谱多用紫色，如《破宁国》中的常遇春，《二进宫》中的徐延昭，《专诸刺王僚》中的专诸等；刚直不阿，铁面无私或慷慨豪爽的角色脸谱多用黑色，如项羽、张飞、李逵、牛皋、焦赞、杨七郎、尉迟敬德、

---

① ［瑞士］荣格：《分析心理学的理论与实践》第三卷，成穷、王作虹译，生活·读书·新知三联书店1991年版，第243页。

第三章 杂剧在元代的媒介功能

包拯等；白色脸谱多用于奸诈、虚伪、阴险、邪恶的奸臣贼子或刚愎自用、卑鄙龌龊的宵小之徒，如秦桧、严嵩、费无极、高登、曹操、司马懿、赵尚等。杂剧用这些外在戏曲语言和象征符号凸显人物性格与预设褒贬。如《逼婚记》七品芝麻官身穿红官衣，被鞭挞的恶霸国舅穿绿道袍，使供人娱目的色彩富有深刻的文化意蕴和丰富的历史内容。

对戏剧演出来说，角色的分工是演员们创造舞台形象的基础。早在宋金时期，每个戏曲剧种就已经有了自己的角色，当时主要以末、净两角为主，其他的还有副末、副净、末泥、装孤、装旦等。到了元代，杂剧中的角色又有了新的变化，主要是在分工上日趋细密。大致来看，主要有旦、末、净、外、杂五大类，其中每一类都被划分成了好几种，如"旦"包括正旦、外旦、小旦和老旦；"末"包括正末、外末、冲末和小末；"净"包括净、副净、外净等；"外"包括所有除净末以外的男性角色；"杂"包括细酸（读书人）、孛老（老汉）、邦老（强盗）、卜儿（老妇）、徕儿（儿童）、驾（皇帝）、孤（官员）等；显然，在复杂的故事情节中，这样的角色分工主次有序、更加明确。

"盖剧场即一世界，世界只一情人。"[1] 在角色分工的基础上，每个角色及其命运呈现、际遇传达都是现实生活在舞台的浓缩和投射，每位观众都可以在观赏中找到自己的理想和影子，"追夫曲之为妙，极古今好丑、贵贱、离合、死生，因事以造形，随物而赋象。时而庄言，时而谐谑。孤、末、靓、狙，合傀儡于一场，而征事类于千载。笑则有声，啼则有泪，喜则有神，叹则有气。"（明·孟称舜《古今名剧合选序》）在山穷水尽、峰回路转、跌宕起伏、悲喜交加中，观众看角色表演，反思自己的作为，或始疑而终信，或始信而终疑，不管是"奸臣害忠良"，还是"相公招姑娘"，"意在笔先，片语宛然代乱舌；情从境转，一段真堪断肠"[2]。杂剧"从一种新的广度和深度上揭示了生活：它传达了对人类的事业和人类的命运、人类的伟大和人类

---

[1] （明）袁于令：《焚香记序》，转引自程炳达、王卫民《中国历代曲论释评》，民族出版社 2000 年版，第 288 页。
[2] （明）吕天成：《曲品》，载《中国古典戏曲论著集成》（六），中国戏剧出版社 1959 年版，第 210 页。

的痛苦的一种认识①。"它勾兑着人生，设置着话题，传递着风俗，塑造着规范，观看前后、舞台上下形成了一个流动的信息场。

另外，有一点不能忽略，那就是"杂"类里面的名称并不是固定的角色名称，而是当时社会对于不同类型人物的分类与称呼，它们是可以由其他角色扮演的。如在《薛仁贵》中，就由正末扮演邦老；《合汗衫》中由外净扮演邦老。也就是说，在元代杂剧的分类中，实际上只有净、旦、末三大行当，其他的角色都可以根据剧本的需要进行调整。从这一点可以看出，在角色的设置上，元杂剧依然保持着一贯的风格，严谨中不乏灵活，细腻中不乏变化，给人以独特的审美体验。

在元代杂剧演出中，不同角色的面部妆容也独具特色。这主要可以从两个方面来进行考察：一是文献记载，如《单刀会》中写关公"髯长一尺八，面如挣枣红"，即为红脸长须的造型；《双献功》中形容李逵"烟熏的子路，墨染的金刚"，即为黑脸的造型。这些都对演员舞台造型起到了规范的作用。二是实物图形，如上文提到的山西洪洞县霍山明应王殿壁画中（如图 2-1 所示），正末就是俊扮，脂粉妆，其鼻间还有一块蝶状白粉，以示与真官的区别，而净则是粉墨滑稽妆，眼鼻间有白粉圈，眉形似墨染。除此之外，我们还能从这幅壁画中看出戏服、道具等其他装扮，如左边第一位就身着圆领青袍，衣上还有衮龙图案，脚踩乌皮靴，左手执扇，应该是装旦的扮相，属于杂色。所有的这些都表明，自元杂剧起，演员的面部妆容及戏服装饰都开始趋于定型。

溯其渊源，从上古时代的文身面具，到歌舞百戏所用的假面都是杂剧面妆早期的雏形。但是不管是多么精巧的面具都始终无法替代演员的面部表情，固定的表情和色彩很难生动地表现人物的性格和感情特点。因此直接将面具图形绘画在演员面部是戏剧装扮的一大改革，尽管它在唐参军中就已经有所采用，但纵观元杂剧中的演员形象，显然要比唐参军更为精美细腻。元杂剧对不同角色进行的形象固定和限制，实际上推动了戏剧装扮逐步走向程序化，对今天戏剧中脸谱等诸多装饰传统的形成提供了借鉴。

---

① [德] 恩斯特·卡西尔：《人论》，甘阳译，上海译文出版社1985年版，第190页。

第三章　杂剧在元代的媒介功能

综上所述，杂剧艺术的传播不仅能使受众在娱乐中得到精神上的享受、情感上的满足，同时也给受众提供了全新的审美体验。有学者认为，我们熟知的大众媒介具有双重美感，一是通过所传播的内容给人以美感；二是特定的传播形式本身也可以给人以美感[1]。显然，元杂剧也具备这样的特点，无论是文字内容、音乐表演、舞台装扮甚至是思想内涵都给当时社会的审美观念和公众的审美能力带来了深远的影响。

第二节　元杂剧的文化传播功能

作为我国历史上表演艺术的典范，元杂剧的形成虽然离不开长期的积淀，但更多的却是时代的赋予。正如王国维所认为的那样，不同的时代有不同的文学艺术形式，它们虽然能在当时达到鼎盛，却未必能为后世所继承。因此，在这样一种不朽的艺术创作当中，我们不仅可以领略代代相传的文化传统，还可以一窥时代的风貌与精神。从另一个侧面来说，元杂剧既与所有的媒介一样，具有传递信息的功能；同时也有别于大多数媒介，因为它还担负着传承文化、传递观念的责任。

一　元杂剧对历史文化的演绎、传播与重构

据统计，戏曲传统剧目有一万多个，其中大多为历史故事剧，故艺人中有"唐三千，宋八百，数不清的三列国"之说。元代，杂剧是历史事件传播的重要渠道之一。在诸多剧目中，有很多作品取自历史、传奇、话本或历史故事。周贻白的《中国戏剧史长编》认为："中国戏剧的取材，多数跳不出历史故事的范围。……甚至同一故事，作而又作，不惜重翻旧案，蹈袭前人。"[2] 这一观点概括了戏曲、包括元杂剧对历史事件进行舞台演绎的特征。而杂剧在元代多流行于市井之间，观众多为文化水准较低的普通民众，他们对历史的了解很多不是来自

---

[1] 申凡等：《传播媒介与社会发展——媒介功能理论研究》，人民出版社2008年版，第40页。
[2] 周贻白：《中国戏剧史长编》，上海书店出版社2007年版，第132页。

官修正史，而是民间口耳相传的说书、评话、小说、野史被搬演的戏台。因此，杂剧发挥了传播历史知识的特定功能。老百姓在将信将疑中将舞台加工过的历史当成真实的历史来认知，虽然这中间有许多增饰、篡改和演绎，但民众在戏曲娱乐中品谈戏剧之妙，在一定程度上获得了历史知识，增强了民族意识和道德观念。

历史剧中多虚少实的美学品格是戏曲的功能所要求的。戏曲与史传虽然都描述古人古事，但历史剧毕竟不能代替史传，史传重在实录、鉴世、存真，因此作史一定要"其事核，不虚美，不隐恶，故谓之实录"（班固《汉书·司马迁传赞》）。戏曲是供人玩赏的娱乐或讽世之作，"借离合之情，写兴亡之感"，重在求美。正如杂剧《苏英皇后鹦鹉记》第一折诗句所说，"戏曲相传已有年，诸家搬演尽堪怜，无非取乐宽怀抱，何必寻求实事填"（《古本戏曲丛刊》初集五函）。关汉卿、马致远等创编杂剧时，取资了大量两宋民间资源和史料，如《单刀会》中的关羽、《哭存孝》中的李存孝、《谢天香》中的柳永等虽史有其人，但未载其事，此类剧作亦应采自当时民间演义。

"大抵今剧之兴，本由乡鄙，山歌樵唱，偶借事以传讹，妇解孺知，本无心于考古。……积久相沿，遂成定例矣。"（徐珂《清稗类钞·戏剧类·今剧之始》）汤显祖在《宜黄县戏神清源师庙记》一文中也对此表达了明确看法"杂剧传奇，生天生地生鬼生神，极人物之万途，攒古今之千变。一勾栏之上，几色目之中，无不纤徐焕眩，顿挫徘徊，恍然如见千秋之人，发梦中之事。使天下之人无故而喜，无故而悲。或语或嘿，或鼓或疲，或端冕而听，或侧弁而咍，或窥观而笑，或市涌而排。"这些舞台所演绎的历史多为"街谈巷语，道听途说者之所造"（班固《汉书·艺文志》），"近史而悠缪"，剧作家对历史故事以假托古人、张冠李戴的方式进行自由灵活的再加工，糅和古今、包罗天地，在腾挪跌宕中展现历史的风云际会和人物的得失沉浮。

二 时代精神的反映与反思功能

所谓时代精神，是能够代表一个时代本质和主流的思想感情[①]。

[①] 郭英德：《元杂剧与元代社会》，北京师范大学出版社1996年版，第182页。

第三章　杂剧在元代的媒介功能

严复在申述戏剧的时代功能时说："只要随便找一个路人，问他三国、水浒人物，问他唐明皇、杨贵妃、张生、莺莺、柳梦梅、杜丽娘，他大抵都能知道，因为这些人物通过一些传播很广的小说、戏剧作品而深入人心。"戏剧因其"其入人之深、行世之远，几几出于经史之上"①"……唯兹梨园子弟，犹存汉官威仪，而其间所谱演之节目、之事迹，又无一非吾民族千数百年前之确实历史，而又往往及于夷狄外患，以描写其征讨之苦，侵凌之暴，与夫家国覆亡之惨，人民流离之悲。其词俚，其情真，其晓譬而讽谕焉，亦滑稽流走，而无所有凝滞，举凡士庶工商，下逮妇孺不识字之众，苟一窥睹乎其情状，接触乎其笑啼哀乐，离合悲欢，则鲜不情为之动，心为之移，悠然油然，以发其感慨悲愤之思，而不自知。以故口不读信史，而是非了然于心；目未睹传记，而贤奸判然自别。"②作为游离在权力之外，始终生活在社会底层的杂剧作家，他们对元代百姓的情感和希望有着最为深刻的了解，于是，他们把这些丰富的历史事件、经验教训和时代精神完整地吸纳进杂剧作品当中，使民开化，从而奏响了时代的旋律。同时，"文学史就其深刻的意义来说，是一种心理学，研究人的灵魂，是灵魂的历史。"③元杂剧又是元代社会思想文化心理和时代精神的外显，作为一种介于政治、经济、文学之间的"媒介"，既体现历史文化积淀，又展示当时政治经济社会的多维面相。

元初，蒙古人以弓马取天下，草原游牧文化与中原农耕文化形成了比较尖锐的冲突。元代政治腐败、社会黑暗、法律混乱、思想混乱、道德沦丧、纲常失序，以致"善人喑哑，凶人日炽，暴官污吏，玩弟逆子，戾妻攒妾，强悍婢，市井无赖，日增月盛"。"仆自入仕临民，伤礼乐之消亡，哀民心之乖戾。……民生日用之间，父子夫妇，兄弟朋友，愁苦悲怨，逃亡贫困，冻饿劳役。居官府者，晏然自得！"（胡祗遹《礼乐论》）在冲突的旋涡中，表现最为突出的是中原长期稳定的文化结构开始松弛，君臣父子、名节贞操、内圣外王等理念崩塌，

---

① 严复、夏曾佑：《本馆附印说部缘起》，转引自阿英《晚晴文学丛钞小说·戏曲研究卷》，中华书局1960年版，第9页。
② 陈佩忍：《论戏剧之有益》，《二十世纪大舞台》1904年第1期。
③ 钱穆：《中国文化史导论》，商务印书馆1994年版，第10—11页。

而新的道德思想体系还没有建立起来，所以人们的精神信仰和心理出现空白、危机和混乱，但同时也极大地解放了人的个性和审美。这种文化的交错杂糅就成为元杂剧表现的对象和繁盛的依托。元杂剧的内容、形式、演出和批评都深刻地反映着元人的生活方式、审美情趣和文化追求，也形成了元人豪放旷达的时代性格。元杂剧在呈现时代文化的同时也影响着文化的发展走向，诸如诸宫调、货郎儿、词话等说唱伎艺、院本、舞蹈、武打、杂耍等通俗伎艺和北曲、词、南曲、乡野小曲、字谜隐语等民间优戏都被融合呈现，在喜闻乐见、寓教于乐的演出中，其教化题材契合观众需求，并深深地扎根在百姓的心中，通过杂剧扮演，不同族群间习俗互渗，情感互动，言语互用，杂剧的教化与补益功能被放大，民族融合被推进，"它最本质的特征是诱发笑声，带来欢乐，启发睿智"①。

但娱乐只是元杂剧的一个表象功能，它不仅仅是一个"随俗进伎"以"快耳而称口"、以声色娱人的肤浅技艺，还更多地发挥着"假物之善鸣者以宣道"（胡祗遹《紫山大全·卷二四》）的"少导欢适""宣其抑郁"功能。打开元杂剧鲜活的扉页，似乎有一种纵情山水、消极弃世的味道扑面而来，这是杂剧作家的无奈，更是一个时代的阵痛。文人王焕曾在《百花亭》中写道："俺想为人生得蠢浊，倒也省得耽烦受恼。小生不幸，学的聪明。致令半生浮浪，一世飘蓬，只当坠下活地狱一般。"②可见，杂剧作家的笔下是一种聪明无益的怨愤，但他们能够清醒地认识到社会的现状，"日日新声妙语，人间何事颦眉？"，通过"新声妙语"，表达人生之纷扰，民生之艰难，生存之愁苦，精神之郁闷，筋骨之劳顿，心志之疲倦等体味，使观众从观剧中认识"政治之得失"、道德之"厚薄"、九流百家之"人情物理"。化解观众的百转愁肠，冲淡人们的郁闷心情，释放生活重压，对苦难人生进行心理补偿。

这种功能是对历代文人"为天地立心，为生民立命，为往圣继绝学"（张载）这一固有的使命感和责任感的别样呈现，让这些无尽的

---

① 杨哲、杨明新：《中西喜剧文学简史》，当代中国出版社2004年版，"前言"第8页。
② 郭英德：《元杂剧与元代社会》，北京师范大学出版社1996年版，第183页。

第三章 杂剧在元代的媒介功能

怨愤当中有了对民生疾苦的关注和对于清平社会的向往。作为元代杂剧作家中的翘楚，关汉卿一生创作杂剧60余部，除了为人所熟知的《窦娥冤》，《蝴蝶梦》《鲁斋郎》等也都通过社会底层小人物的悲剧，对社会进行了深刻的批判。其中，《蝴蝶梦》以皇亲葛彪无故打死王老汉作为引子，讲述了包拯刚正不阿，最后为王老汉一家申冤报仇的故事。但实际上，我们从葛彪的人物塑造当中看到的更多是作者乃至百姓对上层统治者的不满。而《窦娥冤》则是将辛辣的笔锋指向了黑暗无能的官府，明明是张驴儿失误毒死了自己的父亲，昏官却听信诬陷之词，认定是窦娥所为，将其处斩。

这种借古讽今、借古喻今、以戏剧影射元代社会黑暗的剧目较多，包罗了元代社会的各个方面内容。在《汉宫秋》里，我们看到的不是一个红颜薄命、被迫远嫁的纤弱女子；而是一个为了保存汉王朝的江山社稷，在匈奴压境之时，毅然抛弃挚爱，远嫁和亲的女英雄。在马致远的笔下，王昭君既有着细腻的儿女情长，也有着凛然的民族热情，她因不忍远离故土、不愿"以色事敌"，最终在汉番交界投水殉国的气节正是宋金遗民普遍存在的民族情绪。杂剧作家们饱蘸爱国笔墨，铸就了《汉宫秋》《梧桐雨》《赵氏孤儿》《苏武还乡》等一系列不朽的佳作。在这些名篇里，我们看到了元代百姓身上威武不屈的抗争精神，在主人公嬉笑怒骂中展示美好并给观众"正义战胜邪恶"的快感，通过古今、美丑、善恶对比来揭露当时社会的黑暗和野蛮。

在现存的元杂剧文本中，还有诸多这样的例子，这里不再一一详述。但是从杂剧作家们对社会问题的大胆揭露中可以看出元代知识分子身上不畏权势、为民立命的浩然正气，充分反映了元代社会中的政治精神。

不管是对社会现状的不满，还是对过往兴盛的缅怀，动荡与不安都激发起了元人对避世超脱的追求以及对于封建传统的怀疑与突破。从消极的方面来看，元人在精神层面上的自我发展无疑是残酷制度下的产物，正是因为生活上的力不从心和苦不堪言，才让杂剧作品中写满了他们对于封建政权和封建道德的不满与怀疑。如在《窦娥冤》中，窦娥本来对于官府的看法是"明如镜，清如水"，但是在严刑拷打后，她意识到官场的黑暗和为官者的昏聩，因而发出对于整个封建社会的强烈抗议:"地也,你不分好歹何为地!天也,你错勘贤愚枉做天!"带着浓重的悲凉,窦娥从杂剧中向我们走来,她对社会的控诉和怀疑是整个元代百姓内心的写照。

因为对现实社会与政治的不满,以及对封建制度、封建礼教的怀疑,在元人的内心深处还出现了另一种倾向,那就是通过对神仙道化的追求来否定现实人生。在道家的世界里,人们只需要拥有化归自然、任性无为的人生境界就好,不需要受到外在事物的拖累和牵绊。对于在人生的发展上走投无路,在社会的发展上无能为力的元代百姓来说,这恰恰迎合了他们的内心需求。如马致远的《黄粱梦》是关于钟离权度化吕洞宾的故事,《岳阳楼》讲述的是吕洞宾度化柳树精和白梅花精的故事,而《马丹阳三度任风子》写的是吕洞宾的再传弟子马丹阳度化任屠的故事。值得注意的是,在这一系列神仙道化剧中,主要以启迪感化底层儒士文人为主,这也足以说明当时底层文人生活的窘迫和精神的压抑。

从积极的方面来看,受到长期战争的影响,封建传统下的社会结构和伦理观念受到了严峻的挑战;同时,相对宽松的文化政策和多民族之间的交流与融合,促进了社会思想的活跃。于是,在《西厢记》中,我们看到的是一个敢于与封建礼教、封建婚姻制度做斗争的少女形象;在《陈抟高卧》中,我们看到的是一个无视皇权、淡泊名利的道士形象。所有的这些,是时代的眼光,但也是历史的产物。在继承传统文学创作的基础上,杂剧作家们将新的价值观念和人生态度融入作品当中,得到了广大受众的认可与好评。而这些经久不衰的作品又为后世的创作带来了影响,如在家喻户晓的《红楼梦》中我们依然能够看到的想要摆脱封建婚姻束缚,追求恋爱自由的人物形象;同时也能看到对于皇权、对于儒家所追求的功名利禄的不屑一顾。作为传统文化的集大成者,它无疑也受到了元代精神文化的影响。

三 对市民意识的呈现与熏染功能

将市民意识作为元代重要的文化特征之一进行梳理,其一是因为元杂剧对于丰富的市民形象具有详细的刻画;其二是因为在商品贸易的影响下,市民文化已经成为社会当中独特的景观,市民意识对后世

第三章 杂剧在元代的媒介功能

的文学创作和思想观念也有着重大的影响。

关于市民意识的产生,主要有以下三点原因。一是自唐中叶开始,我国的商品贸易有了长足的发展。尤其是到元代以后,棉纺织业、丝纺织业、酿酒业、制盐业、炼铁业等诸多行业的生产技术和生产工具都有了大幅度的提高和改善,同时,民间的手工作坊数量也出现了大幅攀升。据《马可·波罗行纪》记载,当时的杭州城里有十二种职业,从事各个职业的约有一万二千户,而每一户起码有十人,有些甚至多至二十人到四十人不等。其人非尽主人,然亦有仆役不少,以供主人指使之用①。显然,作坊的主人和仆役构成了资本主义式的生产关系,这也是元代手工业高度发展的重要标志。二是在商品贸易、科学技术、交通运输的快速发展下,城市开始出现商业化的繁荣景象。由于商旅的频繁往来、供销需求的不断上升,城市里出现了越来越多的谋生机会,大批农村人口及无业游民都被吸引至此,做买做卖、做工做杂。三是随着经济水平的提高,人们对于金钱利益的认识逐渐加深,造成了传统思想教化体系的部分坍塌。同时,商品贸易的发达,拉大了人与人之间的贫富差距,有钱有权的社会群体对底层劳苦百姓的支配更胜以往。

我们可以发现,元代市民意识的兴起,与元代大都等大城市的发展不无关系。一方面,生产方式与生产技术的进步在很大程度上破坏了原有的封建生产方式,也扰乱了原有的社会经济结构,使社会意识开始发生改变。另一方面,由于疆域的扩大和城市的商业化,使越来越多的人口涌入城市,全国的市民阶层较之前有了进一步的扩大,各色人等构成了市民阶层。最后,在元代重商政策和贫富差距的影响下,金钱成为人们首要的价值标准和社会信仰,所有的这些都是市民意识产生的重要条件。概括来说,就是先有都市,后有市民,再有分工,市民意识由是生焉。

"戏园者,实普天下人之大学堂也;优伶者,实普天下人之大教师也。"② 在元杂剧里,市民意识就成了一种相对完整和独立的思想体

---

① [意]马可·波罗:《马可·波罗行纪》,冯承钧译,上海书店出版社2001年版,第353页。
② 三爱(陈独秀):《论戏曲》,《安徽俗话报》1904年第11期。

系，并渗透于反映政治经济、社会民生、爱情婚姻等方方面面的内容当中。

首先，在政治层面上，元杂剧中既表现出对封建统治者的讽刺，以及对封建制度的不满；同时也表现文人士子对官位的渴望，以及对权力的迷恋。如在睢景臣的散曲《高祖还乡》里，就借助农户之口这样形容汉高祖刘邦，"你本身做亭长耽几盏酒，你丈人教村学读几卷书。曾在俺庄东住，也曾与我喂牛切草，拽坝扶锄。"① 之所以要把刘邦发迹之前卑微的社会地位展示给观众，无疑是想借此调侃他成为皇帝后的气派和排场，让原本站在历史高处的刘邦失去头顶的光环。再如马致远的《汉宫秋》，面对岌岌可危的江山，汉元帝的内心独白却是"四时雨露匀，万里江山秀。忠臣皆有用，高枕已无忧。守着那皓齿星眸，争忍的虚白昼"。显然，在这部以历史故事为题材的剧目里，作者绝不仅仅是为了对昭君的个人悲剧命运进行写照，更多的是为了发泄对于统治者昏聩无能、惊慌乏策的不满。

其次，在经济层面上，元杂剧表现出来的是一种"贫穷无本，富贵无根"的主张，认为不管是谁都可以通过自己的努力改变人生轨迹。如在杂剧《东堂老》里，秦简夫就对元人重利求商的心理活动进行了极为透彻的描述："那做买卖的，有一等人肯向前，敢当堵，汤风冒雪，忍受寒冷；有一等人怕风怯雨，门也不出。所以孔子门下三千弟子，只子贡善能货殖，遂成大富。怎做得由命不由人也？"② 可见，这与儒家所倡导的"君子羞言利名"是背道而驰的，充分体现了元代市民阶层所保持的利益至上的观点。更有甚者，还认为贫富的转变不在于个人的能力和辛勤的付出，而在于精明的算计，如《朱砂担》中就有"营生道路有千条，若无算计也徒劳"的描述。也正是因为这样，在元代社会里不免充斥作奸犯科、坑蒙拐骗的恶习，而这些不良的社会现象，也被杂剧作家真实地反映在了作品当中。

再次，在社会层面上，我国虽然一直以演戏为贱业，但戏曲却在展示古代衣冠、绿林豪杰、英雄儿女等人间百态。"欲知三者之情态，

---

① 廖奔、刘彦君：《中国戏曲发展史》第二卷，山西教育出版社2000年版，第197页。
② 郭英德：《元杂剧与元代社会》，北京师范大学出版社1996年版，第162页。

第三章 杂剧在元代的媒介功能

则始知戏曲之有益，知戏曲之有益，则始知迂儒之语诚臆谈矣。"① 元杂剧主张的是人与人之间的平等与和谐，而非传统封建社会中所强调的伦理纲常。因此，在《陈州粜米》中我们所看到的是一个能够扮成庄户人家，甚至为妓女王粉莲笼驴打杂的包拯形象；在《争报恩》中我们看到的是一个恩怨分明、忠肝义胆的关胜形象，他在经历了一场是非后清楚地说："有仇的是丁总管和王腊梅，有恩的是我那千娇姐姐，切切的记在心上。"这种对于平等自由、以义为先的歌颂，对后世的文学创作和思想观念也都有一定的影响。

同时，元杂剧又在一定程度上调剂着都会市民的闲暇生活，反映着时代样貌。市民们在年丰岁稔、日灵风和时节，携家带口，呼朋引伴，三五成群，汇入勾栏瓦肆、村头广场，看戏解闷。赵显宏的散曲《行乐》生动地描绘了这一场景："［南吕］［一枝花］十年将黄卷习，半世把红妆赡。向莺花场上走，将风月担儿拈。本性谦谦，到处干风欠，人将名姓□店。道丽春园重长个羲之，豫章城新添个子瞻。""［梁州］醉醺醺过如李白，乐□□胜似陶潜。春风和气咱独占。朝云画栋，暮雨朱帘。狂朋怪友，舞妓歌姬。喜孜孜诗酒相兼，争知我愁寂寂闷似江淹。也不怕偷寒送暖来勤，也不怕弃旧怜新女嫌，也不怕爱钱巴镘娘严。非咱，指点。平康巷一步一个深坑堑，风波险令人厌。门掩半安排粗棍掭，有苦无甜。"（《全元散曲》）豪门显宦茶余饭后、宴酌行令之时，落落庭院、漾漾湖边，执杯把盏，以戏比世，论议不尽之政令，臧否不足之人物。元人高安道在《朝野新声太平乐府》作"嗓谈行院"散曲："［般涉调］［哨遍］暖日和风清昼，茶余饭饱斋时候。自汉抱官囚，被名缰牵挽无休。寻故友，出来的衣冠济楚，像儿端严，一个个特清秀，都向门前等候。待去歌楼作乐，散闷消愁。倦游柳陌恋烟花，且向棚阑玩俳优。赏一会妙舞清歌，瞅一会皓齿明眸，躲一会闲茶浪酒。"关汉卿的散曲"得自由，莫刚求，茶余饭饱邀故友，谢馆秦楼散闷消愁"也有同样的表达。"太平日久，人物繁阜。垂髫之童，但习歌舞，斑白之老，不识干戈。……灯宵月夕、雪际花时，举目则青楼画阁，……新声皆笑于柳陌花衢，按管调弦于茶

---

① 三爱（陈独秀）：《论戏曲》，《安徽俗话报》1904年第11期。

坊酒肆，……伎巧则惊人耳目，奢侈则长人精神。"吴自牧的这篇《梦粱录》序文将杂剧的娱人自娱功能解释得淋漓尽致，也在一定程度上显示了当时的艺术风貌和社会潮流。

另外，舞台上的尊卑长幼既是社会现实的投射，又在一定程度上引导着现实。一般来说，戏曲一般用戏衣的色彩来明尊卑、序长幼。如卑贱者服素，"罪衣"为赭色，褶子为平民便服。"老年人穿香色，或蓝色，中年人穿红色，蓝色，少年人穿红色，粉色。"① 帔被为帝王将相、权贵显要的常礼服和便服。

此外，在爱情婚姻层面，元杂剧所追求的是一种积极自由的态度，以及想要冲破封建礼教的决心。宋元以来，杂剧作家大多数是比较接近社会下层的知识分子，他们与下层市民以及杂剧演员接触很多，所以元代爱情杂剧并没有完全继承宋杂剧中爱情与仕宦交织的剧情，也没有将重点放在那些嫁于艺人、商人或与达官贵人为妾"上厅行首"和普通妓女们，而是那些几乎没有"蟾宫折桂"和结婚姻于高门的普通女子。讴歌她们对自由婚姻的追求，鞭挞门当户对的陈腐观念。诸如李千金、罗梅英这样泼辣、大胆带有一定"独立"性格色彩的妇女都是他们重点刻画的典型。其中比较典型的是王实甫的《西厢记》，其中张生和崔莺莺的结合不仅是才与貌所决定的，更重要的是他们勇敢地冲出礼教樊篱的结果，因而作者才在最后发出感叹："永志无别离，万古常完聚，愿普天之下有情的都成了眷属。"除此之外，与大家闺秀社会地位迥然不同的风尘女子也拥有对于婚姻自由的追求。在《救风尘》里，风尘女子赵盼儿利用自己的聪明才智，成功将出身相同的姐妹宋引章从不幸的婚姻里解救出来，正是对封建婚姻的反抗，同时也是女性意识的觉醒。最后，我们在元杂剧中还可以看到对男女欢爱十分露骨的描写，这是人们意图摆脱封建社会中禁欲主义桎梏的直接表现。当然，无论是对婚恋自由、约会私奔的合理性的肯定，还是对于较为开放的两性观念的认可，元杂剧所呈现出的对于爱情的热烈追求在当时社会中具有一定的进步意义。

---

① 梅兰芳：《中国京剧的表演艺术》，载《梅兰芳文集》，中国戏剧出版社1962年版，第162页。

第三章　杂剧在元代的媒介功能

另外，元杂剧里的人物绝大多数都处于一定的家庭关系之中，不少剧本的情节冲突还是直接围绕家庭问题而展开的。在元代之前，"结婚是一种政治的行为，是一种借新的婚姻来扩大自己势力的机会；起决定作用的是家世的利益，而决不是个人的意愿"①。这些剧情对商品交易冲击家庭伦理秩序和金钱侵蚀家庭财产权力现象进行了辛辣的讽刺和愤怒的鞭挞。如《拜月亭》里王尚书为女儿王瑞兰选择武状元为婿，王瑞兰深深怨叹自身的"不自由"，严厉谴责道："他则图今生贵，岂问咱夙世缘。违着孩儿心，只要遂他家愿。则怕他夫妻百年，招了这文武两员，他家里要将相双权。不顾自家嫌，则要旁人羡。"（四折［庆东原］）剧情表面表现的是王瑞兰与王尚书的冲突，实质上是封建家庭中民主主义思想对封建思想的斗争。再如《渔樵记》里刘二公要女儿玉天仙同朱买臣离婚的一段描写：（刘二公）［做沉吟科云］……孩儿也，你去问朱买臣讨一纸儿休书来。［旦儿云］这个父亲，越老越不晓事了。想着我与他二十年的夫妻，怎生下的问他要索休书？［刘二公云］孩儿也，你若讨了休书，我拣着官员士户财主人家，我别替你招一个。你若是不讨休书呵，五十黄桑棍，决不饶你！快些去讨来！［下］［旦儿做叹科］待讨休书来，我和朱买臣是二十年的夫妻；待不讨来，父亲的言语又不敢不依。罢，罢，罢！……该剧对青年男女反抗父母意志、争取婚姻自由的叛逆行为进行了热情的歌颂。

也有对传统家庭"父慈子孝、兄友弟恭、夫和妻柔、姑慈妇听、长惠幼顺"理想伦理的反思，并以戏曲立德立言，提倡上下、尊卑、长幼之间相互的道德责任。如《曲江池》中就突出表现父不慈、子可以不孝，母不仁、女可以生忿的道德规范。郑元和说："吾闻父子之亲，出自天性。子虽不孝，为父者未尝失其顾复之恩；父虽不慈，为子者岂敢废其晨昏之礼。是以虎狼至恶，不食其子，亦性然也。我元和当挽歌送殡之时，被父亲打死，这本自取其辱，有何仇恨？但已失手，岂无悔心？也该着人照觑，希图再活。纵然死了，也该备些衣棺，埋葬骸骨。岂可委之荒野，任凭暴露，全无一点休戚相关之意？"

---

① ［德］恩格斯：《家庭、私有制和国家的起源》，载《马克思恩格斯选集》第4卷，人民出版社1979年版，第74页。

(《曲江池》)。而《潇湘雨》张翠莺怒斥见异思迁、负心薄情的崔甸士:"他是我今世仇家宿世里冤,恨不的生把头来献!"表现了自己对屈辱卑微地位的不满和反抗;《秋胡戏妻》妻子罗梅英更是斥责品质恶劣的丈夫秋胡:"据着你那愚滥荒唐,你怎消的那乌靴象简,紫绶金章?"《杀狗劝夫》也有弟弟孙华对偏心父母和"瞒天地,昧神衹"哥哥孙荣的铿锵有力的反抗:"俺哥哥出门来宾客相随趁,俺哥哥还家来侍女忙扶进,你兄弟破窑中忍冷耽愁闷。""为甚么小的儿多贫困,大的儿有金银?爹爹奶奶呵,你可怎生来做的个一视同仁!"这些"善为笑言,然合于大道""不流世俗,不事势利,上下无所凝滞,人莫之害,以道之用"的剧情安排和人物塑造正是中国戏剧的特质,元人爱情剧中的"野性"应是这一时代社会现实状况的真实反映。

四 对理学思想的批判与改造功能

作为产生于两宋时期重要的哲学流派,程朱理学对于巩固儒家政权具有重要作用,也对杂剧传播理学思想,开展高堂教化的功能有一定认可。如马令在《南唐书·谈谐传》中明确提出:"秦汉之滑稽,后世因为谈谐,而为之者多出乎乐工优人,其廓人主之褊心,讥当时之弊政,必先顺其所好,以攻其所蔽,虽非君子之事,而有足书者。"马令认为戏曲具有讥弊政、廓褊心的镜鉴作用。苏轼在《蜡说》云:"今蜡谓之祭,盖有尸也。猫虎之尸,谁当为之?置鹿与女,谁当为之?非倡优而谁?葛带棒杖,以丧老物,黄冠草笠,以莫野服,皆戏之道也。子贡观蜡而不悦,孔子告之曰:'一弛一张,文武之道。'盖谓是也。"[①] 苏轼从戏曲起源与蜡祭的角度,深入分析了戏剧在调节生活节奏、推广纲常伦理和社会秩序方面的重要作用。耐得翁的《都城纪胜》认为,在戏曲演绎现实时,总会有格式化的脸谱和造型,"公忠者雕以正貌,奸邪者与之丑貌,盖亦寓褒贬于市俗之眼戏也。"所以,影戏形象化的人物造型在社会人际交往中发挥意象认知、鉴戒与固化和观念传导作用。当然,宋代的理学家们也坚持以"为天地立心,为生民立命,为往圣继绝学,为万世开太平"为人生最高追求,

---

① (宋)苏轼:《苏轼文集》(卷六十四),孔凡礼点校本,中华书局1986年版,第1991页。

第三章 杂剧在元代的媒介功能

但面对驳杂现实和无常命运，他们也会借评论杂剧发出人生喟叹：韩淲认为杂剧"亦足销人荣辱之悲也。"① 朱熹也有"把造物世事都做则剧看"② 的旷达之语，黄庭坚观剧后应和唐代梁锽的诗作③，笑谈"万般尽被鬼神戏，看取人间傀儡棚。烦恼自无安脚处，从他鼓笛弄浮生。"④ 从这些代表性的观点来看，宋代杂剧从多个方面影响了当时文人，包括许多理学大家的心态和思想，他们观看戏剧表演，比照现实人生和人间百态，体察民间呼声，同时在观戏娱乐中不断地完善自己的德行审美，同时在生活上，"唐虞揖让三杯酒，汤武交争一局棋"，逐渐看淡名缰利锁，触发"回视人间世，何如戏一棚"的生活态度。

然而在元朝统治前期，由于草原游牧文明与中原农耕文明之间存在尖锐的矛盾，统治者便忽略了这些所谓的"纲常伦理"。而到了后期，随着民族矛盾的日益淡化、科举考试的重新恢复，程朱理学也逐渐恢复了其统治地位。对元杂剧来说，统治思想的变化，直接导致了其创作内容和作品数量的改变。作为当时社会当中极为重要的一种传播媒介，杂剧所反映出的思想内涵正是维护社会秩序、调控社会行为、传播社会文化的有力保证。

元代前期，蒙古统治者虽然结束了有宋一代诸多政权长期并立的局面，但是在治国方针和思想上还处于一种举棋不定的状态。一方面，这使得原本不可撼动的程朱理学在大的社会变革中沦为可有可无的民间哲学思想，大批儒士文人的晋升之阶被中断，从而让整个社会意识形态领域变得混乱不堪。另一方面，只要不危及其统治，统治者对不同的哲学思想都采取兼容并蓄的发展态度，让政治思想领域形成了一种多元并存的文化格局。宋代建立的那些束缚人心的系统思想、经世致用的严密措施出现了明显的松动。反映在元杂剧创作上，出现了若干具有大胆批判精神的作品。如《赚蒯通》的借古讽今；《荐福碑》的指桑骂槐；《窦娥冤》的直斥官吏；《王粲登楼》的发泄冲天怨气

---

① （宋）韩淲：《涧泉日记》（卷下），中华书局1985年版，第32页。
② （宋）朱熹：《朱子语类》（卷四十），中华书局1986年版，第1028页。
③ （唐）梁锽《咏木老人》："刻木牵丝作老翁，鸡皮鹤发与真同。须臾弄罢寂无事，却似人生一梦中。"
④ （宋）吴开：《优古堂诗话》，载《历代诗话续编》，中华书局1983年版，第253页。

等。因此，杂剧艺术之所以在元代初期蓬勃兴起，是因为它作为汉族文人的精神家园，在一定程度上缓和了他们在草原文化的冲击下发展受限所带来的失落与不满。从另一个角度来说，也正是因为思想观念领域的长期震荡，才使元代杂剧呈现出一种多元、自由的精神面貌。

通过今存的一百六十多种杂剧作品可以看出，元代前期的作品具有明显的反理学色彩。如关汉卿笔下的窦娥，敢于指天骂地、否定鬼神、蔑视王权；康进之笔下的宋江，信奉替天行道、无视三纲五常；王实甫笔下的崔莺莺勇敢地冲破封建礼教的束缚，追求恋爱婚姻的自由……这一系列的故事情节和人物形象，都完全符合余秋雨对元杂剧精神基调的划分：倾吐整体性的郁闷和愤怒，讴歌非正统的美好追求[①]。

元代后期，随着战争的结束、民族矛盾的缓解，从元成宗时期开始，蒙古统治者对于儒学开始有了越来越深入的认识，也逐渐领悟到儒学所具有的社会文化功能。元仁宗爱育黎拔力八达就曾对侍奉在身侧的臣子说："我所希望的是通过安抚百姓实现清明的政治，然而如果不用儒士，怎么能达到这个目的呢？"[②] 正是因为这种统治观念的转变，才让程朱理学的地位迅速得以恢复，儒、释、道等多元并立的思想文化格局一去不返。因此，到了元代后期，作为杂剧作家的儒士文人又重新找到了经世之道，且抛弃了原本开阔自由的思想和眼光，再一次向封建伦理纲常妥协。而那些优秀的理学家们，也一改无能为力的窘境，开始积极地从理论上对其创作加以影响，从而让杂剧艺术成为统治者管控思想、引导舆论的手段。

在"文以载道"的观念下，元代后期的杂剧作品在"娱情"的基础上，强化了社会教化功能，因而内容也多以反映人伦道德为主流倾向，其中比较典型的是萧德祥所著的《杀狗劝夫》。它讲述的是孙荣的妻子为了劝解行为不端、逐弟出门的丈夫，设计杀死一狗，并将其伪装成死人放在门口；丈夫看见后惊慌失措，于是向自己的狐朋狗友求助，不料那些人不仅没有提供帮助，反而将自己告上公堂；最后还

---

① 余秋雨：《中国戏剧史》，上海教育出版社2006年版，第98—99页。
② 引用《元史》"朕所愿者，安百姓以图至治，然匪用儒士，何以至此？"

第三章 杂剧在元代的媒介功能

是自己的弟弟为了施救挺身而出，最终让孙荣幡然醒悟的故事。显然，它向我们展示的是"妻贤夫祸少"的伦理道德观念，实际上是对封建伦理纲常的维护。而与之相似的，还有《伊尹扶汤》《田真泣树》《范张鸡黍》，等等，在这些剧目中都能看到被时代思想文化深深浸染的痕迹。

从专业作家陡增、题材多元自由、表现形式丰富、内涵深刻厚重到专业作家锐减、题材陈腐狭窄、表现形式刻板、内涵浅薄无力，元代杂剧彻头彻尾地走向了衰败。可尽管如此，我们依然能从这些芳华早谢的杂剧之花身上嗅到独一无二的时代气息。

第三节 元杂剧的舆论塑造与引导功能

杂剧的特点在于广泛地多方面地反映社会，"既谓之'杂'，上则朝廷君臣政治之得失，下则闾里市井父子兄弟夫妇朋友之厚薄，以至医药卜筮释道商贾之人情物理，殊方异域风俗语言之不同：无一物不得其情、不穷其态"（胡祗遹《赠宋氏序·紫山大全集·卷八》）。作为元人心声的一种间接的表达形式，杂剧产生于普通的百姓生活，发展于构成复杂的民间，它的创作与演出不仅让我们看到了脍炙人口的故事和深入人心的形象，同时也让我们看到了元代社会的风俗人情和舆论动向，这恰好印证了严复的观点：戏剧具有"把持天下人心风俗"的功能[①]。

而与其他的舆论场相比，杂剧又具有其特殊的优势。它不仅极大地提高了同一场域下人们的相邻密度和交往频率，拓展了人与人深度交往的开放空间，同时还增强了空间所具有的感染力；也就是说，它更能加速舆论的生成和蔓延。

而这些对于元蒙统治者来说，无疑是把双刃剑。一方面，杂剧作

---

① 1897年，严复和夏曾佑一起为天津国闻报馆合写了《本馆附印说部缘起》，其中申述了小说、戏剧的社会效能。他们认为，小说和戏剧一类的俗文学因为在语言表达上更为通俗，形象塑造上更为生动，因此相较雅文学更具有把持天下人心风俗的功能。

· 201 ·

为民间舆论的生成器,有助于他们了解社会的动向,从而调整自身的统治策略。另一方面,他们深谙王朝的更迭和社会的变革都与舆论的形成、人民的参与有着不可分割的关系,一旦稍有疏忽,就会对自身的统治造成威胁。因此,在对于杂剧艺术的发展上,统治者既为其提供了一个相对宽松的社会人文环境,也通过相关的法律条文限制了它的演出。

一 元杂剧对民间舆论形成的影响

民间舆论的形成和兴衰与社会的变迁具有深刻的联系。当社会安定、政治清明的时候,统治者往往能够与百姓建立和谐的关系,很少有大规模的负面事件能够引起民间的舆论抗议。而当社会动荡、政治黑暗,尤其是在各方利益的作用下,不同舆论相互攻讦,思想领域产生震荡,普通百姓对统治阶级的不满就会逐渐通过各种形式表达出来。从这个意义上来说,元代民间舆论的形成及兴起是必然的。而戏剧就像生活的微型图画,通过"可以兴,可以观,可以群,可以怨"的表演,足以"观风俗之盛衰""考见得失"。因此,将杂剧艺术作为舆论生成及舆论传播的重要媒介是元代百姓的必然选择。

通过对有关的杂剧内容进行整理,我们可以看出元杂剧当中所包含的舆论信息主要涉及以下三个方面。

一是关于社会问题的呈现。因为对于任何一种文学艺术来说,它所包含的内容与风格都能从一个侧面反映政之气象、国之盛衰。正如《隋书·文学传序》所说:"上所以敷德教于下,下所以达情志于上,大则经纬天地,作训垂范,次则风谣歌颂,匡主和民。或离谗放逐之臣,途穷后门之士,道轗轲而未遇,志郁抑而不申,愤激委约之中,飞文魏阙之下,奋迅泥滓,自致青云,振沈溺于一朝,流风声于千载,往往而有。是以凡百君子,莫不用心焉。"[①] 作为中国历史上一个极为特殊的时代,元代的阶级矛盾与民族矛盾始终交织在一起,成为诸多社会问题产生的根源。而受这些问题影响最深的群体,应当是以杂剧作家为代表的,身处在社会底层,缺乏经济实力与政治权利的普通大

---

① (唐)魏征:《隋书》(卷76),中华书局1973年版,第1729页。

第三章 杂剧在元代的媒介功能

众。所以纵观元杂剧中的舆论内容,有关于社会问题的讨论往往层出不穷。如关汉卿的《窦娥冤》和《鲁斋郎》都是对于政治黑暗、官场腐败、残暴统治的控诉;而《蝴蝶梦》《调风月》则表现出了统治阶级和权贵势力对劳苦大众的剥削和压迫;至于王实甫的《丽春堂》和李直夫的《虎头牌》则都是对少数民族统治阶级内部矛盾的直接反映。当然,因为这些作品所表现出来的内容与底层人民的实际生活高度契合,所以它们很容易便能在受众之间产生共鸣,从而对受众的行为观念产生影响。

二是关于伦理道德的呈现。实际上早在春秋时期,就有"情发于声,声成文谓之音,治世之音安以乐,其政和;乱世之音怨以怒,其政乖;亡国之音哀以思,其民困。故正得失,动天地,感鬼神,莫近于诗。先王以是经夫妇,成孝敬,厚人伦,美教化,移风俗"(《毛诗序》)的说法。因此,在盛极一时的杂剧演出中,绝大多数人物形象都具有类型化的特点,无论是他们的语言、行为还是性格,往往都能够显示出作家鲜明的价值观念和道德评价。尽管角色的程式化、脸谱化的特点是由杂剧本身的艺术特点所决定的,但是这些形象往往能够深入人心,成为受众判断是非对错的标准和行为处事的示范。如在杂剧《陈州粜米》中,就大力肯定了劳动人民不甘屈辱与压迫的反抗精神;相反,《生金阁》却说"说不尽庄家,庄家这好,还待要薄税轻徭……似这等人心无厌足,则怕天地也填不的许多凹"[1],恰恰是对穷苦百姓合理愿望的指责与否定。可见,作为民间艺术的代表,杂剧发展至元代已经成为社会各阶层所积极争取的舆论阵地。统治者想借此维护自身的利益和稳定的统治,而被统治者则希望借此规范社会行为,唤醒普通百姓的自由观念和反抗意识。而无论是哪一种,都或多或少地给受众群体造成了影响,只不过因为自身利益与生活体验的不同,对不同舆论内容的接受程度也有较大的差异。

三是关于宗教信仰的呈现。由于多民族的融合和思想领域的开放,元代成为各种宗教文化竞相争长的时代。因此,对不同的宗教信仰者来说,自然也乐意借助这种被广泛接受的艺术形式大力弘扬宗教文化。

---

[1] 郭英德:《元杂剧与元代社会》,北京师范大学出版社1996年版,第210页。

但是必须指出的是，宗教观是社会意识的一部分，不同阶级的人们所信仰的宗教思想也必然带有鲜明的阶级色彩。例如统治者就希望通过宣扬与引导宗教文化与思想使被统治阶级接受命运、无心反抗，从而维护自身的统治。而对被统治阶级来说，因为他们长期处于水深火热的社会环境当中，他们更需要从某种超脱的宗教精神中寻找心灵慰藉。但无论是哪一种，都不可避免地为杂剧当中有关宗教舆论的生成和传播提供了良好的条件。

元代民众面对民族压迫和异族文化侵入，人们原来依赖的精神支撑体系出现了断裂和崩塌，面对现实的种种痛苦找不到解释而出现普遍性的精神迷茫，加之统治阶层的引导和相对宽松的宗教政策，道教、佛教文化和儒家学说都得到一定发展。于是有关宗教的戏曲大量出现，如"神仙道化""度脱剧"等剧目繁多，盛极一时，三教所唱，各有所尚：道家唱情，僧家唱性，儒家唱理。它们在一定程度上引导着当时的舆论风向和社会行为标准。

首先，反映道家避世思想的神仙道化剧对元代社会舆论产生了巨大的影响。

元初，传统的儒家经世致用思想遇到严重挫折，科举制度废弛引发文人的焦虑与迷茫，这时全真教快速兴起并广泛传播，统治阶级希望通过信奉与传播道教文化、参与道教仪式活动延续生命，士庶百姓希望通过个人修为登临神仙胜境以摆脱现实苦难。道教的避世思想影响了全社会的道德价值评判体系，成为时代舆论的焦点。这种风气浸染、影响到杂剧作者的创作态度和思想诉求，于是歌颂仙境、仙人和引人入道成仙的道化剧大量出现。代表性的剧作如吴昌龄《张天师》，剧写"长眉仙遣梅菊荷桃，张天师断风花雪月"，书生陈世英上京应试途中，在其叔父陈全忠府中过中秋节，因花园抚琴无意间疏解了天庭桂花仙子的灾难，桂花仙子为感恩而降临凡间，约陈世英每年此日相会花园。后陈世英思念成疾，张天师结坛，问罪桂花仙子，长眉仙训斥桂花仙子并让其回归本位。该剧反映的是人仙殊途，应各守其分、各安其位，不能僭越的舆论思想。再如，马致远的《陈抟高卧》，写陈抟曾在汴京竹桥占卜赵匡胤日后必当皇帝，赵匡胤登基之后诏请陈抟做官，陈抟以"丹砂好炼养闲身，黄

第三章 杂剧在元代的媒介功能

金不铸封侯印。戴不的幞头紧；穿不的朝衣茔。不如我这拂黄尘的布袍，漉浑酒的纶巾"为由拒绝，认为隐居修仙，快乐逍遥，"本不是贪名利世间人，则一个乐琴书林下客，绝宠辱山中相推开名利关，摘脱英雄网，高打起南山吊窗，常则是烟雨外种莲花，云台上看仙掌"。这种豁达出世的元杂剧影响了元代士子百姓的处世观念，特别是"元曲作家，因为受了环境的影响，对于时局自然表示不满，却因着作者的个性和处境关系，有的就看透一切，敝屣富贵，恬淡散朗，不慕荣利，如马东篱辈，他们的文章，放诞风流，典雅清丽，读之令人有出尘之想[①]。"道化剧歌颂弃官避世形成了较为强大的舆论思潮，"富贵是惹祸题目，荣华是种祸根苗，酒色是斩身之剑，财气是致命之刀"（纪君祥《松阴梦》），被世人肯定和羡慕，舆论导向是劝世人勘破"荣华富贵"，满足于无拘无束、闲适自由"五七亩闲庭小院，两三间茅舍萧萧"的田园生活。

引人入道成仙的度脱剧，剧情基本围绕那些汲汲功利的凡人，遭遇困厄、在痛苦中看透世事人情，在神仙高道超度荐引下成仙入道。典型如：马致远的《马丹阳三度任风子》，写高道马丹阳用法术敬服甘河镇屠户任风子，任风子休妻摔子、历经考验，出家修道。剧中提出"十戒"："一戒酒色财气，二戒人我是非，三戒因缘好恶，四戒忧愁思虑，五戒口慈心毒，六戒吞腥吠肉，七戒常怀不足，八戒克己厚人，九戒马劣猿颠，十戒怕死贪生"，这"十戒"成为当时道德体系的重要内容和是非评判、关系协调、个人修行及舆论褒贬的重要标准。再如，马致远的《岳阳楼》，写岳阳楼下柳树修炼成精，杜康庙前梅花成精，命柳精托生为男性郭马儿，梅精托生为女性贺腊梅，二人结为夫妻。三十年后，吕洞宾欲度脱郭马儿，郭难舍妻子，后其妻被杀，郭被诬为杀人贼，郭无奈吕来至仙境，郭妻显而复没，郭状告道士拐妻，官府判郭诬告被问斩，八仙搭救，郭顿悟皈依入道，夫妻同登仙路。此剧演述度脱故事，意在反映现实的苦闷、烦恼，向往虚无缥缈的神仙生活。日本学者青木正儿认为，元杂剧中的度脱剧，"度脱的对手是无情的草木，所以是神仙道化剧中的异味，兴味深长。在'超世'里面，寓有'世间

[①] 贺昌群：《元曲概论》，商务印书馆1934年版，第107页。

的'人情味。柳树的性格，也在从无情的草木，逐次转化为妖精、人类、神仙的时候，呈现着一种复杂的趣味"。"度脱剧里面，有一种谪仙投胎式，就是他的前身本是神仙，因为起了思凡之念，被贬谪到尘世中，经验人生的乐事。等到后来省悟其为泡沫梦幻，便又被见许还仙界了。拿这种的教理，包围剧之外廓者，成了一种定型。"①

度脱剧以灾厄困顿在说明俗世功名利禄的虚妄，"戴乌纱好比愁人帽，身穿蟒袍坐狱牢。""功名二字，如同那百尺高竿上调把戏一般，性命不保，脱不得酒色财气这四般儿，笛悠悠，鼓咚咚，人闹吵，在虚空，怎如的平地上来，平地上去，无灾无祸，可不自在多哩"（《吕洞宾》）。在贬低俗世的同时，度脱剧又向世人反复渲染仙境的美好：《庄周梦》中太虚仙境："俺那里灵芝常种，蟠桃初红；云鹤翔空，白云迎送；玉女金童，紫箫调弄；香霭澄澄，紫雾濛濛；瑞气腾腾，罩着这五云楼观日华东。俺那里有神仙洞"；《陈抟高卧》中的仙境："俺那里云间太华烟霞细，鼎内还丹日月迟；山上高眠梦寐稀，殿下朝元剑佩齐；玉阙仙阶我曾履，王母蟠桃我曾吃；欲醉不醉酒数杯，上天下天鹤一只；有客相逢问浮世，无事登临叹落晖；危坐谈玄讲《道德》，静室焚香诵《秋水》；滴露研硃点《周易》，散诞逍遥不拘系。"《误入桃源》中桃园仙境："霞光凤驭，羽盖霓旌，笙歌缭绕，珠翠妖绕"；《黄粱梦》中钟离权描述的太虚世界："俺那里地无尘，草长春。四时花发常娇嫩，更那翠屏般山色对柴门。雨滋棕叶盛，露养药苗新。听野猿啼古树，看流水绕孤村"；《马丹阳三度任风子》中任屠进入的蓬莱仙境："再谁想泥猪疥狗生涯苦，玉兔金乌死限拘。修无量乐有余，朱顶鹤献花鹿。吹野猿啸风虎，云满窗月满户。花落蹊酒满壶，风满帘香满炉。看读玄元书，习学清虚庄列术。小小茅庵是可居，春夏秋冬总不殊。春景园林赏花木，夏日山间避炎屠。秋天篱边玩松菊，冬雪檐前看梅竹。皓月清风为伴侣，酒又不饮色又无，财又不贪气不出。"这些高贵、祥和、自由、清爽、闲适的仙境正是滚滚红尘中日夜操劳的凡夫俗子追求的理想境界。

度脱剧或通过敷衍道祖、真人悟道飞升，或真人度脱精怪鬼魅、

---

① [日]青木正儿：《元人杂剧概说》，隋树森译，中国戏剧出版社1957年版，第99页。

第三章 杂剧在元代的媒介功能

书生员外、屠户妓女成仙遁世，向世人宣扬功名利禄无可留恋，但又体现出儒家入世的未了情缘，充满着入世不能、出世不甘，出世而又恋世的矛盾心态。所以度脱剧中劝告度脱对象的理由多为："你只顾那功名富贵，全不想生死事急，无常迅速"（《黄粱梦》）；"三千贯二千石，一品官二品职，只落的故纸上两行史记，无过是重茵卧列鼎而食。虽然道臣事君以忠，君侍臣以礼，哎，这便是死无葬身之地，敢向那云阳市血染朝衣"（《陈抟高卧》）；"你待要名誉兴，爵位高，那些儿便是你杀人刀，几时得舒心快意宽怀抱，常则是，焦蹙损两眉梢"（《竹叶舟》）。不断向度脱对象描述入道成仙的好处"长生不老，炼药修真，降龙伏虎，到大来悠哉也啊""俺那里自泼村醪嫩，自折野花新，独对青山酒一尊。闲来将那朱顶鹤引，醉归去松阴满身。冷然风韵，铁笛声吹断云根"（《黄粱梦》）。但是，"中国传统文人对于'明道救世'的社会责任和历史使命，保持着一种近乎宗教般的迷狂情操。他们一方面从文献史鉴中拼命吸取政治知识，以便使自身通古今'决然否'的宏才大略，一方面则以道的承担者自居、自持、自重，理所当然地参与其时代的社会政治"。所以，在度脱剧中，被度脱者明显表现出对尘世的深深眷恋："俺做了官，也有受用。""俺为官居兰堂，住画阁，你这出家人无过草衣木食，干受辛苦，有什么受用快活。俺为官的，身穿锦缎轻纱，口食香甜美味；你出家人草履麻绦，餐松啖柏，有什么好处"（《吕洞宾》）；"小生学成满腹文章，正要打点做官哩。老实对你说，小生出不的家！""我做官的，身上穿的是紫罗襕，头上戴的是乌纱帽，手里拿的是白象笏，何等荣耀，你们出家的，无过是草衣木食，到得那里"（《竹叶舟》）。《岳阳楼》里的郭马儿，《马丹阳三度任风子》里的任风子，《蓝采和》里的蓝采和，《度柳翠》里的柳翠，基本都是被神仙逼入绝境后无奈弃世入道。

道化剧的矛盾主题深刻地反映了元代世人精神世界的苦闷与撕裂状态，现世不幸福，弃世不甘心，他们在出世与入世中苦苦挣扎。但对杂剧的接受者来说，修道可以避祸免灾、长生不老，道化剧所表现的遁世入道思想对他们还是有极大的吸引力的，遁世入道也成为当时社会的主导舆论之一。

其次，佛教剧对佛教文化的传播及思想的发散。

宋元时期，儒释道呈现融汇之势，佛教颇受执政者崇尚。"元起朔方，固已崇尚释教。及得西域，世祖以地广而险远，民犷而好斗，思有以因其俗而柔其人，乃郡县吐蕃之地，设官分职，而领之于帝师。乃立宣政院，其为使，位居第二者，必以僧人为之，出帝师所辟举；而总其政于内外者帅臣以下，必以僧俗并用，而军民通摄。于是，帝师之命，乃诏敕并行于西土。百年之间，朝廷所以敬礼尽尊信之者，无所不用其至。虽帝、后、妃、主，皆因受戒而为之膜拜。正衙朝会，百官班列，而帝师抑或专席于坐隅。且每帝即位之始，降诏褒护，必敕章佩监络珠为字以赐，盖其重之如此。"① 在这样的大环境下，佛教的基本理论、价值观念、佛典资料以及佛教影响下的绘画、雕塑、建筑、音乐都被应用到元杂剧扮演中，形成了元杂剧中独具特色的"神佛杂剧"。典型如无名氏《冤家债主》，此剧告诫世人："再休提世上无恩怨，须信道空中有鬼神。……总不如安贫，落一个身困心不困"；再如李寿卿《临岐柳》，剧作围绕"显孝寺主诵金经，月明和尚度柳翠"展开，此剧与度脱剧《度柳翠》情节相似，但演述的却是佛教故事，《临岐柳》"虽然就是马致远喜欢作的那类度脱剧，但是两相比较，则马致远取材于道教，此则取材于佛教。元曲中取材于佛教的作品很少，和取材于道教的作品相比，实在是寥寥无几，《度柳翠》和郑廷玉的《忍字记》都是罕见的例"②。其他如《西游记》《西天取经》《鬼子母》《天台梦》《锁水母》《目连救母》《草庵歌》《忍字记》《猿听经》都以宣扬佛教佛法无边、善恶报应、惩恶扬善等主题，对当时纷乱的社会起到了一定的舆论抚慰作用。

最后，是对儒家隐世思想及社会舆论的反映。

我国儒家讲求知识分子必须"达则兼济天下，穷则独善其身""天下有道则见，无道则隐"等实用主义的处世哲学。元初乱世和科举废弛堵塞了儒生的晋升之机，他们在一定程度上摆脱了对政治的依附，开始突破传统观念，沉郁下僚，混迹勾栏，勘破红尘，怡情山水，以全新的眼光审视社会，寻求人生理想，这种思想对元杂剧的创作也产生了较

---

① （明）宋濂：《元史》（卷202），中华书局1976年版，第4520页。
② ［日］青木正儿：《元人杂剧概说》，隋树森译，中国戏剧出版社1957年版，第81页。

第三章 杂剧在元代的媒介功能

大影响。元杂剧中就有一批展现儒生避世修身的仕隐戏，如《范蠡归湖》《马丹阳三度任风子》《陈抟高卧》《城南柳》《七里滩》等。

这些仕隐戏着力表现对功名富贵的否定和对归隐高蹈的向往，"恁则待闲熬煎、闲烦恼、闲萦系，闲追欢、闲落魄、闲游戏。金鸡触祸机，得时间早弃迷途。繁华重念箫韶歇，急流勇退寻归计。采薇洗是非，夷齐等、巢由辈。这两个谁人似得：松菊晋陶潜，江湖越范蠡。"（关汉卿《双调·乔牌儿》）范蠡、陈抟和陶渊明是仕隐戏表现的重要人物，"那老子陷身在虎狼穴，将夫差仇恨雪，进西施谋计拙，若不早去些，鸟啄意儿别。驾着一叶扁舟，披着一蓑烟雨，望他五湖中归去也。……那老子觑功名如梦蝶，五斗米腰懒折，百里侯心便舍。十年事可磋，九日酒须赊。种着三径黄花，栽着五株杨柳，望东篱归去也。"（徐再思《黄钟·红锦袍》）这些作家利用杂剧或散曲，惋惜慨叹历史上民众耳熟能详的那些显赫一时、卓有伟绩的贤臣义士、开国元勋、英雄豪杰，如，"长醉后方何碍？不醒时有甚思？糟腌两个功名字，醅渰千古兴亡事，曲埋万丈虹霓志，不达时皆笑屈原非，但知音尽说陶潜是。"（白朴《寄生草·饮》）；"姜太公贱卖了磻溪岸，韩元帅命博得拜将坛。羡傅说守定岩前版，叹灵辄吃了桑间饭，劝豫让吐出喉中炭。如今凌烟阁一层一个鬼门关，长安道一步一个连云栈。"（查德卿《寄生草·感叹》）"楚《离骚》，谁能解？就中之意，日月明白。恨尚存，人何在？空快活了湘江鱼虾蟹。这先生畅好是胡来。怎如向清山影里，狂歌痛饮，其乐无涯。"（张养浩《中吕·普天乐》）"三闾当日，一身辞世。此心倒大无萦系。㳅其泥，酾其醨，何须自苦风波际？泉下子房和范蠡，清，也笑你。醒，也笑你。"（陈草庵《中吕·山坡羊》）同时他们又通过恬淡明丽、让人眷恋的田园景象进行了渲染和宣扬，让士子产生眷恋向往之念，如："绿鬓衰，朱颜改，羞把尘容画麟台。故园风景依然在。三顷田，五亩宅，归去来。绿水边，青山侧，二顷良田一区宅，闲身跳出红尘外。紫蟹肥，黄菊开，归去来。翠竹边，青松侧，竹影松声两茅斋。太平幸得闲身在。三径修，五柳栽，归去来。酒旋沽，鱼新买，满眼云山画图开，清风明月还诗债，本是个懒散人，又无甚经济才，归去了。"（马致远《四块玉·恬退》）"东篱半世蹉跎，竹里游亭，小宇婆娑。有个池塘，醒

209

时渔笛,醉后渔歌。严子陵应笑我,孟光台我待学他。笑我如何,倒大江湖,也避风波。咸阳百二山河,两字功名,几阵干戈。项废东吴,刘兴西蜀,梦说南柯。韩信功兀的般证果,蒯通言那里是风魔。成也萧何,败也萧何,醉了由他"(马致远《蟾宫曲·叹世》)。

但在仕隐剧中,我们又经常看到,仕隐理想与入道求索又纠缠在一起,所以这些仕隐剧的主角经常道儒兼备,互相推崇。如倾慕"高山流水知音许,古木苍烟入画图,学列子乘风,子房归道,陶令休官,范蠡归湖"的任风子(《马丹阳三度任风子》)、向往"甘老江边,富贵非吾愿,清闲守自然,学子陵遁迹在严滩,似吕望韬光在渭川"的郭马儿(《岳阳楼》);流连"卧一榻清风,看一轮明月,盖一片白云,枕一块顽石"的陈抟(《陈抟高卧》),他们认为"攘攘垓垓不伶俐,是是非非无尽期。好教我战战兢兢睡不美""十万丈风波是非海",富贵荣华是"草芥尘埃",应当学习范蠡、张良等名士高蹈归隐、醉卧糟丘、耕田种地、游乐山水。尘世热衷的功名利禄、富贵荣华,被视为"草芥尘埃",以此"放散诞心肠,任百事无妨,道大来免虑忘忧""散诞逍遥不拘系"(《陈抟高卧》)。对此,学者刘彦君认为"这就是元杂剧作家汲汲于政治和功名的文化和心理内涵。这种内涵如此富有历史厚度,因而如此死死地困扰在他们心中,以致使他们不能在任何一种人生哲学中获得解脱。无论是荡入红尘深处,还是遁出人世之外,他们都无法抗拒它的吸力"[1]。

总而言之,从早期的学者严复、梁启超,到当代的学者程世寿,对于中国古代舆论的生成特征都有一个共同的认识,那就是它们普遍缺乏一种公共精神。这主要是因为中国社会在长期的发展过程中形成了以家为中心的生活格局,以及安土重迁的思想观念。因此,当不同地区之间的百姓逐渐失去交流与联系时,熟人社会就呈现在我们眼前。自然,在这种环境下,任何人对于自身乃至所在群体的利益得失都会更加地关注。但是,纵观元代民间舆论的生成,尤其是在杂剧当中的反映,还是与其他时代稍有不同的。其主要表现为以下五点。

第一,常年的杀伐征战以及频繁的政权更迭虽然使社会环境动荡

---

[1] 刘彦君:《栏杆拍遍——古代剧作家心路》,文化艺术出版社1995年版,第21页。

第三章 杂剧在元代的媒介功能

不安,但同时也为思想的进步和舆论的生成提供了有益的土壤。一方面,随着蒙古民族入主中原,大批少数民族也随之而来,造成了多种文化并存的局面;另一方面,蒙元统治者要对偌大的疆域进行管理可谓千头万绪,特别是在元代初期,国家对于文化思想的监管相对宽松,给不同观念的表达和接纳,以及民间舆论的生发和传播提供了有利条件。

第二,重武轻文的统治思想以及民族歧视政策的形成,都让原本在利益、情感等诸多方面更靠近统治阶层的知识分子,义无反顾地投身杂剧创作,与底层百姓紧密地联结在了一起。一方面,对于这些杂剧创作者来说,"居庙堂之高则忧其民,处江湖之远则忧其君"的家国情怀是深入骨髓的。因此,当正常的参政渠道被阻隔时,他们会借用杂剧的创作与演出表达对时政和民生的关切。在这个过程中,他们不自觉地就成了舆论的引导者和代言人。另一方面,勾栏瓦舍的市井喧闹大大拉近了知识分子与普通百姓之间的距离。因此,这一时期的杂剧作家不仅对于社会都有着更为深刻的了解,对于政治有着更为敏锐的嗅觉;同时他们也更加关心百姓的生活疾苦,憎恶元蒙贵族统治的黑暗。在这样一种自觉的创作意识的支配下,广大的剧作家不仅写出了大量不朽的杂剧杰作,同时在其作品中我们也就能看到一种较之以往更具公共精神的民间舆论。

第三,无论是宫宇庙台还是瓦舍勾栏,杂剧的演出场地就是一个舆论信息的集散地,也是一个相对闭合的舆论场。一方面,随着琴瑟声起,百姓辐辏,原本被禁锢在狭小的活动范围内的个体,在熙攘的人群和热烈的氛围中,他们的视野得以成倍地扩张,不管是日常事务还是新鲜知识,都能通过交流得到共享和传播。另一方面,从舞台的建筑、布景的陈设,到艺人的表演,再到观众的反馈,不同要素之间的完美配合与互动,能够使个体的情感快速升温,让整个演出环境成为具有很强吸附力的舆论空间。因此,与其他媒介相比,杂剧演出具有更好的"引人入场"的效果。

第四,作为一门综合性的表演艺术,杂剧并不是演员抑或作者的"独角戏",而是由作家、演员、受众所构成的集合体。在这个场域里,台下的观众能够快速地接收到来自编创者的信息,台上的演员也能准确地把握住来自观众的反馈。这就导致那些富有经验的艺人总能根据观众的需要,创作出更加具有吸引力的杂剧作品,以及更加具有感染力的人物形象。基于此,我们不难看出,相较于其他媒介,杂剧表演能够更好地进行形象化的舆论表达,使其中的舆论信息更加深入民心。另一方面,以舞台作为媒介,传受双方之间的交流与互动实际上就是不同意见相互作用与整合的结果。对杂剧的编创者来说,从了解民情、创作剧目,再到搜集反馈信息、重新创作,最终所获得的信息一定是当时民间舆论的集中反映。而对于广大的受众来说,通过与在场的演员和其他观众进行互动,则能够拓展自身的视野、修正自身的观点,并最终形成公众舆论中的主流意见。

第五,就杂剧演出所形成的舆论场来看,它的中心是演员和戏班,而非舞台本身。一方面,在人口稠密、阶层复杂的城市当中,杂剧作家和演员往往能够接触到更多人群,获取更加广泛的信息,从而成为搜集信息、引导舆论的主体。另一方面,随着经济的发展和社会的进步,元代的杂剧演出具有更加浓厚的商业色彩,编创者的收益会直接受到演出水平和剧本质量的影响。当他们在某一个地方的发展受到威胁与限制时,就会主动向其他地方迁徙流动,即把北方杂剧带向南方,把城市信息带入乡村。在这个过程中,杂剧的戏班与演员他们实际上完成了从信息生产者向信息传播者的过渡,不仅对舆论的扩散和共识的生成起到了促进作用,还使演出本身成了一个能够随时间或空间自由流动的舆论场。

二 以剧为媒,实现舆论控制

实际上,通过上文的叙述我们已经能够看到统治阶级对于杂剧所产生的舆论功能的重视。一方面,他们积极借助杂剧这种广为流传的艺术形式,将自身的价值观念连同统治需要一并植入其中。尤其是到了元代后期,作为正统儒学的变种、形成并发展于两宋的理学又重新恢复了昔日的兴盛,统治者更是强调杂剧"厚人伦,美教化"的社会功能。另一方面,封建统治阶级及其正统文人虽然认识到戏曲的社会教化引导功能,也曾利用过戏曲维持其统治,但他们对于那些产生于民间,不利于自身统治及社会稳定的舆论进行严格的控制。禁毁是元

第三章 杂剧在元代的媒介功能

朝及其后封建王朝对待戏曲的基本政策,"端士不为"则是封建社会正统文人对待戏曲的基本态度。朱熹就认为戏曲有违"经国之大业,不朽之盛事"的文学直道。如《元史·刑法志》中规定:"诸民间子弟,不务生业,辄于城市坊镇,演唱词话,教习杂戏,聚众淫谑,并禁治之。"[①] 陈淳《上傅寺丞论淫戏》说:"其名若曰戏乐,其实所关利害甚大:一、无故剥民膏为妄费;二、荒民本业事游观;三、鼓簧人家子弟,玩物丧恭谨之志;四、诱惑深闺妇女,外出动邪僻之思;五、贪夫萌抢夺之奸;六、后生逗斗殴之忿;七、旷夫怨女,邂逅为淫奔之丑;八、州县二庭,纷纷起狱讼之繁;甚有假托报私仇、击杀人无所惮者。其胎殃产祸如此,若漠然不之禁,则人心波流风靡,无由而止,岂不为仁人君子德政之累?"但是,杂剧毕竟是一种寓教于乐的民间艺术形式,舆论领袖在说服参与者的过程中如果不能打动他们,即使是再精妙的道理,再有价值的良策也很难被接受。加之我国古代作为典型的人情社会,重情重义一直是为人所称道的价值观念,故而如果不是相似的情感因素,则很难在最大程度上引起舆论主体的共鸣。因此,对于统治者来说,他们首先要做的就是充分了解舆论大众的兴趣爱好、文化水平、社会地位、生活习惯,从而在软化受传者态度方面做到有的放矢,最终达到"以情动人"的目的。

以元代后期作家鲍天佑的《摘星楼比干剖腹》为例,它讲述的是比干作为殷商帝王帝乙之弟,官居高位,是朝廷的最高执政官。当帝乙临终之时,比干建议立嫡出的幼子帝辛为帝,放弃贤能善良的长子微子,帝乙也听从了他的建议。而当纣王帝辛统治了商王朝后,就变得荒淫无道、残暴不堪,比干为了维护商朝统治,不惜冒着灭族的风险,屡次上谏,最终引来了杀身之祸。面对剖胸取心,他毫无惧色,最终慷慨赴死。尽管比干的忠诚与勇敢让我们感动,但是作品对最高统治者昏庸残暴的批判却显得不那么浓墨重彩,这恰恰是元朝统治者所希望看到的。显然,这部剧作对于教化臣民树立忠心耿耿、誓死不改的道德信念是非常有益的,但是这种出于统治者利益的教化却是对被统治者极大的束缚,其中对于愚忠思想赤裸裸的鼓吹,进一步加深

[①] 李修生主编:《二十四史全译·元史》,汉语大辞典出版社 2004 年版,第 2117 页。

了臣民的奴性意识。

　　综上所述，在技术手段落后、传播媒介有限的元代，杂剧是当时社会舆论的一种重要表现形式，具有双重的功能。一方面，它有助于规范社会道德与行为，起到教化百姓的作用；另一方面，统治阶级通过杂剧实现舆论控制维护皇权统治，在很大程度上禁锢了百姓的思想，影响了百姓的命运走向。但是由于其艺术夸张的成分较多，且常常需要迎合受众的欣赏意趣和思想观念；因此，舆论表达的真实性就会受到影响与限制。可这些并不妨碍元代百姓乃至统治阶级对于杂剧艺术的认可与关注，在盲从心理、参与心理的共同作用下，无论是作家演员，还是观众群体，都积极投身到了社会的舆论浪潮之中。

第四节　元杂剧敦励薄俗与药人寿世的教化功能

　　一切直接的教育行为都是通过传播所实现的。作为元代社会中重要的传播媒介，元杂剧不仅是一种娱乐文化的载体，同时也是一种重要的社会教育资源。正如陈独秀所说："戏园者，实普天下人之大学堂也；优伶者，实普天下人之大教师也。"[①] 一方面，它通过形象生动的表演降低了民众接受教育的门槛，既向大众传递了新鲜的社会信息，也向他们阐述了什么是约定俗成的社会规范，什么是主流的思想观念，为大众调整自身行为设立了准则。另一方面，作为一种跨地域、跨阶层的传播媒介，元杂剧能够为当时的社会生活提供真实的写照；这不仅有利于吸引更为广泛的观众群体，同时也为统治者了解民生民情提供了帮助，更在极大程度上，成为统治者教化民众的重要工具。

　　随着蒙元统治者对汉文化的逐步接受与了解，儒家文化被重新搬上了政治舞台，且一改其无能为力的窘境，积极地从理论上对杂剧创作加以引导，强化了杂剧中的教化意识。而当这种教化意识开始急剧膨胀，并最终超过文艺教化功能的基本要求时，杂剧艺术的发展就会在一定程度上受到限制与影响。

---

　　① 陈独秀：《论戏曲》，《新小说》第二卷，第112页。

第三章 杂剧在元代的媒介功能

一 封建统治的需求与强化

尽管在元代前期，由于思想控制的松弛和百姓们的普遍接受，杂剧艺术自由蓬勃，呈现出一种蔚为壮观的发展态势；但实际上，它所倡导的价值观念和伦理道德大多是与统治利益背道而驰的。因此到了元代后期，当统治者重新确立了儒学的官方哲学地位，注意到杂剧艺术的教化功能之后，他们就通过各种手段竭力将其引入维护封建纲常伦理、重塑儒家礼乐文化的既定道路上。

通过整理，我们大致可以把杂剧中所蕴含的教化思想分为以下几类。

一是体现封建伦理的教化功能。"文变染乎世情，兴废系乎时序"（刘勰《文心雕龙·时序》），我国正统文化认为人"生而有好利焉""生而有耳目之欲，有好声色焉"，要通过文化隆礼贵义，以培养民众的廉耻之心和弃善从恶心理，"绝恶于未萌，而起敬于微眇，使民日徙善远罪而不自知"（《大戴礼记·礼察》），要"道之以德，齐之以礼，有耻且格"（《论语·为政》）。而戏曲的民间性和娱乐性，可以以德化民，在搬演和观赏互动中，潜移默化地培养民众的"恻隐之心，羞恶之心，恭敬之心，是非之心"（《孟子·告子上》），通过戏曲的教化来强化封建伦理秩序和全社会"隆礼贵义"氛围，开展道德教育，实现统治阶层"迩之事父，远之事君"的期待。"声音之道，与政通矣"（《礼记·乐记》），"文与政通"是中国文学的重要理念，文学能够反映政治变迁与时代发展，并能对社会和人民产生积极作用。这种重人伦政治思想的核心要求杂剧等文艺作品"明乎得失之迹，伤人伦之废，哀刑政之苛，吟咏情性，以风其上，达于事变，而怀其旧俗者也。"（中华书局影印清阮元《十三经注疏》）戏曲是人伦政治的一面镜子，以此"审乐以知政""采故实于前代，观通变于当今"（《文心雕龙·议对》），考见政治之得失，风俗之盛衰。

当然，戏曲并非都以统治者的善恶是非观念来表现生活的，许多剧目表现了下层劳动群众的思想感情，戏曲与封建伦理原则的冲突，认为戏曲"儒者薄其事而不究心，俗工执其艺而不知理"（杨维桢《中原音韵序》），戏曲是"小道末技"。但是，这一冲突并不否定戏曲的道德教化功能，倡伎的故事演绎对于克服不良政治、化解民众不满情绪、协调社会矛盾是有好处的。也说，戏曲"谈言微中，亦可以解纷"（《史记·滑稽列传》），可以"廓人主之褊心，讥当时之弊政"（宋代马令《南唐书谈谐传》），使"世上为子的看了便孝，为臣的看了便忠，为弟的看了敬其兄，为兄的看了友其弟，为夫妇的看了相和顺，为朋友的看了相敬信。……善者可以感发人之善心，恶者可以惩创人之逸志，劝化世人，使他有则改之，无则加勉"（邱睿《伍伦全备记·副末开场》）。这一类杂剧主要通过忠臣志士、贤母孝子、贞洁烈女的故事向受众传递君为臣纲，父为子纲，夫为妻纲的儒家思想。如《周公摄政》中为国为民的周公旦、《豫让吞炭》中为主报仇的豫让、《渑池会》中智勇双全的蔺相如、《苏武还朝》中矢志不渝的苏武，都是当君主或国家遇到危难之时，舍身护主、忠心为国的能臣志士。再如《剪发待宾》中家贫志洁、严以教子的陶侃之母，《九世同居》中修身齐家、仗义疏财的慈父，《灰阑记》慈爱无私、舍身救子的张海棠，都是平凡却又伟大的贤母慈父。而《玉梳记》中面对富商的夸富求爱毫不动摇，依然坚如磐石地暗中资助楚臣进京赶考的顾玉香；《曲江池》中不顾鸨母阻挠，帮助沦为乞丐的郑元和脱离苦难，助其读书上进的李亚仙，则都是坚贞不屈、敢于斗争、忠于爱人的女子。通过这一系列感人至深的故事和丰满生动的人物，元朝统治者以前所未有的广度和深度把封建伦理思想推向了全社会，传达出民众"法正天心顺，官清民自安，妻贤夫祸少，子孝父心宽"的盛世期待，继而达到"化民成俗"的效果。

二是发挥"药人寿世"的道德教化功能。孔子说"子曰：兴于诗，立于礼，成于乐"（《论语·泰伯》），"风，风也，教也，风以动之，教以化之"（《诗大序》），戏曲舞台通过具体人物与故事"正得失，动天地，感鬼神，经夫妇，成孝敬，厚人伦，美教化，移风俗"（《毛诗正义》卷一）。这一类杂剧主要通过清官义士等人物形象的塑造向受众传递仁、义、礼、智、信的儒家思想。如《蝴蝶梦》《后庭花》《鲁斋郎》等一系列公案剧中的包公，就是睿智英明、刚正廉洁的清官形象。再如《替杀妻》中的面对兄弟之妻的屡次挑逗不为所动，甚至为了营救兄弟性命不惜杀人的张千；《东堂老》中对朋友之子尽心管教，且暗中帮其保管财产，完成朋友嘱托的李实则都是不为

第三章 杂剧在元代的媒介功能

利益所惑、重情守信的义士形象。而这些剧目的创作，不仅仅为统治者所青睐，同时也寄托了杂剧作家的共同愿望，即通过杂剧为百姓树立正确的伦理道德观念，营造和谐安定的社会环境。元杂剧教化补世、劝惩时政、教化民众、补益社会，以"警人视听、使痴儿女知有古今善恶成败之劝惩"（《沈氏今乐府序》）。汤显祖在《宜黄县戏神清源师庙记》中谈到戏曲的功能时说："可以合君臣之节，可以浃父子之恩，可以增长幼之睦，可以动夫妇之欢，可以发宾友之仪，可以释怨毒之结，可以已愁愦之疾，可以浑庸鄙之好。……人有此声，家有此道，疫疠不作，天下和平。岂非以人情之大窦，为名教之至乐也哉！"李渔在其《闲情偶寄·词曲部》中，将戏曲的功能概括为"药人寿世之方，救苦弭灾之具"。

三是警世观念的教化。在元代社会环境的影响下，杂剧作家还常常通过宗教故事抒发胸臆、张扬教义，利用因果报应的观念影响受众，体现出了浓厚的宿命观和神鬼思想。杨维桢高度评价关汉卿、庾吉甫作品的警世与教化作用，"其于声文，缀于君臣、夫妇、仙释氏之典故，以警人视听、使痴儿女知有古今美恶成败之观（劝）惩，则出于关、庾氏传奇之变"。"曰忠曰孝，贯穿经史，于稠人广众中亦可以敦励薄俗，则吾徒号儒大夫为不如已。"[①]（杨维桢《东维子文集》）周德清称赞元剧四大家能"观其所述，曰忠曰孝，有补于世"（《中原音韵》自序）；夏伯和说杂剧"可以厚人伦、美风化"（《青楼集志》）；以至贾仲明还在继续用此思维方式来评说剧作，他说孔文卿的《东窗事犯》是"论纲常，有道弘仁……明善恶，劝化浊民"，王仲元的杂剧"将贤愚善恶分，戏台上考试人伦……辨是非好歹清混"（《录鬼簿吊词》）。如《看钱奴》讲述的是贫民贾仁平偶获周荣祖家的祖产，却因吝啬成性，为利而死；而所获的财产又在机缘巧合下重新回到周荣祖手里，贾氏不过做了别人的看财奴的故事。《冤家债主》讲述的是赵廷玉偷走了张善友的五两银子，死后便投胎成张氏的大儿子，辛苦挣钱，偿还前世偷盗债务；而张善友的妻子瞒着丈夫赖掉了和尚寄存

[①] （元）杨维桢：《东维子文集》（卷十一），《沈氏今乐府序》（卷六），《送朱女士桂英史序》。

的十两银子，和尚死后就投胎成张氏的小儿子，挥霍无度，了结前世被吞财产的故事。而《来生债》讲述的则是富人庞蕴心地善良，常常借钱给人却不索还，最后一家人复归仙班的故事。这些作品都告诫人们：人要多做善事，少做恶事，因为一切善恶因果都会成为今后乃至下辈子的福报业障。"读实甫之'琴心'、'酬简'东塘之'眠香'、'访翠'，何以忽然情动？""中国文字繁难，学界不兴，下流社会，能识字读报者，千不获一，故欲风气之开，教育之普及，非改良戏本不可。"①"夫感之旧则旧，感之新则新，感之雄心则雄心，感之暮气则暮气，感之爱国则爱国，感之亡国则亡国，演戏之移易人志，直如镜之照物，靛之染衣，无所遁脱。"②

作为"寓言"艺术的戏曲，"悲落叶于劲秋，喜柔条于芳春""精骛八极，心游万仞""情瞳昽而弥鲜，物昭晰而互进"（陆机《文赋》）。戏剧作为一种精神商品，受着"顾客"的左右，依靠作品富有真实感的人物形象去教育人，如赵五娘赡养公婆，剪发买葬，"是古人之于戏剧，非仅借以怡耳而怿目也，将以资劝惩、动观感。迁流既久，愈变而愈失其真。"③从而达到"哀而不伤"的艺术效果，给予观众以情感上的调剂和精神上的满足。"我国古典悲剧的美感教育作用，主要是通过悲剧主人公的性格展示给观众的。"④元杂剧中多见的"光明的尾巴"使"始于悲者终于欢，始于离者终于合，始于困者终于亨"⑤，从而让大众在悲哀和同情中受到感奋和鼓舞，在润雨无声中培养民众的"乐天精神"。

上述三方面内容基本上能够代表元代社会的价值观念和处世原则，当社会成员参与到杂剧活动中时，都会在不同程度上受到它的影响和同化，这就让个体的道德标准逐渐趋向于由杂剧作家或者创作群体所弘扬的道德观念。"到处隐藏着喜剧性，我们就生活在它当中，但却看不见它；可是，如果有一位艺术家把它移植到艺术中来，搬到舞台

---

① （清）梁启超：《论小说与群治之关系》，《新小说》1902 年第 1 期。
② （清）箸夫：《论开智普及之法首以改良戏本为先》，《芝果报》1905 年第 7 期。
③ （清）天僇生：《剧场之教育》，《月月小说》1908 年第 1 期。
④ 王季思：《中国十大古典悲剧集》，上海文艺出版社 1982 年版，"序言"第 1 页。
⑤ （清）王国维：《文学论著三种〈红楼梦评论〉》，商务印书馆 2001 年版，第 12 页。

第三章　杂剧在元代的媒介功能

上来，我们就会对自己捧腹大笑，就会奇怪以前竟没有注意到它。"①当然，如果杂剧作品所包含的教化意识能够在真正意义上转化为个体的内在认同，它就发挥出了应有的价值和作用。正如清人琴隐翁所言："传奇虽小道，别贤奸，明治乱，善则福，恶则祸，天道昭彰，验诸俄顷，无论贤愚不肖，皆足动其观感之心，其为劝惩感发者良便，未始非辅翌名教之一端也。"②

二　元杂剧教化功能的失范与衰微

正如上文所言，无论是元杂剧的蓬勃繁盛还是它的衰微凋敝都离不开其生存的社会环境以及当时的人文精神。我们可以说，随着1279年南宋的覆灭，元朝的经济重心开始南移，政治思想的统治也更加有序，这些环境及思想的变化都使元杂剧逐渐失去了它的艺术土壤。

从表面来看，这一时期杂剧作家及其作品数量都出现了大幅度的下降。如果以元成宗大德元年为前后期分界，那么前期的三十余年中，有名字可考的作家共有六十余人，创作的剧本近四百个；而到了后期六十余年的时间里，作家却只有二十余位，其作品总数还不到一百种③。但是作家人数和作品数量只是衡量艺术发展水平的一个因素，并不是根本所在。正如丹纳在《艺术哲学》里所说的那样："一切文学时期终了的阶段必有一个衰微的时期；艺术腐朽、枯萎，受着陈规惯例的束缚，毫无生气……但问题不在于作家的无知。相反，他的手段从来没有这样熟练，所有的方法都十全十美，精练之极，甚至大众皆知，谁都能够运用……这时使艺术低落的乃是思想感情的薄弱。"④而如果要进一步挖掘杂剧作家们思想被禁锢、作品失去活力的深层原因，就必须对元代后期的社会特征进行具体的分析。

首先，元蒙统治者与以往的任何王朝统治者都不同，他们一直过着游牧的生活，文明程度相对低下，对于汉文化中的封建统治认识十

---

① ［俄］果戈理：《作者的自白》，转引自段宝林《西方古典作家谈文艺创作》，春风文艺出版社1980年版，第410页。
② 徐扶明：《元代杂剧艺术》，上海古籍出版社1981年版，第9页。
③ 杜桂萍：《戏曲教化功能的失范——元杂剧衰微论之一》，《北方论丛》1997年第1期。
④ ［法］丹纳：《艺术哲学》，傅雷译，广西师范大学出版社1998年版，第418页。

分有限。直到统治后期,他们才逐渐认识到汉文化的先进性,并由此开始对文艺,尤其是杂剧的教化功能给予重视。

其次,以传统汉文化的标准要求杂剧,不仅仅是统治者的需要,也是后期文人心态的反映。一方面,在科举复行的影响下,那些曾经落入社会底层的儒士文人又对仕途人生重新燃起了希望,他们不再醉心于杂剧创作,而是将心思全部投入儒家经典的诠释当中。另一方面,随着知识分子地位的逐步提高,他们与统治阶级建立起了有效的对话关系,自然使原本存在的矛盾逐渐被淡化,进而失去对社会问题的高度敏感性。

最后,随着南北隔绝局面的结束,元杂剧的传播领域进一步扩大。但是面对南方温润秀美的艺术土壤,豪放洒脱的杂剧艺术显然难以适应。尤其是当其无法满足南方百姓的审美意趣,却意图通过对忠臣志士、贤母孝子、节烈妇女的形象刻画来完成封建伦理及道德规范的教化时,就不可避免地迎来衰微的命运。

在这些因素的影响下,杂剧便逐渐出现了教化功能失范的态势,具体表现为:杂剧的表演体制遭到了破坏,原有的唱词与念白带上了文学色彩,这与受众的观赏体验发生了剧烈的冲撞。再者,人物形象的塑造缺乏鲜明性与灵动性,有些直接变成了为封建伦理教化服务的载体。最后,杂剧当中的角色不再因为观念行为的不同而发生冲突和矛盾,这也就令观众丧失了丰富的情感体验。

第四章 杂剧在元代的传播路径

"艺术风格随着时间的推移,会不断地传播开来和扩大自己的影响范围,同时也越来越独立于它们的发源地的地理和气候条件。文化结构在后期不如早期那么深地扎根于发源的土壤之中,而是逐渐地趋向自律、形式化和固定化,这是文化发展的一条基本规律。"[①] 匈牙利著名艺术史家阿诺德·豪泽尔这一观点说明了人类文化艺术产品要生成、发展的基本规律。

元杂剧文化源自民间,承自宋金杂剧和院本,从早期演出体制较为自由、联套尚未完全固定,用韵不严等到"趋向自律、形式化和固定化"(豪泽尔)的最终成熟,从它最早在北方民间形成,到向京师集中并得到知识文人的参与和社会上层的赏识,再到市井民间的"撂地作场",剧作家、倡伎艺人、剧本刊刻传抄与印刷销售、观演互动、剧作家点评、民间传唱及口碑演绎等多方面力量的共同传播,对元杂剧的兴盛发挥了极其重要的作用。张庚先生在《中国戏曲与中国社会》一文中也认为,元代交通发达、交往频繁,通各路方言的人和"普通话"的人越来越多及多种形式和路径的传播,是元杂剧走向繁荣的重要原因。

但梳理以往学者对于元杂剧的研究成果,我们发现,这些成果多聚焦于剧本内容、演员技巧、美学价值等本体方面的探讨;而对载体,也就是传播途径等问题鲜有关注。古人云,"皮之不存,毛将焉附",对于表演艺术来说,其附着的载体一旦发生变化,其本体便也会随之

---

① [匈] 阿诺德·豪泽尔:《艺术社会学》,转引自季国平《论元杂剧的传播及其意义》,《河北学刊》1989年第2期。

发生改变；从另一个角度来说，如果失去了传播路径，再优秀的杂剧作品也难以呈现在大众面前。戏曲传播路径的探讨为什么总是缺席？原因很多，其中一个非常重要的原因就是，在上千年的杂剧发展过程中，其依附的载体，即传播路径基本没有太大的变化。总体上来看，元杂剧的社会传播方式基本可以分为人与人之间的口耳相传、在特定空间内的剧场传播、建立在文字印刷基础之上的文本传播三种基本类型。

其一是人与人之间的口耳相传。用伊尼斯的观点来看，口头传播为文化活动提供了社会环境；甚至可以说，它为戏剧的产生奠定了基础。尽管在元杂剧的鼎盛时期，包括舞台、印刷等在内的新的传播手段已经出现，但是这种古老的传播方式并没有因此被弃用，因为它对于剧本编排、演员表演等方面的有效反馈具有不可替代的作用。

其二是在特定空间内的剧场传播。所谓剧场，是指瓦舍勾栏、庙宇戏台等杂剧的空间载体，其固定的观演环境和良好的观演氛围很好地将传受双方联系在一起。此外，戏剧演员精致的装扮、优美的唱腔、起伏的情感等都能带给观众更为丰富的观赏体验，很大程度上提升了杂剧的娱乐功能。

其三是建立在文字印刷基础之上的文本传播。首先，剧本本身就是一种抽象的"文字符号"，它负载着戏剧的人文内涵，即情节、语言、思想、观念，可以说是戏剧的文学载体[①]。其次，伴随着刊刻印刷技术的提高，加速了剧本在知识分子之间的传播与欣赏；与其他传播方式不同，因为传抄刊刻的盛行，催生了元代在戏剧理论和戏剧创作方面的成果。

在人类社会发展史上，由于每个时代受众所能使用的媒介技术形成了不同的媒介偏好，而这种媒介偏好又在一定程度上影响了民族文化的走向。"从本质上说，媒介乃是人类心灵和外界事物交互作用的场所，是为观念的生活世界提供给养的技术资源。随着媒介的演进，某种特定的媒介或许会成为社会传播的唯一实在机构，从而也就完全控制了知识的特性与扩散。这种关乎人类心智的垄断机制不但能够不

---

① 周华斌：《中国戏剧史新论》，北京广播学院出版社2003年版，第254页。

第四章 杂剧在元代的传播路径

断加固自身的地位,更可从根本上左右社会关注,为世界赋予对自己有利的图景并维护社会权力结构的现状。"[1] 宋末元初,原来控制严密的坊市制逐渐趋于离散,而更具泥土气息的瓦舍勾栏快速兴起,说唱演剧以社会舆论工具的品格,在承继大量历史题材的基础上与匡扶正义的社会现实心理需要互相契合,将原来与诗词等高雅文化疏离的社会底层民众拉回文学殿堂,从而在口语等多元媒介传播活动中,元杂剧弥补了民间媒介的普遍"缺失",汇聚起社会各阶层民众的共同参与及认知,在延伸民众感知的过程中改变了民众的认知概率和认知结构。"传播媒介是人类文明的本质所在,历史就是由每个时代占主导地位的媒介形式所引领的。媒介决定了某一历史时期所发生的事件以及哪些事件是具有历史意义的。"[2] 元杂剧承担起了大众传播媒介的部分职能,将中国戏曲艺术推向一个历史的新高峰。元杂剧的民间性和通俗性品格,在传播场域形成与文化传播中推动文化权力下移,改变了传统文学话语的"单声道"叙述,促成了我国古代文化的"多声道"(巴赫金)喧哗与传播。

第一节 元杂剧传播对宋金戏曲传播路径的承接

杂剧发展到元代达到一个高峰,但这种高峰是以宋、辽、金戏曲传播路径为积淀的。正是汉百戏、唐传奇、宋杂剧、金院本等戏曲的持续发展,从时、空两个维度为元杂剧的接受和传播提供了现实需求、物质条件和社会心理。"举手整花钿,翻身舞锦筵。马围行处匝,人压看场圆。歌要齐声和,情教细语传。不知心大小,容得许多怜"(《全唐诗·卷七》),唐代常非月这首《咏谈容娘》非常精彩地呈现了《踏摇娘》的民间表演情况,也可以窥见唐代歌舞戏在装扮表演上已经达到一个新的层次。此后,随着讲经和说唱表演艺术的繁荣,中

---

[1] [美]伊莱休·卡茨等编:《媒介研究经典文本解读》,常江译,北京大学出版社2011年版,第177页。

[2] [美]斯蒂芬·李特约翰、凯伦·福斯:《人类传播理论》,史安斌译,清华大学出版社2004年版,第354页。

· 223 ·

国民间通俗文学叙事的韵律和节奏感日益增强，表现内容也日益丰富和细化，出现了烟粉、灵怪、铁骑、公案、朴刀杆棒、讲史、说诨经、说参请等诸多门类，它们共同为元杂剧的传播准备了丰厚的文化背景和现实土壤。同时，民间说唱艺术所积累的经验和技巧也为元杂剧传播和接受奠定了曲乐基础。

一 宋杂剧的多元传播与路径开拓

宋杂剧是在唐、五代优戏的基础上发展起来的。宋代社会相对稳定，经济发展，教坊杂剧艺人众多，宫廷演剧、神庙演剧、节日演出、勾栏商演和路歧"打野呵"兴盛，它们一起构成了宋杂剧的多元传播格局。

宫廷演剧持续不衰。宋代设有教坊，凡遇宫廷大典、重要节令，常有杂剧表演且官民同观。据《宋史》卷一百四十二载："高宗建炎初省教坊，绍兴十四年复置。凡乐工四百六十人，以内侍充铃辖，绍兴末复省。……乾道后，北使每岁两至，亦用乐，但呼市人使之，不置教坊，止令修内司先两旬教习。"徽宗年间，宣德楼下置露台，彩结栏槛，"教坊、钧容直、露台弟子，更互杂剧"，"万姓皆在露台下观看"（孟元老《东京梦华录·卷六》）。清明前后，皇帝在宝津楼上，百姓杂列楼下，"诸军百戏，呈于楼下。……后部乐作，诸军缴队杂剧一段，继而露台弟子杂剧一段，是时弟子萧住儿、丁都赛、薛子大、薛子小、杨总惜、崔上寿之辈，后来者不足数"（孟元老《东京梦华录·卷七》）。这种官民同乐和向民间"和顾"戏曲艺人演出杂剧，极大地提高了民众观赏戏曲的热情，扩展了戏曲的传播规模和范围。

勾栏商演蓬勃兴起。宋代，商品经济发展催生了一批繁华的商业大都市。"于是自淮而南，邦国之所仰，百姓之所输，金谷财帛，岁时常调；舳舻相衔，千里不绝；越舻吴艚，官艘贾舶，闽讴楚语，风帆雨楫，联翩方载，钲鼓镗𢁉塔，人安以舒，国赋应节……屋宇雄壮，门面广阔，望之森然。"（孟元老《东京梦华录·卷二》）"崇宁癸未（崇宁二年）到京师。……正当辇毂之下，太平日久，人物繁阜。垂髫之童，但习鼓舞；班白之老，不识干戈。时节相次，各有观赏。灯宵月夕，雪际花时，乞巧登高，教池游苑，举目则青楼画阁，绣户珠

第四章 杂剧在元代的传播路径

帘。雕车竞驻于天街,宝马争驰于御路,金翠耀目,罗绮飘香。新声巧笑于柳陌花衢,按管调弦于茶坊酒肆。八荒争凑,万国咸通。集四海之珍奇,皆归市易;会寰区之异味,悉在庖厨。花光满路,何限春游;箫鼓喧空,几家夜宴。伎巧则惊人耳目,侈奢则长人精神"(孟元老《东京梦华录序》)。在都市经济繁荣的基础上,一种集合多种技艺的文化消费场所——瓦舍,应运而生。

"瓦者,野合易散之意也"(灌圃耐得翁《都城纪胜》)、"瓦舍者,谓其来时瓦合,去时瓦解之义,易聚易散也"(吴自牧《梦粱录》卷十九),瓦舍勾栏是一个相对集中的观剧场所,勾栏艺人除了终年在勾栏中作场,节庆之际也有搭建乐棚,演戏争标,"殿上下回廊皆关扑钱物饮食伎艺人作场,勾肆罗列左右","门相对街南有砖石甃(zhou)砌高台,上有楼观,广百丈许,曰宝津楼,……车驾临幸,观骑射百戏于此池之东岸。临水近墙皆垂杨,两边皆彩棚幕次,临水假赁,观看争标"(孟元老《东京梦华录·卷七》);中元节的东京汴梁,"构肆乐人,自过七夕,便扮《目连救母》杂剧,直至十五日止,观者增倍"《东京梦华录》记录了东京汴梁六处瓦舍:"桑家瓦子,近北则中瓦,次里瓦。其中大小勾阑五十余座。内中瓦子莲花棚、牡丹棚、里瓦子夜叉棚、象棚最大,可容数千人。……终日居此,不觉抵暮。"而且,"崇观以来,此京伎艺……薛子大、薛子小、俏枝儿、杨总惜、周寿奴、称心等般杂剧。……其余不可胜数。不以风雨寒暑,诸棚看人,日日如是。"(孟元老《东京梦华录·卷八》)。该书不仅详细呈现了汴京各个瓦舍的情况,同时也一一记录了杂剧、傀儡、讲史、小说、弄乔影戏、诸宫调、说诨经等娱乐等活动。"妆扮的是太平年万国来朝,雍熙世八仙庆寿。搬演的是玄宗梦游广寒官,狄青夜夺昆仑关。"(《都城纪胜》)南宋《市肆记》则云:"有瓦子勾阑,自南瓦到龙山瓦,凡二十三瓦,义谓之邀棚。"两宋勾栏瓦舍的兴盛,为杂剧的演出提供了相对固定的场所、演出时间和稳定的观众,也培养了都市民众看戏的兴趣和爱好,这些都为杂剧的传播搭建了宽广的社会环境。

从《东京梦华录》的记录中可以得出以下结论:宋辽金三朝杂剧观众数量较多"大抵诸酒肆瓦市,不以风雨寒暑。白昼通夜骈阗";杂剧百戏定期上演,"崇观以来,在京瓦肆伎艺,……每日五更,头回小杂剧,若晚看不及矣";勾栏内艺人作场,已形成口碑和品牌效应,"瓦市……长说史书乔万卷,许贡士、张解元,……散乐作场相仆王俒……,勾阑合生双秀才,装神鬼谢兴歌,影戏尚宝义、贾雄。卖嗓唱樊华,唱赚濮三郎,扇李二郎郭四郎。说唱诸官调高郎妇、黄淑卿。"(《西湖老人繁胜录》);以瓦舍形成了许多市民休闲娱乐中心,"曳裾黑邸,耳目益广,朝歌暮嬉,酣玩岁月"(周密《武林旧事序》),这些娱乐中心又进一步刺激了城市的扩展和休闲文化的繁盛,除汴京、临安外,杂剧在益州、扬州、广州、鄂州、洛阳、长安、苏州、泉州等地也很流行。

宋代军营也有乐营之设,军士军中观戏,离散之后将这种爱好带到各地,军士是宋辽戏曲传播扩散的主要力量。《咸淳临安志》卷十九:"绍兴合议后,……于军寨左右营创瓦舍,招集伎乐,以为暇日娱乐之地。其后修内司入于城中建五瓦以处游艺。"王棠《知新录》云:"考宋教坊外,又有钧容直、云韶班二乐。……钧容直,军乐也。在军中善乐者,初名引龙直,以备行幸骑导。"《东京梦华录》云:"教坊钧容直,每遇旬休按乐,亦许人观看。"《都城纪胜》复说:"百戏在京师,各名左右军,并是开封府衙前乐营。"这些军士在边陲平静,讲武之暇,观戏取乐,经年累月,遂盛行于世。应该说,两宋民间娱乐兴盛,与军士的推广有非常紧密的关联。

宋代,"中原息兵,汴京繁庶,歌台舞席,竞睹新声"(《乐府馀论》),说唱艺术流行,特别是像柳永这样的文士参与词曲的创作与传播,"多游狎斜,善为歌词。教坊乐工,每得新腔,必求永为词,始行于世"(叶梦得《避暑录话》)。借助伎人传习,散播四方。

宋代关于神庙演剧和节日演出方面的史料较多,记载颇详,如关于临安杂剧傀儡演出情况,宋人吴曾《能改斋漫录》载:"又游相国寺,与众书生倚殿柱观倡优。"《梦粱录》卷一也载:"正是公子王孙,五陵年少,赏心乐事之时,讵宜虚度?至如贫者,亦解质借兑,带妻挟子,竟日嬉游,不醉不归。"宋代杂剧演出盛况不仅在临安,其他城市村野也在节日或祭祀时搬演杂剧,如:宋人朱彧《萍州可谈》卷三详细记载了江南农村用傀儡戏乐神的情景:"江南俗事神,其巫不一。又以傀儡戏乐神,用禳官事,呼为弄戏。遇有系者,则许戏几棚。

第四章 杂剧在元代的传播路径

至赛时张乐弄傀儡，初用楮钱爇（ruo）香启祷，犹如祠神，至弄戏则秽谈群笑，无所不至。乡人聚观饮酒，醉又殴击，往往因此又致讼系，许赛无已时。"

对于神庙演剧和节日演出情况，宋代文人诗词歌咏中也有很多呈现，如"侏优戏场中，一贵复一贱。心知本自同，所以无欣怨。"（王安石《相国寺启同天节道场行香院观戏者》）单诗人陆游就有多篇观剧诗作，如《夜登小南门城上》："曳杖上江城，清宵破二更。月回高树影，风壮急滩声。野艇鱼罾举，优场炬火明。湖塘正如此，回首忆柴荆。"（陆游《剑南诗稿·卷八》）《社日》诗曰："太平处处是优场，社日儿童喜欲狂。且看参军唤苍鹘，京都新禁舞斋郎。"（陆游《剑南诗稿·卷二十七》）《书喜二》诗曰："今年端的是丰穰，十里家家喜欲狂。俗美农夫知让畔，化行蚕妇不争桑。酒坊饮客朝成市，佛庙村伶夜作场。身是闲人新病愈，剩移霜菊待重阳。"（陆游《剑南诗稿·卷三十七》）《村饮》："旧隐青山在，衰颜白发新。推移忝前辈，疏懒似高人。击鼓驱殃鬼，吹箫乐社神。家家皆有酒，莫吐相君茵。"（陆游《剑南诗稿·卷六十》）《社饮》诗曰："东作初占嗣岁宜，蚕官又近乞灵时。倾家酿酒无遗力，倒社迎神尽及期。先醉后醒惊老怠，路长足蹇叹归迟。西村渐过新塘近，宿鸟归飞已满枝。"（陆游《剑南诗稿·卷六十》）《稽山行》："空巷看竞渡，倒社观戏场。"（陆游《剑南诗稿·卷六十五》）《幽居岁暮》之三："老去转无事，室空惟一床。卧时幽鸟语，行处野花香。巷北观神社，村东看戏场。谁知屏居意，不独为耕桑。"（陆游《剑南诗稿·卷八十》）从这些诗句，我们看到无论官家，还是民间，全社会游观杂剧的爱好已经形成，也奠定了杂剧演出的基本程式和规则。其中，神庙演剧是一种最为普及的戏曲传播方式，它将都市王公贵族的消遣文化传播到各地，渗透到民间，从而出现了"空巷无人尽出嬉，烛光过似放灯时。山中一老眠初觉，棚上诸君闹未知。游女归来寻坠珥，邻翁看罢感牵丝"（刘克庄《闻祥应庙优戏甚盛·后村先生大全集·卷二十》）的杂剧传播场景。

路歧演出是市井演出的重要形式，也是戏曲联结城乡生活、融合城乡文化的又一传播路径。南宋文人笔记对于路歧演出记录非常详细，如：《武林旧事》卷六载："北瓦内勾阑十三户般盛。或有路歧不入勾阒者，只在耍闹宽阔之处做场者，谓之'打野呵'，此又艺之次者。"《都城纪胜》也云："此外执政府墙下空地，诸色路歧人，在此作场，尤为骈阗。又皇城、司马道亦然。候潮门外殿司教场，夏月亦有绝伎作场，其他街市如此空隙地段，多有作场之人。"宋代周南在《山房集》卷四《刘先生传》一文记述了一个路歧杂剧班子的作场情况："市南有不逞者三人，女伴二人，莫知其为兄弟妻姒也，以谑丐钱。市人曰：'是杂剧者。'又曰：'伶之类也。'每会聚之冲，阗咽之市，官府听讼之旁，迎神之所，画为场，资旁观者笑之，自一钱以上皆取焉，然独不能凿空。其所仿效者讥切者，语言之乖异者，巾帻之诡异者，步趋之伛偻者，兀者，跛者，其所为戏之，所人识而众笑之。""十三军大教场、教奕军教场、后军教场、南仓内、前权子里、贡院前、佑圣观前宽阔所在，扑赏并路歧人在内作场"（西湖老人《西湖老人繁盛录》）；这些路歧艺人许多在瓦舍勾栏无法立足，于是拖家带口，辗转乡村与商埠，撂地作场，维持生存。《梦粱录》卷二十载："有村落百戏之人，拖儿带女，就街坊桥巷，呈百戏伎艺，求觅铺席宅舍钱酒之资。"因为流动作场且数量可观，"敝袍羸马遍天涯，恰似伶优着处家。"（陆游《秋夜独醉戏题》），路歧艺人及其撂地作场是宋代杂剧传播不容忽视的方面。

有宫廷演剧的示范引领，也有勾栏路歧的推广，宋代戏曲演出逐渐深入百姓的生活日常中，举凡节庆、婚祀、神祭、渔父习闲、竹马出猎，八仙故事，"市民围观，累足骈肩"（周密《武林旧事·卷三·迎新》），戏曲演出就成为这些活动的主要内容且逐渐演变为民俗文化的组成部分。东京上元节，"紫禁烟光一万重，五门金碧射晴空。梨园羯鼓三千面，陆海鳌山十二峰。香雾重，月华浓。露台仙仗彩云中。朱栏画栋金泥幕，卷尽红莲十里风。""五日都无一日阴，往来车马闹如林。葆真行到烛初上，丰乐游归夜已深。人未散，月将沉。更期明夜到而今。归来尚向灯前说，犹恨追游不称心。"（南宋·刘昌诗《芦浦笔记》）；时到中秋节，"中秋夜，贵家结饰台榭，民间争占酒楼玩月。……闾里儿童，连宵嬉戏。夜市骈阗，至于通晓。"（孟元老《东京梦华录·卷八·中秋》）；岁暮残腊，驱傩备年，"庭罢驱傩戏，门收爆竹盘。"（冯山《丁卯除夜·安岳集·卷十》）；"天心欲销变，元会

第四章 杂剧在元代的传播路径

罢来朝""又听驱傩鼓,群邪不可饶。"(梅尧臣《次韵和冲卿元日》《宛陵集》卷十九);"残腊多风雪,荆人重岁时""爆竹惊邻鬼,驱傩逐小儿。"(苏轼《荆州十首》《东坡全集》卷二十八);"新旧光阴各自催,分年须折送年梅。欢声动地驱傩鼓,厚意迎春献寿杯。"(黄裳《岁暮偶成》《演山集》卷八);"儿女今无恙,街坊又进傩。流年荧惑过,队仗史巫多。"(周南《驱傩》《山房集》卷一)。这种驱傩搬演、节庆剧演成为一种群众性的精神文化活动,一方面丰富了节日生活、烘托了祭祀氛围;另一方面也培育着戏曲观赏需求与习惯,并以民俗文化的形式播散流传。

二 宋辽金之间的戏剧交流与传播

宋、辽杂剧同源异派,辽杂剧、雅乐、大乐、散乐来自后晋政权。史载:"辽国大乐,晋代所传。""晋天福三年,遣刘昫以伶官来归。辽有散乐,盖由此矣。"(《辽史》卷五十四《乐志》)后晋天福三年(938),石敬瑭以父事契丹,中原戏剧进入辽国,并逐渐形成辽杂剧。

《辽史》卷一百九《伶官传》:"辽之伶官当时固多,然能因诙谐示谏,以消未形之乱,惟罗衣轻耳。孔子曰'君子不以人废言',是宜传。"但在《辽史·伶官传》只有罗衣轻一人立传:"罗衣轻,不知其乡里。滑稽通变,一时谐谑,多所规讽。"是时,辽宫廷宴飨也演剧酬宾,《辽史·乐志》记载"曲宴宋国使乐次"中散乐表演的情况:"酒一行觱篥起,歌。酒二行,歌。酒三行,歌,手伎入。酒四行,琵琶独弹,饼、茶、致语。食入,杂剧进。酒五行阙。酒六行笙独吹,合法曲。酒七行,筝独弹。酒八行,歌,击架乐。酒九行,歌,角抵。"在演剧的同时,辽国优人也会创作杂剧并在曲乐表演等方面采借本民族的艺术形式和风格,如辽宫廷在宋仁宗天圣五年(1027)演出"弄孔子",引发使辽右司谏龙图阁待制孔道辅的不满,"契丹宴使者,优人以文宣王为戏,道辅艴然径出。"(《宋史·孔道辅传》)这既是杂剧文化的一次碰撞,也从一个侧面说明当时辽王朝应当有一些杂剧的创作。

金王朝的杂剧产生与发展也是宋辽杂剧传播的结果。据史载可知,辽保大二年(1122),金太祖破辽中京,得辽教坊四部乐,始用宴乐。也就是说，金朝杂剧演出当在破辽之后，但这并不代表金统治地域此前没有戏曲传统。实际上，早在五代后唐时期，河东之地，红白喜事、年节社火、庙会祭祀等民间娱乐即有演戏习俗。"元夕吾何处，吾行次晋郊。乐棚垂苇席，灯柱缚松梢。俚妇朱双脸，村夫赤两骸。春田夸积雪，酒胆醉仍嘤"（宋·张无尽《平阳道中过上元》《岁时杂咏》卷八）。《新五代史·伶官传》："庄宗既好俳优，又知音，能度曲，至今汾晋之俗往往能歌其声，谓之，御制者，皆是也。"这些史料充分说明在后唐时期，河东一带戏剧活动已经普及民间了。

金在灭辽与北宋的过程中，多批次掳掠了大量辽及北宋艺人。早期，金朝杂剧艺人多来自辽朝教坊，"云乃旧契丹教坊旧部"（宋·徐梦莘《三朝北盟会编》卷二十）。后来，宋金冲突媾和间次交错，金人将汴京技艺人分期分批地北掳。据宋代徐梦莘《三朝北盟会编》卷七十七记载："金人求索诸色人、金银，求索御前祗候：方脉医人、教坊乐人、内侍官四十五人；露台祗候：妓女千人，蔡京、童贯、王黼、梁师成等家歌舞及宫女数百人。先是，权贵家舞伎内人，自上即位后皆散出民间，令开封府勒牙婆媒人追寻之。……杂剧、说话、弄影戏、小说、嘌唱、弄傀儡、打筋斗、弹筝、琵琶、吹笙等艺人一百五十余家。令开封府押赴军前。"辽朝教坊乐人和北宋汴梁艺人，"出入乐府，文彩灿然，在淹通闳博之士，皆优为之。行家者随所妆演，无不摹拟曲尽，宛若身当其处，而几忘其事之乌有。"共同构成了金朝燕京宫廷杂剧演出的队伍。同时在这一过程中，也有大批乐人逃散于山西平阳一带，平阳民间杂剧兴起并成为后来杂剧传播的一个中心节点。国家不幸诗家幸，在社会冲突、时代跌宕之际，艺人亡散会聚既使杂剧在更广阔的天地生根发芽、传播扩散，又在传播过程中融汇众艺，形成了戏曲文化传统和中心地带，也为后人考证我国古代戏曲流变保存了大量戏台、碑题等戏曲文物。

金代杂剧、院本除宫廷搬演外，还有两种重要的传播路径：民家堂会演出与神庙祭祀演出。

第四章　杂剧在元代的传播路径

三　南戏的营销传播与西散北顾

在元杂剧形成之前，宋金杂剧在北方的发展，在诸宫调和散套的基础上形成了成熟且严谨的曲牌联套方法和四套曲式，这种固定格式限制了杂剧的发展空间。但民众的戏曲接触偏好已经形成，在故事舞台传达、音乐空间拓展和民众需求等多种因素的作用下，南戏和北杂剧应运而生，南曲戏文和北曲杂剧构建了此后四百年的文化景观。

在北曲杂剧形成之前，温州一带专门创作南戏的书会已经出现，最早的南戏《张协状元》也开始具备营销观念。如：开场即有"［满庭芳］暂息喧哗，略停笑语，试看别样门庭。教坊格范，绯绿可仝声。酬酢词源浑砌，听谈论、四座皆惊。浑不比，乍生后学，谩自逞虚名。《状元张协传》，前回曾演，汝辈搬成。这番书会，要夺魁名。占断东瓯声盛事，诸宫调唱出来因。厮罗响，贤门雅静，仔细说教听。""［烛影摇红］烛影摇红，最宜浮浪多忔戏。精奇古怪事堪观，编撰于中美。真个梨园院体，论诙谐，除师怎比？九山书会，近目翻腾，别是风味。一个若抹土搽灰，移枪出没人皆喜。况兼满坐尽明公，曾见从来底。此段新奇差异，更词源，移宫换羽。大家雅静，人眼难瞒，与我分个令利。"这种在晒棚斗戏的过程中，通过箛鼓鸣锣，解说引导以悬置疑团，勾起欲望，招徕观众。

湖山歌舞，沉酣百年。而南戏一经兴起就开始传播，一路北传入临安，一路西传入江西。北传记载有"贾似道少时，佻挞尤甚，……至戊辰、己巳间（1268—1269），《王焕》戏文盛行于都下。"（刘一清《钱塘遗事》）；西传记载见刘埙的《词人吴用章传》"当是时，去南渡未远，汴都正音教坊遗曲犹流播江南。用章博采精深，悟彻音律，单词短韵，字征协谐，……用章殁，词盛行于时，不惟伶工歌妓以为首唱，士大夫风流文雅者，酒酣兴发辄歌之，由是与姜尧章之《暗香》《疏影》、李汉老之《汉宫春》、刘行简之《夜行船》并喧竞丽者，殆百十年。"南曲伴奏来源于宋词和民间小令，南曲声多字少，旋律性强，旋律多用级进，节奏比较舒缓，以清唱为主，以拍点板，听起来纤徐绵渺，流丽婉转，易于抒情发志和口头流播。

四　蒙古文化对戏曲传播的推动

当源自诸宫调的北曲杂剧和源自宋词及民间小令的南曲杂糅并进一段时期之后，朗诵性强、节奏紧促、雄壮劲切、慷慨激越的北曲杂剧与蒙古文化耦合，在充分吸收各种小唱、说唱曲调和女真、蒙古等北方民族的曲调和乐器的基础上，12—13世纪，北杂剧在山西、河北一带形成，而曲牌联套、韵脚平仄的规范化要求使晚出的北曲比早出的南曲更加成熟而文人化。之后随商贸、战争等原因的民众流动，北曲杂剧的盛行区域已经遍布山西、河北、山东和河南一带。1127年后，随着元蒙帝国的建立沿着今称京杭大运河的水路传播到江浙和湖广一带。

元代是一个多民族共同生存，共谋发展的时代，各个民族不同的文化习俗和价值观念的相互冲突与相互吸纳构成了元代社会的一个鲜明特色。"蒙古统治者相对松动的文化政策和少数民族伦理道德对封建传统道德的冲击，促成了元杂剧自由怀疑思想的发展。蒙古统治阶级入主中原，提倡宗教平等、信仰自由，促进了各民族的融合和多元思想文化的交流，使社会思想显得活跃而开放。"[1] 正如任崇岳总结的："元代统治者既没禁演、销毁哪一出戏剧，也不曾赐给任何人以'名教罪人'的恶谥。说元代统治者摧残了戏剧，是不公平的。"[2] 礼制松弛、谐谑解构取向以及对戏曲作品和作家的相对优容，既为元杂剧创作提供了新的素材和自由氛围，也为元杂剧多元文化主题的传播创造了前所未有的条件。"俟夷狄立中华，于是诸词人一时林立，始称作者之圣，呜呼异哉。"[3] 王骥德的疑惑恰恰从另外一个侧面说明多民族文化的交融碰撞为元杂剧的快速普及和传播注入了新的动力和活力。

如蒙古刳木为棺、不封不树、厚养薄葬的葬俗传统迅速接受汉化，而汉族"生，事之以礼；死，葬之以礼，祭之以礼"（《论语·为政》）的丧葬习俗也不断融入异文化的元素。丧葬礼俗与戏曲情节结合，奠定了元代丧葬习俗文化传播的新路径。另外，元代，秩序化意识被打

---

[1] 郭英德：《元杂剧与元代社会》，北京师范大学出版社1996年版，第190页。
[2] 任崇岳：《关于元杂剧繁荣原因的几个问题》，《历史教学》1982年第1期。
[3] （明）王骥德著，陈多等注：《王骥德曲律》，湖南人民出版社1983年版，第208页。

碎,精英理念被抛弃,颠覆、解构性的谐谑表达成为戏曲表达的重要方式。纵酒欢谑、纵酒聚谈风气在文人圈子十分流行,"(李纯甫)每酒酣,历历论天下事,或谈儒释异同,虽环而攻之,莫能屈。""(雷琯)每酒酣,谈说今古,莫能穷"①。剧作家杨景贤"善琵琶,好戏谑,乐府出人头地"②。同时在戏曲题材与传播观念上更强调多元与共享,民族文化隔阂被逐渐打破,异质文化互动传播更加明显。兰雪主人《元宫词》云:"《尸谏灵公》演传奇,一朝传到九重知,奉宣赍与中书省,诸路都教唱此词。"③ 如许多剧本都有如下结末文字:"显见得皇恩不滥,同瞻仰天日非遥"(《赚蒯通》);"共皇家万古春"(《谢金吾》);"方才见王法无私,留传与万古千秋(《陈州粜米》)。忠信观念利用杂剧多元舞台在多民族间传播,青史留名观念也开始在观赏戏曲中被慢慢渗透进非中原文化区域。

第二节　口耳相传
——生生不息的杂叙话谈

元杂剧是元代文化传播的产物,而"文化是一个连续统一体,是一系列事件的流程,是一个时代纵向地传递到另一个时代,并且横向地从一个种族或地域播化到另一个种族或地域"④。从本质上,元杂剧当属于民间口头文学的范畴,从剧本创作到搬演,均体现了雅俗兼备、以俗为主的特色。在剧本传播的基础上,下层文人、民间艺人和演员的口头传播对于元杂剧发展与传承来说至关重要。

一　元代口头传播的复兴

口头传播与语言的形成及人类文明的发展总是形影不离。对于中国古代的文学艺术来说,更是常常借用这种口口相传或代代相传的方

---

① (金)刘祁:《归潜志》,中华书局1983年版,第11、22页。
② (元)贾仲明:《录鬼簿续编》,上海古籍出版社1978年版,第104页。
③ 王利器:《元明清三代禁毁小说戏曲史料》,上海古籍出版社1981年版,第5页。
④ [美]L. A. 怀特:《文化的科学》,沈原等译,山东人民出版社1988年版,第2页。

式，将作品流传下去。其中为我们所熟知的是中国古代小说传播。它的创作过程实际上就是一个线性传播的过程，通过不同创作者乃至接受者之间的口耳相传，其中的人物形象就会愈趋丰满完美，故事情节就会愈趋精彩生动，甚至整个作品都会越来越符合大众的生活情趣和审美基调。

回到杂剧艺术本身，它与传统的文学艺术，尤其是小说的传播有着异曲同工之妙，甚至从某种程度上来说，是它影响了明清小说的传播走向。作为一种集多种传播效果于一身的综合性传播媒介，它充分吸收了口头传播中的优势与精华，打破了长期以来获得霸权的书面传播格局。尤其是因为口头表达具有很强的通俗性和丰富性，所以与汉赋唐诗等高雅文学相比，元杂剧在一定程度上降低了受众进行艺术欣赏的准入门槛，并且获得了更好的传播效果。

法国学者石泰安认为，"英雄、某些家族世系和宇宙起源论的巫师，他们是巫师，也是负责王室口传历史的史官，即巫是不分时代的知识人，故有权护持朝政，为国家解决各种涉及神鬼，以及过去历史方面的难题。后世演唱……的游吟诗人、说唱艺人即是由此发展而来的"①。元杂剧承袭了讲唱艺术的特点，而这种自宋代兴起的艺术形式最大的创造就是在已有故事的基础上使用"说话"的形式进行表演、使用"话本"的形式记录表达。如具有代表性的宋代话本《种瓜张老》就是借用了唐传奇的题材；《定山三怪》和《三亭儿》是产生于唐代的奇闻逸事；而《错斩崔宁》和《三现身》则分别是宋代的本朝案件和公案剧。可见，从话本到唱讲都是艺术家们为了赚取受众的眼球，在已有的作品上不断加工的结果。

自元朝建立以来，以蒙古族为首的少数民族的固有文化和审美趣味影响了社会总体的文化和审美观，少数民族喜爱的民间歌谣、说唱文学（诸宫调、散曲）、说书艺术话本得到了长足的发展。元杂剧的口头传播在这样的大背景下，以其得力的传播者、广阔的受传者、顺畅的传播方式，得以迅速发展。但是单纯的"说话"和口语表达并不

---

① ［法］石泰安：《西藏史诗与说唱艺人的研究》，耿昇译，西藏人民出版社1993年版，第1页。

第四章 杂剧在元代的传播路径

足以吸引广大的受众群体。因此，宋元以来的艺术家们就在叙述故事的过程中创作出了配乐唱段，以优美清亮的声线和婉转动听的音乐渲染原本稀松平常的讲演。这样的创新无疑是成功的，它使小说这一叙事载体逐渐摆脱了传统史传文学的传播方式，同时也增加了小说本身的叙事意趣和表达技巧。

从这种较为完善的讲唱艺术中我们大致能够看到杂剧的影子，其中以路歧人的演出方式最为典型。众所周知，路歧人与勾栏艺人最大的区别是他们常常游走在不同街道乃至不同城市当中。他们没有勾栏艺人那样高超的技艺，也没有专门创作剧目的伙伴。为了能够更好地吸引观众，一方面他们需要把已经学会的表演和熟悉的故事展现给不同地区的不同群体；另一方面，他们也需要在已有的故事基础上加上自己的创造和理解。除此之外，在诸多因素的影响下，一些水平较高的杂剧戏班也会从城市走入乡村，如杂剧《蓝采和》中许坚所在的戏班就是在汴梁城中的梁园棚内进行演出，这时候他们所面对的受众群体主要是来自城市的市井百姓。后来因为许坚出家当了道士，导致戏班失去了台柱，便无法在城市立足，转而到农村进行演出。而这种艺术信息的流动是歌舞等传统表演艺术，乃至于文学作品的传播都难以做到的。因为它不仅能将固有的故事情节、人物形象、艺术表达展现给广泛的受众，同时还能在不同的时间、不同的地点、不同的环境下创造出新的艺术信息。由此可见，口语表达与口头叙述在艺术传播中的重要的意义和强大的生命力。

当然，我们必须要注意：任何一种艺术形式的诞生都与其所处的历史环境紧密相连。首先，自宋代以来，随着商品经济的发展，中国城市的规模已经到了让人惊叹的地步。加之当时的户籍制度较为宽松，城市管理较为开明，旧的坊市制度也被废除，这就使城市中的人口具有很强的流动性，口头传播能够畅通无阻地进行；其次，蒙元贵族的入侵改变了中国传统的文化生态格局，原本处于社会上层的社会精英失去了令他们骄傲的身份与地位，尤其是仕途的阻塞基本上已经剥夺了他们参与政治、争夺权力的资格。因此，他们只能向下延伸，在普通的市民阶层里寻找栖息之地，创作出符合市民口味的艺术作品。而为了迎合百姓们的审美意趣和文化水平，借助通俗的口语表达和朴实的口语传播就成了必然；再次，情感浓烈、表达质朴的口头传播形式更加符合以统治民族为代表的诸多少数民族对于文化艺术的欣赏口味，我们可以从蒙古族长篇史诗《江格尔》、藏族长篇史诗《格萨尔王》、女真族长篇说唱故事《尼山萨满》的广泛传唱中看出这这一点。而这也在很大程度上影响了社会总体的文化观念和审美趣味；最后，兴起于宋代的诸多民间艺术形式已经向元杂剧展示出了自身的经验，即口头传播是可以得到受众的认可，并引发良好的传播效果。

基于这些原因，元杂剧中的口头传播具有重要的作用，因为那些正式的、制度化的、功能化的传播形态已经无法满足受众的信息需求。在儒士文人、普通百姓的共同参与下，作为通俗艺术的典范，元杂剧很快便成为传播信息的公共空间，也是典型的口头文学。

二 口头传播对元杂剧的影响

抛开杂剧艺术不谈，就口头传播本身而言，就蕴含着改变社会的强大力量。正如伊尼斯所谈到的那样，一种媒介经过长期使用之后，可能会在一定程度上决定它传播的知识的特征；甚至可以说一种新媒介的长处，将导致一种新文明的产生[1]。因此，我们在这里有必要探讨杂剧艺术中的口头传播对于整个元代，以及文学艺术的发展所带来的影响。

其一，杂剧凭借其特有的艺术魅力在元代社会积累了大量的受众群体，并取得了长足的发展。正因为如此，它也将口语传播的模式进一步推向了艺术领域；尤其是说唱的文学形式获得官方的认可之后，那些混迹于勾栏瓦舍当中的儒士文人便开始积极参与以通俗易懂、灵活多变的口头传播为主的剧本创作。而实际上，他们的加入在一定程度上改变了汉族的诗文书写传统，以书写传播为主的雅文学步入口传与书写并行的时期。

其二，元杂剧的蓬勃发展，使市民艺术步入了成熟阶段，而那些自宋仁宗时期以来逐渐兴起的以"说话"为特征的艺术形式也因此大

---

[1] [加]哈罗德·伊尼斯：《传播的偏向》，何道宽译，中国人民大学出版社2003年版，第28页。

第四章 杂剧在元代的传播路径

放光彩。这就意味着,原本那些文化程度较低、艺术素养匮乏、娱乐欣赏时间有限的社会底层民众也可以加入艺术活动当中。通俗有趣的语言、鲜明生动的形象、曲折复杂的情节都使百姓在接受艺术信息方面更为容易。而艺术创作也不再是权贵阶层和知识分子的专利,通俗的口语表达,使普通的民众也可以创造出符合自身审美意趣的艺术作品。因此,我们可以说,杂剧艺术的口头传播在一定程度上改写了中国知识系统的传播范围。

其三,开放交融的时代气息,让不同民族的语言在元代都得到了快速的发展。从蒙古统治者受到汉字的启发,令八思巴创造"蒙古新字",再到散曲作家周德清在《中原音韵》里规范语音,就不难看出元人对于语言的重视。而杂剧恰恰是一种最为适合的艺术表现形式,帮助人们摆脱了书面语的束缚,推动了"文言"表达传统的口语化,进而促进了汉语表达能力的提高。

其四,元代是一个民族构成复杂、政治环境特殊、社会矛盾众多的特殊时代。因此,无论是统治者与百姓之间,还是不同地域的百姓之间都存在明显的交流障碍和文化认知差异。但作为一种共同享有的艺术形式,杂剧中的口头传播传统将这些本不属于一个民族、一个阶层、一个地区的群体勾连在了一起。城市的居民通过口耳相传的方式,将新的艺术信息传播至农村;离政治中心较近的北方百姓又将不同的社会信息传播至南方地区;底层百姓通过口头艺术将民生民情传递给统治阶层;而统治阶层同样通过口头传播将统治观念灌输给普通民众。由此可见,杂剧中的口头传播让这门兴起于民间的表演艺术在信息传递与接受方面有了过去文艺无法比拟的社会覆盖面与历史穿透力。

其五,一种艺术要想从倚重书面传播的传统转换为倚重口头传播的说唱,就必须对原有的叙事模式、表达方法、传播技巧进行调整。因此,与那些以文本形式呈现出来的艺术相比,我们在元杂剧当中所能看到的大多是多层次、多角色、非缝合、反团圆的叙事模式,而不再是以某一固定的角度,进行单线的团圆叙述;是以一种生活化的语言尽量贴近真实的情感表达,而不是通过华丽的辞藻对情感进行过分的渲染;是融合演员神态、动作、装扮在内的一种综合性传播技巧,它既不像文字一样单纯关注受众的视觉，也不像语言一样单纯关注受众的听觉。因此，这样一种综合化、动态化的艺术模式就能以强大的艺术魅力顽强恒久地融入历史文化传统之中。

其六，与日常的口语传播不同，当口语表达介入杂剧艺术时，它就必然会受到戏剧美学的影响。换言之，杂剧要使最为普通的口语充分满足听众的审美需求，就必须辅以曲韵格律来进行修饰。而这种修饰又反过来对长期以来书写文化和口语文化的分离进行了弥合，完美地将生活体验和审美口味串联在了一起，使杂剧编创者能够更好地对记忆、情感、态度、体验进行全方位的表达。这是此前任何一种艺术形式所不具备的。

三　元杂剧的口头传播

在口语传播媒介中，传唱歌谣和聚谈是重要的媒介方式①。元杂剧在元代的口头传播，既有演员、书会才人、宫廷乐官、剧评曲评家等"传播者"的传播，也有市民、农民、官府官员、宫廷贵族、娼妓艺人等"受传者"的传播，元杂剧的口头传播既体现了口头文学的基本特色，也迎合了元代传播内容和传播方式的变化。具体来说，元杂剧的口头传播主要表现在以下几个方面。

一是宫廷演戏。宫廷戏班杂剧演出是元杂剧口头传播的重要传播方式，也对这一时期的娱乐风潮发挥了引导作用，使观赏杂剧成为当时体现身份和地位的主流娱乐活动。元朝贵族多为北方蒙古上层人士，在未取得政权之前就有欣赏歌舞和杂剧的习惯。统一中原之后，他们将这种娱乐偏好通过宫廷演剧进一步推广，成为官方和民间共同的娱乐活动，杂剧有效疏解了动荡时期的社会情绪，成为体察民情，协调社会关系，巩固政权的手段之一。朱有燉《元宫词》云："江南名妓号穿针，贡入天家抵万金。莫向人前唱南曲，内中都是北方音。""初调音律是关卿，《伊尹扶汤》杂剧呈。传入禁垣宫里悦，一时咸听唱新声。""《尸谏灵公》演传奇，一朝传到九重知。奉宣赍与中书省，

---

① [美]哈罗德·拉斯韦尔：《传播的结构和功能》，转引自戴元光、金冠军《传播学通论》，上海交通大学出版社2000年版，第302页。

第四章 杂剧在元代的传播路径

诸路都教唱此词。"① 杨维桢《宫词》也云:"开国遗音乐府传,《白翎》飞上十三弦。大金优谏关卿在,《伊尹扶汤》进剧编。"② 杂剧宫廷演出,受到皇帝及王公大臣的普遍喜爱。

元代宫廷专门成立了音乐、戏剧演出机构——玉宸院,供朝廷典礼和娱乐需要。元世祖中统元年十二月,"立仙音院,复改为玉宸院,括乐工"。③ 后来随着杂剧在全国的普及,元中统二年又设立管理杂剧等娱乐活动的机构——教坊司,"教坊司,秩从五品。掌承应乐人及管领兴和等署五百户。中统二年始置。至元十二年,升正五品。十七年,改提点教坊司,隶宣徽院,秩正四品。二十五年,隶礼部。大德八年,升正三品。延祐七年,复正四品。达鲁花赤一员,正四品;……令史四人,译史、知印、奏差各二人,通事一人。"④ 教坊司中乐官也参与杂剧创作,据《元史·世祖本纪》载,至元二十二年(1285)正月,"徙江南乐工八百家于京师"。《录鬼簿》载元杂剧作家张国宾为"教坊勾官"、赵敬夫为"教坊官",为提高宫廷戏班的演出水平,元宫廷戏班收罗了许多著名的演员,如《录鬼簿》载男演员刘耍和为宫廷艺人,女演员顺时秀为教坊歌伎。高启诗在《听教坊旧妓郭芳卿弟子陈氏歌》中提到:"文皇在御升平日,上苑宸游驾频出。仗中乐部五千人,能唱新声谁第一?燕国佳人号顺时,姿容歌舞总能奇。中官奉旨时宣唤,立马门前催画眉。建章宫里长生殿,芍药初开敕张宴。龙笙罢奏凤弦停,共听娇喉一莺啭。遏云妙响发朱唇,不让开元许永新……"熊梦祥《析津志·岁纪》载,二月十五日皇城内"凡社直一应行院,无不各呈戏剧";"仪凤、教坊诸司乐工戏伎,竭其巧艺呈献,奉悦天颜。次第而举,队子唱拜,不一而足"。腊月,"仪凤司、教坊司、云和署、哑奉御,日日点习社直、乐人、杂把戏等,以备新元部家委官一同点视。"⑤ 元人杨允孚《滦京(元上都)杂咏一百首》

---

① 傅乐淑:《元宫词百章笺注》,书目文献出版社1995年版,第85页。
② (清)顾嗣立编:《元诗选》(初集三),中华书局1987年版,第2003页。
③ (明)宋濂等:《元史》(卷四,册一),中华书局1976年版,第68页。
④ (明)宋濂等:《元史》(卷四,册一),中华书局1976年版,第139页。
⑤ (元)熊梦祥著,北京图书馆善本组辑:《析津志辑佚》,北京古籍出版社1980年版,第215—216页。

第九十一首说:"别却郎君可奈何,教坊有令趣兴和。当时不信邮亭怨,始觉邮亭怨转多"(《元诗选》第十二册)。宫中节日大典时举行的盛大宴会,多有优人表演。《滦京杂咏》第四十四首说:"仪凤伶官乐既成,仙风吹送下蓬瀛。花冠簇簇停歌舞,独喜箫韶奏太平。"《元宫词》第四首说:"雨顺风调四海宁,丹墀大乐列优伶。年年正旦将朝会,殿内先观玉海青。"元马臻《大德辛丑五月十六日滦都棕殿朝见谨赋绝句三首》之三云:"清晓传宣入殿门,箫韶九奏进金樽。教坊齐扮群仙会,知是天师朝至尊。"这些诗作都是对元代宫廷演出盛大场面的精彩描述。教坊司中乐官品位不断提高,既说明了元王朝对杂剧艺术的重视,也从另一个侧面反映了元杂剧的流行情况。玉宸院与教坊司的设立,既规范了杂剧创作与演出,也助推了元杂剧的繁兴。

二是勾栏集中演出和戏班的撂地作场是元杂剧口头传播的主要方式。元代,都市聚集着非常庞大的人群,这些人群是杂剧勾栏演出的受众群体,同时又是杂剧传播的主体力量,他们共同构成了杂剧传播的宽阔场域。

元代大都繁华与富庶,"华区锦市,聚四海之珍异;歌棚舞榭,造九州之秾芬,……复有降蛇搏虎之技,援禽藏马之戏,驱鬼役神之术,谈天论地之艺,皆能以蛊人之心而荡人之魂。是故猛火烈山,车之轰也;怒风搏潮,市之声也;长云偃道,马之尘也;殷雷动地,鼓之鸣也。繁庶之极,莫得而名也。"文艺消费巨大,"若夫歌馆吹台,侯园相苑,长袖轻裾,危弦急管,结春柳以牵愁,伫秋月而流盼,临翠池而暑消,褰绣幌而云暖。一笑千金,一食万钱,此则他方巨贾,远土谒宦,乐以消忧,流而忘返。"[①] 在这种环境中,都市城邑勾栏的分布极广,遍布大都、真定、东平、平阳、开封、洛阳、松江、金陵、杭州等地演出活动频繁,观众人数众多。"东街南曲声婉扬,西街北曲声激昂。佳人唱曲不下楼,楼下白马青丝缰。昨日开筵击鼍鼓,今夜合席调笙簧。"(元人徐士荣《新街曲》;顾嗣立编《元诗选·癸集》);"紫染春罗窄袖裁,伶人楚楚自诙谐。部头教奏《金娥曲》,尽向船棚一字排。"(马臻《西湖春日壮游即事》《霞外诗集》卷九)这些诗句正是元代勾栏杂剧演出情景的生动写照。

---

① (元)黄文仲:《大都赋》,载《御定历代赋汇》(卷三十五)。

第四章 杂剧在元代的传播路径

三是家庭戏班在城乡的流动演出。家庭戏班勾连起城市和乡村娱乐世界,塑造着市井百姓交流的共同话题。戏班通过演唱说白等口头传播,使元杂剧的观众规模和播散范围进一步扩大。如:高安道的散曲《[般涉调]哨遍·嗓淡行院暖》:"[尾]梁园中可惯经,桑园里串的熟。似兀的武光头、刘色长、曹娥秀。则索赶科地沿村转疃走。"① 这首散曲描绘的是那些水平不高的"嗓淡行院"(戏班)从"梁园"(城市剧场)到"桑园"(农村演出地点)"沿村转疃走"(村落流动演出)的情况;元代南戏《宦门子弟错立身》第四出赵茜梅云:"老身赵茜梅,如今年纪老大,只靠一女王金榜,作场为活。本是东平府人氏,如今将孩儿到河南府作场多日。今早挂了招子,不免叫出孩儿来,商量明日杂剧。"② 其反映的是以王金榜为首的家庭戏班从东平到河南作流动演出的情况。又如元杂剧《蓝采和》第一折蓝采和说:"小可姓许名坚,乐名蓝采和。浑家是喜千金,所生一子是小采和,媳儿蓝山景,姑舅兄弟是王把式,两姨兄弟是李薄头。俺在这梁园棚勾栏里做场。"《青楼集》记载了许多家庭戏班流动作场情况,如:"翠荷秀:姓李氏。杂剧为当时所推。自维扬来云间。""李芝仪:……女童童,兼杂剧。间来松江,后归维扬。""小春宴:姓张氏。自武昌来浙西。""帘前秀:末泥任国恩之妻也。杂剧甚妙。武昌湖南等处,多敬爱之。"③ 除了戏班流动演出,也有大量以演戏为生的"路歧"艺人机动性的"撂地作场",如:《蓝采和》第四折蓝采和唱:"是一伙村路歧,料应在那公科地,持着些枪刀剑戟,锣板和鼓笛,更有那帐额牌旗。"家庭戏班和"路歧"往返于勾栏瓦舍和田间地头,调适两种文化、联通两个世界、勾兑两类观众,成为城乡民众娱乐交流的重要媒介,他们将都市的故事传到乡村,又将乡村的民俗带到城市,在往来中扮演舆论领袖的角色,发挥信息集散地的功能,并且使他们的见闻成为杂剧创作搬演最鲜活的第一手资料和培养民众审美情绪的基础性素材,持续呈现、传播并解读着杂剧文化和其他民俗文化。

四是演员之间的技艺传授以及文人与倡伎的互动交流来推广元杂

---

① 隋树森编:《全元散曲》,中华书局1964年版,第1111页。
② 王季思主编:《全元戏曲》(9卷),人民文学出版社1999年版,第186页。
③ (元)夏庭芝:《青楼集》,载中国戏曲研究院编《中国古典戏曲论著集成》第二册,中国戏剧出版社1959年版,第33页。

剧，是元杂剧的口头传播的又一重要方式。家庭的口头传授演艺如：《［南吕］一枝花·赠明时秀》云："更有那家传口授的闲谈笑。"①《青楼集》载："张玉梅，刘子安之母也。刘之妻，曰蛮婆儿，皆擅美当时。其女关关，谓之'小婆儿'，七八岁已得名湘湖间。""王奔儿：长于杂剧，……金玉府总管张公，置于侧室。……张殁，流落江湖，为教师以终。""赵偏惜：樊字阑奚之妻也。旦末双全。江淮间多师事之。"师徒传授元杂剧技艺如，《青楼集》，"李芝秀，赋性聪慧，记杂剧三百余段；当时旦色，号为广记者，皆不及也。""赛帘秀，……中年双目皆无所睹，然其出门入户，步线行针，不差毫发，有目莫之及焉。声遏行云，乃古今绝唱。""小春宴，……天性聪慧，记性最高。勾栏中作场，常写其名目，贴于四周遭梁上，任看官选拣需索。近世广记者，少有其比。"《录鬼簿》及《录鬼簿续编》有许多师徒传授杂剧技艺的记载，"杨显之：……王元鼎，师叔敬；……""朱士凯：……王彦中，弓身侍；陈元赞，拱手听；包贤持，拜先生。""贾仲明：……所作传奇、乐府极多，骈俪工巧，有非他人之所及者。一时济辈，率多拱手敬服以事之。"② 书会才人间的聚谈切磋，如：《录鬼簿》记载了"书会才人"以"闲谈嗑""谈论节要""酬唱诗文"等形式开展杂剧口头交流："高文秀：东平府学生员，早卒。都下人号小汉卿。花营锦阵统干戈，谢馆秦楼列舞歌，诗坛酒社闲谈嗑。""鲍天佑：……故其编撰，多使人感动咏叹。余尝共之谈论节要，至今得其良法。""赵君卿：名良弼东平人，与余同里，同师邓善之、曹克明二先生，于省府同笔砚。公讨论经史，酬唱诗文，及乐章小曲、隐语、传奇，无不究意。"从以上材料可以看出，演员通过家庭传授、师徒传授以及才人之间、才人与演员之间的互动交流、面谈口授是杂剧口语传播的重要方式。

五是通过其他文艺形式传播介绍元杂剧的剧目、剧情、曲名等，扩大其影响。比如学者的曲评、剧评，以及散曲对杂剧的概括性介绍等。如孙继昌《［正宫］端正好·集杂剧名咏情》："……付能的潇湘夜雨晴，早闪出乌林皓月明。正孤雁汉宫秋静，知他是甚情怀月夜闻

---

① 隋树森编：《全元散曲》，中华书局1964年版，第1507页。
② （元）钟嗣成：《录鬼簿》，古典文学出版社1957年版，第111页。

筝。那时节理残妆对玉镜台，推烧香到拜月亭。则被这伴梅香紧将咱随定，不能够写相思红叶题情。指望似多情双渐怜苏小，到做了薄幸王魁负桂英。撇得我冷冷清清。"一首散曲连缀介绍了杂剧剧目《潇湘夜雨》《汉宫秋》《月夜闻筝》《玉镜台》《拜月亭》《伴梅香》《流红叶》《王魁负桂英》等，通过散曲的传播扩散了杂剧的知晓范围。同时元代民间说唱非常繁荣，其中"唱货郎"以韵律感极强的口头说唱形式传播元杂剧，如《货郎旦》第四折张三姑唱："〔转调货郎儿〕也不唱韩元帅偷营劫寨，也不唱汉司马陈言献策，也不唱巫娥云雨楚阳台，也不唱梁山伯，也不唱祝英台，只唱那娶小妇的长安李秀才。"唱词贯串了《韩元帅暗渡陈仓》《升仙桥相如题柱》《楚襄王梦会巫娥女》《祝英台死嫁梁山伯》等杂剧剧目。另外，诸宫调、唱本、院本等文艺形式也以间接形式将杂剧传播到社会各阶层、各地域。演员之间，演员和作家之间，演员与观众之间，观众和作家之间，作家之间，杂剧与散曲、说唱、诸宫调之间的互动切磋，共同构建杂剧口头传播的大系统。剧作家对剧作和演出水平的褒贬以及点评也是杂剧传播的途径之一，如无名氏的《〔般涉调〕耍孩儿·拘刷行院》有："有玉箫不会品，有银筝不会挥挡。查沙着一对生姜手，眼锉间准备钳肴馔。""唬得烟迷了苏小小夜月莺花市，惊得云锁了许盼盼春风燕子楼。慌煞曹娥秀，抬乐器眩了眼脑，觑幅子叫破咽喉。"关汉卿的《〔南吕〕一枝花·赠朱帘秀》说："金钩光错落，绣带舞蹁跹。"乔吉的《〔越调〕小桃红·别楚仪》载："一樽别酒断肠词，难说心间事。"① 这些点评促进了元杂剧的口头传播。

第三节　选编刊刻传抄
——元杂剧艺术的承袭与传播

杂剧与中国文学艺术发展史上的大多数文艺样式一样，从形成到繁荣，都会经历一个发展、提升的过程，而在这个过程中最为重要的

---

① 隋树森编：《全元散曲》（下册），中华书局1964年版，第1821—1822、590页。

一点,就是知识分子的倾情参与。因此,对元杂剧来说,以选编刊刻为主的文本传播就显得至关重要了,因为通俗浅显的口头艺术并不能满足知识分子们欣赏意趣的需要,那些摆放在案头,文采斐然、典雅别致的剧本更符合他们日常鉴赏与品评的审美旨归。

可见,作为元代杂剧的一种重要传播路径,文本的编选刊刻是普通百姓无法接受和掌握的,它们仅仅是知识分子共享思想、共享意趣的文化空间。

一 文本传播的延续

事实上,中国古代大部分的文学作品及艺术形式都是文人墨客、鸿儒硕学引领与创作的"案头之山水",与普通百姓关联不大。但元杂剧却恰恰相反,它们是先以"场上之曲"的形式发展起来的,是百姓、文人乃至权贵共同拥有的艺术形式。一直到元末明初,这种起源于民间的戏剧艺术才逐渐完成了向案头艺术的嬗变,延续了自古以来文本传播的传统。而如果单纯从元代来看,杂剧的文本传播则主要分为四种,分别是选辑、改编、评点和刊刻。

首先是选辑,这是一种通过对文本进行编选结集从而实现选择性传播目的的文本传播。如最为著名的《元刊杂剧三十种》就是现存最早的杂剧单剧选本,它原本是明代文学家兼藏书家李开先的旧藏,到了清代又归藏书家黄丕烈所有。从这三十种剧目中我们可以发现,其中二十九种都标有"新刊"或是"新编"的字样:如标明"大都新编"或"大都新刊"的一共有四种,分别是《大都新编关张双赴西蜀梦》《大都新编楚昭王疏者下船》《大都新编关目公孙汗衫记》《大都新刊关目的本东窗事犯》;再如标明"杭州新刊"的《古杭新刊的本尉迟恭三夺槊》《古杭新刊的本诸宫调风月紫云亭》等八种[①]。另外,在这些剧目当中所用的字体都不一样,错别字、俗体字、异体字、简写字也不在少数,但是纸墨版式却基本一致。因此,我们大致可以判断这些都是元末书商筛选刊刻的流行曲本,后由藏书者汇辑成集的。同时,现有的史料显示,元杂剧在搬上舞台之前,已有排练用的掌记和本令

---

① 赵山林:《中国戏曲传播接受史》,上海人民出版社2008年版,第155页。

第四章 杂剧在元代的传播路径

(剧本)。如,《宦门子弟错立身》第五出:"(生)闲话且休提,你把这时行的传奇,(旦白)看掌记。(生连唱)你从头与我再温习。""(旦白)你直待要唱曲,相公知道,不是耍处。(生)不妨,你带得掌记来,敷演一番。(旦)这里有分付:(净看门介)(旦唱)……"当然,这一类剧本大多来自书会才人创编,如,《汉钟离度脱蓝采和》中就有:"甚杂剧请恩官望着心爱的选,俺路歧每怎敢自专。这的是才人书会划新编。""……若逢,对棚,怎生来妆点的排场盛?倚仗着粉鼻凹五七并,依着这书会社恩官求些好本令。"《录鬼簿》及其《续编》所录撰写元曲之各"名公""才人",凡创制传奇、杂剧者,"泰半为书会中人"。

其次是改编,这是古代戏剧在传播过程当中的突出特征。一方面是因为同一个故事、同一个人物在不同的时代、不同的背景下会给观众带来不一样的观赏体验;另一方面,因为每一人的生活经验、文化水平、审美意趣千差万别,同一个故事不一定适合所有的受众群体。元代勾栏剧场的兴旺和巨大的社会娱乐需要推动了戏剧创作活动,也催生了一支以勾栏剧场为基地、以满足市民娱乐需求为主业的杂剧创作和改编队伍,他们通过创造或对唐传奇等故事的剧本再造为杂剧演出提供了足够数量的脚本。前期,因为"华区锦市,聚万国之珍异;歌棚舞榭,造九州之秾芬……顺则为南商之薮,平则为西贾之派,天生地产,鬼宝神爱,人造物化,山奇海怪,不求而自至,不集而自萃。"(黄仲文《大都赋》)、"每日商旅及外侨往来者难以数计"(马可·波罗《马可波罗行纪》),元大都会聚了一批"书会才人",成为元初剧作家创作和改编的中心地区。这些书会才人,"生而倜傥,博学能文,滑稽多智,蕴藉风流,为一时之冠"(《南村辍耕录》卷二十三)、"以读书万卷,作三场文,占夺巍科,首登甲第者,世不乏人""其或甘心岩壑,乐道守志者,亦多有之""心机灵变,世法通疏,移宫换羽,搜奇索怪,而以文章为戏玩者,诚绝无而仅有者也""庸俗易之,用世者嗤之"(钟嗣成《录鬼簿》),在技艺切磋或"躬践排场"中,反思历史沉浮,体验民生疾苦,花月酒家,追欢悲秋,愤慨所激,以创作或改编剧本以抒发内心"块垒"。元中后期,杭州富庶,茶楼、酒肆、饭馆、妓院非常发达,马可·波罗说:"行在城(杭州)

所供给之快乐,世界诸城无有及之者,人处其中,自信为置身天堂。"杂剧作家聚集杭州,使杭州成为元末戏剧创作与改编的又一中心地区。元刊杂剧刊刻本有许多注明是"大都新编"或"古杭新刊",就是明证。有元一代,市民力量逐渐壮大,有足够的经济力量集体供养一大批瓦舍艺人。同时,民间庙会和节庆日演出的繁盛,由地方筹资或用公益收入供开支的商业经营又进一步增加了杂剧的创作与刊刻需求。"不占龙头选,不入名贤传。时时酒圣,处处诗禅。烟霞状元,江湖醉仙。笑谈便是编修院。"(胡存善《类聚名贤乐府群玉·元人小令七百首》)还有一部分是对传世古本的改编。身处于不同环境下,杂剧作家经常对已有的剧本进行改编,并传递给不同的受众。如《汉钟离度脱蓝采和》中有"俺将这古本相传,路歧体面,习行院,打浑通禅,穷薄艺知深浅。"再如我们熟知的有王实甫的《西厢记》,它脱胎于唐传奇《莺莺传》,改编自董解元的《西厢记诸宫调》;关汉卿的《窦娥冤》改编自古老的民间传说故事《东海孝妇》。这些实际上都是通过杂剧作家的再创造,完成原型的历时性传播。甚至到今天,无论是崔莺莺还是窦娥,这些经典的戏剧形象仍然为人们所称道。另外,还有一部分剧目是杂剧演员在敷衍过程中的改编,如《宦门子弟错立身》中出现:"〔末白〕都不招别的,只招写掌记的。(生唱)〔麻郎儿〕我能添插更疾,一管笔如飞。真字能抄掌记,更压着御京书会。"

再次是评点,这是杂剧发展过程中最富影响力、感染力的传播方式,它与杂剧文本紧密结合在一起,对其进行体会式、随笔式、鉴赏式的品评,使文本达到一种意犹未尽、连绵悠长的传播效果。如钟嗣成的《录鬼簿》就是一部带有戏剧理论质素的品评著作,其中记载的名士作家共有152人,作品名目共有400余种;作者还对一些材料进行了详细的述评,不仅对当时的杂剧传播产生了影响,对于我们今天研究古典戏曲以及金元杂剧也有着重要意义。除了专门的研究者,一些王公大臣也加入了评论作家作品的行列。如出身显贵的畏兀儿作家冠云石就曾在所作的《阳春白雪·序》中对作家作品进行简要的评述,其中包括:"徐子芳滑雅"、"杨西庵平熟"、"疏斋媪妩。如仙女寻春,自然笑傲"、"冯海粟豪辣灏烂,不断古今,

第四章 杂剧在元代的传播路径

心事又与疏翁不可同舌共谈"①等。而评点活动的兴起,最终使品评成为文本当中不可分割的组成部分,在杂剧的传播过程中产生了广泛深远的影响。

最后是刊刻,这是伴随着科学技术的发展,形成的一种有效的传播方式;直到如今我们还能看到当时保留下来的版刻残页(见图4-1)。一方面,元代的书会非常发达,大都有元贞书会、玉京书会、御京书会;杭州有古杭书会、武林书会;苏州有敬先书会;温州有九山书会,这些创作力量强大的书会为杂剧创作提供了充足的供给,也为刊刻剧本的交易创造了巨大的需求,这些书会在组织创作力量、提供戏曲脚本、促进戏曲繁荣等方面起了重要的作用。另一方面,元代都市经济社会的发展,形成了以阅读为日常生活消遣方式的"阅读群众",加之元代活字版印刷技术已经十分普及,这一切助推了元代的书肆业。在元世祖忽必烈时期就已经有了规模可观的专门化版刻机构,其内部

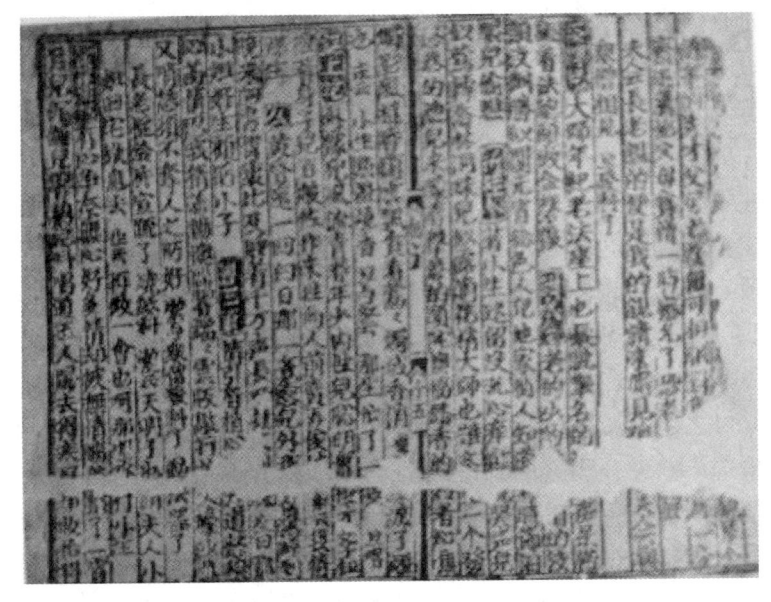

图4-1 元明期间刻《西厢记》残页②

---

① 叶长海:《中国戏剧学史稿》,中华书局2014年版,第60页。
② 廖奔:《中国戏剧图史》,人民文学出版社2012年版,第172页。

分工也相对精细明确。同时，民间的私刊书坊为数众多，它们所刊刻的书目质量并不比官方刊刻的差，因而为当时的知识分子所推崇。而当这些版刻机构，尤其是民间的版刻机构开始刊刻杂剧剧本时，就充分说明了杂剧艺术在元代的广泛传播与流行。据《析津志·城池街市》记载，在当时的长安街一带有大量的书肆，它们所售的图籍除了包括经史子集，还有数量繁多的通俗文艺作品①。众所周知，作为元代的都城，除了固有的城市人口外，还有大量的外来人口不断涌入；除了周边乡镇的农民，还有不少游历、赴考的知识分子，而这些刊刻作品就恰恰成为他们深入了解杂剧艺术的重要途径。

二 文本传播的影响

戏剧演出和说书活动是一种经由公共渠道的娱乐传播，剧本传抄是一种经由交换渠道的人际传播，剧本刊刻和买卖是一种经由市场渠道的商业传播。元代戏班中抄写剧本的人叫"掌记"，元南戏《宦门子弟错立身》中的延寿马要求加入戏班，班主说："都不招别的，只招写掌记的。"延寿马就说："我能添插更疾，一管笔如飞。真字能抄掌记，更压着御京书会。"除了传抄改编，史料关于元杂剧生产，还有一种名曰"添插"的行为，说明在杂剧盛行之时，文人在抄写剧本的时候，还会根据个人理解对原剧本进行充实和"改订"。如李开先在《改定元贤传奇》编选缘由时提到："选者如《二锦缎》《四锦缎》《千家锦》，美恶兼蓄，杂乱无章。其选小令及套词者，亦多类此。予偿病焉，欲世人之得见元词，并知元词之所以得名也，乃尽发所藏千余本，付之门人诚庵，张自慎选取，止得五十种，力又不能全刻，就中又精选十六种，删繁归约，改韵正音，调有不协、句有不稳、白有不切及太泛者，悉订正之。"② 知识分子的参与和文本传播的盛行，意味着新的传播方式的介入和普及。赵孟頫云："杂剧出于鸿儒硕士、骚人墨客所作，皆良人也。若非我辈所作，倡优岂能扮乎？"（朱权《太和正音谱·杂剧十二科》引）孙楷第也认为"为新兴之剧，自为当时

---

① 赫广霖：《理学流变与戏曲发展》，中国社会科学出版社2016年版，第97页。
② 王利器编：《元明清三代禁毁小说戏曲史料》，上海古籍出版社1981年版，第13页。

第四章 杂剧在元代的传播路径

所爱好。而其实适有书会为编摩词曲之所。社家文人之嗜曲者,与俳优密切合作,为之撰曲,使舞台上常有新剧出现。舞台上新剧出现愈多,则愈引起观者之兴味。剧之按行愈多,则作者兴味愈感无穷"(孙楷第《元曲新考·书会》)。这一方面对于以表演为主要形式的杂剧艺术带来了巨大的冲击;另一方面,对于杂剧的创作生产、艺术样态和审美观念都带来了重要的影响。对于这些因传播方式的扩充而产生的变化,我们应当辩证地去看待。

首先,从文本的选择性传播来看,它并不是元代特有的产物,甚至对元杂剧来说,它还是一种完全陌生的传播模式。因为早在南北朝时期,昭明太子萧统就甄选编纂了诗文总集《昭明文选》。作为文学选辑中的典范,它足以向我们证明,通过选辑进行传播已经拥有了两千多年的历史。北宋时期,教坊就大量罗致人才编写杂剧,也出现了供演出用的底本。而当这样一种传播模式融入杂剧的发展中时,无疑起到了巨大的作用。一方面,它为当时未参与编创工作的知识分子剔除了杂剧作品中的糟粕,保留下了其中的精华。元代的杂剧作品很少有单本流传至今,大多都是以选辑的形式保留下来的。这就说明,由于通俗文学在古代备受鄙薄和贬抑,大部分作品都在传播的过程中逐渐散佚了,是那些酷爱杂剧的传播者通过选辑的方式才为我们今天的研究保留下来了这些难能可贵的资料。另一方面,任何选择都会存在主观色彩,选集刊刻也是一样。编选者的学养积淀,个人偏好,生活经历,所处时代局限等都会影响什么样的文本会入选,它会打上编选者个人的烙印。有可能一些优秀的作品未必能进入编选者的法眼,从而影响杂剧文本的传承与传播。

其次,从故事原型的历时性传播来看,它对杂剧的发展是至关重要的。因为以往的经验告诉我们,一种文学样式开始兴起时,总是以改编为主,尽管它是为了在吸引受众眼球的同时,获得正统文学的庇佑,但是在这个过程中仍然不乏传世佳作的出现,《西厢记》《窦娥冤》都是这样的例子。但是当其脱离纯粹的改编,发展至作者独立创作的成熟阶段以后,很多作品却难以流传于世了。对于这一点,我们可以这样理解:一是因为由个别作家独立创作完成的作品,无论是故事题材还是任务形象都没有经过历史和受众的检验,自然传播效果不如经典之作。二是因为独立完成创作的作家极容易陷入自身的生活体验和文化修养当中，使作品不能在广泛的意义上引起共鸣，甚至变得平庸僵化。而这些，恰恰是改编传播的优势所在，是它给予了元代杂剧丰富的内涵和魅力。

再次，从评点传播的角度来看，它将对元杂剧的接受与理解推向了一个新的高度。相较于其他的文本传播形式而言，评点对于传播主体的要求更为严苛。一方面，他们必须具有良好的艺术素养和文学眼光。以后来出现的金圣叹、脂砚斋为例，他们之所以能够成为人尽皆知的评点大家，是因为他们本身就是大家学者，虽然他们的点评也具有强烈的主观色彩，但是的确能够加深受众对作品的理解，拓宽受众的艺术视野；另一方面，他们必须是杂剧艺术的爱好者或是参与者，他们对杂剧乃至杂剧作家有更多的了解。如钟嗣成的《录鬼簿》、夏庭芝的《青楼集》，都从不同的侧面对当时的杂剧艺人进行了评点，从而进一步反映出杂剧在元代的繁荣景象。对受众来说，这样的作品是欣赏杂剧表演之外的信息补充。因为只有当受众了解了作者的经历与背景之后，才能更好地从作品中获得情感上的共鸣。因此，评点传播对于杂剧发展的意义不仅仅在于提高作品、作家的影响力，更多的是在于它能够帮助受众更好地理解杂剧作品，与杂剧表演、杂剧剧本一同进入受众的视野，为受众提供双重的阅读体验和双重的接受体验。

最后，从杂剧的刊刻传播来看，一方面，原本只能由作家、演员及部分知识分子等少数群体接触到的杂剧文本，因为大量的刊刻印刷，使普通人有了阅读的可能；另一方面，这种刊刻传播为元代的杂剧受众提供了新的接受方式，建立起了新的欣赏习惯。尤其对于一部分处于社会底层的贫困知识分子，以及无法经常出入娱乐场所的女性群体来说，阅读杂剧文本给他们提供了新的娱乐选择。

当然，无论是选辑改编，还是评点刊刻，他们都是文化传播中的重要手段。因为在宋代以前，我国主要的文学形式不是辞藻华丽的汉赋，就是精练齐整的唐诗。这些呈放在文人案头上的作品不仅造成了口语和书写的长期分离，还使文艺创作难以融入民间社会，艺术精神难以深入百姓心间。而杂剧与此前的文艺形式不同，它本身是一门起源于民间的讲话艺术，所形成的文本也更为贴近日常的口语表达。尽

第四章 杂剧在元代的传播路径

管它依旧免不了艺术的夸张和文学的修饰，但是其曲折复杂的动人故事和生动丰富的人物形象还是真正地走入了民间。

凡事过犹不及。作为艺术发展走向中的关键人物，当知识分子们将更多的注意力投入杂剧文本传播当中，就势必会引起传播媒介的变革，重文本，而轻表演；重典雅，而轻通俗。从历史的真实情况来看，这恰恰是元末以后，杂剧从"场上演出"向"案头文学"嬗变的主要原因。

第四节 勾栏戏台
——市井乡野的娱乐生活

作为一门重要的表演艺术，杂剧在勾栏戏台上的频繁上演，恰恰是其成熟兴盛的重要标志。因此不能忽略，除了口头传播和文本传播，杂剧最为基础的传播方式还是舞台传播。

一 舞台传播的发展

舞台传播的方式并非产生于元代。在远古社会中，原始的图腾崇拜、巫术礼仪开始，就已经带上了舞台传播的色彩。到了唐代，以寺庙为基础的大型游艺场所应运而生，这意味着"舞台"的真正形成。宋以后，随着商业市场的扩大与繁荣，城市当中出现了固定的演出场所，这在很大程度上扩大了杂剧等表演艺术在舞台传播中的受众群体。而到了元代以后，在富足繁荣的经济形势下，杂剧等通俗艺术进一步勃兴，推动了舞台传播的发展。

首先，元代的舞台传播中具有相对广泛的受众群体。自宋代发展起来的勾栏瓦舍，到元以后呈现出了鼎沸之势，正如《青楼集》中所描绘的那样："内而京师，外而郡邑，皆有所谓构栏者。"[1] 而这些城市中的固定演出场所为了招揽更多的顾客、获取更大的经济利益，它

---

[1] （元）夏庭芝著，孙崇涛、徐宏图笺注：《青楼集笺注》，中国戏剧出版社1990年版，第43页。

们不仅常年营业，而且风雨无阻。从某种程度上来说，是它们让百姓对杂剧等民间技艺的喜爱渐趋加深，也是它们让百姓以剧取乐的次数逐渐增多，进而发展成为生活当中的娱乐习惯。因此，在这些色香味俱全的艺术大餐中，元杂剧不仅维持了稳定的观众队伍，还对百姓的日常生活带来了重要的影响。

其次，元代的舞台传播中具有相对优秀的编创群体。从早期剧本创作情况来看，都是由演员根据自身的表演经验及知识储备独自完成的，其最大的特点在于它能准确地把握住观众的欣赏趣味，具有很强的灵活性。但问题在于，这些从事杂剧表演的艺人往往不具备深厚的文学素养和高超的表达技巧，因此作品只能吸引一些与他们文化水平相近的受众群体，难以成为影响一个时代的艺术精品。而到了元代以后，因为儒士文人的上升空间有限，博取功名已经成了空中楼阁，于是他们开始投入杂剧创作，并且与有经验的艺人组合在一起，形成了书会等专业创作群体，这对杂剧剧本创作来说，无疑是一个质的飞跃。此外，随着商品经济的发展以及杂剧艺术影响的扩大，参与杂剧演出的艺人数量也呈现急剧增长的态势。在彼此的竞争过程中，他们不断提高演出技艺、寻找自身优势，以求在整个行业中占有一席之地。而这些都在不同程度上推动了杂剧舞台传播的发展。

再次，元代的舞台传播中具有相对成熟的演出环境。从城市中的瓦舍勾栏来看，它是棚木结构式的建筑，上面封顶、四周有门。其中供演出使用的有戏台和戏房，供观众坐看的有腰棚和神楼。也就是说，单从演出场所来看，勾栏的布局已经比较完备，即便与我们今天的剧场相比，也是大同小异。从乡间的庙宇戏台来看，它较之宋代有了巨大的跨越。第一，它将原有的四面通透的舞亭式建筑加盖了两面墙体，使原本能从四周观看的角度向前方三面转移。第二，它在原有的建筑上增添后墙，使戏台形成一个较浅的后台空间，为演员的候场、场景的变化提供便利。这两方面的变化实际上是中国古代戏台建筑中的一次重大变革，它们让杂剧在乡间的舞台传播中获得了更好的传播效果。

最后，元代的舞台传播中具有相对完备的艺术表现手段。作为一门综合性的表演艺术，装扮、行头、砌末等都是影响舞台传播的重要因素。从装扮的角度来看，主要是指演员的面部妆容。在元杂剧的表

第四章 杂剧在元代的传播路径

演过程中，比较有特点的不是涂面而是面具，据《老学庵笔记》记载："政和中大傩，下桂府进面具"，"以八百枚为一副，老少妍丑，无一相似"①。可见，宋元时期演出面具已经十分的精致和讲究。从行头的角度来看，主要是指演员的演出服装。在元杂剧的表演过程中，演员必须穿相应的戏服，如在杂剧《黑旋风》中的宾白里描述其衣着是"茜红巾，腥钠袄，乾红裙膊，腿绷护膝，八答麻鞋"，在明应王殿中的戏剧壁画里，我们看到扮演不同角色的演员都身着不同的服饰，甚至有的还绣着金龙。这就说明当时的戏服是十分精致的。从砌末的角度来看，主要是指演出所用的道具。在元杂剧的表演过程中，作家演员们都逐渐认识到了它的重要性，一方面因为砌末的存在有助于增强表演的真实感；另一方面，在有些剧目中砌末还充当着重要的角色，如《杀狗劝夫》中的死狗等。因此，我们在元杂剧的戏台上就能够看到伴有实物的演出场景。

综上所述，伴随着受众群体的日益增多、剧本内容的逐渐丰富、演员技艺的逐步提高以及演出环境的渐趋完善，杂剧的舞台传播给予了观众良好的观感体验。正如黄文仲在《大都赋》中所记载的那样："是故猛火烈山，车之轰也；怒风搏潮，市之声也；长云偃道，马之尘也；殷雷动地，鼓之兴也。繁庶之极，莫得而鸣也。……若夫歌馆吹台，侯园相苑，长袖轻裾，危弦急管，结春柳以牵愁，伫秋月而流盼，临翠池而暑消，褰绣幌而云暖。一笑千金，一食钱万，此则他方巨贾，远土谒宦，乐以消忧，流而忘返。"②

二 元代戏曲舞台的类型

元代杂剧演出大抵有以下三种情况：一为承应官府，二为祈神赛社，三是立集场做买卖。由此也就形成了多种类型的演出场地——舞台。剧场是戏剧表演的舞台，它反映着戏曲的发展程度和社会地位，剧场形制的不同也体现着戏剧的社会作用。古代中国剧场经历了由流动到固定，由平地圈演到筑台表演的流变，在发展演变的过程中，形

---

① 徐扶明：《元代杂剧艺术》，上海古籍出版社1981年版，第332页。
② 赫广霖：《理学流变与戏曲发展》，中国社会科学出版社2016年版，第96页。

成了"戏场"和"戏台"两类剧场体制。

我国典籍中关于"戏场"的最早记录见于东汉竺大力、康孟祥合译的《修行本起经》佛典卷一："白净王念：'太子处宫，未曾所习，今欲试艺，当如何乎？'至其时日，裘夷从五百侍女，诣国门上。诸国术士，并皆云集，'观最妙技，礼乐备者，我乃应之。'王敕群臣，当出戏场，观诸技术。王语优陀：'汝告太子，为尔娶妻，当观奇艺。'优陀受教，往告太子：'王为娶妻，今试礼乐，宜就戏场。'"①戏剧舞台最早就是在一块较大的平坦处或露天广场划地，观众简单地围坐一圈，演员在圆圈中心表演，"举手整花钿，翻身舞锦筵，马围行处迊，人压看场圆"（《教坊记·踏摇娘》）表演者和观赏者处于同一个空间中。这时的戏场并没有特别的形制讲究，就是一个聚众娱乐的场所。

隋炀帝时期出现了规模较大的戏场，高承引《通典》中记载了炀帝大业二年于端门外列戏场演戏的情况："于端门外列为戏场，百官彩棚夹道，从昏达旦，以纵观之。"《隋书·裴矩传》说："百官及民士女，列坐棚阁而纵观。"唐廷驱傩，"三五署官，其朝寮家，皆上棚观之，百姓亦入看"（《乐府杂录》），同时，"长安戏场，多集于慈恩，小者在青龙，其次荐福、保寿。尼讲盛于保唐"（宋·钱易《南部新书》）。宋代，"戏场"专指优戏演出场所，"丁使遇介甫法制适一行，必因燕设，于戏场中，方便作为嘲诨，肆其诮难，辄有为人笑传。"（宋蔡絛《铁围山丛谈·卷四》）。这类剧场比较简陋，没有固定场所，演前搭建，演罢撤出，演艺人员根据观众人数和演出需要，在人多热闹之处"撂地作场"。宋周南《山房集·卷四·刘先生传》："市南有不逞者三人，女伴二人，莫知其为兄弟妻姒也。以谑丐钱。市人曰是杂剧者，又曰伶之类也。每会聚之冲，阛咽之市、官府厅事之旁、迎神之所，画为场，资旁观者笑之。自一钱以上皆取焉。"《都城纪胜》记载："……若遇车驾行幸、春秋社会等，连檐并壁，幕次排列。此外如执政府墙下空地，诸色路歧人在此作场，尤为骈阗。又皇城司马

---

① 台湾佛陀教育基金会刊印：《大正新修大藏经》第3册，台北财团法人佛陀教育基金会出版部1990年版，第465页。

第四章 杂剧在元代的传播路径

道亦然。候潮门外殿司教场，夏月亦有绝伎作场。其他街市，如此空隙地段，多有作场之人。"《西湖老人繁盛录》载："十三大军教场、教弈军教场、后军教场、南仓内、前权子里、贡院前、佑圣观前宽阔所在，扑赏并路歧人在内作场。"这种"戏场"就是我国古代最原始、最简陋、最实用的剧场，它培育了观众的观剧意识和剧场观念。

图4-2 山西省高平县西李门村的露台遗址

后来，随着社祭神祀等民俗文化的发展，在重要节日时，都会搬演戏曲，酬神还愿，以神庙内的露天院落和占地较少的神庙献殿为观剧场而构成戏剧表演和观赏场所，"寺前素为郡之戏场"，"寺前负贩戏弄，观看人数万众"（《太平广记·卷三九四引·集异记》），于是建造于庙台广场里的戏台开始形成。神庙戏台是中国古代最早的剧场形制，它见证了中国古代戏剧的缘起、形成和发展，是"中国古代源远流长、绵延不断、数量最多的一种剧场形制，它在整个戏剧史上占有十分重要的地位，在大多数时候则为霸权地位，所以，说它是中国古代剧场的基本形制毫不过分"[1]。唐代，随着都市商业的发展，民众的剧场意识逐步加强，慢慢就有了用栏杆分离表演区与观看区，这种分离最终导致了戏台的产生。这时的露台主要承担乐舞百戏表演的任务，

---

[1] 车文明：《20世纪戏曲文物的发现与曲学研究》，文化艺术出版社2001年版，第53页。

这在敦煌壁画中随处可见。

　　宋代城市演出已有戏台，也称"露台"。"露台"就是用木料临时搭建的方形或长方形台子，台上搭棚、建楼，出现了乐棚、乐楼。我国现存最早的戏台是建于金世宗大定二十三年（1183）的山西高平王报村的二郎庙戏台，戏台有铭文："时大定二十三年岁次癸卯秋十有三日，石匠赵显、赵志刊。"①

　　关于这一时期的"露台"形制，陈元靓在《岁时广记》中有细致的描述："楼下枋朽木垒成露台一所，彩结阑槛。两边皆禁卫排立，乐棚、教坊、钧容直、露台子弟，更互杂戏。万姓皆在露台下观看。"可见，这时的露台标志剧场越来越趋向集中、固定、舒适。"上元前后各一日，城市张灯，大内正门结彩为山楼影灯，起露台，教坊呈百戏。"（《宋史·卷一一三》）；"其社火呈于露台之上，所献之物，动以万计。自早呈拽百戏，如上竿、趋弄、跳索……杂剧，色色有之。"（《东京梦华录》卷八）；"其社火陈于露台之上，所献之物，动以万数。自早呈拽百戏，……浪子、杂剧、叫果子、学像生、倬刀装鬼、砑鼓、牌棒、道术之类，色色有之，至暮呈拽不尽。"（孟元老《东京梦华录》卷八）；"宋朝至正岁上元，嗣端门，起山楼露台棘围，列钧容、教坊乐，及彩棚夹道，令都人纵观者，此其始也"（高承《事物纪原》卷九）。"祭祀传统的强大惰性，使中国地方戏遭遇到和当初宋元杂剧院本一样多的挫折与磨难。而祭祀传统的偶尔变通，……又使它迟早都会登进无论多么神圣的殿堂。碑刻可以为证：在歧视中诞生，在挤压中挣扎，最后从困境中冲杀出来，并且走向辉煌。这就是中国的戏剧史。"②剧场的诞生及其尺寸、面积大小的严格规定，表明戏曲开始了严格意义上"行针步线，不差毫发"式的程序化表演，标志中国戏剧摆脱宗教祭祀的束缚、走向了艺术独立。而且，这些"露台"集古建、雕刻、绘画、楹联、书法于一体，聚杂技、百戏、音乐、歌舞、戏剧以及祭祀、娱神于一身，是产生、发展、传播我国杂剧文化的重要组成部分。

---

① 冯俊杰：《山西戏曲碑刻辑考》，中华书局2002年版，第150页。
② 冯俊杰：《戏剧与考古》，文化艺术出版社2002年版，第349页。

第四章 杂剧在元代的传播路径

到宋金时期，神庙里建造露台更为普遍，几成定制，在神庙戏台中，宗教活动和百戏娱乐并存。例如，山西苗城岳庙金泰和三年（1203）立"岳庙新修露台记"碑中载："县□□东营修岳庙□□□日矣，基址宏敞，殿宇廊庑制度完备，□□□丽。惟有露台。……□□牲陈皿者，得以展其仪；流宫泛羽者，得以奏其雅。"① 其实，露台的宗教功能逐渐淡化，"其社火呈于露台之上，所献之物，动以万数。自早呈拽百戏……"② 更多的时候是一种群体聚乐的场所和代指。

宋代市民文化的发展，在神庙戏台世俗化延伸的基础上出现了商业性戏台——"勾栏"③。吴自牧《梦粱录》卷十九："瓦舍者，谓其来时瓦合、出时瓦解之义，易聚易散也。杭城，绍兴间驻跸于此，殿岩杨和王（沂中）因军士多西北人，是以城内外创立瓦舍，招集伎乐，以为军卒暇日娱戏之地。"在演出前，勾栏内临时搭建起供看戏的建筑物，贵宾观看杂剧杂艺的席位便称看棚。宋庄季裕《鸡肋篇》卷上《各地岁时习俗》："成都自上元至四月十八日，游赏几无虚辰。使宅后圃名西园，春时纵人行乐。初开园日，酒坊两户各求优人之善者，较艺于府会。……坐于阅武场，环庭皆府官宅看棚。棚外始作高凳，庶民男左女右，立于其上如山。"勾栏封顶而不露天，四周全封闭，内设戏台和观众坐的神楼及腰棚，"不以风雨寒暑，诸棚看人，日日如是"，演出从早至暮，"每日五更头回小杂剧，差晚看不及矣""终日居此，不觉抵暮"（《东京梦华录》卷五），同时，置木栅门，设专人售票把门，是元杂剧商业演出的理想场所。

元代，瓦舍勾栏是大都市的娱乐场所，是妓院、茶楼、酒肆，卖药、卖卦、理发、饮食以及表演诸宫调、傀儡戏等诸色技艺的共同地方。勾栏中有戏台、乐床、戏房、鬼门道、神楼和腰棚等。元夏庭芝《青楼集·魏道道》："勾栏内独舞四篇散，自国初以来，无能继者。"又《李定奴》："歌声宛转，善杂剧。勾栏中曾唱［八声甘州］，喝采八声。"《阳春白雪》中所收无名氏［双调·新水令］："大元开放九重

---

① 山西师范大学戏剧文物研究所编：《宋金元戏剧文物图论》，山西人民出版社1987年版，第137页。
② （宋）孟元老：《东京梦华录·都城纪胜序》，中国商业出版社1982年版，第148页。
③ 景李虎：《神庙与中国古代剧场》，《民俗曲艺》（台湾）1993年第81期。

天,拜紫宸玉楼金殿,红摇银烛影,香袅御炉烟,奏凤管冰弦,唱大曲梨园,列文武官员,降玉府神仙,齐贺太平年。"夏庭芝《青楼集志》云:"内而京师,外而郡邑,皆有所谓勾栏者,辟优萃而隶乐,观者挥金与之。"元人杜善夫《蓝采和》一折许坚也取笑钟离权:"我看了你不是俺城市中人,则是个云游先生,河里洗脸庙里睡,破窑里住,也无有庵观。不是我笑你,一世也不见勾栏。"元代无论宫廷舞台、瓦舍勾栏,还是乡野看棚,舞台既是杂剧的呈现平台和观众聚集的中心,也是信息中心和杂剧传播的主阵地。

图4-3 山西省阳曲县杨乡水头村的古戏台

除去勾栏外,元杂剧的传播场域还有家室厅堂、屋宇殿庭和空地广场、庙台或乡村空地。元杂剧戏班或路歧,在村镇迎神赛会时在庙台演出,也有在空地上聚众作场。随着元杂剧的繁兴,城乡观赏需求激增,都市瓦舍勾栏已远不能满足各色艺人的实际需要,一些在勾栏无法立足或因技不如人的艺人或戏班开始辗转乡村,进行流动式作场和表演。元代亭楼式剧场有舞楼和舞亭,"舞楼""舞亭"是在农村临近神庙的空旷之地用砖木搭建的相对稳定长久的戏台。亭榭式表演戏台的出现标志着戏剧与民间的其他文艺开始有了正式的分家,戏台表演和观众有了明确的空间距离,这是戏曲文化的一大进步。

山西、山东与河南是北杂剧的兴起之地,彼此交通方便,形成了杂剧文化氛围浓厚的一个演出活动圈。宋代,在州或县,就有艺人冲

第四章　杂剧在元代的传播路径

州撞府、走村串巷，流动作场。《都城纪胜》记载："……若遇车驾行幸、春秋社会等，连檐并壁，幕次排列。此外如执政府墙下空地，诸色路歧人在此作场，尤为骈阗。又皇城司马道亦然。候潮门外殿司教场，夏月亦有绝伎作场。其他街市，如此空隙地段，多有作场之人。"《西湖老人繁盛录》载："十三大军教场、教弈军教场、后军教场、南仓内、前权子里、贡院前、佑圣观前宽阔所在，扑赏并路歧人在内作场。"到元代，杂剧艺人"俯仰东西阅数州，老于歧路岂伶优"（苏轼语），在这个演出圈中"冲州撞府，求衣觅食"，《宦门子弟错立身》第四出说"路歧歧路两悠悠，不到天涯未肯休，这的是子弟下场头。撞府共冲州，遍走江湖之游。"这段记录描述的就是杂剧班子从山东东平到河南洛阳活动的情况。特别是神庙祭祀和庙会"迎神赛会"活动的日子，庙戏活动非常热闹，戏班到庙会上"赶赛"。《雍熙乐府·卷八·嘲妓》叙说艺人生活是："赶赛处空熬了岁月，……也子索每日家绕户巡门，论年价撞瞳沿村。唱的来唇干口燥，舞的来眼晕头昏。""也不是沿村串瞳钻山兽，则是暗气吞声丧家狗。"① 庙会演出时，百姓商贾、远近乡邻、男女老幼四方辐辏观之不足，暮而忘归。

三　偏倚时间的杂剧传播媒介

元代遗留下许多戏台、题刻、碑刻、砖雕或壁画，这些戏曲文物见证了当年的戏曲繁华和村社戏剧的演出盛况。后人临碑凭吊，似乎仍能感受到铙钹齐响、筝弦和鸣。特别是这些偏倚时间的媒介，其题刻、壁画，经年累月，让每位莅临者再次进入戏曲演绎的信息场域，实现跨越时空的杂剧文化传播。元代的戏台碑文如：山西省洪洞县明应王庙元延祐六年（1319）《重修明应王殿之碑》载："每岁三月中旬八日，……远而城镇，近而村落，贵者以轮蹄，下者以杖屦，挈妻子、舆老赢而至者，可胜既哉！争以酒肴香纸，聊答神惠。而两渠资助乐艺牲币献礼，相与娱乐数日，极其厌饫，而后顾瞻恋恋犹忘归也。此则习为常。"山西省临汾市魏村牛王庙有元代《广禅侯碑》载："至于清和诞辰，敬诚设供演戏，车马骈集，香篆霭其氤氲，杯盘竟其交错。

---

① 隋树森：《全元散曲》下册，中华书局1991年版，第1823页。

途歌里咏，伛偻提携，往来而不绝者，至日致祭于此也。"① 万荣稷王庙舞厅石刻为，"舞厅石今有本庙自修建年深，虽经兵革，殿宇而存，既有舞基，自来不曾兴盖。今有本村□□□等谨发虔心，施其宝钞二佰贯文，创建修盖舞厅一座，刻立斯石矣。时大朝至元八年三月初三日创建，砖匠李记。"万荣县孤山风伯雨师庙元大德年间"尧都大行散乐人张德好在此作场"石刻，说明了农村岁稔年丰时节，村社"岁时社祭报赛，春秋两举，率多演剧为乐"戏曲演出情况。

元代戏班携带道具乐器四处赶场形象，取自山西省右玉县宝宁寺水陆画右第五十八幅。

图 4－4　元代路歧"撂地作场"②

还有一部分刻石记录着戏曲爱好者捐功德的情况，如万荣东岳庙舞厅刻石文字为："施缘功德主本老（疑为'村'）王二、男王九，同发善心，于岱岳庙内舞厅周遭，压基台石四面，般载施功，……石匠

---

① 廖奔、刘彦君：《中国戏曲发展史》第一卷，山西教育出版社2013年版，第145页。
② 图片来自中华文化通志编委会编《中华文化通志·艺文典·戏曲志》，上海人民出版社1998年版，第162页。

第四章 杂剧在元代的传播路径

西胡村费卜。景仓官施钞拾两。景小待诏施钞伍两。卫庸德施钞贰两半。柳李二施钞贰两半。大元国至正十四年五月初三日撰。"山西省苟城县东吕村昭惠灵显真君庙内的莆城东吕村露台刻石，元泰定五年（1328）刻立。有"……，於戏，斯台既立，若不刻诸于石，恐以岁时绵远，无能光先启后，聊具真书以识□月云。"这些石刻立柱述其经过，载知名艺人演出情况，它们耸立几百年，无声地讲述着元代北方农村的戏曲演出、迎神赛社及戏班流动作场情况，希望通过石刻，让后来者"光先启后"，以免因岁时绵远而湮没无闻。

石柱刻字（山西万荣孤山风伯雨师庙）
元代戏曲表演时用来招徕观众的广告形式。

图 4－5　万荣县孤山风伯雨师庙戏台石刻

除石刻外，在山西、山东和河南等元代杂剧流行的核心区，先后

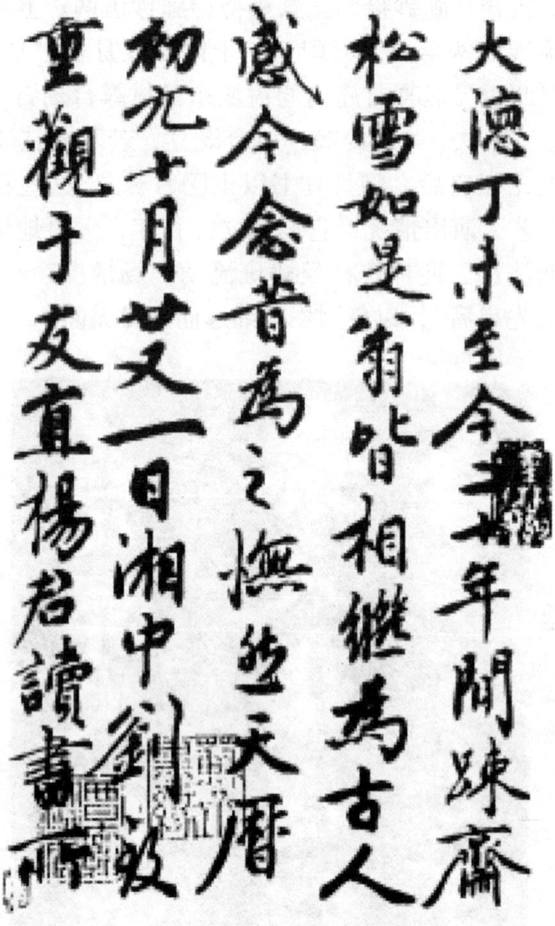

元曲家刘致墨迹
刘致为唐欧阳询化度寺塔铭题识。

图 4-6　元曲家刘致的题刻

在古墓中发现了一批有关杂剧演出的壁画和砖雕，如山西运城西里庄村北墓中发现运城西里庄元代戏曲壁画，墓中四壁均彩绘壁画，西壁壁画为杂剧五人演出图，有副末开场、"俅儿"随身、末脚侍奉、末泥抱笏、副净袒胸、旦角持卷表演；东壁壁画为五人乐队演奏图，一

第四章　杂剧在元代的传播路径

人持竿指挥，一女性弹拨琵琶，一人吹笛，一人击鼓，一人拍板。壁画一角有墓砖一块，上刻"风雪奇"三字，由此可知这些壁画完整地再现杂剧《风雪奇》的演出场景。这几幅大型元代戏曲壁画，不管是演员还是乐工，服饰相貌、表情动作、器乐组合完全同于现实戏剧演出场景，琵琶的出现说明元中后期杂剧演出已用弦乐。"可怜一片云阳木，遏住行云不往还"（《事林广记》），壁画藏于墓室，也体现了墓主人对杂剧生有所好、死有所盼，同时也间接说明了当时的杂剧文化的厚重与传播的深远。

元杂剧壁画（山西洪洞明应王殿）
展现元代戏曲演出前戏剧"亮台"景象，于此可见元杂剧体制及演出之状况。

图4-7　山西洪洞明应王殿元杂剧壁画

· 263 ·

元墓杂剧砖雕（山西新绛吴岭庄）
了解、研究元代戏曲发展之珍贵文物。

图 4-8　山西元墓杂剧砖雕

四　元杂剧舞台传播的特点

与文本传播所不同的是，舞台传播是演员与观众面对面的交流传播活动。在这个交流与传播的过程中，常常伴有移情和参与。演员根据自己对角色的理解，将个人情感付诸杂剧表演当中，从而将故事情节等艺术信息传递给观众；观众又通过观看演员的表演，寻找情感的契合，从而给予演员信息反馈，演员及作者根据反馈及时修改杂剧的编创与表现，而这些恰恰是舞台传播的优势所在。

关于舞台传播的特点，我们可以将其分为以下几个方面。

一是让原本强调视觉和情感交替的文学艺术变得可视、可感。余秋雨在《观众心理学》中说："人类所拥有的一切艺术样式，都是对应着人的不同审美心理需要而产生的。"[1] 这也就是说，人们的审美心理和观赏需要是随着环境的变化而变化的，在不同的环境下，人们会对艺术作品产生不同的期望与要求。随着经济发展水平的提高，艺术

---

[1]　余秋雨：《观众心理学》，长江文艺出版社 2013 年版，第 36 页。

第四章 杂剧在元代的传播路径

样式的多元,无论是文学作品还是讲话艺术,都不能满足元人对于艺术的欣赏需求,他们渴望的是一种综合化的视听享受。

二是相较于其他的传播模式,舞台传播具有很强的灵活性。场上的演员可以随时根据自己的理解以及受众的反应对所传播的内容进行调整和修改。面对农村的杂剧受众,他们不仅可以提前选择好较为热闹有趣的剧目,在演出当中还可以根据观众的反应对复杂的故事情节进行删减。面对南方的杂剧受众,他们不仅可以选择适当的声腔,同时也可以根据现场的情况调整自己的体态语言,迎合他们的审美需求。这实际上在一定程度上拓宽了受众的范围,加强了受众的黏性。

三是相较于其他的传播模式,舞台传播具有很强的即时性。台上演员与台下观众之间的传播与反馈是以人为媒介的本质传播。一个剧目是好是坏,演出是精彩还是失败,通过观众给予的反应就能一目了然。这种及时的交流和沟通使杂剧演出的传播效果得到了大幅度提升。

四是相较于其他的传播方式,舞台传播打破了时空的界限。比如那些出现在文学作品中的前世今生、历史未来都是不可感的,受众只能凭借自己的想象对相关内容进行理解。如果他们具备这种文学艺术的想象能力,就会对原有的作品进行相应的补充,使其表达出的故事及内涵更加完整。而如果受众缺乏这样一种能力,原有的文学作品就会变得空洞残缺,不能带给观众很好的艺术体验。也就是说,一部作品的优劣很大程度上取决于受众的能力和水平。舞台传播与之不同,对它来说,"搬演古今事,出入鬼门道",相对文学作品的理解容易一些。通过演员形象的塑造、舞台场景的置换,它能够将未知的世界、悠远的历史通通呈现在受众面前,这时候原有作品的好坏只受演员能力和作家水平的影响。

五是演出随意性强,戏台形制简单。举凡田间、广场、街头、院落、户内、船舱、殿庭、寺院、庙宇、酒楼、茶馆、集市等地,只要有一块开阔空间,皆可"撂地作场"。杂剧戏台虽有一定规范要求,但许多流动演出的"看棚"或广场,"马围行处迎,人压看场园",既有舞台演出的效果追求和审美导向,又在观演互动中让各方都沉浸其中。从口语传播、刊刻传播到戏台群体传播,宫廷剧场、瓦舍勾栏、露台戏台、亭榭戏台反映了我国古代剧场由低级到高级、由简单到复杂、由幼稚到成熟过程中的不同形态。"勾栏"如"行商","路歧"似"坐贾","何啻亿万"的演员们靠"做一段有憎爱,劝贤孝新院本,觅几文济饥寒得温暖养家钱"(《蓝采和》),"若逢对棚,怎生来妆点的排场盛,倚仗着粉鼻凹五七弄,依着这书会社恩官求些好本令","明善恶,劝化浊民"(《录鬼簿》),"亲莫亲父子周全,爱莫爱夫妇团圆"(《曲江池》),杂剧在元代遍地开花,无论是在勾栏瓦肆,酒楼茶馆还是庙宇神殿佛寺,无论是在城市还是在农村,杂剧都成为元代一种"倾城空巷"的文化时尚。其中勾栏促成了文人、歌伎、观众在同一历史时间的遇合,并以商业化模式和市井参与方式为元杂剧的繁荣注入了磅礴能量,推动了元杂剧广延性、平民性、趣味性及表演性的增强。元代文人在市井勾栏感受下层民众生活,他们的重心移向贱夫小民、市井众生、绿林好汉,并将市井社会的世情风俗、人情物趣搬上舞台,"上则朝廷君臣政治之得失,下则闾里市井父子兄弟夫妇朋友之厚薄,以至医药卜筮、释道商贾之人情物理,殊方异域风俗语言之不同,无一物不得其情,不穷其态。"[①] 王公贵族、封建官吏、文人雅士、落魄士子、农夫田女、市井细民、贩夫走卒都成为元杂剧表现的人物,三教九流,五行八作,俗言俚语,"每个剧中人物用自己的语言和行动来表现自己的特征,剧中人物之被创造出来,仅仅是依靠他们的台词"[②]。"文章做与读书人看,故不怪其深;戏文做与读书人与不读书人同看,又与不读书之妇人小儿同看,故贵浅不贵深。"[③] 众生百态,戏如人生。"盖元剧之作者,其人均非有名位学问也。其作剧也,非有藏之名山,传之其人之意也,彼以意兴之所至为之,以自娱娱人。"[④] 观众到剧场或解除劳累、松弛神经,或寻求刺激,总之入戏场"那就是精神上愉悦与快感,能不能给予或满足观众的审美愉悦与快感,这是剧场艺术最根本的条件与生命所寄"[⑤]。在滑

---

① 吴毓华:《中国古代戏曲序跋集》,中国戏剧出版社1990年版,第6页。
② [苏联]高尔基:《论文学》,孟昌、曹葆华、戈宝权译,人民文学出版社1978年版,第57页。
③ (清)李渔:《闲情偶寄》,北京燕山出版社1998年版,第18页。
④ (清)王国维:《王国维戏曲论文集》,中国戏剧出版社1984年版,第85页。
⑤ 王汉民:《中国戏曲小说初论》,江苏古籍出版社2002年版,第51页。

第四章 杂剧在元代的传播路径

稽梦幻中唤起一些为整个社会所能接受和理解的理念与期待。

六是有元一代，戏曲的传播策略逐渐多元融合。沉郁下僚的元代文人深刻体会到下层民众的生活与心声，"贵己重身、任性自适的人格取代了循规蹈矩的依礼而动……以狂放不羁的生活方式排遣着内心的忧愁幽思，以敏感睿智的心灵感受着时代的风云"[1]。因此这一时期戏曲的传播策略更契合大众的接受心态，更趋向于民族矛盾的隐曲表达和人生价值的民间表达，尝试以杂剧文化共享的方式弱化民族隔阂、呈现融合发展的民俗新文化。如《汉宫秋》，作者及演员着力表演的并不是汉元帝和番王的直接斗争，也没有聚焦于民族矛盾，而是"潜气内转"，通过"昭君和番"过程的舞台演绎，将矛头指向那些如毛延寿一样的自私官吏：太平时"卧重茵，食列鼎，乘肥马，衣轻裘""卖你宰相功劳"，急难处"那壁厢锁树的怕弯着手，这壁厢攀栏的怕撷破了头""似箭穿着雁口，没个人敢咳嗽"，解危局只能"把俺佳人递流"，最后只落得"忍着主衣裳，为人作春色"，一国帝王"他部从入穷荒；我銮舆返咸阳。返咸阳，过宫墙；过宫墙，绕回廊；绕回廊，近椒房；近椒房，月昏黄；月昏黄，夜生凉；夜生凉，泣寒蛩；泣寒蛩，绿纱窗；绿纱窗，不思量！"而他留恋的王嫱在"番汉交界去处""不肯入番，投江而死"。萧萧落叶声，烛暗长门静。这种"潜气内转"让人们思考的是：在元代异质文化的交融过程中，杂剧作家根据时代思潮做了怎样的调整和处理，并且取得了传播上的成功。

七是从传播路径来看，元代杂剧动态流播、全面扩散态势比较清晰。"风俗之端，始于至微，搏之而无物，察之而无形，听之而无声；然一二人唱之，千百人和之，人与人相接，人与人相续，又踵而行之，及其既成，虽其极陋甚弊者，举国之人习以为常，上智所不能察，大力所不能挽，严刑峻法所不能变。夫事有是有非，有美有恶，旁观者或一览而知之，而彼国称之为礼，沿之为俗，乃至举国之人，辗转沈锢于其中，而莫能少越，则习之囿人也大矣。"（黄遵宪《日本国志·礼俗志》）13世纪前半叶，在宋杂剧和金院本的基础上形成发展起来的元杂剧，开始在河北、河南、山西、山东等北方地区流传。元统一

---

[1] 张大新：《金元文士之沉沦与元杂剧的兴盛》，《文学评论》1994年第6期。

中国，北方杂剧迅速向南方江浙、江淮、湘湖、江西等南方地区传播，呈现出流布广阔、南北齐盛的繁荣局面。从传播线路来看，元杂剧传播经历了元建立前由乡镇到城市、由流传点到中心城市、再由中心城市向流传点的播散的过程。平阳堪称元杂剧的摇篮，元杂剧在北方形成后，开始由平阳、东平、真定、汴梁等最早的流传点向大都集中，形成了当时流行的"中州调""冀州调"。

元统一后，由于宫廷示范带动和中心推广扩散，杂剧开始快速由中心城市向一般城市、由城市向乡镇播散，杂剧沿运河由北向南传播成为传播的主导方式。出现了"元初，北方杂剧流入南徼，一时靡然向风"（徐渭《南词叙录》）。"莫向春风动归兴，杭州半是汴东人"（陈旅《送张教授还汴梁·安雅堂集》），关汉卿、马致远、尚仲贤、杨显之等一批杂剧作家和珠帘秀等优秀演员开始向扬州、杭州集中。关于元杂剧南下的传播路径，研究者认为：北剧向南流布有两条途径：一是随军南下，另一是平定后顺水路航道逐渐进入江南，后者是主要途径。① 也有学者提出："杂剧的南移路线，主要是沿着大运河和长江水路，除杭州外，扬州、建康、苏州、松江等江南各域，也成为杂剧荟萃之地。"② 元杂剧南北齐盛后，来自北方的杂剧作家郑光祖、乔吉、宫天挺、秦简夫与南方本地的杂剧新秀杨梓、沈和甫、范康、鲍天佑、屈子敬会聚杭州，逐渐成为杂剧创作的主力军。中心城市与流传点之间开始双向传播、相互影响。大都与杭州，南北称雄，杂剧艺术走向鼎盛，也创造了一个兼时空的、完整的传播过程，直接导致了杂剧文化的兴起与传播及不同地区的文化交流与发展。

---

① 廖奔：《戏曲文物发覆》，厦门大学出版社2003年版，第147页。
② 黄仕忠：《南方戏剧圈的杂剧创作》，转引自袁行霈主编《中国文学史》第三卷，高等教育出版社1999年版，第324页。

第五章 杂剧在元代的传播内容

"歌声消天下愁,舞袖散人间闷。"有元一代,杂剧的创作极度繁盛,其思想精神和思想倾向在特殊的时代浸润下表现出明显的不同。一方面,因科举制的骤然废置,文人士子的创作热情高涨,使杂剧作品的言语修辞和文化内涵迅速提高;另一方面,多元文化的融合和开放的社会气息,使杂剧作品的范围和主题得以不断地拓展和创新。

因此,对于拥有各个阶层的受众群体来说,杂剧所传递的内容与精神对社会思潮以及时代文化的形成有着极为重要的影响。而站在几百年后的今天,再去了解杂剧在元代的传播内容,也绝不仅仅是对一代文学信使的解读,更多的是对杂剧文化及其所影响的那个时代的回望与深思。

第一节 杂剧在元代的传播内容概况

"西楼羌管声,东阁新诗兴。"元代是我国戏曲在古代传播的黄金时代。元杂剧以吞吐万象的气概汲取宋杂剧、诸宫调、金院本等戏曲艺术之长,从而成为一代之文学。剧作家群星璀璨,杂剧演员锦树啼莺,他们共同构建了元杂剧传播内容的宏伟宝库。

一 金院本题材的先行开拓对元杂剧题材的影响

辽、金、元是我国戏剧由幼稚走向成熟的重要时期,金院本是我国俗文学发展的重要成果,既影响了金代社会文化的发展,也为元杂剧的繁兴奠定了基础,特别是一些故事表演综合性较强的院本成为元初北曲杂剧的雏形。金院本发展到后期，其所涉及的题材非常丰富，《墙头马上》《张生煮海》等剧目已经表现出鲜明的杂剧表演形态。早期的元杂剧，是在金代后期的院本基础上发展而来的，元杂剧是对金院本题材的承继、升华与发展。在题材上，二者有许多共通之处，如金院本与元杂剧均有"蟠桃会""瑶池会"题材；金院本中的"八仙会"与元杂剧中的"争玉板八仙过沧海"都是对八仙过海等民间故事的戏曲演绎；金院本"变二郎爨"与元杂剧中"二郎神锁齐天大圣"都取自唐僧师徒西天取经；金院本"孟姜女"与元杂剧"孟姜女千里送寒衣"都表达孟姜女千里寻夫的事迹。其他有明显承继关系的剧目如表 5-1 所示。

表 5-1　　　　　金院本与元杂剧的题材承继情况一览

序号	金院本	元杂剧	主要故事情节
1	蟠桃会、瑶池会	宴瑶池王母蟠桃会	王母娘娘祝寿事
2	八仙会	争玉板八仙过沧海	八位神仙过海事
3	张生煮海	张生煮海	张生与龙女相会事
4	变二郎爨	二郎神锁齐天大圣	唐僧师徒西天取经事
5	孟姜女	孟姜女千里送寒衣	孟姜女千里寻夫事
6	芙蓉亭	韩彩云丝竹芙蓉亭	韩彩云和崔伯英芙蓉亭生情事
7	兰昌宫	薛昭误入兰昌宫	薛昭与张云容兰昌宫私会事
8	范蠡	灭吴王范蠡归湖	范蠡灭吴后归隐事
9	烈女降黄龙	烈女青陵台	韩凭妻子降黄龙事
10	散楚霸王	楚霸王火烧寄信	有关楚霸王的故事
11	苏武和番	持汉节苏武还朝	苏武出使匈奴事
12	刺董卓	银台门吕布刺董卓	吕布刺杀董卓事
13	赤壁鏖战	破曹瞒诸葛祭风	诸葛亮赤壁败曹操事
14	十样锦	十样锦诸葛论功	韩信与诸葛亮争功事
15	武则天	武则天肉碎王皇后	武则天谋害王皇后事
16	牵龙舟	隋炀帝牵龙舟	隋炀帝游江南事
17	杜甫游春	曲江池杜甫游春	杜甫曲江池游春事
18	陈桥兵变	赵太祖龙虎风云会	赵匡胤黄袍加身事
…	……	……	……

第五章 杂剧在元代的传播内容

由表5-1可知，金院本在表演故事方面已经趋向完整和独立，它为元杂剧的定型、崛起与繁荣提供了丰厚的题材积淀与艺术形制，为元杂剧的题材创作奠定了文艺基础，为元杂剧在元初的迅速扩散创造了有利的条件。

二 元杂剧传播内容的题材分类

元杂剧传播的内容十分广阔，胡祗遹在《紫山大全集·赠宋氏序》中说："既谓之杂，上则朝廷君臣政治之得失，下则闾里市井父子兄弟夫妇朋友之厚薄，以至医药、卜筮、释道、商贾之人情物理，殊方异域风俗语言之不同，无一物不得其情，不穷其态。"从题材来看，"五方之风俗，诸路之音声；往古之事迹，历代之典型；下吏污浊，官长公清；谈百货则行商坐贾，勤四体则女织男耕；居家则父子慈孝，立朝则君臣圣明；离筵绮席，别院闲庭，鼓春风之瑟，弄明月之筝；寒素则荆钗裙布，富艳则金屋银屏。"（《紫山大全集·朱氏诗卷序》）燕南芝庵《唱论》云："凡歌之所：桃花扇，竹叶樽，柳枝词，桃叶怨，尧民鼓腹，壮士击节，牛僮马仆，闾阎女子，天涯游客，洞里仙人，闺中怨女，江边商妇，场上少年，阛匮优伶，华屋兰堂，衣冠文会，小楼狭阁，月馆风亭，雨窗雪屋，柳外花前。"从以上史料可以看出：元杂剧是元代社会生活的全景图画和人情世态的浓缩呈现，是宫廷闾里、殊方异域、五方风俗、诸路音声、往古事迹的再现与荟萃，"君臣如《伊尹扶汤》《比干剖腹》，母子如《伯瑜泣杖》《剪发待宾》，夫妇如《杀狗劝夫》《磨刀谏妇》，兄弟如《田真泣树》《赵礼让肥》，朋友如《管鲍分金》《范张鸡黍》——皆可以厚人伦，美风化。"[1]它突破了中国传统文学"温厚""中庸"的既有窠臼，表现出独特的自由、豪迈特质，其虽"多鄙俚蹈袭之语"，但在"不穷其态"中创造了杂剧传播内容的多维空间。朱权在《太和正音谱》里把杂剧分为12科，即："神仙道化、隐逸乐道、披袍秉笏、忠臣烈士、孝义廉节、叱奸骂谗、逐臣孤子、铍刀赶棒、风花雪月、悲欢离合、

---

[1] （元）夏庭芝：《青楼集志》，出自中国戏曲研究院编《中国古典戏曲论著集成》（二），中国戏剧出版社1959年版，第7页。

烟花粉黛、神头鬼面。"神仙道化科如《黄粱梦》，逐臣孤子科《杀狗劝夫》，铍刀赶棒科如《单鞭夺槊》，悲欢离合科如《汉宫秋》，烟花粉黛科如《曲江池》。从所唱曲目来看，燕南芝庵《唱论》云："凡歌曲所唱题目，有曲情、铁骑、故事、探莲、击壤、叩角、结席、添寿；有宫词、禾词、花词、汤词、酒词、灯词；有江景、雪景、夏景、冬景、秋景、春景；有凯歌、棹歌、渔歌、挽歌、楚歌、杵歌。"从剧本内容与演员行当来看，夏庭芝在《青楼集志》中指出杂剧"有驾头、闺怨、鸨儿、花旦、披秉、破衫儿、绿林、会吏、神仙道化、家长里短之类"。如前文所述，有元一代，原来出入凤阙台辅、意气横发文人被抛教坊书会、青楼酒肆，生活在视文人为草芥的时代，修身、齐家、治国、平天下的人生理想和价值追求成为一种心理幻影，于是他们在市井扎根，在"放浪形骸"中观察人间万象、俗世百态，将胸中万千丘壑与浩然正气倾泻于舞台，养育了"发愤以抒情"的戏曲艺术，全方位展现了对历史文化与社会的思考，开创了一代文学之巅峰。

三 元杂剧传播的作品及内容选择

"江山有恨英雄老，天地有情雨露高。"[1] 这些"门第卑微，职位不振"的杂剧艺术家以不同流合污、枉己屈道的态度，利用杂剧艺术蔑大人、诛独夫、抨击权贵、针砭时弊。在作品的总体思想取向上，"此人皆意有所郁结，不得通其道，故述往事，思来者"[2]。元前期的杂剧作家们大多不再坚守诗词散文温柔敦厚、怨而不怒、劝百讽一的文学传统，在承继犯颜直谏、谲谏匡义等戏曲特质的基础上，它以批判精神和"怨愤"特色将矛头指向权豪势要和奸臣贼子，创作了一批反映时代的剧目。从金末到明初，这些杂剧作家们共创作了六百多种杂剧，目前有一百四十多种继续流传。这些作品散见于《元曲选》《脉望馆钞校本古今杂剧》《元刊古今杂剧三十种》《古杂剧》《改定元贤传奇》《古名家杂剧》《古今名剧合选》等文献中。从题材来看，

---

[1] （元）夏庭芝：《青楼集志》，出自中国戏曲研究院编《中国古典戏曲论著集成》（二），中国戏剧出版社1959年版，第7页。

[2] （汉）司马迁：《史记》，中华书局1959年版，第330页。

第五章　杂剧在元代的传播内容

历史剧最多，如《周公摄政》《圯桥进履》《单刀会》《渑池会》《赵氏孤儿》《汉宫秋》《陈州粜米》《梧桐雨》《介子推》《蝴蝶梦》等；有将唐传奇、宋话本等搬上舞台的，如《误入桃源》《西厢记》《两世姻缘》《曲江池》《黄粱梦》《玩江楼》《倩女离魂》《竹叶舟》等；有来源于现实生活的，如《东堂老》《窦娥冤》《鲁斋郎》《虎头牌》《救风尘》《杀狗劝夫》《蔡顺奉母》《生金阁》《魔合罗》《灰阑记》等；有搬演诉讼的"国史明乎得失之迹，伤人伦之废，哀刑政之苛，吟咏性情，以风其上"的公案剧，如《包公案》《窦娥冤》《陈州粜米》等；有演绎英雄人物的侠义剧，如《鲁智深喜赏黄花峪》《争报恩三虎下山》等。

概括起来，这些作品大致反映了以下几个方面的内容：一是揭露黑暗现实、抨击贪官污吏、反映劳动人民的反抗斗争的剧目，如《窦娥冤》《鲁斋郎》《陈州粜米》《蝴蝶梦》等；二是抨击封建礼教，歌颂青年男女争取婚姻自主的剧目，如《西厢记》《张生煮海》《鸳鸯被》《墙头马上》《拜月亭》《柳毅传书》《留鞋记》等；三是宣扬逃避现实、隐居乐道的剧目，如《陈抟高卧》《黄粱梦》《马丹阳三度任风子》《岳阳楼》《铁拐李》《布袋和尚》等；四是民间恋爱故事剧，如《西厢记》《墙头马上》《拜月亭》等。这四类作品既有题材来源与内容上的区别，也有同情劳动人民命运，反映日常生活气息的共同主题。

狄德罗在《戏剧艺术》中说："什么时代产生诗人？那是经历了大灾难和大忧患以后，当困乏的人民开始喘息的时候。那时想象力被伤心惨目的景象所激动，就会描绘出那些后世未曾亲身经历的人所不认识的事物。……而在那样的时候，情感在胸怀堆积、酝酿，凡是具有喉舌的人都感到说话的需要，吐之而后快。"[①] 元中前期的杂剧生产及其作品品质很好地佐证了狄德罗的观点。但到元后期，元朝廷恢复科举，文人待遇有所改善，社会阶级矛盾和民族矛盾也有所缓解，由此这一时期的杂剧主题开始向歌颂忠义、反映仁政与歌舞升平等题材领域转变，如《范张鸡黍》《豫让吞炭》《周公摄政》《赵礼让肥》等

---

① 引自中国戏曲研究院编《中国古典戏曲论著集成》（二），中国戏剧出版社1959年版，第7页。

剧目开始流行。这时的元杂剧以一个"劝"字凸显了其浓重的高台教化、警世劝人意识，如陆进之的《升仙会》、汤武的《瑞仙会》、贾仲明的《调风月》《双坐化》、陈肃的《误入桃源》、王子一的《误入天台》和朱权的《白日飞升》。内容多为希望达官贵人福寿双全，规劝底层民众安贫乐道。这些剧目的流行体现出元杂剧发展成熟以后，逐渐褪去本色，脱离民众，走向没落。

从横向的起伏转折来看，伴随着元代经济中心的南移，北方的杂剧作家与演员不得不放弃故土，开始向南迁徙。可以想象，一开始他们是怀着怎样的艺术自信与期待在南方的小桥流水间进行表演的。但由于元杂剧所依附的声腔曲调、风土人情都难以摆脱地域的限定性，所以在背井离乡的日子里，它再难拥有往日的辉煌，只能把艺术的精髓和生命的强度交付给土生土长的南戏。

研究表明，南戏起源于里巷歌谣，但实际上它是民间歌谣、讲唱艺术与宋杂剧相互借鉴，相互融合的结果。与北杂剧不同，南戏更像是可口的清凉小菜，吃多了不免有些寡淡，不如大鱼大肉酣畅爽快。所以当北杂剧在元代初期真正走向成熟以后，南戏便很快衰落了。可它毕竟是顽强的，就像一位年轻的艺人，蜷缩在角落里暗自与名角似的杂剧较劲，等待重新上场的机会。

历史并没有让这个机会姗姗来迟。元末，北杂剧显现出疲衰之色。从政治经济来看，随着蒙古政权的日渐式微，北杂剧在南方的发展失去了政治基础作为助力。从活动区域来看，北杂剧在南方的发展受到了方言的限制，难以应付南方的风土人情和社会心态。因此，一旦失去了高质量的作品和高水平的演出，它的地位就会一落千丈。从创作队伍来看，此时，如关汉卿、白朴等一批具有极大影响力的作家都已长眠。而民族情结的淡化、科举考试的恢复也让文人的视线从杂剧艺术上抽离开。至此，北杂剧彻底失去了天时地利人和的优势，给南戏腾出了发展空间。但是我们必须要承认，南戏的成熟离不开元杂剧的滋润与推动，尤其是在内容创作上，元杂剧为其提供了宝贵的经验。如被称为"四大南戏"之一的《杀狗记》就脱胎于杂剧剧目《杀狗劝夫》；而另一部《拜月亭》则与关汉卿所创作的元杂剧《幽闺佳人拜月亭》、王实甫的《才子佳人拜月亭》如出一辙。

从纵向的承袭更替来看,伴随着元朝的灭亡,不仅观众厌倦了杂剧老化的艺术格局,而且由于政治环境的改变,杂剧创作也失去了重要的社会依据和情感来源。但即便如此,它对后世的影响依然是巨大的。一方面,明朝初期,许多皇家贵族都热衷于杂剧的创作与编演。如朱元璋的儿子朱权不仅创作了包括《冲漠子》《大罗天》在内的大量杂剧作品,还完成了中国戏剧史上重要的理论著作《太和正音谱》。而朱元璋的孙子朱有燉更是当时颇负盛名的杂剧作家,在他创作的大量作品中,保留至今的就有三十余种;另一方面,元杂剧在内容创作、思想内涵及审美意趣方面的开拓,也为明清两代传奇小说的创作带来了深刻的影响。如元末明初杨讷所著的杂剧《西游记》,就是以"江流儿"的故事讲述玄奘的出世,以收孙行者、猪八戒、沙和尚为徒,一路斩妖除魔的故事讲述取经过程,这些都是后来小说《西游记》中的重要内容。再如在《单刀会》《西蜀梦》等反映三国故事的杂剧中都有"褒刘贬曹"的倾向,而这一点也为后来的小说《三国演义》所承袭。而《西厢记》中所体现出的鲜明的女性意识就为后来明代传奇《牡丹亭》、清代小说《红楼梦》等诸多家喻户晓的文学作品所继承。可见,虽然元杂剧的繁盛时期略显短暂,但是凭借着极强的艺术张力,它给后世的文艺创作提供了丰富的养分,其文化内涵也在艺术形式的嬗变中得以传承。这也从另外一个侧面说明,一种文艺形式的繁荣,必定有与之相适宜的文化背景,也只有认清其文化要求,在不同时期作出适应性的调整,才是最好的出路。

第二节 元杂剧的人物形象塑造与呈现

与我国历代文学一样,元杂剧也是以叙事为中心,通过故事勾画来展开剧情。但戏曲与诗词歌赋、小说笔记叙事样态不同,戏曲"试将便眼之流传,略为从头而敷演。得其兴废,谨按史书;夸此功名,总依故事"(罗烨《醉翁谈录·甲集卷一》)。它将人与历史、祖先和现实的对话以训诫性、导授性的舞台演绎方式来达致,将斗争艺术、处世智慧与人生哲学蕴含在受众娱乐与人物塑造上,并且在诸多剧目的传播过程中形成类型化、格式化和符号化的内容表达,将生命的悲哀、道德的训诫和历史的风云逐渐演化为达官贵人、贩夫走卒的常识性认知和习惯性思维。同样,"戏剧不是一个单独的文学现象,而是一个社会制度。这个制度的建立与存在,不只是牵涉很多类的社会个体,而更在它织入社会纤维之中,它不只是催化人的欲望,而更是附加入人将发展的生命中"①。戏曲的这种生产和内容传播,使原来清新高雅的庙堂文学、文人墨客唱和的"阳春白雪"更多地沾染上山谷野草的芬芳和垄头泥巴的气息,在对社会全景呈现的过程中构建了城乡民众的伦理世界和升斗小民的"生存空间"。"身后是非谁管得,满村听说蔡中郎。"②民众在戏曲观赏过程中会不自觉地实现个人身份与戏曲角色的投射与转换,将顺时序列历史移为同时序列现实,从而在一个时空场域中完成"替代性移用"、实现"想象性满足",给蝇营狗苟的民众一个精神上的救赎出口与情感补偿。

元杂剧在敷衍中塑造了一系列特色鲜明、别具一格的类型化、程式化的人物形象,"许多程式,大都是个别演员为了塑造人物的需要而模拟特定的生活动作并把它节奏化、舞蹈化所进行的创造。这套动作很美,很准确地刻画出人物的某种精神状态,大家看了觉得很合适,于是这套动作就被普遍采用。……可见程式本来是特定的动作后来才逐渐变成公用的带规范性的表现手段"③。元杂剧的程式化人物形象很多,一是衙内、官僚和富豪构成的统治阶级;二是农民、市民、奴婢和妓女构成的被统治阶级;三是吏员、文人构成的中间阶层。包括权豪势要、市井百姓、奴婢娼妓、廉官干吏、士子文人、寻常女性等。秋灯明翠幕,夜案览芸编。今来古往,故事几段,佳人才子,子孝妻贤,神仙幽怪,寻宫数调,插科打诨,通过给不同群体的人物以不同的"画像",让观众在观戏与横向比较中达到"快者掀髯,愤者扼腕,悲者掩泣,羡者色飞"(《元曲选·序》)的传播效果。

---

① 唐文标:《中国古代戏剧史》,中国戏剧出版社1985年版,第14页。
② (宋)陆游:《剑南诗稿校注》(卷五),钱仲联校注,上海古籍出版社2005年版,第71页。
③ 中国大百科全书总编辑委员会编:《中国大百科全书·戏曲曲艺卷》,中国大百科全书出版社1983年版,"前言"第3页。

第五章 杂剧在元代的传播内容

一 元杂剧对权豪势要形象的塑造

元杂剧在舞台上塑造了一批凶恶、无耻、下流、愚蠢的权豪势要、衙内泼皮形象。他们饱食终日，无所事事，寻衅滋事，混世作恶，都是元杂剧着意鞭挞的对象。从目前流传下来的杂剧剧本来看，元杂剧塑造衙内形象的剧作有八种：《望江亭》《蝴蝶梦》《鲁斋郎》《双献功》《生金阁》《燕青博鱼》《陈州粜米》《延安府》。这些衙内要么参知枢要，左右朝政，如《陈州粜米》中的刘衙内；要么谗言媚上，残害贤良，如《望江亭》中的杨衙内；抑或把持讼狱，越理行私，如《延安府》中的庞衙内；还有仗势行恶，欺男霸女，如《鲁斋郎》中的鲁斋郎等。他们以花花太岁自诩，上场出口便是："花花太岁为第一，浪子丧门世无对。阶下小民闻吾怕，势力并行庞衙内。"（《延安府》）；"花花太岁为第一，浪子丧门世无对。普天无处不闻名，则我是权豪势宦杨衙内。"（《望江亭》）。他们飞扬跋扈，犯法行恶，假公济私，有恃无恐，"倚仗着恶党凶徒势"（《鲁斋郎》）、"将好人家恶紫夺朱"（《延安府》），平日里飞鹰走犬，横行乡里，"拿粗挟细，揣歪捏怪，帮闲钻懒，放刁撒泼"（《陈州粜米》），张口就是"我见了那穷汉是眼中钉，肉中刺"（《陈州粜米》）、"好的玩器，怎么他倒有，我倒无？我则借三日玩看了，第四日便还他，也不坏了他的"（《生金阁》），动辄一句"随你拣那个大衙门里告我去"；"借大衙门坐三日"，下层官吏一见就不得不退让自保，"那一个官司敢把勾头押？提起他名儿也怕"（《鲁斋郎》）。

典型如《鲁斋郎》中的鲁斋郎："花花太岁为第一，浪子丧门再没双，街市小民闻喜怕，则我是权豪势要鲁斋郎。小官鲁斋郎是也。随朝数载、谢圣恩可怜，除授今职。小官嫌官小不做，嫌马瘦不骑。但行处引的是花腿闲汉，弹弓粘竿，贼儿小鹞，每日价飞鹰走犬，街市闲行。但见人家好的玩器，怎么他倒有我倒无？我则借三日玩看了，第四日便还他，也不坏了他的，人家有那骏马雕鞍，我使人牵来，则骑三日，第四日便还他，也不坏了他的。"再如《蝴蝶梦》中的葛彪："有权有势尽着使，见官见府没廉耻，若与小民共一般，何不随他带帽子。自家葛彪是也。我是个权豪势要之家，打死人不偿命，时常的则是坐牢。今日无甚事,长街市上闲耍去咱。"这些衙内胆有天来大,为臣不守法,将官府敢欺压,将妻女敢夺拿,将百姓敢践踏,是元代恶势力的代表。

"庙不灵狐狸样瓦,官无事乌鼠当衙。"除了这些无恶不作、致民怨沸腾的衙内,元杂剧还塑造了一批贪官庸吏的形象。他们以牟利营私为官箴,以敲骨吸髓为能事,普遍性的形象是"便文营私,侮法以为奸,怀利以自殖,是人也,盖十之九矣。拘职而勿敢以不勤,畏义而弗敢以不廉,惧法而不敢以不谨,是人也,盖十之二三矣"(陆文圭《送李良甫同知北上序·墙东类稿·卷五》)"即今县令,……大半不识文墨,不通案牍。署衔、书名、题目落笔一出文吏之手,事至物来,是非缓急闭口不能裁断,袖手不能指画,颠倒错谬,莫知其非……"(胡祗遹《紫山人全集·精选县令》)。反映吏治黑暗,冤狱频仍的现存元杂剧有二十二本,人物故事也比较多样,如《窦娥冤》中蒙冤而死的窦娥、《魔合罗》中身陷缧绁的刘玉娘、《救孝子》中无辜受罪的杨谢祖、《灰阑记》被诬发解的张海棠等。体现了在贪官污吏鱼肉百姓、权豪势要胡作非为下,"日月虽明,不照那覆盆之内"(《救孝子》)。他们的做官箴言是:"我做官人胜别人,告状来的要金银"(《窦娥冤》)、"我做官人单爱钞,不问原被都只要"(《魔合罗》《救孝子》)、"做官都说要清名,偏我要钱不要清;纵有清名没钱使,依旧连官做不成"(《还牢末》)。元杂剧借下层民众之口对那牟利营私、敲骨吸髓、荼毒百姓的糊涂官僚进行了有力的控诉,"你要我诉说您大小诸官府,一划的木笏司糊涂。并无聪明正直的心腹,尽都是那绷扒吊拷的招伏,把囚人百般拴住,打的来登时命卒。哎哟,这便是您做下的死工夫。"(《救孝子》);"官吏每无心正法,使百姓有口难言""天地也,只合把清浊分辨,可怎生糊突了盗跖颜渊。为善的受贫穷更命短,造恶的享富贵又寿延。天地也,做得个怕硬欺软,却原来也这般顺水推船。地也,你不分好歹何为地?天也,你错勘贤愚枉做天!"(《窦娥冤》);"则您那官吏每忒狠毒,将我这百姓每忒凌虐"(《灰阑记》);"你子父每(指官吏们)轮流着当朝贵,倒班儿居要津(指权垫衙门);则(只)欺蒙着帝王子孙,猛力如轮,诡计如神。谁识你那一伙害军民聚敛之臣……都是些肥羊清酒人皮囤,一个个智无四两,肉

第五章　杂剧在元代的传播内容

重半斤。"(《王粲登楼》);"隋江山扭做唐世界,也则是成败兴亡,怎禁那公人狠劣似豺狼!"(《黄粱梦》);"河涯边趱运下些粮,仓廒中囤塌下些筹,只要肥了你私囊,也又管民间瘦!"(《陈州粜米》);"坑人财,陷人物,吃人脑,剥人皮。这都是剥民脂膏,养的能豪旺。"(《玉壶春》)杂剧作家通过糊涂官僚形象的塑造,鲜明地揭露了元代"今之鞫狱者,不欲研穷磨究,务在广陈刑具,以张施厥威。或有以衷曲告诉者,辄便呵喝震怒,略不之恤。从而吏隶辈奉承上意,拷掠锻炼,靡所不至,其不置人以冤枉者鲜矣"(陶宗仪《南村辍耕录》卷二十三)的黑暗现实。

二　元杂剧对能官干吏形象的塑造

元杂剧里绝大多数人物都是类型化形象,通过这些类型化形象的对比,向全社会传导作家的是非善恶评价。在论善评恶中将人道主义精神化成一个个形象饱满的舞台人物,并把他们的温情和怜悯奉献给弱者,把批判和讽刺投射给强者,将歌颂与理想赋予那些为民请命者或积极进取者。戏曲联通历史与现实,"在具体的历史环境中,过去和将来的成分交织在一起,前后两条道路互相交错"[1]。元杂剧在塑造人物形象、构成戏剧冲突时,建构了善与恶两个世界,如在《陈抟高卧》《风云会》等剧里,"救天下苦恹恹生灵"以拨乱反正的宋太祖、《梧桐雨》里的唐明皇、《汉宫秋》里的汉元帝、《朱砂担》里"只言正直为神通,那个阳间是正直"的东岳殿前太尉、《哭存孝》里的李存孝、《伍员吹箫》里的伍子胥、《丽堂春》里的乐善、《马陵道》里的孙膑、《谇范叔》里的范雎、《敬德不伏老》里的尉迟恭、《衣袄车》里的狄青、《范张鸡黍》里的范式、《荐福碑》里的张镐、《贬黄州》里的苏子瞻、《贬夜郎》里的李太白、《举案齐眉》里的梁鸿等都是善的化身,而《荐福碑》里"兴云降雨"以泄私愤的"南海赤须龙"、《货郎旦》里"可知道今世里令史每都挖钞,和这古庙里泥神也爱钱,怎能够达道升仙!"的张三姑、《哭存孝》里的康君利、《伍员吹箫》里的费无忌、《丽堂春》里的李圭、《马陵道》里的庞涓、《谇范叔》

---

[1] [苏联]列宁:《列宁选集》第1卷,人民出版社1995年版,第579页。

里的须贾、《敬德不伏老》里的李道宗、《衣袄车》里的黄𩐱、《范张鸡黍》里的王韬、《荐福碑》里的张浩、《贬黄州》里的杨太守、《贬夜郎》里的李林甫、《举案齐眉》里的张小员外等又是恶的代表,这些类型化的正直与邪佞形象的冲突,也是元代社会聪明才智者与黑暗政治相冲突的反映,它们一起构成了元杂剧的艺术理念与道德表达。

  按照元杂剧的类型化表达,元杂剧既塑造了权豪势要与衙内恶吏的形象,也利用舞台艺术推出了许多清官廉吏、能臣干将的代表性形象。对于清官,陆文圭在《送李良甫同知北上序》中说,有元一代,"若夫正大而不私,循良而有守,宽惠而能断,是人也,千百之一耳"(《墙东类稿》卷五)。在元杂剧塑造的能官干吏中,大多具有"廉能清正、节操刚坚"(《窦娥冤》《潇湘雨》)的正直品质:清廉不贪,"每皇皇于国家,耻营营于财利"(《陈州粜米》),如《鸳鸯被》中府尹李彦实"囊底萧条,盘缠缺少",《刘弘嫁婢》里县令李克让死时不名一文,只好托妻寄子于他人;《岳阳楼》中的裴使君"不幸被歹人连累身亡,无钱埋殡"。其实,在元杂剧中,一类吏员形象是黠、虐、贪的刀笔吏,"恃其名役之细微,纵其奸猾,舞文弄法,操制官长,倾诈庶民"(许谦《送林中川序·许白云文集》卷二);一类是能、仁、廉,也就是"揣摩徂伺,深诋巧文,力制长牧,气压豪氓"(杨维祯《送江浙都府吏倪光大如京师序》)的能吏,如似完颜府尹般的"下官一路上来听的人说,这河南府有个能吏张鼎,刀笔上虽则是个狠喽啰,却与百姓每水米无交"(《勘头巾》)。能吏治国,"宽于用法,而重于有过;勇于致名,而怯于言利。进而为公卿者,既以才能政术有闻于时;而在郡邑之间者,亦谨言笃行,与其时称。岂特吏之素贤乎?士而为吏,宜其可称者众也。"(方孝孺《林君墓表》),但元代的能吏和恶吏在生活上都"经旬间不想到家来,破工夫则在那娼楼串,则图些烟花受用,风月留连。"(《鲁斋郎》)因为,元代官吏"处风波之中,上下两难之际,和而不流,介而能通,调娱补苴,浑然无茫角,卒能使郡事办而政绩成。非诗书通畅,义理纯熟,安能应盘错而不失其正乎?"他们是百姓眼中的"官家",同时又是官员眼中的"办事员",这种双重地位和两难境地,导致元杂剧中的恶吏恃其卑贱、纵其奸猾;能吏"胸中自水镜,笔底皆阳春,面无喜慍色,口不臧否人。"(蒲道源《饯杜仲正经历美解东归》)所以,元代吏员对社会政治的治乱两方面都会产生重大影响。

元杂剧中还塑造了一批恶棍流氓形象,他们既是权豪势要衙内的奴仆,又是霸凌乡邻的恶棍。如《窦娥冤》里的张驴儿父子、《绯衣梦》里的裴炎、《金凤钗》里的李虎、《盆儿鬼》里的盆罐赵和《朱砂担》里的白正等;他们如《盆儿鬼》里"不会做什么营生,则是打家截道,杀人放火,做些本分的买卖"的盆罐赵,或像《东堂老》中"不养蚕桑不种田,全凭马扁度流年"的胡子传,也如《杀狗劝夫》"不做营生则调嘴,拐骗东西若流水"的柳隆卿。拈粗拿细,流长飞短,谋财害命,为所欲为,"这等人夫不行孝道,妇不尽贤达,爷瞒心昧己,娘剜刺挑茶,儿焦波浪劣,女俐齿伶牙;笑穷民寒贱,羡富汉奢华;他用的驱驾,他没的频拿;挟权处追往,倚势处行踏;少一分也告状,多半钱也随衙;买官司上下,请机察铃辖。这等人忘人恩、背人义、赖人钱、坏风俗、杀风景、伤风化。倒能够肥羊法酒,衣锦轻纱。"(《看钱奴》)这些杂剧中塑造的恶棍人物形象与《元典章》描述非常契合,"杭州城宽地阔,人烟稠集,风俗浇薄,民心巧诈。有一等不畏公法,游手好闲,破落恶少,结籍经断警迹,并释放贼从,与公吏人等以为朋党,更变服色,游玩街市,乘便生事,抢掠客人笠帽,强夺妇人首饰,奸骗良人妻女"(《元典章·卷五十七·刑部》)。

对这些仗势欺压百姓的恶棍流氓的书写,一方面,可以凸显权豪势要之恶。他们如何与这些人勾结,横行乡里,鱼肉百姓;另一方面,反衬清官廉吏、能臣干将之正,即使身处非常险恶的官场生态,依然清廉自守,为民请命。

三 元杂剧对富豪和市民形象的塑造

戏剧是伦理世界和市民社会的桥梁。元杂剧的形象体系构成了一个观念形态的社会,它比元代现实社会在广度、深度上更能揭示出社会形态的时代特征。元杂剧的市民意识、时代精神、善恶观、宗教观和审美观,试图勾勒出元杂剧社会意识形态的基本轮廓。[1] 而对社会

---

[1] 郭英德:《元杂剧与元代社会》,北京师范大学出版社1996年版,第64页。

上各色人等形象的塑造，就是其勾勒社会轮廓的一个重要方面。其中，元杂剧里的富豪，有看淡钱财，扶危济困的，如《刘弘嫁婢》中的刘弘、《罗李郎》中的罗李郎、《东堂老》中的东堂老、《合同文字》中的张秉彝、《公孙汗衫记》中的张文秀等；有为富不仁，冷酷凶残的，如《看钱奴》中里的贾老员外、《鸳鸯被》中的刘彦明、《秋胡戏妻》中的李大户、《忍字记》中的刘均佐、《五侯宴》中的赵太公等。当然，元杂剧这一类剧目，基本都是父辈起早贪黑，辛苦经营，攒下殷实家业，要么没有子嗣，故而感觉人生虚妄，如《老生儿》《看钱奴》《刘弘嫁婢》等；要么子孙多不肖，不遵先业，游荡好闲，蹴鞠击球，射弹粘雀，频游歌酒之肆，常登优戏之楼，放恣日深，祖父财产，废败馨尽。在元杂剧中，对于财富的盈寡都有表现，但整体上体现出重视扶危济困、仗义疏财的创作思想，如张养浩在〔中吕·山坡羊〕说的那样："金银盈溢，于身无益，争如长把人周济。落便宜，是得便宜，世人岂解天公意。毒害到头伤了自己，金，也笑你；银，也笑你。"通过情节故事和舞台演绎，传导出一种劝诫世人看淡钱财的金钱观念。

侠士剑客的市民形象出现在唐代传奇小说之后，历经宋元话本小说的市井凡人之后，元杂剧中的市民形象涉及人物众多、身份多样，三教九流，无所不包；贫富悬殊，高低不等。如《灰阑记》中小商贾马均卿，《合同文字》里开解典库刘天祥，《神奴儿》里学经纪的李德仁，《窦娥冤》里放高利贷的蔡婆婆，《留鞋记》里开胭脂铺的王婆婆，《魔合罗》里开绒线铺的李德昌，《鲁斋郎》里开银匠铺的李四，《金凤钗》里开银匠铺的银匠，《酷寒亭》里酒店掌柜张保，《岳阳楼》里茶坊掌柜郭马儿，《窦娥冤》里开药铺的赛卢医，《魔合罗》里开药铺的李文道；如《马丹阳三度任风子》里屠户任屠，《焚儿救母》里屠户小张屠，《铁拐李》里屠户李屠，《替杀妻》里屠户"屠家张千"，当然也有各色各样的无业贫民，如《勘头巾》里靠财主施舍度日的王小二；《剪发待宾》里洗衣刮裳，觅来钱物的陶母；《曲江池》里唱歌乞食的郑元和；《公孙汗衫记》里寺院安身的张员外以及《燕青博鱼》《百花亭》《渔樵记》《救风尘》《绯衣梦》《遇上皇》《智勇定齐》《魔合罗》《货郎旦》《黄花峪》中的诸多小贩或货郎儿，等等。

第五章 杂剧在元代的传播内容

元杂剧也塑造了许多小市民形象,如《燕青博鱼》里那个"借人资本,为营运,避不得艰辛,则要这两字衣食准"的燕大;《焚儿救母》里用假朱砂代真朱砂骗财的小张屠;《勘头巾》里谋杀亲夫、嫁祸王小二的员外妻;《窦娥冤》里谋财害命的张驴儿父子;《绯衣梦》里杀人越货的裴炎;《朱砂担》里杀人越货的白正,等等。

这些富豪和市民是元代都市空间的有机组成部分,也是矛盾与冲突的两极,他们既是元杂剧着力表现并非常活跃的群体,也是元代社会社会关系的缩影。

四 元杂剧对农民与奴隶形象的塑造

马克思说:"被压迫阶级的存在就是每一个以阶级对抗为基础的社会的必要条件。"① 恩格斯也认为:"无论不从事生产的社会上层发生什么变化,没有一个生产者阶级,社会就不能生存。"② 元代,草原游牧的蒙古奴隶主入主中原,山河陵替,中原地区传统的生产关系和伦理秩序遭到严重破坏,原来的社会结构也迅速分化。元杂剧中的奴隶主要包括家内服役者的奴婢和市井勾栏的娼妓,而农民的构成比较复杂,包括佃农、自耕农、佣工、渔民、民户和军户等。其中,佃农如《合同文字》中在异乡为人佃耕的刘天瑞、自耕农如《冻苏秦》里的苏大公、佣工如《桃花女》里的彭祖和《举案齐眉》里"与人家舂米为生"的孟光、渔民如《潇湘雨》里"是这淮河边打鱼的"崔文远、民户如《薛仁贵》里"孩儿每在龙门镇民户当夫役"的伴哥和《陈州粜米》里的民户喜、军户如《救孝子》里杨兴祖和《秋胡戏妻》里的秋胡。这些奴隶和农民极端贫困,起早贪黑,终日辛苦,只为能养家糊口。如《举案齐眉》里孟光说起他们的家境:"住的是灰不答的茅团,铺的是乾忽刺的苇席。恰捧着个破不刺碗内,呷了些淡不淡白粥,吃了几根儿哽支杀黄齑。"而《合同文字》里刘天瑞更是"拙妇人女工勤谨,小生呵农业当先;拙妇人趁着灯火邻家宵绩纺,小生呵冒着风霜天气晓耕田。甘受些饥寒苦楚,怎当得进退迍邅。"饶是如此

---
① 《马克思恩格斯选集》第1卷,人民出版社1979年版,第160页。
② 《马克思恩格斯全集》第19卷,人民出版社1979年版,第315页。

辛苦，日子过得"莫说道他两口儿迎医服药，连衣服也没的半片，饭食也没的半碗。"如遇到战乱荒年，他们更是流离颠沛、困顿无极，命如草芥，"只为那连岁灾荒料不收，致使得一郡苍生强半流。"（《陈州粜米》）"这些时囊箧消乏，又值着米粮增价，忧愁杀，一日三餐，几度添白发。……〔混江龙〕待着些粗粝，眼睁睁俺子母各天涯。……饿杀人也无米无柴腹内饥，痛杀人也好儿好女眼前花。……〔寄生草〕……现如今弟兄衣袂不遮身，可着俺贫寒子母无安下。""饿的这民饥色，看看的如蜡渣。他每都家家上树把这槐芽掐，他每都村村沿道将榆皮剥，他每都人人绕户将粮食化。"（《赵礼让肥》）饿狼口里夺脆骨，乞儿碗底觅残羹。甚至"老鼠儿赤留出刺，都叫屈声冤饿杀。"元杂剧用老百姓的日常用语描述了他们的生活状态，也在一定程度上反映了元代农桑凋敝、饥民盈野的社会全景及农民的困苦和灾难。"在这个人群中，有许多人被迫到没有任何谋生的正当途径，不得不找寻不正当的职业过活，这就是土匪、流氓、乞丐、娼妓和许多迷信职业家的来源。""在中国封建社会里，只有这种农民的阶级斗争、农民的起义和农民的战争，才是历史发展的真正动力。"[①] 正因为污吏横行，民生艰困，许多农民上山为寇，反抗压迫。元杂剧有一批水浒戏就是这一状况的反映，如高文秀的《双献功》、李文蔚的《燕青博鱼》、康进之的《李逵负荆》、李致远的《还牢末》等。水浒戏中李逵、武松、燕青、杨雄等这些草莽英雄，"其行虽不轨于正义"，但"其言必信，其行必果，已诺必诚，不爱其躯，赴士之厄困，既已存亡死生矣；不矜其能，羞伐其德，盖亦有足多者焉"（《史记·游侠列传》），这些人物形象为大众构建了一个想象的精神家园，那里（水泊梁山）"和风渐起，暮雨初收、俺则见杨柳平藏沽酒市，桃花深映钓鱼舟。更和这碧粼粼春水波纹绉，有往来社燕，远近沙鸥。"（《李逵负荆》）那里更是一个"烟雨半藏杨柳，风光初到桃花。玉人细细酌流霞。醉里将春留下。柳畔鸳鸯作伴，花边蝴蝶为家。醉翁醉里也随他"（毛滂《西江月》）的理想世界。此类题材的元杂剧还有《公孙汗衫记》《酷寒亭》

[①] 毛泽东：《中国革命和中国共产党》，引自《毛泽东选集》第2卷，人民出版社1991年版，第619、621页。

第五章　杂剧在元代的传播内容

等,可以说,元代农民的反抗斗争,是元杂剧的水浒戏产生的社会背景,作者在杂剧创作时借前代之史实,映射现世之情状。所以,明代文艺批评家胡应麟说:"凡传奇以戏文为称一也,亡往而非戏文也,故其事欲谬悠而亡根也,其名欲颠倒而亡实也;反是而求当焉,称戏也。"(胡应麟《庄岳委谈》下卷)元代杂剧作家歌颂水浒梁山的草莽英雄,希望用武力铲除人间的不平,这些作品借古喻今,并通过舞台传播,希望给黑暗时代的人们带来一抹希冀与光彩。

五　元杂剧对奴婢娼妓形象的塑造

"词曲是起于歌妓舞女,元曲也是起于歌妓舞女的。"[1] 元代有一批"仕进无门"的知识分子投身勾栏,与娼妓为伍,以"普天下郎君领袖,盖世界浪子班头""占排场风月功名首"(关汉卿《南吕·一枝花·不伏老》)自诩,他们"躬践排场,面傅粉墨,以为我家生活,偶倡优而不辞"(臧懋循《元曲选序》)中与奴婢妓女等社会底层女性等结下深厚友谊,也对被压迫的这些女性给予深深同情。"吹笙惯醉碧桃花,把酒曾听萼绿华",一方面,杂剧作家将娼妓们的生活、思想、感情和愿望搬演到舞台上,揭露了社会对她们的歧视、侮辱和迫害,扭转了传统社会对妓女的认识,也通过对她们生活和爱恨情仇的刻画把她们重新拉回到社会秩序中来。另一方面,在元代都市勾栏内,许多妓女同时又是杂剧演员,她们色艺双全,成为杂剧传播的主要力量之一,也是杂剧作品表现的主要对象之一。"彩袖殷勤捧玉钟,当年拼却醉颜红。舞低杨柳楼心月,歌尽桃花扇底风。从别后,忆相逢,几回魂梦与君同。今宵剩把银缸照,犹恐相逢在梦中"(晏几道《鹧鸪天》)。文人与歌伎频繁接触,彼此促进,使杂剧的创作与表演有机结合,正是在他们的心灵共振与合力推动下,元杂剧走向艺术高峰。

夏庭芝为元代女艺人写了一本传记式的书《青楼集》,全书共记录艺人达一百一十多人,如:珠帘秀、顺时秀、南春宴、周人爱、玉叶儿、瑶池景、贾岛春、王玉带、冯六六、王榭燕、王庭燕、周兽头、

---

[1] 胡适:《白话文学史》,岳麓书社1986年版,第19页。

刘信香、司燕奴、班真真、程巧儿等①。元杂剧反映妓女生活的剧本较多，现存的如《救风尘》《曲江池》《玉壶春》《金线池》《红梨花》《两世姻缘》《谢天香》《酷寒亭》《紫云庭》《双献功》《青衫泪》《云窗梦》《还牢末》《风光好》《灰阑记》等剧。在这些剧目中，描其貌，状其口，写其心，所塑造的妓女形象多为官妓，"吹弹歌舞，书画琴棋，无不精妙；更是风流旖旎，机巧聪明"《两世姻缘》，典型如珠帘秀："以一女子，众艺兼并；危冠而道，圆颅而僧，褒衣而儒，武弁而兵；短袂则骏奔走，鱼纷则贵公卿；卜言祸福，医决死生；为母则慈贤，为妇则孝贞；媒妁则雍容巧辩，闺门则旖旎聘婷，九夷八蛮百神万灵……往古之事迹，历史之典型。"②"系行舟谁遣卿卿，爱林下风姿，云外歌声。宝髻堆云，冰弦散雨，总是才情。恰绿树南薰晚晴，险些儿羞杀啼莺。客散邮亭，楚调将成，醉梦初醒。"（胡存善《元人小令七百首·醉赠乐府珠帘秀》）；"问何人树蕙芳洲？便春满词林，香满歌楼。纨扇微风，罗裙纤月，作弄新秋。好客呵风流太守，怎生般玉树维舟。樽酒迟留，醉墨乌丝，当得缠头。"（胡存善《元人小令七百首·赠歌者蕙莲刘氏》）再如元代宫廷演员顺时秀："文皇在御升平日，上苑宸游驾频出。仗中乐部五千人，能唱新声谁第一？燕国佳人号顺时，姿容歌舞总能奇。中官奉旨时宣唤，立马门前催画眉。建章宫里长生殿，芍药初开敕张宴。龙笙罢奏凤弦停，共听娇喉一莺啭。遏云妙响发朱唇，不让开元许永新……"（高启《听教坊旧妓郭芳卿弟子陈氏歌》）；又如赛帘秀，《青楼集》赞其"出门入户，步线行针，不差毫发，有目莫之及焉。声遏行云，乃古今绝唱"。

这些著名优伶在其演绎的元杂剧中塑造了许多妓女形象，善良的如《救风尘》里的宋引章、《救风尘》里的赵盼儿、《金线池》里的杜蕊娘和《曲江池》里的李亚仙；因通奸而谋财害命的"荡妇"，如《勘头巾》里的刘娘子、《灰阑记》里的马娘子、《货郎旦》里的张玉

---

① 包珍：《勾栏文化与元杂剧的繁荣》，硕士学位论文，内蒙古师范大学，2008年。
② （元）胡祗遹：《赠朱氏诗卷序》，转引自黄卉《元代戏曲史稿》，天津古籍出版社1995年版，第457页。

第五章 杂剧在元代的传播内容

娥和《酷寒亭》里的萧娥。妓女本身就是黑暗的社会、腐朽的精神和丑恶的道德的产物，同时也是正统文学所鞭挞的对象，但在元杂剧中，作家通过作品，在观众群体"待去歌楼作乐，散闷消愁。倦游柳陌烟花，且向棚阑玩俳优。赏一会妙舞清歌，瞅一会皓齿明眸，趁一会闲茶浪酒"（高安道《嗓淡行院》）过程中，向他们展示了妓女们在炎凉世态、万象蜉蝣的处境，她们被迫"杨柳阴吴船载酒，藕花凉楚客登楼。""情绪灯前，客怀枕畔，心事天涯。三千丈清愁鬓发，五十年春梦繁华。"正如恩格斯指出的那样，"卖淫只是使妇女中间不幸成为受害者的人堕落，而且她们也远没有堕落到普通所想象的那种程度。"① 元杂剧作家将笔墨触达社会的最底层，那么普遍、那么大量地将农民、奴婢、妓女、贫民等作为主人公拥入文学殿堂，将他们的怨艾、詈骂、反抗和争取自由的斗争和美好生活的理想鲜活地呈现在世人面前。"在中国古代文学史上，甚至在中国历史上，元杂剧第一次如此广阔、如此深刻、如此形象地反映了封建社会里妓女的生活、遭际、处境、思想、感情、愿望和性格品质，使元杂剧中的妓女形象具有不可低估的典型意义。"② 这在整个中国文学史上都是一种独特现象，也成为文学作者和人民大众一种共通的情感宣泄方式。

六 元杂剧对士子文人形象的塑造

蒙古人进入中原，取得统治地位，统治者与被统治者之间的矛盾尖锐对立，政治腐败、社会黑暗、法律混乱、思想混乱、道德沦丧、纲常失序，以致"善人喑哑，凶人日炽，暴官污吏，玩弟逆子，戾妻僭妾，强悍婢，市井无赖，日增月盛"。胡祇遹在《礼乐论》中指出："仆自入仕临民，伤礼乐之消亡，哀民心之乖戾。为政者直以刑罚使民畏威而不犯，力务改过于棰楚之下，杖痛未止，恶念复起。条发责吏曰：'词讼简，盗贼息。'何不思之？甚也，礼乐教化即已消亡，休养生息、安宁富庶、学校训诲又不知务。民生日用之间，父子夫妇，

---

① ［德］恩格斯：《家庭、私有制和国家的起源》，转引自《马克思恩格斯全集》（卷4），人民出版社1979年版，第71页。
② 郭英德：《元杂剧与元代社会》，北京师范大学出版社1996年版，第97页。

兄弟朋友，愁苦悲怨，逃亡贫困，冻饿劳役。居官府者，晏然自得，而以为治民抚字之功，可哀也哉！"

"时俯仰人间古今，且消磨闲处光阴。"文人在元代是一个很独特的群体，既有步入官途的儒吏、沉浮闾里的地主，也包括辗转风尘的失意文人、放浪山林的隐逸文人和纵情花酒的风流文人。这三类文人的作品也有明显的不同，反映在元杂剧中，可以分为三大类。第一类是反映各种社会关系的入世戏，如《梧桐雨》《遇上皇》《符金锭》《双赴梦》《介子推》《赵太祖》《斩白蛇》《老君堂》《伊尹扶汤》《气英布》《流星马》《赚蒯通》《赴渑池会》《襄阳会》《诸葛论功》《周公摄政》《霍光鬼谏》《豫让吞炭》《风云会》《黄鹤楼》《单刀会》《虎头牌》《敬德不伏老》《薛仁贵》《孟良盗骨殖》《飞刀对箭》《衣袄军》《存孝打虎》《射柳蕤丸记》《伍员吹箫》《赵氏孤儿》《破苻坚》《连环计》《博望烧屯》《隔江斗智》《哭存孝》《东窗事犯》《三夺槊》《金水桥陈琳抱妆盒》等；第二类是逃避现实、逍遥世外的避世戏，如神仙道化剧。第三类是以游戏方式任性放诞，特行独立的玩世戏，以行乞为乐，以"教乞儿市"为荣，要"做一个穷风流训导"；动辄"我也姓赵，你也姓赵，我有心待认你做个兄弟，你意下如何？"（《遇上皇》）。在杂剧类型化形象塑造上，文人形象也就出现了"秀才是草里的幡竿，放倒低如人，立起高如人"（《举案齐眉》）的失意文人、隐逸文人和风流文人三大类型。

黄宗羲说："古今之变，至秦而一尽，至元又一尽"（《明夷待访录·原法》），元代异族入主，"国家承大乱之后，天纲绝，地轴折，人理灭；所谓更造夫妇，肇有父子者，信有之矣！"（宋子贞《元文类》卷五七）中原农耕文化出现了前所未有的"礼崩乐坏"局面，传统观念颠倒、封建宗法制度断裂、儒家礼教相对松弛，整个社会陷于混沌无序的失重状态。加之科举中断，知识分子仕进无门，他们很多人期待的"四时雨露匀，万里江山秀。忠臣皆有用，高枕已无忧"[1]人生理想被搁浅，面对"仕进有多歧，铨衡无定制"[2]"侥幸之

---

① （明）臧晋叔：《元曲选》（一），中华书局1979年版，第5页。
② （明）宋濂等撰：《元史》，中华书局1976年版，第2016页。

第五章 杂剧在元代的传播内容

门多，而方正之路塞，官冗于上，吏肆于下"①的社会现实，文人从四民之首沦落到社会底层，与娼、丐同流。"我大元制典，人有十等；一官二吏，先之者，贵之也；贵之者，谓有益于国也。七匠八娼九儒十丐，后之者，贱之也，贱之者，谓无益于国也。嗟呼，卑哉：介乎娼之下丐之上者，今之儒也。"②山河易主，故国沦亡，文化伦理体系崩塌导致文人群体出现了严重的分化和自我迷失。理想上，他们依然保持"穷年忧黎元，叹息肠内热"，"葵藿顷太阳，物性固难夺"（杜甫《赴奉先县咏怀五百字》）的文人风骨和"补察时政"、拯物济世的使命意识。他们的精神世界仍然隔绝在市井小民、引车卖浆者流之上，依然对动荡苦难和芸芸众生充满斯文儒士的忧患意识和悲悯精神。但是现实世界中，他们已经从"白衣卿相"变成"穷酸饿醋""乞食在歌妓院"的下层群体，所以他们一方面依然信奉"兄弟也，你是看书的人。便好道富家不用买良田，书中自有千钟粟。安居不用架高堂，书中自有黄金屋。莫恨无人随，书中车马多如簇。娶妻莫恨无良媒。书中有女颜如玉。前贤遗语，道的不差也"③（《半夜雷轰荐福碑》），期望读书进取功名，"五言诗作上天梯，望皇家的这富贵，金殿上脱白衣"（《陈母教子》）；一方面又不得不向"文翰晦盲""志不获展"的现实低头，或出入勾栏，或放浪形骸，或隐居林壑，以杂剧或散曲宣泄心中的纠结、郁闷与不甘，"迂阔庸腐之资无能也，非薄之也；必若通儒俊才，乃能造其妙也。"④因为"彼但摹写其胸中之感想与时代之情状，而真挚之理，与秀杰之气，时流露于其间。"（王国维《宋元戏曲史》），所以"以其有用之才而一寓之乎声歌之末，以纾其怫郁感慨之怀"⑤，在杂剧作品中塑造了一批个性鲜明的文人形象，剧中这些文人"一声儿绕汉宫，一声儿寄渭城"，"伤感似替昭君思汉主，哀怨似藉露哭田横"，"沧桑之叹""黍离之悲""兴亡之思"，波澜起

---

① （明）宋濂等撰：《元史》，中华书局1976年版，第2120页。
② （宋）谢枋得：《叠山集》，商务印书馆1934年版，第563页。
③ （明）臧晋叔：《元曲选》（二），中华书局1979年版，第579页。
④ （元）罗宗信：《中原音韵序》，转引自中国戏曲研究院编《中国古典戏曲论著集成》第一册，中国戏剧出版社1959年版，第177页。
⑤ （明）胡侍：《真珠船·元曲》（卷4），转引自俞为民《历代曲话汇编·明代编》，黄山书社2009年版，第208页。

伏，状貌万千。

　　一是对失意文人的形象塑造。在元杂剧作品中，这一类文人多是在屡屡碰壁后依然在编织否极泰来的仕进梦，渴望有一日潜龙出水风云会，光宗耀祖显门楣。如《周公摄政》《伊尹扶汤》《追韩信》《鼎镬谏》《班超投笔》《比干剖心》《史鱼尸谏》《黄金台》等。但仕进无门，他们大多过着"儒人颠倒不如人"的失意生活，如"在白马寺中每日赶斋"（《破窑记》）、"淡粥野菜，聊以糊口"（《举案齐眉》）、"饿杀我也口谈珠玉，冻杀我也胸卷江淮"（《金凤钗》）。"宋之士在羁旅者，寒饿狼狈，冠衣褴褛，袖诗求见……"（陶宗仪《南村辍耕录》卷七）"倚蓬窗无语嗟，呀，七件儿全无，做甚么人家。柴似灵芝，油如甘露，米若丹砂。酱瓮儿恰才梦撒，盐瓶儿又告消乏。茶也无多，醋也无多，七件事尚且艰难，怎生教我折柳攀花？"（周德清《蟾宫曲》），所以，元杂剧为我们呈现了"穷酸饿醋"文人的多样生活，《举案齐眉》里的梁鸿"舂米为生"、《范张鸡黍》里的孔仲山投身军役、《鲁斋郎》里的张珪以胥吏而自养、《荐福碑》里的张镐周旋权门、《蝴蝶梦》里的王老汉耕于田亩、《来生债》里的李孝先转趋什一、沦为乞丐，如《忍字记》里的刘均佑求食街头等。文人进退失据，左右支绌，"我如今眼睁睁，挨尽了十分蹭蹬。待要去做庄农，又怕误了九经，做经商又没个本领。往前去赚入坑，往后来褪入井，两下里怎据凭？折磨俺过一生。""这生涯都在那长街上。我可也又无甚资本，又不会做经商，止不过腕悬着灰罐，手执着毛锥，指万物走笔成章。有那等不晓事的倒将我来呸抢。划的来着我冻剥剥靠着这卖文为活，穷滴滴守着这单瓢也那陋巷。"（《冻苏秦》）《荐福碑》里张镐说："……则见他白衣便得一个状元郎，那里是绿袍儿赚了书生处。""这壁拦住贤路，那壁又挡往仕途。""我去这六经中枉下了死工夫。冻杀我也，《论语》篇、《孟子》解、《毛诗》注；饿杀我也，《尚书》云、《周易》传、《春秋》疏。"《范张鸡黍》里范式说："本子要借路儿苟图个出身，如今都团了行不用别人。"《贬夜郎》里李白也揭露道："义子贼臣掌重权，那里肯举善荐贤，他当家儿自迁转。"《诌范叔》里"调大谎往上趱，抱粗腿向前跳，倒能够禄重官高。"似乎没有一个朝代的文人像元杂剧中的文人那样处于"满目奸邪，天丧斯文也,今日个秀才每逢着末劫"(《范张鸡黍》)的政治处境里。曾满腹牢骚:"无人枉顾,不遇知音,难求荐举。蹭蹬几年无用处,枉被儒冠误。改业簿书丛,倒得官人做。"(秦竹村《知足》)"信道笃者,类指为迂阔;稍出芒角为国家分忧者,尽格之下位;急功利者,遂从而弥缝附会,觊旦夕之余景,而不知已为他人所衔辔矣。"(揭傒斯《送也速达儿赤序》)

元代以前,文人的精神支柱多来自"天子重英豪,文章教尔曹,万般皆下品,唯有读书高""书中自有黄金屋""书中自有颜如玉",元代前期科举废弛,文人士子"登楼意,恨无上天梯",他们的地位一落千丈,从"白衣卿相"直接坠入"乞食歌姬院"。"枯藤老树昏鸦,小桥流水人家,古道西风瘦马,夕阳西下,断肠人在天涯",马致远的散曲《秋思》真实地反映了元代失意文人的心境与现实际遇。由此,我们看到,元杂剧中文人形象多是生计困顿、心志挫折、尊严贬损、情思郁结。《薛仁贵》中薛仁贵落魄时,"无亲无眷,无靠无捱""无米无柴","吃了早起的,没那晚餐的,烧地眠,炙地卧"、"穿着个破背褡,虱子儿乱如麻";《窦娥冤》中的窦天章"读尽缥缃万卷书,可怜贫杀马相如";《罗李郎》中的苏文顺"命里不如天下人"。而那些官场失意、仕途幻灭的文人苦闷更甚,"春事狼藉,桃李东风蝶梦回。离愁索系,关山夜月杜鹃啼,催促江水自奔驰,翰林风月教谁替,谩伤悲,滴不尽多少英雄泪。"(《赤壁赋》)通过元杂剧失意文人形象的塑造,哀叹人情浇薄、衣食无靠、命运不堪,揭露社会不公和出路无靠,反映入仕之初的喜悦及失意后的郁结,"几不减屈子离忧,子长感愤"(吴伟业《北词广正谱序》)"元剧作家,即借此等人之生平,以自为写照,所谓借他人酒杯,浇胸中块垒是也。"(罗锦堂《元杂剧本事考》)这些文人形象也反映了元代政治黑暗、社会畸形,文士们乱世偷生,戚戚靡骋。

这些失意文人在自叹自怜自卑的恶劣生存境遇中,他们也往往通过骂世及自嘲,表达进退失据的末路情怀。如《渔樵记》中朱买臣控诉社会贫富不均:"他向那红炉的这暖阁,一壁厢添上兽炭,他把那羊羔来浅注。……门外又雪飘飘,耳边厢风飒飒,把那毡帘来低簌。一壁厢有各刺刺象板敲,听波韵悠悠佳人唱,醉了后还只待笑吟吟美酒沽，他每端的便怎知俺这渔樵每受苦。"《诔范叔》范雎感叹自己虽"文武全才"，也落得"半世虚淹""自古书生多命薄，端的可便成事的少，你看几人平步蹑云霄。便读得十年书也只受了十年暴，便晓得十分事也抵不得十分饱。至如俺学到老，越着俺穷到老。"《荐福碑》中张镐："想前贤语，总是虚""诗书不是防身宝"，质疑传统经义的误导，"可不道书中车马多如簇，可不道书中自有千钟粟，可不道书中有女颜如玉。则见他白衣便得一个状元郎，那里是绿袍儿赚了书生处。""年年去射策，临老犹儒冠"（陈高《感遇诗》），儒业不振、士子心寒，书生文士对功名从汲汲热切到心灰意冷，"空岩外，老了栋梁才"，显示了"士失其业，志则郁矣"（《青楼集序》）、"门第卑微，职位不振"（《录鬼簿序》）、"沉郁下僚，志不获展"（《真珠船》）的残酷现实，也宣告并进一步推动了传统文人价值体系的崩溃。这一切正如马致远在他的散曲［黄钟·女冠子］表现的那般苦涩："上苍不与功名侯，更强更会也为林下叟。时乖莫强求，若论才艺，仲尼年少，便合封侯。穷通皆命也，得又何欢，失又何愁。恰好似南柯一梦，季伦锦帐，袁公瓮牖。"

二是对隐逸文人的形象塑造。元杂剧作为文学艺术的一种典型形式，它是社会娱乐文化累积的结果，同时也在很大程度上反映了元代社会的基本文化动态。元代社会重实用，轻词章，"敦尚实行，放斥浮词"，所以社会对文人的态度发生了严重的扭曲，"生员不如百姓，百姓不如祇卒"（李继本《与董涞水书·一山文集》卷八）"末俗由来不贵儒，小夫小妇恣揶揄"（仇远《书与士瞻上人十首·元诗纪事》卷七），那些"绕朱门恰便似燕子寻巢"（《荐福碑》）的文人，在"十谒朱门九不开"之后，颠簸落拓，失意潦倒，"将凤凰池拦了前路，麒麟阁顶杀后门。便有那汉相如献赋难求进，贾长沙痛哭谁揪问，董仲舒对策无公论。便有那公孙弘撞不开昭文馆内虎牢关，司马迁打不破编修院里长蛇阵。"（《范张鸡黍·［寄生草］》）"戏剧是从一种新的广度和深度上揭示了生活：它传达了对人类的事业和人类的命运、人类的伟大和人类的痛苦的一种认识。"[①] 元代九儒十丐的文人地位被

---

① ［德］恩斯特·卡西尔：《人论》，甘阳译，上海译文出版社1985年版，第190页。

第五章 杂剧在元代的传播内容

充分地反映在元杂剧作品中,其中"上天入地,作佛成仙,无一不随意到……随人长短,听我张弛"①的隐逸剧反映了隐逸文人和风流文人的生活状态,隐逸林壑的如《陈抟高卧》中的陈抟、《七里滩》中的严子陵;纵情声色的如《金线池》中的韩辅臣、《救风尘》中的安秀实、《曲江池》中的郑元和、《百花亭》中的王焕等。

元杂剧中隐逸文人形象基本上都是鄙视蜗角虚名,蝇头微利,麻衣醉卧溪亭月,不管东风来不来。他们"推开名利关,摘脱英雄网","丹砂好炼养闲身,黄金不铸封侯印。戴不得幞头紧;穿不的公裳坌。不如我这拂黄尘的布袍,漉浑酒的纶巾"(《陈抟高卧》),逍遥自在,敝屣富贵,恬淡散朗,不慕荣利,豁达出世。他们虽然也感叹"光阴急急""颓垣废巷多委曲,高门大馆何寂寥""北城繁华拨不开,南城尽是废池台"(吴师道《三月二十三日南城纪游》),但总是一副看破"荣华富贵"的高深样貌,称"富贵是惹祸题目,荣华是种祸根苗,酒色是斩身之剑,财气是致命之刀""你待要名誉兴,爵位高,那些儿便是你杀人刀,及时得舒心快意宽怀抱"(《竹叶舟》),追求"五七亩闲庭小院,两三间茅舍萧萧""桃户晓风歌白雪,糟床春雨滴红珠"。一方面,他们以陶渊明和范蠡等隐逸高人为榜样,"恁则待闲熬煎闲烦恼闲萦系,闲追欢闲落迫闲游戏。金鸡触祸机,得时间早弃迷途。繁华重念箫韶歇,急流勇退寻归计。采蕨薇洗是非,夷齐等巢由辈。这两个谁人似得:松菊晋陶潜,江湖越范蠡。"(关汉卿《双调·乔牌儿》)"那老子陷身在虎狼穴,将夫差仇恨雪,进西施谋计拙,若不早去些,鸟啄意儿别。驾着一叶扁舟,披着一蓑烟雨,望他五湖中归去也。那老子觑功名如梦蝶,五斗米腰懒折,百里侯心便舍。十年事可磋,九日酒须赊。种着三径黄花,栽着五株杨柳,望东篱归去也。"(徐再思《黄钟·红锦袍》)"长醉后方何碍?不醒时有甚思?糟腌两个功名字,醅渰千古兴亡事,曲埋万丈虹霓志,不达时皆笑屈原非,但知音尽说陶潜是。"(白朴《寄生草·饮》)另一方面,他们又对传统文学赞赏的贤臣义士、开国元勋、英雄豪杰投以惋惜的眼光:"姜太公贱卖了磻溪岸,韩元帅命博得拜将坛。羡傅说守定岩前版,叹灵

---

① (清)李渔著,杜书瀛评注:《闲情偶寄》(插图本),中华书局2007年版,第13页。

辄吃了桑间饭,劝豫让吐出喉中炭。如今凌烟阁一层一个鬼门关,长安道一步一个连云栈。"(查德卿《寄生草·感叹》)所以,元杂剧中有许多借剧中文人之口来宣扬隐逸岁月和出世境界的美好,如:"高山流水知音许,古木苍烟入画图,学列子乘风,子房归道,陶令休官,范蠡归湖"(《马丹阳三度任风子》);"甘老江边,富贵非吾愿,清闲守自然,学子陵遁迹在严滩,似吕望韬光在渭川"(《城南柳》);"卧一榻清风,看一轮明月,盖一片白云,枕一块顽石"(《陈传高卧》);"洞云迷,野猿啼,柴门半倚闻鹤唳。菊蕊丛丛绽竹篱,松花点点铺苔砌。端的个山中七日,世上千年,兴亡不管,生死无忧"(《黄粱梦》);"临清流,临一带心快哉。玩明月,玩一轮情舒解。枕黄石,枕一块意豁开,卧白云,卧一片身自在"(《刘行首》)。这些文人"跳出三界外,不在五行中","羞把尘容画麟台。故园风景依然在。三顷田,五亩宅,归去来。竹影松声两茅斋。太平幸得闲身在。三径修,五柳栽,归去来。"(马致远《四块玉·恬退》)隐逸文人们数间茅舍,藏书万卷,孔林乔木,吴宫蔓草,楚庙寒鸦,松花酿酒,春水煎茶,醉舞狂歌,长笑高吟,人立妖娆,乐奏箫韶,满眼青山绿水,周身草鞋布衣,不再理俗世是非,如四皓仙般紧把红尘避。庵前绿水围,门外青山对。灰残风月心,晦迹韬光计,寻一个稳便处闲坐地,五柳绕庄菊满篱,一钓了此生,参得全身计。一张口就是"虚名仕途,微官苟禄。"于是,"想着云外青山,纳了腰间金印","散诞逍遥不拘系","把富贵做浮云可比","驾着一叶扁舟,披着一蓑烟雨","种着三径黄花,栽着五株杨柳",有待江山信美,懒听渔樵话兴废,无情岁月苦相催,转首苍颜闻鹤唳,圆满了"借居士蒲团坐禅,对幽人松麈谈玄"理想人生。

这种避世隐居表面是失意文人的自我抚慰和开导,实际底色却是失落的哀愁、失望与愤慨。如《范张鸡黍》中范式:"绕溪上青山郭外村,剩养些不值钱狗彘鸡豚,每日家奉首亲,笑引儿孙,便是羲皇以上人,便有那送皇宣叩门,聘玄访问,且则可掩柴扉高枕卧白云";《误入桃源》中的刘晨与阮肇:"学圣贤洗涤了是非心,共渔樵讲论会兴亡话";《赤壁赋》中的苏轼:"我从今后无荣无官守,得净得闲得自由。蒙头衲被睡,高枕无忧。急起来辰时前后,闲访二三友,拣尽溪山好处游，倒大来优游"；《谇范叔》中的范雎"甘守着陋巷的这箪瓢"、《贬夜郎》中李白"长安市上，酒肆人家，土炕上便睡"、《扬州梦》中杜牧之"月底笼灯花下游，闲将佳兴酬。绮罗丛封我做醉乡侯，酌几杯锦橙浆洗净谈天口"。花前对饮，月下高歌，清高的背后是失意文人的一种自我麻醉和自我安慰，是失去穷经举业人生目标的一种晦暗的自嘲与自处，是进退失据的元代文人不得不选择的精神出路。

三是对风流文人的形象塑造。早在宋代就有不顾士行的风流浪子，"韩之纯，轻薄不顾士行之人也，平日以浪子自名，喜嬉娼家，好为淫媟之语"（徐梦莘《三朝北盟会编》卷二三六）。有元一代，文人身世沉沦、功业幻灭，一些文人精神崩溃，人格扭曲，他们在勾栏瓦舍、"锦阵花营"中以"浪子"自命，过着狂放不羁、滑稽嘲谑、玩世不恭、嘲风弄月、纵情花酒的浪子生活，风流浪子成为部分流落下层文人的最高追求。如"滑稽多智，蕴藉风流"的关汉卿、"滑稽挑达"的王和卿、"教坊捻管""饱食终日心无用"的张国宾、"滑稽性，敏捷情，再出世的精灵"的陆显之、"善谈谑，天性风流"的沈和甫以及汤舜民、杨景贤和王晔等，《录鬼簿》对其中出名的浪子多有吊词评判，关汉卿"是个普天下郎君领袖，盖世界浪子班头""除是阎王亲自唤，神鬼自来勾，三魂归地府，七魄丧冥幽，天哪，那期间才不向烟花路儿上走"；白朴是"峨冠博带太常卿，娇马轻衫馆阁情，拈花摘叶风诗性。得青楼薄幸名，洗襟怀剪雪裁冰"；高文秀则"花营锦阵统干戈，青楼列舞歌，诗坛酒社闲谈嗑"；王实甫更是"风月营密匝匝列旌旗，莺花寨明飙飙排剑戟，翠红乡雄赳赳施谋智"；说李寿卿"播阎浮四百州，姓名香赢得青楼"；刘唐卿"莺花对，罗绮丛，倚翠偎红。"这些杂剧作家的滑稽狂放性格导致了元杂剧一些剧目的"奴隶之役，供笑献勤"的玩世风格，如《高祖还乡》《乔教子》《斗鸡会》《刘耍和》《丽春园》《师婆旦》《大拜门》《乔断按》《武松打虎》《独角牛》《锁魔镜》《小尉迟》《桃花女》等。

与隐逸文人不同，风流文人们"十年书剑苦穷途，一日高阳说酒徒。"他们托物言志，"不屑仕进"，自堕风尘。元杂剧中对这些文人形象表现较多，如《西厢记》中"忒聪明，忒敬思，忒风流，忒浪子"的张生；《倩女离魂》中"一表人物，聪明浪子"的王文举；《百花亭》中的王焕:"世上聪明,今时独步。围棋递相,打马投壶,撇兰掂竹,写字吟诗,拈花摘叶,达律知音,软款温柔,玲珑剔透。怀揣十大曲,袖褪乐章集,衣带鹌鹑粪,靴染气球泥,九流三教都通,八万四千门尽晓。端的个天下风流,无出其右。"《玉壶春》中的李玉壶:"做子弟的声传四海,名上青楼,比为官还有好处。"《贬黄州》中的苏轼"我怕不文章似韩退之,史笔如司马迁,英俊如仲宣子建,豪迈如居易宗元,风骚如杜少陵,疏狂如李谪仙,高洁如谢安李愿,德行如闵子颜渊,为不学乘桴浮海鸥夷子,生扭做踏雪寻梅孟浩然"。"歌声消天下愁,舞袖散人间闷""听不厌鸾笙象板,看不足凤髻蝉鬓",这些杂剧所塑造的风流文人"格外能激起众人集体叛逆般的快感,让人产生一种类似共谋的亲密"①,他们摆脱了名缰利锁的羁縻,放浪不羁,在纵情声色生活中将落拓文人的不满、悲叹、贬谪以谐谑、幽默或自嘲的方式呈现出来。

"忆昔午桥桥上饮,坐中多是豪英。长沟流月去无声。杏花疏影里,吹笛到天明。二十余年如一梦,此身虽在堪惊。闲登小阁看新晴。古今多少事,渔唱起三更。"(陈与义《临江仙·夜登小阁忆洛中旧游》)元杂剧中的风流文人过着一种近乎无奈的"狂欢式的生活"(巴赫金),他们以这种生活方式向那个时代抗议,向"翻了个的生活""反面的生活"② 控诉。他们虽然放浪形骸,寻求自在,表面上"生不愿黄金印,死不离老瓦盆,俯仰乾坤"但内心始终萦绕着功名与发迹的梦想,希冀有一日能白衣卿相、衣冠冕旒,"我怎肯空隐在严子陵钓滩"(《王粲登楼》)"十载寒窗诚意,书生皆想登科记"(高安道《皮匠说谎》)。

元杂剧塑造的失意文人、隐逸文人和风流文人三大形象虽然各不相同,但是在剧中或多或少地体现了文人的政治抱负,《吕洞宾三醉岳阳楼》中吕洞宾也曾感叹功名未成,年华空逝。"自隋唐,数兴亡,料着这一片青旗。能有的几日秋光。对四面江山浩荡,怎消我几行儿

---

① 黄永林:《民间荤故事的功能价值及其文化意义》,《华中师范大学学报》2003 年第 3 期。
② 巴赫金认为:"狂欢式的生活,是脱离了常轨的生活,在某些程度上是'翻了个的生活',是反面的生活。"参见[苏联]巴赫金《陀思妥耶夫斯基诗学问题》,白春仁、顾亚铃译,生活·读书·新知三联书店 1988 年版,第 176 页。

醉墨淋浪。""你看那龙争虎斗旧江山,我笑那曹操奸雄,我哭呵哀哉霸王好汉,为兴亡笑罢还悲叹,不觉斜阳又晚。"《朱太守风雪渔樵记》中负薪买米的朱买臣日夜萦怀的是"我直到九龙殿里题长策,五凤楼前骋壮怀,金榜亲将姓氏开,敕赐宫花满头戴。宴罢琼林微醉色,狼虎也似弓兵两下排,水罐银盆一字儿摆,恁时节方知这个朱秀才。"《冻苏秦衣锦还乡》中苏秦在穷困潦倒时还在畅想:"三寸舌为安国剑,五言诗作上天梯。青霄有路终须到,金榜无名誓不归。"《醉思乡王粲登楼》中命运多舛的王粲"时复挑灯把剑弹……只待要论黄数黑在笔砚间……我则待辅皇朝万姓安。"包括那些视功名如粪土的隐逸文人实际上是"寻思此世人心别,又爱功名又爱山。"① 多少也希望"有一日天开眼鱼龙变化""蛟龙须待春雷吼,雕鹏腾风万里游,大丈夫峥嵘恁时候。扶汤佐周,光前耀后,直教万古清名长不朽。"② 其他如《黄粱梦》中的钟离权、《岳阳楼》中的吕洞宾、《七里滩》的严子陵、《马丹阳三度任风子》中的任风子,都有类似的倾向,这些人物形象也折射了元杂剧作家的基本心态,像封建社会的大多数文人一样在进与退、仕与隐之间犹豫徘徊。另外,元杂剧中一系列才子佳人戏、文人风情戏也有对文人形象的鲜活描摹。如《扬州梦》《两世姻缘》《娇红记》《金钱记》《勘风情》《杜韦娘》《紫鸾箫》《瑶琴怨》等戏曲均涉及文人生活情趣的相关题材。

第三节 才子佳人剧:对爱情讴歌形成了婚姻新风尚

在人类的日常生活领域,民众通常通过自我叙事和他者叙事的方式反思并改变着自己的生活。元杂剧既是杂剧作家、勾栏艺伎对自己所处的周遭世界的认识和表达,也在戏曲扮演的过程中通过与观众的情感共振,为普通市井百姓代言,起到了"他者叙事"的作用。

---

① (元)许衡:《学题武郎中桃溪归隐图》,转引自(清)顾嗣立《元诗选(初集一)》,中华书局1987年版,第439页。
② (元)亢文苑:《南吕一支花》,转引自隋树森编《全元散曲》下册,中华书局1991年版,第1121页。

作为元代杂剧艺术中的典范，《西厢记》是到目前为止流传范围最广、接受程度最高的作品之一。《西厢记》的曲词唱段华艳优美，故事情节感人肺腑，人物形象鲜明独特，而且还为后来爱情题材的戏剧及小说创作带来了不可磨灭的影响。可以说，是王实甫铸就了《西厢记》，也是《西厢记》成全了王实甫。

一 《西厢记》主要内容及人物塑造

《西厢记》主要讲述的是贞观十七年，家道中落的张君瑞上京赶考，途中经过河中府时，想要小住几日，以拜访镇守蒲关、统领十万大军的故友杜确。于是，到了城中无事，他就在店小二的指引下，来到普救寺散心闲游，不料正好碰到为前朝崔相国扶丧回乡，在寺中暂住的夫人郑氏一行。当他看到小姐崔莺莺时，不禁为她的美色所倾倒；而莺莺也为张生不凡的仪表和潇洒的举止深深动容。为了追求莺莺，张生便同寺中的长老交涉，在与莺莺住处仅一墙之隔的西厢住下。一日晚上，莺莺与侍女红娘在院中为故去的父亲烧香祷告，张生趁机作诗吟诵，莺莺听闻后暗生情愫，便作诗附和，由此二人便互通了心意。后来，因守桥叛将孙飞虎听说了莺莺的美貌，便在为崔相国做超生道场时，闯入寺中，欲抢莺莺为妻。崔夫人无奈之下便承诺如果有人能够让莺莺脱离险境，就让莺莺以身相许。张生听后便写信给杜确，并最终擒拿了孙飞虎。但因崔夫人出尔反尔，以莺莺已许配给其表兄郑恒为由，让二人以兄妹相称。这不仅导致张生意冷生病，也让侍女红娘彻底站在了张生一边。在她的推动下，张生与莺莺私订了终身。崔夫人得知此事十分震怒，逼问红娘，红娘却称是夫人言而无信。无奈下，崔夫人答应如果张生科考中第就把女儿嫁给他。最终，张生高中状元，并在杜确的帮助下，揭穿了郑恒想要骗娶莺莺的阴谋，与莺莺喜结连理的故事。

可以说整部作品情节跌宕起伏、扣人心弦，一方面满足了受众观赏心理的需要；另一方面也通过不同的戏剧冲突，塑造出了包括张生、莺莺、崔夫人、红娘等在内的一个个个性鲜明的人物形象。

首先，作品中的张生是元代社会中知识分子的代表，他们往往对现实生活有着强烈的不满，渴望挣脱封建社会的枷锁。因此，他与莺

第五章 杂剧在元代的传播内容

解元笔下的张生不同,既没有面对封建家长时的怯懦,也没有面对功名利禄时的庸俗,有的只是对于自由爱情的向往和追求。如当他第一次在佛殿遇见莺莺时,猛然惊呼"我死也",紧接着又自报家门:"小生姓张,名珙"……当红娘反问"谁问你来",他竟不理不睬,而是自顾自地又问:"敢问小姐常出来吗?"虽然在剧本一开始,王实甫就将他刻画成了一个具有很高才华的年轻人,但是在这里,他的才气全然不见,似乎只是一个傻傻的情种。这种对爱痴狂的形象是世风开阔下的元代市民所喜闻乐见的。再比如,当他救下莺莺后,老夫人却忽然变卦,面对这样的转折他不是默然接受,而是开始向老夫人发问:"夫人跟前,敢一言以尽意,不知可否?前者贼寇相迫,夫人所言,能退贼者,以莺莺妻之。小生挺身而出……今日命小生赴宴,将谓有喜庆之期,不知夫人何见,以兄妹之礼相待?"尽管是因为对爱情的执着,张生才顾及不上言谈举止,但是对权贵的无惧无畏却是深藏在骨子里的,无数文人儒士看到这里都会为之动容。

其次,作品中的莺莺是出身高门大户的年轻小姐,也是我国古典戏剧文学中反叛封建礼教、追求婚姻自由的女性典型。她的性格被刻画得很完整,从她身上,不但能够看到她作为贵族女子对功名利禄、家世利益的蔑视,还能看到在元代多元文化的浸润下,女性意识和反抗精神的觉醒。如在她第一次遇见张生时,作者给出的科介是:"旦回顾觑末下",这很好地揭示出了人物的内心世界。因为按照封建礼教的规定,女子应该做到非礼勿言,非礼勿视,非礼勿听,但是莺莺却对这些要求与约束全然不顾,一个大胆的回眸让观众清晰地看到了她性格发展的走向。再比如当张生被迫上京考试时,她悔恨的是"蜗角虚名,蝇头小利,拆鸳鸯两下里",当她给张生把盏时,感触的是:"但得一个并头莲,煞强如状元及第"。但是她毕竟长时间地受封建礼教的熏陶,因此对张生的爱显得热情又冷静,单纯而聪慧。不得不说,王实甫对于整个社会的观察都是细致入微的,而他在戏剧中的表达又是恰到好处的。

再次,作品中的红娘是一股支持封建贵族青年与封建伦理道德抗争的正义力量。她天真、泼辣、机智、勇敢,爽朗,热情。尽管她只是莺莺身边的一个丫头,但她一样拥有过人的才智和思想,从而制服了封建家长的代表崔老夫人。她是帮助崔张二人克服重重困难，最终喜结连理的关键性人物，也是剧中对封建礼教最具冲击力量的光辉形象。在她身上，我们几乎看不到社会底层女性的重利与短浅，如当张生对她帮忙传递书信而产生误会，答应"久后多以金帛相酬"时，她却骂张生："这个馋穷酸俫没意思，卖弄有家私。莫不图谋你东西来到此。"可见，她为崔张二人提供帮助完全是出于自身的良善标准、对于封建制度的不满，以及对崔张二人的同情，不夹杂丝毫个人目的与利益。再比如，面对老夫人的"严刑拷打"时，她考虑的并不是自己的得失，而是内心的坚持，故而对老夫人说："人而无信，不知其可也，大车无輗，小车无軏，其何以行之哉！"这一番道理本不该由一个见识浅薄、身份低微的丫头说出。王实甫在这里这样描写，显然是出于对于底层民众的认可，以及对他们审美意趣的迎合。

最后，作为封建礼教与封建婚姻的代表，崔老夫人始终是崔张、红娘三人抗争的对象。当她令红娘去"监视"莺莺时，实际上就是希望能以封建社会中对于女性的要求约束莺莺。从表面上看，这是一个母亲对女儿的爱，但实质上却是对封建礼教的深信不疑，和对封建权力的极力维护。因此，作为封建制度的反叛者，莺莺心里对她是充满怨恨的："俺娘也好没意，既这些时直恁般提防着，小梅香伏侍的勤，老夫人拘系的紧，则怕俺女孩儿折了气分。"同时，老夫人还是善于机变的，从她赖婚的事情上，我们可以看出封建统治阶级罪恶的嘴脸，以及封建教义的虚伪性和欺骗性。当然，假的就是假的，一旦受到真理的考验，便经不起冲击。红娘正是敏锐地抓住了它的软肋，才在斗争中最终取得了胜利。

作为我国古代文学的艺术大师，王实甫在《西厢记》中塑造的人物个个性格鲜明、形象突出，它们不仅是对封建社会中腐朽的和新生的两种力量淋漓尽致的刻画，同时也表达出了作者的思想倾向和价值观念。

二　元代才子佳人剧的思想观念及传播效果

王实甫的《西厢记》是一部以爱情为主题的元代杂剧，其语言优美婉转、情节曲折动人，是中国古典戏剧中不可多得的佳作。其中，

第五章 杂剧在元代的传播内容

作者运用现实主义的手法，成功地塑造了张生、莺莺、红娘、老夫人等个性鲜明、具有典型意义的人物形象，并且通过这些形象，有力地鞭挞讽刺了封建伦理道德和婚姻制度，歌颂了以莺莺为代表，敢于向封建势力进行挑战的青年群体，进一步激发了婚恋自由的女性观念。自元代以来，《西厢记》的广泛传播鼓舞着封建社会中成千上万的青年男女挣脱礼教束缚，为自己的美满生活和人生信念而奋斗。时至今日，《西厢记》的故事及其中的人物形象也仍有其普遍的意义。特别是红娘这个称呼，一直被人们借指那些成全相爱之人的媒人。

就作品当中展示出来的思想观念来看，这是整个中国文学史上第一次正面提出要以"有情"作为婚姻基础的论断。在王实甫之前，封建礼教一直是支配婚姻的准则和标尺，"父母之命、媒妁之言"的婚姻观念几乎从来没有被怀疑过。然而，王实甫挣脱了这些传统观念的束缚，他在作品中重点描写了青年男女彼此间自然吸引与相互爱慕，并对这种吸引所形成的冲破礼教樊篱的力量进行了由衷的讴歌，而这也是《西厢记》之所以能够获得巨大成就、具有旺盛的艺术生命力的思想基础。

除此之外，王实甫所宣扬的是一种根植在生命当中的永恒人性。作品中的张生之所以会选择住到普救寺，是源于他对莺莺的一见钟情；后来与代表着封建家长的崔老夫人发生冲突，也是因为这种情难自禁。莺莺也一样，如果没有张生的出现，她是不会拥有冲破礼教束缚的勇气的，也就不会有互传情书、私订终身在当时看来离经叛道的事情。正是因为对于人性的肯定与重视，《西厢记》才在当时具有振聋发聩、惊世骇俗的巨大影响。这不仅为后世对传统婚姻制度所不满的青年男女所眷顾，也为后来的艺术作家所效仿。如元代的《东墙记》、《㑇梅香》都与《西厢记》高度相似；再如《倩女离魂》中折柳亭送别王文举的情节也与《西厢记》中莺莺送别张生的场景如出一辙；甚至是后来的《红楼梦》，其中反叛封建礼教、争取婚恋自由的观念也是受到了《西厢记》的影响。

王实甫先仕后隐，所以在其作品中，既流露出不可淡忘的功名观点，又讴歌着发自内心的隐逸情调。这一点在其［集贤宾套］《退隐》中表露无遗，"拈苍髯笑擎冬夜酒，人事远老怀幽。志难酬知己的王粲，梦无凭见景的庄周。免饥寒桑麻愿足，毕婚嫁儿女心休。百年期六分甘到手，数支干周遍又从头。笑频因酒醉，烛换为诗留。""退一步乾坤大，饶一着万虑休。怕狼虎恶图谋。遇事休开口，逢人只点头。见香饵莫吞钩，高抄起经纶大手。""住一间蔽风霜茅草丘，穿一领卧苔莎粗布裘。捏几首写怀抱歪诗句，吃几杯放心胸村醪酒。这潇洒傲王侯，且喜的身登身登中寿。有微资堪赡赒，有亭园堪纵游。保天和自养修，放形骸任自由。把尘缘一笔勾，再休题名利友。"当然我们也必须承认，一个艺术作家的创作观念离不开时代之泉灌溉。元朝建立，客观上促进了蒙汉文化的交流交融，传统的婚姻观念受到冲击甚至变化，这便是《西厢记》向我们展现出来的情爱自由。

  元杂剧作家以大众喜闻乐见的艺术形式，表现人情世态和时代精神。"可正值残春蒲郡东，门掩重关萧寺中。花落水流红，闲愁万种，无语怨东风。"（王实甫《西厢记》）。贾仲明在给曲作者的吊词中，说王实甫是"风月营密匝匝列旌旗，莺花寨明飚排剑戟，翠红乡雄赳赳施谋智。"王实甫正是将深沉的感情与深刻的社会洞察寄寓于舞台艺术，以人民大众喜闻乐见的语言来展示元代知识分子的浪漫性与温情性，通过通俗传神的戏剧语言、悲歌慷慨的气势格调、紧凑当行的情节结构勾勒出元代大众的生活画卷，让观众在欣赏中如同体验"自家生活"。如崔莺莺在长亭送别时所唱："碧云天，黄花地，西风紧，北雁南飞。晓来谁染霜林醉？总是离人泪。"莺莺思念张生时："曾经消瘦，每遍犹闲，这番最陡。何处忘忧，看时节独上妆楼，手卷珠帘上玉钩。空目断山明水秀；见苍烟迷树，衰草连天，野渡横舟。"莺莺在送别张生时"恨相见得迟，怨归去得疾。柳丝长玉骢难系，恨不倩疏林挂住斜晖。马儿迍迍的行，车儿快快的随，恰告了相思回避，破题儿又早别离。听得一声去也松了金钏，迤望见十里长亭减了玉肌：此恨谁知？""见安排著车儿、马儿，不由人熬熬煎煎的气；有甚么心情花儿、靥儿，打扮的娇娇滴滴的媚；准备着被儿、枕儿，则索昏昏沉沉的睡；从今后衫儿、袖儿，都揾做重重叠叠的泪。兀的不闷煞人也么哥！兀的不闷煞人也么哥！久已后书儿、信儿，索与我凄凄惶惶的寄。"剧中大量场景描述与情感表达，少了庙堂书卷味道而多了人间烟火气息。所以，《西厢记》既是元代社会审美观的自然本色，也

第五章 杂剧在元代的传播内容

是元代社会多个民族杂糅、多元文化激荡的浓缩性呈现。

明初朱权《太和正音谱·古今群英乐府格势》认为："王实甫之词如花间美人。铺叙委婉，深得骚人之趣。极有佳句，若玉环之出浴华清，绿珠之采莲洛浦。"（黄宗羲《黄梨洲文集·靳熊封诗序》卷三）何良俊对王实甫的"才情富丽"的语言艺术也极为推崇，他说："王实甫《西厢》，其妙处亦何可掩？如第二卷［混江龙］内：'蝶粉轻沾飞絮雪，燕泥香惹落花尘。系春心情短柳丝长，隔花阴人远天涯近。香消了六朝金粉，清减了三楚精神。'如此数语，虽李供奉复生，亦岂能有以加之哉！"（何良俊《曲论》卷三十七）；李渔也认为：《西厢记》的文词和音律，"吾于古曲之中取其全本不懈，多瑜鲜瑕者，惟《西厢记》能之"（李渔《闲情偶寄·词采第二》）。《西厢记》以社会生活为创作本源，以真实地描绘生活、揭露现实为创作目的，"借他人之酒杯，浇胸中之块垒"向我们展示的是一幅惟妙惟肖的世俗生活的风习画卷。"畅道是旧恨连绵，新愁郁结；别恨离愁，满肺腑难淘泻。除纸笔代喉舌，千种相思对谁说！"（《西厢记》）这种充天塞地的怨愤不单是作者个人"沉抑下僚，志不获展"的抑郁之气，还是元代全民族、全社会的时代精神。关于这一点，剧论家多有同感，他们均把《西厢记》推为元杂剧的压卷之作。"北曲故当以《西厢》压卷。"（王世贞《艺苑卮言》）另，吴伟业认为《西厢记》所展示的是"而士之固穷不得志，无以奋发于事业功名者，往往遁于山巅水湄，亦恒借他人之酒杯，浇自己之块垒""而我之性情，爱借古人之性情，而盘旋于纸上，宛转于当场。"（吴伟业《北词广正谱·卷首》）杂剧作家的这种"怫郁感慨"的情感具有深广的时代性和社会性。由此，才有贾仲明"新杂剧，旧传奇，《西厢记》天下夺魁"的感叹。王骥德把《西厢记》和《琵琶记》分别推为北杂剧和南戏之首，如曰："古戏必以《西厢》《琵琶》，递为桓、文"（《曲律·杂论上》），称《西厢记》为"神品"，"夫曰神品，必法与词两擅其极，惟实甫《西厢》可当之耳。《琵琶》尚多拗字额句，可列妙品。"（《曲律·杂论下》）明代李贽在评价《西厢记》时指出："余览斯记，想见其为人，当其时必有大不得意于君臣朋友之间者，故借夫妇离合因缘以发其端。于是焉喜佳人之难得，羡张生之奇遇，比云雨之翻覆，叹今人之如土。"同时又提出："《拜月西厢》，化工也；《琵琶》，画工也。""化工"即"意者宇宙之内，本自有如此可喜之人，如化工之于物，其工巧自不可思议尔。"（李贽《焚书·卷三·杂说》）从这些评论可以看出，《西厢记》在民间的影响远远胜过了儒家的《春秋》。《西厢记》所表现的反封建礼教的主题，一直鼓舞着封建社会里青年男女冲破封建礼教的束缚、追求婚姻自主的斗争。如《红楼梦》第二十三回《〈西厢记〉妙语通戏语、〈牡丹亭〉艳曲警芳心》，专门写了《西厢记》的故事对贾宝玉和林黛玉叛逆性格的影响。

"抒情文学如诗词等虽重视人物思想感情的刻画，但因重视凝练，又与生活中的本来形态有较大的距离。而在《西厢记诸宫调》中，不仅处处以大量篇幅写人物的思想感情，而且有不少场合是相当接近生活的本来面貌的。"[①] 如《西厢记》写长亭送别："［大石调］［玉翼蝉］蟾宫客，赴帝阙，相送临郊野。恰俺与莺莺，鸳帷暂相守，被功名使人离缺。好缘业！空悒怏，频嗟叹，不忍轻离别。早是恁凄凄凉凉，受烦恼，那堪值暮秋时节！雨儿乍歇，向晚风如漂洌，那闻得衰柳蝉鸣凄切！未知今日别后，何时重见也。衫袖上盈盈，揾泪不绝。幽恨眉峰暗结，好难割舍，纵有千种风情，何处说？""［尾］莫道男儿心如铁，君不见满川红叶，尽是离人眼中血！"这种对人生经历、现实生活和时代脉搏的精准反映，使得《西厢记》剧本也被一再翻刻并盛演不衰，并产生了很大的影响。崔张的故事"至今士大夫极谈幽玄，访奇述异，无不举此以为美谈。至于倡优女子，皆能调说大略。"（赵德麟《商调·蝶恋花》）《西厢记》成为元以来家喻户晓的经典剧目，《西厢记》获得"崔氏春秋"之称，"《西厢记》谓之'春秋'，以会合以春，别离以秋云耳；或者以为如《春秋经》笔法之严者，妄也。尹太学士直舆中望见书铺标帖有'崔氏春秋'，笑曰：'吾止知《吕氏春秋》，乃崔氏亦有《春秋》乎？'亟买一册，至家读之，始知为崔氏莺莺事⋯⋯又一事亦甚可笑，一贡士过关，把关指挥止之曰：'据汝举止，不似读书人。'因问治何经，答以《春秋》；复问《春秋》首句，答以'春王正月'。指挥骂曰：'《春秋》首句乃'游艺中原'，

[①] 章培恒、骆玉明主编：《中国文学史》，复旦大学出版社1996年版，第522页。

尚然不知，果是诈伪要冒渡关津者。'责十下而遣之。贡士泣诉于巡抚台下，追摄指挥数之曰：'奈何轻辱贡士？'令军牢拖泛责打。指挥不肯输伏，团转求免。巡抚笑曰：'脚跟无线如蓬转。'又仰首声冤，巡抚又笑曰：'望眼连天。'知不可免，请问责数。曰：'先受了雪窗萤火二十年'，须痛责二十。责已，指挥出而谢天谢地，曰：'幸哉！幸哉！若是'云路鹏程九万里'，性命合休矣！'"（李开先《词谑》）故事是元杂剧广泛流传的根本，抒情是元杂剧存世的灵魂与主旨，在明清两代，曾有三十多人对《西厢记》加以评点、校注、改编及续写。流传至今，尚有几十种不同的版本，李开先在《词谑》中所提故事虽是笑谈，但《西厢记》传播之广、影响之大，可见一斑。

第四节　历史剧：艺术再加工形成了民众的历史新诠释

元杂剧中的"历史剧"是以历史的"事实"表现人的心理的"事实"，即以事写心，以史写心，它既以形象化的手段来再现历史，也借助历史人物、事件来写人的"心史"，它不是以戏剧冲突和人物性格塑造表现世界，而是以情感内容的具象化手段归纳作者自己的生活体验。元代知识分子前景黯淡、出路渺茫，于是对于"历史"的描摹和加工能给他们漂泊无定的灵魂以慰藉和安顿，所以王粲登楼、举案齐眉、苏秦衣锦还乡、朱买臣马前泼水、陈抟高卧等故事被改造成"借他人的酒杯，浇自家的块垒"的杂剧艺术。其中，唐明皇与杨贵妃爱情故事历来都是文人作家笔下经久不衰的话题。但是在蒙元王朝特殊的历史背景下，白朴的创作不仅仅是缠绵悱恻的爱情赞歌，更是一出社会凋敝、山河破碎的政治悲剧。在其酣畅优美的笔墨下、真挚浓郁的情感下，《梧桐雨》也最终成为元代历史剧中的一树奇花。

一　《梧桐雨》主要内容及人物塑造

与《西厢记》不同，《梧桐雨》中李隆基与杨玉环二人的悲欢离合源于真实的历史故事。其主要剧情是，开元二十八年，作为边镇番将的安禄山因未能完成军令，被押送至长安都城。虽然幽州节度使张守圭本欲将他斩首，丞相张九龄也奏请明皇杀掉安禄山，但是因为他狡黠圆滑、能奉承圣意、还能表演胡旋舞，所以明皇不仅没有斩杀他，反而召见授官，甚至还让杨贵妃收他为义子，赐洗儿钱，并允许他经常出入宫廷。在这一来一往的过程中，安禄山与杨贵妃之间生出了情愫，而这一切被杨贵妃的兄长杨国忠看在眼里，便奏明了皇上，让安禄山出京任范阳节度使。也正是因为如此，安禄山对李氏王朝以及杨国忠等人便开始心怀仇恨，于是当他到了范阳以后，就亲自操练番汉人马，精兵有四十万，战将千员。不久以后，唐明皇逐渐衰老昏耄，朝政大权完全掌控在杨国忠和李林甫的手中；所以在天宝十四载，安禄山决定以讨贼为名，起兵长安，与明皇争夺美人与天下。当安禄山谋反的消息传到了长安时，贵妃只能放下钟爱的荔枝，与明皇一同仓皇向蜀地逃去。不想当大队人马刚走到马嵬驿时，对杨氏兄妹早有不满的军队，发生了骚乱。这时，龙武将军陈玄礼带头请命，要求诛杀宰相杨国忠，明皇只能依言而行。但军队认为杨贵妃红颜祸水，要求一同诛杀。唐明皇虽然与贵妃海誓山盟，但是为了留住李唐的江山和自身的性命，便令高力士将杨贵妃带到佛堂中，让她自尽。杨氏兄妹的死让军队得到了安抚，最终保护明皇成功逃亡到了蜀地。在唐肃宗收复京都后，作为太上皇的李隆基每天面对着杨贵妃的画像，思念不已。直到后来一天晚上，他终于得以在梦里与贵妃相见，却被雨打梧桐的声音惊醒。追思起往日与贵妃的盟誓与欢爱，不禁平添几分别苦，愁丝满肠。

尽管整部作品讲述的是明皇与杨贵妃之间的爱情故事，但是白朴对于剧中人物细致入微的刻画，实际上反映出来的是对历史兴亡、国家荣辱的慨叹。

从剧中主角唐明皇来看，他已经不是那个我们所熟知的开创开元盛世的明君，而是一个沉迷美色、荒废国事的昏聩帝王。这首先表现在剧目一开始，明皇并没有给观众展现出励精图治的一面，相反，我们看到的是帝王沉溺美色。当见到儿子寿王李瑁的王妃杨玉环貌似嫦娥，便下旨封她为女道士，并赐居太真宫，之后又将其册封为贵妃，宠幸殊甚。其次，历来文学大家都对唐明皇与杨贵妃之间的真挚爱情歌颂不已，但在白朴笔下，我们看到的是一个将杨贵妃视为玩物

第五章 杂剧在元代的传播内容

的唐明皇。当他面对陈玄礼请求之时,竟然果断地放弃与贵妃的情爱,说道:"妃子,不济事了,六军心变,寡人自不能保。"最后,唐明皇在面对自己心爱的大臣时,也不能保持一个帝王应有的气度和风范。当陈玄礼要求斩杨国忠以稳军心。唐玄宗为保自己的地位,不加思索便说"把他剥了官职,贬作穷民,也是阵杀"。这也就是说,他没有把朝廷的大臣视为国之栋梁,也谈不上用人的失败,他仅仅是把杨国忠等人视为自己的附属,而他真正在意的只有至高无上的地位和权力。

从杨贵妃的形象塑造来看,她不仅仅扮演着帝王后妃的角色,同时还是一位有独立思想的女性。她与安禄山互生爱慕之后,面对唐明皇就只有心不甘、情不愿的默默接受。那是在帝王权威面前的奉其意而行,而不是发自内心的真情。因此,当她听到安禄山起兵造反的时候,内心是充满喜悦的,因为一旦安禄山打到京都。就可以与他相见,也就意味着孤独零落的时期结束了。可是,她毕竟只是身处后宫的一个女人,对于政治的认识太过单纯,对于皇权的威严也不够了解。所以当遭逢祸乱时,她就成了第一个牺牲品。由此可以看出,作者想要表达的是一个饱受压抑和侮辱的女性,在政治斗争和封建统治下,像杨贵妃一样属于权贵阶层附属的女性,是没有自我的。

从安禄山的形象塑造来看,他在本剧中的露面次数有限,但他在剧中的作用却是不可缺少的。首先,他是政变的发起者,是造成杨贵妃与唐明皇爱情悲剧的直接原因。其次,在他的性格特征中,体现着权力的得失与统治者的决策对一个人的影响力。故事开篇,他因误了军务而蒙难,本来应当被斩首的,但是仅仅因为能跳胡旋舞,又能讨人欢心,便在唐明皇的一己之念下得到了释放,并且成了杨贵妃的义子,受到了杨贵妃的喜爱。对于他来说从灾难到恩典的转变太过突然,当然也足够令人欢喜。可是得权得势的好景不长,他又一次因为权力的倾轧而跌落谷底,来到范阳以后,他的心理发生了严重的扭曲和变化,不仅想要杀了杨国忠,还想杀了曾经的恩人唐明皇;不仅想要夺走原本属于帝王的美人,还想夺走帝王的整个天下。可见,一个人会在统治者的决策中更换面貌,也会因为权势的得失,改变人生的轨迹。

二 元代历史剧的思想倾向及文化影响

事实上,早在中唐的时候,白居易就写下了脍炙人口的《长恨歌》,以慨叹李杨二人的爱情悲剧。但是白朴选择这个广为传颂的爱情故事,并不是为其传奇的浪漫色彩所打动,无意于像历史学家那样从政治上探究李隆基的失败,而是结合自己所处的时代背景,对一个王朝的由盛而衰所产生出的感叹。

因此,在《梧桐雨》当中我们难以看到过于惊心动魄的情节,也难以看到设计精巧的结构,甚至连华丽优美的辞藻和精雕细琢的人物都难以看到。作者正是希望用这种白描化的创作方式充分表达历史兴亡的凄凉。尤其是第四折,它虽然在整个剧情上没有发展,仅仅是将唐明皇的内心活动向观众展示了出来,却是整个作品的高潮部分。当唐明皇面对栩栩如生的贵妃像时,他感觉到了内心的空虚:"画不出沉香亭畔回鸾舞,花萼楼前上马娇,一段儿妖娆。"这仅仅是对于爱人的怀恋吗?显然不是,这一番感叹更多的是因为美人、筵宴、歌舞等乐事均已成为旧梦,而至高皇权的丧失,让他甚至连修一座贵妃庙这样的事都无力办到,所以一种深深的无力感和苍凉感油然而生。因此,雨打梧桐、午夜梦回之时,想起梦中与贵妃的恩爱欢乐,便加深了明皇对过去的伤怀以及内心的孤独。

毫无疑问,《梧桐雨》与其他历史题材的剧目一样,都是对于现实社会的一种映照。但它的悲剧性不在于生与死,也不在于情与爱,它仅仅是一种拥有之后难再续的失落。作品最后,唐明皇早已退居西宫,尽管昼夜思念着杨贵妃,却已无能为力,只能靠回忆过日子。这种徒生哀怨的情感,便是白朴真正想要展现的悲剧。因此,我们可以发现,这种看似平淡的心灵悲剧实际上更加接近生活本身,它使我们领略到了人类精神世界的存在方式及其价值意义。当然,对于白朴来说,之所以能够拥有这样的思想倾向,是与他的人生经历密不可分的。在他刚出生时,金朝就同时受到南宋与蒙古的威胁,变得岌岌可危。而当他刚满八岁时,金就为蒙古所灭了。整个幼年时期,白朴都过着颠沛流离的生活,他的母亲也死于战乱中。可以说,在他还没真正步入人生时,他就对国破家亡以及悲欢离合有了很深的体会,这对他后

第五章 杂剧在元代的传播内容

来性格、思想、人生观念的养成都产生了巨大影响。

以《梧桐雨》为代表的历史剧多是"寄慨"和"伤今"的咏史之作，它们基本上继承了宋代"讲史"、"大抵多虚少实"和"大抵真假参半"（《都城纪胜》）的传统和历代文学中咏史诗的精髓。所以，在处理题材时不拘泥史料，以正史内容情节为框架，在遵从史实的基础上，紧密联系现实，展开丰富的虚构和想象。这些历史剧既有对史料的选择和改造，又有作家人生体悟和意念情绪的表达，如三国戏、《连环记》和《襄阳会》对王室血统的强调，"则你这东吴国的孙权和俺刘家却是甚枝叶"（《单刀会》），同时也夹杂有"二十年流不尽的英雄血"英雄迟暮的悲凉感喟。当然也有在少量史实的基础上，杂糅扩展，虚构大量情节，如《薛仁贵》、《王粲登楼》、《贬夜郎》和《贬黄州》等剧。但是，由于元代杂剧作家适逢乱世，作品总体呈现出一种盛衰无定带来的虚幻感叹和"才高命蹇"的悲哀情绪，扩展和虚构情节的"自我开拓"本就不在于对历史真实面貌的还原，而是更多隐喻或昭示作家对时代的不满、讽谏和控诉。如《赵氏孤儿》《渔樵记》《冻苏秦》《马陵道》《谇范叔》《气英布》《单鞭夺槊》《渑池会》等，展现了封建社会的婚姻制度、家庭制度、官僚制度的弊端和其他各种社会乱象。

实际上在中国古代，包括杂剧艺术当中，咏史的作品屡见不鲜，但是它们往往是对历史英雄的赞美，或是对士人境遇的凭吊，很少有人能够将一部咏史作品提高到心灵的层面，但是杂剧作家白朴却做到了。因而可以说他是不幸的，也是幸运的。通过对戏剧形态和表层结构的准确把握，以及对生活的丰富体验和感悟，他最终创作出了杂剧精品《梧桐雨》，除了将真正的悲剧艺术呈现在了观众面前外，他自己也在中国戏剧文学史上取得了很高的声誉。贾仲明称赞白朴的剧作"洗襟怀，剪雪裁冰，闲中趣，物外景。"（《凌波仙》）朱权认为白朴作品"风骨磊落，词源滂沛，若大鹏之起北溟，奋翼凌乎九霄，有一举万里之志，宜冠于首。"李调元《雨村曲话》评价《梧桐雨》是"元人咏马嵬事无虑数十家，白仁甫《梧桐雨》剧为最。"王国维在《录曲余谈》中，更是将《梧桐雨》称为元剧三大杰作之一，认为《梧桐雨》"写情则沁人心脾；写景则在人耳目，述事则如其口出"，"摹写其胸中之感想与时代之情状而真挚之理与秀杰之气流露于其间"

（王国维《宋元戏曲史》）。

　　作家对历史题材的把握与发挥与他们个人的人生际遇和社会身份有十分密切的关系，而这又进一步在杂剧扮演中得到凸显和强化。白朴既有"嘉议大夫、太常卿、仪院太卿"的书香官宦的出身，又有"得青楼、薄幸名"（《录鬼簿》《元曲选》序）的口碑。贾仲明在给曲作者的吊词中说白朴："峨冠博带太常卿，娇马轻衫馆阁情，拈花摘叶风诗性。得青楼、薄幸名，洗襟怀、剪雪裁冰。"他骨子里是士大夫阶层的正统儒生，但迫于现实又是混迹于下层市民社会的书会才人。所以，白朴的作品体现了作者内心的纠结，一方面感叹"长醉后方何碍？不醒时有甚思？糟腌两个功名字，醅渰千古兴亡事，曲埋万丈虹霓志。不达时皆笑屈原非，但知音尽说陶潜是"（白朴《寄生草·饮》），另一方面热衷于"笑将红袖遮银烛，不放才郎夜看书"[①]的翠袖环拥、红巾香浪的勾栏生活。作家的这种人生际遇影响着他们戏曲创作时的心态和诉求，"此剧（《唐明皇秋夜梧桐雨》）与《孤雁汉宫秋》格套即同而词华亦足相敌。一悲而豪，一悲而艳；一如秋空唳鹤，一如春月啼鹃。使读者一愤一痛，淫淫乎不知泪之何从，固是填词家巨手也"[②]。它们托于舞台，"到处隐藏着喜剧性，我们就生活在它当中，但却看不见它；可是，如果有一位艺术家把它移植到艺术中来，搬到舞台上来，我们就会对自己捧腹大笑，就会奇怪以前竟没有注意到它[③]。"李玉在《满江红》里写道："猰焰烧天，正亘古忠良灰劫。看几许骄骢嘶断，杜鹃啼血。一点忠魂天日惨，五人义乞风雷掣。溯从前词曲少全篇，歌声咽。思往事，心欲裂，挑残史，神为越。写孤忠纸上，唾壶敲缺。一传词坛标赤帜，千秋大节歌白雪。更锄奸律吕作阳秋，锋如铁。"这些戏曲在演绎历史的过程中，"生于千古之下，而游于千古之上，显陈迹于乍见，幻灭影于重光。"[④] 往事可以重

---

① （元）白朴：《阳春曲》，转引自隋树森编《全元散曲》上册，中华书局1991年版，第195页。
② （明）孟称舜：《新镌古今名剧酹江集》（卷3），上海古籍出版社1995年版，第5页。
③ 段宝林编：《西方古典作家谈文艺创作》，春风文艺出版社1980年版，第410页。
④ 潘之恒：《鸾啸小品》，转引自俞为民主编《历代曲话汇编·明代编》（第二集），黄山书社2009年版，第203页。

现，古人可以复生，几十年可以缩成片刻。观众抵暮登场，在情节互动中可以穿越古今，神游天外，温旧知新，"悟世主而警凡夫"，在剧场这个特殊的世界里，戏曲演绎着历史，观众传播并认知着历史，引人发笑，发人深思，"悲剧的喜感"和"喜剧的悲感"交织在一起，它们共同形成了升斗小民的生活观、世界观和人生观。

与此同时，它们又各具特色，"余于元剧中得三大杰作焉。马致远之《汉宫秋》，白仁甫之《梧桐雨》，郑德辉之《倩女离魂》是也。马之雄劲，白之悲壮，郑之幽艳，可谓千古绝品。今置元人一代文学于天平之左，而置此三剧于其右，恐恒将右倚矣。"① "推本所自，《琵琶》之为思也，《拜月》之为错也，《荆钗》之为亡也，《西厢》之为梦也，皆生于情"② 这种借古讽今、借物咏怀、借题发挥，使元杂剧的历史剧在对时代精神率直表露的同时，抒发着悲愤的情感和汪洋恣肆的慷慨之气。"说国贼怀奸从佞，遣愚夫等辈生嗔；说忠臣负冤衔屈，铁心肠也须下泪。讲鬼怪令羽士心寒胆战，论闺怨遣佳人绿惨红愁。说人头厮挺，令羽士快心；言两阵对圆，使雄夫壮志。谈吕相青云得路，遣才人着意群书；演霜林白日升天，教隐士如初学道。噇发迹话，使寒士发愤；讲负心底，令奸汉包羞。"[宋·罗烨《醉翁谈录（甲集卷一）·小说开辟》] 这些"以摹古者远志……知远者降而之近，知近者溯而之远"③ 的历史剧既关注着下层社会的悲欢，又体现着儒生的好恶，蕴含着作家深邃的思想和浓郁的情感。

第五节 公案剧：对于社会清明和盛世和平的向往

"公案"最初是指官衙中，公堂上的桌案，后来指官府的案牍或

---

① （清）王国维：《录曲余谈》，转引自《王国维戏曲论文集》，中国戏剧出版社1984年版，第227页。
② 潘之恒：《亘史》，载俞为民主编《历代曲话汇编·明代编》（第二集），黄山书社2009年版，第183页。
③ 潘之恒：《鸾啸小品》，载俞为民主编《历代曲话汇编·明代编》（第二集），黄山书社2009年版，第203页。

经办的案件。宋时俗文学大兴,"公案"一词就被借用过去,成为戏曲故事分类之一。"公案剧"又称"公吏"杂剧,见夏庭芝《青楼集志》:"杂剧—有驾头—公吏……之类。"这类杂剧主要描写官吏审理诉讼、平冤决狱的故事,因此得名。代表作品如《鲁斋郎》《酷寒亭》《魔合罗》《盆儿鬼》《窦娥冤》《勘头巾》《后庭花》《生金阁》《神奴儿》《绯衣梦》《合汉衫》《盆儿鬼》《朱砂担》《灰阑记》《替杀妻》《合同文字》《陈州粜米》等。"公案剧"在元杂剧中所占的比重极大,数量也多。这些剧作中的故事情节,或杀人劫货,或图财害命,或因奸投毒,或贪色行凶,最后诉诸诉讼,举发罪恶、惩恶扬善,冤屈得昭。其中,关汉卿的《窦娥冤》是最具代表性、也是影响最大的作品之一。

关汉卿在中国戏剧史上享有极高的声誉,其创作是推动元杂剧脱离宋金杂剧,并最终走向成熟的重要力量。在其代表作《窦娥冤》中,他所塑造的窦娥形象,不仅博得了观众们的喜爱与同情,还广泛地揭露出了元代社会的黑暗与腐败。作为一个时代的艺术明珠,《窦娥冤》是诸多公案剧的代表,其深刻内涵令人寻味。

一 《窦娥冤》主要内容及人物塑造

《窦娥冤》主要讲述的是书生窦天章因为家中穷困,无力偿还借蔡婆的高利贷,也难以凑齐上京赶考的路费,于是就把三岁丧母的女儿窦娥抵给她当童养媳。当窦娥长到十七岁时,蔡婆便让她嫁给了自己的儿子。可不久以后,窦娥的丈夫就病死了,她就和蔡婆一样,成了寡妇。又过了三年,一天蔡婆在去赛卢医家收债时突遇危险,幸得张驴儿父子搭救。但不料,这父子俩也是流氓无赖,硬要蔡婆和窦娥嫁与他爷儿俩。虽然蔡婆心里害怕,想要说服窦娥下嫁,但是窦娥却坚决不肯。后来,张驴儿贼心不死,便从赛卢医那里弄来了毒药,投在了窦娥做给蔡婆的羊肚儿汤里,想要害死蔡婆。没想到其父在不知情的状况下喝了那碗汤,意外身亡。事发以后,张驴儿不仅毫无悔意,还乘机威胁窦娥,告诉她如果不就范就以"药死公公"的罪名将她告到官府。单纯的窦娥以为清者自清,便选择与张驴儿对簿公堂。但是太守桃杌是一个贪婪恶毒的人,他不仅没有替窦娥洗刷冤屈,还用蔡

第五章 杂剧在元代的传播内容

婆威胁她，逼她就范。为了不使婆婆受到严刑拷打，窦娥最终屈招，被定为死罪。临刑前，窦娥才算清醒地认识到了官场乃至社会的黑暗，怀着满腔悲愤，她许下了三桩誓愿，即如果自己是含冤而死，则会血溅素练、六月飞雪、亢旱三年。后来，这三桩誓愿果然全部应验。三年后，科考高中的窦天章出任高官，重返故乡。这时，窦娥的鬼魂前来给父亲托梦，诉说自己的冤情。最终窦天章重审了此案，窦娥终于沉冤得雪。

实际上，《窦娥冤》中人物形象的塑造和戏剧情境的形成与当时的社会环境有着密切的联系。因为在黑暗残酷的统治下，不同的阶级之间冲突不断、不同的民族之间矛盾重重，而冤假错案更是时有发生。关汉卿正是基于这样真实的社会体验，才创作出了这一广为流传、深入人心的杂剧作品。

作为典型悲剧中的关键人物，窦娥的性格中既有对于封建伦理道德的顺从，又有对于封建制度的抗争与不满。尽管从小命运多舛，后来又受到了张驴儿父子的威胁，但这不是造成她悲剧的真正原因。她的悲剧实际上源于对封建礼教的绝对顺从、对统治阶层的盲目信任，以及对社会法制不切实际的幻想。首先，窦娥认为人生所有的际遇，包括作为童养媳抵给蔡婆，婚后两年便骤然丧夫等都是命运的安排；因而她从夫守节到侍奉婆婆，都是源于对来世平安幸福的渴望，她相信多做善事便会有福报，这也是她善良安分的体现。其次，当受到诬陷，在公堂受审时，她才恍然明白封建统治的黑暗与统治阶层的罪恶。因此，她即便受到严刑拷打，也誓死不肯放过张驴儿，"我做了个衔冤负屈没头鬼，怎肯便放了你好色荒淫漏面贼"。而当她前往法场受刑时，她埋怨天、责骂地，并最终许下三桩以示清白的心愿。这些实际上都是窦娥作为底层百姓的代表，对封建秩序的怀疑和反抗。而其强烈程度，在诸多古代文艺作品中的都是极其少见的。

除此之外，蔡婆在《窦娥冤》中所扮演的角色具有十分重要的地位。在关汉卿的笔下，她首先是一个自私贪婪的市民形象。作者一开始就向我们交代了蔡婆是一个以放贷为生的妇人，她到窦天章家收债，因为没有得到钱财，便要求窦天章用女儿来抵。其次，她虽然重利益、会算计，但同时也只是个懦弱的老妇人。当窦娥被抵卖给她家之后，从未受到虐待，而是始终被善待着。而当她受到张驴儿父子的威逼时，她又因为怯弱，很快就答应了张家父子无理过分的要求。后来当张驴儿父亲被毒死时，她又为了息事宁人，帮着张驴儿劝说窦娥改嫁。这一系列的行为都说明，蔡婆虽然"广有财物"，但是也只能维持自己相对宽松安稳的生活，充其量在比自己更弱的窦天章面前斗斗心眼、耍耍威风；一旦遇到张驴儿这样的流氓无赖，尤其是当他们与官府等权力阶层勾结在一起时，蔡婆便成了胆小鬼，丝毫不加反抗就妥协了。她的形象很好地衬托出了窦娥的仁孝刚烈、不屈不挠、敢于斗争的反抗精神。

最后一个重要的人物是窦娥的父亲窦天章，他虽然在最后替窦娥洗刷了冤屈。但实际上这只是动荡社会里底层人民的一种精神需要，也是黑暗官场中维护法制的一种政治要求。因为不管是面对游手好闲的市井泼皮，还是面对残暴无能的政府官吏，他们都只能饱受欺压而束手无策。然而从另一个角度来看，他是窦娥悲剧命运的始作俑者，他对女儿的教化成了窦娥后来的处事标准，而他将女儿抵卖给蔡婆，真正开启了窦娥苦难生活的大门。同时，他还是弱势群体的代言人，从剧本中我们可以看出，窦天章身居高位、清正廉明，却没有处事断案的智慧和能力，即便是最后为女儿申冤，靠的也是鬼魂托梦。可以说，他的出现只是为了迎合底层百姓的观赏需要。因此，《窦娥冤》看似是窦娥坚持抗争而取得胜利的故事，但实质上却是以窦天章为代表的伦理道德的最终胜利，这也正是关汉卿塑造窦天章这个艺术形象的意义所在。

二 元代公案剧思想倾向及对法制观念的影响

《窦娥冤》作为一部重要的公案剧，其反映出来的思想倾向及价值观念既是深刻的，也是多元的。

首先，通过《窦娥冤》，作者想要表达的是对蒙元黑暗统治的无情揭露与批判、对底层百姓苦难生活的深切同情，以及对小人物身上强烈反抗精神的大力肯定，这是整部作品的主题思想。比如在《窦娥冤》中，张驴儿父子是欺压百姓、无恶不作的小人无赖，作为社会的管理者，官府本应该对其进行惩罚，维护百姓的正当权益。但是他们

第五章　杂剧在元代的传播内容

却唯利是图,任由张驴儿等人逍遥法外。这无疑是造成社会秩序失范的根本原因。再比如,从窦娥的思想意识、价值观念,以及言语行为等诸多方面来看,她都是一个封建伦理道德的虔诚信奉者和自觉维护者。一方面,儒家所倡导的仁义孝悌、礼义廉耻既是窦娥立身的基本标准,也是她批评蔡婆、对抗奸人的重要依据和武器。另一方面,对于封建伦理道德的绝对遵从与维护,最终让她陷落张驴儿等人铺设的陷阱里,以至于丢掉性命。而这样的人生悲剧,正是导致窦娥走向反抗叛逆之路的关键。从整部剧作来看,关汉卿之所以能够一针见血地揭示出元代惊心动魄的人间惨象,不仅是基于他对社会生活的深刻体验,同时也是基于他对社会现实的清醒认识。但无论是对于蒙元统治的强烈不满,还是对法正民安的极度向往,他都没有直接地传递给读者;而是通过一系列看起来具有偶然性,但实际却存在着必然性的情节逐步推进,激发受众群体的情感共鸣,进而引发他们更深层次的思考。这既是作者的高明之处,也是《窦娥冤》能够广为流传的真正原因。

其次,《窦娥冤》的另一个思想倾向是关汉卿在戏剧创作中所保持的美与善、虚与实、悲与喜相结合的审美理想。这主要体现在窦娥赴死时的三桩誓言和窦娥魂魄向窦天章申冤的两处情节上。从三桩誓言来看,鲜血飞溅洁白的布练,是视觉上最为直观的冲击,进一步表现出了窦娥的冤情和怨恨;而六月飞雪,则是通过给观众造成冰冻、寒冷的感官体验,渲染出冤的意味、悲的气氛,以及对窦娥所受冤屈的深切同情;最后的三年大旱则更是把感天动地的力量进行了扩大与延伸,那不仅是希望窦娥的个人冤屈能够得到伸张,而且还是希望社会中的黑暗势力能够得到严惩。从窦娥魂魄向窦天章申冤来看,正是因为有了窦娥鬼魂的申辩,才使这桩冤案得以澄清。这实际上反映出了剧作家惩恶扬善的善学理想以及邪不压正的审美倾向。

最后,《窦娥冤》虽然表达了对蒙元统治的憎恶与不满,但是并没有完全摆脱封建思想的束缚与禁锢。在剧中,窦娥作为封建礼教的捍卫者,虽然饱受摧残,但是作者并没有将造成这种苦难的原因归咎于封建制度本身,相反还对窦娥身上所体现出来的贞洁孝义大力弘扬,希望能对受众形成潜移默化的影响。从这一点上我们可以看出，关汉卿作为一个儒家的知识分子，虽然身处社会底层，身受黑暗统治的折磨，但是对封建统治仍然心存幻想。他希望民众奋起反抗，并不是针对社会制度本身，而仅仅是针对当朝的统治者。

回到关汉卿在公案剧方面的创作，他曾书写了许多和《窦娥冤》一样的作品，它们普遍取材于前代的故事传说，并飘荡在历史的烟尘中，如《鲁斋郎》《蝴蝶梦》等，都融合了作者对社会现实与人生遭遇的深切感受，不仅具有批判社会的价值，同时也具有感召人心的力度。

王国维在《宋元戏曲史》中首次将悲剧和喜剧的概念引入中国戏剧研究并给予《窦娥冤》以极高的肯定："明以后无非喜剧，元剧则有悲剧在其中……关汉卿之《窦娥冤》、纪君祥之《赵氏孤儿》……即列之于世界大悲剧中，亦无愧色也。"[①] 实际上，悲剧、喜剧、悲喜剧是西方戏剧理论的主要研究视角之一。亚里士多德在《诗学》一书中认为："悲剧是对一个严肃、完整、有一定长度的行动的模仿；它的媒介是语言，具有各种悦耳之音，分别在剧中的各部分使用；模仿方式是借人物的动作来表达，而不是采取叙述法；借引起怜悯与恐惧来使这种情感得到陶冶。"[②] 鲁迅在《再论雷峰塔的倒掉》一文中提出："悲剧是将人生的有价值的东西毁灭给人看。""喜剧是将那无价值的撕破给人看。"[③] 毁灭的过程越激烈，所能冲撞出的火花越绚烂，其在观众心理上所引起的震撼与思考就越深刻，其观照现实、教化万方的功能就越显著。元杂剧中的公案剧有许多剧目都反映了人民大众对社会恶势力的顽强斗争，"柔软莫过溪涧水，到了不平地上也高声"（《陈州粜米》），《窦娥冤》中有许多酣畅淋漓的控诉，如：窦娥临刑前的抗议："没来由犯王法，不提防遭刑宪。叫声屈动地惊天""有日月朝暮悬，有鬼神掌着生死权，天地也只合把清浊分辨，可怎生糊突了盗跖颜渊，为善的受贫穷更命短，造恶的享富贵又寿延。天地也，做得个怕硬欺软，却原来也这般顺水推船。地也，你不分好歹何为地，

---

① （清）王国维：《宋元戏曲史》，广西师范大学出版社2010年版，第88页。
② ［古希腊］亚里士多德：《诗学》，陈中梅译，商务印书馆1996年版，第19页。
③ 鲁迅：《鲁迅全集》第一卷，人民文学出版社1959年版，第297页。

第五章　杂剧在元代的传播内容

天也,你错勘贤愚枉做天"(《窦娥冤》三折[滚绣球])这种对自己遭受不白之冤的控诉和对当时社会普遍存在的枉法现象的抗议将悲情推向高潮,达到了守摄和刺激人心的作用。杜博斯认为悲剧的功用在满足强烈刺激的需要。"人心原来好动,一遇闲散,便苦厌无聊。因此消遣是人生中一大需要。消遣有两种方法:一种是观照冥想,另一种则是感受外来印象的刺激。观照冥想的乐趣只有少数幸运者能感受,一般人都沉溺于感观的刺激。刺激愈强烈,喜感愈浓厚。最强烈的刺激莫如悲哀苦恼,悲剧即能动人,即由于此。"[1] 观众会度人及己,将个人的机遇与戏曲中的人物联结起来,思考身边的人与事。这些悲剧以民族形式和艺术风貌发挥其潜在的社会作用,"人生下来就有哀怜和恐怖两种情绪,如果不发泄,也可以淤积起来,酿成苦闷。悲剧给这两种情感以发泄的机会,所以引起喜感[2]。"所以,在观赏与谈论戏剧中,去移情或代偿人生的诸多苦难和恐惧。

虽然,在元杂剧中,许多作品均安排了一个"光明的尾巴"——清官明断,沉冤昭雪,由悲入喜,"善恶到头终有报",给黑暗中挣扎的人民以些许温情和一抹亮色。如《临江驿潇湘秋夜雨》第四折[煞尾]中张翠鸾唱到:"从今后鸣琴鼓瑟开欢宴,再休题冒雨汤风苦万千,抵多少待得鸾胶续断弦,把背飞鸟纽回成交颈鸳,隔墙花攀将做并蒂莲。你若肯不负文君头白篇,我情愿举案齐眉共百年。也非俺只记欢娱不记冤,到底是女孩儿的心肠十分样软。"但正如朱光潜先生说的那样,"对悲剧说来,紧要得不仅的是巨大的痛苦,而且是对待痛苦的方式。没有对灾难的反抗,也就没有悲剧。引起我们快感的不是灾难,而是反抗[3]。"《窦娥冤》中有许多反抗的情节安排:如当婆婆希望窦娥顺从张驴儿时,窦娥表达出的反抗:"我一马难将两鞍鞴,想男儿在日,曾两年匹配。却教我改嫁别人,其实做不得。""你道他匆匆喜,我替你倒细细愁。愁则愁兴阑珊咽不下交欢酒,愁则愁眼昏滕扭不上同心扣,愁则愁意朦胧睡不稳芙蓉褥。你待要笙歌引至画堂

---

[1] 朱光潜:《文艺心理学》,复旦大学出版社 2005 年版,第 232 页。
[2] 朱光潜:《文艺心理学》,复旦大学出版社 2005 年版,第 242 页。
[3] 朱光潜:《文艺心理学》,复旦大学出版社 2005 年版,第 80 页。

前，我道这姻缘敢落在他人后。"① 《包待制陈州粜米》中的张撇古、《感天动地窦娥冤》中的窦娥等，这些公案戏最能打动人的部分，恰恰是它们生动地揭示了下层普通百姓的反抗精神、侠义心肠和生活态度，戏曲通过描其貌、状其口、写其心，以舞台角色宣泄普通百姓的生离死别、喜怒哀乐。在这一点上"显示了悲剧的社会作用，尤其是美感教育作用。我国古典悲剧的美感教育作用，主要是通过悲剧主人公性格的两个方面来显示给观众或读者的。一方面是对剧中代表黑暗势力的人物的无比痛恨，坚决斗争；另一方面是对外在同受迫害地位的自己人无限同情，倾心爱护②。"通过这些悲情安排和喜感收尾，既观照多方面的社会现实，又以生活事实教训和规劝民众。"今日个桃花依旧笑春风，再不索树头树底觅残红。多谢你使心作幸白头翁，若不是这些懵懂，怎能勾一家儿团聚喜融融。"（《桃花女破法嫁周公》）"月斜寒露白，此夕最难禁。离歌嘶象管，别思断瑶琴。酒至连愁饮，诗成和泪吟。明夜怀人梦，空床闲半衾。"（《竹叶舟》）同时，这些杂剧所倡导的"法正天心顺，官清民自安；妻贤夫祸少，子孝父心宽"（《虎头牌》）、"托青天暗表，望灵神早报，行善得善，行恶得恶。"（《魔合罗》）正是普通百姓对法正官清、太平盛世的一种向往和憧憬。

另外，《窦娥冤》所代表的公案剧也是这一时期文人治世思想的一种体现。元初，"国家承大乱之后，天纲绝，地轴折，人理灭。"（宋子贞《中书令耶律公神道碑·国朝文类·卷五十七》）、"风俗薄，纲常扫荡"（熊禾《送詹君履学正序·熊易轩先生文集·卷一》）、"河朔土崩，天理荡然，人纪为之大扰"（刘因《静修集·翟节妇诗序》），和所有的元杂剧作家一样，关汉卿也是时代的弃儿，虽曾任过"太医院尹"，但"每沉郁下僚，志不得伸。"于是"以其有用之才，而一寓乎声歌之末，以纾其怫郁感慨之怀，所谓不得其平而鸣焉者也。"（胡侍《真珠船》卷四），关汉卿"生而倜傥，博学能文，滑稽多智，蕴藉风流，为一时之冠"（熊梦祥《析津志·名宦传》），他有治世之才，但"志不获展"，只好"不屑仕进"，"面傅粉墨""混迹

---

① （明）臧晋叔：《元曲选》（第四册），中华书局1979年版，第1503—1506页。
② 王季思：《中国十大古典悲剧集》，上海文艺出版社1982年版，第8页。

第五章　杂剧在元代的传播内容

勾栏",以"是个普天下郎君领袖,盖世界浪子班头""占排场风月功名首"(《录鬼簿》)自诩,风流谑浪,甘愿做一颗"蒸不烂、煮不熟、捶不扁、炒不爆、响当当一粒铜豌豆"(《南吕·一枝花·不伏老》)。玩梁园月,饮东京酒,赏洛阳花,攀章台柳,"愿朱颜不改常依旧,花中消遣,酒内忘忧……则除是阎王亲自唤,神鬼自来勾,三魂归地府,七魄丧冥幽,天哪,那其间才不向烟花路儿上走。"① 收意马,锁心猿,离了利名场,钻入安乐窝,与倡优为伴,甚至不时"躬践排场,面傅粉墨,以为我家生活"(臧懋循《元曲选序·二》),虽然"经了些窝弓冷箭镢枪头",但看透了"刀剑明晃晃,士马闹荒荒"(《拜月亭》),繁华重念箫韶歇,急流勇退寻归计,茶余饭饱邀故友,谢馆秦楼散闷消愁,通过戏曲创作与搬演,"国史明乎得失之迹,伤人伦之废,哀刑政之苛,吟咏性情以风其上"(《诗大序》),发"一生之精神所寓"(黄宗羲《靳熊封诗序·黄梨洲文集·卷三》)。

恩格斯曾说:"人们自觉地或不自觉地,归根到底总是从他们阶级地位所依据的实际关系中——从他们进行生产和交换的经济关系中、吸取自己的道德观念。"② 关汉卿等杂剧作家的"我家生活",正是精英文化逐渐沉入民间所形成的一种命运契合与情感共振,"一时人物出元贞,击壤讴歌贺太平,传奇乐府新时令,锦排场、起玉京。《害夫人》《崔和担生》,白仁甫、关汉卿、丽情集,天下流行"。③ 通过杂剧作品对某种角色、某种行为和某种冲突的道德评价,达官贵人的应酬,文人学士的华章,公堂的对答,媒人的赞语,强盗的黑话,相士的胡诌等,"其于声文,缀于君臣、夫妇、仙释氏之典故,以警人视听、使痴儿女知有古今美恶成败之劝惩,则出于关、庚氏传奇之变"(杨维桢《沈氏今乐府序》)。关汉卿勾画了鲁斋郎、葛彪、杨衙内、桃杌太守等统治阶级的残暴卑劣行径,赞扬婚姻自主,歌颂英雄豪杰,这一切激发了生活在黑暗社会中的观众对未来的憧憬。元代公案剧充

---

① (元)关汉卿:《不伏老》,隋树森编《全元散曲》下册,中华书局1991年版,第171、173页。
② [德]恩格斯:《反杜林论》,引自《马克思恩格斯选集》第3卷,人民出版社1979年版,第133页。
③ (明)贾仲明:《录鬼簿下续编》,巴蜀书社1996年版,第192页。

实的思想内容，丰富的教育作用，播于世人耳目，无论贤愚皆称赏焉，形成了社会底层较为一致的善恶观。

第六节 "神仙道化剧""度脱剧"对于逍遥避世的向往

"神仙道化"一词源于《太和正音谱》，"神仙道化"剧同时也包括了"隐居乐道"（"林泉丘壑"）和"度脱剧"的内容，基本上可以分为两类：一类敷衍道祖、真人悟道飞升的故事；一类是描述真人、道祖、和尚、尊者，度脱世俗凡人和精灵鬼魅。"神仙道化"和"度脱剧"的共同特点就是否定尘世，宣扬功名利禄如过眼云烟，出家皈道才是正途。这些剧目的兴盛，是儒学精神所赋予文人的理想在元代得不到实现，无奈之余他们只能用戏曲来作为精神补偿。

作为神仙道化剧的代表，《黄粱梦》对后世产生了十分深刻的影响。在马致远等看来，梦境里的宦海生涯、功名利禄虽然是虚的，但是社会现实、人生选择却是实的。在道教文化的影响下，杂剧《黄粱梦》不仅向我们呈现出了作者们避世超脱的精神境界，而且还表达出了对于现实社会的憎恶与批判。

一 《黄粱梦》主要内容及人物塑造

《黄粱梦》主要讲述的是士人吕洞宾在赴京应试的途中，在邯郸道黄化店内休息吃饭，遇到正阳子钟离权来度化他。但是因为他急于求取功名，所以并不接受钟离权的教化。无奈之下，钟离权给了他一个枕头，他便枕着睡着了。在梦中，吕洞宾被任命为兵马大元帅，并入赘高太尉家，生有一子一女。当时适逢吴元济造反，吕洞宾受命带兵讨伐；临行之前，高太尉设宴送行。在宴席上，高太尉告诫吕洞宾："你与国家好生出力。千经万典，忠孝为先。你须恤军爱民，不义之财，少要贪图。"当吕洞宾的酒杯再一次被添满时，他突然感到身体不适，并呕出几口鲜血，便因此戒酒。不想到了阵前，吕洞宾没有抵抗住利益的诱惑，接受了吴元济的金珠，最终不战而回。而当他回到家里，竟然发现妻子翠娥与魏尚书之子魏舍私通。羞愤之下，吕洞宾

第五章　杂剧在元代的传播内容

本来想要杀了翠娥，但是在院公的劝阻下只好作罢。出乎意料的是，翠娥因为惧怕，密告了吕洞宾纳贿纵敌一事；于是，吕洞宾遭到惩罚，被流放至沙门岛。到了流放之地，吕洞宾在深山中与一儿一女饥寒交迫，在樵夫的指点下，向一老妇家投宿。但是老妇人告诉他，自己的儿子常常借酒杀人，恐怕生出事端；但是对走投无路的吕洞宾来说，他已经别无选择。谁曾料想，碰巧这老妇人的儿子回家，当天晚上就借着酒劲摔死了两个孩子。吕洞宾因此又气又伤心，但是还来不及缓和心情，老妇人之子便又开始向他追来。惊惧之下，士人吕洞宾突然醒来，知道是一场梦以后，所有的怒气也都烟消云散。而此时，店里婆婆的黄粱米饭还尚未煮熟。但是当回想起梦里所经历的起起落落以后，吕洞宾终于明白，所有的酒色富贵都是短暂易逝的，并决定跟随钟离权出家修道，最终位列仙班。

纵观整部作品，作者实际上是在借用道教中的人物形象，以及他们的生平事迹或是传说来表达自己消极避世的思想。

首先从钟离权的人物形象塑造来看，尽管剧中他是道教文化中的神仙之一，但是其思想性格特征与传统的神仙形象有着很大的差别。一开始，他奉东华帝君之命下凡去度脱书生吕洞宾，作为一位早已超脱世事、清净为门的仙界真人，他标榜自己追求的是一种"草舍茅庵一道士，伴着这清风明月两闲人。也不知甚的秋，甚的春，甚的汉，甚的秦"，"把些个人间富贵，都做了眼底浮云"的神仙生活境界，似乎极为淡泊和超然。可是当他在店里与吕洞宾谈起功名利禄等现实问题时，他立刻抛开自己不食人间烟火的仙人身份，对"如今人宜假不宜真，只敬衣衫不敬人"感到愤愤不平；同时他对于科考场上徇私舞弊、官员任用任人唯亲的种种不公平现象也有着清醒的认识和强烈的愤慨："假饶你手段欺韩信，舌辩赛苏秦，到底个功名由命不由人，也未必能拿准。"于是，他忍不住发出深沉的感叹："世间人好不识贤愚也。"从这些主观情绪的抒发中，我们能够感到钟离权对于功名利禄、对于社会生活不仅做不到超然淡泊，而且还是极为看重、耿耿于怀的。因此，我们可以说，在他身上，渴望功名而不得，无奈故作旷达的人物性格并不是真正的道家出世的精神，而是以马致远为代表等一批文人渴望入世的情绪表达。

其次从吕洞宾的人物形象塑造来看，他与钟离权相似，也没有完全超脱于现实世界。当钟离权在店中想要度化他时，吕洞宾这位有着"半仙之分"的士人正急于前往长安应试，满脑子都是功名与利禄，对悟道成仙的事完全不放在心上，对钟离权的劝说更是表现的不以为然。面对此情此景，钟离权并没有搬出道家理论进行说教，而是通过给吕洞宾安排下黄粱一梦，让他了解人间社会的种种弊端，促使他洞察世事而警醒。事实上，吕洞宾的确在梦中度过了十八年位极人臣的富贵生活，也饱尝了官场生活中的相互倾轧和沉浮荣辱，直到最后他所醉心的功名将他推向死路，他才在巨大的恐惧中彻底地抛却了功名之念，一心求仙问道，不问世事。可以说这个人物形象本身没有什么鲜明的性格特色，整部作品向我们展示的，也仅仅是他心路变化历程。但他却是诸多文人思想的承载者，也是作者内心矛盾的体现。对于仕途功名他不是主动放弃的，甚至在心中始终对它保留着眷恋之情；但是他又不得不放弃，因为统治集团内部的丑恶与腐败，使得他完全失去了上升之路。从更深层的意义来说，吕洞宾的人物塑造表达了一种对于现实的批判精神。

最后，从东华帝君的形象上来看，他作为全真"五祖"之首，在整部作品中却不是主要角色，只在全剧开端和末尾出现过两次。第一次是由他作为故事的引子，差正阳子钟离权点化吕洞宾；第二次是吕洞宾决心修道出家，他率众仙登场，在对吕说了一番训勉鼓励的话后，一同赴西天瑶池去庆贺。这个人物看似无足轻重，但他实际上承担着度化世间凡人到仙界的重任，同时也极富度人成仙的热情，他在马致远的笔下代表着整个道教文化。在多元宗教文化并行不悖的元代，这种出世无为的精神正是指引文人儒士在苦难的生活之中寻找安慰与寄托的精神良药。

二　道化剧传播的思想倾向及价值观念

纵观整部作品，实际上是马致远价值观念及人生态度的反映。元代特殊的社会现实之下，注定了汉族知识分子的悲剧命运，而作为其中的一员，马致远当然也逃脱不了。只是，面对人生的悲剧，他既没有奋力抗争，也没有意志消沉，而是选择了一种特殊的超越方式：以

第五章 杂剧在元代的传播内容

出世无为的道家文化,来安抚内心的愤懑与无奈。

在作品《黄粱梦》中,我们可以看到直接来自全真教教旨教义的思想观点,如吕洞宾之所以会在梦中落得个走投无路的下场,那是因为他无法摆脱酒色财气等欲望的诱惑;这实际上反映出来的是道教文化中对于行为戒律方面的规范。再比如在中国古代士人的传统观念中,人生的最高理想应该是"齐家、治国、平天下",在社会上建功立业。为了实现这种人生理想,不仅需要人们积极入世,在漫长的人生跋涉中不断进取,甚至也需要在明知理想难以实现的时候,表现出先哲所倡导的那种"知其不可而为之"的执着精神;似乎这才是读书人应取的行为处事原则和规范。但到了剧中我们发现,吕洞宾仅仅做了一场完全虚幻的噩梦,就决心抛却对于功名利禄的追求,这与传统士人的精神境界相差甚远。说明自元代起,这种沿袭千余年的人生理想观念有了较大的改变,这种改变不是发生在马致远一个人的身上的,而是一种普遍性的反映。

除了《黄粱梦》,我们在其他的神仙道化剧作中也能看到类似情感与思想的表达。如在杂剧《马丹阳三度任风子》中演绎的是"忍辱含垢,苦己利人"的道教思想;如杂剧《蝴蝶梦》中作者借太白金星之口明确宣称:"说起俺道门中,不与你世俗同。你爱的是雪月风花,我爱的是惰懒偎慵";再如杂剧《陈抟高卧》,他将嗜睡作为避世的法宝,于是说:"贫道呵除睡外别无伎俩","但睡呵一年半载没干净"。这些都足以说明,社会现实的黑暗、道教文化的广为流传使元人杂剧中以神仙道化为题材的作品应运而生。

通过对《西厢记》等四部剧作的具体分析,我们可以看出,杂剧在元代的传播内容涉及当时社会生活的各个层面,其中既包括对于社会问题与生活困境的深刻反映,也包括对于历史人物及著名事件的追忆评述,还包括对于时代精神与人生理想的直抒胸臆。这些都受到了当时社会的追捧,因为杂剧的创作者们总是在用他们犀利的眼光审视着整个社会,并将捕捉到的信息通过戏剧的形式加以包装,呈现给大众。也就是说,它们所传播的内容对元人来说是具有共同体验和普遍意义的。

但是我们必须指出,任何一种成功的艺术作品都是在特定的社会环境下诸多因素共同作用的产物,它能符合时代的精神与社会的审美,但却不一定能够迎合不同环境下受众的口味。因为我们对于事物的认识总是会随时间、空间,乃至个人经历而变化。事实证明,元杂剧的影响不仅限于元代,它所传播的内容很大一部分还受到了后人的认同与理解。比如,我们在明清两代的传奇小说中经常能够看到它们的影子,在当下的戏曲舞台上也时常能够看到它们的故事。因此,我们可以说,元杂剧之所以能够将不同地域、不同年龄、不同时代下的受众聚合在一起,是因为它所传播的内容具有一种跨地域、跨时代的文化共享性,这也是元杂剧的魅力所在。

元初科举废弛,汉族士人参政受到排斥,同众多汉族文人一样,马致远自恃有"佐国心,拿云手"[①],"且念鲰生,自年幼,写诗曾献上龙楼"[②],热盼当政者能"布衣中,问英雄"[③]。也编织了一个个功名求索的花环:"子房鞋、买臣柴。屠沽乞食为僚宰,版筑躬耕有将才,古人尚自把天时待。"[④]他也曾得到一个江浙行省务提举的官职,然同样"志不获展""世事饱谙多,二十年漂泊生涯"[⑤]"半世逢场作戏"[⑥]。岁月蹉跎,"这壁拦住贤路,那壁又挡住仕途"(《荐福碑》)。在久不得志后,他才自叹"柴,买臣安在哉。空岩外,老了栋梁材。""困煞中原一布衣,悲,故人知未知?登楼意,恨无上天梯"(《未遂》)。他满腹垒落不平之气开始郁积,悲在"穷,男儿未济中。风波梦,一场幻化中"[⑦],伤心"叹寒儒,漫读书。读书须索题桥柱。题柱虽乘驷马车,乘车谁买长门赋"[⑧],怨于"上苍不与功名候,更强更会也为

---

① (元)马致远:《叹世》,隋树森编《全元散曲》上册,中华书局1991年版,第237页。
② (元)马致远:《残套》,隋树森编《全元散曲》上册,中华书局1991年版,第273页。
③ (元)马致远:《双调·拨不断》,隋树森编《全元散曲》上册,中华书局1991年版,第253页。
④ (元)马致远:《双调·拨不断》,隋树森编《全元散曲》上册,中华书局1991年版,第253页。
⑤ (元)马致远:《悟迷》,隋树森编《全元散曲》上册,中华书局1991年版,第259页。
⑥ (元)马致远:《般涉调·哨遍》,隋树森编《全元散曲》上册,中华书局1991年版,第262页。
⑦ (元)马致远:《叹世》,隋树森编《全元散曲》上册,中华书局1991年版,第238、239页。
⑧ (元)马致远:《双调·拨不断》,隋树森编《全元散曲》上册,中华书局1991年版,第252页。

第五章 杂剧在元代的传播内容

林下叟。"① 半生颠沛，花环破碎，信念坍塌，也就参破荣辱升沉，带着满腹的牢骚和愤懑，开始了"梨花树底三杯酒，杨柳荫中一片席"（［般涉调·哨遍］套曲）的隐居生活。五十岁左右，流落民间，放浪形骸，向烟花勾栏中去寻找温情，以编撰杂剧来谋生。"天公放我平生假，剪裁冰雪，追陪风月，管领莺花。"② 在市井勾栏中，"天公不禁自由身，放我醉红裙"（《歌者樊娃索斌》）"温柔乡里寻常到"③"相偎相抱取欢娱"④；将沉闷郁结的情绪释放于诗酒中、寄托于杂剧创作上，"少年枕上欢，杯中酒好天良夜，休辜负了锦堂风月"⑤ "今朝有酒今朝醉，且尽樽前有限杯""不因酒困因诗困，常被吟魂恼醉魂。四时风月一闲身，无用人，诗酒乐天真。"⑥ 马致远一生共作杂剧十五种，现尚有《汉宫秋》《岳阳楼》《陈抟高卧》《青衫泪》《荐福碑》《马丹阳三度任风子》《黄粱梦》等。在这些杂剧中，作者将满心愤懑转嫁于戏曲人物，"寓之乎歌之末，以舒其怫郁感慨之怀。"⑦ 在"曲状元"马致远等人的影响下，创作神仙道化剧成为一时之风尚。

类似于马致远的落魄文人还有许多，他们早年才华横溢，迷恋功名，但出头无望，只能寄情山水，乐琴书林下客，绝宠辱山中相。推开名利关，摘脱英雄网。以创作神仙道化剧完成精神上的寄托。

---

① （元）马致远：《黄钟·女冠子》，隋树森编《全元散曲》上册，中华书局1991年版，第273页。
② （元）马致远：《悟迷》，隋树森编《全元散曲》上册，中华书局1991年版，第159页。
③ （元）马致远：《庆东原》，隋树森编《全元散曲》上册，中华书局1991年版，第201页。
④ （元）马致远：《题情》，隋树森编《全元散曲》上册，中华书局1991年版，第195页。
⑤ （元）马致远：《双调·乔木查》，隋树森编《全元散曲》上册，中华书局1991年版，第207页。
⑥ （元）马致远：《中吕·阳春曲》，隋树森编《全元散曲》上册，中华书局1991年版，第194页。
⑦ （明）胡侍：《真珠船》（卷四），《丛书集成初稿》（卷三三八），商务印书馆1985年版，第35页。

第六章 杂剧在元代的接受与欣赏

法国文学社会学家埃斯卡皮认为,"戏剧不是一种交流工具,它本身就是交流,而且在好几种层次上进行。"① 从传播学的角度来看,观众对杂剧的欣赏,实际上是一个复杂的信息接受过程。因为当作家与演员按自己的意图将杂剧呈现在他们面前时,这个庞大的受众群体绝不仅仅是被动地接受信息,而是根据个人独立的思考能力和审美意识对相关的信息进行筛选和再造。有时候,他们对作品的解读恰恰与作者想要传递的内容背道而驰。有时候,他们又根据自己的生活体验和合理想象赋予作品更深刻的意义。因此,对于信息输出者,也就是杂剧作家和演员来说,他们也必须接受观众所传递的信息,了解他们的所思所想,从而站在受众的立场上吸纳更多有助于提升杂剧创作的思想。可以说,没有观众就没有戏剧。"不管是什么样的戏剧作品,写出来总是为了给聚集成为观众的一些人看的,这就是它的本质。不管你在戏剧史上追溯多远,无论在哪个国家、哪个时代,用戏剧形式表现人类生活的人们,总是从聚集观众开始。""观众是必要的,必不可少的条件。戏剧艺术必须使它的各个'器官'和这个条件相适应。我之所以强调这一点,正因为这确实是出发点,正因为我们要从这个简单的事实引出戏剧的全部规律,没有一个例外。"② 日本戏剧理论家河竹登志夫也认为,"在戏剧中,观众的作用,观众与演员或舞台的关系,是和戏剧与社会、戏剧与人、戏剧为何存在等根本问题相关的。

---

① [法]罗贝尔·埃斯卡皮:《文学社会学》,王美华译,浙江人民出版社1987年版,第120页。
② [法]萨赛:《戏剧美学初探》,引自汪流《艺术特征论》,文艺出版社1986年版,第3页。

第六章 杂剧在元代的接受与欣赏

至少'观众'是戏剧发生、发展的必不可少的条件。东西方的共同之点，在于有了观众，才有了戏剧。"[1] 这也说明，从杂剧信息的输出到反馈，是一个双向行进的过程。观众对于戏曲的创作和推广乃至戏曲文化的传播都具有至关重要的作用。而且在这个过程中不同受众群体对于信息的感知和反馈是不同的。对于统治阶级来说，能够维护封建统治、正统礼教的剧目就是好作品；对于底层百姓来说，能够反映社会生活、通俗易懂的作品就是好作品；而对于儒士文人来说，能够以他人之笔抒发一己之愁的剧目就是好作品。可见，这些对于作品的不同认识以及对于信息的不同反馈，在很大程度上都会受到文化构成、生活环境、社会地位的影响。因此，分别讨论不同群体对于杂剧作品的接受与欣赏就显得尤为重要。

第一节 仪凤伶官乐
——宫廷贵族的视觉盛宴

元杂剧起于瓦舍勾栏，演出范围覆盖农村、宫廷、官府豪宅等，所以，元杂剧的接受对象十分庞杂。官员、士庶、引车卖浆者流，雅俗兼容，无所不包。但从史料来看，元代，戏剧的娱乐传播场合主要有两个，一个是豪家贵族、文人雅士厅堂宴会上的清赏，一种场合是市井细民、乡村百姓市场村落中的聚观。在封建社会当中，以帝王为代表的统治阶层作为一种特殊的观众群体，其欣赏意趣及审美要求对于杂剧的演出产生着重要的影响，这也就导致宫廷杂剧演出呈现出与民间迥然不同的面貌。因此，要探究杂剧在元代的接受与欣赏，宫廷贵族是一个无法忽视的受众群体。

遗憾的是，纵观已有的研究成果，对于元代宫廷演剧情况的阐述还少之又少。这一方面是因为元代保留至今的文献资料十分有限，尽管当时确有丰富的宫廷演出，但是大多都难以考证；另一方面是因为

---

[1] ［美］艾·威尔逊：《论观众》，引自［日］河竹登志夫《戏剧概论》，中国戏剧出版社1983年版，第172页。

元代独特的历史环境导致相关的记载大多采用蒙古语词汇，这也就给研究者的阅读理解造成了极大的障碍。基于以上两点，本书也只能就仅有的少量资料对当时宫廷贵族对于杂剧的接受情况进行简要的分析。

一 宫廷演剧的接受情况

根据文献记载，元代宫中的演出活动是相当频繁的，尤其是当宫中举办盛大的宴会，或是每逢节日大典，都会让优人乐工表演杂剧、歌舞等各种节目。作为元惠宗时期的尝食供奉之官，杨允孚曾在《滦京杂咏》中详细记载了当时的典章风俗和宫廷活动。在其详细记载的元代宫廷三种宴会中，于每年六月三日举办的诈马宴不仅是蒙古统治阶层最为隆重的宫廷宴会，而且也是一场既有歌舞宴饮，又有游戏竞技的皇家娱乐活动。而参加这个宴会的除了帝王后妃，还有朝廷百官，可见当时宫廷贵族对于演乐活动的喜爱，正如杨允孚诗中所写："仪凤伶官乐既成，仙风吹送下蓬瀛。花冠簇簇停歌舞，独喜箫韶奏太平。"（《滦京杂咏》）另外，元代内廷也有以戏剧招待外使及官员的传统。王恽《秋涧集》中就有"诏翼日都省官与高丽使人每就省中戏剧者"的记载。

值得注意的是，元代统治者对演乐乃至杂剧的喜爱与前代统治者有所不同，它抛却了正统文雅式的欣赏观念，让通俗浅显的民间审美逐步走入了宫廷。据《元史》记载，忽必烈时期，元代政府就设立了专门的宫廷音乐机构教坊司和仪凤司，并且在其下分别设立兴和署、安和署和云和署，掌管天下的乐工优伶。当宫廷宴饮活动需要伴有杂剧等其他民间演出时，它们就负责从各地征调艺人。根据相关文献记载可以看出，这种征调活动是经常性的，正如杨允孚的诗文："别却郎君可奈何，教坊有令趣兴和。当时不信邮亭怨，始觉邮亭怨转多。"（《滦京杂咏》）讲述的就是一位从事民间演出的女艺人被教坊选中，入宫前无奈与丈夫告别的场景。

事实上，大都作为元代的首都，人口众多、经济繁荣、社会平稳、娱乐需求也相对较高，因而集纳了许多高水平的杂剧演员，他们中很多人也都曾被召唤入宫进行表演。元末明初的诗人高启就曾作长诗《听教坊旧妓郭芳卿弟子陈氏歌》记录了顺时秀被召入宫演唱时的情况：元文宗时期，宫中设宴，由于顺时秀"姿容歌舞总能奇"，便奉

第六章 杂剧在元代的接受与欣赏

旨入宫。演唱时,其歌喉如凤鸣莺啭,惊飘艳雪,委动芳尘,大受统治者的喜爱。后来,顺时秀的弟子陈氏也曾被召入宫中演出,声名并不在其之下。因此,我们可以说,正因为有了这些具有高超技艺的杂剧演员,才使杂剧艺术在皇城宫室中得以传播。同时,也正是因为统治阶级对于杂剧艺术的喜爱,才在一定程度上使得杂剧艺人谋生之道得以拓展、社会地位得以提高。

让我们再次回到之前的话题,元代统治阶层对杂剧的接受与喜好程度究竟到了何种地步,从演出建筑的形态中便可见一斑。从史料所提供的相关信息来看,自汉以后,一直到宋代,宫廷演剧都是在已有的宫殿建筑中开展的。而其中很大一部分演出则是利用宫殿前面的露天庭院,正如《晋书·乐志》所说:"舍利从西方来,戏于殿前。"[1] 尽管伴随着社会经济的稳定发展以及戏剧艺术的逐步繁盛,尤其是到了唐宋两代,整个宫殿建筑的规制变得更为宏伟,演出的规模也得到了进一步扩大,但是其演出场所的缺陷还是显而易见的。据南宋学者曾慥的记载,有一次宋太祖举办御宴,突然天降大雨,演员们无法奏乐演出,使得赵匡胤极其不悦。直到后来开国功臣赵普上奏请求让乐工和杂剧演员们冒雨演出,才让赵匡胤尽欢而罢。可见,由于当时演出场所具有一定的随意性,使杂剧演出很容易受到天气的限制。当然也正是因为如此,后来宫廷演出便开始以市井勾栏样式进行改造,主要是宴乐之前在庭院内搭设山楼,也就是乐棚,起到遮风避雨、增加回音的效果。

而专门化的宫廷演出建筑,则最早出现于元代。元代熊梦祥就曾在《析津志》中记载:"厚载门上建高阁,环以飞桥、舞台于前,回阑引翼。每幸阁上,天魔歌舞于台,繁吹导之,自飞桥而升。市人闻之,如在霄汉。"[2] 可见,这座永固性的舞台被建造在厚载门前,它与宫门之间由两侧的飞桥所连接,站在舞台上的演员可以通过飞桥一直走到厚载门上去,整个过程仿佛就是腾空进行的(如图6-1所示)。由此可见,当时宫廷舞台的建造工艺十分高超,不仅能够满足基本的演出需要,同时还可以给观众带来高质量的享受。尽管厚载门等地方

---

[1] 廖奔:《中国古代剧场史》,人民文学出版社2012年版,第226页。
[2] 廖奔:《中国古代剧场史》,人民文学出版社2012年版,第228页。

的宫廷固定舞台不单单是为了杂剧演出而搭建的，但是这与元代统治者喜好杂剧演出有着密不可分的联系。正如杨维桢在《宫词》一诗中所写的那样："开国遗音乐府传，白翎飞上十三弦。大金优谏关卿在，《伊尹扶汤》进剧编。"由此可见元代统治阶层对于杂剧艺术的接受程度，宫廷内部的杂剧演出十分常见。

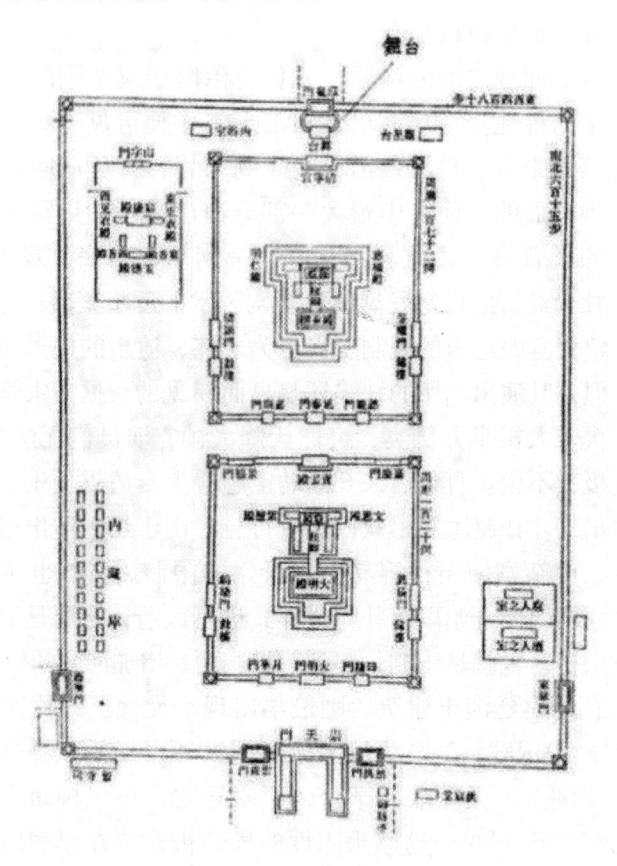

图6-1 元代宫城[①]

二 宫廷演剧的接受特点

尽管从元代宫廷演剧的接受情况来看与民间并无不同，但是因为

[①] 廖奔：《中国古代剧场史》，人民文学出版社2012年版，第229页。

第六章　杂剧在元代的接受与欣赏

统治者本身的政治立场、利益需求、文化素养等诸多方面都与普通百姓之间有着一定的距离，这就在某种程度上造成了他们对杂剧艺术不同的欣赏观念和接受特点。

首先，与普通的受众群体相比，统治阶层对杂剧艺术的重视及喜爱程度会直接影响到它的进步与繁荣。而这并不是杂剧艺术在元代宫廷传播过程中所独有的，实际上，任何艺术在封建阶层中的传播与接受都会呈现出这一特点。因此，它也是造成中国古代戏剧艺术发展缓慢的主要原因。在《中国古代戏剧史》中，唐文标在更广泛的层面上将音乐戏剧艺术的沉浮轨迹概括为一种社会循环，即：随着政治和经济的安定，贵族社会，连同帝王在内，也许是由于礼乐所需，也许是由于饱暖思淫欲，都需要大批的奴隶来充当乐伎，民间就只能训练相关的人员来供应他们所需。可一旦当社会发生动荡，贵族的娱乐需求大幅减少，那些曾在宫廷豪门中的乐伎就会重新流向民间。当然，音乐戏剧艺术也正是在这种循环和交流中得以发展。

唐文标对于这个问题的概括可以说非常准确。整个杂剧艺术在元代宫廷的传播乃至后续的变迁过程可以印证他的观点。通过上文提到过的《听教坊旧妓郭芳卿弟子陈氏歌》我们便可以发现，到了元代后期，蒙古统治开始渐趋衰落，无论是帝王后妃还是重臣贵族都没有更多的精力来欣赏杂剧，难免迎来"天子愁多内宴稀"的局面。相应的，那些曾经红极一时的杂剧演员们也不再享有显赫的声名，和相对较高的社会地位，只能被迫"从此飘零出教坊，远辞京国客殊方"。这也就是说，到了元代末期，曾为宫廷服务的杂剧艺术随着社会的变迁和统治的式微重新回到了民间。遗憾的是，由于固有的一些缺陷，元代杂剧艺术最终为新的艺术形式所替代，并在民间艺术的洪流中逐步走向衰败。

其次，作为最高封建统治者直接参与的艺术活动，宫廷的杂剧演出与其他的演出一样，常常会带有明显的功利目的。一般来说，最高统治者出于自身的政治目的，提倡什么戏，反对什么戏，褒扬什么戏，贬低什么戏，对剧本如何创作，如何删改，都会在很大程度上限制杂剧作家及演员们的创作。尤其是当作品涉及一些他们认为的重大问题时，统治者便绝不会让步，还有可能对编演者进行处罚。因此，为了迎合统治者的审美趣味和思想观念，宫廷内的演出内容与宫廷外的演出内容就存在一定的差异。由于相关文献记载有限，元代宫中究竟上演过哪些杂剧，我们今天已经无从知晓，只能够通过相关诗文推测。如朱有燉曾写过与演出剧目相关的诗句，"初调音律是关卿，《伊尹扶汤》杂剧呈。传入禁垣官里悦，一时咸听唱新声。""《尸谏灵公》演传奇，一朝传到九重知。奉旨赍与中书省，诸路都教唱此词。"因此，我们可以认定，杂剧《伊尹扶汤》和《尸谏灵公》曾在元代宫廷内演出的事实。

《伊尹扶汤》是说在夏朝末年，由于桀的荒淫无道致使诸侯反叛；其中方伯天乙虽然也想起兵征讨，但是苦于没有贤士相助；最终伊尹受召，亲自在军中布阵，辅佐方伯消灭了夏桀，建立了商朝。《尸谏灵公》则讲述的是春秋时代，卫国大夫史鳅以死进谏卫灵公，最终帮助卫灵公取贤去佞的故事。显然，单纯从演出内容来看，两出剧目完全不同；但是深究其展现出来的精神内核，则都是对封建伦理纲常的维护。作为中国历史上一个由少数民族掌握国家政权的重要时代，元朝的政治、文化制度实际上基本沿袭了宋朝和金朝的旧制，儒家所提出的三纲五常更是其宣扬的重要思想之一。因此，此类反映君臣文化的杂剧更能得到元代统治者的青睐，当然也更有利于他们倡导和巩固封建统治秩序。

再次，杂剧艺术与历来的诗词歌赋不同，它处于雅文学与俗文学的交汇点上。虽然这在很大程度上为其拓展了受众的阶层和群体，但是对于文化素养较高的统治阶层来说，这种粗浅鄙陋的艺术形式还不足以满足他们的需求。一方面是因为宫廷的杂剧演出肩负着勾栏演出所不具备的功能。《元宫词》里说："雨顺风调四海宁，丹墀大乐列优伶。年年正旦将朝会，殿内先观玉海青。"显然，这是在节日庆典时宫中举办盛大宴会的场面。而王恽在《秋涧集》中记载："诏翼日都省官与高丽使人每就省中戏剧者"，指的是元代内廷以杂剧演出招待外使官员的情景。所以，就宫廷杂剧演出来看，它不仅仅是统治阶级日常娱乐的重要方式，同时也是政治交往的必要手段。另一方面，宫廷的杂剧演出主要面向的是帝王后妃和王公大臣；因此，无论是日常宴饮还是节日庆典，演出的内容都要能表达出统治

第六章 杂剧在元代的接受与欣赏

者的政治诉求，展现出社会的安定富足，并且能起到伦理教化的作用。基于以上两点，元代宫廷中的杂剧表演展现出了一种向正统文艺形式靠拢的趋势。它在以民间技艺、滑稽表演、讲话艺术为创作母体的同时，还将诗歌、舞蹈、弦管等高雅的表达形式融入其中，并始终与传统的文学样态保持着一种难舍难分的联系。这也是后来杂剧艺术能够在公认的骚赋、诗词、传奇、小说的发展进程当中占据重要地位的原因。

最后，作为在民间沃土中生长起来的艺术硕果，元杂剧本身就携带有浓厚的市民气息；加之艺人在宫廷演出过程中的自然流动，在一定程度上加速了统治阶层与普通百姓之间的交流以及信息的相互传播。因而我们可以认为，宫廷内部的杂剧演出为统治者了解民生民情提供了窗口；同时也为其控制舆论、引导舆论提供了一定依据。

当然，也正是因为宫廷中的杂剧演出不同于单纯的声色娱乐，它还具有复杂的媒介功能，所以无论是台上的演员还是幕后的作家都很难使感情得到充沛的表达、才华得到充分的发挥。与民间的演剧相比，因为有了最高封建统治者的直接参与，演出者出于对皇权的敬畏，演出活动相对比较拘谨；从信息传播者与接受者的角度来说，宫廷内部的杂剧演出是互动效果最不理想的，信息生产与传播的真实性大打折扣。

第二节 歌舞盛倡优
——市井百姓的生活之娱

除了宫廷宴乐之外，城市当中的商业演出，是杂剧艺术发展的主要阵地。因为自元以后，瓦舍勾栏的分布极其普遍，演出活动十分频繁，观众数量更是不计其数。他们当中既有走街串巷的小贩，也有屋宇雄伟的坐贾；既有拾人残羹的乞丐，也有富贵显赫的官僚；既有起早贪黑的苦力，也有仰人鼻息的帮闲。这个庞大的群体与乡野农夫不同，他们有一定的闲暇时间，有娱乐的需求，有些还具备艺术的鉴赏能力。这个群体与宫廷贵族也不同，因为不管在什么社会体制下，他们始终都是社会的中间阶层，也是城市的主体。更确切地说，这些形形色色的人们便是随着社会经济的发展，出现于历史舞台的新生力量——市民阶层。作为民间表演艺术最为重要的受众群体，他们对杂剧的影响显然要比统治阶级深远得多。

一　城市演剧的接受情况

从概念上来看，"城"是指地理意义上的空间范围，而"市"则是指商业化的交易场所。因此我们可以说，城市演剧活动的发展与城市规模、经济状态、居民结构都有着密不可分的联系。元代以后城市商业更加繁荣、人口稠密，《元史·地理志》记载元代杭州路户三十六万八百五十，口一百八十三万四千七百一十。在这个人口将近二百万的大城市里，市民阶层进一步壮大。随着商业和手工业水平的提高，杂剧表演也在市民阶层中受到了前所未有的欢迎。但是由于受众群体的结构复杂，其社会地位、文化水平都有不同程度的差异，所以在对杂剧演出的欣赏与接受方面也表现出了不同的特点。

杂剧兴起使文学的创作者和鉴赏者从文人骚客进入了市井小民这个广阔的对象世界。对官僚文士来说，他们往往承担着"匡社稷、正风俗"的重任，加之长期身处官府之中或是书案之前，因此对于杂剧这种粗鄙的艺术形式不屑一顾，甚至对于演员群体也是嗤之以鼻。南宋陈元靓所撰写的《事林广记》在元代至顺年间郑氏的增补本中记载："上官三不入宅：一、子弟不可入宅；二、牙婆不可入宅；三、师尼不可入宅"，这里就将演员与媒婆、尼姑等一并视为不祥之人。而元代的郑太和在编写其家规中也谈到"不得引进倡优，讴词献技，娱宾狎客"，他认为听戏看剧是一个上违祖训、下害子孙，能够迷乱心智、废事败家的事情。

可事实上，在城市喧嚣与市民烟火的浸染下，官僚文士在艺术趣味上非常容易受到寻常百姓的影响。尤其是一种新鲜的艺术形式，一旦广大的普通民众开始注意它、欣赏它，官僚文士便也会流风所及，逐渐加入观众的行列。其典型的表现为，底层文士逐渐开始加入杂剧创作和编演的行列，而富贵官僚则开始构建家班家乐。如臧懋循在《元曲选》中说："关汉卿辈争挟长技自见。至躬践排场，面傅粉墨，

第六章 杂剧在元代的接受与欣赏

以为我家生活,偶倡优而不辞"①,这就是元代文士的生命与理想在杂剧艺术当中激越与沸腾的结果。再如元代杂剧作家杨梓,虽然以嘉议大夫、杭州路总管致仕,但是他爱好杂剧,不仅曾向著名散曲家贯云石学习音律,创作了《豫让吞炭》《霍光鬼谏》《敬德不伏老》三部杂剧,还常常举行演出,因而有"故杨氏家僮千指,无有不善歌南北歌调者"的说法。

从另一个角度来说,也正是这些官僚文士对于杂剧艺术又爱又恨的复杂情感,才让它在演出方式、艺术表达等诸多方面都有了一定的发展。一方面,这些人普遍受过良好的教育,具有较高的艺术修养和欣赏水平,所以当他们参与到戏剧创作甚至是表演当中时,必然会带来更为雅致、更为深刻的杂剧作品。高安道套曲 [哨遍·嗓淡行院] 对此有非常细致的描述,"暖日和风清昼,茶余饭饱斋时候。自汉抱官囚,被名缰牵挽无休,寻故友。出来的衣冠济楚,像儿端严,一个个特清秀。都向门前等候,待去歌楼作乐,散闷消愁。倦游柳陌烟花,且向棚阑玩俳优。"另一方面,尽管官僚文士对于杂剧从排斥到接受再到喜爱经历了较长的过程,但是他们的确也创造出了具有良好自娱和交际功能的杂剧家班,并且这种家庭内部的演出形式一直延续到了明清两代,在一定程度上为杂剧艺术乃至整个戏剧艺术的纵向传播继承提供了条件。

对工商业者和手工业者来说,他们是城市演剧的主要受众。第一,他们是城市当中最为重要的,也是最为庞大的群体之一。自北宋起,城市当中的商业和手工业就很发达;其都城东京曾在一段时间内,拥有六千四百多户向政府登记的商店,而大批的小商小贩还不在其列。第二,他们身上既没有像官僚文士一样的礼教束缚,同时对戏剧的教化功能也没有足够的认识,可以说杂剧的艺术魅力正符合他们的审美意趣。第三,他们与城市百姓以及乡野农户相比,拥有更多的时间和金钱来满足自身的娱乐需要。因为自宋代起,杂剧等其他技艺表演就与饮食习俗、茶饮习俗结合在了一起,形成了中国城市演剧当中极具特色的景象——茶楼戏园;可见,这种从容不迫的观赏方式没有时间

---

① 曹萌:《中国古代戏剧的传播与影响》,中国社会科学出版社2006年版,第69页。

或金钱，都是万万不行的。第四，他们需要通过杂剧艺术寻找一种前所未有的优越感。从《庄家人不识勾栏》中我们就可以看到，一个农人到了城里想要在剧场中看一出表演竟然被要去了二百钱；也就是说，一边品茗进食，一边欣赏表演，一边谈笑风生的闲情与享受并不是每一个人都能消费得起的。

因此，对具有良好收入的商贾和工匠来说，进入诸如此类的娱乐场所观看杂剧演出，不仅是一种娱乐需要，也是一种证明自身经济水平和社会地位的有效方式。

基于以上四点原因，城市中的工商业者和手工业者对于杂剧具有一种普遍的喜爱与欣赏。其最直接的表现是，在大都、真定、东平、平阳等各大城市当中，瓦舍的数量在不断增长。正如元人熊梦祥在《析津志》佚文中所记叙的那样，大都钟楼西边的斜街，是大运河的终点，也是临靠海子（积水潭）的运河码头；由于那里是官贾百姓经常往来的游赏之地，所以有许许多多的歌台酒馆，平时就能看到车马杂沓、歌舞升平的景象。但是值得注意的是，他们对于杂剧的喜爱不同于官僚文士，在娱乐休闲的需求下，在文化水平的限制下，他们对于杂剧的观赏并没有过高的要求。相反，他们宁可欣赏浅显有趣的粗俗，也不肯欣赏艰涩难懂的高雅。因此，作为民间艺术的集大成者，杂剧总是处于一种"雅的嫌俗，俗的嫌雅"的中间状态。同时也正是因为如此，杂剧才发展成为一种雅俗共赏的艺术形式。

而对那些生活在底层的城市百姓来说，他们并不是杂剧演出当中的主要受众群体，甚至可以说他们是被边缘化的一群人。因为杂剧在城市生活中的深度浸染和广泛传播，使他们无可避免地接受到了一些艺术信息。如《庄家人不识勾栏》里那个刚刚进城的老农，看到了街头张贴的剧目广告以及拥挤热闹的人群，就想看看勾栏当中究竟演出的是怎样的节目。但实际上无论是经济能力、文化水平还是社会地位，他们都不能和官僚文士一样，对杂剧的发展起到一定的作用；因为在诸多条件的限制下，他们更多的是在街头巷尾欣赏路歧人以及业余群体的表演，其信息反馈自然很难到达专业的编创者耳中。同时，他们也不能像商贾和工匠一样，受到杂剧表演者乃至勾栏经营者的重视。正如《蓝采和》中描写许坚第一次在剧场当中碰到钟离权时所说的

第六章 杂剧在元代的接受与欣赏

话:"我看了你不是俺城市中人,则是个云游先生,河里洗脸庙里睡,破窑里住,也无有庵观。不是我笑你,一生也不见勾栏。"可见即使伴随着商业的发展,勾栏中的艺人呈现出了一种"宁肯乐待于宾,不可宾待于乐"的演艺精神,但是这些名角依然没有将这些底层的受众放在眼里。而这些底层的受众具体来说就是一部分长期居住在城市当中的仆役、乞丐和无业游民,以及一些从乡野不断向城市涌入的农夫村妇。他们的共同特点在于,对于杂剧乃至其他表演艺术都没有鉴赏甚至是欣赏能力,更谈不上个人喜爱或是娱乐需求;其中的大多数人只是出于对城市文化的好奇与向往,他们希望获得一定的谈资,与其他的城市群体融入一起。观众是戏剧的消费群体,观众是上帝,"一出戏必须得到观众的赞赏才能长期生存。一出戏是成功还是不成功,最后由观众说了算"[①]。而从实际的情况来看,元杂剧就是市民文化与大众娱乐相适应而产生并迅速繁盛起来的,因此,元杂剧的艺术形式也是市民群体审美的凝结。

二 城市演剧的接受特点

尽管经济的繁荣推动了城市的发展,而城市的发展又哺育了杂剧艺术;但是我们必须要承认,在这个过程当中离不开市民受众的竭力呵护。一方面是因为他们对演出的反馈,比宫廷中的观众更具有普遍性,比乡村间的观众更具有连贯性,在一定程度上为杂剧艺术的成熟提供了一种既开放又稳定的气候。另一方面,尽管这个群体的构成较为复杂,但是他们的社会见识丰富,情感节奏轻快,其欣赏口味既与杂剧的本性十分合拍,同时也是杂剧艺术能够在城市中久留的基本前提。因此,如果要具体分析他们对城市演剧的接受特点,大致可以分为以下几点。

首先,作为城市演剧的主要受众,市民是社会当中的中间阶层,他们虽然没有宫廷贵族那样富裕的生活,但是也要比乡野农民的条件优越。因此,在思想观念上,他们虽然没有农民的愚昧落后,也不会发生"皇帝用金扁担挑水"之类的联想;但是也缺乏像权力阶层或是

---

① [美]艾·威尔逊:《论观众》,李醒等译,文化艺术出版社1986年版,第5页。

知识分子那样的自由意志，仍然会囿于统治集团的限制和压迫。在他们身上既有一种对上咒骂昏君奸臣，对下鄙视穷苦农民的评判标准；也有对于大富大贵的不懈追求以及对骄奢生活的极度渴望。故而，他们对于"公子落难，小姐赠金，金榜题名，衣锦还乡"式的故事情节格外欣赏，因为此类时运不济，却能收获圆满的人生结局恰恰是他们的精神自慰。这其中有他们对于市井生活的充分体验，也有他们对统治的不满和对灾难的恐惧。因此，以市民为主的受众群体具有人性健全、情趣丰富、视野开阔的欣赏特点。

其次，在上文当中我们已经提到，市民阶层的文化水平和艺术素质都远远不及官僚文士，他们对杂剧艺术没有高深的文化和哲学追求，也并不重视它的教化作用和舆论功能。因此，他们所喜爱的是那些既不引经也不据典的通俗唱段，是既不含蓄也不艰涩的情感表达，是情节曲折、有头有尾、引人入胜的故事脉络，也是丰满可感、性格鲜明、联通现实的人物形象。为了满足绝大多数的受众需求，杂剧的编创者们自然要向市民的口味靠拢，这在一定程度上也就影响了中国传统戏曲剧目的语言。许多日常生活中的俗语、蛮语、谑语、磕语、市语、方语、讥俏语等市井大众语言被元杂剧广泛接纳。王国维认为"古代文学之形容事物也，率用古语，其用俗语者绝无。又所用之字数亦不甚多。独元曲以许多衬字故，故辄以许多俗语或以自然之声音形容之。此自古文学上所未有也"①。胡适也说："文学革命，至元代而登峰造极。其时，词也，曲也，剧本也，小说也，皆第一流之文学，而皆以俚语为之。其时吾国真可谓有一种'活文学'出世。"②这种雅俗文学合流，使元杂剧的创作和搬演都必须重视观众的需要，化雅为俗，点俗成雅，"要文而不文，俗而不俗，要耸观，又耸听"③。观众以自己能接受的语言表达和故事来通疏世法、增长见识、吸取经验、体验际遇。现代剧论家宋春舫说："观众到剧场中来，或许怀有多种动机，如有的想解除一天的劳累，松弛紧张的精神，有的寻刺激、找灵感，

---

① （清）王国维：《宋元戏曲史》，百花文艺出版社2002年版，第101页。

② 胡适：《吾国历史上的文学革命》，引自姜义华主编《胡适学术文集》，中华书局1998年版，第4页。

③ （元）臧懋循：《元曲选序一》，浙江古籍出版社1998年版，第5页。

第六章 杂剧在元代的接受与欣赏

有的想获得对某些人生问题的新见地与启示性看法,等等。然而,除此之外,他们还有一个必不可少的共通的欲求与渴望,那就是精神上的愉悦与快感,能不能给予或满足观众的审美愉悦与快感,这是剧场艺术最根本的条件与生命所寄。"① 观众以戏曲为媒介,在人类心灵和外界事物的交互作用中,延伸他们的感知并为观念的生活世界提供给养和资源,同时建构起对自己有利的图景并对某一历史时期所发生的事件赋予个性化的理解,使官家垄断的历史话语和"单声道"的霸权叙述成为巴赫金所谓"多声道"的众声喧哗。

再次,从唐代起,居住在城市当中的人们就保持着一种闲暇的生活状态,他们往往有不少的事件来用于娱乐消遣,元代尽管民族矛盾、阶级矛盾异常激烈,但年节之际依然呈现出全民狂欢的景象,"万户千门,重重绣帘高挂,列银烛荧煌家家斗骋奢华","杜郎家酒馆""王橱家食店""张胡家茗肆"都"密匝匝车马喧闹"。男女"金吾不禁,良宵欢洽""千朵金莲五夜开",仕女王孙"传杯笑饮流霞","今日乃三月初八日,上巳节令。洛阳王孙士女,倾城玩赏"(《墙头马上》),联臂"闲游在阆苑瑶池"。如"三月三日,在京城里外官员,市户军民,百姓人家,或妻或妾或女,都要赴九龙池赏杨家一捻红"(《李太白匹配金钱记》)。因此,为了应对这种观众时来时往、饮食谈笑、心不在焉的观赏形态,在勾栏的杂剧演出中就出现了"付末开场""自报家门""反复交代"等特殊的表演环节。这种俗世的、浅层次的、即时的、快人耳目娱乐,消解了其无处不在的社会使命感和教化功能。

王骥德认为理想的观众群应当是"名士集,座有丽人佳公子、知音客、鉴赏家"②,但在观戏过程中,"伧父与席""恶客闯座""客至大嚷""酗酒人""骂座""座上行酒政""将军作调笑人""三脚猫人妄讥谈""村人喝彩""邻家哭声""小儿啼""场下人厮打",这些也是戏曲接受的一部分,成为观众观戏之后的重要谈资。因为市民阶层

---

① 焦尚志:《中国现代戏剧美学发展史》,东方出版社 1995 年版,第 72 页。
② (明)王骥德:《曲律》卷 4,中国戏曲研究院编《中国古典戏曲论著集成》(四),中国戏剧出版社 1959 年版,第 182 页。

与统治阶层不同,他们的群体构成无时无刻在发生着变化,其中的一些人有可能会通过不懈努力很快跻身于统治集体,也有一些人可能会因为命运不济一时落入更为贫困的队伍。"予初入排场时,村辺有聚观者,余面若涂血,心若累石,口嗫嗫不能终折。已游三街六衙,与诸少年狎,视村曳之观者蔑如也。又过达人贵官之家,分杯连席,谑浪终日,归而见市井少年,犹奴隶也。已而入京师,隶籍乐部,出入掖廷,声遍长安,王侯公子争为挟筝负琴,视达官贵人犹家鹜庭鸟也。今余又出京十年余,高贤大士,游公獧(juan)贾,阅历既多,处万人场有若幽室,笼指撚拨,随手应歌,盘旋不拘本腔,人无不击节者。何则?不见己焉耳,不见人焉耳。"① 这不仅使得他们所接受的杂剧信息能够在不同的社会阶层中顺利传播;同时他们所持有的艺术口味与审美意趣也能够向上层浸润、向下层辐射。因此,我们无论是在宫廷演出,还是乡野庆典中都能看到与城市的勾栏瓦舍中相似的杂剧演出。但是不同的社会群体对于杂剧的接受与喜爱仅仅表现为艺术上的共鸣,不同的审美要求与生活体验要求杂剧无论是故事情节还是唱词唱段都需要进行及时的修整与再创造,从而适应不同的演出环境和受众群体,这实际上在一定程度上促进了杂剧艺术的发展与流变。

最后,由于城市中的杂剧演出与传播通常是在瓦舍勾栏、茶楼酒肆中完成的,其演出空间较之以往的室外环境无疑是在逐渐地缩小与封闭。尽管这是中国戏剧在发展过程中的一大进步,但是它对于以往观众与演员之间的信息活动与反馈也产生了巨大影响。因为封闭式的专业剧场的出现就意味着观众区与表演区被严格区分,场内所有关于演出剧目的宣传内容及道具都是按照编创者的意图所陈设的。所有的这些都是对观众心理和行动上的干涉和约束,但观众与演员之间曾经较为容易的互动因为这些而改变。观众想要进一步参与,成为杂剧信息的生产者已经不复可能,只能充当观者、听者、被教育者这一固有的角色。在一些学者看来,城市演剧从传播到接受都在受买卖关系和商业利益的影响,这是社会发展的必然,同时也

---

① (清)焦循:《剧说》卷五,中国戏曲研究院编《中国古典戏曲论著集成》(八),中国戏剧出版社1959年版,第209页。

第六章 杂剧在元代的接受与欣赏

是戏剧精神的失落①。

第三节 老稚相呼景
——乡野村夫的赛会庆典

如果说市民阶层是能够常常流连勾栏瓦舍的有闲群体，那么农民阶层就是被紧紧束缚在土地上的忙碌一族。从春播秋种到苛捐杂税再到田赋徭役，身处在田野乡间的广大农民只能在节日庆典中享受短短几天的休息。在这有限的休闲时间中，他们还必须要完成探亲访友、缔结姻缘、驱邪避疫、祭神纳福等一系列的活动。因此，他们真正用于休闲享受的时间是非常有限的，即便是对杂剧演出的观赏也总是穿插在各类祭祀赛会活动中。

但他们依然是一个无法回避的受众群体。一方面是因为在封建社会中农民是社会人群的主体，也是人数最多的群体，他们对杂剧艺术的接受程度会直接影响到它的传播与发展。另一方面是因为当时技术条件有限，而农民阶层的文化水平又普遍比较低下，所以节日庆典当中的一些娱乐表演难免会成为他们了解外界信息的一种有效媒介。正是基于以上两点，我们有必要对其杂剧艺术的接受情况进行考察。

一 乡间演剧的接受情况

作为中国农村的主体，广大的农民阶层没有随时观看杂剧演出的条件。他们所要面对的，只有日复一日面朝黄土背朝天的生活。对于他们来说，没有比企盼风调雨顺，作物获得丰收更加重要的事情了。因此，与城市中的市民不同，他们对杂剧表演的观赏并非经常性的，而是与节令祭祀紧密地结合在了一起。

而这种结合最早流行于宋代，当时民间节日中的迎神赛会中就逐渐出现了各种杂剧、歌舞、百戏表演。正如范成大在诗中所言："轻

---

① 王胜华：《戏剧人类学》，云南大学出版社2009年版，第168页。

薄行歌过，颠狂社舞呈。"在他看来，当时赛会表演中的节目种类众多，而且都以热闹红火、欢乐喜庆为主旨。到了元代以后，这种表演就更加兴盛，尽管没有详细的文献记载，但是我们在文人墨客的笔记、诗文、碑刻里仍然能够看到。如元代王恽就曾在《秋涧先生大全集》中作有小令《尧庙秋社》，描述了平阳地区的秋社活动："社坛烟淡散林鸦，把酒观多稼。霹雳弦声斗高下，笑喧哗"①。又如，在山西省洪洞县明应王庙的重修碑文上就有记载："每岁三月中旬八日，居民以令节为期，适当群卉含英，彝伦攸叙时也。远而城镇，近而村落，贵者以轮蹄，下者以杖履，挈妻子、舆老羸而至者，可胜既（概）哉！争以酒肴香纸聊答神惠。而两渠资助乐艺，牲币献礼，相与娱乐数日，极其厌饫，而后顾瞻恋恋，犹忘归也。此则习为常"②。也就是说，在乡间庙会演出的时候，无论男女老少，富贵贫贱，所有人都从四面八方赶来，且看戏看得十分入迷，到了晚上都不知回家。

除此之外，在山西省平定县《蒲台山灵赡王庙碑》上也有类似的描绘："明日牲牢、酒醴、香纸，既丰且腆，则吹箫击鼓，优伶奏技。而各社各有社火，或骑或步，或为仙佛，或为鬼神，鱼龙虎豹，喧呼歌叫，如蜡祭之狂。"所有的这些都为我们描述了一个万人空巷的景象，其气氛热烈、欢腾盛大，充分说明了庙会演出对于乡野农夫的吸引力。

一般来说，在乡村之间进行的演出，一般邀请专业的演员与戏班，如山西河津县北寺庄禹庙戏台元代台的基石上就刻有一个由婚姻连接起来的家庭戏班为庆祝禹庙戏台落成而在这里进行演出的记录。其余的如平阳府杂剧艺人张德好在大德五年曾率戏班到万荣县孤山风伯雨师庙进行祭神演出，平阳府以杂剧女艺人忠都秀为主角的戏班也曾在泰定元年到洪洞县表演过。但是凡此种种，显然不能满足广大农民受众的娱乐需求，他们更希望能从单纯地观看表演走向参与表演，从而抒发内心炙热的情感。所以，在元代的庙会赛社演出中也有村民自扮自演的情况，著名作家白朴就曾在杂剧《箭射双雕》中对此进行描

---

① 廖奔：《宋元戏曲文物与民俗》，文化艺术出版社1989年版，第89页。
② 赵山林：《中国戏曲传播接受史》，上海人民出版社2008年版，第133—134页。

第六章　杂剧在元代的接受与欣赏

写："有他那牛表嘲歌，沙三争戏；舞的是一张掀乔样势。再有什么乐器，又无他那路歧；俺正是村里鼓儿村里擂。"① 从某种意义上来说，村民主动参与杂剧不仅能够节约部分节庆活动的开销，满足自身的表演欲望和娱乐需求，一旦当他们开始参与杂剧的再创造，就一定会得到更多受众的认可，获取更多的反馈信息。

二　乡间演剧的接受特点

在中国文化艺术史上，没有其他任何一种艺术形式拥有戏曲这样广大的接受群体。从本质上说，中国戏曲来自民间，是从人民生活的土壤里孕育、生长起来的，其言本自街谈巷语，其曲出于里巷歌谣。戏曲主要的服务对象和从业人员是社会的下层群众。黑格尔在其《美学》中说："每件艺术作品也都是和观众中每一个人所进行的对话。"② 观众不但决定着戏剧的兴衰，也影响着戏剧的民族特色。所以，尽管城市演剧与乡间演剧活动的受众具有诸多共同点，但是因为他们所处的社会环境、形成的生活习惯、拥有的人生观念等不同，都会影响其接受体验。

其一，与城市当中的演剧受众相比，由于农民阶层既没有充足的经济条件来经营商业化的剧场，也不可能成为商业化演出的消费者。因此，存在于乡野之间的杂剧演出，更像是一种具有广泛参与性的祈福庆祝活动。因此，其受众群体也更具有多样性和独特性。如果说都市演剧的观众主要以有时间、有金钱、有一定欣赏能力的男性观众为主，那么乡镇演剧则是可能囊括了乡间所有的人群，其演出场景可谓"老稚相呼""一国若狂""聚父子兄弟并帑其妇人而共观之"，而这样的受众特点，会让原本受到封建伦理道德束缚的底层百姓，尤其是女性群体接触到全新的思想和观念，这对于整个社会的发展具有一定的促进作用。

其二，与城市当中的演剧环境相比，乡野的杂剧演出没有固定的场所，因此，它难以实现付费演出，而许多著名的戏班或是艺人之所

---

① 赵山林：《中国戏曲传播接受史》，上海人民出版社2008年版，第135页。
② ［德］黑格尔：《美学》第一卷，朱光潜译，商务印书馆1982年版，第2页。

以参与演出也并非看重其经济利益，而是认为在远离政治中心的地方可以畅所欲言，同时还能收获更为广大的观众群体，获得盛名。可以想象，在没有经济条件作为限制之后，广大农民观剧、评剧的积极性会只增不减。另外，乡间的杂剧演出多是在村头巷尾，或是庙台广场，它所容纳的受众数量要比勾栏瓦舍多出许多。因此，当演员站在台上，音乐伴奏响起，有个别观众出现在戏台前，就会有更多的人在好奇心和从众心的作用下蜂拥而至。可见，这不仅仅是杂剧本身的魅力所在，更多地是在热烈的剧场氛围下，人与人之间的心理距离被拉近，他们相互传染、相互影响，令杂剧产生了良好的传播效果。

其三，与城市当中的演剧内容相比，在乡野演出的杂剧剧目显然更加浅显易懂、生动有趣。对这里的受众来说，他们远离了城市，也就意味着远离了文化中心。因为接受教育的机会较少，与社会上层群体之间几乎不会发生关联，甚至于对社会当中新的观念、审美意趣也一无所知，因而他们就会满足于杂剧演出带来的娱乐形式和欢快气氛。至于真正的演出内容，只有越接地气，才越有可能激发他们自觉的心理反应。而那些能够复述出来的观感体验和情节内容也都会成为下一次节庆表演到来之前的有趣谈资。因为市民大众"或者生活十分清苦，或在政治上遭到各种歧视和压迫，由此而引起的愤懑、不满和苦闷，当然会要求在杂剧舞台上表现出来，找到寄托"[1]。"它们传达出人民的情感与愿望，人民的欢愉与忧戚，人民的愤怒与痛苦"，而且"凡是人民所憎恨的昏君、权相、贪官、污吏、奸雄、恶霸，我们的剧作家也必予以贬斥，使之丑化，使之为人民所唾弃；凡是人民所崇敬所喜爱的正直忠贞的英雄、烈士，所同情的负屈含冤的男女，我们的剧作家也必加以褒扬，予以伸雪，使之正义大张、使之感动人民、以至于哭泣难禁[2]。"元代，主张享乐主义，提倡以情抗理，这就决定了元杂剧作家和演员们就必须注意去适应市民情趣和舞台表演性。"一部剧本如果本来不是作者本着自己的意图和才力为上演而写出的，

---

[1] 张庚、郭汉城主编：《中国戏曲通史》（上），中国戏剧出版社1980年版，第99页。
[2] 郑振铎：《古本戏曲丛刊初集序》，参见吴国钦等编《元杂剧研究》，湖北教育出版社2003年版，第23页。

第六章 杂剧在元代的接受与欣赏

上演就不会成功,不管你怎么演、它还是有些别扭甚至引起反感。"①观众的接受与欣赏水平在一定程度上决定元杂剧的发展与传播,也影响着剧作家创作和演员舞台搬演的状态与舞台塑造。如夏庭芝主张演员既要对杂剧艺术本身能"驾头、花旦、软末泥等,悉造其妙",又要"善拨阮,能慢词",甚至还要"善词翰,达音律"②。元人赵半闲在《勾栏曲》中描述过元杂剧传神的舞台塑造:"粉面少年金缕衣,青鬘拥出双娥眉;骏翁前趋嚚母诮,丑姬妒嗔狂客笑;虬髯奋戟武略雄,蜂腰束翠歌唇小。"③ 杂剧作家、演员和观众共同构建了戏曲艺术接受与欣赏的信息场域,作家在戏剧中表现平民生活的愿望,演员演绎历史故事与现实生活,观众倾向于接受反映与他们的生活相接近的、符合他们的审美情趣的杂剧作品,这些作品又反过来为普通大众提供精神食粮,影响和提高了广大平民的审美层次和文化水平。

其四,与城市中的演剧空间相比,乡野的演剧空间更为开放和自由。因为在开阔的室外环境中,表演者难以对舞台陈设进行精妙的布置,也不可能拥有与勾栏当中同样的音响效果,甚至因为观者较多,戏台较远,很多人都难以看清演员们的装扮、动作乃至形态。因此,作为杂剧信息的主要传播者,台上的演员对于台下观众的控制是微弱的。同时受鼎沸喧闹的演剧环境影响,他们本身对于剧目和角色的投入也有所欠缺。这些势必会影响受众的观剧体验和对于信息的接受与理解。但同时,因为人与人之间的空间距离较远,台下观众更容易摆脱被动式的接受,产生个人的心理体验,从而参与到杂剧的传播当中。

其五,与城市中的演剧形式相比,乡野之间的演剧带有很大程度的自娱性质,这主要受两方面的因素影响。一方面是因为最早产生于市井文化中的杂剧,必须先在城市中成熟起来,才能逐步走向农村。也就是说,城市中的杂剧演出是农村演出的范本,而农村中的杂剧演出则是城市演出的遗绪。正因为如此,那些市民化、商业化的杂剧班社也都是以城市作为主要的活动中心,他们到农村中进行演出既是一

---

① [德]爱克曼:《歌德谈话录》,朱光潜译,人民文学出版社1978年版,第98页。
② (元)夏庭芝著,孙崇涛、徐宏图笺注:《青楼集笺注》,中国戏剧出版社1990年版,第82、23、223页。
③ 季国平:《元杂剧发展史》,河北教育出版社2005年版,第167页。

种不得已而为之的行为，也是一种提高影响、扩充受众的手段。另一方面，除了观赏专业演出群体的表演，广大的农民对于编剧演剧也有着浓厚的兴趣。在他们看来，无论是作为观赏者还是表演者，都是农闲时节消遣放松的一种手段。尤其是当城市的专业戏班无暇走村串乡的时候，他们就只能身兼二任，既扮演观众又充当演员，通过自己的创造与表演获得一时的心灵慰藉。

综上所述，我们要考察观众对于杂剧的接受情况，就必须要具体分析他们的心理需要。而这种心理需要既与他们的生活环境、社会地位息息相关，也与他们的文化水平、审美情趣紧密勾连。也就是说，不同的社会群体对于杂剧艺术的接受与认知是不同的。因此，要想使它得到广泛的传播与接受，艺术家们就必须采取相应的措施，优化杂剧的演出内容和表现手段，从而满足不同观众的心理需要。

虽然古代文献中缺乏对元代戏剧观众情况及其审美心理的记载，没有把研究戏剧的视线延伸到接受者的观众。但戏始终是演给观众看，戏剧为观众而存在，"没有观众，就没有戏剧"[1]。英国近代戏剧理论家威廉·阿契尔指出："戏剧除了对于观众以外是毫无意义的。"[2] 伟大的观众可以促成伟大剧作家和伟大的戏曲作品的诞生。伟大的作家基本隐藏于舞台帷幕、灯光之外，他们的思想与情感要触达观众，必须借助演员这一中介来实现。从戏曲接受与欣赏角度来讲，剧作家与演员是一个协作集体，他们要共同面对观众的欣赏和批评，并在此基础上形成三者的心灵对话，"没有演员和观众之间感性的、直接的、'活生生的'交流，戏曲便不能存在[3]"。而观众的娱乐需求以及经济支持，在一定程度上决定了戏曲的流播程度和艺术生命。所以，一部中国戏曲史，既是戏曲作品的创作史和搬演史，也是戏曲作品的传播史以及观众对作品的接受史。而一部戏曲传播与接受史，就是民族文学审美心理的演变史和民众喜怒哀乐、爱憎褒贬、审美心理、审美趣味的呈现史，是戏曲精神产品生产与消费双向互动的历史。

---

[1] [英]马丁·艾思林：《戏剧剖析》，罗婉华译，中国戏剧出版社1981年版，第6页。
[2] [英]威廉·阿契尔：《剧作法》，吴钧燮等译，中国戏剧出版社2004年版，第12页。
[3] [美]艾·威尔逊等：《论观众》，李醒等译，文化艺术出版社1986年版，第4页。

第七章 杂剧在元代的传播效果

所谓传播效果是指受众在接受了传播媒介传递的信息后，在思想感情、立场态度、行为举止等方面所发生的变化；它是传播活动的出发点和归宿，也是传播活动中心。对于元代的杂剧艺术来说，由于所处的时代与现在相去甚远，我们已经很难还原出当时的传播之貌。对于真实的传播效果，也只能借助现存的史料文物等推测大概。但是有一点可以确认的是，作为古代戏剧艺术中至关重要的一笔，元杂剧既然能给后世带来巨大的影响，在当时就一定具有广泛且深厚的受众基础，并取得了良好的传播效果。

第一节 诗文史料中的生动描述

要了解杂剧在元代各阶层受众之间的传播效果，就要通过典籍文献与历史对象来一场跨时空的对话。对我们来说，对象的缺席已经让对话的展开困难重重；此外，由于元人并没有给后人留下有关于剧场的专著，对资料的辨认筛选加剧了这种难度。因此，结合以往的研究经验，我们只能选择一些相对真实可靠的演剧史料对当时的演出场景的描述和传播效果的评价进行探索和分析。从中我们不难看出，杂剧在元代的演出具有良好的受众基础。也正是因为如此，元人对杂剧艺术的娱乐消费开始增多，与剧作家、演员之间的互动开始增强，在一定程度上，也促进了杂剧艺术的发展和进步。

一 广泛的受众基础

作为民间艺术的代表，杂剧在元代的演出十分普遍，也拥有十分广泛的受众基础,表现在以下几个方面。

第一,元代的宫廷生活常常伴有杂剧演出。从古波斯史家拉施特编著的蒙古史名著《史集》来看,窝阔台曾在欣赏杂剧演出的时候,看到一个来自大食的俘虏被侮辱,就下令停止演出,并警告了演剧之人。这则逸事是元代戏班为君王贵族演出的最早记录。根据《元史》记载,自忽必烈时起,元代宫廷就设立了教坊司、仪凤司等音乐机构,经常从民间征调艺人,进入宫廷表演。如朱有燉就曾在《元宫词》里写道:"江南名伎号穿针,贡入天家抵万金。莫向人前唱南曲,内中都是北方音。"① 除此之外,杂剧演出乃至清唱散曲在其他的官方活动中也十分常见。如刘孟琛编辑的《南台备要》中就曾记载,御史台除了节日庆典以外是不用乐人的,但是杂剧演出或者是清唱散曲却不在这个行列。因此,无论是元代统治者不惜花费大量精力将南方的杂剧艺术家吸纳进宫廷,还是在官方活动中对于杂剧演出极少设限,都足见他们对于杂剧艺术的接纳与喜爱。

第二,杂剧在城市中的勾栏演出也格外兴盛。元人王恽在担任平阳府判时就曾描写过至元年间三月宴游的盛况:"县曹供张散平碧,呼集妓乐罗珍馐","都人亦喜岁华新,四面纵观空巷里",可见当时城市百姓对于杂剧艺术的热爱。正是因为有这样广泛的受众基础,越来越多的演出剧场才在城市当中拔地而起,越来越多的杂剧艺人也开始涌向城市。可以说是在受众群体的作用下,杂剧艺术得到了空前的发展。《马可波罗行纪》中记载,当时聚集在大都城郭内的艺妓有两万余人;可见当时杂剧的繁盛,以及受众的需求之大。

第三,正如上文所说,杂剧在乡村祭祀、庆典活动中的演出也非常频繁。一般来说,这些祭祀庆典在一年之中就有两次高潮。第一次是在春耕时节,这时候要置办迎神的财物,以祈祷这一年可以获得良好的收成,而杂剧演出也是这个过程中必不可少的节目。第二次是在秋冬时节,这时候除了要有专业的戏班进行表演,来一同迎丰收、享喜悦之外;乡镇村民还要自己排戏演出,因为每年冬天都是农闲的季节,也是村民们最好的娱乐时间。

---

① 赵山林:《中国戏曲传播接受史》,上海人民出版社2008年版,第114页。

第七章 杂剧在元代的传播效果

从这三个方面我们可以看到，诞生于民间杂剧艺术，在元代的传播力量是十分巨大的，上到宫廷贵族，下到乡野百姓，无一不为其独有的魅力所深深吸引。尽管我们现在已经难以还原当时的演出场景，获取受众的真实喜好和想法，但是能够拥有如此广泛的受众基础，说明杂剧在元代的传播效果的确不可小觑。

二 普遍的文艺消费

广泛的受众基础带来的是普遍性的文艺消费。夏庭芝说，无论是在京城里还是外面的郡邑，都分布有瓦舍勾栏，出现"辟优萃而隶乐，观者挥金与之"的情况。文渊阁四库全书中也有所记载："一笑千金，一食万钱，此则他方巨贾，远土谒宦，乐以销忧，流而忘返。"[①]

可见，到了元代，杂剧已经不再是单纯的表演艺术，而是成为商业化的文化产品，进入了寻常百姓的娱乐性消费。从这个角度来说，只要杂剧表演能够得到观众的喜爱，杂剧的创作者和演出者就都能拥有可观的收入。曾有杂剧对元代戏班的生计情况进行了描写："做一段有憎爱劝贤孝新院本，觅几文济饥寒得温暖养家钱。俺这里不比别州县。学这几分薄艺，胜似千顷良田。"(《汉钟离度脱蓝采和》)可见元代社会中的杂剧演出因为具有人数众多的受众群体，确实解决了不少杂剧艺术家的温饱问题。

当然，因为是付费性质的表演，受众就不免对其表演内容和演出质量提出要求，当台上的演员表演出色，就会受到观众们的喝彩，反之，如果演出质量不好，也不免受到观众们的冷嘲热讽，甚至还会被赶走。因此，演员和作家为了获得更多的观众、获得更多的收益，就需要不断提高自身的演出水平，及时更新剧本的内容，甚至还采取了各种各样的招揽顾客的方法。如杜仁杰在《庄家人不识勾栏》中就描写一个庄稼人进城买纸火，看见街头张贴着"花碌碌"的纸榜，旁边还有许多围观的人群，便不禁产生好奇。实际上，这个纸榜就是戏班演出所张贴的广告，而围观的人群就说明这则关于演出的广告确实吸引了不少想要观看演出的受众。除此之外，当这位庄稼人走进勾栏后，

[①] 赵山林:《中国戏曲传播接受史》，上海人民出版社2008年版，第117页。

发现演出还没开始，就有几个女演员坐在乐床上擂鼓筛锣，好像迎神赛社。这实际上也是戏班在演出之前吸引观众的一种手段。

除了进行广告宣传外，演员本身的表演水平才是吸引观众的重要因素。在杂剧《汉钟离度脱蓝采和》中我们可以看到，作为台柱子的末泥许坚出家以后，"勾栏里就没人看"，观众人数开始大减。因此，为了能够得到更多观众的喜爱，提高自身的声望，元代的杂剧演员都勤学苦练，有意竞争，练就了一身高超技艺。如女艺人赛帘秀虽然到了中年双目失明，但是在舞台上的动作步伐仍然不差一丝一毫，可见功夫之深。从这个角度来说，演员的名望是在演出实践与艺术竞争当中逐步形成的，而对于他们演出水平和艺术能力的评判只有广大的观众群体才能完成。

在这种艺术魅力的影响下，文艺消费的促进下，除了一些专业演出团队，一些热爱杂剧艺术的市井百姓有时也进行业余的演出活动。元人赵半闲就创作了《构栏曲》详细记叙了当时的演剧内容："街头群儿昼聚嬉，吹箫挝鼓悬锦旗……眼前幻作名利场，东驰西骛何苍惶……纷然四座莫浪悲，是醒是梦俱堪凝。红铅洗尽歌管歇，认渠元是街头儿。"[①] 可见，进行演出的是些市井少年，他们并无固定的演出场所，仅仅是在空旷之地进行表演。但是这并不影响他们的演出效果，观众看了后都恍然若梦，纷然生悲，可见当时业余演出水平的精妙，进而说明元代观众对杂剧艺术的喜爱和戏剧活动的兴盛。

三 受众与编演者的互动

杂剧从传播到接受，是一个双向行进的过程。观众在观赏过一个作品之后，更希望演员和作者能按自己的想法和意图对剧本内容、人物形象进行改动，甚至是重塑。而作为杂剧的创作者和表演者也需要听到这种来自观众的反馈，一方面，这有助于弥补他们在编演过程中所产生的问题和不足；另一方面，了解观众的娱乐需求与观赏趣味，在一定程度上有利于他们赚取更多的收入。

在与剧作家的互动中，我们既能明显地看出观众对于创作的要求，

---

① 转引自陆林《元人赵半闲〈构栏曲〉漫论》，《中国典籍与文化》1992年第3期。

第七章 杂剧在元代的传播效果

也能看到他们对于优秀创作者的肯定。由于在城市的勾栏瓦舍当中，杂剧几乎每天都要上演，所以观众就要求剧目能在最短的时间内得以更新，其内容也要符合寻常百姓的审美与认知，正如《汉钟离度脱蓝采和》中所说："做一段有憎爱劝贤孝新院本，觅几文济饥寒得温暖养家钱。"为了做到这一点，不管是才华横溢的文人，还是迫于生计的儒士，他们大半都选择加入创作团体；因为在彼此的鼓励和帮助下，更容易创作出观众喜闻乐见的剧本，如脍炙人口的《开坛阐教黄粱梦》就是由马致远、李时中、花李郎、红字李二共同创作的，而他们都属于元贞书会。

从另一方面来说，让剧作家最欣慰的事情莫过于自己的作品能够得到观众的理解与共鸣。作为表演艺术，杂剧在舞台上的演出并不同于其他文学作品的传播，它虽然也能对后世产生影响，但是面向的主要是特定时代下的观众。因此，尽管当时剧作家们的社会地位相当低下，但是杂剧观众却对他们有着极高的评价。如元代后期作家郑光祖，不仅"名香天下，声振闺阁"，就连伶人们也仰慕其德行，尊称其为"郑老先生"。而曾瑞也是当时极负盛誉的散曲作家，曾有"江湖儒士慕高名，市井儿童诵瑞卿"的说法。

在与演员的互动中，观众更容易直接获取信息，同时又通过哭笑、欢呼等方式不断给予演员信息反馈，从而促使演员以饱满的激情完成舞台形象的创造。这不仅是杂剧演出当中，甚至也是戏剧艺术当中最重要、最基本的互动关系。需要强调的是，这个过程并不是个别观众与个别演员的交流，而是一种观众集体的心理体验，是大部分观众的反映。正如《庄家人不识勾栏》中所描绘的，剧本的精妙、演员的认真无一不吸引着观众的目光，最后出人意料的结局，更是让全场哄堂大笑。

与此同时，演员在表演时也需要观众具备一种积极主动的合作态度，如果观众缺乏这种态度，就很可能会影响演员演出时的心境。明末清初的评话艺术家柳敬亭对这种态度的解释是观众与演员之间的情感交流，即"主人必屏息静坐，倾耳听之，彼方掉舌，稍见下人咕哔耳语，听者欠伸有倦色，辄不言，故不得强"（张岱《陶庵梦忆·柳麻子说书》）。可遗憾的是，并不是每一位观众都能做到抛却廉价的喝彩，全身心地投入艺术的欣赏以及与演员的交流。一方面，总有一些

· 351 ·

观众将对演员的调笑作为娱乐的一种手段，正如《嗓淡行院》中写道的"抱官囚"，他为了散闷消愁，常常在行院当中嘲讽表演者面相丑陋，技艺低劣。这对于演员的演出情绪和表演状态来说，都造成了负面的影响。另一方面，由于观众来自社会中的不同阶层和群体，其观剧动机、欣赏能力、心理特征、品评方式都不尽相同，自然对每部剧作的反应，以及与演员间的互动也是千差万别。因此，能够真正在同等层面上与演员进行互动，且达到情感共鸣的少之又少。

综上所述，观众与作家互动反馈的过程，实际上是一个互相要求、互相促进、互相筛选的过程。因为宫廷贵族与市井百姓之间的欣赏水平和思想观念都有所差异，所以官方音乐机构所创作表演的杂剧与勾栏瓦舍中的表演有所不同。因为戏班之间的表演水平有所差异，所以不为受众所追捧的，就有可能从勾栏庙台之间流落成为"路歧人"。凡此种种，都是因为不同的杂剧表演带来了不同的传播效果。

第二节　历史文物中元杂剧的艺术再现

关于杂剧在传播过程中受众情绪和思想的变化我们可以通过剧本史料找到一些线索，但是它对于受众生产生活、行为举止等方面产生的影响，我们无法穿越时间的隧道回到那个时代与古人对话。但是雁过留声，人过留名，只要仔细观察那些再现演出场景的历史文物，就能够看出元人蕴藏其中的审美特点和娱乐追求，那些正是杂剧艺术在生活中的影响和再现。

一　元杂剧对民众的日常生活渗透——雕刻壁画

无论是在神庙壁画上绘制杂剧演出的场景，还是在墓室砖雕上刻画杂剧的演出队伍，都是杂剧普及和深入民间的结果。因此，在广布全国各地的元代壁画砖刻中，杂剧也成了最为常见的内容。它们的作者多是来自民间参与修缮庙宇、修葺陵墓的工匠。可以推测，一方面这些工匠本身就是杂剧的爱好者；另一方面，这些捐资修缮庙宇的达官贵族以及当地百姓，包括这些墓葬的主人也是十分热爱杂剧艺术的。

第七章　杂剧在元代的传播效果

其内容往往是广受欢迎的剧目片段、演出戏班等，尽管这些作品的艺术价值并不高，但是却造就了民间文化的一大景观，对于我们研究元代的杂剧艺术以及当时杂剧的传播情况，都有着重要的作用。

从现存的元代杂剧文物来看，在上文中我们反复提到的山西省洪洞县境内的明应王殿戏剧壁画是最为重要的研究对象之一，受到了戏剧史家们的普遍关注与重视（见图2-1）。尽管它具体表现的是什么样的演出场景还难有定论，但是根据庙内《重修明应王殿之碑》（1319）的记载，该庙每年三月十八日都要举行庙会，以祭拜明应王（霍泉的水神）。但实际上，元代类似的敬神活动同时也是乡野农人的一种娱乐方式。忠都秀所在的戏班之所以能够从别处赶来参加这次庙会，也绝不是因为敬神的需要，而是出于附近百姓的娱乐需求，以及他们对于杂剧表演，乃至忠都秀戏班的喜爱。

与之类似，能够反映当时杂剧戏班穿梭于庙会祭祀活动的还有山西右玉宝宁寺水陆画戏班图（见图7-1）。自南朝梁武帝时起，水陆

图7-1　宝宁寺元代水陆画戏班[①]

---

① 廖奔：《中国古代剧场史》，人民文学出版社2012年版，第71页。

法会是佛教所举办的一种比较盛大隆重的法事活动，到了元明两代尤其兴盛。它的活动地点通常设在寺庙内的水陆殿堂之内，被称为"水陆道场"，而水陆画就是呈现在殿堂内的宗教绘画，其内容以描绘神佛鬼魅、天堂地狱以及因果报应为主，同时也有阐释社会生活、世俗人物的作品。

我们所说到的戏班图就是一幅表现当时社会生活的作品，它向我们反映了流动迁徙是当时民间艺人常见的一种演出方式。与其他作品所不同的是，在这幅水陆画中，我们能看到在戏班赶路的途中既有戏剧艺人，也有杂技演员，如扛鼎的侏儒、赤膊的大汉等，这就说明当时杂剧与杂技表演是交叉进行的（见图7-2）。

图7-2　宝宁寺元代水陆画戏班赶路图[①]

另外，在宗教法事活动的绘画以及元墓的砖雕壁画也出现了关于

---

① 廖奔：《中国古代剧场史》，人民文学出版社2012年版，第72页。

第七章 杂剧在元代的传播效果

杂剧的内容,这足以说明杂剧艺术在当时社会中的传播之广、影响之大。众所周知,墓室内的砖雕壁画多是对于死者生前活动情况的记叙,同时也有对于日月星辰、神灵百物的描绘。它既包含了生者对于亡者的怀念之情,也体现了生者对于亡者的祝福和祈祷,即希望故去的人们能在冥间过上更好的生活。而对于享乐欲望的表达,在元墓中尤其常见,这实际上与元人的生活经验和价值观念紧密相连。

以山西运城西里庄元墓为例,墓室四壁白灰面上均有彩绘壁画。其中北壁是一幅宴飨图,虽然画面上部已残,但是能够看出有一启开的红色帐幔,帐幔下似一摆有果品的桌案,桌案两侧还有几个侍者。而西壁则是一幅戏剧图(见图7-3),画上一共五人,每个人的造型都各有特色,符合当时杂剧的演出规范,即每场同时上场人数不超过五人。而左起第一个人手中持有戏折,上面写着《风雪奇》;虽然这出戏并没有被现存文献记录,但是它很有可能是墓主人当时最喜欢的剧目。虽然东南两壁的人物画具体描述的是什么场景目前难以考证,但是通过东壁所刻画的六个人所持有的乐器,琵琶、横笛、扁鼓等,可以推测它有可能就是杂剧演出中的伴奏,与西壁杂剧人物相呼应。

图7-3 山西运城西里庄元墓杂剧壁画艺人[1]

---

[1] 廖奔:《中国古代剧场史》,人民文学出版社2012年版,第70页。

由此可见，墓主人乃至其亲人，包括修葺墓室的工匠对杂剧艺术熟悉的程度，以及推崇与热爱。而这不只是个例，在山西新绛县寨里村元墓的砖雕中我们也能看到类似的场景（见图7-4）：五个杂剧人物分别雕刻于五块砖上，他们在装扮上各有特点，我们甚至可以看出他们所扮演的角色，包括装旦、装孤、末泥、副净和副末，这与山西运城西里庄元墓戏剧壁画所反映出来的元杂剧演出体制几乎一致。另外，在山西新绛吴岭庄元墓中我们也能看到对于杂剧内容的反映（见图7-5）：在吴岭庄元墓中一共有7块砖雕作品，分别记录了杂剧演出当中不同的人物，边上的两块一人拍板、一人打鼓，是杂剧演出中的伴奏人员；其余五个是包括副净、末泥、旦角在内的演出人员，它也向我们展示了一个完整的演出场景。

图7-4 山西新绛寨里村元墓杂剧砖雕[①]

图7-5 山西新绛吴岭庄元墓杂剧砖雕[②]

[①] 廖奔：《中国古代剧场史》，人民文学出版社2012年版，第70页。
[②] 廖奔：《中国古代剧场史》，人民文学出版社2012年版，第66页。

第七章　杂剧在元代的传播效果

值得注意的是，在诸多出土的砖雕及壁画作品中，有不少人物形象都有极高的相似度。如在山西运城西里庄元墓西壁的壁画中，左起第二个人物就与新绛县寨里村元墓杂剧砖雕中左起第二个人物相似；而左起第四个人则与山西芮城永乐宫潘德冲墓石椁杂剧线刻人物中的左三相似。再比如，在向新绛寨里村西行二十五公里的东韩村出土了与寨里村元墓杂剧砖雕中末泥、副末两角造型一模一样的文物。这就说明，山西尤其是早期平阳地区一带，元杂剧的演出已经相当繁盛，而且拥有庞大的受众群体。山西的百姓不仅将杂剧艺术完全融入了生活，而且在这一带还出现了专门烧制戏俑的作坊，他们根据舞台表演，创造出了全新的杂剧艺术的再现形式。

二　元杂剧对元代民间传统的形塑——庙宇戏台

戏台勾栏建筑的产生和变革是民间传统的"乐舞酬神"渐渐转化为"以戏酬神"的结果。更直白来说，就是只有当杂剧艺术发展到一定程度，有了较为广泛的群众基础，对杂剧的观赏需求有了大幅度的提高，人们才会追求更舒适、观看效果更好的杂剧演出场所和演出环境。

上文已经说过，瓦舍勾栏作为市民阶层的娱乐场所，是伴随着城市的兴起和工商业的繁荣而出现的，它最早产生于宋代，在元代渐趋发展成熟。但是从演出的角度来看，戏班长期处于游兵散勇的演出状态，所谓的戏馆不可能在物质条件上进行较为显著的改善。因此也就没有留下太多类似于庙宇戏台这样能够反映杂剧辉煌成就的精美文物。

实际上，在中国传统的戏剧演出场所中，可以被正式称为剧场的，就是神庙的殿宇廊庑和戏台一同构成的整体观演环境。关于它的记载，最早可以追溯至对唐代佛寺中"戏场"的描述；到了宋以后，随着戏剧的蓬勃发展，这种出现在庙宇中的戏台建筑也逐渐增多，并且形成了自己的特点。但是一般来讲，这种所谓的剧场并不是为了发挥表演和传播的功能，更大程度上，它是利用自身结构所形成的封闭空间营造一种神秘感，从而增强百姓对于神灵的恐惧与崇拜。也就是说，佛寺中的杂剧演出实际上是宗教传播活动的一种延伸。

到了元代，庙宇戏台在此基础上有了一定的发展。根据山西省芮城县东吕村关帝庙旧址保存下来的《创修露台记》（1328）记载："殿宇雄壮，庙貌俨然，廊庑昔皆俱备，惟有露台缺焉。"① 可见，到了元代，在庙宇里面建露台已经成了定制。

那么，什么是露台？根据最早出现在《汉书》中的记载，它是一种用砖石在皇宫殿堂前搭建起来的方台，而所谓的"露"就是指"霜风雨露所降，皆无所庇护"。到了元代，它的用途主要有两点，一是布牲陈皿，摆列供品；二是安置乐人，奏音其上②。这里的第一种用途后来逐渐被发展起来的献殿取代，露台就成了专门的演出场所。因为它的开放性，以前封闭空间下所造成的神秘感和恐惧感消失了，取而代之的是娱乐性的观赏和享受。我们也可以说，元代露台的普遍建立是宗教需求向娱乐需求转变的结果。

在元代杂剧艺术的蓬勃发展下，庙宇戏台的发展还远不止此。由于露台四面空旷，无法遮风避雨，在使用价值上受到了极大的限制，所以人们受到城市中勾栏建筑的启发，在露台顶上加了顶盖形成了乐棚；后来为了避免拆卸和长期保存，人们又发明了舞亭类建筑。元代戏台碑刻中就对这些建筑有所提及，如万荣县太赵村稷王庙的舞厅，河津县北寺庄禹王庙的舞楼，等等。而从另一个角度来看，元代对于这种庙宇当中专门化的戏台称谓并不统一，尤其是将其称为"厅"，更是反映了戏台建筑的改进。

以山西临汾市魏村牛王庙乐厅（1283）为例，它除了立有四柱，且上面盖有亭榭式顶棚之外，后面两柱之间还砌有土墙（见图7-6）。与其他墙面不同，这堵土墙并不是一条直线，而是分别从两端向戏台前方延伸至台面的三分之一处，同时还在墙端增设了辅柱（见图7-7）。这样的建筑布局虽然没有改变舞亭类建筑四角立柱的基本样式，但是却将原本能够由四面观看演出的戏台变成了三面，这无疑是古代戏台建筑的一次重大变革。

---

① 廖奔：《中国古代剧场史》，人民文学出版社2012年版，第14页。
② 芮城县东关东岳庙保留的《东岳庙新修露台记》曾记载："（露）台……（布）牲陈皿者得以展□（其）仪，流宫泛羽者得□（以）奏其雅。"

第七章　杂剧在元代的传播效果

图7-6　山西省临汾市魏村牛王庙乐厅①

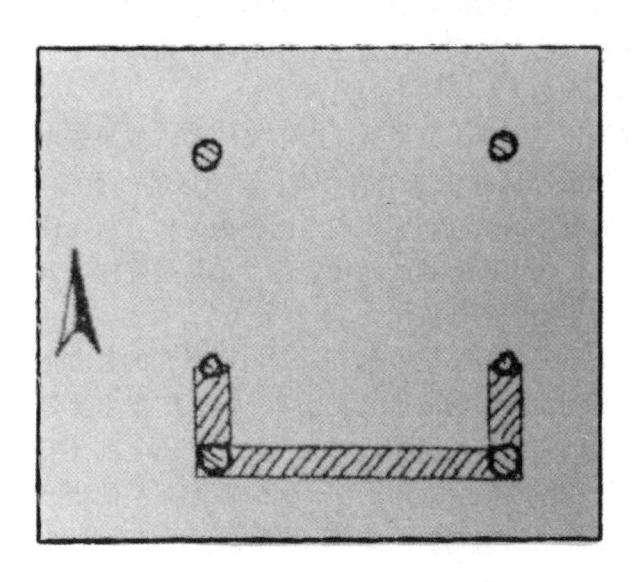

图7-7　牛王庙乐厅平面示意图②

之所以会发生这样的变化，一方面是元人喜好的改变。在元以前，露台上的演出除杂剧之外，还有杂技歌舞等一系列表演，这类表演不

---

① 车文明：《中国神庙剧场》，文学艺术出版社2005年版，第21页。
② 廖奔：《中国古代剧场史》，人民文学出版社2012年版，第37页。

·359·

像杂剧演出活动那么频繁与正规。而杂剧演出不同,在类似于祭祀的活动中,演出都是作给神看的,当演员面朝一面时,演出就带上了明确的方向性,如果走到戏台后面则很难看清演员的神态动作,甚至很难听清演员的对白,这就给观赏造成了障碍;从另一方面来看,这样的改变可以在一定程度上提升演出的效果,半封闭形态不仅可以增加演唱时的音响效果,不至于声音完全扩散;同时还可以给演员们留出后台空间,方便他们换装、上下场,让演出显得更为完整连贯。

总而言之,元代戏台的变迁主要是源于受众对于杂剧观赏效果的需要。同时,它的改变对于后世戏剧的发展也具有深远影响。

三 元杂剧在民众生活器物上的反映——图案纹饰

作为元代最为流行的表演艺术,杂剧所包含的许多历史故事和人物形象都深入人心,因而在社会生活中的各个角落留下痕迹。其中具有代表性的,当数生活器物上的图案纹饰。

宋元时期,制瓷业十分发达。近年来的考古成果表明,宋代的瓷窑遗址在我国分布高达十九个省、市、自治区的一百三十个县[①]。瓷器这种艺术将有声的杂剧与无声的绘画融为一体,从而使剧情与画艺相映成趣。我们今天所看到的元代瓷器,尤其是瓷枕上就有以杂剧中的故事人物为主题的图饰纹样。

在英国大不列颠博物馆中就有一方白底黑花的长方形瓷枕,在它的上面绘刻有昭君出塞的故事(见图7-8)。图案主要是由四匹马和一匹骆驼组成的出塞队伍所构成的;在整支队伍之前还有一只黑色的猎犬,正停下脚步召唤后面的同伴,而后面被召唤的猎犬正奋力向前狂奔。从整幅作品当中我们不仅可以领略到凛冽的寒风和纷飞的大雪,同时也可以感受到昭君远离故土,远去塞外的愁苦与凄凉。

无独有偶,在首都博物馆里也存放着一方白底黑花的长方形瓷枕,与前者不同的是,它反映的是秋胡戏妻的故事(见图7-9)。《秋胡戏妻》是元代杂剧作家石君宝的重要作品,主要讲述的是秋胡在与罗梅英刚刚成婚三日就被征召入伍,妻子在家中含辛茹苦地侍奉婆婆。但

---

① 廖奔:《中国戏剧图史》,人民文学出版社2012年版,第95页。

第七章 杂剧在元代的传播效果

是十年后,秋胡得官荣归,在桑园偶遇妻子时不仅未能认出,还试图调戏,这让梅英顿感羞辱,要求离异;最后迫于婆母之命,勉强相从的故事。这部作品在当时的社会当中具有广泛影响,它既写出了妇女的不幸遭遇,讴歌了她们的反抗精神。同时也充满喜剧意味,具有很强的观赏性。

图 7-8 昭君出塞枕①

图 7-9 秋胡戏妻枕②

而在这方瓷枕上我们可以看到,画面中间有两棵苍劲的古树,古树的左边有一个简陋的屋舍,屋前是一名妇人和一名稚子,另一侧有一位官人正在马旁向其施礼道歉。古树的右边则有一名躲在山石后面的老者,她正密切关注着两个人的谈话和表情。之所以把秋胡向妻子道歉这一

---

① 王兴、王时磊:《元磁州窑画枕上马的形象与故事》,《收藏》2014 年第 12 期。
② 王兴、王时磊:《元磁州窑画枕上马的形象与故事》,《收藏》2014 年第 12 期。

幕绘刻在瓷枕上，一方面出于制作者对这一作品的喜爱；另一方面，也说明当时百姓对于作品所表现出来的男女平等观念具有较强的心理共鸣。

除此之外，我们在河北省峰峰矿区文保所收藏的元代瓷枕之上也能够看到类似的杂剧图案，它讲述的是单鞭夺槊的故事（见图 7-10）。所谓"单鞭夺槊"是元代杂剧作家根据唐朝时期一段真实的历史所改编的，讲述的是尉迟恭单鞭跃马救秦王的故事。在这方瓷枕的上面，主要绘有三位身着戎装的骑马人物，前面的是秦王李世民，中间的是尉迟恭，右边的是单雄信。秦王手勒马缰，身体后倾；尉迟恭一手高举竹节鞭，一手牢牢抓住单雄信刺来的长槊，画面完整表现出了双方马上搏杀的激烈场面。瓷枕上的杂剧画面说明，在当时武艺过人、侠肝义胆的英雄形象多么深入人心。

图 7-10 单鞭夺槊枕[1]

实际上，以杂剧内容为装饰的生活器皿在元代十分常见，上述的三方瓷枕只是当中极少数。然而从它们身上我们依然能够看到杂剧艺术对世俗生活的深刻影响。

第三节 元杂剧鉴赏品论中的深度再现

元杂剧除了在普通百姓中间广受欢迎，作为容纳各种戏乐之长的

---

[1] 王兴、王时磊：《元磁州窑画枕上马的形象与故事》，《收藏》2014 年第 12 期。

第七章 杂剧在元代的传播效果

艺术奇观,元杂剧以其独特的魅力屹立于我国古代文学艺术之林,在当时就吸引了不少艺术研究者的目光。其主要表现为:在元人的诗文作品中出现了有关戏剧批评的论述,类似《中原音韵》这样的戏剧理论专著和资料专集也应运而生。而在此之前,有关于戏曲的论述和鉴赏基本都附着于诗文之上,没有形成独立的理论和著作。从另一个角度来说,元代文人对古典戏剧理论和品评观念的推动,实际上也是杂剧在知识分子群体中传播效果的真实反映。

一 燕南芝庵与《唱论》

若要谈元代的戏剧品评,首推燕南芝庵的《唱论》,它是我国最早的声乐理论著作,作者的真实姓名和生平不详。《唱论》的篇幅很短,整部著作只有一千八百余字二十七节,但是其观点明晰、内容丰富。主要可以分为以下几个方面。

一是提出歌唱要有格调。首先,作者指明演唱不仅要忌郑卫淫声,还要能续雅乐之后。这实际上是一种儒家的观点,包含了对于民间情歌小调的鄙夷;其次,作者认为歌唱要突出声音本身的色彩,器乐伴奏只能起到烘托的作用,即"竹不如丝,丝不如肉";再次,歌唱还要注意抑扬顿挫、节拍韵律等,尤其是要掌握变声、换气等诸多方面的技巧。不难看出,燕南芝庵的观点对于今天的戏曲歌唱演员也大有裨益。

二是对歌唱者提出了要求。作者要求歌唱演员必须要熟读剧本,了解所要唱的歌词内容、人物的感情色彩,以及作者想要表达的风格特色,这样才能将角色刻画得淋漓尽致。演员要能够扬长避短,在演出当中合理地发挥自己的特长、掩盖自己的不足。因为再完美的音质和风格也都有不可避免的缺点,正如书中所写:"有唱得雄壮的,失之村沙;唱得蕴拭的,失之乜斜;唱得轻巧的,失之闲贱;唱得本分的,失之老实;唱得用意的,失之穿凿;唱得打揲的,失之本调。"[①]

三是对杂剧中所用的十七种宫调进行了总结。如其中记载〔仙吕

[①] (元)燕南芝庵:《唱论》,中国戏曲研究院编《中国古典戏曲论著集成》,中国戏剧出版社1959年版,第160页。

宫］的唱调清新绵邈，［南吕宫］的唱调感叹悲伤，黄钟宫的唱调富贵缠绵……这些论断无疑给后来的杂剧创作提供了借鉴。但是需要说明的是，关于这十七种宫调的说明和概括，在《中原音韵》等其他戏剧论著里也能够见到。因此，这很有可能是当时曲学界普遍认可的一种观点。

综上所述，燕南芝庵通过对诸多演唱实践的总结，较为系统地阐述了古代传统演唱理论。对中国唱论史来说，它不仅仅是开山之作，也对此后关于古代演唱理论的研究以及演唱理论的实践产生了深远影响。

二　夏庭芝与《青楼集》

元杂剧的繁兴，除了艺术研究者对演唱方式与技巧的讨论，文人的诗文作品中演唱者的身影也随处可见。如陶宗仪在《南村辍耕录》中就曾记载了教坊色长魏、武、刘三人的演出特长；张光弼的《辇下曲》更是毫不吝啬地赞美了杂剧女演员顺时秀，称她是"揭帘半面已倾城"。而在所有记录演员的资料中，最为著名、最有价值的当数《青楼集》。

作者夏庭芝，别名雪蓑钓隐、雪蓑渔隐，原本是松江（今上海松江）的大户人家，家有大量的藏书，本人受过良好的教育。由于元末社会动荡，夏庭芝选择隐居不仕，与当时许多戏剧作家和艺人都有密切的来往，如张鸣善、郏经、钟嗣成等。这样的经历，让夏庭芝对当时的杂剧女伶有着较为全面的了解。仅在《青楼集》一书中，夏氏就记录了一百一十余位妓女优伶的生活片段，其中有六十余人都是杂剧演员，剩下的还有院本、讲演、舞蹈等方面的著名艺人；除此之外，书中还涉及三十余名男演员，五十余名杂剧作家、诗人、大夫等相关事迹。

首先，它记录了演员们的悲剧生涯和坎坷命运。他们有的像李芝秀，最初因相貌美丽，才艺俱佳被达官显贵纳作侧室，后来被抛弃，再一次走上为妓为娼的道路；有的像王奔儿，被人纳为妾室后始终没有立足之地，最后不免流落江湖；还有的像汪怜怜，为了保存一份自尊与贞洁，甘愿削发为尼、远离红尘。从她们身上，我们不仅能够看到当时杂剧演员的复杂构成和卑微的地位，更重要的是，杂剧是这些

第七章 杂剧在元代的传播效果

演员赖以生存的重要工具。可以说，正是他们与杂剧艺术的相互成全，才推动了杂剧这门表演艺术的发展。

其次，它记载了不同演员的高超技艺和演出特点。如在顺时秀的演出中，扮演闺怨最为出色，扮演驾头等其他旦角也十分得体；而珠帘秀则是对扮演驾头、花旦、软末泥等角色深谙其道。至于专攻某一类角色的杂剧演员更是数不胜数。尽管这些杂剧演员出身低微，整天都要为生计奔波，但是他们并没有放弃对于艺术的热爱和严谨的态度，甚至还保持着很高的表演水平。如李芝秀能够"记杂剧三百余段"，小春宴可以"任看官选拣需索"，张玉梅的女儿关关七八岁的时候就已经在湖南湖北一带扬名了。从这一点来说，《青楼集》不仅向我们真实反映了元代杂剧演员的生活面貌，还为我们了解当时演员的演出状况和演出水平提供了线索。

最后，它还向我们展示了演员与作家、演员与观众之间的互动情况。如在"珠帘秀"一条中，作者就写道元代著名文人胡祗遹为其赠的曲："锦织江边翠竹，绒穿海上明珠。月淡时，风清处，都隔断落红尘土。一片闲情任卷舒，挂尽朝云暮雨。"[①] 除此之外，元散曲作家冯海粟还为她写过《鹧鸪天》，以赞其美貌。可见，当时以珠帘秀为代表的一批杂剧演员与当时的文人作家相交甚厚，这对于演员了解剧本内涵、拓展受众群体都有很大的帮助。

如果说《唱论》是在如火如荼的杂剧演出中将戏剧理论的研究提升到了一个新的高度，那么《青楼集》则是抱着"由下而上"的态度，对演员的艺术实践进行了归纳总结。但毋庸置疑的是，无论是哪一种，对我国戏剧学的进步和发展其影响都是深远的。

三 周德清与《中原音韵》

除了上述两部著作，在元代的戏剧文学理论中，值得一提的还有《中原音韵》。这是一部著名的韵书，其作者是周德清，他是元代著名的戏曲作家，也是元代著名的音韵学家。创作这部韵书的主要目的就

---

① （元）夏庭芝著，孙崇涛、徐宏图笺注：《青楼集笺注》，中国戏剧出版社1990年版，第82页。

是规范和纠正当时作曲家用韵不一的情况，正如他在序言中所说的："言语一科，欲作乐府，必正言语，欲正言语，必宗中原之音。"① 也正是因为这个创作初衷，书中的确提出了一些颇有价值的戏剧理论，对于后世戏剧用韵、演员正音起到了很大的规范作用。

整部著作一共分为三个部分，第一部分是对曲韵的韵谱进行归纳和整理。因为到了元代，所谓的"中原之音"已经初见端倪。作为北杂剧的兴盛之地，尤其是在河北、河南一带，基本上已经使用了共同的语言。周德清正是以此为依据，以杂剧作品为研究对象，通过总结大量发声规律，收集了杂剧中常用韵脚五千多个，并将声韵划分为十九个韵部，每个韵部下又分为平声、上声、去声，为后来的杂剧用韵提供了规范和依据②。

第二部分是对韵谱的编制以及审音原则进行了说明。在这一部分中，周德清详细列举了北曲中常用的十二个宫调和三百三十五支曲牌；与《唱论》一样，还对元曲中的十七个宫调的表现色彩进行总结。另外，他还对所收集的五千多个韵脚常用字进行了说明，对于一些易混淆的同音词也进行了对比。可以说，他给曲作家们的创作提供了很好的借鉴。

第三部分是周德清对于曲学理论的主张，即"作词十法"。分别是知韵、造语、用事、用字、入声作平声、阴阳、务头、对偶、末句和定格。所谓"知韵"就是要求曲作家们必须要熟悉杂剧中的声韵规律，一方面既能准确把握韵脚的字音；另一方面也能探析不同韵脚的平仄阴阳。所谓"造语"是要求曲作家们能在创作的过程中注意遣词造句，并在用词的过程中要做到语言简练、表意准确，且不失美感。"用事"是指在叙述上要做到雅俗共赏，既有含蓄内敛的审美，又有通俗易懂的表达。"用字"则是指在创作过程中要注意避免使用生僻字，以及太过文雅和太过低俗的文字。"入声作平声"是指在将入声

---

① （元）周德清：《中原音韵》，见中国戏曲研究院编《中国古典戏曲论著集成》，中国戏剧出版社1959年版，第160页。

② 古汉语中共有四种发声规则，分别是平声、上声、去声、入声，但是随着语言的发展，入声开始逐渐消失，只在少部分的方言中有所保留。但是具体消失的过程和时间我们还无法得知，但能够确定的是，到了元代，入声在北方方言中已经不复存在。

第七章　杂剧在元代的传播效果

转换为平声的时候不能随便，必须严谨。"阴阳"与前者相似，是指要严谨地把握阴平字和阳平字的用法。"务头"是指在曲词中关键出彩的地方要做到婉转动听，注意平、上、去三声混合使用。"对偶"主要是说在创作中要注意使用扇面对、重叠对等。"末句"是讲曲尾末句的作法。"定格"是指定不同曲牌所属的宫调，给创造者提供范本。

综上所述，三个方面都是围绕着戏剧作曲展开的，同时也向我们展示了一个品评戏剧的标准。尤其是他在《中原音韵》中还指出，优秀的作品是要有明确深刻的思想内涵的，也就是要"腰腹饱满"，最忌华而不实。从这些思想中我们可以看出，既是创作者又是观赏者的周德清从杂剧演出中发现了当时普遍存在的音韵问题。

四　钟嗣成与《录鬼簿》

最后值得重视的带有戏剧理论色彩的著作还有钟嗣成的《录鬼簿》，它是元代的一部戏剧目录集。从作者的生平经历来看，钟嗣成原是大梁（今天的河南开封）人，后来寄居在杭州，屡试不遇，后来专门从事戏剧创作和著述工作。在杭州生活的几十年里，他与不少杂剧作家和演员都有来往。也许，正是这样的人生际遇，才给了他创作的动力和积淀。一方面，门第卑微和职位不振让高才博识的钟嗣成注定会在杂剧方面有所建树；另一方面，与杂剧作家、杂剧演员以及诸多名公才人的广泛交往，让他对这个群体有了更加透彻的了解。所以我们在《录鬼簿》中不仅看到他对于杂剧作家，尤其是关汉卿等所取得的成就大加赞扬，同时也看到他对于杂剧艺人给予了身份上的肯定。从戏剧理论的角度来说，钟嗣成的观点是具有进步意义的，因为在中国古代，戏剧家的社会地位和文化地位是极其低微的，不仅不受社会的重视，甚至还会遭受冷眼和欺辱；但是在《录鬼簿》中他们都是"不死之鬼"，他们的地位和影响是可以与那些圣贤明君、忠孝士子相较的，这种观点在当时显得弥足珍贵。

据统计，《录鬼簿》共记载元代杂剧、散曲作家一百五十二人，累计作品四百余种。除了对作家生平事迹和作品加以记叙外，还对其中一些材料加以评论。通过这些记录，我们可以看出他对戏剧及戏剧家的品评观念。一是注重音律和谐，强调曲作家通晓音律的重要性，如称范康"通音律"、沈和"明音律"等；二是认为曲辞与音律同为戏剧之重，应当骈俪、奇巧，如他描述赵良弼是"闲中袖手刻新词"，施惠是"一篇篇字字新"；三是剧本应该在表达上委婉含蓄，如称曾瑞"能隐语"，李显卿"酷嗜隐语"；四是注重戏剧作家的创作数量与质量。如，《录鬼簿》将费唐臣排列在其父亲费君祥之前；虽记载花李郎是刘耍和之婿，却没有详述刘耍和。这些都说明，钟嗣成对于艺术及艺术家的评判并不完全受传统礼教中三纲五常的观念限制，更具客观性。

作为元人记录当代作家作品的唯一著作，它不仅在元代产生了一定的影响，同时也引起了历代戏曲家的关注。在此书问世不久后，明初杂剧作家贾仲明就对此书进行了续写和增补，包括八十二位杂剧作家的吊词。其次，他还创作了《录鬼簿续编》，记录了元明间七十一位杂剧和散曲作家的简略事迹，以及一百五十六种杂剧作品。可见，杂剧的繁盛促使了《录鬼簿》的产生，而作为重要的戏剧理论和杂剧资料，它又推动了戏剧品评进一步走向成熟。

当然，除了上述几种重要著述外，元代涉及戏剧理论和品评的还有胡祗遹《优伶赵文益诗序》《赠宋氏序》，杨维桢的《朱明优戏序》，等等。总之，基于元杂剧的广泛传播，戏剧品评观念及相关理论的论述在元代的相关著作和文集中已经屡见不鲜，且涉及演唱、音律、曲词、戏剧功能、戏剧的审美等多个方面。而所有的这些都为明代乃至清代比较完善的戏剧理论和品评观念的形成做了大量的准备。

第四节 元杂剧传播的历史性影响

元杂剧作为中国戏曲的成熟形式，是乐曲、百戏、滑稽戏、舞蹈、讲唱等古代各种技艺的泛杂剧形态发展融合的结果。元代，贸易发展，人口增加，经济繁荣，中小型市镇与大型都会遍布全国。各种声色之乐充斥大都市，柳陌花街"新声巧笑"，茶坊酒肆"按管调弦"，其技巧足以惊人耳目，其奢侈逸乐之风更是前所未有。杂剧形成后，仍保留与其他技艺混合演出的传统。"暖日和风清昼，茶余饭饱斋时候。

第七章　杂剧在元代的传播效果

自汉抱官囚,被名缰牵挽无休,寻故友。出来的衣冠济楚,像儿端严,一个个特清秀。都向门前等候,待去歌楼作乐,散闷消愁。倦游柳陌烟花,且向棚阑玩排优……"(高安道《嗓淡行院》);据《青楼集》记载,演员演杂剧外,要兼及歌舞、谈谑、隐语、慢词、诸宫调、小唱、词话(小说)等技艺。"谈谐歌舞、挡筝拨阮、品竹分茶,无般不晓,无般不会,占断洛阳风景,夺尽锦绣排场"(《百花亭》);"吹弹歌舞、吟诗对句、拆白道字、顶真续麻,件件通晓"(《刘行首》)。所以,王国维先生以"以歌舞演故事"概括元杂剧,"人物之理,与秀杰之气,时流露于其间……写情沁人心脾,写景则在人耳目,述事则如其口出是也。古诗词之佳者,无不如事也"[①]。长期以来,我国文学讲求"观风俗,知得失""慎言行,昭法式",六艺之文要"和神""正言""明体""广听","经世治国"功能作为文学的主要诉求和评价标准。戏曲发自民间,长期被正统文学视为鄙俚、浅陋、平庸之作。但元代的世事百态,人间万象,在元杂剧舞台艺术表演中被几无遗漏地表现出来。

一　元杂剧对元代社会群体进行了全方位画像

元朝,各民族文化通过接触,相互补充,相互吸收,出现了多种文化交相辉映的时代特色。陶宗仪在《南村辍耕录》中记述元代社会:"堂堂人儿,奸佞专权,开河变钞祸银源,惹红巾万千。官法滥,刑法重,黎民怨;人吃人,钞买钞,何曾见,贼做官,官做贼,混贤愚,哀怜可哉!"如元杂剧对文人群体的画像是:处境"满腹经纶而志不获展,有心入世而屡屡见弃";哀叹"读尽缥缃万卷书,可怜贫杀马相如"的不古人情和浇薄世风;"春事狼藉,桃李东风蝶梦回。离愁索系,关山夜月杜鹃啼,催促江水自奔驰,翰林风月教谁替,谩伤悲,滴不尽多少英雄泪"(《赤壁赋》),短短几句话就刻画出元代文士个人对统治集团的依附状态;《渔樵记》借朱买臣"他向那红炉的这暖阁,一壁厢添上兽炭,他把那羊羔来浅注。门外又雪飘飘,耳边厢风飒飒,把那毡帘来低欹。一壁厢有各刺刺象板敲,

---

[①] (清)王国维:《宋元戏曲史》,中国戏剧出版社1957年版,第3页。

听波韵悠悠佳人唱,醉了后还只待笑吟吟美酒沽,他每端的便怎知俺这渔樵每受苦"唱词,看似对个人命运的喟叹,实际上是失路文人对社会不公和阶级压迫的控诉。《㑇范叔》中,范雎虽"文武全才",却"虚淹半世",自嘲"自古书生多命薄,端的可便成事的少,你看几人平步蹑云霄。便读得十年书也只受了十年暴,便晓得十分事也抵不得十分饱。至如俺学到老,越着俺穷到老",在表达自我困惑的同时也是对文人群体自我价值和自我行为的深刻反思。由此也就有了对传统经义的嘲弄、怀疑,甚至攻击:"想前贤语,总是虚";"诗书不是防身宝";"则这断简残编孔圣书,常则是养蠹鱼,我去这六经中枉下了死工夫。冻杀我也论语篇、孟子解、毛诗注,饿杀我也尚书云、周易传、春秋疏"。"劝今人休把古人学"则赤裸裸地宣告了元代传统文人价值体系的瓦解。因为"空岩外,老了栋梁才"的幻灭感,使他们相信一切皆为命运安排,不如寄情山林,逍遥自在。于是有了"上苍不与功名候,时乖莫强求,穷通皆命也,得又何欢,失又何愁。恰好似南柯一梦,季伦锦帐,袁公瓮牖"的元代隐逸风气;以及"学圣贤洗涤了是非心,共渔樵讲论会兴亡话"的自觉追求(《误入桃源》)、"可掩柴扉高枕卧白云"(《范张鸡黍》)全身避世心态和"我从今后无荣无官守,得净得闲得自由"(《赤壁赋》)的故作潇洒掩饰下的失望与哀愁;也就有了珠围翠绕、花酒流连、放诞任性、纵情酒色以抚慰破碎心灵的"甘守着陋巷的这箪瓢"、"长安市上,酒肆人家,土炕上便睡"(《贬夜郎》)、"月底笼灯花下游,闲将佳兴酬。绮罗丛封我做醉乡侯,酌几杯锦橙浆洗净谈天口"(《扬州梦》),伤痛的心也得到抚慰,自尊与自信的人格再度被寻回。梅瑞狄斯说:"讽刺家是一个道德代理人,往往是一个社会清道夫,在发泄着胸中的牢郁不平之气。"[①] 元杂剧作品中,文人在尽情宣扬山林风光、田园佳趣中,传达出无泪之悲、激愤之怒的骂世与自嘲行为及强烈的社会控诉,应该与元代士子群体性失意苦闷、乱世偷生,蹙蹙靡骋的处境是一致的。这些既是元代社会通过杂

---

① [英]梅瑞狄斯:《戏剧的观念及戏剧的精神效用》,转引自伍蠡甫主编《西方文论选》,上海译文出版社1979年版,第191页。

第七章　杂剧在元代的传播效果

剧对文人士子的整体认知，也是元杂剧留给后人凭吊追思的、关于那个时代文人的沧桑背影。其他如官员群体、妓女群体、商贩群体、盗匪群体等，元杂剧都有精彩的群体形象勾勒。

二　元杂剧文化全方位反映了元代社会现实和各民族的精神状态

任何时代，精神文化的传承与因袭，均有其深厚的社会根基。同样，元杂剧是以独特的代言体形式演故事，让观众亲眼目睹故事的进展和人物的活动。元杂剧作品的形象塑造和思想倾向，虽然是元代作家"胸中之感想"的折射和现实自我的精神外化，但从更广阔的层面反映的是元代全民族的精神状态。"盖元剧之作者，其人均非有名位学问也……彼但摹写其胸中之感想，与时代之情状，而真挚之理，与秀杰之气，时流露于其间。"① "元剧自文章上言之，优足以当一代之文学。又以其自然之故，故能写当时政治及社会之情状，足以供史家论世之资者不少。"② 元杂剧作家们沦落民间，促使他们冲破儒家伦理窠臼，触摸民众脉搏的律动，勾栏瓦肆的倡优搬演和路歧人的"流动作场"，使元杂剧文化摆脱传统文化的高冷特质而具有浓郁的人间烟火气息。在这些作品中，蒙元文化对儒家文化的冲击、给民众思想心理和现实生活带来的变化被杂剧一一呈现了出来。

恩斯特·卡西尔指出："戏剧是从一种新的广度和深度上揭示了生活：它传达了对人类的事业和人类的命运、人类的伟大和人类的痛苦的一种认识。"③ 史料显示，元代，"一国之人皆若狂"，"花篮果担更嗷呼，巾帻绚烂车骑都。……纷纷诛赇及编户，往往求福于朽株。酒肉如山鼓笛噪，尘飞不见四达衢。"（刘克庄《后村先生大全集》卷四三）；"内而京师，外而郡邑，皆有所谓勾栏者，辟优萃而隶乐，观者挥金与之"（《青楼集志》）"酒坊饮客朝成市，佛庙村伶夜作场"④。《元典章》五十七载："朝酒暮肉，每次祈赛，每日不宁，街衢喧哄，男女混杂。"可见，元杂剧以跨越社会阶层的狂欢组成民众的第二种

---

① （清）王国维：《宋元戏曲史》，东方出版社1996年版，第101页。
② 田同旭：《元杂剧通论》，山西教育出版社2007年版，第128页。
③ ［德］恩斯特·卡西尔：《人论》，甘阳译，上海译文出版社1985年版，第190页。
④ （宋）陆游：《剑南诗稿·喜书》，《陆游集》，中华书局1976年版，第1861页。

· 371 ·

生活,这种生活是"狂欢式的生活,脱离了常规的生活,在某种程度上是'翻了个的生活',是'反面的生活'"①,它源于生活,有时又是对生活的超越,是渗透了艺术家审美理想生活和"心灵的欢乐和生命的激情"。

从现存剧本来看,元杂剧大体反映了这三种内容:一是入世戏,即反映人在社会中的各种关系的戏,如君臣关系、官民关系、家庭关系、朋友关系等。二是避世戏,即以逃避的心态,逍遥世外,过着神仙生活,如佛道剧。三是玩世戏,即在现实中遭受某种挫折,又无力摆脱尴尬处境,便采取游戏的态度来生活,或以方外之心,做方内之人,或任性放诞,特行独立。

元杂剧对君臣关系与元代政治伦理的反映,剧中既强调君对臣的绝对权威,又不等同于壁垒森严的封建等级;既带有不同文化的融合,又更趋近于儒家传统的政治伦理。这类戏中,有反映君德的、有反映臣忠的、有反映君臣互动关系的。如《梧桐雨》《遇上皇》《符金锭》《双赴梦》《介子推》《赵太祖》《斩白蛇》《老君堂》《伊尹扶汤》《气英布》《流星马》《赚蒯通》《赴渑池会》《襄阳会》《诸葛论功》《周公摄政》《霍光鬼谏》《豫让吞炭》《风云会》《黄鹤楼》《单刀会》《虎头牌》《敬德不伏老》《薛仁贵》《孟良盗骨殖》《飞刀对箭》《衣袄军》《存孝打虎》《射柳蕤丸记》《伍员吹箫》《赵氏孤儿》《破苻坚》《连环计》《博望烧屯》《隔江斗智》《哭存孝》《东窗事犯》《三夺槊》《金水桥陈琳抱妆盒》等。

元杂剧中所展示的官民关系,是元杂剧作者适应百姓的要求,通过作品表达百姓的理想愿望,对于现实中的某种欠缺,以一种理想化的形态,营造出无数清官的形象,给观众提供心理补偿。如《蝴蝶梦》《绯衣梦》《鲁斋郎》《窦娥冤》《后庭花》《魔合罗》《勘头巾》《灰阑记》《神奴儿》《生金阁》《陈州粜米》等。

元杂剧对文人儒士隐逸逃避风气也有深刻表现,希冀在神仙胜境中摆脱现实的苦难,如《误入桃源》《辰勾月》《陈抟高卧》等。歌颂

---

① [苏联]巴赫金:《陀思妥耶夫斯基诗学问题:复调小说理论》,白春仕、顾亚铃译,生活·读书·新知三联书店 1988 年版,第 176 页。

第七章　杂剧在元代的传播效果

弃官避世的逍遥适意，认为"为官爵，富贵奢豪，未若贫而乐"，感叹"光阴急急"，勘破"荣华富贵"，称"富贵是惹祸题目，荣华是种祸根苗，酒色是斩身之剑，财气是致命之刀"。追求"五七亩闲庭小院，两二间茅舍萧萧"，无拘无束、闲适自由。表现对功名利禄的否定，"你只顾那功名富贵，全不想生死事急，无常迅速"，"功名二字，如同那百尺高竿上调把戏一般，性命不保，脱不得酒色财气这四般儿，笛悠悠，鼓咚咚，人闹吵，在虚空，怎如的平地上来，平地上去，无灾无祸，可不自在多哩"（《黄粱梦》）。当我们结合元代散曲对仕隐戏进行考察时，更能清楚地看出此类剧作着力表现的主题：对社会现实的清醒认识，对功名富贵的否定，对归隐高蹈的向往以及对田园生活的热爱和避世隐居生活的眷恋。

元杂剧体现了元代家庭关系与宗法伦理，元杂剧中，尤以才子佳人婚爱戏数量最多，思想意义和艺术魅力较强。其中有才子与仕女佳人婚爱、与民女婚爱、与歌儿妓女婚爱、与神鬼佳人婚爱。"十部传奇九相思"元杂剧的婚爱戏既有对美好爱情的歌颂，也有对成功婚姻的解读。许多剧目抛弃了传统的文化规约，不再坚守父母之命、媒妁之言、男尊女卑、"聘则为妻、奔则为妾"（《礼记·内则》）的婚姻模式，破除了妇女的贞节束缚，倡导了一种大胆泼辣甚至带有一些"野性"的婚恋观。如《墙头马上》第一折李千金见到"美容仪"裴少俊，就想"罗裙作地席"，理直气壮地声称"既待要暗偷期，咱先有意，爱别人可舍了自己""只一个卓王孙气量卷江湖，卓文君美貌无如，他一时窃听求凰曲，异日同乘驷马车，也是他前生福。怎将我墙头马上，偏输却沽酒当垆"。并持续表述情欲要求，"我若还招得个风流女婿，怎肯教费工夫学画远山眉。宁可教银缸高照，锦帐低垂，菡萏花深鸾并宿，梧桐枝隐凤双栖。这千金良夜，一刻春宵，谁管我衾单枕独数更长，则这半床锦褥枉呼做鸳鸯被"。

元杂剧全面呈现了元代社会伦理，着重阐述仁、义、礼、智、信在交友中的意义。《范张鸡黍》中范式和张邵；《破家子弟》中东堂老使扬州奴浪子回头，恢复家业；《王粲登楼》《冻苏秦》也都写到了朋友之间激励对方追求上进的故事。《裴度还带》《刘弘嫁婢》《冤家债主》所展现的善恶必报观念。《老生儿》第二折："那时节正年少，为钱少,恨不得去问人强要,则争不戴着一顶红头巾仗剑提刀。痛杀杀将父母离,眼睁睁把妻子抛。却是那田地里不到,可贼盗窟里把性命潜逃。"《东堂老》中唱词:"为那几文钱呵,把那亲爷来不识,朋友每绝交。做爷的他尽心儿积攒,做儿的无明夜的贪饕";《来生债》说"这钱呵使作的仁者无仁,恩者无恩,费千百才买的居邻。这钱呵动佳人有意郎君俊,糊突尽九烈三真。这钱呵将嫡亲的昆仲绝了情分"。这些观念既是国人审美趣味的表现,也是对观众的正面启发教育。

所以当元杂剧衰落之时,"前期杂剧中的积极战斗精神逐渐消失,那种敢怒、敢骂、敢于无视封建纲常的叛逆精神很少见到了,代之而起的是对封建道德的妥协和宣扬。杂剧题材也较前狭窄,所反映下层人民生活和要求的作品,包括公案戏、水浒戏等,除了无名氏的作品中还存有几本外,文人的作品中就比较少见了。前期杂剧曾以生动鲜明的色彩,画出了丰富多彩的社会生活的画卷,但到后期,画面渐为狭窄,色彩也渐渐苍白"①。从宋到元,封建链条的削弱导致元杂剧的进步,而从元到明,封建链条的复原决定了古典戏曲从元代杂剧到明代传奇的演变的必然性,正是元中叶之后,杂剧创作逐渐萌发和滋长着文采雕饰的审美观,出现了"文人情趣逐渐取代民间本色,文学趣味逐渐压倒舞台规律的审美倾向。元杂剧审美观的转变,宣告了元杂剧性命的结束"。

三 元杂剧实现了我国传统文化传播方式由书写到口头的历史性嬗变

元杂剧是集多种传播效果于一身的综合性传播媒介,打破了书面传播霸权,长期以来我国传统文化传播的口语和书面语相分离的传统进一步弥合,这有利于俗文化的勃兴,为明清以来各种说唱文学的繁荣做了语言上的准备。同时,元杂剧致力于满足市民阶层的兴趣爱好和利益愿望,以通俗活泼的语言、鲜明生动的形象、曲折复杂的故事和广阔的社会覆盖面与历史穿透力,对元代社会的舆论生成发挥了"议程设置的功能"。

---

① 邓绍基主编:《元代文学史》,人民文学出版社1991年版,第214—215页。

第七章 杂剧在元代的传播效果

元杂剧的传播导致了民众信息接受方式的转变，同时也带来文人文化身份认同危机。元初，多元文化并存，多种伎乐融汇，进而推动了俗文化昌盛，瓦舍勾栏间流行的诸宫调充分显现出民间文艺的通俗性、娱乐性、包容性和前瞻性，是故事讲唱向戏曲表演过渡的重要桥梁。"凡所制作，皆足以鸣国家气化之盛，自是北乐府出，一洗东南习俗之陋。"① 而且这种历史性突破，"迂阔庸腐之资无能也，非薄之也；必若通儒俊才，乃能造其妙也。"② 正是杂剧等新媒介的时空偏倚与蒙元贵族知识结构和话语权力相表里，改写和垄断了中国知识系统的走向。

元杂剧最可贵的品质就在于它使用通俗语言真实再现生活场景，供社会不同的阶层民众欣赏。元代，大都和黄河流域汉人与蒙古、契丹、女真长期杂居，汉人主动学习蒙古、契丹、女真以及其他少数民族的日常语言。他们不仅在生活中运用，甚至在为妇孺百姓喜闻乐见的戏剧中运用，"不少汉人以会说会写蒙古语言文字为荣，人们交谈中夹杂蒙古词汇，成为一种相当流行的风气"③。王骥德在《曲律·论曲源》曰："金章宗时，渐为北词，如世听传《董解元西厢记》者，其声犹未纯一也。入元而益漫衍，其制栉调比声，比曲遂擅胜一代，顾未免滞于弦索，且多染胡语。"这一描述也证实了元代剧作家创作和演员演出中呈现出语言使用的口语化、生活化、多民族等特征。另外，正像恩格斯所说的，"每一次由比较野蛮的民族所进行的征服，不言而喻地都阻碍了经济的发展，摧毁了大批的生产力。但是在长期的征服中，比较野蛮的征服者，在绝大多数情况下，都不得不适应征服后存在的比较高的经济情况；他们为被征服者所同化，而且大部分甚至还不得不采用被征服者的语言"④。元朝的统治者和少数民族居民也主动学习和接受了汉语。史料中还描述到，在元代，元杂剧的表演

---

① 中国戏曲研究院编：《中国古典戏曲论著集成》第一册，中国戏剧出版社1959年版，第173页。
② 中国戏曲研究院编：《中国古典戏曲论著集成》第一册，中国戏剧出版社1959年版，第177页。
③ 陈高华、张帆、刘晓：《元代文化史》，广东教育出版社2009年版，第590页。
④ ［德］恩格斯：《反杜林论》，《马克思恩格斯选集》第三卷，人民出版社1972年版，第222页。

人员中，不仅有汉人、南人，还有不少蒙古族、回族、女真人及其他少数民族的人。他们在表演时的用语中也包含了大量的本民族语词。如："可罕""可汗""克汗"均是"古代鲜卑、柔然、突厥、回纥、蒙古等族对最高统治者的称呼。"①元杂剧《开诏救忠》有："被那杨大郎假装，瞒过俺北番，将南朝可罕救的去了。"又如"哈敦"是古代蒙古、回纥称君王的妻子称呼，《岳飞精忠》有唱词："帐房里藏着俊哈敦，吃的醉了胡厮闹。"《汉宫秋》番王白："枉与汉朝结下这般仇隙，都是毛延寿那厮搬弄出来的。把都儿，将毛延寿拿下，解送汉朝处治，我依旧与汉朝结和，永为甥舅，却不是好。"《荐福碑》剧第二折："（曳剌云）酒家是个曳剌，接相公来。"《虎头牌》剧第三折："[新水令]他误了限次，失了军期，差儿个曳剌勾追。"蒙古语"巴都儿"、契丹语词"曳剌"都是"勇士"的意思。

元杂剧中也存在不少反映生活工具的语词，这些少数民族语词反映了古代这些北方游牧民族的生活习俗。如《哭存孝》第一折，"米罕整斤吞，抹邻不会骑。"《阴山破虏》一折白："石保赤高擎着铁爪苍鹰，奴海赤双捧着金铃细犬。"蒙古语"抹邻""抹林""母鳞"意思为"马"，"奴海"意思为"狗"，"奴海赤"意为"管狗的人"，"石保赤"意为"管鹰的人"。这些出现在元杂剧文本中的少数民族语词直观地反映了具有北方游牧民族特性的生产生活状态，同时经过杂剧搬演推广，成为各民族民众耳熟能详的日常交流语言。从一些作品中可以看到北方民族的称谓及社会关系习俗，也从侧面体现了当时少数民族文化对中原文化的影响，以及北方游牧民族文化与中原农耕文化的差异。如杂剧《拜月亭》第一折：[醉扶归]"阿者，我都折毁尽些新镶镱，关扭碎些旧钗篦，把两付藤缠儿轻轻得按的褊秕，和我那压钏通三对，都绷在我那睡裹肚薄绵套里，我紧紧的着身系。"戏剧能够并行不悖地使用各种不同类型的语言，"当着官方和上层正利用诗歌实现语言、文化、思想和政治的集中化任务时，'在底层，在游艺场和集市的戏台上，人们却用杂语说着笑话，取笑一切语言和方言，

---

① 王学齐：《宋元明清戏曲中的少数民族语》，《唐山师范学院学报》2001年第2期。

第七章 杂剧在元代的传播效果

发展着故事诗、笑谈、街头歌谣、谚语、趣闻等等'"[1]。与典雅、庄重、严肃、僵化、集中和向心的正统文学语言不同，戏曲语言是在分散和离心的轨道上发展，由于其出自勾栏瓦舍，所以它更多使用的是方言、俚语、俗语、日常口语，这种广场语言雅俗共存，通俗浅显，明白易懂，反映新鲜的动态，体现时代特性，"都具有贬低化、世俗化和肉体化的特点"[2]。同时它将传统文学的五言、七言，古体、今体、长调、小令、山歌、小曲、赋、话本（说书）、童谣、对联、诫语、偈语、家信、公文熔于一炉，"元人非不读书，而所制之曲，绝无一毫书本气，……若论填词家宜用之书，则无论经传子史以及诗赋古文，无一不当熟读，即道家佛氏、九流百工之书，下至孩童所习《千字文》、《百家姓》，无一不在所用之中"[3]。这意味着之前正统的、"单一的真理语言"土崩瓦解，也反映出元代市民阶层的壮大，元杂剧抛开士大夫的审美情趣，"底层向高层形式渗透，民间文化向官方文化渗透并提出挑战"[4]，这些"独特的广场语言，……与教会、宫廷、法庭、衙门的语言，与官方文学的语言，与统治阶级（特权阶层、贵族、高中级僧侣、城市资产阶级的上层）的语言大相径庭"，然而"在一定条件下，广场言语作为一种自发力量已闯入他们的语言领地"[5]，并以不可阻挡的再生力量消解了传统的、权威的中心话语，实现了"一种坦率和自由，不承认交往者之间的任何距离，摆脱了日常的礼仪规范"[6]，使人们从语言自身感受到纷繁复杂的生活原生态和多向的价值观。它撇开庄重，抛却禁忌，"有房中道不出口之话，公然道之戏场者"[7]。如《东墙记》对男女私会的描绘："衫儿纽扣松，

---

[1] 程正民：《巴赫金的文化诗学》，北京师范大学出版社2001年版，第212—213页。
[2] ［苏联］巴赫金：《拉伯雷研究》，李兆林、夏忠宪等译，河北教育出版社1998年版，第25页。
[3] （清）李渔：《闲情偶寄》，岳麓书社2000年版，第49—50页。
[4] ［苏联］巴赫金：《拉伯雷研究》，李兆林、夏忠宪等译，河北教育出版社1998年版，第467页。
[5] ［苏联］巴赫金：《拉伯雷研究》，李兆林、夏忠宪等译，河北教育出版社1998年版，第175页。
[6] ［苏联］巴赫金：《拉伯雷研究》，李兆林、夏忠宪等译，河北教育出版社1998年版，第12页。
[7] （清）李渔：《闲情偶寄》，岳麓书社2000年版，第125页。

裙儿搂带解，酥胸粉腕天然态。楚腰似柳娇又软，未吐桃花露润开。完成了恩和爱，今日个良姻匹配，便死呵一穴同埋。温柔轻款情，佳人忒艳色，春风美满身心快。轻蝉鬓醉乌云乱，宝髻偏斜溜凤钗。越显的多娇态，心中留恋，可意多才。娇羞力不加，低垂颈怕抬，风流彻骨遗香在。相偎玉体轻轻按，粉汗溶溶湿杏腮。似这等偷香窃玉，几时得一发明白。澄澄夜气清，低低月转阶，枝枝花影横窗外。灯前试把香罗看，点点猩红映莹白，则见他羞无奈，困腾腾倚墙靠壁，急忙忙重整金钗。"这些返回肉体的语言让人们脱离平时生活的秩序性的利器，充斥着同一切人一切事的随意不拘的交往，人本精神的回归。同时在扮演与观赏中，人们放下伪装的日常面具，营造一种"平等放肆狎昵的氛围"①，并"格外能激起众人集体叛逆般的快感，让人产生一种类似共谋的亲密"②，也展现了一种边缘生活图景，"总是两种不同存在领域的欢会，世俗与理想，物质与精神文明相遇在某一特定的时空"③。在节庆活动特定的时间和空间里，与日常生活秩序逆向的行为都可以变为合理的现实。因为在这个世界里，丑角更多地代表个人的自由需求，不必理会日常生活世界的秩序法规，个人与个人之间达成的是丑角狂欢世界的法规。"最低劣的野蛮和最高贵的文化，骇人听闻的血污和令人惊叹的珍宝，组合成了这个短暂的朝代。"④

特定时期内的思想文化范式往往在很大程度上影响和制约着一个民族的心理与性格，并由这种心理性格的整体走向发展成为具有支配作用的社会意识与民族精神，道德准则、价值观念、文化品味、审美情趣等也将借以衍生出来。黄宗羲说："古今之变，至秦而一尽，至元又一尽"（《明夷待访录·原法》），这种文化思想的震荡是双向的，无论是发达的中原农耕文化，还是相对落后的草原文化，都要作出相应的改变。"元代是一个政治现实严峻的时代，元代又是

---

① ［苏联］巴赫金：《拉伯雷研究》，李兆林、夏忠宪等译，河北教育出版社1998年版，第294页。
② 黄永林：《民间荤故事的功能价值及其文化意义》，《华中师范大学学报》2003年第3期。
③ 王建刚：《狂欢诗学——巴赫金文学思想研究》，学林出版社2001年版，第80页。
④ 余秋雨：《戏剧理论史稿》，上海文艺出版社1983年版，第108页。

第七章　杂剧在元代的传播效果

一个活力抒发的时代，蒙古铁骑以草原游牧民族勇猛的性格席卷南下，给汉唐以来渐趋衰老的帝国文化输入进取的因子。于是，整个社会的思想文化处于一种游牧文明与农业文明、北方文化与南方文化、雅文化与俗文化等多重交融的状态。"[1] 元杂剧是带有蒙元文化鲜明印记的一代文学的光辉代表，它诞生在金元之交空前的民族大动荡的时代背景之下，而战争和动荡却以极端的形式促成了多民族文化的碰撞和交融，孕育、催生在这样一个多元文化由冲突、并峙到交流、融汇的动态进程中。

---

[1]　冯天瑜、杨华：《中国文化发展轨迹》，上海人民出版社2000年版，第262页。

结　语

　　本书立足于传播学视角，对杂剧在元代的传播情况进行了详细的分析与探究，主要得出了以下结论。

　　从杂剧的形成发展来看，它起源于早期的巫觋祭祀仪式，经历了百戏歌舞、滑稽小戏等多种艺术形式长时间的蜕变、融合与发展，最终在宋代被定型，并在元代发展成熟、得以兴盛。作为一代之文学，杂剧在元代的勃兴既与其本身的艺术特点和演变过程有关，也与元代特殊的政治、经济、社会、人文环境有关。但不管怎样，我们都必须肯定它的艺术成就和文化价值，以及在广泛传播中所带来的深刻的社会影响与历史影响。这其中不仅包括对元人伦理道德的约束、审美观念的塑造、认知能力的提升等，同时也包括对于后世南戏、传奇、小说等艺术创作的启发与开拓。

　　从杂剧在元代的生产情况来看，首先，它是前人艺术成就与元人智慧结晶相互碰撞的结果。在已有的艺术形态及故事内容的启发下，元代专业的杂剧作家、杂剧演员、包括部分观众群体，都在不同程度上为杂剧的内容生产提供了养料。其次，它是社会环境与个人体验相互作用的结果。在蒙元严民族、轻科举、求货利、倡黄老的特殊政治环境下，汉族知识分子的社会地位迅速下降，且几乎完全丧失了晋阶的渠道。因此，他们只能投身杂剧创作以维持生活，同时倾吐心中的愤懑。在频繁的交往中，这些原本独立的个体很快便产生了"同是天涯沦落人，相逢何必曾相识"的共鸣，这也就意味着专业的作家群体形成了。最后，它是作家演员与广大受众相互交流的结果。长时期驻足于舞台、流连于勾栏的杂剧编演者们，与普通的百姓之间建立起了一种日渐亲厚的社会关系。在这种关系下，创作者与表演者能够准确

结 语

地掌握百姓的心理情绪、社会的矛盾问题以及民间的审美风尚,并把这些完美地融入杂剧的创作当中。

从杂剧在元代的媒介功能来看,它不仅和其他的表演艺术一样,承担着供人们消遣放松的娱乐功能,还在其他诸多方面发挥着重要的作用。首先,元杂剧在音乐结构、演唱特色、剧本设置、角色体系等方面进行了创新,形成了独特的艺术形式,从而向元人传递了全新的审美意趣。其次,元杂剧的形成既离不开诸多艺术的给养和长期的积淀,也离不开时代的赋予与浸染。因此,作为被大众广泛接受的艺术媒介,元杂剧在传播的过程中潜移默化地改变了固有的文化结构和组织形式,同时也担负着传承文化、传递观念的责任。再次,作为民间艺术的典范,元杂剧实际上是百姓间接表达个人情绪与思想的媒介。通过杂剧表演,我们能够在一定程度上了解当时的民生百态和社会矛盾。因此,元杂剧还是民间舆情的风向标,具有整合社会信息、引导社会舆论的功能。最后,元杂剧还是一种重要的社会教育资源,它不仅降低了普通百姓接受教育、获取信息的门槛,同时也是统治者教化民众的重要工具。虽然我们不得不承认,当教化意识超越了文艺作品本身的需求时,杂剧的发展就会在一定程度上受到影响。但是正如麦克卢汉所说:任何媒介(即人的任何延伸)对个人和社会的任何影响,都是由于新的尺度产生的……它对于人的组合与行为的尺度和形态,发挥着塑造和控制的作用[1]。

从杂剧在元代的传播路径来看,基本上与其他表演艺术相同,主要有口头传播、文字传播和舞台传播三种。但是在当时的时代环境下,每一种传播路径都有其特殊的意义。首先,元代以前的多数文艺作品是通过文字进行传播的,且由于其辞藻华丽、晦涩深奥,所以基本上只在权贵阶层和知识分子之间传播。但是经由元杂剧的发展,口头传播开始复兴,它大大提高了文艺作品的通俗性和丰富性,降低了受众进行艺术欣赏的准入门槛,并在一定程度上影响了明清小说的传播走向。其次,伴随着科技的发展,以及杂剧自身影响力的提高,以选编

---

[1] [加]麦克卢汉:《理解媒介:论人的延伸》,何道宽译,译林出版社2011年版,第18—19页。

刊刻为代表的文本传播又重新出现在元人的视野中。尽管它无法完全为普通百姓所接受和掌握，但是却总能获得知识分子的赏识和青睐，这对于元杂剧的影响无疑是巨大的。一方面，它对杂剧内容的丰富及审美观念的提升都起到了推动作用。另一方面，文本传播也是促使杂剧从"场上演出"向"案头文学"嬗变的主要原因。最后，作为表演艺术最基本的传播形式，舞台传播很大程度上压缩了传受双方的时空距离，促进了演员与观众之间的交流，从而提高了杂剧艺术的传播效果。

从杂剧在元代的传播内容来看，主要涵盖了风俗人情、历史故事、社会现实、伦理教化、思想观念等多个方面。尽管从文学史的角度来看，基本没有脱离传统文艺题材的范围，但是从内容的广度和思想的深度来说，元杂剧受到了当时社会环境的浸染，呈现出了显而易见的深化、拓展和创新。如《西厢记》向我们呈现了女性意识的觉醒以及对于婚恋自由观念的宣扬；而《梧桐雨》则向我们揭示了一种更接近于生活本身的悲剧，即在人生大起大落之后，内心无以排解的孤独才是徒生哀愁的源头。因此，相较于其他文艺作品来说，元杂剧具有一种穿越时空的力量，因为它所传播的内容能够在不同地域、不同时代的受众之间引起共鸣。

从杂剧在元代的接受情况来看，它是一个复杂的双向行进的过程。一方面，基于表演艺术的特性，观众可以直接将自己的感受和喜恶反馈给杂剧的编演者，间接地参与杂剧创作。另一方面，在杂剧广泛传播的过程中，积累了多元的受众群体，在不同的生活环境和文化水平的影响下，他们对于艺术信息的欣赏能力和反馈情况也截然不同。首先，对宫廷贵族来说，他们更青睐于文辞典雅、舞曲优美，能够反映社会安定富足以及儒家伦理道德的剧目。同时在其特有的地位与权力的影响下，宫廷内的杂剧演出往往难以获得良好的互动效果，甚至会波及杂剧艺人的地位乃至杂剧本身的发展。其次，对市民阶层来说，他们更加喜爱通俗易懂的表达、生动形象的演出，以及能够反映社会生活、人生理想的剧目。作为社会的中间阶层，他们是最为重要的受众群体，因而对于杂剧发展的影响要比统治阶层深远得多。最后，对乡村百姓来说，他们渴望的是浅显易懂、氛围热烈，且能够提供外界

结　语

信息和新鲜故事的杂剧演出活动。同时，对于参与创作及表演杂剧，他们也有着无限的热忱。因此，作为人数最多的受众群体，他们对于杂剧艺术的丰富与拓展也是我们无法忽略的。

从杂剧在元代的传播效果来看，它不仅给受传者的观念态度、行为活动带来了深刻的影响，反之也为杂剧自身的发展提供了可能。尽管研究对象的缺失给我们的探究增加了难度，但是留存下来的诗文著作、遗迹器物都为当时真实的传播效果提供了证明：其一，在元代，杂剧艺术具有广泛的受众基础，并形成了普遍性的文艺消费，进而促进了杂剧艺术的发展；其二，杂剧艺术在传播的过程中渗透进了元人生活的每一个角落，除了演出建筑出现了重大变革，无论是雕刻壁画还是器皿纹饰，都能看到与杂剧相关的故事内容和人物形象；其三，作为产生并成熟于民间的艺术形式，杂剧在元代还受到了知识分子的普遍重视与认可，他们通过对于元杂剧的深入挖掘，推动了古典戏剧理论和品评观念的发展。

综上所述，本书从七个方面对元杂剧的生成、传播以及影响做了具体的整理与分析。但是由于研究时间有限、涉及内容繁杂，导致在整个研究过程中对于史料的掌握不够全面和深入。同时，关于杂剧在元代的传播涉及范围广、包含内容多、存在问题深，因此，本研究只能选取一个角度，梳理出它的传播脉络，进而对其进行粗浅的分析。而这些都是研究当中所存在的问题，有待今后进一步补充与修正。

参考文献

一　专著

［美］本尼迪克特·安德森：《想象的共同体》，吴叡人译，上海世纪出版集团2005年版。
曹萌：《中国古代戏剧的传播与影响》，中国社会科学出版社2006年版。
车文明：《20世纪戏曲文物的发现与曲学研究》，文化艺术出版社2001年版。
车文明：《中国神庙剧场》，文化艺术出版社2005年版。
陈龙：《大众传播学导论》，苏州大学出版社2006年版。
程世寿：《公共舆论学》，华中科技大学出版社2003年版。
［法］丹纳：《艺术哲学》，傅雷译，广西师范大学出版社2000年版。
邓绍基：《名家解读元曲》，山东人民出版社1990年版。
（唐）范摅：《云溪友议》，古典文学出版社1958年版。
冯天瑜：《中国元典文化十六讲》，郑州大学出版社2006年版。
顾学颉选注：《元人杂剧选》，人民文学出版社2016年版。
顾肇仓：《元代杂剧》，作家出版社1962年版。
郭英德：《元杂剧与元代社会》，北京师范大学出版社1996年版。
［加］哈罗德·伊尼斯：《传播的偏向》，何道宽译，中国传媒大学出版社2015年版。
赫广霖：《理学流变与戏曲发展》，中国社会科学出版社2016年版。
胡明伟：《中国早期戏剧观念研究》，学苑出版社2005年版。
（宋）孟元老原著，姜汉椿译注：《东京梦华录全译》，贵州人民出版社2008年版。
黎国韬：《古代乐官与古代戏剧》，广东高等教育出版社2011年版。

李玫：《中国民间小戏史论》，中国社会科学出版社2016年版。

李修生主编：《二十四史全译·元史》，汉语大辞典出版社2004年版。

李修生：《元杂剧史》，江苏古籍出版社2002年版。

梁晓萍：《中国古典戏曲品评观念研究》，中国社会科学出版社2014年版。

廖奔：《宋元戏曲文物与民俗》，文化艺术出版社1989年版。

廖奔：《中国古代剧场史》，人民文学出版社2012年版。

廖奔：《中国古代剧场史》，中州古籍出版社1997年版。

廖奔、刘彦君：《中国戏剧发展史》，山西教育出版社2000年版。

刘彦君：《中国戏剧图史》，人民文学出版社2012年版。

［意］马可波罗：《马可波罗行纪》，冯承钧译，上海书店出版社2011年版。

［加］麦克卢汉：《理解媒介：论人的延伸》，何道宽译，译林出版社2011年版。

（宋）孟元老：《东京梦华录》，古典文学出版社1956年版。

倪其心：《二十四史全译》，汉语大辞典出版社2004年版。

［日］青木正儿：《元人杂剧序说》，隋树森译，山西人民出版社2015年版。

［日］青木正儿：《中国近世戏曲史》，王古鲁译著，中华书局2010年版。

邵曾祺：《元明北杂剧总目考略》，中州古籍出版社1985年版。

申凡等：《传播媒介与社会发展——媒介功能理论研究》，人民出版社2008年版。

［法］石泰安：《西藏史诗与说唱艺人的研究》，耿昇译，西藏人民出版社1993年版。

史卫民：《元代社会生活史》，中国社会科学出版社1996年版。

史仲文、胡晓林主编：《中国全史·元代习俗史》，中国书籍出版社2014年版。

［美］斯蒂文·小约翰：《传播理论》，陈德民、叶晓辉译，中国社会科学出版社1999年版。

谭志湘：《元代艺术与元代戏曲》，国家出版社2008年版。

唐文标：《中国古代戏剧史》，中国戏剧出版社1985年版。

（元）陶宗仪：《南村辍耕录》，远方出版社2001年版。

田桂民：《浪漫与苦闷的变奏——先秦至元代神仙戏曲研究》，南开大学出版社2010年版。

［日］田仲一成：《中国戏剧史》，布和译，北京大学出版社2011年版。

（清）王国维：《宋元戏曲史》，上海古籍出版社1998年版。

王胜华：《戏剧人类学》，云南大学出版社2009年版。

文言：《文学传播学引论》，辽宁人民出版社2006年版。

吴梅：《顾曲麈谈——中国戏曲概论》，上海古籍出版社2000年版。

解玉峰：《花雅争胜：南腔北调的戏曲》，江苏人民出版社2017年版。

（元）夏庭芝著，孙崇涛、徐宏图笺注：《青楼集笺注》，中国戏剧出版社1990年版。

徐扶明：《元代杂剧艺术》，上海古籍出版社2014年版。

徐慕云：《中国戏剧史》，上海古籍出版社2001年版。

徐沁君：《新校元刊杂剧三十种》，中华书局1980年版。

（明）徐渭原著，李复波、熊澄宇注释：《南词叙录注释》，中国戏剧出版社1989年版。

幺书仪：《元人杂剧与元代社会》，北京大学出版社1997年版。

叶长海：《中国戏剧学史稿》（修订本），中华书局2014年版。

（明）叶子奇：《草木子》，中华书局2006年版。

余秋雨：《观众心理学》，长江文艺出版社2013年版。

余秋雨：《中国戏剧史》，上海教育出版社2006年版。

余志鸿：《中国传播思想史》，上海交通大学出版社2005年版。

袁行霈主编：《中国文学史》第三册，高等教育出版社2005年版。

赵山林：《中国戏曲传播接受史》，上海人民出版社2008年版。

赵山林：《中国戏曲观众学》，华东师范大学出版社2000年版。

中国戏曲研究院编：《中国古典戏曲论著集成》，中国戏剧出版社1959年版。

周华斌：《中国戏剧史新论》，北京广播学院出版社2003年版。

朱志泰：《元曲研究》，永祥印书馆1990年版。

二　期刊论文

曹萌：《中国古代文学传播的主体》，《沈阳师范大学学报》2008 年第 6 期。

曹萌、张次第：《略论中国古代文学传播的媒介》，《陇东学院学报》2007 年第 4 期。

陈建华：《世俗快感、宗教气息与芜杂的戏剧观念——民间大众的元杂剧意识》，《中国典籍与文化》2006 年第 12 期。

程朝翔：《从元杂剧看中国文人》，《北京大学学报》1989 年第 4 期。

丁慧：《从〈青楼集〉看元代女伶对杂剧传播的影响》，《艺术探索》2008 年第 5 期。

杜桂萍：《戏曲教化功能的失范——元杂剧衰微论之一》，《北方论丛》1997 年第 1 期。

杜丽萍：《论元杂剧传播中的异质文化交融》，《文艺评论》2013 年第 2 期。

郭英德：《元明的文学传播与文学接受》，《求是学刊》1999 年第 2 期。

胡平：《〈枕中记〉主角原型新探——兼论作者沈既济的政治背景》，《中国典籍与文化》2012 年第 4 期。

季国平：《论元杂剧的传播及其意义》，《河北学刊》1989 年第 2 期。

李蓉：《赵氏孤儿：历史传奇与元杂剧及其传播》，《四川戏剧》2017 年第 6 期。

李永平：《口头与书写之间：文学传播史的一次大变局——以元代包公故事传播为中心的考察》，《长江学术》2012 年第 4 期。

李玉莲：《元明清小说戏剧传播方式研究》，《社会科学辑刊》1998 年第 5 期。

廖奔、赵建新：《山东临沂金雀山 9 号西汉墓帛画角抵场面》，《戏曲艺术》2016 年第 8 期。

陆林：《元人赵半闲〈构栏曲〉漫论》，《中国典籍与文化》1992 年第 3 期。

罗斯宁：《元杂剧在元代的口头传播》，《上海戏剧学院学报》2005 年第 5 期。

舒振邦：《蒙古族元曲作家——杨景贤》，《中国民族》1980 年第 12 期。

王兴、王时磊：《元磁州窑画枕上马的形象与故事》，《收藏》2014 年第 12 期。

王秀丽：《"以儒饰吏"为何独受元人青睐？——元代儒吏阶层及其文化身份认同》，《华南师范大学学报》2014 年第 6 期。

吴国钦：《20 世纪上半叶的元杂剧研究——20 世纪元杂剧研究系列之一》，《中山大学学报》2002 年第 11 期。

解玉峰：《论元曲杂剧之多重构成》，《文学评论》2001 年第 1 期。

解玉峰、赵俊伟：《20 世纪元曲研究刍议》，《南京大学学报》2001 年第 1 期。

项德生：《试论舆论场与信息场》，《郑州大学学报》1992 年第 5 期。

谢建明：《文化传播：模式及其过程》，《南京师范大学学报》1994 年第 1 期。

熊元义：《黑格尔的悲剧观与中国戏曲悲剧的大团圆》，《戏曲艺术》1995 年第 3 期。

杨富斗：《山西运城西里庄元代壁画墓》，《文物》1988 年第 4 期。

张本一：《论元杂剧演员的艺术修养》，《江西社会科学》2003 年第 2 期。

张大新：《元杂剧兴盛的思想文化背景》，《河南大学学报》2002 年第 11 期。

张泽洪：《元明时期道教道情的传播及其影响——以元明杂剧小说中的唱道情为中心》，《四川大学学报》2008 年第 1 期。

赵继颜：《关于元朝社会中的矛盾问题——兼评曹汉奇："元朝的社会矛盾问题"》，《史学月刊》1960 年第 3 期。

后　记

　　书稿即将付梓，当我郑重其事地敲下"后记"两个字时，却不自觉地凝涩了许久。也许是因为我向来不善于表达自己，也许是对男儿流泪有一种莫名的排斥，所以当我习惯把某些情感隐匿于心之后，就更少将生活中的喜怒哀乐袒露于人前。

　　距离签订出版合同已经过去了三年多的时间，而我也经历了多重角色的转换，从主管教学到负责学院全面工作。原以为除了正常的教学、科研，其他事情不至于占用自己太多时间。事实是，我对情况的估计过于乐观。各种事务就像一只八脚章鱼，它不断把触角伸出来，挤占我的时间。于是，科研时间，休息时间，陪伴父母、妻儿的时间都退后为它让道。

　　当弥留之际的父亲呼喊着我的名字，长辞于世时，我在开会。在漆黑的夜色中，连续开车七个多小时赶回老家，看到的只有父亲冰冷的身体，还有未合上的双眼。母亲告诉我，父亲最后时刻，错把家里的堂兄当成我，拉着手不肯放开。跪在灵堂前，我在心里默念，希望他未走远，能听到我说的话，能理解为儿的忙碌与不易。

　　当妻子做好饭，站在阳台，一遍遍眺望进入小区的车辆，等我回家时，我还在办公室处理工作。妻子说，诗书中描写古代女子的哀怨与离愁，喜欢选择黄昏时刻。"人向天涯，日日黄昏数暮鸦""长月黄昏后，伫立露沾身"她现在体会了女子的孤苦。多少个黄昏，夕阳西下，暮色逐渐笼罩大地，望着万家灯火，一人独坐窗前，等待不知道什么时间才能回家的我。她戏称，长此以往自己会坐成"望夫石"。即使如此，不管多晚，当我踏进家门，她都会端来热腾腾的饭菜。

　　当孩子从外地欣欣然打来电话，想与我交流他的收获与喜悦，困惑与迷茫时，好多时候由于忙碌，我不得不挂断电话。等我想起，要么已经深夜，要么孩子在上课。

韩亮老师说："事情总得有人去做。"人是时代的中间物，是历史的走卒，好多时候是身不由己的。时也，命也，就像本书所研究的元杂剧。"梦想驱车三万里，回首仗剑雪压头。"人生如戏，戏如人生，经历就是财富。回望过去的几年，我也许有愧于我的家人，但我对得起这份安身立命的工作。

当然，书稿的修改也只能一推再推。感谢我的学生常嘉容做了一定前期资料的收集与整理工作。感谢中国社会科学出版社责任编辑郭晓鸿女士认真仔细的校勘。

感谢生活的给予，不管挫折还是收获。

星辰大海，未来依旧辽阔。